BASTEI LÜBBE TASCHENBUCH

Weitere Titel der Autorin:

Ein Geschenk des Himmels
Drei Wünsche frei
Vergiss ihn nicht
Die Wahrheit eines Augenblicks

Titel in der Regel auch als Hörbuch und E-Book erhältlich

Über die Autorin:

Liane Moriarty ist freischaffende Werbetexterin, die für ihre Kampagnen mehrfach ausgezeichnet wurde. Ihre bisherigen Romane *Drei Wünsche frei, Ein Geschenk des Himmels, Vergiss ihn nicht* und *Die Wahrheit eines Augenblicks* waren große Erfolge. Liane Moriarty lebt mit ihrem Mann und ihrem Sohn in Sydney.

Liane Moriarty

Alles aus Liebe

Roman

Aus dem australischen Englisch
von Sylvia Strasser

BASTEI
LÜBBE
TASCHENBUCH

BASTEI LÜBBE TASCHENBUCH
Band 16897

1. Auflage: Dezember 2013

Dieser Titel ist auch als E-Book erschienen

MIX
Papier aus verantwortungsvollen Quellen
FSC® C014496

Vollständige Taschenbuchausgabe
der bei Lübbe Paperback erschienenen Paperbackausgabe

Titel der australischen Originalausgabe: „The Hypnotist's Love Story"
Published by arrangement with Macmillan
by Pan Macmillan Australia Pty Limited

Für die deutschsprachige Ausgabe:

Textredaktion: Margit von Cossart, Bergisch Gladbach
Titelillustration: © shutterstock / Natalia van D.
Umschlaggestaltung: Christin Willhelm, www.grafic4u.de
Satz: Siebel Druck und Grafik, Lindlar
Gesetzt aus der Adobe Garamond
Druck und Verarbeitung: GGP Media GmbH, Pößneck
Printed in Germany
ISBN 978-3-404-16897-2

1

Bei »Hypnose« denkt jeder an schwingende Pendel, an den Satz »Sie werden schläfrig« und an Leute, die in Shows auf der Bühne dazu gebracht werden, wie Hühner zu gackern. Daher ist es nicht verwunderlich, dass viele meiner Patienten ziemlich nervös sind, wenn sie das erste Mal zu mir kommen. Aber Hypnose hat nichts Widernatürliches oder Beängstigendes an sich. Es ist sogar sehr gut möglich, dass Sie diesen tranceartigen Zustand aus eigener Erfahrung kennen. Sind Sie jemals eine vertraute Strecke gefahren und konnten sich, als Sie am Ziel angekommen waren, überhaupt nicht an die Fahrt erinnern? Sehen Sie, das kommt daher, dass Sie sich in einer Art Trance befunden haben!

Aus der Informationsbroschüre Ellen O'Farrell, Praxis für Hypnotherapie – eine Einführung

Ich war noch nie hypnotisiert worden. Ehrlich gesagt glaubte ich auch nicht wirklich an Hypnose. Ich hatte vor, einfach dazuliegen und so zu tun, als ob es funktionieren würde – und zu versuchen, nicht zu lachen.

»Die meisten Menschen sind überrascht, wie sehr sie das Hypnotisiertwerden genießen«, sagte die Hypnotiseurin sanft.

Sie trug weder Make-up noch Schmuck. Ihre Haut wirkte so fein und zart und durchscheinend, als ob sie sich ausschließlich mit dem klaren Wasser von Gebirgsbächen wüsche. Sie duftete wie einer dieser überteuerten Kunstgewerbeläden, die in ländlichen Gegenden zu finden sind: nach Sandelholz und Lavendel.

Es war warm in dem winzigen Zimmer, einem ungewöhnlichen Raum, der seitlich ans Haus angebaut war wie ein verglaster Balkon. Der Teppich mit seinen verschossenen rosaroten Rosen hatte schon bessere Zeiten gesehen, aber die Fenster, die vom Fußboden bis zur Decke reichten, waren neu und durchfluteten den Raum mit Licht. Ich hatte das Gefühl, dass eine frische Brise durch meinen Kopf rauschte – es roch tatsächlich nach Meer.

Wir standen nebeneinander ganz nah am Fenster, die Hypnotiseurin und ich. Mit der Nase so dicht an der Scheibe konnte man den Sandstrand unterhalb des Hauses nicht sehen, nur das Meer, das sich bis zur blassblauen Linie des Horizonts erstreckte. »Als ob man auf einem Schiffsbug stünde«, sagte ich zu der Hypnotiseurin. Sie schien sich unbändig über diese Bemerkung zu freuen und riss die Augen weit auf. Ihr gehe es ganz genauso, meinte sie.

Wir setzten uns einander gegenüber, ich in einen Ruhesessel aus weichem grünem Leder, sie in einen rot-beige gestreiften Lehnsessel. Auf einem niedrigen Beistelltisch zwischen uns lag eine Schachtel Papiertaschentücher – wahrscheinlich muss der eine oder andere weinen, wenn er sich an sein früheres Leben als hungernder Bauer erinnert; daneben standen ein Krug eisgekühltes Wasser, auf dem zwei kreisrunde Zitronenscheiben schwammen, sowie zwei hohe Gläser, eine kleine Silberschale mit Konfekt und ein flaches Tablett mit kleinen bunten Glasmurmeln.

Ich besaß einmal eine große, altmodische Murmel, die meinem Vater gehört hatte, als er noch ein kleiner Junge war. Ich hatte sie bei Prüfungen und Bewerbungsgesprächen immer als Glücksbringer in der Hand gehalten. Aber dann, vor ein paar Jahren, habe ich sie verloren und mein Glück mit ihr.

Ich schaute mich um. Das gleißende Licht wurde vom Meer wie von einem Prisma an die Wände zurückgeworfen, was in der Tat eine hypnotisierende Wirkung hatte. Die Hypnotiseurin hatte die Hände im Schoß gefaltet und ihre Füße nebeneinander auf den Boden gestellt. Sie trug flache Ballerinas, schwarze Strümpfe, einen bestickten Rock im Folklorelook und einen cremefarbenen Wickelcardigan – New Age und klassisch zugleich.

Was für ein herrliches, ruhiges Leben du haben musst, dachte ich. Jeden Tag in diesem außergewöhnlichen Zimmer sitzen zu dürfen, in tanzendes Licht gehüllt. Keine E-Mails, die deinen PC-Bildschirm bombardieren, keine erbosten Anrufe, die deinen Kopf überschwemmen. Keine Besprechungen, keine Tabellen.

Ich konnte ihre Zufriedenheit förmlich riechen, Übelkeit erregend wie der Geruch eines billigen Parfüms. Nicht, dass sie jemals ein billiges Parfüm benutzen würde. Ich schmeckte den sauren Geschmack von Neid. Um ihn loszuwerden, nahm ich mir ein Konfekt.

»Oh, gute Idee, ich werde mir auch eins nehmen«, sagte die Hypnotiseurin mit kumpelhafter Herzlichkeit, so als ob wir alte Freundinnen wären.

Sie ist dieser Typ. Sie hat wahrscheinlich eine ganze Schar kichernder, reizender Freundinnen, die immer für sie da sind, die sich zur Begrüßung umarmen und *Sex-and-the-City*-DVD-Abende veranstalten und lange Telefonate mit viel Gekreische führen, in denen es nur um Männer geht.

Sie klappte das Notizbuch, das in ihrem Schoß lag, auf und fing, den Mund voll mit Schokolade, bewundernswert zu reden an. »Bevor wir anfangen, werde ich Ihnen ein paar Fragen stellen«, sagte sie. »O je, ich hätte mir was anderes nehmen sollen. Das Karamell ist ganz schön klebrig.«

»Was machen Sie beruflich?« »Wie verbringen Sie Ihre Freizeit?« »Was essen Sie am liebsten?« So viele Fragen hatte ich nicht erwartet. Die meisten beantwortete ich ehrlich. Sie waren ziemlich harmlos. Um nicht zu sagen ein bisschen erbärmlich.

Schließlich lehnte sich die Hypnotiseurin zurück, lächelte und fragte: »Erzählen Sie, was führt Sie zu mir?«

Diese Frage habe ich natürlich nicht hundertprozentig ehrlich beantwortet.

Er sagte: »Ich muss dir etwas sagen.«

Er hatte Messer und Gabel auf den Tellerrand gelegt und sich kerzengerade hingesetzt, so als ob er sich endlich dazu durchgerungen hätte, den Dingen ins Auge zu blicken. Er wirkte bedrückt und ein wenig verlegen.

Ellen spürte sofort, wie ihr Magen sich schmerzhaft verkrampfte. Ein Teil ihres Verstandes registrierte, wie ihr Körper zuerst reagierte. Es war immer wieder faszinierend, dieses Zusammenspiel von Kopf, Körper und Seele in Aktion zu erleben. Ihr glückliches, offenes Lächeln blieb dummerweise auf ihrem Gesicht festgefroren.

Sie war fünfunddreißig. Sie wusste, was das zu bedeuten hatte. Dieser nette Mann, dieser selbstständige Vermessungsingenieur, dieser alleinerziehende Vater, der Zelten und Kricket und Countrymusik liebte, war im Begriff, etwas zu sagen, das ihr ihren Barramundi in Weißweinsoße gründlich verderben würde. Er war im Begriff, etwas zu sagen, das ihr den ganzen restlichen Tag verderben würde, und es war ein so schöner Tag gewesen, und der Fisch schmeckte wirklich ganz ausgezeichnet.

Bedauernd legte sie ihre Gabel aus der Hand.

»So? Was denn?«, fragte sie in angenehm verwundertem Ton, während sich jeder Muskel in ihrem Körper anspannte, als mache er sich darauf gefasst, geschlagen zu werden.

Sie würde es schon verkraften. Die Welt würde deswegen nicht untergehen. Das war schließlich erst ihre vierte Verabredung. Sie hatte noch nicht allzu viele Gefühle investiert. Im Grunde kannte sie den Mann kaum. Großer Gott, er war ein Fan von Countrymusik! Das hätte ihr gleich eine Warnung sein sollen. Sicher, sie hatte sich vor dem Essen in der Badewanne ein paar hoffnungsvollen Tagträumen hingegeben, aber diese Gefahr brachte ein Date immer mit sich. Sie dachte bereits voraus, arbeitete an ihrer seelischen Gesundung. Bis Mittwoch würde sie darüber hinweg sein. Donnerstag, spätestens. Gott sei Dank hatte sie nicht mit ihm geschlafen.

Sie hatte keine Kontrolle über das, was passieren würde, nur über ihre eigene Reaktion darauf. Eine Sekunde lang sah sie ihre Mutter vor sich, wie sie vielsagend die Augen verdrehte. *Sag mal,*

Ellen, Schatz, glaubst du diesen simplen Selbsthilfequatsch, den du da von dir gibst, wirklich?

Ja, sie glaubte tatsächlich daran. Felsenfest. Ihre Mutter hatte sich später für ihre Bemerkung entschuldigt. »Ich glaube, das war ein bisschen herablassend«, sagte sie, und Ellen tat, als falle sie ob dieser unerwarteten Entschuldigung gleich in Ohnmacht.

»Äh … Würdest du mich einen Augenblick entschuldigen?« Er stand auf, und seine Serviette rutschte ihm vom Schoß und fiel auf den Boden. Er bückte sich, hob sie mit rotem Kopf auf und legte sie behutsam neben seinen Teller.

Ellen schaute zu ihm auf.

»Ich will nur schnell …« Er machte eine Handbewegung zum hinteren Teil des Restaurants hin.

»Sicher, geh nur«, sagte sie beruhigend.

»Dort hinten links, Sir.« Ein Kellner deutete diskret in die Richtung, in der sich die Toiletten befanden.

Ellen sah ihm nach.

Patrick Scott. Eigentlich gefiel ihr schon sein Name nicht – Patrick. Das klang irgendwie so affig. Das war ein Name für einen Friseur. Seine Freunde nannten ihn anscheinend Scottie, was … na ja, was in Australien unter guten Kumpels absolut akzeptabel war.

Wenn er jetzt Schluss machte, würde es wehtun, keine Frage. Ein kleiner Stich, aber ein schmerzhafter. Patrick Scott war kein außergewöhnlich toller Mann. Er hatte ein gewöhnliches, nettes Gesicht (lang, schmal, Stirnglatze im Anfangsstadium), eine gewöhnliche Figur (mittelgroß, ziemlich breite Schultern – von Natur aus breite Schultern, keine »He-seht–her-ich-trainiere-im-Fitnessstudio«-Schultern), einen gewöhnlichen Beruf, ein gewöhnliches Leben. Das Außergewöhnliche an ihm war nur, dass sie sich praktisch vom ersten Moment an so wohl gefühlt hatte in seiner Gesellschaft, gleich bei ihrem allerersten Treffen in diesem Café, das so unangenehm leer gewesen war.

Sie selbst hatte es vorgeschlagen, und sie war ganz entsetzt gewesen, als sie sah, dass sie praktisch die einzigen Gäste waren.

Ihre Stimmen, nervös, wie das bei einem ersten Date meistens der Fall ist, hatten sich unnatürlich laut angehört, und die drei halbwüchsigen, gelangweilten Kellnerinnen hatten herumgestanden und nichts Besseres zu tun gehabt, als ihrer gestelzten Unterhaltung zu lauschen. Während sie auf ihre Cappuccinos warteten, hatte er mit einem kleinen Beutel Zucker gespielt, und als sich ihre Blicke irgendwann trafen, mussten sie beide angesichts dieser peinlichen Situation schmunzeln, und Ellen spürte, wie die Anspannung schlagartig von ihr abfiel, so als hätte sie eine starke Schmerztablette genommen. Es kam ihr so vor, als ob sie diesen Mann bereits kannte, seit Jahren schon gut kannte. Würde sie an ein früheres Leben glauben – und es war keineswegs so, dass sie diese Möglichkeit völlig ausschloss, in ihrer Praxis hatte sie schon alles Erdenkliche erlebt, daher stand sie selbst den absurdesten Möglichkeiten aufgeschlossen gegenüber –, hätte sie gesagt, sie mussten einander schon einmal begegnet sein.

Dieses Gefühl spontaner Sympathie hatte sie schon viele Male mit anderen Frauen erlebt (oh, in puncto Freundschaft mit Frauen war sie ganz groß), aber noch nie mit einem Mann.

Und daher würde es wehtun, wenn dieser nette Vermessungsingenieur namens Patrick Scott, den sie kaum kannte, jetzt mit ihr Schluss machte. Wahrscheinlich würde es ihr mehr als nur einen kleinen Stich versetzen.

Sie dachte an die vielen Hundert oder sogar Tausend Geschichten über Zurückweisung, die sie im Lauf der Jahre von ihren Patienten gehört hatte. »Ich hatte ein Drei-Gänge-Menü für seine Verwandtschaft gekocht, und beim Geschirrspülen teilt er mir mit, dass er mich nicht mehr liebt.« »Wir hatten einen tollen Urlaub auf den Fidschis verbracht, und auf dem Rückflug bestellen wir Champagner, und sie erklärt mir, dass sie ausziehen wird. Champagner! Als ob das ein Grund zum Feiern wäre!«

Oh, der nackte Schmerz auf ihren gequälten Gesichtern, selbst wenn die geschilderten Ereignisse Jahre zurücklagen. Die Zurückweisung durch einen Geliebten/eine Geliebte oder auch nur durch einen potenziellen Geliebten / eine potenzielle Geliebte war ein schwerer Schlag für das Kind in einem. Verlustängste, Erinnerungen an alte Verletzungen, Minderwertigkeitsgefühle und Selbsthass, alles wurde in einem mächtigen, unaufhaltsamen Strom wieder an die Oberfläche gespült.

Ellen versuchte, ihre Situation objektiv zu betrachten, als wäre es die Fallstudie eines Patienten, weil sie hoffte, dadurch Distanz wahren zu können. Es funktionierte nicht.

Natürlich war es möglich, dass sie ganz umsonst in Panik geraten war. Vielleicht hatte Patrick gar nicht die Absicht, sie abzuservieren. Es hatte keinerlei Hinweise darauf gegeben, und sie war sehr gut im Analysieren menschlichen Verhaltens. Schließlich war das ihr Beruf.

Sie sehe einfach hinreißend aus, hatte er gesagt, als er sie abgeholt hatte, und dabei ein so erfreutes Gesicht gemacht, als hätte man ihm ein kostbares Geschenk überreicht. Und er war keineswegs der aalglatte Charmeur, der zwangsläufig wusste, was eine Frau hören wollte. Beim Essen hatte es zwischen ihnen viele Blickkontakte gegeben, einige davon sicher länger, als unbedingt nötig gewesen wäre. Außerdem war ihr aufgefallen, wie oft er sich über den Tisch zu ihr gebeugt hatte. Was natürlich auch daher rühren mochte, dass er ein wenig schwerhörig war; sie wusste aus beruflicher wie aus privater Erfahrung, dass erstaunlich viele Männer nicht gut hörten.

Ihrer beider Körpersprache und ihr Atemrhythmus befanden sich im Einklang, und das nicht etwa, weil sie sich ihm angepasst hätte, zumindest nicht bewusst, wie sie es bei einem Patienten getan hätte. Es hatte weder Augenblicke peinlichen Schweigens noch unbehaglicher Verlegenheit gegeben. Er hatte auf respektvolle Art Interesse an ihrem Beruf gezeigt. Er hatte sie nicht aufgefordert: »Na los, hypnotisier mich! Lass mich gackern wie ein Huhn!« Er grinste nicht verächtlich oder, schlimmer noch, wies sie in leicht herablassendem Ton darauf hin, dass er eigentlich nichts von »alternativen Heilmethoden« hielt. Er sagte nicht: »Braucht man dafür eigentlich eine *Ausbildung*?« oder: »Kann man damit tatsächlich *Geld* verdienen?« Er schien keine Angst zu haben. Sie war schon mit Männern ausgegangen, die ernsthaft fürchteten, sie könnte sie ohne ihr Wissen hypnotisieren. Er dagegen schien einfach nur neugierig.

Und außerdem hatte er ihr noch vor wenigen Minuten Fotos von seinem Sohn gezeigt. Von seinem süßen, blonden, achtjährigen Sohn, wie er auf einem Skateboard fuhr, Posaune in einer Schulband spielte, mit seinem Dad angelte. Er hätte ihr doch bestimmt nicht diese Fotos gezeigt, wenn er der Meinung wäre, dass aus ihnen beiden sowieso nichts werden würde.

Es sei denn, diese Erkenntnis wäre ihm schlagartig gekommen. Jetzt, wo sie darüber nachdachte, fiel ihr auf, wie abrupt er sein Besteck aus der Hand gelegt und dabei über ihre Schulter geschaut hatte, als hätte er irgendwo in der Ferne einen Blick auf eine andere Zukunft erhascht. Er hatte sie sogar mitten im Satz unterbrochen! Sie hatte ihm gerade von einem Patienten erzählt, der von Jennifer Lopez besessen war. Eigentlich war es Michael Jackson, aber Einzelheiten wie diese änderte sie aus Gründen der Schweigepflicht immer ab. Außerdem war die Geschichte lustiger mit Jennifer Lopez.

Er hatte plötzlich so ein trauriges Gesicht gemacht. Selbst wenn er nicht Schluss machen wollte, würde er ihr mit Sicherheit etwas Unerfreuliches oder Unannehmbares mitteilen.

Vielleicht hatte er sie belogen und war gar nicht verwitwet, sondern immer noch verheiratet, aber seine Frau und er schliefen in getrennten Zimmern.

Oder er war gar kein Vermessungsingenieur, sondern ein Gangster. Jetzt würde das FBI sie in die Mangel nehmen und so lange Druck auf sie ausüben, bis sie einwilligte, sich verkabeln zu lassen. Ihre Leiche würde nie gefunden werden. (Sie hatte sich letzten Sommer alle Staffeln von *Die Sopranos* auf DVD angesehen.)

Oder er war todkrank. Das wäre furchtbar, würde sie aber wenigstens nicht persönlich verletzen.

Was auch immer es sein mochte, sie war sich ziemlich sicher, dass das wonnigliche Gefühl, das sie den ganzen Tag über begleitet hatte, sich in Kürze verflüchtigen würde.

Ellen nahm einen kräftigen Schluck Wein und schaute auf. Patrick war nirgends zu sehen. Du meine Güte, der ließ sich aber Zeit. Hatte er sich Wasser ins Gesicht gespritzt, klammerte er sich jetzt an den Rand des Waschbeckens und starrte schwer atmend sein Spiegelbild an?

Er war auf der Flucht vor der Polizei.

Ellen spürte, wie ihre Atmung sich beschleunigte.

Sie hat mehr Fantasie, als gut für sie ist. Diese Bemerkung hatte Mrs. Pascoe ihr in der siebten Klasse ins Zeugnis geschrieben.

Sie guckte sich um. Die anderen Gäste waren in ihre Gespräche vertieft, Besteck schlug leise klirrend an Teller, gelegentlich erscholl gedämpftes Gelächter. Niemand achtete auf die Frau, die einem leeren Stuhl gegenübersaß.

Hatte sie noch Zeit? War es wirklich nötig?

Ja.

Sie setzte sich gerade hin, legte ebenfalls Messer und Gabel auf den Tellerrand und ihre Hände auf die Oberschenkel. Dann schloss sie die Augen und atmete durch die Nase ein und durch den Mund wieder aus. Bei jedem Atemzug stellte sie sich vor, wie ein starkes goldenes Licht, das ihr Energie und Kraft verlieh, in ihren Körper strömte, von den Füßen aufwärts in ihre Beine, ihren Bauch, ihre Arme und zu guter Letzt in ihren Kopf, dann hüllte es sie vollständig ein. Ein goldener Schimmer war alles, was sie hinter geschlossenen Lidern sehen konnte, als ob sie in die untergehende Sonne schaute, und einen Augenblick lang kam es ihr so vor, als schwebte sie ein paar Zentimeter über dem Boden.

Es ist alles in Ordnung. Egal, was er zu mir sagen wird, es wird mich nicht in meinem Innersten treffen. Ich werde damit umgehen können. Ich zähle jetzt bis drei: eins … zwei …

Als sie die Augen wieder aufschlug, fühlte sie sich frisch und energiegeladen. Verstohlen schaute sie sich um. Niemand starrte zu ihr her. Sie wusste natürlich, dass sie nicht wirklich über ihrem Stuhl geschwebt und dabei wie eine Glühbirne geleuchtet hatte, aber manchmal waren diese Empfindungen so realistisch, dass sie nicht glauben konnte, nichts davon habe sich irgendwie sinnlich wahrnehmbar manifestiert.

Selbsthypnose war etwas Wundervolles. Ellen konnte es ihren Schülern oder Patienten immer ansehen, wenn sie die Technik begriffen und zum ersten Mal erfolgreich angewandt hatten. Die Macht ihres Verstandes machte sie buchstäblich sprachlos. Als sie sich selbst das allererste Mal in diesen scheinbaren Schwebezustand versetzt hatte, war es, als hätte sie herausgefunden, dass sie fliegen konnte. Sie dachte oft, das Drogenproblem wäre mit einem Schlag gelöst, wenn sie den jungen Leuten nur Selbsthypnose beibringen könnte.

Patrick war noch immer nicht zurück. Ellen blickte auf ihren vollen Teller. Eigentlich schade drum. Aber wieso sollte sie das Essen nicht genießen? Sie nahm ihre Gabel wieder auf. Ein vorbeischwebender Kellner blieb stehen und schenkte ihr nach. Guter Wein, guter Fisch. Zu dumm, dass sie kein Buch mitgenommen hatte.

Sie dachte über ihren Tag nach.

Bis zu dem Augenblick, als Patrick Messer und Gabel beiseitegelegt hatte, war es perfekt gewesen, einfach wunderschön. Ellen hatte tief und traumlos zum Trommeln des Regens auf ihrem Dach geschlafen und war spät am Morgen vom Sonnenschein auf ihrem Gesicht geweckt worden. Das Erste, was sie sah, als sie die Augen aufschlug, war der Zweig, den sie an der Decke aufgehängt hatte. Er sollte sie immer an das buddhistische Sutra der Achtsamkeit erinnern. Dann hatte sie dreimal langsam ein- und wieder ausgeatmet und dabei die ganze Zeit die Lippen zu einem angedeuteten Lächeln verzogen.

Sie wünschte, sie hätte ihrer Freundin Julia nie davon erzählt. Julia hatte sie um eine Kostprobe dieses angedeuteten Lächelns gebeten. Als Ellen sich nach langem Bitten endlich dazu bereit erklärte, hatte sich Julia geschlagene zehn Minuten lang die Seiten gehalten vor Lachen.

Die Fensterscheiben hatten sich eiskalt angefühlt, als Ellen aufgestanden war, aber die neue Gasheizung, die ihre Großeltern noch kurz vor ihrem Tod hatten einbauen lassen – dank Großtante Marys Lottogewinn –, sorgte rasch für wohlige Wärme im ganzen Haus. Sie aß Haferbrei mit Rohrzucker zum Frühstück und hörte dabei die Nachrichten auf ABC, die schon einmal schlechter gewesen waren: Die Grippepandemie der letzten Wochen war vermutlich gar keine Pandemie (ihre Mutter, Ärztin von Beruf, hatte das schon die ganze Zeit behauptet), ein vermisstes Kleinkind war wohlbehalten wieder aufgetaucht, bei dem vermeintlichen Bandenkrieg mit Todesopfern handelte es sich aller Wahrscheinlichkeit nach um eine Familientragödie, der jüngste Politskandal war verebbt, auf den Straßen gab es keine nennenswerten Behinderungen, der Tag würde schwach windig werden, mit Wind aus südwestlichen Richtungen. Es hatte den Anschein, als wäre die Welt ausnahmsweise einmal äußerst überschaubar.

Nach dem Frühstück hatte sich Ellen zu einem Strandspaziergang aufgerafft, von dem sie gut gelaunt und windzerzaust und mit einem salzigen Geschmack auf den Lippen zurückkam.

Sie hatte vier Patienten an diesem Tag. Ein Mann, der seine Flugangst überwinden wollte, damit er und seine Frau ihre Rubinhochzeit in Frankreich feiern konnten, war das letzte Mal zu ihr gekommen. Er hatte sich mit einem kräftigen Händedruck und dem Versprechen, Ellen eine Ansichtskarte aus Paris zu schicken, von ihr verabschiedet. Sie hatte außerdem zwei neue Patienten gehabt, und sie liebte es, neue Patienten kennenzulernen. Die eine Patientin war eine Frau, die seit vier Jahren an rätselhaften Schmerzen im Bein litt und bereits zahllose Ärzte, Physiotherapeuten und Chiropraktiker aufgesucht hatte, aber keiner hatte ihr helfen können, alle waren mit ihrem Latein am Ende. Die andere hatte ihrem Verlobten versprochen, bis zur Hochzeit das Rauchen aufzugeben. Beide Sitzungen waren gut gelaufen.

Ihre letzte Patientin an diesem Tag würde Ellen vermutlich nicht auf die Liste ihrer erfolgreich therapierten Patienten setzen können. Sie verstand nicht so recht, was Mary-Kate eigentlich von der Hypnotherapie erwartete, aber die Frau weigerte sich, an jemand anderen überwiesen zu werden, und bestand darauf, die Therapie fortzusetzen. Ellen hatte sich für diesen Tag nichts Kompliziertes vorgenommen, sondern machte lediglich einige Entspannungsübungen mit ihr. »Seelenmassage« nannte sie das. Ihre Seele fühle sich genauso an wie vorher, vielen Dank, meinte Mary-Kate danach, aber das war typisch für sie.

Als Mary-Kate gegangen war, hatte Ellen im ganzen Haus geputzt, aber da und dort etwas herumliegen lassen, damit es nicht zu sauber und aufgeräumt aussah, sondern eher so, als wäre sie von Natur aus ein ordentlicher Mensch. Sie hatte überlegt, ob sie ein paar von den buddhistischen Sprüchen, die auf blasslila Haftnotizzetteln überall hingen, abnehmen sollte. Jon, ihr Exfreund, hatte sich immer darüber lustig gemacht. Er stand zum Beispiel am Kühlschrank und las die Zitate laut und mit Blödelstimme vor. Aber ihr wahres Ich zu verbergen war nicht unbedingt der beste Weg, eine potenzielle neue Beziehung zu beginnen, oder?

Sie hatte auch ihr Bett frisch bezogen, mit der schönsten Bettwäsche, die sie im Schrank hatte. Es dürfte an der Zeit sein, mit ihm zu schlafen, hatte sie gedacht. Sicher, das war nüchtern und unpoetisch, aber so war das nun einmal, wenn man jenseits der dreißig war. Die Zeit des Blumen- und Herzenschenkens war vorbei. Sie waren keine sechzehn mehr. Und religiös waren sie auch nicht. Sie hatten sich im Internet kennengelernt, über ein Partnerportal. Sie hatten alles offengelegt, es war von vornherein alles klar. So wünschten sie sich beide eine langfristige Beziehung – sowohl Ellen als auch Patrick hatte die entsprechenden Kästchen angekreuzt.

Geküsst hatten sie sich schon ein paarmal (und es war schön gewesen), aber jetzt war es an der Zeit für Sex. Ellen war seit einem knappen Jahr solo, und dabei liebte sie Sex. Manche Männer reagierten erstaunt darauf. Sie stellten sich Ellen anfangs als vergeistigtes Wesen voll süßer Unschuld vor, was ihr nichts ausmachte, im Gegenteil, sie bestärkte sie sogar ein bisschen in dem Glauben. Doch dieses Bild von ihr war nicht ganz korrekt. Sie liebte auch Horrorfilme und Kaffee und halbblutige Steaks. Viele Leute waren davon überzeugt, dass sie Vegetarierin war, ja sie dachten, dass sie eine Kräutertee trinkende Vegetarierin *sein sollte*, und gingen sogar so weit, bei Einladungen spezielle Speisen für sie zuzubereiten und dann zu behaupten, sie könnten sich ganz genau daran erinnern, dass sie gesagt habe, sie esse kein Fleisch.

Sie hatte sich Zeit genommen für ihre Vorbereitungen für diesen Abend. Als Erstes ein langes, dampfendes Bad mit einem Glas Wein und einer CD von Violent Femmes. Die durchdringenden Stimmen und aggressiven Instrumentalklänge unterschieden sich so dramatisch vom sanften Säuseln der Entspannungs-CDs, die den ganzen Tag in ihrer Praxis liefen, dass sie wie eine eiskalte Dusche auf Ellen wirkten. Violent Femmes ließ Erinnerungen an die Achtzigerjahre und an ihre vor Hormonen und Hoffnungen strotzende Teenagerzeit Anfang der Neunziger wach werden.

Als Patrick an ihre Tür klopfte, befand sie sich in einer solchen Hochstimmung, dass ihr unwillkürlich ein bisschen Angst wurde, und ein Gedanke schoss ihr durch den Kopf: Das wird ein böses Erwachen geben.

Aber sie hatte diesen Gedanken verscheucht. Und jetzt das …

»Ich muss dir etwas sagen.«

Ellen legte ihre Gabel erneut aus der Hand. Wo blieb der Mann bloß so lange? Sie bemerkte, dass einer der Kellner ihr einen verstohlenen Blick zuwarf, so als überlegte er, ob er ihr seine Hilfe anbieten sollte.

Sie schaute auf Patricks halb aufgegessene Mahlzeit. Er hatte den Schweinebauch bestellt. Wie kann man nur, hatte sie gedacht, aber sie kannte ihn noch nicht lange genug, um ihn damit aufzuziehen. Schweinebauch! Das hörte sich schon so widerlich an, und jetzt lag das Ding wie ein Klumpen kaltes, erstarrendes Fett auf seinem Teller.

Falls er sich ausschließlich von so ungesunden Sachen ernährte, die die Arterien verstopften, hatte er vielleicht in der Toilette einen tödlichen Herzanfall erlitten. Ellen überlegte, ob sie den besorgt dreinblickenden Kellner bitten sollte, nachzusehen. Aber wenn Patrick nun der Schweinebauch nicht bekommen war und er sich übergeben musste? Dann wäre es ihm garantiert peinlich, vom Kellner dabei überrascht zu werden. Na ja, *ihr* wäre es garantiert peinlich. Ein Mann sah das vielleicht anders.

Sie war entschieden zu alt für diese Ängste, die mit ersten Verabredungen verbunden waren. Sie sollte zu Hause sitzen und Kuchen backen oder was auch immer Mütter abends taten.

Ellen schaute auf, und da war er endlich. Er ging auf sie zu. Er wirkte aufgewühlt, so als hätte er gerade einen kleinen Autounfall gehabt, und gleichzeitig peinlich berührt. Das Spiel ist aus, schien sein Gesichtsausdruck zu besagen, als wäre er bei einem Banküberfall erwischt worden und würde mit erhobenen Händen abgeführt werden.

Er setzte sich, breitete die Serviette über seinem Schoß aus und griff zu Messer und Gabel. Einen Augenblick starrte er den Schweinebauch an, seufzte dann und legte sein Besteck wieder beiseite.

»Du denkst wahrscheinlich, ich bin nicht ganz dicht«, sagte er.

»Na ja, ich würde schon gern wissen, was los ist«, erwiderte Ellen im leutseligen Ton einer Frau mittleren Alters.

»Ich hatte gehofft, ich würde es dir erst später sagen müssen, wenn wir … Aber dann ist mir klar geworden, dass ich nicht länger warten kann.«

»Immer mit der Ruhe.« Im gleichen geduldigen, leicht singenden Tonfall sprach Ellen mit ihren Patienten. »Ich werde schon damit klarkommen, was es auch sein mag.«

»Es ist nichts Schlimmes«, entgegnete Patrick hastig. »Im Grunde ist es nur peinlich. Es ist … Ich will nicht lange drum herumreden, deshalb sage ich es einfach, wie es ist.« Er verstummte und grinste dümmlich. »Ich habe eine Stalkerin.«

Einen Moment lang war Ellen nicht ganz klar, was er damit

meinte. Sie drehte die Worte im Geist hin und her, als müsste sie sie aus einer fremden Sprache übersetzen.

Ich habe eine Stalkerin.

Schließlich sagte sie: »Du wirst von einer Stalkerin bedrängt?«

»Sie stellt mir schon seit gut drei Jahren nach. Meine Exfreundin. Manchmal verschwindet sie eine Zeit lang von der Bildfläche, nur um sich dann umso hartnäckiger wieder in mein Leben zu drängen.«

Ellen verspürte grenzenlose Erleichterung. Jetzt, wo sie wusste, dass er nicht die Absicht hatte, sie abzuservieren, wurde ihr bewusst, wie sehr sie ihn mochte, wie sehr sie hoffte, dass es mit ihnen beiden funktionieren würde, und dass sie beim Wimperntuschen tatsächlich gedacht hatte: Ich könnte mich in ihn verlieben. Patrick war der Grund für ihre euphorische Stimmung den ganzen Tag über. Er und nicht das Wetter oder ihr süßer Haferbrei oder die neue Gasheizung oder die Morgennachrichten.

Von einer Exfreundin gestalkt zu werden? Wunderbar!

Das war spannend.

Andererseits, wenn sie darüber nachdachte, was Stalking bedeutete …

Briefe aus Buchstaben, die aus Zeitungen und Illustrierten ausgeschnitten worden waren. Mit Blut an Wände geschriebene Botschaften. Verrückte Fans, die die Häuser von Prominenten belagerten. Gewalttätige Männer, die ihre Exfrauen niederschossen.

Aber wer stellte schon einem Vermessungsingenieur nach? Selbst wenn dieser ein besonders bezauberndes Kinn hatte?

»Wie muss ich mir dieses Stalking vorstellen?«, fragte Ellen. »Ist die Frau gewalttätig?«

»Nein.« Patrick machte ein Gesicht, als würde er gezwungen, eine Reihe äußerst intimer medizinischer Fragen zu beantworten. »Sie hat mich nie körperlich attackiert. Gelegentlich brüllt sie mich an. Wird ausfallend. Sie ruft mich mitten in der Nacht an, schickt Briefe, E-Mails, SMS-Nachrichten. Meistens ist sie einfach nur da, wo ich bin.«

»Du meinst, sie verfolgt dich?«

»Ja. Überallhin.«

»Du meine Güte, das muss ja furchtbar sein!« Da war sie wieder, diese Frau mittleren Alters. »Warst du schon bei der Polizei?«

Er rutschte sichtlich unbehaglich auf seinem Stuhl hin und her. »Ja. Ein Mal. Ich habe mit einer Beamtin gesprochen, aber ich weiß nicht, ob sie … Ich meine, sie hat all die richtigen Dinge gesagt, aber ich bin mir wie ein Trottel vorgekommen, wie ein Weichei. Sie hat mir vorgeschlagen, ein Tagebuch über die Vorfälle zu führen, alles genau festzuhalten, und das habe ich gemacht. Sie meinte auch, ich könne eine einstweilige Verfügung erwirken. Ich habe ernsthaft darüber nachgedacht, aber als ich meiner Ex erzählte, dass ich bei der Polizei war, sagte sie, wenn ich weitere Schritte gegen sie unternähme, würde sie der Polizei erzählen, dass ich *sie* belästige und dass ich sie auch schon geschlagen hätte. Na ja, *ich* bin der Mann, wem werden sie da wohl glauben? Ihr natürlich. Also habe ich einen Rückzieher gemacht. Ich hoffe immer noch, dass sie irgendwann damit aufhört. Und unterdessen vergeht ein Jahr nach dem anderen. Ich kann nicht glauben, dass sich diese Geschichte jetzt schon so lange hinzieht.«

»Das ist bestimmt ganz schön …« *Beängstigend* hatte Ellen sagen wollen, fürchtete aber, sein zartes Ego damit zu verletzen. Das Ego eines Mannes war ihrer Meinung nach so zerbrechlich wie eine Eierschale. So sagte sie stattdessen: »… stressig.« Es gelang ihr nicht ganz, den freudigen Unterton in ihrer Stimme zu unterdrücken.

»Anfangs hat es mir gewaltig zu schaffen gemacht«, gab Patrick zu. »Inzwischen habe ich es irgendwie akzeptiert. Gestalkt zu werden gehört sozusagen zu meinem Leben. Aber es stellt eine massive Belastung für neue Beziehungen dar. Manche Frauen geraten regelrecht in Panik. Einige sagen am Anfang zwar, es mache ihnen nichts aus, sie kämen schon damit klar, aber dann können sie doch nicht damit umgehen.«

»Ich schon, ich schaffe das«, sagte Ellen schnell, als handle es sich um ein Vorstellungsgespräch, bei dem sie beweisen wollte, dass sie den Anforderungen gewachsen war. Sooft ihr ein Mann von den Fehlern seiner früheren Freundinnen erzählte, wurde in ihr der peinliche Drang geweckt, darauf hinzuweisen, dass *sie* diese Fehler bestimmt nicht machte.

Verlegen griff sie nach ihrem Glas und nahm einen kräftigen Schluck Wein. Sie hatte sich gerade eben in die Karten schauen lassen. Im Grunde hatte sie nichts anderes gesagt als: Ich wünsche mir eine Beziehung mit dir.

Sie starrte angestrengt mit gerunzelter Stirn in ihr Glas. Als sie nach einer ganzen Weile wieder aufblickte, sah sie, dass Patrick lächelte, ein strahlendes Lächeln ungetrübter Freude, das seine Augenwinkel in kleine Fältchen zerknitterte. Er langte über den Tisch und ergriff ihre Hand.

»Das hoffe ich«, sagte er. »Ich habe nämlich ein wirklich gutes Gefühl dabei. Das mit uns, meine ich. Die Vorstellung von uns beiden.«

»Die Vorstellung von uns beiden«, wiederholte Ellen.

Sie ließ die Worte genüsslich auf der Zunge zergehen und schwelgte im beseligenden Gefühl seiner Berührung. So ein Unsinn, dass man jenseits der dreißig in puncto Beziehungen pragmatisch und abgestumpft wurde! Die Berührung seiner Hand überschwemmte ihre Blutbahnen mit Endorphinen. Sie kannte die wissenschaftlichen Erklärungen für das Phänomen Liebe, sie wusste, dass in diesem Moment Glückshormone oder »Liebeschemikalien« (Noradrenalin, Serotonin und Dopamin) in ihrem Gehirn freigesetzt wurden, doch deswegen war sie nicht weniger empfänglich dafür als jeder andere.

Schön, jetzt hatten sie beide ihre Karten auf den Tisch gelegt.

»Warum hast du mir gerade heute Abend davon erzählt?«, fragte Ellen. Er malte mit dem Daumen kleine Kreise auf ihre Handfläche. Ellen musste an einen alten Kindervers denken: *Dreh dich, kleiner Kreisel, dreh dich immerzu …* »Von deiner Stalkerin, meine ich.«

Sein Daumen hielt abrupt inne. »Ich habe sie gesehen.«

»Was?« Ellens Blicke huschten suchend durch das Restaurant. »Du meinst, hier?«

Patrick nickte. »Sie hat an einem Tisch am Fenster gesessen.« Er deutete mit dem Kinn über Ellens Schulter. Als Ellen sich umdrehen wollte, sagte er: »Keine Sorge, sie ist fort.«

»Was hat sie gemacht? Uns nur beobachtet?«

Ellen spürte, wie ihr Herzschlag sich beschleunigte. Sie wusste nicht so recht, was sie fühlte. Angst und vielleicht eine Spur prickelnde Erregung.

»Sie hat eine SMS geschrieben«, antwortete Patrick matt.

»An dich?«

»Vermutlich. Ich hab mein Handy ausgeschaltet.«

»Willst du die Nachricht nicht lesen?«, fragte Ellen, weil sie die Nachricht lesen wollte.

»Nicht unbedingt«, erwiderte er. »Eigentlich überhaupt nicht.«

»Wann ist sie gegangen?« Hätte Ellen es früher gewusst, hätte sie die Frau vielleicht sehen können.

»Sie ist mir gefolgt, als ich zur Toilette ging. Wir haben im Gang ein paar Worte gewechselt. Deshalb hat es so lange gedauert. Sie hat gesagt, dass sie geht, und das hat sie Gott sei Dank auch gemacht.«

Dann musste sie direkt an ihrem Tisch vorbeigekommen sein! Ellen durchforschte ihr Gedächtnis auf der Suche nach einer Frau, die an ihr vorbeigegangen war, konnte sich jedoch nicht erinnern. Wahrscheinlich hatte sie gerade die Augen zugehabt für ihre Selbsthypnose. Verdammt!

»Was hat sie gesagt? War es ihr nicht peinlich?«

»Sie tut jedes Mal so, als ob wir uns rein zufällig begegnet wären. Erbärmlich! Irgendwie erwartet man, dass sie wie eine Verrückte aussieht, mit wirren Haaren und abgerissener Kleidung und so, aber sie sieht ganz normal aus, gefasst und diszipliniert. Manchmal zweifle ich an mir selbst, als würde ich mir das alles nur einbilden. Sie ist eine erfolgreiche Karrierefrau. Eine angesehene Karrierefrau.

Kaum zu glauben, oder? Was ihre Kollegen wohl sagen würden, wenn sie wüssten, was sie in ihrer Freizeit tut. Egal. Wollen wir nicht über etwas Erfreulicheres reden? Wie war der Fisch?«

Machst du Witze?, dachte Ellen. Es gab nichts, über das sie lieber reden wollte. Sie interessierte sich für jede Einzelheit. Sie wollte verstehen, was im Kopf dieser Frau vor sich ging. Normalerweise konnte sie sich mühelos in eine Frau hineinversetzen. Sie kam gut mit Frauen klar. Sie mochte Frauen. Es waren die Männer, die ihr oft ein Rätsel waren. Aber den Exfreund drei Jahre lang verfolgen und belästigen? War sie eine Psychopathin? Liebte sie ihn immer noch? Wie rechtfertigte sie ihr Verhalten vor sich selbst?

»Der Fisch war ganz vorzüglich«, antwortete Ellen.

Sie gierte förmlich nach weiteren Informationen, aber sie beherrschte sich. Ihre Neugier schien ihr unangebracht. Immerhin litt der Mann unter der Situation. Sie interessierte sich brennend für das Leben anderer Menschen, und sie wusste, dass diese schier unstillbare Neugier eine ihrer Schwächen war.

»Wer kümmert sich heute Abend eigentlich um deinen Sohn?«, fragte sie dann, um Patrick zuliebe das Thema zu wechseln.

»Meine Mutter.« Patricks Züge entspannten sich. »Jack liebt seine Granny über alles.«

Er blinzelte, warf einen Blick auf seine Armbanduhr und sagte: »Da fällt mir ein, ich hab ihm versprochen, ihn anzurufen und ihm Gute Nacht zu sagen. Es ging ihm vorhin nicht so gut. Darf ich?« Er zog sein Handy aus seiner Jackentasche.

»Aber natürlich.«

»Normalerweise ruf ich ihn nicht an, wenn ich ausgehe«, fügte er hinzu und schaltete sein Telefon ein. »Ich meine, er ist schon ziemlich selbstständig. Er kann gut auf sich allein aufpassen.«

»Ich versteh schon. Kein Problem.«

»Aber er hat eine wirklich schlimme Erkältung gehabt, die ihm auf die Brust geschlagen ist. Er muss Antibiotika nehmen.«

»Schon in Ordnung. Das ist wirklich kein Problem.« Ellen wollte hören, wie er mit seinem kleinen Jungen sprach.

Patricks Telefon fing an zu piepsen und hörte nicht mehr auf. Er verzog das Gesicht. »Lauter Textnachrichten.«

»Von deiner … Stalkerin?« Ellen bemühte sich, nicht allzu aufdringlich auf das piepsende Handy zu starren.

Er warf einen prüfenden Blick auf das Display. »Ja. Normalerweise lese ich sie gar nicht erst, sondern lösche sie gleich.«

»Klar.« Ellen konnte sich nicht bremsen. »Weil sie so widerwärtig sind?«

»Manchmal, ja. Meistens sind sie einfach nur erbärmlich.«

Sie beobachtete sein Gesicht, während er mit dem Daumen verschiedene Tasten drückte und die Textnachrichten las. Er lächelte spöttisch, als ob er sich ein hässliches Wortgefecht mit einem Gegner lieferte. Er verdrehte die Augen, nagte am äußeren Rand seiner Unterlippe.

»Willst du sie lesen?« Patrick hielt ihr sein Handy hin.

»Warum nicht?«, entgegnete Ellen leichthin. Sie beugte sich vor und las, während er die Textnachrichten über das Display scrollte.

Das ist ja lustig, dass ich dich hier sehe! Ich sitze an einem Tisch am Fenster.

Du siehst toll aus in dem Hemd.

Du hast den Schweinebauch bestellt? Was hast du dir bloß dabei gedacht?

Sie ist hübsch. Ihr seid ein schönes Paar. S.

Ellen zuckte zurück.

»Entschuldige«, sagte Patrick. »Die hätte ich dir nicht zeigen sollen. Aber ich versichere dir, du bist nicht … wie soll ich sagen … irgendwie in Gefahr.«

»Nein, nein, schon gut.« Sie nickte zu seinem Handy hin. »Mach weiter.«

Hat mich gefreut, dass ich dich heute Abend gesehen habe. Demnächst auf einen Kaffee?

Ich liebe dich. Ich hasse dich. Ich liebe dich. Ich hasse dich. Nein, ich hasse dich ganz entschieden.

Ellen setzte sich wieder gerade hin.

»Was ist deine professionelle Meinung dazu?«, fragte Patrick. »Eindeutig verrückt, oder? Ich meine, diese Beziehung endete vor drei Jahren.«

»Wie lange wart ihr zusammen?«

»Zwei Jahre. Na ja, eigentlich drei. Nach dem Tod meiner Frau war sie meine erste feste Beziehung.«

Ellen hätte gern nach dem Grund für die Trennung gefragt, doch stattdessen sagte sie: »Warum änderst du nicht einfach deine Telefonnummer?«

»Ich habe sie schon x-mal geändert, aber das ist zwecklos. Außerdem bin ich selbstständig, ich muss erreichbar sein. Hey, ich ruf nur schnell meinen Sohn an, okay?«

Ellen schaute zu, wie er eine Nummer wählte und das Handy dann ans Ohr hielt.

»Hallo, Kumpel, ich bin's. Wie geht's dir? … Was ich gegessen habe? Oh, Schweinebauch.« Er blickte bedrückt auf seinen Teller. »Nein, war nicht besonders. … Und bei dir? Alles in Ordnung? Geht's dir besser? Hast du deine Antibiotika genommen? Was macht Granny? … Wirklich? Das ist gut. … Ja. … In Ordnung. … Aber beeil dich, ja?« Er lauschte. Als sein und Ellens Blick sich trafen, zwinkerte er ihr zu.

»Im Ernst? Okay, das ist … Genau. … Ein Vulkan? Mit dem Fallschirm? Du meine Güte!«

Während er seinem Sohn zuhörte, trommelte er mit den Fingern auf der Tischdecke. Ellen betrachtete seine Hand. Es war eine schöne Hand. Große, ganz gerade geschnittene Nägel.

»Okay, Kumpel, ich glaube, du musst mir den Rest morgen erzählen, sonst wäre das sehr unhöflich meiner … Bekannten gegenüber. … Okay. Wir sehen uns dann morgen. … Waffeln, natürlich. … Auf jeden Fall. Schlaf gut, Kleiner. Hab dich lieb.«

Er beendete das Gespräch, schaltete das Handy aus und steckte es in seine Tasche zurück. Er sah Ellen an.

»Entschuldige. Er wollte mir den Film, den er sich angesehen hat, bis ins kleinste Detail erzählen. Das hat er von mir, fürchte ich.«

»Tatsächlich?«

Ein intensives Glücksgefühl schoss Ellen in den Hinterkopf. Sie fand es wunderbar, wie er mit seinem Sohn redete, so locker und lustig und männlich und liebevoll. Sie fand es wunderbar, dass sie morgen früh Waffeln zum Frühstück essen wollten. Sie liebte Waffeln! Sie fand es wunderbar, wie unbefangen er »Hab dich lieb« gesagt hatte.

Ein Kellner kam und räumte den Tisch ab. Die Teller auf dem Unterarm balancierend, fragte er: »Hat Ihnen der Schweinebauch nicht geschmeckt, Sir?«

»Doch.« Patrick lächelte zu ihm auf. »Ich war nur nicht so hungrig, wie ich gedacht hatte.«

»Darf ich Ihnen die Dessertkarte bringen? Oder einen Kaffee?«

Patrick sah Ellen an und hob fragend die Augenbrauen.

»Nein, vielen Dank«, sagte sie.

»Dann die Rechnung, bitte«, sagte Patrick zum Ober.

Ellen blickte auf ihre Armbanduhr. Erst zehn Uhr. »Ich habe eine Schachtel feines Konfekt zu Hause. Wenn du auf eine Tasse Kaffee mit zu mir kommen möchtest? Falls du noch Zeit hast.«

»O ja, die habe ich«, erwiderte Patrick, und ihre Blicke trafen sich.

Natürlich vergeudeten sie keine Zeit mit Kaffee und Konfekt. Als sie sich zum ersten Mal in dem frisch bezogenen Bett liebten, prasselte plötzlich ein kräftiger Regenschauer auf das Dach, und Ellen dachte einen Moment lang an Patricks Stalkerin. Sie fragte sich, wo sie jetzt wohl sein mochte, und stellte sich vor, wie sie unter einer Straßenlaterne im strömenden Regen stand und die Regentropfen ungerührt über ihr blasses, gequältes (wunderschönes?) Gesicht rannen. Doch dann verdrängten die tausend spannenden Empfindungen, die ein neuer Liebhaber heraufbeschwört, jeden anderen Gedanken, und Patricks Stalkerin war vergessen.

2

In meinem Alter sind die meisten Freunde in langjährigen festen Beziehungen, und in meinem Beruf bietet sich kaum Gelegenheit, einen potenziellen neuen Partner kennenzulernen. Ich glaube, ich sehe das Portal einfach als unterhaltsame Art, neue Bekanntschaften zu schließen. Ich bin zwar eine Romantikerin, aber ich bin nicht wirklichkeitsfremd.

Aus dem Partnerportal-Benutzerprofil des Benutzernamens Ellen68

Am anderen Morgen machte Ellen sich in aller Frühe zu einem Strandspaziergang auf. Sie hatte ihre Hose bis zu den Knien aufgekrempelt, sodass ihre nackten Füße von den Wellen umspült wurden. Sie dachte an Patrick (sie liebte diesen Namen, er hatte überhaupt nichts Affiges an sich!) und an die vergangene Nacht.

Sie dachte an seinen Sohn. (So süß!)

An seine verrückte Exfreundin. (Aufregend! Vielleicht auch ein bisschen beängstigend? Sie war sich nicht sicher.)

An seinen Körper. *Großer Gott*, hatte sie gedacht, wie die in Ohnmacht sinkende Heldin eines vor zweihundert Jahren spielenden Liebesromans, als er sein unauffälliges, gestreiftes Anzughemd aufknöpfte. Der bloße Gedanke an seine Brust versetzte ihr einen elektrisierenden Schlag brennenden Verlangens, und sie berührte ihre Lippen, die ganz empfindlich waren vom vielen Küssen.

Patrick war Punkt Mitternacht gegangen. Wie Aschenputtel. Seine Mutter übernachtete zwar im Gästezimmer, hatte er gesagt, aber es komme ihm immer so vor, als würde er ihre Hilfsbereitschaft ausnutzen, wenn er zu lange wegblieb.

»Ich hasse das«, hatte er gemeint, als er sein Hemd über seiner muskulösen Neandertalerbrust zuknöpfte, »aber falls wir, na ja, du weißt schon … dann kann ich ihr sagen, dass ich über Nacht wegbleibe.«

»Schon gut«, hatte Ellen mit schläfrig belegter Stimme gemurmelt.

Sie war froh, dass er ging. Ihr war es lieber, allein im Bett liegen und an ihn denken zu können, als am anderen Morgen neben ihm aufzuwachen und sich um den Anblick, den sie ihm im verschlafenen Zustand bot, sorgen zu müssen.

»Ich ruf dich an«, hatte er ihr zum Abschied versprochen.

Um sechs Uhr morgens hatte ihr piepsendes Handy ihr den Eingang einer Textnachricht gemeldet.

Wann darf ich dich wiedersehen? Ich glaube, du hast mich hypnotisiert!

Schauderhaft, aber sooo süß!

Es hatte also ganz den Anschein, als bahne sich etwas an. Sie stand am Anfang von etwas Neuem. *Da wären wir also wieder.* Sie zog die salzige Luft ein und spürte, wie sie in der Kehle kratzte. Eine Sekunde lang lastete das Gewicht all ihrer früheren Enttäuschungen auf ihr.

Bitte mach, dass es diesmal klappt, dachte sie, so richtig bemitleidenswert.

Und dann, mit mehr Mut und Entschlossenheit: Nun komm schon, ich hab's verdient!

Ellen hatte drei lange Beziehungen gehabt: Andy, Edward und Jon. Manchmal kam es ihr so vor, als würde sie die Erinnerungen an ihre Verflossenen mit sich herumschleppen wie drei alte Konservenbüchsen an einer Schnur.

Andy war ein erschreckend groß gewachsener junger Bankkaufmann. Ihre drei Jahre während Beziehung war Ellen immer irgendwie unaufrichtig vorgekommen, so als würden sie nur so tun, als wären sie ineinander verliebt, aber das sehr überzeugend. Als Andy eine Stelle im Ausland angeboten wurde, sprach keiner von beiden die Möglichkeit an, dass Ellen ihn eventuell begleiten würde. Die ganze Geschichte hinterließ ein schmieriges Gefühl bei ihr, als ob sie einen fettigen Hamburger gegessen hätte.

Edward war ein lieber, sensibler Highschool-Lehrer. Ihre Liebe war tief und innig, und sie wurden eines jener Paare, deren Weg klar vorgezeichnet schien. Doch dann, aus vielerlei Gründen, die ihr immer noch nicht ganz klar waren, und zur Bestürzung all ihrer Freunde und Bekannten, implodierte ihre Beziehung plötzlich. Der Trennungsschmerz war kaum auszuhalten.

Jon hatte sie an ihrem dreißigsten Geburtstag kennengelernt. Okay, hatte sie gedacht, das ist es jetzt, das ist die richtige Beziehung, die Beziehung zweier erwachsener Menschen. Er war Ingenieur, klug und redegewandt. Ellen vergötterte ihn förmlich. Erst als er ihr das Herz in tausend Stücke gerissen hatte, wurde ihr klar, dass diese glühende Liebe im Grunde nie auf Gegenseitigkeit beruht hatte.

Ellen hatte diese gescheiterten Beziehungen immer als … nun … als ein Scheitern angesehen. Doch jetzt kam ihr der Gedanke, dass sie vielleicht notwendig gewesen waren, Etappen einer vorbestimmten Reise, die sie exakt hierher, an diesen Strand, führen sollte. Zu einem grünäugigen Vermessungsingenieur namens Patrick Scott.

Sie dachte an seine Exfreundin, seine Stalkerin. Saskia. Ein ungewöhnlicher Name mit seinen spröden kurzen Silben. Ellen drehte den Namen in ihrem Mund hin und her wie eine exotische, unbekannte Frucht. Saskia wäre nicht begeistert, wenn sie wüsste, dass sich Ellens Herz mit zarter, banger Hoffnung füllte.

Ellen kickte mit dem Fuß in eine Welle, sodass eine Fontäne eisiger Wassertröpfchen aufstob. Was für ein Mensch war diese Frau bloß? Hatte sie denn gar keinen Stolz? Ellen wäre es schon furchtbar unangenehm, wenn einer ihrer Exfreunde wüsste, dass sie gelegentlich an ihn dachte.

Dabei waren sie im Grunde immer präsent. Sooft sie aus dem Auto ausstieg, schob sie zwangsläufig den Fahrersitz zurück, damit Andy mit seinen langen Beinen Platz hatte, falls er das nächste Mal fuhr – eine Angewohnheit aus der Zeit, als sie sich ein Auto geteilt hatten. Jedes Mal, wenn sie eine Tomate aufschnitt, dachte sie an Jon, weil er ihr einmal gesagt hatte, durch schräges Anschneiden blieben sie saftiger. An jedem 26. Dezember dachte sie an Edward, weil er an diesem Tag Geburtstag hatte.

Eigentlich war es ganz normal, dass sie an ihre Verflossenen dachte. Immerhin war jeder von ihnen eine Zeit lang derjenige gewesen, der sie am besten kannte, der Tag für Tag mit ihr sprach, der genau wusste, wann sie sich wo aufhielt, der, wäre sie auf tragische Weise ums Leben gekommen, bei ihrer Beerdigung ganz vorn gesessen hätte.

Manchmal kam es ihr schon komisch und falsch vor, dass man mit jemandem so vertraut sein konnte, mit ihm schlafen ging und neben ihm aufwachte, regelmäßig äußerst intime Dinge mit ihm zusammen machte, und dann kannte man plötzlich nicht einmal mehr seine Telefonnummer oder seine Adresse, man wusste nicht mehr, wo er arbeitete oder was er am Tag zuvor oder letzte Woche oder letztes Jahr getan hatte.

Ellen schaute zu, wie sich am Horizont eine gigantische Welle kräuselnd aufbäumte und dann mit einem Donnern wieder zusammenkrachte.

Deshalb fühlte sich eine Trennung an, als würde man bei lebendigem Leib gehäutet. Im Grunde war es seltsam, dass die meisten mit Würde und Anstand damit umgingen und nicht mehr Menschen so wie Saskia reagierten.

»Guten Morgen!« Ein älteres Paar kam ihr entgegen, forschen Schrittes und mit beachtenswertem Armeinsatz. Ellen beschleunigte ihr Tempo. Sie konnte sich doch nicht von zwei Greisen beschämen lassen.

Ihre Großeltern hatten hier jeden Abend vor den Sechs-Uhr-Nachrichten ihren Strandspaziergang gemacht. Dreiundsechzig

Jahre hatten sie miteinander verbracht. Dreiundsechzig Jahre neben demselben Menschen im selben Schlafzimmer aufwachen, in genau dem Schlafzimmer, in dem sie und Patrick sich in der vergangenen Nacht geliebt hatten. Was sie im Nachhinein betrachtet ganz furchtbar fand. Ellen stellte sich nämlich gern vor, dass sich die Geister ihrer Großeltern immer noch im Haus aufhielten. Wenn das wirklich so war, hatte ihr armer Großvater sich bestimmt, den Blick verlegen abgewandt, hinter dem Vorhang versteckt.

Ellen hatte immer angenommen, dass sie jung heiraten und eine Ehe wie ihre Großeltern führen würde. Ihrer Einschätzung nach war sie der Typ dafür. Konservativ und nett. Als ob nette Mädchen immer nette Jungs fänden. Als ob Nettigkeit alles wäre, was eine stabile, dauerhafte Beziehung brauchte.

Wenn sie ehrlich war (und ihr permanentes Streben war das Erlangen wahrer Selbsterkenntnis), so lag ihr Problem weniger in ihrer Nettigkeit begründet als vielmehr darin, dass sie ihrer Meinung nach kein bisschen wie ihre Mutter war, die Ellen ganz allein, ohne einen Mann in der Nähe, großgezogen hatte.

Und dennoch war sie mittlerweile fünfunddreißig Jahre alt und suchte im Internet nach einem passenden Partner. Leider hatte sie, sooft sie die Website anklickte, das Gefühl, etwas irgendwie Unangemessenes zu tun. Unangemessen für *sie*. Das war der Knackpunkt. Für die breite Masse war es durchaus in Ordnung, im Internet auf Partnersuche zu gehen, aber sie war diejenige, die anderen half, ihr Privatleben in den Griff zu bekommen, sie durfte nicht selbst Hilfe in Anspruch nehmen müssen. Genau das war es. Sie dachte, sie sollte eigentlich alles über das Leben zu zweit wissen und selbst die perfekte Beziehung führen.

Aber warum sollte ausgerechnet sie nicht gelitten und Liebeskummer gehabt haben? Warum sollte ausgerechnet sie keine Probleme gehabt haben, den Richtigen zu finden? Warum sollte ausgerechnet ihr das Ticken ihrer biologischen Uhr kein Kopfzerbrechen bereiten, so klischeehaft das auch sein mochte? Warum sollte ausgerechnet sie nicht dem Klischee entsprechen?

Ellen schämte sich für ihre Verschämtheit. Zur Strafe ging sie sehr offen mit ihrem Single-Status um. Sie erzählte jedem, der es hören wollte, dass sie im Internet Männerbekanntschaften suchte. Sie ging hoch erhobenen Hauptes mit positiver Grundeinstellung und aufgeschlossener Gesinnung zu jedem neuen Date und ertrug tapfer die ersten Begegnungen trotz eigener Befangenheit.

Aber zuweilen war das wirklich harte Arbeit.

Als Ellen die kleine Felsenbucht erreichte, wo sie immer umkehrte, blieb sie stehen und stemmte schnaufend die Hände in die Hüften. Sie hatte gar nicht gemerkt, wie schnell sie gelaufen war.

Sie schaute zurück auf das Haus ihrer Großeltern, das jetzt ihr Haus war. Der verglaste Anbau funkelte in der Morgensonne wie ein Diamant. »Wunderbar. Jetzt ist es vollends verschandelt«, hatte ihre Mutter beim Anblick des Anbaus gesagt, den Ellens Großvater hatte anfertigen lassen, ebenfalls dank Großtante Marys Lottogewinn.

Mary, die jüngere kinderlose, unverheiratete Schwester von Ellens Großvater, hatte im Lotto eine halbe Million Dollar gewonnen und war nur sechs Wochen später gestorben, als sie noch überlegte, was sie mit dem unverhofften warmen Regen anfangen sollte. (Vielleicht einen neuen Fernseher kaufen, einen dieser Flachbildschirme? Andererseits würden sich die Quizsendungen deshalb nicht ändern, oder? Sie würden bloß größer aussehen.) Ellens Großeltern hatten alles geerbt und von dem Geld den verglasten Anbau und die neue Gasheizung finanziert und sich jährlich eine zehntägige Kreuzfahrt gegönnt. Der Lottogewinn hatte sie auch dazu veranlasst, ihr Haus Ellen zu vererben, während das Kapital an Ellens Mutter und an Amnesty International gegangen war. Auf diese Weise waren alle zufrieden. Ellens Mutter hatte nie den Wunsch verspürt, in ihrem Elternhaus zu wohnen. »Das Haus ist ein Fass ohne Boden«, sagte sie immer mit trauriger Bestimmtheit, als hätte irgendjemand sie um ihre fachmännische Meinung gebeten.

Das Haus sah wirklich seltsam aus. Es war in den Siebzigerjahren gebaut worden und besaß sämtliche bauliche Merkmale, die seinerzeit in Mode gewesen waren: Sichtbalken und unverputzte Backsteinmauern, eine stählerne Wendeltreppe, verspiegelte Mauerbögen, einen limonengrünen Zottelteppich und eine leuchtend orangerote Küche. Aber Ellen hatte dieses Haus immer geliebt. Sie fand den Retrolook äußerst reizvoll und charmant und weigerte sich, auch nur das Geringste daran zu ändern, sah man einmal von dem Stellplatz ab, den sie für ihre Patienten hatte anlegen lassen.

Als ihr Großvater starb und kurz darauf ihre Großmutter, lebte Ellen in einer Mietwohnung. Sie hatte auch ihre Praxisräume nur angemietet, obwohl »das Geschäft erstaunlich gut lief« (wie ihre Mutter, gleichermaßen enttäuscht wie stolz, den Leuten immer erzählte). Dann hatte sie das Haus geerbt, in dem sie nicht nur wohnen, sondern auch ihre Patienten behandeln konnte (der verglaste Anbau war das Nähzimmer ihrer Großmutter gewesen). Durch die Erbschaft war sie zum ersten Mal in ihrem Leben finanziell völlig unabhängig.

Ihr fiel ein weißer Stein im Sand auf, und sie bückte sich danach. Er war hübsch geformt und fühlte sich angenehm in der Hand an. Ellen beschloss, ihn mitzunehmen, vielleicht konnte sie ihn irgendwann bei einer Therapiesitzung verwenden.

Als sie sich wieder aufrichtete und aufs Meer hinausblickte, löste sich etwas in ihrer Brust, als hätte man ihr ein Korsett abgenommen. Wer gab schon gern zu, wie sehr er sich nach Liebe sehnte? Das gestand man nicht einmal sich selbst ein. Ein Mann sollte nur der Zuckerguss sein, nicht die ganze Torte. Ellen war so glücklich, dass es ihr peinlich war. Gott sei Dank konnte niemand die Champagnerkorken in ihrem Kopf knallen sehen.

Sie nahm sich vor, bei ihrer Rückkehr auf Patricks Textnachricht zu antworten. Vielleicht könnten sie am Abend zusammen ins Kino gehen. Nicht besonders originell, aber sich gemeinsam einen Film anzusehen war immer noch eines der schönsten Dinge, die man mit einem neuen Freund tun konnte. Sie würde sich bemühen, damit sie nicht allzu eifrig klang.

Ellen ging näher ans Wasser und grub ihre Zehen tief in den Sand. Sie konnte an nichts anderes als an Patrick denken.

Tut mir leid, Saskia, aber ich glaube, ich werde ihn behalten.

Er hat also mit der Hypnotiseurin geschlafen.

Ich weiß es. Ich habe es sofort gewusst, als ich die beiden aus dem Kino kommen und seine Hand auf ihrem Kreuz sah. Sie lag ziemlich weit unten, eine vertrauliche, Besitz ergreifende Berührung.

Er denkt, er wäre gut im Bett. Daran ist nur seine Frau schuld. Sie hat ihm einmal gesagt, er sei ein fantastischer Liebhaber. Und dann starb sie. Dadurch wurde alles, was sie jemals sagte, zum Evangelium. Das Wort Colleens.

Colleen hat Patrick einmal erklärt, dass man das Waschpulver in der Waschmaschinentrommel vollständig auflösen solle, bevor man die Wäsche hineingibt, obwohl die meisten Leute es einfach obendrauf schütten. Aber Colleen bestand darauf, die Wäsche würde dadurch sauberer. Also wurde es so gemacht. Du meine Güte, ich mache es immer noch so, auch wenn es lästig ist, weil man warten muss, bis die Trommel voller Wasser ist, und manchmal gehe ich weg und denke nicht mehr daran, bis mir schlagartig einfällt, dass das Programm schon halb durchgelaufen ist und ich gar keine Wäsche in der Trommel habe.

Patrick war tatsächlich ziemlich gut im Bett. Das ist er wahrscheinlich heute noch. Wahrscheinlich flüstert er immer noch die gleichen Worte, macht immer noch die gleichen Bewegungen.

Ich stelle mir vor, wie er mit ihr im Bett liegt, ihren Sandelholzduft einatmet, seine Hände ihre glatte, toxinfreie Haut streicheln.

Ich würde zu gern dabei sein. Ich würde gern am Fußende des Bettes sitzen und zuschauen, wie er den Kopf zu ihrer Brustwarze hinunterbeugt. Sie hat größere Brüste als ich. Das gefällt ihm bestimmt.

Ob sie ihn wohl umsonst hypnotisiert?

Ihre Stimme klingt wie warmer Honig, der von einem Löffel tropft.

Sie haben sich gestern Abend diesen Film mit Russell Crowe angesehen. Der Streifen war gar nicht schlecht. Patrick müsste eigentlich gewusst haben, was passieren wird, weil der Film auf der Serie beruht, die wir montagabends immer angeschaut haben. Ich war mir ziemlich sicher, dass er sich nicht daran erinnerte, deshalb habe ich ihm eine Textnachricht geschickt und ihn darauf aufmerksam gemacht.

Anschließend sind sie in dieses Thai-Restaurant an der Ecke gegangen, wo er mir zum ersten Mal sagte, dass er mich liebt.

Ob sie wohl am gleichen Tisch gesessen haben? Ob er sich wohl an damals erinnert hat, und sei es nur eine Sekunde lang? Ich bin doch sicherlich einen flüchtigen Gedanken wert.

Ich habe keinen Tisch mehr bekommen. Sie müssen sich einen reserviert haben. Das hat bestimmt sie getan, er würde sich niemals die Mühe machen. Da bin ich in ein Café gegangen und habe ihm einen Brief geschrieben, nur um alles zu erklären, damit er endlich begreift. Ich habe ihm den Brief unter den Scheibenwischer geklemmt.

Ich freue mich schon auf meinen nächsten Termin bei der Hypnotiseurin.

3

»Es ist die Vorstellung des Menschen seiner selbst, die ihn formt; er ist das Ergebnis seiner Gedanken.« Das sagte Paracelsus im sechzehnten Jahrhundert. Der Gedanke von der Kraft des Geistes ist also nicht neu, meine Damen und Herren. Hiermit begrüße ich Sie.
EINLEITUNG ZU EINER REDE ELLEN O'FARRELLS BEIM AUGUSTFRÜHSTÜCK DER NORTHERN BEACHES ROTARIER *(leider konnte ein Großteil des Publikums sie aufgrund eines defekten Mikrofons nicht verstehen)*

»Wir sollten gehen«, sagte Ellen gähnend.

»Ja, du hast recht«, erwiderte Patrick gähnend.

Keiner rührte sich.

Es war Donnerstagabend kurz vor elf, und sie lagen auf dem Rücken auf einer Picknickdecke, die sie auf einem grasbewachsenen Hang direkt unter der Harbour Bridge ausgebreitet hatten. Vorher hatten sie sich im Theater in Kirribilli ein albernes Stück angesehen. Nach der Vorstellung waren sie in ein winziges überfülltes Pasta-Restaurant gegangen, hatten dort gegessen und anschließend einen Spaziergang gemacht. Von der hölzernen Promenade am Hafen aus hatten sie dem Verkehr zugeschaut, der über die Brücke brauste, während darunter hell erleuchtete Fähren über das dunkle Wasser glitten. Es sollte nicht zu spät werden an diesem Abend, weil die junge Nachbarin, die auf Patricks Sohn aufpasste, am anderen Morgen in die Uni musste und er sie nicht zu lange als Babysitterin beanspruchen wollte. Er würde also nicht mehr mit zu ihr kommen, doch weder er noch Ellen verspürten Lust, den Abend zu beenden.

Sie gingen jetzt seit drei Wochen miteinander, und ihre Beziehung hatte nach wie vor diesen Glanz, diesen unverwechselbaren Geruch eines fabrikneuen Autos. Sogar ihre gähnenden Stimmen waren immer noch mit diesem scheuen Überzug drapiert: *Siehst du, so klinge ich, wenn ich müde bin!*

»Hast du morgen viel zu tun?«, fragte Patrick.

»Es geht«, antwortete Ellen. »Fünf Termine. Das reicht. Mehr ist mir zu anstrengend. Ich bin sonst immer fix und fertig.«

Sie merkte, dass sie das Gefühl hatte, sich rechtfertigen zu müssen – ein Überbleibsel aus ihrer letzten Beziehung. Jons Verachtung für ihren Beruf war immer sehr subtil gewesen, wie ein schwacher Duft, den sie nicht näher bestimmen konnte. Deshalb hatte sie auch nie etwas dagegen unternehmen können. Jon war ein noch glühenderer Atheist als Ellens Mutter (*Der Gotteswahn* war sein Lieblingsbuch). »Bring mir den empirischen Beweis«, lautete einer seiner Lieblingssätze. Hatte Ellen von ihrer Arbeit gesprochen, hatte er den Kopf ein wenig schief gelegt und geduldig gönnerhaft gelächelt, als wäre sie ein süßes kleines Mädchen, das von Märchenprinzessinnen plapperte. Dann machte er eine spöttische, witzige Bemerkung, die nie so weit ging, die Existenz von Märchenprinzessinnen zu leugnen, sondern nur die anwesenden Erwachsenen erheitern sollte. »Ellen hat einen Bachelor in Hypnotherapie«, erzählte er den Leuten immer, was seine Art war, darauf hinzuweisen, dass Ellen keinen akademischen Grad erworben hatte. (Sie hatte sich für Psychologie eingeschrieben, dieses Studium aber mitten im zweiten Semester abgebrochen, um Hypnotherapie zu studieren. Ihre Mutter hatte das bis heute nicht verkraftet.)

Erst nach der Trennung von Jon war Ellen klar geworden, wie sehr sie sich während ihrer Beziehung verbogen und verkrampft hatte. Es war, als hätte sie bei jedem Wort, das sie sagte, versucht, sich selbst nicht allzu ernst zu nehmen, und sich gleichzeitig genötigt gefühlt, ihre Existenz zu rechtfertigen: *Ja, es ist in Ordnung, ich zu sein. Ja, ich glaube tatsächlich an mich und an das, was ich sage. Ich bin kein geistloses Leichtgewicht. Oder vielleicht doch?*

»Anstrengend?« Patrick kratzte sich seitlich am Kinn und blickte stirnrunzelnd zu den Sternen hinauf. »Und … warum genau ist es so anstrengend?«

Er war auf respektvolle Weise verdutzt.

»Wahrscheinlich, weil meine Anspannung während einer Sitzung nie nachlassen darf«, antwortete Ellen. »Ich muss mich hundertprozentig auf den Patienten konzentrieren. Ich arbeite nicht mit vorbereiteten Konzepten. Jede Induktion ist auf den jeweiligen Patienten zugeschnitten und …«

»Induktion?«

»Die Methode, die ich benutze, um den Patienten in Hypnose zu versetzen. Zum Beispiel soll er sich vorstellen, wie er eine Treppe hinuntergeht, oder er soll sich nach und nach entspannen. Ich wähle diese Methode je nach dem Hintergrund oder den Interessen des Patienten, also, ob er der visuelle oder eher der analytische Typ ist oder so.«

»Hast du auch schwierige Patienten?« Patrick drehte sich auf die Seite und stützte seinen Kopf in die Handfläche. »Solche, die schwer zu hypnotisieren sind?«

»Praktisch jeder kann bis zu einem gewissen Grad hypnotisiert werden«, entgegnete Ellen. »Aber ich schätze, manche eignen sich besser dafür als andere, weil sie mehr Fantasie haben und die Fähigkeit besitzen, sich total zu konzentrieren und sich etwas bildlich vorzustellen.«

»Hm«, machte Patrick. »Ob ich mich wohl dafür eignen würde?«

»Wir können einen kleinen Test machen, um deine Beeinflussbarkeit auszuloten«, schlug Ellen belustigt vor und kniete sich hin. Jon hätte sie so etwas niemals vorgeschlagen.

Patrick schaute zu ihr auf. »Du meinst, den Grad meiner Leichtgläubigkeit.«

»Nein, nein, bloß eine kleine Übung, um zu sehen, wie stark deine Fantasie ist. Keine Sorge, nichts Abgedrehtes. Du hast es vielleicht selbst schon mal ausprobiert, mit Kunden oder so.«

»Na schön.« Patrick kniete sich ebenfalls hin, mit dem Gesicht zu ihr, die Schultern tapfer gestrafft. Der Duft seines Rasierwassers war ihr zwar mittlerweile vertraut, aber immer noch so neu, dass sie ihn erregend fand. »Soll ich die Augen zumachen?«

»Nein. Verschränk die Hände, so, siehst du?«

Sie tat es und streckte dann zwei einander gegenüberliegende Finger aus. Patrick folgte ihrem Beispiel. Er sah Ellen direkt in die Augen. Der Augenblick hatte etwas sexuell Reizvolles.

»Und jetzt stell dir vor, dass deine Fingerspitzen von einer starken magnetischen Kraft zueinander hingezogen werden. Du kämpfst dagegen an, aber diese Kraft ist stärker. Sieh genau hin. Die Kraft wird stärker und stärker. Sie ist zu stark – und schon ist es passiert.«

Patricks Fingerspitzen berührten sich.

»Siehst du? Dein Unterbewusstsein hat geglaubt, die magnetische Kraft sei tatsächlich vorhanden.«

Patrick schaute seine Fingerspitzen an, die immer noch aneinandergepresst waren. »Ja, sieht so aus. Das heißt, na ja, ich weiß nicht. Es hat sich zwar real angefühlt, aber doch nur, weil ich mir von dir etwas habe suggerieren lassen.«

Ellen lächelte. »Richtig. Jede Form von Hypnose ist Selbsthypnose und keine Zauberei.«

»Mach noch einen Versuch.«

»Na schön. Mach diesmal die Augen zu und streck die Arme nach vorne aus.«

Patrick tat es. Ellen betrachtete versonnen sein vom Mond erhelltes Gesicht.

»Hallo?«, sagte er.

»Entschuldige.« Ellen riss sich von seinem Anblick los. »Gut. Stell dir vor, ich binde dir einen riesigen Heliumballon an dein rechtes Handgelenk. Der Ballon zieht deinen Arm nach oben.

Spürst du, wie er an deinem Handgelenk zerrt? Und jetzt drücke ich dir einen Eimer in die linke Hand. Der Eimer ist sehr schwer, weil er mit nassem Sand vom Strand gefüllt ist.«

Patricks rechter Arm hob sich, während der linke sich prompt senkte. Entweder er tat das nur Ellen zuliebe oder er war in der Tat ein ausgezeichneter Proband.

»Mach die Augen auf«, forderte sie ihn auf.

Patrick öffnete die Augen und sah seine Arme an.

»Ha!« Er legte seine Arme um Ellens Taille und senkte den Kopf, um sie zu küssen, hielt dann aber plötzlich inne und fuhr herum.

»Was hast du denn?«, fragte sie erschrocken.

»Entschuldige, ich dachte, ich hätte etwas gehört. Ich dachte, es wäre sie.«

Inzwischen war Ellen klar, wer mit »sie« gemeint war. Sie suchte mit den Augen die düsteren Schatten unter der Brücke nach jemandem ab, der sich dort vielleicht versteckt hatte, und empfand gleichzeitig ein prickelndes Gefühl, einen wohligen Adrenalinstoß bei dem Gedanken daran, dass Patricks Stalkerin sie heimlich beobachten könnte.

»Du hast sie heute Abend aber nicht gesehen, oder?«, fragte sie. Als sie neulich abends im Kino und dann essen gewesen waren, hatte Patrick erst erwähnt, dass er Saskia gesehen habe, als sie einen Brief von ihr unter dem Scheibenwischer seines Autos gefunden hatten.

Patrick, die Augen leicht zusammengekniffen, blickte sich um. Nach ein paar Sekunden setzte er sich wieder hin.

»Nein, keine Spur von ihr. Scheint, als würde sie uns heute Abend eine Verschnaufpause gönnen.« Er legte einen Arm um Ellen. »Tut mir leid, aber manchmal macht mich das richtig nervös.«

»Kann ich mir vorstellen«, erwiderte Ellen mitfühlend.

Dort drüben, bei dem Pfeiler, bewegte sich da etwas? Nein. Nur eine optische Täuschung, verdammt.

Patrick wechselte das Thema. »In deinem Beruf dreht sich also alles um die Kraft des Geistes.«

»Richtig. Die Kraft des Unterbewussten, besser gesagt.«

»Versteh mich nicht falsch, ich glaube schon daran«, begann Patrick.

Jetzt kommt's. Ellens Magen verkrampfte sich.

»Aber es gibt Grenzen, nicht wahr?«

»Wie meinst du das?«, fragte Ellen.

Er ist nicht Jon, ermahnte sie sich im Stillen. Er äußert lediglich eine Meinung. Also bleib locker.

»Na ja, ich meine, man kann nicht alles damit heilen. Als Colleen, meine verstorbene Frau, krank wurde, rieten ihr alle, positiv zu denken. Als ob sie den Krebs einfach wegdenken könnte. Nach ihrem Tod sah ich im Fernsehen eine Frau, die sagte: ›Ich wollte mich auf keinen Fall vom Krebs besiegen lassen. Ich hatte zwei kleine Kinder, wissen Sie. Ich durfte einfach nicht sterben.‹ Das hat mich rasend gemacht. Als ob Colleen selbst schuld daran gewesen wäre, dass sie starb. Als ob sie sich nicht genug bemüht hätte.«

Überleg dir genau, was du sagst, dachte Ellen. Sie machte den Mund auf und schloss ihn wieder.

Patrick legte ihr seine Hand aufs Knie. »Wo wir gerade davon sprechen – ich möchte nicht, dass du denkst, du musst mich mit Samthandschuhen anfassen, wenn die Rede auf meine Frau kommt. Es macht mir nichts aus. Ich verspreche, ich werde nicht auf dich losgehen, nur weil du irgendetwas über meine Frau sagst.«

Hmm, dachte Ellen. »Meine Mutter ist praktische Ärztin, weißt du, und deshalb …«

Und deshalb was? Deshalb besitze ich so etwas wie medizinische Glaubwürdigkeit? Weil meine Mutter Ärztin ist? Sie glaubt ja auch nicht an das, was ich tue.

Sie begann noch einmal von vorn. »Ich habe schon todkranke Patienten zur Schmerzlinderung oder zum Abbau von Stress behandelt, aber ich würde ihnen nie, niemals versprechen, dass ich sie heilen kann.«

»Das wollte ich damit auch nicht andeuten.« Patrick drückte ihr Knie.

»Das weiß ich doch.« Ellen legte ihre Hand auf seine und fragte sich, ob er in diesem Augenblick das Gesicht seiner Frau vor sich sah.

Sie glaubte fest daran, dass der Verstand über Kräfte verfügte, die wahre Wunder vollbringen konnten, wenn man sie nur aktivierte. Doch das sagte sie ihm nicht.

Bring mir den empirischen Beweis, hörte sie Jon in ihrem Kopf sagen.

Eine Zeit lang schwiegen sie beide. Von der anderen Seite des Hafens dröhnte das Signalhorn einer Fähre herüber. Plötzlich näherten sich Schritte von hinten. Sie drehten sich beide um und sahen eine Frau in einem dunklen Hosenanzug und weißen Laufschuhen den Weg herunter auf sie zukommen.

»Ist das …«, begann Ellen.

»Nein«, sagte Patrick, als die Frau in das Licht einer Straßenlaterne trat. Sein Gesicht entspannte sich.

Ein neuerliches Schweigen entstand. Ellen dachte an ihre Zeit mit Jon, wie viel von sich selbst sie im Lauf der Jahre aufgegeben hatte. Falls diese neue Beziehung funktionieren sollte, musste sie alle Türen weit aufreißen! Licht hereinlassen! Luft! Und … Okay, okay, Ellen, das reicht jetzt mit der Hausmetapher.

»Ich liebe meinen Beruf wirklich«, sagte sie. In ihrer Stimme schwang immer noch dieser leicht aggressive Unterton mit. Sie machte eine ganz bewusste Anstrengung, ihn auszulöschen, einfach nur *zu sein.* »Und ich bin ziemlich gut.«

Patrick warf ihr einen belustigten Seitenblick zu. »Du bist also die Königin der Hypnotherapeuten?«

»Ganz recht, die bin ich.«

»So ein Zufall. Ich bin nämlich der König der Vermessungsingenieure.«

»Ehrlich?«

Patrick seufzte. »Nein, eigentlich nicht. Ich bin eher der rückständigste aller Vermessungsingenieure.«

»Wieso das?«

»Ich mag diese ganzen neumodischen Arbeitsmethoden nicht. Ich zeichne immer noch alles am liebsten von Hand. Dadurch bin ich natürlich langsamer und kann nicht so effizient arbeiten, was dazu führt, dass die Konkurrenz mir klar voraus ist, wie mein jüngerer Bruder mir immer wieder unter die Nase reibt.«

»Ist er auch Vermessungsingenieur?«

»Nein, Grafiker, aber er ist ein absoluter Hightech-Freak. Du auch?«

»Nein, aber ich google gern. Ich glaube, es gibt keinen Tag, an dem ich nicht irgendetwas in die Suchmaschine eingebe. Google ist mein Orakel.«

»Was hast du heute gegoogelt?«

Ellen erinnerte sich genau daran: Erst hatte sie »Beziehung mit einem Witwer: Fallstricke vermeiden« eingegeben und »Stiefkinder – eine Katastrophe?«, danach »geplatzte Äderchen an der Nase: wie behandeln?«

»Weiß ich gar nicht mehr.« Sie machte eine wegwerfende Handbewegung. »Irgendwas Unwichtiges.« Sie brachte das Gespräch wieder auf Patrick. »Warum bist du gerade Vermessungsingenieur geworden?«

»Landkarten«, lautete seine prompte Antwort. »Ich hatte immer schon eine Schwäche für Karten, ich finde es faszinierend, meine Position genau bestimmen zu können. Ich hatte einen Onkel, der Landvermesser war, und als ich klein war, sagte er zu mir: ›Patrick, du hast einen prima Sinn für das Wo, du würdest einen guten Landvermesser abgeben.‹ Ich habe ihn gefragt, was ein Landvermesser denn macht, und er hat es mir folgendermaßen erklärt: Er sagte, ein Landvermesser bestimme die Position von Dingen auf der Erdoberfläche in Relation zu allen anderen Dingen über oder unter dieser Oberfläche. Das waren seine exakten Worte. Sie sind mir bis heute im Gedächtnis geblieben. Und aus irgendeinem Grund fand ich das so toll, dass ich dachte, jawohl, genau das will ich später einmal werden.«

»Ich glaube, ich habe einen furchtbaren Sinn für das Wo«,

meinte Ellen. »Ich habe keinerlei Orientierungssinn. Jetzt, zum Beispiel … ich könnte dir nicht sagen, wo mein Haus liegt.«

Patrick zeigte über ihre Schulter. »Dort. Im Norden.«

»Wenn du das sagst.«

»Hast du zufällig ein Stück Papier oder so was?«, fragte er. »Dann zeichne ich dir eine Karte.«

Ellen verließ das Haus nie ohne ein Notizbuch samt Stift in ihrer Handtasche, damit sie jederzeit Gedanken, Ideen für ihre therapeutischen Sitzungen und anderes mehr notieren konnte. Sie riss vorsichtig eine Seite für Patrick heraus. Sie wollte nicht, dass er ihre wahllos hineingekritzelten Anmerkungen las – die meisten waren der Inbegriff von uncool.

Patrick zog einen glänzenden Füllfederhalter aus seiner Tasche. »Der hier hat meinem Großvater gehört. Für den würde ich mich sogar in ein brennendes Haus stürzen.«

Er legte Ellens Notizbuch als Unterlage auf sein Knie und das Blatt darauf und zeichnete als Erstes einen altmodischen Kompass in eine Ecke. Dann brachte er die Umrisse des Hafens aufs Papier, fügte eine Fähre und einige Jachten sowie die Harbour Bridge und die Oper hinzu. Ellen sah ihm staunend dabei zu. Es war, als tauche aus dem Nichts eine uralte Schatzkarte vor ihren Augen auf.

»Hier haben wir zu Abend gegessen.« Patrick machte eine kleine Skizze des Restaurants. »Hier haben wir uns dieses lächerliche Theaterstück angesehen. Und jetzt gehen wir zu den Stränden im Norden hinüber.« Er zeichnete einen Strand und ein Haus. »Das ist dein Haus.« *Ellens hypnotisches Haus* schrieb er daneben. »Und jetzt zurück zum belaubten North Shore, und da wohne ich.« *Patricks und Jacks chaotische Männerbruchbude* schrieb er daneben. Er hatte eine wunderschöne Handschrift, sie sah wie die Schrift eines viel älteren Mannes aus.

Ellen war noch nie bei Patrick zu Hause gewesen. Sie fragte sich, ob er tatsächlich in einer Bruchbude wohnte.

Er zeichnete weiter. »Und hier haben wir uns zum ersten Mal getroffen. So, ich glaube, das wäre alles. Das heißt, nein, etwas fehlt noch.« Er machte ein kleines Kreuzchen am Hafen und schrieb: *WIR SIND HIER.*

»Das ist die schönste Karte, die ich je gesehen habe«, sagte Ellen. Sie meinte es ehrlich. Sie hatte sich noch nie für Karten interessiert, aber sie wusste, dass sie diese hier bis in alle Ewigkeit aufbewahren würde.

Ein Schatten huschte über Patricks Gesicht, so schnell, dass sie nicht sagen konnte, ob es Traurigkeit oder Verärgerung oder vielleicht Verlegenheit war oder ob sie es sich nur eingebildet hatte.

Er lächelte sie an. »Die kriegst du ausnahmsweise umsonst, mein Schatz.«

Ihr Herz schmolz dahin und überflutete alles.

Ich habe da diese Schachtel.

Manchmal denke ich, ich sollte die Schachtel wegwerfen, dann könnte ich auch damit aufhören. Einmal war ich mit ihr schon auf dem Weg zur Mülltonne. Ich habe den Deckel hochgeklappt, aber als mir der Gestank von verdorbenen Essensresten entgegenschlug und ich das Summen der Fliegen hörte, dachte ich: *Das ist kein Müll, das war mein Leben.*

Ich habe die beiden heute Abend verloren. Sie waren Richtung Milsons Point oder Kirribilli unterwegs. Aber ich war so hungrig, dass ich keine Lust hatte, auf der Suche nach seinem Auto herumzufahren. Ich bin nach Hause gegangen und habe einen Sardinentoast gegessen und mir *Cold Case* angeschaut. Die Schachtel stand neben mir auf dem Boden.

In jeder Werbepause habe ich hineingegriffen und wahllos irgendetwas herausgezogen. Dann habe ich es mir ganz genau angesehen, als könnte es mir einen Hinweis geben oder eine Lösung präsentieren, als wäre ich einer der Detektive aus *Cold Case*, der die Geheimnisse der Vergangenheit zu lüften versucht.

Eine Geburtstagskarte, die Pappe immer noch fest und glänzend. Schrift und Farben überhaupt nicht verblasst. Ich könnte sie gestern bekommen haben:

Liebe Saskia, alles Gute zum Geburtstag wünschen dir deine Jungs. Wir lieben dich. Patrick und Jack.

Ein Foto von mir und Jack mit einer unserer Städte aus Knetmasse. Wir haben stundenlang solche Städte gebaut, auf einem Pappdeckel, den ich auf dem Esszimmertisch ausgebreitet hatte, Städte mit Straßen, Kreiseln und Verkehrsampeln. Mit Läden und Häusern. Tagelang haben wir an einer einzigen Stadt gewerkelt: Jacksville, Jackland, Jacktown. Ich habe diese Städte genauso gern gebaut wie Jack. Man konnte sich dabei wie ein Stadtplaner vorkommen, aber ohne den ganzen Papierkram oder politische Komplikationen.

Eine Bordkarte für Queenstown, Neuseeland. Patrick und ich sind eine Woche zum Snowboarden gefahren. Seine Mum hat sich so lange um Jack gekümmert. Ich weiß noch, wie Patrick mich küsste, nachdem wir auf eine heiße Schokolade eingekehrt waren. Warme Lippen, rings um uns herum kalte Schneeflocken wie eine zarte Liebkosung.

Eine Karte, die Patrick für mich gezeichnet hat, als er mir den Weg zu einem Bauunternehmen unweit des Flughafens beschrieb.

Ich weiß noch, dass ich zu ihm sagte: »Das ist die schönste Karte, die ich je gesehen habe.«

4

Zum Straftatbestand des Stalking gehören das beharrliche Verfolgen einer Person oder das Beobachten oder Aufsuchen ihres Wohnsitzes, ihres Arbeitsplatzes oder jedes anderen Ortes, den der Betreffende im Rahmen seiner Lebensgestaltung aufsucht.
AUS DEM AUSTRALISCHEN STRAFGESETZBUCH

»Im Ernst? Sie folgt euch? Überallhin? Das ist doch wohl nicht möglich!«

»Na ja, nicht überallhin. Letztes Mal waren wir im Kino.«

»Vielleicht war sie nur zufällig da.«

»Kann sein, aber sie hat versucht, einen Platz in dem Restaurant zu bekommen, in dem wir reserviert hatten, was ihr nicht gelungen ist, und dann hat sie Patrick einen Brief unter den Scheibenwischer geklemmt. Er hat ihn aber nicht gelesen. Anscheinend parkt sie bei Patrick um die Ecke und wartet im Auto, bis er wegfährt, und dann fährt sie ihm nach. Er sagt, wenn er irgendwo hingeht, wo er noch nie war, kann er sie manchmal abhängen, aber bei einem Stammlokal oder irgendeinem anderen Ort, den er regelmäßig aufsucht, kann sie sich natürlich ausrechnen, wo er hinfährt.«

»Du meine Güte! Das muss ja furchtbar für dich sein. Das verdirbt doch diese ganze wundervolle erste Zeit einer neuen Beziehung. Ihr beide solltet euch verliebt anschmachten und nicht ständig auf der Hut sein müssen vor seiner verrückten Ex.«

»Mir macht das nichts aus. Ich finde es sogar irgendwie aufregend.«

»Du Irre.«

Ellen lachte über die Entschiedenheit in Julias Stimme und reckte sich genüsslich. Es war Samstagmorgen, sie waren im Schwimmbad schwimmen gewesen und streckten sich jetzt auf weißen Handtüchern in der wabernden Hitze der Sauna aus. Ellen taten die Beine und die Schultern vom Schwimmen weh. Mit Julia schwamm sie immer schneller und weiter, als sie allein schwimmen würde. Sie spürte, wie die Schweißtropfen an ihr hinunterrannen, über ihren Körper rieselten, zwischen ihre Brüste liefen. Ihre Hände lagen entspannt auf ihren Schenkeln. Sie schimmerte vor Feuchtigkeit und fühlte sich sinnlich. Am Anfang einer neuen Beziehung war man immer besonders achtsam. Das kam ganz unwillkürlich. Der häufige Sex. All diese Botenstoffe, die durch den Körper schossen.

Und diese *Anerkennung*. Das vor allem war es, was so wunderbar am Sich-Verlieben war. Patrick schien alles an ihr zu bewundern, jede Kleinigkeit, die er über ihren Körper, ihre Vergangenheit, ihre Persönlichkeit kennenlernte. Dadurch fühlte sich Ellen nicht nur unglaublich sexy, sondern auch witziger, klüger, netter, warmherziger, rundherum liebenswerter. Sie war unbesiegbar! Ihr Leben plätscherte in vollkommener Harmonie dahin, als hätte sie Erleuchtung erlangt. Ihre Patienten empfand sie als reizend und dankbar, ihre Freunde fabelhaft, ihre Mutter keine Spur anstrengend. (»Wann werde ich ihn denn kennenlernen?«, hatte sie am Telefon gefragt, in einem erfreuten, herzlichen Ton, in dem vermutlich jede normale Mutter solch eine Frage stellen würde.) Was auch immer auf Ellens Einkaufsliste stand, sie fand das Gewünschte direkt vor sich im Regal, die Ampeln schalteten auf Grün, wenn sie heranfuhr, Autoschlüssel, Sonnenbrille und Geldbeutel lagen griffbereit auf dem Tischchen im Flur. An diesem Morgen zum Beispiel hatte sie nur eine Stunde Zeit gehabt, um auf die Bank, zur Kfz-Zulassungsstelle und in die Reinigung zu gehen, und sie war überall so schnell drangekommen, dass sie nicht einmal eine volle Stunde gebraucht hatte, und jeder, sogar die Bediensteten der

Kfz-Zulassungsstelle, war überaus freundlich gewesen. Mit dem Bankangestellten hatte sie eine regelrecht gefühlsbetonte Unterhaltung über das Wetter geführt (der Angestellte kam aus England und fand den australischen Winter »einfach himmlisch«, was Ellen vor lauter Stolz fast zu Tränen gerührt hatte, so als ob sie ganz allein für das australische Klima verantwortlich wäre).

Könnte sie dieses einzigartige Gefühl doch in ein Gefäß abfüllen und für alle Ewigkeit aufbewahren! Natürlich würde es nicht ewig halten, ihr Verstand wusste das, aber ihr Herz, ihr törichtes Herz zwitscherte: Warum denn nicht? Natürlich kann es das! So bist du von jetzt an. So ist dein Leben von jetzt an.

»Ich würde mich niemals derart erniedrigen«, sagte Julia.

Was? Ach so, ja, die Sache mit dem Stalking.

»Na ja, wahrscheinlich kann sie einfach nicht loslassen«, erwiderte Ellen. Im Augenblick empfand sie Mitleid mit der ganzen Menschheit.

Julia schnaubte verächtlich. Sie lag auf der Bank Ellen gegenüber und hatte sich ein Handtuch wie einen Turban um den Kopf geschlungen. Mit ihrer hochgewachsenen, sehnigen, athletischen Figur und den verrückten blonden, lockigen Haaren bewegte sie sich dicht an der Grenze zu außergewöhnlicher Schönheit. Wenn Ellen neben ihrer Freundin ging, fiel ihr jedes Mal auf, wie die Blicke der Männer unwillkürlich ein zweites Mal zu Julia hinschossen und sie eine Sekunde lang anerkennend taxierten. Unglücklicherweise wirkte ihre Schönheit anziehend auf eine bestimmte Sorte Mann, nämlich jene, die Qualität zu schätzen wussten und gern einen höheren Preis dafür bezahlten. Das Problem war, dass diese Männer ständig ihren Computer, ihr Auto und ihre Frau gegen ein neueres, hochwertigeres Modell eintauschten. Das lag einfach in ihrer Natur. Sie waren eifrige Konsumenten und hielten zweifellos die Wirtschaft am Laufen. Nach knapp fünfjähriger Ehe hatte William, Julias Mann, beschlossen, dass es Zeit für eine Aktualisierung war, und ein höherwertiges Produkt erworben: eine dreiundzwanzigjährige Brünette.

Ellen dachte immer, dass die Männer, die sich zu ihr hingezogen fühlten, besser seien als jene, die sich für Julia entschieden, weil sie sich nicht von der Werbung einreden ließen, was schön war und was nicht. Diese Männer waren nicht oberflächlich, sondern Individualisten. Doch da die Geschichte ihrer Beziehungen keineswegs erfolgreicher als die von Julia war, konnte sie ihre Theorie leider nicht beweisen. Wenn sie ehrlich war, dann war ihre schöne Theorie nur dazu da, ihr Selbstwertgefühl zu heben, weil die meisten Männer es nicht für nötig befanden, *sie* jenes zweiten Blickes zu würdigen. William war allerdings tatsächlich ein Trottel ohne Tiefgang gewesen. (Aber sie musste zugeben, dass sie ihn anfangs gemocht hatte.)

»Wo hat die Frau denn ihre Selbstachtung gelassen?«, fauchte Julia. »Soll sie doch endlich einen Schlussstrich unter die Vergangenheit ziehen, Herrgott noch mal! Sie bringt uns alle in Verruf.«

Ihre Stimme klang scharf, so als fühle sie sich persönlich getroffen.

»Du meinst, uns Frauen?«, sagte Ellen. »Stalker sind meistens Männer. Ich finde es gut, dass sie zeigt, dass sich auch Frauen auf Stalking verstehen.«

»Pfff«, machte Julia.

Sie setzte sich auf, beugte sich hinunter, griff nach der Schöpfkelle und tauchte sie in den Eimer Wasser. Das Wasser verdampfte mit lautem Zischen, als sie es über die heißen Steine goss, und die Sauna füllte sich mit Dampfwolken.

»Julia!«, keuchte Ellen. »Ich kriege keine Luft mehr!«

»Stell dich nicht so an.« Julia legte sich wieder hin und fragte: »Wie heißt die Frau eigentlich?«

»Saskia«, antwortete Ellen.

Eine ehrfürchtige Scheu überkam sie, als sie den Namen laut aussprach, so als ob es der Name einer prominenten Person wäre. Sie versuchte, nur oberflächlich zu atmen, die Luft war so heiß und schwer.

»Hast du sie schon mal gesehen? Oder ein Foto von ihr?«

»Nein. Er sagt mir immer erst, dass er sie gesehen hat, wenn sie schon wieder weg ist. Ich würde so gern wissen, wie sie aussieht.«

»Vielleicht hat er sie nur erfunden. Vielleicht ist *er* der Verrückte.«

»Glaube ich nicht.«

Patrick war nicht verrückt. Er war reizend.

»Ich nehme an, er war derjenige, der die Beziehung beendet hat?«

»Er hat nur gesagt, es habe sich so ergeben.«

»Er hat ihr also das Herz gebrochen«, sagte Julia streng.

»Na ja, ich …«

»Trotzdem, das ist keine Entschuldigung. Ich meine, das passiert jedem von uns. Patrick sollte eine einstweilige Verfügung gegen sie erwirken. Hat er das gemacht?«

Julia war der Meinung, dass es für alles eine Lösung gab.

»Er hat gesagt, er sei bei der Polizei gewesen«, begann Ellen, verstummte dann aber. Sie war sich nicht sicher, ob Patrick ihr wirklich die ganze Wahrheit über die Gründe für seine Zurückhaltung erzählt hatte.

»Wie auch immer, diese blöde Tussi soll sich gefälligst zusammenreißen«, sagte Julia, als wäre es Ellens Aufgabe, dafür zu sorgen, dass Saskia diese Anordnung befolgte.

»Stimmt.«

Eine Zeit lang schwiegen sie beide. Ellen überlegte, was sie Patrick am Abend kochen sollte. Er hatte schon einmal für sie gekocht; Jack war an jenem Abend bei einem Freund gewesen. Es war ein einfaches, aber wohlschmeckendes Pfannengericht gewesen, nichts Ausgefallenes, wie sie erleichtert festgestellt hatte. Sie war nämlich schon mit Männern zusammen gewesen, die sich für Gourmetköche hielten, was am Anfang ja ganz nett war, aber sie bildeten sich immer so schrecklich viel auf ihre Kochkünste ein, ließen sie in der Küche keine Sekunde aus den Augen und nörgelten sogar an der Art, wie sie eine Knoblauchzehe hackte, herum.

Irgendetwas mit Schweinefleisch vielleicht? Er hatte im Restaurant doch diesen Schweinebauch bestellt. Ein paar hübsche zarte Schweinemedaillons.

»Kannst du dich noch an Eddie Masters erinnern?«, fragte Julia unvermittelt.

»Der Metzgerlehrling.« Ellen sah einen dünnen, langhaarigen Jungen mit einer blau-weiß gestreiften Metzgerschürze vor sich. Er war Julias fester Freund gewesen, als sie Teenager waren. Ja, genau, Schweinemedaillons. Ellen nahm sich vor, auf dem Heimweg vom Schwimmbad bei dem teuren Metzger in der Arkade vorbeizuschauen.

»Nachdem wir Schluss gemacht hatten, ging er mit Cheryl aus der Apotheke«, sagte Julia.

»Dieses grausige Mädchen. Na ja, ich glaube, ich habe sie nur deswegen für so grausig gehalten, weil sie ihre Ohrläppchen zweimal durchstochen hatte.«

»Genau die. Tja, und nachdem Eddie mich abserviert hatte, habe ich ständig bei ihr zu Hause angerufen. Wenn sie abgenommen hat, habe ich kein Wort gesagt, überhaupt nichts, bis sie wieder aufgelegt hat. Sie hat mich angebrüllt, mich beschimpft, aber ich habe nur dagesessen und geschwiegen und geatmet. Kein schweres Atmen. Einfach nur geatmet, damit sie wusste, ich bin da.«

»Julia Margaret Robertson!«

Ellen fuhr hoch und sah ihre Freundin teils in aufrichtiger, teils in gespielter Entrüstung an. Julia lag da, die Hände auf der Stirn verschränkt. Sie war Schulsprecherin der versnobten privaten Mädchenschule gewesen, die sie beide besucht hatten. Und hatte sich mit dem Metzgerlehrling weit unter ihr Niveau begeben.

Julia ließ die Augen zu. Ein teuflisches Grinsen spielte um ihre Lippen.

»Ich hatte jahrelang nicht mehr daran gedacht. Erst jetzt, da wir von deiner Stalkerin sprechen, ist es mir wieder eingefallen.«

»Aber das sieht dir überhaupt nicht ähnlich!«

»Ich weiß, aber ich war am Boden zerstört, als Eddie mich abservierte. Ich musste immerzu an Cheryl denken, ich fragte mich die ganze Zeit, warum er sie mir vorgezogen hatte. Es kam mir so vor, als würde ich nicht mehr existieren. Dadurch, dass ich sie anrief, änderte sich das irgendwie. Ich existierte wieder. Das war wie eine Sucht. Ich hasste mich nach jedem dieser Anrufe und nahm mir vor, das nie wieder zu tun, doch im nächsten Augenblick ertappte ich mich dabei, wie ich von Neuem ihre Nummer wählte.«

»Wie hast du damit aufgehört?«

»Keine Ahnung. Ich bin wahrscheinlich irgendwie über ihn hinweggekommen.« Julia schwieg eine Sekunde. »Weißt du was? Eddie, der Metzger, küsste ganz fantastisch.«

»Hatte er nicht ein Ziegenbärtchen?«, fragte Ellen. »So ein flaumiges? Als ob ihm ein bisschen Zuckerwatte am Kinn kleben würde?«

»Stimmt. Weißt du noch, wie er sich sein Päckchen Zigaretten immer in den Ärmel seines T-Shirts schob?«

»Ja, das hat wie eine Wucherung an seinem Oberarm ausgesehen.«

»Ich fand das unglaublich sexy.«

Einige Sekunden lang herrschte Schweigen, und dann brachen beide in hilfloses Gelächter aus. Sie lachten, wie das nur Frauen können, die miteinander zur Schule gegangen sind.

»Du solltest Eddie über Facebook suchen«, sagte Ellen, als sie sich beruhigt hatten. »Wahrscheinlich hat er inzwischen seine eigene Metzgerei.«

»O Gott, so nötig habe ich es nun auch wieder nicht«, erwiderte Julia. »Außerdem bin ich wunschlos glücklich als Single.«

Das ist eine Lüge, liebste Freundin, dachte Ellen, die verstohlen Julias Körpersprache beobachtete: zu Fäusten geballte Hände, zusammengepresste Lippen. Und seit ihr Exmann sie gegen die Brünette ausgetauscht hatte, waren zwei Jahre vergangen.

Julias Kopf ruckte plötzlich hoch. »Sag mal, du hast dir diese Geschichte mit der Stalkerin doch nicht ausgedacht, oder? Und die versteckte Botschaft lautet, dass ich im Grunde wie diese Verrückte bin, dass ich mit der Vergangenheit abschließen und mich wieder mit Männern treffen sollte?«

»Ich habe nicht die geringste Ahnung, wovon du redest«, sagte Ellen, die ganz genau wusste, wovon Julia redete.

»Du hast mir einmal von diesem berühmten Hypnotiseur erzählt, deinem Idol oder was auch immer, diesem Knaben mit dem lila Umhang.«

»Milton Erickson«, seufzte Ellen. »Du meine Güte, du hast wirklich ein fantastisches Gedächtnis.«

Julia wurde immer unterschätzt. Das lag zum einen daran, dass sie so wunderschön war, und zum anderen, dass sie den Humor eines vierzehnjährigen Jungen hatte.

»Du hast gesagt, er habe seine Patienten behandelt, indem er ihnen Geschichten erzählte«, fuhr Julia fort.

»Er benutzte therapeutische Metaphern«, murmelte Ellen.

»Egal. Mir ist jedenfalls aufgefallen, dass du mir seit der Trennung von William ganz beiläufig diese kleinen motivierenden Geschichten von Leuten erzählst, die Hindernisse überwunden und nach einer gescheiterten Beziehung wieder das große Glück gefunden haben.«

»Ist gar nicht wahr«, protestierte Ellen.

Aber es war so.

»Mmmm«, machte Julia. Sie hob ihr Kinn und lächelte Ellen zu, die verlegen zurückgrinste.

»Patricks Stalkerin ist also keine therapeutische Metapher?«

»Nein«, erwiderte Ellen.

Ein kurzes Schweigen trat ein.

»Dieser Patrick hat also eine verrückte Exfreundin und eine tote Exfrau«, sagte Julia. »Klingt nach einem richtig guten Fang. Keinerlei Komplikationen«, fügte sie ironisch hinzu.

»Es fühlt sich überhaupt nicht kompliziert an«, entgegnete Ellen.

»Trotzdem.«

»Vielen Dank für deine uneingeschränkte Unterstützung«, bemerkte Ellen trocken.

»Ich mein ja nur.«

Julia setzte sich auf, löste das um ihre Haare geschlungene Handtuch und tupfte sich ihre rosigen, schweißglänzenden Wangen damit ab.

»Jede Wette, dass du es toll findest, dass er Witwer ist, hab ich recht?«, sagte sie. »Das macht ihn zu einer romantischen, tragischen Figur. Wie diesen Miles.«

»Miles?«

»Ja, Miles. Dieser Einbeinige, in den du dich in der Highschool verliebt hast.«

»*Giles*«, verbesserte Ellen. »Jedes Mädchen war in ihn verknallt. Er war einfach umwerfend.«

Das war das Problem, wenn man seit seiner Jugendzeit mit jemandem befreundet war: Man wurde nicht ernst genommen, weil der andere immer noch den unreifen Teenager in einem sah.

Aber es war schon richtig, sie war nicht unglücklich darüber, dass Patrick verwitwet war. Das machte die Sache in der Tat komplizierter, und das gefiel ihr. Es gab ihr das Gefühl, Teil des opulenten Gemäldes vom Leben (und vom Tod) zu sein. Darüber hinaus erhielt sie die Gelegenheit, ihre beruflichen Fähigkeiten zu demonstrieren. Sie stellte sich vor, wie die Leute zu ihr sagten: »Haben Sie keine Angst vor seinen Gefühlen für seine verstorbene Frau?«, und wie sie ruhig und gelassen darauf antwortete: »Nein, nicht im Geringsten.« Sie würde es völlig verstehen, wenn er noch etwas für seine Frau empfand. Sie würde es instinktiv spüren, wenn sie sich zurückziehen und ihn seiner Trauer überlassen musste.

»Ich nicht«, entgegnete Julia. »Ich war nie in den Einbeinigen verknallt.«

»Nein, du warst ja auch zu beschäftigt damit, die neue Freundin deines Exfreundes mit Telefonanrufen zu terrorisieren.«

»Touché!« Julia schwang einen imaginären Degen. Sie war die beste Fechterin der Schule gewesen. Sie wickelte sich das Handtuch wieder um den Kopf und streckte sich auf der Bank aus. »Außerdem habe ich eine gute Entschuldigung für mein Verhalten. Ich war siebzehn damals. Bei Teenagern ist das Hirn noch nicht richtig ausgebildet. Das ist eine medizinische Tatsache. Wie alt ist deine Stalkerin?«

»Sie ist Patricks Stalkerin, nicht meine. Anfang vierzig, schätze ich.«

Sie musste Patrick jede Information über Saskia aus der Nase ziehen. Er nannte sie nie beim Namen, er sagte immer »diese Frau« oder »die Kaninchenmörderin« (nach der rachsüchtigen Geliebten aus dem Film *Eine verhängnisvolle Affäre*).

»Siehst du? Sie ist erwachsen. Eine Frau mittleren Alters. Da gibt's keine Entschuldigung. Sie hat sie nicht alle. Man sollte sie in die Klapsmühle stecken.«

Ellen seufzte und streckte ihre Arme und Beine, so kräftig sie konnte, bevor sie sich wieder entspannte und ihren Körper mit der Holzbank verschmelzen ließ. »Wir sind doch alle ein bisschen verrückt, Julia.«

5

»Sie werden abnehmen!« / »Sie können so schlank werden, wie Sie wollen!« Betrachten wir einmal den Unterschied zwischen diesen beiden Sätzen. Die erste Aussage könnte man als autoritär, väterlich und direkt beschreiben, die zweite als tolerant, mütterlich und indirekt. Milton Erickson vertrat die Auffassung, dass das Unterbewusstsein sich gegen autoritäre Formulierungen sträubt. Er war der Erste, der von »kunstvoller Unbestimmtheit« sprach. Diese Formulierung muss man einfach lieben, finden Sie nicht auch?

AUSZUG AUS EINEM VORTRAG ELLEN O'FARRELLS IN EINEM FORTGESCHRITTENENKURS IN HYPNOTHERAPIE

(drei Studenten nickten, die anderen sahen sie nur mit kunstvoll inszenierter Unbestimmtheit an)

Ellen reagierte unverhältnismäßig panisch auf die Ankündigung, dass sie an diesem Abend Patricks Sohn kennenlernen würde.

»Aber natürlich! Sicher! Gern!«, sagte sie und nickte dabei so heftig mit dem Kopf wie eine außer Kontrolle geratene Marionette, als Patrick anrief und fragte, ob er Jack zum Abendessen mitbringen dürfe. Der Schulfreund, den der Junge hatte besuchen wollen, hatte sich offenbar irgendeinen Virus eingefangen.

»Er wird das essen, was wir auch essen«, sagte Patrick. »Oder wir bestellen eine Pizza oder so was für ihn. Bloß keine Umstände. Ach so, ja, er wird eine DVD mitbringen, die er sich anschauen will.«

Und jetzt? Sollte sie von jedem Schweinemedaillon eine dünne Scheibe für den Jungen abschneiden? Sollte sie noch schnell ein

Lammkotelett für ihn besorgen? Aber das schaffte sie nicht mehr. Sie hatte an diesem Nachmittag noch zwei Patienten, und der erste würde in fünf Minuten eintreffen.

Außer Champagner und Wein hatte sie nichts zu trinken im Haus. Sie brauchte Cola oder Fruchtsäfte oder zumindest Limonade. Zum Dessert gab es Erdbeeren in Likör und eine mit Alkohol verfeinerte Cremespeise, das eignete sich überhaupt nicht für ein Kind.

Er würde Eiscreme haben wollen. Oder Kuchen. Cupcakes vielleicht? Oder war das eher was für kleine Kinder? Sie durfte ihn auf keinen Fall beleidigen, indem sie ihn wie ein Kleinkind behandelte. O Gott! Sie brauchte mindestens ein paar Stunden Vorbereitungszeit. Sie musste unbedingt ihre Freundin Madeline anrufen, die Expertin in Sachen Kinder war; sie musste Julia eine Textnachricht schicken, und Julia würde ihr antworten, sie benehme sich wie ein Idiot; sie musste ihrer Freundin Carmel in New York mailen, und Carmel würde ihr bei Amazon ein Buch mit einem Titel wie *Das Geheimnis, eine gute Stiefmutter zu werden* bestellen; sie musste bei Google eine Suchanfrage eingeben: »achtjährige Jungs und wie man mit ihnen redet, ohne den verzweifelten Eindruck zu erwecken, ihre Mutter sein zu wollen«.

Ellen und Patrick waren sich einig gewesen, dass Ellens erste Begegnung mit Jack irgendwann tagsüber stattfinden sollte, nicht am Abend. Auf einem Ausflug zum Aquarium vielleicht oder bei irgendetwas anderem, das sie gemeinsam unternehmen und das dieser ersten Begegnung die Anspannung nehmen würde. Ellen hatte vorgehabt, witzige, interessante, scheinbar spontane (in Wirklichkeit aber sorgfältig vorbereitete und ausgefeilte) Bemerkungen zu machen, mit denen sie bei einem Achtjährigen Eindruck schinden könnte.

Ein kalter Schauer rieselte ihr über den Rücken, als ihr plötzlich noch etwas einfiel: Ihr DVD-Player war kaputt! Das arme mutterlose Kind würde sich zu Tode langweilen!

Spiele! Sie würden Gesellschaftsspiele spielen müssen. Spielten die Kinder heutzutage überhaupt noch Brettspiele? Oder sollten sie bloß dasitzen und sich unterhalten? Aber worüber?

Eine Sekunde lang war Ellen tatsächlich den Tränen nahe.

Sie musste das Ganze in ein positiveres Licht rücken.

Ellen, er ist ein Kind, nicht die Königin von England oder der Präsident der Vereinigten Staaten.

Leider war das keineswegs hilfreich, weil Ellen sich über eine Begegnung mit der Queen oder dem US-Präsidenten weniger Gedanken gemacht hätte. Die Queen erinnerte sie an ihre Großmutter, die ihr jeden Tag aufs Neue fehlte, und Präsident Obama schien ein umgänglicher, lockerer Typ zu sein. Ellen war als Einzelkind unter lauter Erwachsenen aufgewachsen, und in ihrem Beruf lernte sie andauernd neue Leute kennen. Sie war weder schüchtern noch litt sie an Minderwertigkeitskomplexen (obwohl sie zu Selbstverachtung neigte – dagegen anzukämpfen gehörte zu ihrem immerwährenden Selbstvervollkommnungsprojekt).

Außer gegenüber Kindern. Ja, es war tatsächlich so, dass sie sich Kindern gegenüber unterlegen fühlte.

Kinder waren eine eigene Spezies mit einer eigenen Sprache und Kultur. Sie schienen heutzutage alle so furchtbar selbstbewusst zu sein. Auf dem Weg zur Metzgerei war ein kleines Mädchen, das Ellen auf höchstens acht geschätzt hätte, an ihr vorbeigerollt, ein pinkfarbenes Handy an die Wange gedrückt und unbeschwert plappernd. Die Kleine trug einen pelzbesetzten Kapuzenmantel, ihr Gesicht war so angemalt, dass sie wie ein Tiger aussah. Die Turnschuhe waren offenbar mit kleinen Rädern versehen, deshalb rollte sie, und nicht nur das: An den Seiten waren blinkende rosa Lämpchen angebracht. Ellen hatte der exotischen Tigerprinzessin auf ihren rollenden Schuhen mit offenem Mund nachgestarrt.

Einige ihrer Bekannten hatten Babys, aber Babys waren leicht zu handhaben. Man konnte sie knuddeln und zum Lachen bringen, indem man ihre Handfläche kitzelte oder über ihren weichen, süßen Hals prustete. Oh, sie liebte Babys, aber Kinder …

Viele in ihrem Bekanntenkreis, die wie sie Mitte dreißig waren, hatten keine Kinder. »Ihr Mädchen denkt, ihr hättet ewig Zeit«, sagte ihre Mutter oft. »Du weißt schon, dass du keine weiteren Eizellen außer denen, die du schon hast, bekommen wirst, oder? Nicht, dass ich es eilig hätte, eine runzlige, grauhaarige alte Granny zu werden.« Sie lachte kurz auf.

Schön, sie hatte also nicht viel Erfahrung im Umgang mit Kindern. Aber das allein konnte doch unmöglich eine solche Panikattacke auslösen. Sie häutete ihr Bewusstsein ganz rigoros, bis die nackte, stachlige Wahrheit darunter zum Vorschein kam.

Sie wollte die Stiefmutter des Jungen werden. Sie wollte ihn in einem niedlichen kleinen Anzug auf ihrer Hochzeit sehen. Sie wollte, dass er der große Bruder für ihr eigenes Baby wurde, weil sie keine weiteren Eizellen mehr außer denen, die sie schon hatte, bekommen würde. Sie wollte, dass sein Daddy der Richtige für sie war, weil sie es satthatte, ein weiteres Profil in diesem grässlichen Partnerportal anzuklicken und den selbstgefälligen Gesichtsausdruck eines weiteren glatzköpfigen, korpulenten Mannes mittleren Alters zu sehen, der sich »eine schlanke, gepflegte Dame für Kuschelabende und lange Strandspaziergänge« wünschte. Ja, sie wollte, dass dieser Junge sie mochte und sie akzeptierte und sie vor Kuschelabenden mit korpulenten, selbstgefälligen Männern rettete.

Und natürlich war das alles viel zu früh und viel zu viel und äußerst peinlich, und wenn das Kind ihre Verzweiflung spürte (und sie vermutete stark, dass Kinder wie Hunde waren und Angst förmlich riechen konnten), dann …

Die Türglocke klingelte.

Ellen warf einen Blick auf ihre Armbanduhr. Ihr Zwei-Uhr-Patient. Sie hetzte die Treppe hinunter und hielt unten kurz inne, um im Stillen den Satz aufzusagen, den sie standardmäßig vor jedem Termin herunterbetete: *Einatmen, ich konzentriere mich jetzt voll und ganz auf diesen Patienten, ausatmen, ich werde alles geben, was ich zu geben habe.*

Sie öffnete die Tür mit einem gelassenen, professionellen Lächeln. Ellen, das Nervenbündel, war jetzt sicher in einem verschlossenen Schrank im hintersten Winkel ihres Verstandes verstaut.

Es war Rosie, die Patientin, die ihrem Verlobten versprochen hatte, bis zur Hochzeit mit dem Rauchen aufzuhören.

Rosie war eine kleine, kurvenreiche Frau mit großen, runden Augen und einer winzigen Lücke zwischen ihren beiden Schneidezähnen, was ihr ein unschuldiges, kleinmädchenhaftes Aussehen verlieh. Ellen konnte sie sich absolut nicht mit einer Zigarette im Mund vorstellen. Mit einer Zigarette sähe sie wie ein rauchendes Kleinkind aus.

Bei ihrer ersten Sitzung hatte Rosie erwähnt, dass sie mit Ian Roman verlobt sei, und Ellen dabei erwartungsvoll angesehen.

Sollte ich den Namen kennen?, hatte Ellen gedacht.

»Er ist in der Medienbranche«, fügte Rosie hinzu. »Er ist ziemlich … äh … prominent.«

Und dann dämmerte es Ellen. Ian Roman! Das war einer jener Namen, die quasi durch Osmose ins Unterbewusstsein sickerten. Ian Roman besaß Zeitungen oder Fernsehsender oder irgend so etwas. Sein Name tauchte öfter im Wirtschaftsteil der Medien auf. Nicht, dass Ellen regelmäßig den Wirtschaftsteil lesen würde, aber sie wusste es dennoch.

»Nach der Hochzeit werde ich also Rosie Roman heißen.« Rosie stieß ein gekünsteltes Lachen aus.

»Sie können doch Ihren Mädchennamen behalten«, sagte Ellen.

»Ach was, ich bin keine Karrierefrau oder so was.« Rosie machte eine wegwerfende Handbewegung, als hätte man ihr gerade etwas für ihren Geschmack viel zu Teures angeboten. »Ich bin nur eine einfache Frau.«

An diesem Tag schien Rosie schlechter Laune zu sein. Sie ruckte mit dem Kopf hin und her, als hätte sie sich den Hals verrenkt, und zerrte am Saum ihres Pullovers, als wäre er beim Waschen eingelaufen.

»Was machen die Hochzeitsvorbereitungen?«, fragte Ellen, als sie mit Rosie nach oben ging.

»Fragen Sie bloß nicht!«

»O je!«

»Ausgerechnet jetzt, wo ich vor lauter Stress nicht weiß, wo mir der Kopf steht, das Rauchen aufgeben zu wollen! Einen dümmeren Zeitpunkt hätte ich mir nicht aussuchen können.«

»Das will ich nicht sagen. Manchmal ist es einfacher, eine schlechte Angewohnheit loszuwerden, wenn die tägliche Routine durchbrochen wird.«

»Kann sein.« Rosie schien nicht überzeugt.

Ellen bemerkte, wie Rosies Schultern sich lockerten, als sie den Therapieraum betraten. Der Meerblick war so überwältigend, dass Ellen zuweilen das Gefühl hatte, es würde genügen, ihre Patienten einfach in Ruhe dasitzen zu lassen, um ihnen zu helfen.

»Und, wie geht's?«, erkundigte sie sich, als sie Platz genommen hatten.

»Ich rauche immer noch wie ein Schlot«, fauchte Rosie. Bevor Ellen antworten konnte, fuhr Rosie fort: »Entschuldigung. Sie können ja nichts dafür. Es ist ganz allein meine Schuld. Ich habe mir nicht ein einziges Mal die CD angehört, die Sie mir mitgegeben haben.«

Ellen hatte besagte CD mit einem eigens für die Raucherentwöhnung entworfenen Text besprochen. Das war schon viele Jahre her, und es gab Patienten, die ganz begeistert von ihrer CD waren. Ellen selbst konnte es allerdings nicht ertragen, ihre eigene Stimme zu hören.

»Und warum nicht?«

Es kam oft vor, dass Patienten nicht die Zeit fanden, sich ihre CDs anzuhören. Sie beichteten ihr das immer mit schuldbewussten, trotzigen Blicken, so als würden sie gestehen, ihre Hausaufgaben nicht gemacht zu haben, aber auch ganz genau wissen, dass ihnen keine Strafe drohte, weil sie ja erwachsen waren und dafür *bezahlten*.

Rosie zuckte mit den Schultern. »Keine Ahnung. Ich kann an nichts anderes mehr denken als an die Hochzeit. Zum Beispiel an die Kleider für die Brautjungfern. Ich hasse die Farbe, die ich dafür ausgesucht habe! Apricot! Anscheinend habe ich unter zeitweiliger geistiger Umnachtung gelitten.«

Sie griff nach einem Konfekt, ließ es dann aber in die Schale zurückfallen.

»Mein Verlobter hat das Rauchen schon vor Jahren aufgegeben. Einfach so, von einer Minute zur anderen, als er auf der F3 fuhr. Er kurbelte das Fenster herunter, warf seine halb volle Zigarettenschachtel hinaus und hat seitdem nie wieder eine Zigarette angerührt.«

»So ein Umweltverschmutzer«, bemerkte Ellen.

Rosie guckte sie verdutzt an und grinste. »Ja, das stimmt.« Dann wurde sie abrupt wieder ernst, als wäre sie bei etwas Verbotenem erwischt worden.

Irgendetwas stimmte nicht. Ellen hatte das Gefühl, dass Rosie ihr nicht die ganze Wahrheit sagte. Natürlich logen die Leute immer, bewusst oder unbewusst.

»Wollen Sie wirklich mit dem Rauchen aufhören?«, fragte sie.

Rosie machte große Augen. »Natürlich!«

»Nun, manchmal gibt es unbewusste Blockaden, die uns daran hindern, eine Gewohnheit abzulegen. Ich denke, wir sollten heute einmal etwas anderes machen und uns näher damit befassen.«

»Von mir aus«, seufzte Rosie. »Aber ich sage Ihnen gleich, das Ganze hat überhaupt nichts Geheimnisvolles. Mir fehlt es lediglich an Willenskraft, das ist alles.«

»Warten wir es ab.« Ellen überlegte, wie sie ihre Patientin am besten in Trance versetzen könnte. Schnell hatte sie die perfekte Metapher gefunden. »Welche Farbe hätten Sie denn statt Apricot lieber für die Brautjungfernkleider gehabt?«

»Blau«, antwortete Rosie sofort.

»Schön. Dann konzentrieren Sie sich jetzt bitte auf einen beliebigen Punkt an der Wand. Irgendeinen.«

Rosie seufzte, zuckte mit den Schultern und sah sich im Zimmer um. Ihr Blick blieb in der hinteren rechten Ecke hängen, an dem Punkt, den fast jeder aussuchte.

»Okay.«

»Gleich werden Sie blinzeln.«

Rosie blinzelte.

»Sehr schön«, sagte Ellen sanft. »Und irgendwann werden Ihnen die Augen zufallen. Das kann sofort passieren, vielleicht auch erst ein bisschen später.«

Rosie schloss die Augen.

Ellen beobachtete, wie Rosies Brust sich hob und senkte, und passte ihre eigenen Atemzüge Rosies Rhythmus an. Sie sprach schnell und flüssig und stellte sich vor, wie ihre Worte in Rosies Verstand rannen wie eine Flüssigkeit aus einem Krug.

»Und jetzt stellen Sie sich bitte eine Wand vor, wenn Sie können. Ich muss Ihnen leider sagen, dass sie apricotfarben gestrichen ist. Aber es gibt auch eine gute Nachricht: Sie überstreichen sie in einem wunderschönen Blau. Der Farbroller bewegt sich rauf und runter, ganz gleichmäßig. Rauf … und … runter, rauf … und … runter, immer wieder.«

War das zu kompliziert? Ellen wusste aus Erfahrung, dass sie vorsichtig sein musste mit ihren Metaphern. Männer hatten oft Mühe mit der Abstraktion, sie nahmen alles wörtlich. Ein Mann würde hinterher womöglich sagen: »Sie hätten mich zuerst eine Grundierung auftragen lassen müssen.« Frauen hingegen neigten dazu, sich von einer Nebenfährte ablenken zu lassen. Eine ihrer ersten Patientinnen hatte ihr gesagt, sie liege gern in der Sonne, deshalb hatte Ellen als Trance-Induktion das Bild von einem Sonnenbad an einem tropischen Strand gewählt. Hinterher gestand die Patientin jedoch, dass sie die ganze Zeit damit beschäftigt gewesen sei, sich den Badeanzug vorzustellen, in dem sie am besten aussah.

Ellen beobachtete, wie Rosies Augen unter den geschlossenen Lidern hin und her huschten und wie angespannt ihre Körperhaltung war: die Schultern hochgezogen, die Hände in das weiche Leder des Sessels gekrallt. Eine Wolke schob sich vor die Sonne.

»Sie sehen den Farbroller über die Wand gleiten, und dieses Auf und Ab hat etwas Beruhigendes. Sie entspannen sich mehr und mehr. Bald merken Sie, wie Sie im gleichen Rhythmus atmen, in dem der Farbroller sich bewegt. Auf … und ab …, ein … und aus. Auf … und ab …, ein … und aus.«

Die Spitzen von Rosies winzigen schwarzen Stiefeln, Koboldstiefelchen, kippten nach außen. »Achte auf ihre Füße«, hatte Flynn, ihr Mentor, ihr immer eingeschärft. »Die geben dir den entscheidenden Hinweis.«

»Die Wand ist jetzt fast fertig. Sobald sie vollständig blau ist oder vielleicht ein kleines bisschen später, werden Sie so wunderbar entspannt sein, wie Sie es nie zuvor waren.«

Rosies Kinnlade fiel herunter, ihr Mund stand offen, ihre Gesichtsmuskeln lockerten sich, und ihr Kopf sank auf die Seite. Wenn manche ihrer Patienten wüssten, wie sie in Trance aussahen, wären sie entsetzt. Ellen hatte das noch nie irgendjemand anderem gegenüber erwähnt, nicht einmal gegenüber anderen Therapeuten. Das blieb ein Geheimnis zwischen ihr und ihren Patienten.

Schön, Ellen, und was genau hast du jetzt vor mit dieser blauen Wand?

Sie musste nicht überlegen, sie wusste es. Es gab Tage, da kamen ihr ihre Sitzungen gezwungen und unbeholfen vor. Dann wieder, so wie jetzt, fühlte sich alles ganz natürlich und selbstverständlich an. Sie befand sich selbst in einer leichten Trance. Sie war in der »Zone«.

»Rosie, Sie haben die Macht, diese Wand in einen tiefblauen Vorhang zu verwandeln, einen Vorhang ähnlich dem auf einer Bühne. Und hinter diesem Vorhang wartet jemand auf Sie, eine wichtige Person. Ich weiß nicht, wer es ist, aber diese Person ist sehr klug, und Sie haben instinktiv Vertrauen zu ihr. Sie ziehen den Vorhang zurück, und da steht diese Person und wartet auf Sie. Vielleicht geht sie auf Sie zu und umarmt Sie.«

Ellen wartete und beobachtete Rosie.

»Sind Sie jetzt bei dieser Person?«

Rosie hob ihren rechten Zeigefinger – das Zeichen für Ja, das sie vorher vereinbart hatten.

»Nun, ich bin mir sicher, dass diese Person Ihnen etwas mitzuteilen hat. Vielleicht kann sie Ihnen sagen, warum es Ihnen so schwerfällt, das Rauchen aufzugeben, oder sie kann Ihnen eine Möglichkeit aufzeigen, wie Sie es schaffen. Ich werde jetzt still sein, damit Sie dieser Person in Ruhe zuhören können.«

Die Wolke gab die Sonne wieder frei, und der Raum füllte sich mit Wärme. Ellen spürte, wie ihre Brust sich hob und senkte, wie sie in völligem Einklang mit Rosie atmete. Rosies Gesicht blieb ausdruckslos, aber sie nagte jetzt an ihrer Unterlippe.

Ellen wartete noch ein paar Sekunden, dann sagte sie: »Rosie, möchten Sie mir sagen, was Sie erfahren haben? Ich überlasse es Ihnen, ob Sie es mir sagen wollen oder nicht.«

Ein kurzes Schweigen, dann antwortete Rosie mit heiserer, monotoner Stimme: »Ich will ihn nicht heiraten. Deshalb will ich mir das Rauchen nicht abgewöhnen. Ich will nicht heiraten.«

Ellens Brauen schossen in die Höhe, als ein einzelner Lichtstrahl auf die funkelnden Diamanten von Rosies klotzigem Verlobungsring fiel, und ihr Blick heftete sich darauf.

»Eigentlich mag ich ihn gar nicht so sehr«, sagte Rosie.

»Das also ist mein Sohn Jack!«

Patrick stand in Ellens Flur, die Hände auf den knochigen Schultern seines Sohnes.

»Hi, Jack, freut mich sehr, dich kennenzulernen!« Ellen hörte sich genauso an, wie sie befürchtet hatte: wie eine Vorleserin bei der Märchenstunde.

»Guten Tag.«

Der Junge warf Ellen einen flüchtigen Blick zu. Er hatte die leicht mandelförmigen grünen Augen seines Vaters. Sein dichtes blondes Haar war lang und unordentlich.

»Tja, dann … Schön, dass du mitgekommen bist! Ich hoffe, du magst Würstchen.« Zu ihrer grenzenlosen Erleichterung hatte Ellen in der Tiefkühltruhe noch ein paar Würstchen gefunden.

Jack schien gar nicht zuzuhören. Er hatte den Kopf gesenkt und zupfte an seinem T-Shirt herum, als wolle er das Material auf seine Reißfestigkeit testen.

Patrick räusperte sich. »Ellen hat dich was gefragt.«

»Nein, hat sie nicht.«

»Doch, das hat sie. Sie hat gefragt, ob du Würstchen magst. Die isst du doch schrecklich gern, nicht wahr?«

Jack schüttelte die Hände seines Vaters mit einem Achselzucken ab. »So schrecklich gern nun auch wieder nicht, Dad. Außerdem hat sie mich nicht gefragt, ob ich Würstchen mag. Sie hat gesagt: Ich hoffe, du magst Würstchen. Das ist keine Frage. Das ist eher so was wie ein Satz. Sie hat gesagt: Ich hoffe, du magst Würstchen.«

»Schön, vielleicht …«, begann Ellen.

»Ich esse schrecklich gern Pizza. Du hast gesagt, ich darf mir eine Pizza bestellen.«

»Ich habe gesagt, *vielleicht* bestellen wir heute Abend Pizza, aber wenn Ellen schon Würstchen für dich vorbereitet hat, dann wirst du eben die essen.« Patrick bedachte seinen Sohn mit einem strengen, väterlichen und leicht panischen Blick.

»Ehrlich gesagt habe ich noch gar nichts vorbereitet«, sagte Ellen hastig. »Du kannst dir gern eine Pizza bestellen, Jack, wenn dir das lieber ist. Gar kein Problem.«

»Danke. Ja, das wär mir wirklich lieber.« Jack seufzte geräuschvoll, so als hätte wenigstens einer endlich Vernunft angenommen. »Kann ich mir jetzt meine DVD ansehen?«

»Jack, bitte. Das ist unhöflich. Deine DVD kann ja wohl noch eine Weile warten.«

Ellen bemerkte Patricks eingefallene Wangen. Er sah aus, als würde er krampfhaft die Kiefer aufeinanderpressen. Anscheinend lag ihm viel daran, dass Jack einen guten Eindruck auf Ellen machte. Seine Anspannung nahm ihr ihre eigene Nervosität.

»Das ist schon in Ordnung«, sagte sie zu Jack. »Mein DVD-Player ist zwar kaputt, aber du kannst dir die DVD gern auf meinem Laptop ansehen, wenn du möchtest.«

»Ja, das wär prima«, antwortete Jack gnädig. »Ich kann mit einem Laptop umgehen.« Zum ersten Mal hob er den Kopf und sah Ellen ins Gesicht.

»Schade, dass dein Freund krank geworden ist«, sagte sie. »Du bist bestimmt enttäuscht, dass du nicht zu ihm kannst.«

»Ja, ja«, erwiderte er ungeduldig. »Hey, können Sie mich hypnotisieren? Und können Sie mir zeigen, wie ich meine Freunde hypnotisieren kann? Damit sie alles machen, was ich ihnen sage? Das wäre unheimlich cool! Ich könnte sie zu meinen Sklaven machen.«

»Das wäre unethisch, weißt du«, sagte Ellen.

»Was?«

Patrick klatschte in die Hände. »Okay, das reicht, wir legen die DVD ein, dann kannst du sie dir ansehen.«

»Du benimmst dich wirklich komisch, Dad.« Jack legte die Stirn in Falten.

Patrick grinste Ellen verlegen an. »Komischer als sonst, Jack?«

Der Junge schüttelte den Kopf. »Nein, im Ernst, Dad.«

Als sie durch den Flur gingen, blieb Jack stehen und legte seine Fingerspitze auf einen der silbern glänzenden Punkte auf der orangeroten Tapete. Er schaute zu Ellen auf.

»Das Haus ist cool.«

»Danke.« Sie war so glücklich über seine Bemerkung, dass sie beinah ein »mein Schatz« hinzugefügt hätte.

Eine halbe Stunde später saß Jack im Wohnzimmer, neben sich die Pizza, Ellens Laptop auf den Knien, den Kopfhörer auf dem Kopf, den Blick unverwandt auf die flimmernden Bilder auf dem Monitor gerichtet und die Füße in den klobigen Turnschuhen auf Ellens wunderschön restauriertem alten Couchtisch.

Patrick ermahnte ihn nicht, seine Füße vom Tisch zu nehmen, und Ellen wusste nicht, wie sie den Jungen darum bitten sollte, ohne wie eine böse Stiefmutter zu klingen. Was machten schon ein paar Schrammen im Holz?

»Er ist ein toller Bursche«, sagte sie zu Patrick, als sie am Esstisch Platz genommen hatten. Sie hatte Sauerteigbrot aufgeschnitten und Schälchen mit Dips und großen grünen Oliven aufgetischt. Durch die offene Tür konnten sie die obere Hälfte von Jacks Kopf im Wohnzimmer sehen. Ellen senkte die Stimme, obwohl der Junge sie nicht hören konnte.

»Er hat seine Momente«, sagte Patrick. Er räusperte sich und lächelte sie an. »Du bist die erste Frau, die ich ihm seit dem Tod seiner Mutter vorgestellt habe.«

»Oh, welche Ehre! Aber halt, warte mal, du hast doch gesagt, du seist ein paar Jahre mit Saskia zusammen gewesen? Dann muss sie ihn doch auch gekannt haben.«

Natürlich musste Saskia Patricks kleinen Sohn gekannt haben.

Patricks Nasenflügel zuckten, als sei ihm ein widerlicher Geruch in die Nase gestiegen. Er spie einen Olivenstein in seine hohle Hand. »Sie zählt nicht.«

Seine Antwort brachte Ellen aus der Fassung. Er konnte doch nicht so tun, als hätte Saskia nie existiert. Er musste sie doch einmal geliebt haben. Und Ellen war nicht die erste Frau, die er seinem Sohn vorgestellt hatte. Das war de facto falsch. Das gefiel ihr nicht.

»Wie alt war Jack, als Saskia bei dir einzog?«

»Weiß nicht. Ein Kleinkind?«

»Und, haben sie sich gut verstanden? War er traurig, als sie auszog?«

»Er kann sich nicht einmal mehr an sie erinnern«, sagte Patrick gleichgültig, was keine Antwort auf ihre Frage war. Sein Blick schweifte von ihr ab, und plötzlich rief er: »Jack! Nimm sofort die Füße vom Tisch!«

Wie konnte er von hier aus sehen, dass der Junge seine Füße auf dem Tisch hatte? Oder hatte er es vorher schon bemerkt, aber nichts gesagt?

»Entschuldige mich einen Moment.« Patrick stand auf und ging ins Wohnzimmer hinüber.

Als er zurückkam, schnitt er ein anderes Thema an. »Wie war dein Tag? Du hast gesagt, du hast ein paar Patienten gehabt. Sind die … äh … Sitzungen gut gelaufen?«

Hätte sie ihn besser gekannt, hätte sie gesagt: Ich wollte eigentlich noch über Saskia und Jack reden, ich war noch nicht fertig. Aber sie kämpfte ständig gegen ihre Neugier an. Möglicherweise war ihr Interesse an seiner Exfreundin voyeuristischer Natur. Patrick hatte sie ja auch noch nie nach ihren früheren Beziehungen gefragt.

So erzählte sie ihm also von Rosie und wie sie herausgefunden hatte, was sich hinter ihrer Weigerung, das Rauchen aufzugeben, verbarg: Sie wollte im Grunde gar nicht heiraten. Natürlich nannte Ellen keine Namen, sie erwähnte auch nicht, dass, sollte die Hochzeit abgesagt werden, die Nachricht Thema in den Klatschspalten sein würde. Ellen dachte einfach, Rosies Geschichte biete interessanten Gesprächsstoff und lasse sie selbst außerdem in einem günstigen Licht erscheinen.

Patrick hörte aufmerksam zu. Als sie geendet hatte, sah er sie blinzelnd an, als würde er von der Sonne geblendet. Das machte ihn älter. Er hatte tiefe Furchen in den Augenwinkeln, wahrscheinlich von seiner Arbeit als Vermessungsingenieur unter freiem Himmel.

Dann sagte er: »Sie wird die Hochzeit also absagen? Deinetwegen?«

»Nun, ich weiß nicht genau, was sie vorhat. Das muss sie selbst entscheiden. Ich habe ihr lediglich dabei geholfen, sich über ihre wahren Gefühle klar zu werden.«

»Aber stell dir doch mal vor, wie der arme Kerl sich fühlen wird. Bist du sicher, sie hat nicht bloß kalte Füße gekriegt? Oder sucht nach einer Ausrede, warum sie sich das Rauchen nicht abgewöhnen kann?«

Ellen reagierte verschnupft. Sie hatte damit gerechnet, dass ihre

Geschichte über die Möglichkeiten der Hypnotherapie Faszination und Bewunderung auslösen würde. Sie kratzte sich am Handgelenk. (Gereiztheit manifestierte sich bei ihr immer als Juckreiz an ihrem rechten Handgelenk, an exakt derselben Stelle, an der sie als Kind unter Dermatitis gelitten hatte.)

»Ich bringe meine Patienten nicht dazu, irgendetwas zu tun. Ich helfe ihnen dabei, unter Umgehung des kritischen Punkts unmittelbaren Zugang zu ihrem Unterbewusstsein zu erlangen. Meine Patientin hatte einen sogenannten Satori. Satori ist im Zen-Buddhismus das Wort für Erleuchtung.«

Ellen dachte an ihre Sitzung mit Rosie. Nachdem diese ihre Gefühle hinsichtlich ihrer bevorstehenden Hochzeit geäußert hatte, hatte Ellen ihr eine posthypnotische Anweisung gegeben: »Wenn Sie aus dieser Trance erwachen, werden Sie ruhig und gelassen sein, Sie werden alles unter Kontrolle haben, wenn Sie entscheiden, was Sie als Nächstes tun wollen.«

Als Rosie aus ihrem Trancezustand erwachte, hatte sie geblinzelt und dann sofort ihre Hand mit dem Verlobungsring gehoben. Sie hatte ihn vom Finger gestreift und im Licht neugierig betrachtet, als handle es sich um ein seltsames, widerwärtiges wissenschaftliches Exemplar. Nach ein paar Sekunden hatte sie lächelnd zu Ellen gesagt: »Wissen Sie was? Ich mag nicht einmal diesen Ring.«

»Entschuldige«, sagte Patrick. »Ich wollte dich nicht kritisieren. Ich habe mich wohl zu sehr mit dem Mann identifiziert.«

»Schon gut«, erwiderte Ellen.

Das war das erste Mal, dass der leiseste Hauch von Missstimmung in der Luft lag. Irgendwann musste das ja kommen, sagte sie sich. Kein Grund zur Beunruhigung.

»Ich habe einmal eine dieser Bühnenshows gesehen«, sagte Patrick. »Wo sie Leute aus dem Publikum auf die Bühne bitten, um sie zu hypnotisieren, weißt du. Ich muss zugeben – ich hoffe, dass ich dich nicht damit beleidige, aber ich gehe davon aus, dass die Hypnotiseure auf der Bühne mit *richtigen* Hypnotherapeuten nicht das Geringste gemein haben – also, ehrlich gesagt, ich habe es gehasst.«

Ellen lächelte, als sie seinen schuldbewussten Gesichtsausdruck sah. »Das ist schon in Ordnung. Mit meiner Arbeit kann man das wirklich nicht vergleichen.«

»Dieser dämliche Ausdruck auf ihren Gesichtern! Grauenhaft!« Patrick demonstrierte ihr, was er meinte: Er ließ sich nach hinten fallen, die Arme schlaff herunterhängen und das Kinn auf die Brust sinken. Nach ein paar Sekunden setzte er sich wieder gerade hin und nahm einen Schluck Wein. »Es war erbärmlich. Als ob der Typ sie unter Drogen gesetzt hätte und mit ihnen machen konnte, was er wollte.«

»Das wäre ihm nicht gelungen. Sie hatten immer noch die Kontrolle über sich. Er hat nur dafür gesorgt, dass sie ihre Hemmungen ablegten.«

»Ich möchte immer alles im Griff haben«, sagte Patrick. »Deshalb habe ich auch nie übermäßig Alkohol getrunken, und ich habe nie Drogen genommen. Ich gebe das Steuer nicht gern aus der Hand, bildlich gesprochen.« Er nahm mit den Fingerspitzen eine weitere Olive aus der Schale und legte sie behutsam auf seinen Teller. Den Blick auf die Olive gerichtet, fuhr er fort: »Das hasse ich am meisten an dieser Geschichte mit Saskia. Dass sie die Kontrolle hat. Sie beeinflusst mein Leben, und ich habe nichts zu sagen, und ich kann nicht das Geringste dagegen tun. Es tut mir leid, wenn ich manchmal ein bisschen komisch reagiere, was sie betrifft. Aber wenn wir über sie reden, dann ist es, als wäre sie mit uns im selben Raum.«

Er sah sie mit dem gleichen flehentlichen, verzweifelten Ausdruck an wie die vielen Patienten, die zu ihr kamen, weil sie sich von ihr eine Antwort auf ihre Probleme erhofften, ohne im Grunde ernsthaft daran zu glauben, dass sie ihnen diese Antwort geben konnte. Mitgefühl durchflutete Ellen wie eine kleine Schockwelle. Seine heroische Lässigkeit an jenem ersten Abend, als er ihr von seiner Stalkerin erzählte, war nur gespielt gewesen.

Das erkannte sie jetzt. Natürlich war er traumatisiert – er war ein Stalking-Opfer! Wie unglaublich unsensibel von ihr, dass ihr dieser Gedanke nie zuvor gekommen war. Sie hatte sich so sehr für Saskia und ihre Motive interessiert, dass sie keinen einzigen Gedanken an die möglichen Folgen für Patrick verschwendet hatte. Als ob nur Frauen zu echten Emotionen fähig wären. Als ob Männer eine weniger komplexe Lebensform wären.

»Bitte entschuldige«, sagte sie. »Als ich dir all diese Fragen über Saskia gestellt habe, ist mir gar nicht in den Sinn gekommen, dass sie der letzte Mensch ist, über den du reden willst. Ich meine, das alles setzt dir doch zu – es kann ja gar nicht anders sein. Das muss doch … tja, ich weiß nicht, wie es ist, woher auch?«

Patrick sah ihr unverwandt in die Augen. Sein Blick wollte ihr etwas mitteilen, etwas sehr Komplexes. Vielleicht hatte er seinen eigenen kleinen Satori.

Er beugte sich vor. Sie beugte sich auch vor. Gut. Er wollte sie an seinen Gefühlen teilhaben lassen. Ihre Beziehung würde eine neue Ebene erreichen, eine tiefere, spirituellere, intellektuellere Ebene.

»Sollen wir uns für ein paar Minuten nach oben verdrücken?«, flüsterte er.

»Ich denke, gleich wird er mir etwas Tiefsinniges, Bedeutungsvolles anvertrauen, und er denkt nur an einen Quickie! Und das, obwohl sein Sohn da ist, bloß ein paar Meter von uns entfernt! Sex war das Letzte, woran ich in diesem Moment gedacht habe!«

»Sex ist immer das Erste, woran Männer denken«, belehrte Madeline ihre Freundin Ellen.

Ellen telefonierte von ihrem Arbeitszimmer aus und sortierte nebenbei Unterlagen. Dem Zischen und Klappern nach zu urteilen, stand Madeline in der Küche, wahrscheinlich mit einer geblümten Schürze über ihrem schon leicht gerundeten Bauch, und kochte vermutlich irgendein elegantes Gericht aus Bioprodukten. Madeline erwartete ihr zweites Kind, und die Schwangerschaft hatte sie aufblühen lassen. Sie und Ellen hatten sich vor gut zehn Jahren eine Wohnung geteilt; damals hätte sich Madeline halb totgelacht, wenn ihr jemand gesagt hätte, dass sie eines Tages eine geblümte Schürze tragen würde.

Ellen hätte ja Julia angerufen, aber deren Interesse an Patrick hatte sich im Lauf der Zeit ein wenig abgekühlt. Bereits vor ihrer Scheidung war Julia die Sorte Freundin gewesen, die man eher anrief, wenn es nicht so gut lief, und nicht dann, wenn alles eitel Sonnenschein war. Nun, da Patrick ganz offiziell Ellens »fester Freund« war, schwang ein Hauch Verachtung in Julias Stimme mit, sooft Ellen von ihm sprach. Es sei denn, es hatte irgendetwas mit seiner verrückten Exfreundin zu tun – Julia liebte es, wenn Ellen ihr von Saskia erzählte. Nicht, dass sie Ellen ihr Glück nicht gegönnt hätte, sie fand nur, dass es über Glück nicht so viel zu sagen gab.

Madeline hingegen war die Sorte Freundin, die regen Anteil nahm und ein überaus mitfühlendes Wesen besaß, aber in Krisenzeiten hoffnungslos unfähig war. Sie geriet in Panik und wechselte sofort das Thema, wenn jemandes tränenerstickte Stimme auch nur ein ganz klein wenig bebte.

»Das ist nicht wahr«, widersprach Ellen ihr jetzt. »Das ist bloß eines dieser Klischees. Ich kenne Männer, die nie an Sex denken. Jedenfalls kam mir in diesem Moment der Gedanke, dass ich ihn nicht nur als Mann, sondern als Person, als Mensch sehen muss.«

»Nur weil er Sex wollte, heißt das noch lange nicht, dass er kein Mensch ist.«

Madeline verstand offensichtlich nicht, worum es ihr ging.

»Schon, aber mit seinem Sohn im Zimmer nebenan?«

»Nun, wenn du vorhast, mit ihm zusammenzuziehen, wirst du dich daran gewöhnen müssen.«

»Warten Eltern denn nicht damit, bis die Kinder schlafen?«

»Sag mal, ging es bei dieser Geschichte nicht in erster Linie darum, dass er ein komisches Gesicht gemacht hat?«

»Ja, genau. Ich habe sein verlockendes Angebot also abgelehnt, und daraufhin nahm sein Gesicht so einen seltsamen Ausdruck an, und ich glaube, es war ein schmollender Ausdruck.«

»Was heißt, du glaubst?«

»Na ja, es ging alles so schnell. Diese Spezialisten, die sich auf das Entlarven von Lügen verstehen, nennen es einen ›Mikroausdruck‹, glaube ich. Danach war er so wie immer. Wir hatten ein wunderbares Essen, und später haben wir mit seinem kleinen Sohn Monopoly gespielt und viel Spaß dabei gehabt. Aber Patricks Gesichtsausdruck ging mir einfach nicht mehr aus dem Kopf, und ich dachte: Ist das ein Zeichen? Werde ich eines Tages zurückblicken und denken: Das war der Moment, in dem ich hätte abspringen sollen? Genau darum geht es nämlich bei einem Mikroausdruck. Er offenbart dein wahres Ich.«

»Ellen, das ist das Lächerlichste, was ich je gehört habe. Der arme Mann ist so verknallt in dich, dass er am liebsten Dauersex mit dir hätte, und wenn er dann mal für einen Sekundenbruchteil ein enttäuschtes Gesicht macht, weil du ihn abblitzen lässt …«

»Ich weiß, ich weiß, ich bin eine schreckliche Person! Überanalytisch. Hysterisch. Es ist nur … Ich wünsche mir so sehr, dass es diesmal funktioniert, Madeline, ich wünsche es mir so sehr.«

»Aber natürlich tust du das«, erwiderte Madeline verständnisvoll.

Es ist also etwas Ernstes. Die Hypnotiseurin hat Jack kennengelernt. Meines Wissens ist sie nach mir die erste Frau, die er Jack vorgestellt hat.

Ich würde zu gern wissen, was der Junge von ihr hält.

Sie kommt mir nicht wie jemand vor, der gut mit Kindern kann. Sie ist zu vergeistigt und abgehoben. Kinder mögen bodenständige Menschen, Menschen zum Anfassen, die sich auf den Fußboden setzen und mit ihnen spielen. Ich kann mir jemanden, der von Licht spricht, das in den Körper fließt, nicht im Sandkasten hockend vorstellen.

Na ja, Jack dürfte mittlerweile zu groß für den Sandkasten sein, aber er steht immer noch im Garten hinter dem Haus. Manchmal, wenn Patrick bei der Arbeit und Jack in der Schule ist, gehe ich in meiner Mittagspause dorthin. Ich setze mich mit meinem Mittagessen auf die Gartenbank, die wir bei Ebay ersteigert haben, an denselben Platz, wo ich früher meine erste Tasse Tee am Morgen getrunken habe, und ich denke zurück an die Zeit, als dies mein Zuhause und mein Garten und mein Leben war.

Ich habe ihm immer gesagt, dass wir ein Vorhängeschloss an der hinteren Gartenpforte anbringen sollten.

Früher habe ich mit Jack in diesem Sandkasten gesessen, und wir haben stundenlang mit seinen Spielzeugautos gespielt. Sein Dad konnte die besseren Geräusche machen, aber ich hatte mehr Geduld. Patrick benahm sich selbst wie ein Kind. Einmal hatte er eine fantastische Rennstrecke im Sand gebaut, mit Tunneln und Brücken über Seen, und als Jack plötzlich aufgestanden war und alles niedergetrampelt hatte, war Patrick richtig sauer geworden. »Patrick«, habe ich zu ihm gesagt, »er ist erst zwei.«

Jack hat so groß und schlaksig ausgesehen, als er vor dem Haus der Hypnotiseurin aus dem Auto stieg. Ich hatte meinen Wagen auf der anderen Straßenseite geparkt. Ich war nach meinem Termin bei ihr einfach dageblieben. Irgendetwas sagte mir, dass Patrick zum Abendessen kommen würde. Als sie mich nach oben geführt hatte, war mir nämlich das Aroma von Knoblauch und Wein in die Nase gestiegen, als ob etwas in einer Marinade läge oder köchle. Ich hatte nicht damit gerechnet, dass Jack mitkommen würde. Das hat mir einen richtigen Schock versetzt. Einen Schock, ausgelöst durch unvorstellbare Schmerzen, wie man sie hat, wenn man als Kind an einem kalten Morgen einen Basketball genau auf die Nase kriegt, und man kann GAR NICHT GLAUBEN, wie weh das tut, und alle lachen einen aus, und man will nur noch zu seiner Mutter.

Jack schien nicht sonderlich begeistert, die Bekanntschaft der Hypnotiseurin zu machen. Er sah nicht sehr glücklich aus. Er ließ die Schultern hängen, und ich glaube, er hat sich auch die Nase geputzt. Hoffentlich hat er sich nicht erkältet. Das ist gar nicht gut für jemanden, der schon an Asthma leidet.

Ich weiß noch, einmal, kurz nach seinem dritten Geburtstag, hatte er mitten in der Nacht einen Asthmaanfall. Patrick war nicht da, er hatte außerhalb zu tun, und ich musste mit Jack in die Notaufnahme. Ich werde nie vergessen, was für eine panische Angst ich hatte, als ich sah, wie sein schmächtiger kleiner Brustkorb bei dem Versuch, Luft in die Lungen zu saugen, nach innen sackte und wie er seine wunderschönen grünen Augen auf mich heftete und mich stumm anflehte, ihm doch zu helfen. Ich hatte ihn auf dem Schoß und hielt ihn davon ab, sich diese blöde kleine Plastikmaske vom Gesicht zu reißen, während man ihm Ventolin gab. Die Ärzte, die Schwestern, alle dachten, ich sei seine Mutter. »Wie geht's denn der Mama?« »Möchte die Mama vielleicht eine Tasse Tee?«

Es wäre albern gewesen, sie darauf hinzuweisen, dass ich nicht mal die Stiefmutter war. Wir waren ja nicht verheiratet.

Jack hat immer Sas zu mir gesagt, weil Patrick mich so nannte. Jeden Abend, wenn ich zu ihm ging und ihm Gute Nacht sagte, hat er seinen Schnuller herausgenommen (er war fast vier, als wir ihm das Schnullerlutschen endlich abgewöhnt hatten – wir waren viel zu nachgiebig gewesen) und genuschelt: »Hab dich lieb, Sas«, und dann hat er seinen Schnuller schnell wieder in den Mund gesteckt. Und mir war jedes Mal zumute, als müsse mir vor Glück gleich das Herz zerspringen.

Jack war mehr, als ich mir je erhofft hätte, mehr, als ich mir je erträumt hätte.

In jener Nacht, als er den Asthmaanfall hatte, ging schon die Sonne auf, als wir wieder nach Hause durften. Statt ihn in sein Bettchen zu legen, habe ich ihn mit in unser Bett genommen, und wir waren beide so erschöpft, dass wir auf der Stelle einschliefen. Als ich aufwachte, war Patrick wieder da. Er stand am Bett und betrachtete uns mit einem Ausdruck voller Zärtlichkeit und Liebe und Stolz, und er sagte: »Hallo, Familie.« Ich werde diesen Gesichtsausdruck niemals vergessen.

Zwei Jahre später, drei Wochen nach Jacks Einschulung, sagte Patrick: »Ich glaube, es ist vorbei.«

»Was ist vorbei?«, fragte ich fröhlich. So unerwartet kam es, wie ein Blitz aus heiterem Himmel. Ich hatte nicht die leiseste Ahnung, wovon er sprach. Von einer Fernsehserie? Oder vom Sommer?

Er meinte uns. Es war vorbei mit uns.

6

Beim zurückgewiesenen Stalker handelt es sich oft um einen früheren Lebenspartner, der getrieben wird von einer komplexen, gefährlichen Mischung aus dem Wunsch nach Versöhnung einerseits und dem Verlangen nach Rache andererseits?!! (Rache wofür? Was hat er ihr getan?)

HANDSCHRIFTLICHE NOTIZ VON ELLEN O'FARRELL BEIM GOOGELN NACH »BEWEGGRÜNDE FÜR STALKING«

Es gab keine weiteren »Mikroausdrücke« mehr, oder wenn doch, dann hatte Ellen sie übersehen. Ihre Zweifel verflüchtigten sich wie Kerzenrauch.

Die ersten beiden Juliwochen waren in diesem Jahr märchenhaft: strahlend blaue Wintertage, so knackig und frisch wie saftige Äpfel. Es war das perfekte Wetter für eine neue Beziehung, perfekt zum Händchenhalten in öffentlichen Verkehrsmitteln, perfekt für jene Art von Benehmen, die an Liebeskummer Leidende zum Weinen bringt und alle anderen nur genervt die Augen verdrehen lässt.

Ellen sammelte Erinnerungen: ein bemerkenswerter Kuss, am Museum für zeitgenössische Kunst wie Teenager an eine Backsteinmauer gepresst; ein Sonntagsfrühstück in einem Café, wo sie Patrick so zum Lachen brachte, dass sich die anderen Gäste nach ihnen umdrehten; ein beschwipstes Rommèspiel, das im Bett geendet hatte; ein riesengroßer Blumenstrauß mit einer Karte, auf der stand: *Für mein Mädchen*, als sie vom Yoga nach Hause gekommen war.

Sie hatten ihre Vorsicht im Umgang miteinander abgelegt.

»Allmächtiger«, entfuhr es Patrick, als er Ellen das erste Mal ein gigantisches Steak verdrücken sah.

»So etwas sagt ein braver katholischer Junge aber nicht«, sagte Ellen.

»Ich habe den Namen des Herrn nicht missbraucht. Ich wollte damit ausdrücken: Allmächtiger, schau dir bloß mal an, was diese Frau isst! Ich dachte, meine Kleine sei eine durchgeknallte vegane Hippiebraut und keine blutrünstige Fleischfresserin.«

»Red nicht so viel, iss! Sonst schnapp ich mir dein Steak auch noch.«

Von Saskia hatten sie eine ganze Weile nichts gehört, was Ellen, die jede freie Minute genutzt hatte, sich mit dem Verhalten von Stalkern vertraut zu machen, jetzt zur Sprache brachte.

»Vielleicht habe ich sie verjagt«, meinte sie dann.

»Wer weiß.« Patrick tätschelte ihr liebevoll besorgt den Arm, wie ein Arzt als Reaktion auf einen todkranken Patienten, der sagt: »Vielleicht werde ich ja die Ausnahme von der Regel sein.«

Die Worte »ich liebe dich« begannen durch Ellens Gedanken zu geistern wie eine Zeile aus einem Schlager, den sie nicht mehr aus dem Kopf bekam. Irgendwo, wahrscheinlich in so einer blöden Illustrierten, hatte sie einmal gelesen, dass man als Frau auf keinen Fall zuerst »ich liebe dich« sagen dürfe. Das war das Dümmste, Sexistischste, Abergläubischste, was sie je gehört hatte. Aber andererseits eilte es ja auch nicht. Sie kannten sich erst seit sechs Wochen. Der richtige Augenblick würde schon noch kommen.

Ellen ließ ihre bisherige »Ich-liebe-dich«-Geschichte an sich vorüberziehen.

Sie hatte Andy zuerst gesagt, dass sie ihn liebe. Er hatte eine Sekunde lang ein erschrockenes Gesicht gemacht, dann aber schnell pflichtschuldigst erwidert, dass er sie auch liebe.

Sie hatte es auch zu Edward zuerst gesagt, nachdem sie einen besonders köstlichen Erdbeer-Daiquiri getrunken hatte. Eigentlich hatte sie gar nicht Edward gemeint. Sie hatte gemeint, dass sie Erdbeer-Daiquiris liebte.

Jetzt, wo sie darüber nachdachte, wurde ihr klar, dass sie immer die Erste gewesen war, die jene drei Worte gesagt hatte. Jon hatte sie »Ich liebe Dich« in die Glückwunschkarte zu seinem achtunddreißigsten Geburtstag geschrieben, und es hatte zweiundvierzig erniedrigende Tage gedauert, bis er es dann auch zu ihr gesagt hatte.

Vielleicht war es doch sicherer, wenn Patrick es zuerst sagte.

Und das tat er dann tatsächlich.

Eines Tages blieb er über Nacht, und am anderen Morgen musste er sich beeilen, weil er schon ziemlich früh einen Termin hatte. Ellen lag noch im Bett. Er beugte sich zu ihr hinunter, gab ihr einen Kuss auf die Wange, sagte: »Okay, ich muss los, hab dich lieb«, und fort war er.

In genau dem gleichen beiläufigen Ton sagte er am Telefon zu seinem Sohn, dass er ihn lieb habe. Es war eindeutig ein Versprecher gewesen.

Ellen, halb belustigt, dachte noch darüber nach, als sie Patricks Schritte die Wendeltreppe hinaufjagen hörte. Sie setzte sich auf.

»Entschuldige«, keuchte er, hielt sich mit beiden Händen am Türstock fest und schlug sich mit der flachen Hand an die Stirn. »Das wollte ich nicht, das ist mir so rausgerutscht. Ich meine, ich wollte es schon, aber ich wollte auf den richtigen Moment warten, mit Mondschein oder Regenbogen oder was auch immer, und jetzt habe ich es vergeigt. Ich Idiot!«

Er kam näher, setzte sich zu ihr aufs Bett und sah sie an, wie sie noch nie irgendjemand angesehen hatte, weder ein Liebhaber noch ein Freund, so konzentriert und andächtig war sein Gesichtsausdruck.

Er sagte: »Ich möchte jetzt etwas klarstellen.«

»Gut.« Ellen setzte eine ernste Miene auf.

»Ich sage das jetzt fürs Protokoll. Ich werde es, falls gewünscht, auch schriftlich festhalten.«

»In Ordnung.«

Er räusperte sich. »Ellen, ich liebe dich. Ich liebe dich ganz offiziell.«

»Ich liebe dich auch«, erwiderte Ellen. »Ganz offiziell, meine ich.«

»Schön. Wunderbar. Dann wäre das also geklärt.«

Er streckte ihr die Hand hin, und sie schlug ein, als besiegelten sie ein äußerst zufriedenstellendes Geschäft. Dann zog Patrick sie an sich, drückte sie aufs Bett zurück und küsste sie, während sie beide lachen mussten.

Als sie sich schließlich wieder aufsetzten, grinsten sie sich ein paar Sekunden an. Dann schaute Patrick auf seine Uhr.

»Okay, ich weiß, das ist jetzt ein schlechter Zeitpunkt …«

»Geh schon.«

Er küsste sie abermals, bevor er ging. Ellen legte sich wieder hin und fühlte sich von Glück durchtränkt. Genau so sollte Liebe sich anfühlen: einfach und friedlich und lustig. Offenkundig. Es gab nichts zu analysieren. Es kam ihr so vor, als hätte sie noch nie so geliebt und wäre auch nie so geliebt worden. All die vielen Male zuvor waren nichts als eine billige Kopie des Echten und Wahren gewesen.

Wenn sie nun durchs Leben gegangen wäre, ohne jemals diese Form der Liebe kennenzulernen? Nicht auszudenken!

Nicht, dass es eine Rolle spielte, aber *er* hatte die drei Worte zuerst gesagt.

Ich musste meinen Termin bei der Hypnotiseurin absagen, weil ich beruflich nach Melbourne musste.

Ich habe versucht, mich herauszuwinden, aber Trish hatte sich angeblich irgendeinen fürchterlichen Virus eingefangen, und ich war die Einzige, die kurzfristig einspringen konnte. Single und kinderlos. Was sollte so jemand schon vorhaben? Richtig. Nichts.

Patrick und ich waren nie zusammen in Melbourne, es lauerten also nirgendwo Gespenster der Vergangenheit. Anfangs schien die Reise eine gute Idee zu sein. Der düstere Himmel und der grausame Wind waren eine Erlösung nach Sydneys unbarmherzig heiterem Winterwetter. Ich hatte viel zu tun, und die Arbeit lenkte mich ab. Abends war ich so müde, dass ich sofort einschlief.

Aber je länger ich weg war, desto größer wurde meine Sehnsucht nach Patrick und Ellen. Am Donnerstagmorgen wachte ich früh auf und verspürte eine regelrechte Besessenheit nach Neuigkeiten. Was taten sie wohl in diesem Augenblick? Hatte er bei ihr übernachtet? Oder sie bei ihm? Meine Neugier war so übermächtig, dass ich sie körperlich fühlte wie einen Ernährungsmangel.

Ich flog am Freitag mit der ersten Maschine nach Sydney zurück, mich an den Armlehnen festklammernd und nach vorn gebeugt, als könnte ich das Flugzeug durch schiere Willenskraft dazu bringen, schneller zu fliegen. Ich war wie ein Vampir, der dringend neues Blut brauchte.

Es war Freitagnachmittag, und Ellen legte zwischen zwei Terminen eine kleine Pause für ein paar Atemübungen und positive Gedanken ein.

Ihr stand ein stressiges Wochenende bevor.

An diesem Abend würde sie Patrick ihrer Mutter und ihren Patentanten vorstellen, und am darauffolgenden Abend waren sie bei Patricks Eltern eingeladen. Am Sonntag würde Patrick Julia kennenlernen. Sie hatten sich zu *fish and chips* in Watsons Bay verabredet. Patricks Freund Stinky würde ebenfalls kommen, nicht nur, um Ellens Bekanntschaft zu machen, sondern auch, um vielleicht mit Julia verkuppelt zu werden. Sein Name verhieß allerdings nichts Gutes. (»Er stinkt nicht wirklich«, hatte Patrick lachend erklärt. »Wir nennen ihn bloß so.« »Wieso das denn?«, hatte Ellen gefragt, aber Patrick hatte bloß gelacht. Männer benahmen sich manchmal schon merkwürdig.)

Es war nicht geplant gewesen, dass sie ihre Verwandten und Freunde an aufeinanderfolgenden Tagen kennenlernten. Es hatte sich einfach so ergeben, nicht zuletzt deshalb, weil Ellens Mutter plötzlich das Abendessen verschoben hatte und Stinky überraschend übers Wochenende nach Sydney kam.

Ellen graute vor diesem Wochenende wie vor einer ganzen

Woche voller Prüfungen und Zahnarzttermine. Ihr war sogar ein bisschen schlecht gewesen, als sie am Morgen aufgewacht war. Es kam ihr so vor, als würden jede Menge Menschen mitten durch ihre zarte, neue Beziehung trampeln, ungefragt ihre Meinungen äußern, Fragen stellen, Fehler zutage fördern. Patrick und Ellen würden sich durch die Augen anderer sehen, durch die Augen von Menschen, die in ihrem Leben wichtig waren. Ihre Sichtweise würde wie grelle Scheinwerfer, deren Licht wenig schmeichelhaft war, jede dunkle Ecke gnadenlos ausleuchten.

Einatmen.

Es interessierte sie nicht die Bohne, was andere dachten!

Ausatmen.

Quatsch. Es interessierte sie einen ganzen Bohnenstrauch. Sie wollte, dass jeder, den sie mochte, auch Patrick liebte und dass jeder, den er mochte, auch sie liebte.

Einatmen. Ausatmen. Ein…

»Ach, vergiss es«, sagte sie laut.

Statt sich weiter zu bemühen, Zugang zu ihrem höheren Selbst zu erlangen, nahm sie sich ein Konfekt aus ihrer Silberschale und ließ es langsam im Mund zergehen. Die Schokolade diente therapeutischen Zwecken. Sie setzte im Gehirn Botenstoffe wie Endorphine und Serotonin frei und machte dadurch gute Laune, ja sie konnte sogar einen Zustand der Euphorie herbeiführen. Was, wie Julia immer sagte, bloß eine umständliche Art war zu sagen, dass Schokolade köstlich schmeckte.

Ellen machte einen Moment die Augen zu. Sie spürte die Wärme der Sonne auf ihrem Gesicht. Sie saß in dem Ruhesessel, in dem normalerweise ihre Patienten Platz nahmen. Sie saß oft hier und versuchte sich vorzustellen, wie es sein mochte, ihr gegenüberzusitzen. Schnappten sie manchmal etwas von ihren Zweifeln oder, schlimmer noch, von ihrer Eitelkeit auf? Sah sie blöd aus mit ihren professionell elegant übereinandergeschlagenen Beinen? Konnte man im Gegenlicht die Härchen und Fältchen rings um ihren Mund erkennen?

Sie ging jede Wette ein, dass Patrick bei der Arbeit, wenn er sich hinunterbeugte und, den einen Arm in die Höhe gestreckt, durch seinen Theodolit schaute, keine Momente der Unsicherheit kannte. In einem »nicht klar definierten« Beruf wie ihrem, den manche Leute immer noch in einem Atemzug mit Zauberern, Wunderheilern oder Scharlatanen nannten, war das etwas anderes. Einmal hatte sie eine alte Freundin getroffen, die ehrlich überrascht gesagt hatte: »Machst du etwa *immer noch* dieses Hypnosedingsda?« Als ob es sich um eine lustige kleine Phase in ihrem Leben gehandelt hätte. »Das ist mein Beruf«, hatte Ellen geantwortet, aber die Freundin, eine Firmenanwältin, dachte, sie mache einen Witz, und lachte höflich.

Dabei war es mehr als nur ein Beruf. Es war Ellens Leidenschaft, ihre Berufung, ihre Bestimmung.

Der Ruhesessel war noch warm von der letzten Patientin, Deborah Vandenberg, die Frau, die unerklärliche rasende Schmerzen in ihrem rechten Bein bekam, wenn sie länger als zehn Minuten ging. Sie hatte alles ausprobiert, war bei Physiotherapeuten und Chiropraktikern und Sportmedizinern gewesen, hatte Röntgenaufnahmen und CTs über sich ergehen und Gewebeproben entnehmen lassen. Eine körperliche Ursache für ihre Beschwerden war nicht gefunden worden. Die Schulmedizin hatte nicht weitergewusst.

»Ich war immer sehr aktiv«, hatte Deborah Ellen erzählt. »Ich habe furchtbar gern Wanderungen unternommen. Jetzt schaffe ich es an manchen Tagen kaum noch, einkaufen zu gehen. Die Schmerzen haben mein ganzes Leben verändert.«

»Das ist bei chronischen Schmerzen meistens der Fall«, erwiderte Ellen.

Sie selbst hatte diese Erfahrung nie gemacht, aber sie wusste von vielen ihrer Patienten, dass Schmerzen wie eine zersetzende Substanz waren, die nach und nach die einfachen Freuden des Lebens grausam wegätzten.

»Aber vielleicht kann ich Ihnen helfen«, fügte sie hinzu.

»Das haben schon viele gesagt.« Ein höflich zynisches Lächeln spielte um Deborahs Lippen. »Geschafft hat es noch keiner.«

Sie erinnerte Ellen ein bisschen an Julia. Deborah war groß und selbstbewusst und trug ihre dunklen Haare kurz geschnitten. Sie strahlte einen jungenhaften Charme aus, wie sie so dasaß in ihren schwarzen Jeans, ein langes Bein um das andere geschlungen.

Da sie erwähnt hatte, dass sie gern kochte, hatte Ellen sie dazu gebracht, sich einen Schalter an einem Herd vorzustellen, mit dessen Hilfe sie ihre Schmerzen drosseln konnte. Gleich zu Beginn ihrer heutigen Sitzung hatte Deborah gesagt, es sei »gut möglich«, dass sie ihre Schmerzen tatsächlich eine Stufe heruntergedreht habe, als sie an diesem Morgen über einen Parkplatz gegangen sei.

»Aber wahrscheinlich habe ich mir das nur eingebildet«, fügte sie hinzu, als traute sie ihrer eigenen Wahrnehmung nicht. Sie hatte von Anfang an keinen Zweifel daran gelassen, dass sie eine Skeptikerin war. Nach der letzten Sitzung hatte sie, nicht ohne Stolz, gemeint: »Ich war die ganze Zeit voll da, Sie haben es nicht geschafft, mich zu hypnotisieren.« »Das macht nichts«, hatte Ellen erwidert. Sie hörte das immer wieder, nicht selten von Patienten, die noch Augenblicke zuvor in tiefer Trance mit offenem Mund, aus dem Speichel rann, dagesessen hatten.

»Wir werden heute mit einem weiteren Schalter arbeiten«, sagte Ellen zu ihr. »Nennen wir ihn Ihren Schalter für positive Energie.«

Deborah verzog die Lippen zu einem spöttischen Lächeln. »Das klingt richtig … süß.«

»Es wird Ihnen bestimmt gefallen«, erwiderte Ellen mit fester Stimme. Sie ignorierte Deborahs spöttischen Ausdruck. Hinter Ablehnung verbarg sich meistens Angst.

Sie hatte eine einfache, schnelle Induktion gewählt – eine Treppe hinuntergehen und mit jeder Stufe in einen Zustand tieferer Entspannung eintauchen – und beobachtet, wie Deborah entspannte. Sie sah viel jünger aus in Trance (ungeachtet ihrer Skepsis ließ sich Deborah jedes Mal problemlos in Hypnose versetzen). Ihre Gesichtszüge glätteten sich, was ihr einen verletzlichen Ausdruck verlieh, der so gar nicht ihrem burschikosen Auftreten im Wachzustand entsprach. In Ellen löste das mütterliche Gefühle aus.

»Ich möchte, dass Sie an eine Zeit denken, in der Sie voller Zuversicht oder Freude waren«, sagte sie. »Durchstöbern Sie Ihre Erinnerungen nach einem vollkommenen Moment. Nicken Sie, wenn Sie ihn gefunden haben.«

Während Ellen wartete und Deborah beobachtete, machte sie sich selbst auf die Reise in die Vergangenheit, zu ihrem eigenen Augenblick vollkommenen Glücks. Das war, als sie zum ersten Mal jemanden hypnotisiert hatte. Sie war elf und saß mit ihrer Großmutter mütterlicherseits, die alles, was ihre Enkelin tat, für einzigartig hielt, in genau diesem Zimmer. Ellen hatte gerade ein Buch gelesen, das sie in der Bibliothek entdeckt hatte, *Hypnose für jedermann*, und ihre Großmutter hatte eingewilligt, ihre erste Versuchsperson zu sein. Sie hatte eine Halskette als Pendel benutzt und zugeschaut, wie die braunen Augen ihrer Großmutter dem Anhänger gefolgt waren, hin und her, hin und her.

»Du machst das sehr gut«, hatte ihre Großmutter sie hinterher gelobt. Sie war ehrlich erstaunt, das konnte Ellen ihr ansehen. Sie klatschte zwar immer überschwänglich Beifall, wenn Ellen ihr etwas auf ihrem Kassettenrekorder vorspielte oder sonst etwas vorführte, aber das hier war etwas anderes. »Ich glaube, du hast eine besondere Begabung.«

Ich glaube, du hast eine besondere Begabung.

Nichts hätte tiefere Verzückung, ehrfürchtigere Verwunderung in Ellen auslösen können. Der Augenblick war vergleichbar jenem, in dem ein Superheld im Film seine übernatürlichen Kräfte entdeckt. So, hatte sie damals gedacht, muss sich auch eine Nonne fühlen, wenn sie zum ersten Mal die geheimnisvolle, charismatische Stimme Gottes etwas in ihr jungfräuliches Ohr flüstern hört.

Deborah, die Augen geschlossen, die Wangen leicht gerötet, nickte zum Zeichen dafür, dass sie ihren perfekten Moment gefunden hatte. Ellen fragte sich eine Sekunde lang, woran sie wohl denken mochte.

»Ich möchte, dass Sie das Gefühl, an das Sie sich jetzt gerade erinnern, jederzeit heraufbeschwören können, wann immer Sie es brauchen. Jedes Mal, wenn Sie Ihren Daumen in Ihre rechte Handfläche drücken, können Sie dieses Gefühl wachrufen. Je fester Sie drücken, desto stärker wird dieses Gefühl, bis es wie Elektrizität durch Ihren Körper fließt.«

Ellen hatte ihre Stimme im gleichen Maße gehoben, wie Deborah den anschwellenden Strom von Kraft und Energie in ihrem Körper fühlen sollte.

»Wenn Sie das nächste Mal Schmerzen haben, dann machen Sie Folgendes: Zuerst drosseln Sie Ihre Schmerzen mithilfe des Schmerzschalters, und dann drehen Sie an Ihrem Energieschalter, um dieses Gefühl der Stärke aufleben zu lassen.«

Ein zögerlicher Ausdruck huschte über Deborahs Gesicht. Ellen schlug sofort einen autoritäreren Ton an: »Sie haben die Fähigkeit dazu. Sie haben alles, was Sie dazu brauchen, in sich. Sie werden diese Methoden meisterlich beherrschen. Sie können sich von Ihren Schmerzen befreien. *Sie können sich von Ihren Schmerzen befreien.*«

Nach ein paar Minuten holte sie Deborah aus ihrem Trancezustand zurück. Sie blinzelte desorientiert, ihr war Blick verschwommen und trübe, wie der eines Flugpassagiers, der eingeschlafen ist und wieder zu sich kommt. Sie schaute auf ihre Uhr, fuhr sich dann mit beiden Händen durch die Haare und sagte: »Ich war die ganze Zeit voll da.« Mit einer brüsken Bewegung zog sie ihre Brieftasche aus ihrer Handtasche. Ellen nickte nur und schob ihr die Schale mit dem Konfekt hin.

Als Deborah wenig später von Ellen zur Tür begleitet wurde, sagte sie versonnen, während sie sich darauf konzentrierte, ihren Mantel zuzuknöpfen: »Wissen Sie, es könnte tatsächlich sein, dass Sie mich gesund machen.«

»Ich kann Sie nicht gesund machen«, widersprach Ellen. »Die körperlichen Ursachen, welche es auch sein mögen, werden nach wie vor vorhanden sein. Aber ich kann Ihnen helfen, Wege zu finden, mit den Schmerzen umzugehen.«

»Das habe ich schon verstanden, aber ich glaube, es könnte tatsächlich *funktionieren*«, sagte Deborah. Der Ausdruck ehrfürchtigen Staunens auf ihrem Gesicht erinnerte Ellen an den Gesichtsausdruck ihrer Großmutter so viele Jahre zuvor.

Ellen lächelte, als sie an diesen Augenblick mit Deborah zurückdachte. Das war berufliche Erfüllung.

Sie schlug ihren Terminkalender auf. Ihr Lächeln verschwand, als sie sah, wer ihr letzter Patient an diesem Tag war: Mary-Kate McMasters. Na ja, heute würde sie keine ehrfürchtig staunenden Blicke mehr ernten.

Sie schaute flüchtig auf ihre Uhr. Vielleicht sagte Mary-Kate noch ab. Sie hatte schon dreimal in letzter Minute angerufen, weil sie nicht aus dem Büro wegkam. Sie war Anwaltssekretärin, und wenn sie anrief, um ihren Termin abzusagen, hörte sie sich immer ganz atemlos an, als ob sie so wichtig wäre, dass die Anwaltskanzlei nicht ohne sie lief.

Ellen tadelte sich für diesen unfreundlichen Gedanken. Vielleicht war Mary-Kate ja tatsächlich unersetzlich. Und sie bestand jedes Mal darauf, die Gebühr zu bezahlen, die Ellen auf ihrer Preisliste für kurzfristige Terminabsagen verlangte. Ellen selbst setzte diese Forderung allerdings nie durch. Sie hasste es, Geld anzunehmen, ohne etwas dafür getan zu haben.

Die Türklingel ertönte. Ellen fluchte, als hätte sie sich den Zeh gestoßen. Sie war sauer, wenn Mary-Kate absagte, und sie war sauer, wenn sie kam. Aus irgendeinem Grund war ihr diese arme, traurige Frau zutiefst unsympathisch. Woher kam das? Sie hatte doch schon andere Patienten gehabt, die ihr auf die Nerven gingen, und manche Patienten mochte sie mehr als andere, aber sie hatte nie zuvor einen so instinktiven Widerwillen einem Patienten gegenüber verspürt.

Sie musste aufpassen, damit ihre Abneigung nicht Mary-Kates Therapie beeinflusste, das wäre unverantwortlich.

Sie rief sich den buddhistischen Lehrsatz *Wir sind alle eins* ins Gedächtnis. Sie war Mary-Kate, und Mary-Kate war sie.

Mmmm.

Ein herzliches Lächeln auf den Lippen, öffnete Ellen die Tür. »Mary-Kate! Wie schön, dass Sie gekommen sind!«

»O ja, ich bin sicher, das ist ein Grund zum Jubeln«, antwortete Mary-Kate mit sarkastischem Gesichtsausdruck.

Ellen fragte sich, ob sie sie etwa hatte fluchen hören.

Mary-Kate war wie üblich ganz in Schwarz gekleidet. Sie war eine plumpe, schwerfällige Frau mit langen, glatten, in der Mitte gescheitelten Haaren wie ein Blumenkind der Siebzigerjahre, aber das verkniffene Gesicht, das sie immer wie einen geprügelten Hund aussehen ließ, wollte nicht zum Blumenkinderlook passen.

Was für ein deprimierender Anblick, dachte Ellen. Sie hätte ihr so gern einen neuen Look verpasst, einen jugendlichen Haarschnitt mit mehr Fülle und Farbe statt des trostlosen Schwarz. Eigentlich hatte sie ein hübsches Gesicht. Schon ein Hauch Lippenstift würde genügen, ihr ein frischeres Aussehen zu verleihen.

Du meine Güte, jetzt verwandelte sie sich schon in eine dieser grässlichen Mütter!

»Möchten Sie zuerst zur Toilette?«

Ellen stellte ihren Patienten diese Frage immer als Erstes; nichts war einer erfolgreichen Sitzung abträglicher als eine volle Blase.

»Nein, danke«, erwiderte Mary-Kate. »Bringen wir's hinter uns.«

Nachdem Mary-Kate in dem grünen Relaxsessel Platz genommen hatte – sie schaffte es stets, dass er wie der unbequemste Stuhl aller Zeiten wirkte –, schlug Ellen die Akte ihrer Patientin auf.

»Wie ist es Ihnen seit der letzten Sitzung ergangen?«, fragte sie.

»So wie immer. Ich fühle mich fett wie ein Wal. Und wie ist es *Ihnen* ergangen?«

Ellen warf ihr einen flüchtigen Blick zu. »Sie sorgen sich um Ihr Gewicht?«

»Nein, das heißt, ja, *natürlich*, aber egal.« Mary-Kate seufzte und gähnte. »Heute ist Freitag. Haben Sie schon Pläne fürs Wochenende, Ellen? Freunde besuchen? Die Familie?«

»Nein, ich hab nichts Besonderes vor. Geht es Ihnen ums Abnehmen? Hätten Sie gern, dass wir daran arbeiten?«

Mary-Kate war ursprünglich zu ihr gekommen, weil sie Panikattacken bekam, wenn sie durch den Hafentunnel von Sydney fahren musste, und dagegen wollte sie etwas unternehmen, bevor sie einer dieser »verrückten, labilen« Typen wurde. Sie hatte bisher kein Wort über ihr Gewicht verloren, aber so war das oft: Der wahre Grund, weshalb die Leute Ellens Hilfe suchten, stellte sich erst nach ein paar Sitzungen heraus.

»Vielleicht habe ich in einem früheren Leben in Irland gelebt, als wegen der Kartoffelfäule die Hungersnot herrschte«, sagte Mary-Kate, »und jetzt will ich das Versäumte nachholen. Deshalb habe ich so einen Heißhunger auf Kartoffeln.«

»Nun, die Hypnotherapie kann sehr hilfreich sein …«

»Ich glaube nicht an ein früheres Leben«, sagte Mary-Kate angriffslustig. »Das ist doch alles Schwachsinn!«

»Ich glaube, darüber haben wir schon in unserer letzten Sitzung gesprochen«, erwiderte Ellen sanft.

Sie mochte das Wort Schwachsinn ganz und gar nicht. Außerdem hatten sie sich bereits ausführlich über Mary-Kates Ansichten zu diesem Thema unterhalten.

»Sie führen die Leute also nicht in ihr früheres Leben zurück.«

»Ich biete nicht ausdrücklich Rückführungen an, aber ich habe schon Patienten gehabt, die glaubten, unter Hypnose in ein früheres Leben zurückgekehrt zu sein. Ich bin für alle Möglichkeiten offen.«

Mary-Kate schnaubte höhnisch.

»Sind Sie seit unserer letzten Sitzung noch einmal durch den Tunnel gefahren?«, fragte Ellen.

Mary-Kate zuckte die Achseln. »Ja. Und es hat mir nicht das Geringste ausgemacht. Ich glaube, ich bin darüber hinweg.«

Ellen sah sie prüfend an. »Und warum sind Sie dann heute hier? Was erwarten Sie von dieser Sitzung, Mary-Kate?«

Mary-Kate seufzte abermals. Sie schaute sich abschätzig im

Zimmer um, als befände sie sich in einer billigen Absteige, beugte sich vor, nahm ein Konfekt, zögerte und ließ es in die Schale zurückfallen.

Schließlich sagte sie: »Ich glaube, ich muss jetzt doch Ihre Toilette benutzen.«

Ich empfand es als Erleichterung, sie wiederzusehen.

Ich weiß nicht, wie es ihr geht, aber ich mag Ellen irgendwie. Ich meine, natürlich finde ich es zum Kotzen, dass es sie gibt, aber sie übt auch eine seltsame Faszination auf mich aus.

Es ist eine Art perverse Vernarrtheit. So, als ob man einen Mann kennenlernt, den man eigentlich abstoßend findet, aber man geht trotzdem mit ihm ins Bett, und obwohl der Sex fantastisch ist, bereut man es hinterher bitterlich. So ist es mir mit diesem affenähnlichen Typ ergangen, den ich letztes Jahr auf einer Kundenweihnachtsfeier kennengelernt hatte. Er war von einer Rasierwasserwolke eingehüllt und trug mehr Schmuck als ich. Der Sex war nicht schlecht, aber hinterher musste ich gleich unter die Dusche springen und mich gründlich abschrubben, so als wäre ich das Opfer einer Vergewaltigung geworden, und ich weinte und schluchzte und sehnte mich nach Patrick. Den gleichen Ekel vor sich selbst spürt man, wenn man fettiges, ungesundes Junkfood in sich hineingestopft hat.

Ellen würde Junkfood nicht anrühren. Tofu und Linsen sind wahrscheinlich eher ihr Ding. Sie wird entsetzt sein, wenn sie erst Patricks Pizzasucht entdeckt.

Ich möchte ja nicht mit ihr ins Bett gehen, nein, das ist es nicht. Ich möchte nur alles über sie wissen. Ich möchte sie in jeder nur denkbaren Situation beobachten. Ich möchte in ihren Kopf und in ihren Körper schlüpfen. Ich möchte sie sein, für einen einzigen Tag nur.

Keines der Mädchen, mit denen Patrick sich getroffen hat, hat diese Gefühle in mir ausgelöst. Die Sache mit Ellen …

Ihren Namen auszusprechen, gibt mir ein gutes Gefühl.

Bei unserer letzten Sitzung habe ich sie oft beim Namen genannt. »Danke, Ellen.« »Dann bis nächste Woche, Ellen.« Jedes Mal, wenn ich ihren Namen ausspreche, ist es, als würde ich Patrick in sein selbstzufriedenes Gesicht schlagen.

Glaub ja nicht, dass du einen Schlussstrich gezogen hast, mein Freund. Dass du dir ein neues Leben aufbauen kannst, das nichts mit mir zu tun hat. Ich bin immer noch da. Ich werfe mit ihrem Namen um mich. Ich bin in ihrem Haus gewesen. In ihrem Badezimmer. Ich weiß, was für ein Markendeo und welche Tampons sie benutzt. Sie ist nichts Besonderes.

Oder vielleicht ist sie das doch. Vielleicht ist sie sogar zu gut für dich, mein Junge. Sie spielt möglicherweise in einer ganz anderen Liga als du. Als wir.

Was ich sagen wollte: Die Sache mit Ellen ist die, dass ihr Äußeres und ihr Inneres sich entsprechen. Diesen Anschein erweckt sie jedenfalls, so als wäre nichts Gekünsteltes, Gespreiztes an ihr, als müsste sie nicht jedes Wort, das aus ihrem Mund kommt, filtern, damit es auch wirklich den gewünschten Eindruck hinterlässt.

Natürlich hat auch sie irgendeine Art von Filter. Jeder hat das. Aber bei ihr arbeitet dieser Filter, eine einfache Konstruktion, schnell und effizient. Er sortiert sorgfältig alles aus, was den anderen kränken oder beleidigen könnte.

Mein Filter hingegen ist ein Labyrinth aus Röhren und Tunneln und Sieben, das meine Gedanken je nach Situation, je nach meinem Gegenüber und je nachdem, was ich gerade beweisen möchte, in akzeptable Worte umwandelt.

Sie muss nichts beweisen. Sie glaubt wirklich an diesen ganzen »Kraft-der-Gedanken«-Mist. Sie glaubt glühend und leidenschaftlich daran. Es ist sozusagen ihre Religion. Anfangs wirkt sie ein bisschen frömmelnd, aber ich glaube, sie ist tatsächlich ein guter Mensch, im altmodischen Sinn des Wortes. Sie wünscht sich für alle nur das Beste. Wir beide dagegen sind fehlerhaft, Patrick. Wir wünschen nicht jedem Gutes, nicht wahr?

In ihrer Gegenwart komme ich mir wie eine Betrügerin vor,

und das nicht nur aus den bekannten Gründen. Auch wenn ich mich zu erkennen gäbe, wäre mir der Unterschied zwischen ihr und mir deutlich bewusst.

Ich kann verstehen, warum du denkst, du seist in sie verliebt, Patrick. Ich kann es wirklich verstehen. Ich bin auch ein klein wenig in sie verliebt.

Es ist nur … Dieser erste Heilige Abend, den wir zusammen verbrachten, wir lagen auf dem Rücken wie Sonnenanbeter, als wir einschliefen. Wir hielten uns an den Händen und hatten noch den Geschmack von Himbeeren im Mund, von diesem köstlichen Likör, den wir von Stinky geschenkt bekamen, und über uns an der Decke drehte sich der Ventilator, und das Zimmer schien ganz sanft zu schlingern, und ich weiß noch, wie ich dachte, dass wir wie zwei Kinder waren, die auf einem Floß einen Zauberfluss hinuntertrieben.

Diese Nacht gab es wirklich. Es ist mir egal, wie süß oder unschuldig Ellen ist, diese Nacht gab es wirklich. Für dich und mich.

Als Ellen noch nicht existierte.

Weißt du noch, wie wir beide für Cameron Diaz schwärmten?

Und so sollte es mit Ellen sein. Wir sollten sie irgendwo bei einem Abendessen kennengelernt haben, und auf dem Heimweg hätten wir uns darüber unterhalten können, wie reizend sie war und wie interessant und komisch dieser ganze Hypnosekram war, und dann, wenn wir zu Hause gewesen wären, hätten wir sie völlig vergessen sollen.

Sie ist wahnsinnig nett, aber sie ist wie Cameron Diaz, Patrick. Sie sollte keine reale Person in unserem Leben sein. Sie hat nichts mit uns beiden zu tun.

Auf dem Weg zu Ellens Mutter fuhr Patrick. Er war der Typ Mann, der selbstredend davon ausging, dass *er* sich hinters Steuer setzte, was Ellen, die eine unsichere Fahrerin war, ganz recht war. Jon hatte immer peinlich genau darauf geachtet, dass sie sich beim Fahren abwechselten. »Du bist dran«, hatte er gesagt und ihr die

Autoschlüssel zugeworfen. Und dann hatte er danebengesessen und geseufzt und geschnaubt und ununterbrochen an ihrer Fahrweise herumgenörgelt.

»Deine Mutter hat nach deinem Vater also keinen passenden Mann mehr kennengelernt«, sagte Patrick. »Herrgott, ist das ein Verkehr!« Er trat hart auf die Bremse, und der Wagen kam mit einem scharfen Ruck zum Stillstand. »Entschuldige.«

Er war ganz offensichtlich nervös.

Ein Jammer, dass Ellen ihn nicht mit Worten wie »Du wirst sehen, meine Mutter wird ganz begeistert von dir sein« beruhigen konnte. Es war unwahrscheinlich, dass ihre Mutter von Patrick begeistert war. Von Ellens Partnern hatte sie Jon mit seinen witzigen, sarkastischen Bemerkungen am liebsten gemocht. Wie hätte es auch anders sein können. Jon war derjenige gewesen, der Ellens Selbstachtung am nachhaltigsten geschädigt hatte, derjenige, den sie geliebt, der ihre Liebe aber nicht im gleichen Maße erwidert hatte.

Sie wünschte, sie hätte eine dieser liebenswerten, rundlichen, schwatzhaften Mütter, die über Politik und Wirtschaft und alles außerhalb ihres häuslichen Bereichs eher vage Ansichten hatten. Sie wünschte, sie hätte einen grauhaarigen, bebrillten Vater, der Patrick mit herzlichem Händedruck begrüßen und ihn von Mann zu Mann über seine Arbeit als Vermessungsingenieur ausfragen würde, während die liebenswerte Mutter geschäftig herumwuselte und ihre »Männer« dazu bringen wollte, ein zweites Stück Käsekuchen zu essen.

Aber so würde es ganz bestimmt nicht werden.

»Mum hat im Lauf der Jahre ein paar langfristige Beziehungen gehabt«, sagte Ellen. »Aber die letzte ist jetzt schon eine Weile her.«

»Und von deinem Vater keine Spur?«

»Nicht die geringste«, antwortete Ellen. Sie verspürte einen Anflug von Gereiztheit. »Wie gesagt.«

Sie hatte ihm ihre Familiengeschichte erzählt. Mit der Zeit hatte sie diese Geschichte perfektioniert, sodass sie sich wunderbar als Anekdote auf einer Party oder bei einem Essen eignete – ungewöhnlich und spannend und persönlich, nicht zu lang, ohne Peinlichkeiten, die die anderen Gäste unangenehm berühren könnten.

Ellen begann ihre Geschichte immer mit dem gleichen Satz: »Meine Mutter war ihrer Zeit voraus.« Dann erklärte sie, dass Dr. Anne O'Farrell, eine äußerst pragmatische Frau, eines Tages den Vorsatz gefasst habe, eine ledige Mutter zu werden. Sie war Anfang dreißig, erfolgreich und unabhängig, und obwohl sie nicht unbedingt den Wunsch zu heiraten hatte, wünschte sie sich (komischerweise) ein Kind. Gemeinsam mit ihren beiden engsten Freundinnen erstellte sie eine Liste potenzieller Kandidaten, die als Erzeuger für das Kind infrage kamen, inklusive ihrer positiven und negativen Eigenschaften: Ausbildung, medizinische Vorgeschichte und Charaktereigenschaften.

Anne hatte diese Listen aufgehoben und Ellen gegeben, als sie ein Teenager war. Ihr »Vater« war eine Auflistung von Punkten, notiert in der krakeligen Handschrift ihrer Mutter, mit einer eingekreisten »85%« daneben. Das waren zehn Prozent mehr als der zweitbeste Kandidat.

Zu seinen positiven Eigenschaften gehörten ein abgeschlossenes Studium (er war Chirurg; Anne hatte ihn auf der Universität kennengelernt), gute Zähne, kleine Ohren (ihre Mutter verabscheute große Segelohren), ausgezeichnete Haut, keine Herz- oder Atemwegskrankheiten, kein Diabetes in der Familie sowie gute soziale Kompetenz.

Unter seinen negativen Eigenschaften waren schlechte Augen (Brillenträger), spirituelle Neigungen (Mutter, die Tarot legt), ein etwas seltsamer Sinn für Humor und verlobt aufgelistet.

Seit ein paar Jahren ließ Ellen das »verlobt« weg. Sie wusste nicht, ob die Welt insgesamt moralischer wurde – eine Art globales Prüderiewachstum – oder ob nur ihr eigener Bekanntenkreis konservativer zu werden schien.

Dass ihr Vater verlobt war und heiraten wollte, war offenbar kein Hindernis gewesen. Es war ein Kinderspiel, ihn zu verführen, nicht nur einmal, sondern so viele Male, wie nötig gewesen waren an den fruchtbaren Tagen vor und nach dem Eisprung.

»Immerhin waren das die wilden Siebziger«, sagte ihre Mutter.

Und das war's. Ein Job, der zu aller Zufriedenheit erledigt wurde. Ellens »Vater« heiratete ein Jahr später, zog nach England und erfuhr nie von der Existenz seiner Tochter.

»Und wenn ich meinen Dad nun kennenlernen will?«, hatte sie während ihrer äußerst kurzen, nicht wirklich rebellischen Phase als Teenager zu ihrer Mutter gesagt und ein wenig gebibbert, da sie das fremdartige, beinah sexuell sinnliche Wort Dad in den Mund zu nehmen gewagt hatte.

»Nur zu.« Anne hatte nicht einmal von ihrer Zeitung aufgeschaut. »Das wäre grausam, du würdest seine Frau damit sehr verletzen.«

Und natürlich würde Ellen niemals bewusst etwas Grausames oder Verletzendes tun. Außerdem flößte ihr der Gedanke, diesem Mann mittleren Alters tatsächlich zu begegnen, Scheu ein. Die Väter ihrer Freundinnen, große, behaarte Männer mit tiefen Stimmen, waren, von einigen Ausnahmen abgesehen, langweilig und im wirklichen Leben irgendwie völlig unwichtig.

Melanie und Phillipa, die besten Freundinnen ihrer Mutter, hatten selbst keine Kinder. Sie waren Ellens Patentanten und hatten, als Ellen klein war, viele Jahre bei ihr und ihrer Mutter gewohnt. Es hatte immer mal wieder einen Freund gegeben, der sie abholte oder manchmal auch mit am Frühstückstisch saß (unrasiert und verschlafen), aber meistens waren sie nichts weiter als erheiterndes Beiwerk in Ellens Leben gewesen: Die Frauen machten sich über ihre Marotten und ihr Äußeres lustig, und dann verschwanden sie auch schon wieder von der Bildfläche. (Mel hatte später, mit über fünfzig, dann doch noch geheiratet, einen schüchternen, rätselhaften Mann, der sie offenbar sehr glücklich machte und ihr viel persönlichen Freiraum ließ.)

»Es war, als hätte ich drei Mütter gehabt«, erzählte Ellen den Leuten immer, »als ob ich in einer lesbischen Wohngemeinschaft aufgewachsen wäre«, und so war es auch. Drei erfolgreiche, eigenwillige, ledige Frauen hatten sie gemeinsam erzogen.

Später ließ sie diesen Satz, den sie für gebildet und scharfsinnig gehalten hatte, weg. Sie fand die Bemerkung Lesbierinnen gegenüber irgendwie respektlos, sie hatte ja auch keine Ahnung, wie es in einer lesbischen Wohngemeinschaft zuging oder ob es so etwas überhaupt gab.

»Mein Vater war im Grunde nur ein Samenspender – und er hat es nicht mal gewusst.« Mit diesem Satz beendete Ellen ihre Geschichte jedes Mal. Normalerweise entspann sich danach eine angeregte Unterhaltung. Die Leute sagten Dinge wie: »Ah! Daher hast du also dein Hypnosedingsbums – von deinem spirituellen Vater und deiner Tarot legenden Großmutter!« Jeder dachte, er sei der Erste, dem das aufgefallen war. Einige fanden beifällige Worte für Annes Entschluss, andere drückten mehr oder weniger höflich ihr Missfallen aus.

Ellen störte das nicht. Sie war sich selbst nicht sicher, was sie davon halten sollte, aber sie wusste, dass es ihrer Mutter völlig egal war, was andere dachten. Und Ellen hatte die Geschichte ihrer Zeugung mittlerweile so oft erzählt, dass sie ausreichend Distanz dazu gewonnen hatte. Mit ihrer Geschichte verhielt es sich ähnlich wie mit Julias Geschichte über einen erbitterten Sorgerechtsstreit zwischen ihren Eltern, in dessen Verlauf ihr Vater sie und ihren Bruder entführt und beiden die Haare braun gefärbt hatte. Sogar eine aufregende Verfolgungsjagd auf der Flucht vor der Polizei gehörte dazu. Diese Erinnerung musste früher Emotionen in Julia geweckt haben – was sie auf einer unbewussten Ebene wahrscheinlich immer noch tat –, aber inzwischen war sie einfach nur eine fantastische Geschichte. Ein Partyknüller.

Patrick hatte aufmerksam zugehört, als Ellen ihm ihre Geschichte erzählte, und dann gemeint: »Das ist zwar schön für deine Mutter, aber es tut mir leid für dich, dass du ohne Vater aufgewachsen bist.«

»Man kann nicht vermissen, was man nicht kennt«, erwiderte

Ellen. Eigentlich glaubte sie selbst nicht, was sie da sagte, aber sie hatte als Kind nie in ihr Kissen geschluchzt und sich nach ihrem »Daddy« verzehrt. »Vielleicht wäre es etwas anderes gewesen, wenn ich ein Mann wäre.«

»Auch Töchter brauchen ihren Vater«, antwortete Patrick ernst.

In diesem Augenblick hatte sie sich noch ein bisschen mehr in ihn verliebt und sich vorgestellt, wie er zärtlich ein Baby, ein kleines Mädchen (ja, schon gut, *ihr* kleines Mädchen), auf dem Arm hielt, wie ein Mann in einem Werbespot für Babypuder.

Und jetzt sagte er: »Und von deinem Vater keine Spur?«, als hätte er ihr überhaupt nicht zugehört, als hätte er ihre Geschichte vor vielen Jahren auf einer Dinnerparty gehört und könne sich nicht mehr an Einzelheiten erinnern. Ellen war bitter enttäuscht. Wieder verspürte sie dieses beklemmende Gefühl, das leichte Übelkeit in ihr auslöste. Was, wenn sie sich nur *wünschte*, Hals über Kopf in diesen Mann verliebt zu sein? Was, wenn alles nur ein gigantischer Selbstbetrug war? Was, wenn er in Wirklichkeit nichts weiter als ein oberflächlicher, egoistischer Arsch war?

Hätte sie ein besseres Rüstzeug für die Auswahl der richtigen Männer besessen, wenn sie mit einem Vater aufgewachsen wäre? Wahrscheinlich. Ziemlich sicher sogar. Nachdem ihre Mutter ihre Ankündigung, sich auf die Suche nach ihrem Vater zu machen, nicht ernst genommen hatte, hatte Ellen sich über die Gefühlswelt vaterloser Töchter informiert und demonstrativ Fotokopien in der Wohnung liegen lassen, deren relevante Passagen mit gelbem Textmarker hervorgehoben waren.

»Und was genau soll ich deiner Meinung nach jetzt tun?«, hatte ihre Mutter gesagt. »Die Uhr zurückdrehen und nicht mir dir schwanger werden?« »Dich schuldig fühlen«, hatte Ellen erwidert.

Anne hatte nur gelacht. Schuld kam in ihrem emotionalen Lexikon nicht vor.

»Entschuldige«, sagte Patrick. Die Ampel schaltete auf Grün, und der Wagen fuhr an. »Ich weiß ja, dass du deinen Vater nicht kennst. Ich bin bloß nervös. Mir ist, als müsste ich zu einem Vorstellungsgespräch, und Vorstellungsgespräche liegen mir überhaupt nicht, vor allem, wenn ich die Stelle unbedingt haben will.«

Ellen warf ihm einen Seitenblick zu. Ein Ausdruck erschrockener Verletzlichkeit huschte über sein Gesicht. Eine Sekunde lang sah er genauso aus wie sein Sohn.

»Wenn ich nervös bin, rede ich immer solchen Mist zusammen.« Er guckte in den Rückspiegel und machte ein finsteres Gesicht. »Außerdem ist unsere Freundin wieder da, das bringt mich zusätzlich aus dem Konzept.«

»Welche Freundin?«

»Die Kaninchenmörderin. Sie ist hinter uns.«

»Was? Saskia verfolgt uns?« Ellen fuhr herum und musterte die Autos hinter ihnen. »Wo? Was für ein Auto fährt sie?«

»Das ist großartig. Wirklich fantastisch«, knurrte Patrick. »Von der Ex verfolgt zu werden, wenn man die Familie seiner Freundin kennenlernen wird. Genau das, was ich jetzt brauche.«

»Ja, ja, welches Auto? Wo ist sie?« Der Sicherheitsgurt schnitt Ellen in den Hals. Unmittelbar hinter ihnen fuhr ein Lastwagen, der Fahrer hatte die Augen geschlossen und schlug mit der Hand gegen das große Lenkrad, seine Lippen bewegten sich zum Text eines Lieds.

»In der Spur neben uns, ein paar Autos weiter hinten«, antwortete Patrick. »Keine Sorge, ich werde sie abhängen.«

Er trat das Gaspedal bis zum Anschlag durch, und der Wagen schoss vorwärts. Als Ellen sich umdrehte, konnte sie gerade noch sehen, wie die Ampel auf Rot sprang. Sie blickte wieder nach hinten. Während sie über die Kreuzung rasten, mussten die anderen Autos an der roten Ampel halten.

»Was für eine Farbe hat ihr Auto?«, drängte sie verzweifelt. »Nun sag schon!«

»Ich hab sie abgeschüttelt«, freute sich Patrick. »Es geht weiter, siehst du?«

»Toll«, brummte Ellen und rieb sich ihren schmerzenden Hals.

Ich hatte sie an der Ampel verloren, und ich hatte nicht die geringste Ahnung, wo sie hinfuhren.

Vielleicht trafen sie sich irgendwo mit Freunden von ihr. Patrick hat keine Bekannten in dieser Gegend.

Ich habe gesehen, wie sie sich umgedreht hat. Meinetwegen? Wollte sie wissen, wie ich aussehe? Patrick muss gemerkt haben, dass ich hinter ihnen bin. Ich weiß, wenn er es weiß, weil er dann schneller als sonst und ohne Ziel durch die Straßen fährt. Manchmal zeigt er mir den Mittelfinger. Einmal habe ich gesehen, wie er von der Polizei angehalten und verwarnt wurde, weil er auf der Flucht vor mir verbotenerweise nach rechts abgebogen ist. Ich hatte ein schlechtes Gewissen deswegen, weil er immer so stolz darauf war, in über zwanzig Jahren nicht einen einzigen Strafzettel bekommen zu haben. Als Entschuldigung habe ich ihm eine Flasche Wein ins Büro geschickt. Einen ganz besonderen Wein: einen Pepper-Tree-Weißen. In unserem letzten gemeinsamen Sommer hatten wir diesen Weißwein auf einem Ausflug ins Hunter Valley entdeckt. Wir kauften eine ganze Kiste davon und wurden regelrecht süchtig danach. Er könnte niemals diesen Wein trinken, ohne dabei an mich zu denken. Als ich an jenem Abend vor seinem Büro wartete, sah ich, wie eine seiner Mitarbeiterinnen mit meiner Weinflasche zu ihrem Auto ging. Ich wusste, dass es meine Weinflasche war, weil ich sie in blaues Geschenkpapier gewickelt hatte. Er hatte die Flasche nicht einmal ausgepackt. Er hat sie einfach dieser Frau gegeben.

Ich versuche mir vorzustellen, mit welchen Worten er mich der Hypnotiseurin beschreibt. Wie er mich *Ellen* beschreibt. Wahrscheinlich nennt er mich eine Psychopathin. Das hat er mir einmal ins Gesicht geschrien. Ich ging hinter ihm, als er einkaufen ging, und plötzlich wirbelte er herum und marschierte geradewegs auf mich zu. Ich blieb stehen und lächelte. Er lächelte auch. Ich dachte, wir würden endlich ein vernünftiges Gespräch führen können. Aber als er näher kam, sah ich, dass sein Lächeln vor Wut und Verachtung verzerrt war. Er hob drohend seinen Zeigefinger vor mein Gesicht und brüllte: »Du bist eine Verrückte, eine Psychopathin!«

Unter anderen Umständen wäre das vielleicht sogar komisch gewesen, aber in dem Augenblick hatte ich Angst, er würde mich schlagen.

Er zitterte regelrecht vor Wut.

Irgendwie habe ich mir sogar gewünscht, er würde mich schlagen. Er *musste* mich einfach schlagen. Wenn er mich schon nicht mehr in seinen Armen hielt, dann konnte er mich wenigstens schlagen. Dann spürte ich wenigstens wieder seine Berührung.

Aber er tat es nicht. Er verschränkte seine Hände im Genick und ruckte mit dem Kopf hin und her wie ein autistisches Kind. Ich wollte ihn trösten. Warum regte er sich denn so auf? *Ich* war es doch nur. Das konnte er einfach nicht begreifen. Ich sagte: »Liebling.«

Er ließ seine Hände sinken, seine Augen waren gerötet und feucht. »Ich bin nicht dein Liebling«, sagte er und ging weiter, und ich blieb stehen und betrachtete den Aushang mit den Sonderangeboten im Fenster des Geschäfts, wo wir uns sonntagabends immer *fish and chips* geholt hatten.

Das ist das Problem: Ich bin jetzt als Verrückte abgestempelt. Er wird mich immer als Verrückte sehen. Früher hat er gesagt, ich sei eine »Ulknudel« und ich hätte »wunderschöne Augen« und ich sei »einer der großzügigsten Menschen, denen ich je begegnet bin«. Ja, das alles hat er irgendwann einmal zu mir gesagt, und er hat es damals auch so gemeint.

Aber jetzt bin ich nur noch verrückt.

Die einzige Möglichkeit, nicht als verrückt zu gelten, wäre, aus seinem Leben zu verschwinden. Wie man das von einer anständigen Exfreundin erwartet.

Und das wiederum macht mich verrückt.

Ellen bemerkte, wie Patricks »Kampf-oder-Flucht«-Reflex an der Türschwelle zum Haus ihrer Mutter einsetzte.

Mein armer Schatz, dachte sie mitfühlend. Sie wusste noch, wie sie Jon ihrer Mutter vorgestellt hatte, wie er sich träge, unter halb geschlossenen Lidern hervor umgeschaut hatte, keine Sekunde an seiner Überlegenheit zweifelnd. Patricks klare grüne Augen hingegen huschten hin und her, als suchten sie Fluchtwege, und er räusperte sich ständig.

Es war ihm wichtig, was Ellens Mutter von ihm dachte. Und das bedeutete, dass Ellen ihm wichtig war.

Der Ärmste. Verständlich, dass er nervös war. Die meisten Männer wären von einer solchen Situation eingeschüchtert. Jon war die Ausnahme von der Regel gewesen.

Drei ungemein elegante, ungemein selbstbewusste Frauen in den Sechzigern erwarteten ihn, alle hielten den dünnen Stiel ihres Weinglases vornehm mit den Fingerspitzen, alle waren seltsamerweise fast vollständig in Weiß gekleidet, als wollten sie Annes ganz in Weiß gehaltene Einrichtung – weiße Sofas, weiße Wände, weiße Dekoration – ergänzen, alle rutschten von den Barhockern, auf denen sie gesessen hatten, um Patrick auf beide Wangen zu küssen. Und Patrick, der damit rechnete, nur auf eine Wange geküsst zu werden und ständig die falsche hinhielt, musste unbeholfen in die Knie gehen, weil er zu groß für die drei Frauen war.

»Warum tragt ihr denn alle Weiß?«, wunderte sich Ellen. »Man kann euch ja kaum von den Möbeln unterscheiden.«

»Wir konnten es auch nicht glauben, als wir uns gesehen haben«, gluckste Pip.

»Wir sehen aus wie die verlassenen Ehefrauen in diesem Bette-Midler-Film, *Der Club der Teufelinnen*«, sagte Anne. »Nicht, dass wir jemals Ehefrauen gewesen wären.«

Ellen beobachtete, wie der Blick ihrer Mutter auf Patrick ruhte, der in seinen Jeans und dem langärmeligen, karierten, bis zu den Ellenbogen hochgekrempelten Jeanshemd wie ein stadtfein gemachter Handwerker aussah. Jon trug Armani und Versace und irgendein anderes italienisches Designerlabel, das so exklusiv war, dass Ellen nie zuvor davon gehört hatte.

»Äh … Anne, Mel ist verheiratet«, gab Pip zu bedenken.

»Natürlich, das weiß ich doch. Aber wenn ich an sie denke, dann nie als an eine Ehefrau. Das ist ein Kompliment, Mel.«

»Danke, ich fühle mich geschmeichelt, Anne.«

»Wer hat eigentlich noch in diesem Film mitgespielt?«, grübelte Pip. »Bette Midler, Goldie Hawn und wer noch? Jemand, den ich mag. Wissen Sie es vielleicht, Patrick?«

Er machte ein erschrockenes Gesicht. »Äh … nein, ich …«

»Wir haben alle denselben Artikel in der *Vogue* gelesen, weißt du«, wandte sich Mel an Ellen. »Über schmeichelhafte Farben für Frauen in den Fünfzigern. Rein technisch betrachtet haben wir die Fünfziger natürlich bereits hinter uns gelassen.«

»Du vielleicht«, versetzte Anne. Ellens Mutter empfand es als Beleidigung, an ihr wahres Alter erinnert zu werden.

»Du bist vierunddreißig Tage älter als ich, Anne O'Farrell.«

»Diane Keaton!«, rief Pip. »Das war die dritte Ehefrau. Gott sei Dank, dass mir das noch eingefallen ist, sonst hätte mir das die ganze Nacht keine Ruhe gelassen.«

»Was können wir Ihnen anbieten, Patrick? Bier, Wein, Champagner, einen Schnaps? Sie hören sich ganz ausgetrocknet an.« Anne fixierte Patrick mit ihren blauvioletten Augen wie ein Greifvogel seine Beute.

Ihre Augen waren Annes hervorstechendstes Merkmal. Als sie jung war, hatten ihre Freunde sie gedrängt, an einem Wettbewerb teilzunehmen, bei dem eine Elizabeth-Taylor-Doppelgängerin gesucht wurde; sie hätte vermutlich gewonnen, hätte sie die Teilnahme an solchen Wettbewerben nicht für unter ihrer Würde befunden. Dummerweise hatte sie es nicht für nötig gehalten, Ellen ihre wunderschönen Augen zu vererben. Ellen wusste natürlich, dass ihre Mutter diese Entscheidung nicht bewusst getroffen hatte, aber sie vermutete stark, dass, hätte Anne die Wahl gehabt, sie mit großer Wahrscheinlichkeit den ganzen Ruhm für sich allein beansprucht hätte. Anne war sehr eitel, was ihre Augen anging.

Patrick räusperte sich abermals. »Ein Bier wäre wunderbar, danke, äh …«

»Du hast uns noch nicht einmal richtig miteinander bekannt gemacht, Ellen. Der arme Mann muss ja denken, er hätte sich in einen Harem für ältere Semester verirrt«, sagte Anne.

»Ich bin ja nicht dazu gekommen, weil ihr ununterbrochen geredet habt«, erwiderte Ellen. Sie legte ihre Hand auf Patricks Arm. »Patrick, das ist meine Mutter Anne.«

»Sehen Sie die Ähnlichkeit?« Anne klimperte mit den Wimpern, als sie ihm ein Glas Bier reichte.

»Ich … ich bin mir nicht sicher.« Patrick griff danach, als ob er froh wäre, sich daran festhalten zu können.

»Und meine Patentanten Mel und Pip«, fuhr Ellen fort, ohne weiter auf die Worte ihrer Mutter einzugehen. »Oder bist du heute Abend Phillipa? Das ändert sich bei ihr ständig, weißt du.«

»Je nachdem, ob ich dünn oder fett bin.« Phillipa strahlte Patrick an, während sie mit einer Hand an sich hinunter- und wieder hinaufwedelte. »Deutlich zu sehen, wer ich zurzeit bin, oder?«

Ein Ausdruck nackter Panik flog über Patricks Gesicht.

»Phillipa!«, sagte Ellen tadelnd.

»Aha! Dann bin ich also nicht dünn genug für Pip! Ich werde wohl noch ein paar Hypnosesitzungen brauchen, Ellen.« Sie wandte sich Patrick zu und sagte mit todernster Miene: »Ich leide an einer äußerst schwerwiegenden Kohlehydratesucht.«

»Oh, das …«, begann Patrick und hatte offenbar nicht die leiseste Ahnung, wie er den Satz beenden sollte. Er setzte sein Glas an die Lippen und trank sein Bier so hastig, als hinge sein Leben davon ab.

»Ich war bei Ellen, damit sie meine Sucht weghypnotisiert.«

»Sie kichert in einem fort«, seufzte Ellen und nahm das Glas Weißwein, das ihre Mutter ihr ungefragt reichte. Ellen hätte lieber einen Saft gehabt.

»Kommen Sie, Patrick, unterhalten Sie sich ein wenig mit mir.« Melanie klopfte auf den Barhocker neben sich. »Ellen hat erzählt,

Sie sind Vermessungsingenieur. Mein Großvater hat mir eine wundervolle Sammlung alter Landkarten vermacht. Ich glaube, die älteste entstand etwa um 1820.«

Patrick setzte sein Glas ab. »Wirklich?«, sagte er, und seine Stimme klang plötzlich wieder normal.

Als er sich neben Mel gesetzt hatte, schob sie ihm einen Teller mit Brot und einen Lachsdip hin. Ellen sah, wie Patricks Schultern sich lockerten und er sich allmählich entspannte, während Mel mit ihm plauderte und ihn gesprächsmäßig auf den maskulinen, festen Boden der Tatsachen führte, wo er sicheren Halt fand. Sie war immer der Meinung gewesen, dass Mel mit ihrer Fähigkeit, anmutig und gekonnt über jedes beliebige Thema zu sprechen, eigentlich einen Diplomaten hätte heiraten müssen.

Mel selbst hatte das für eine äußerst sexistische Bemerkung gehalten. »Vielen Dank, aber wenn schon, dann wäre ich selbst Diplomatin geworden«, hatte sie entgegnet, als Ellen ihr eines Tages davon erzählt hatte.

»Komm, wir helfen deiner Mutter.« Phillipa fasste Ellen am Arm.

»Das ist lieb von dir, Pip.« Annes blauviolette Augen ruhten unverwandt auf Patrick.

»Oh, Liebling, er ist einfach süß!«, sagte Phillipa, kaum dass sie Annes makellose Küche betreten hatten. »Er ist bestimmt einer dieser starken, schweigsamen Typen, nicht wahr? Ich kann ihn direkt vor mir sehen, wie er mit seiner Ausrüstung auf einem Berggipfel steht und in die Sonne blinzelt.«

»Nein, nein.« Ellen schüttelte den Kopf (obwohl sie selbst sich Patrick auch genau so vorstellte). »So ist er keineswegs. Er kann sehr gesprächig sein. Und er arbeitet eher am Boden.«

»Ach ja, jung und verliebt müsste man sein«, seufzte Phillipa wehmütig. »Ich war schrecklich gern verliebt. Ich habe dann immer so viel abgenommen.«

»Ich weiß noch, wie du in dieser Küche gesessen und zu Julia und mir gesagt hast: ›Ach ja, jung und verliebt müsste man sein.‹

Wir waren siebzehn damals«, sagte Ellen. Sie dachte kurz nach. »Und das heißt, du warst nicht viel älter als ich heute.«

»Apropos Julia«, sagte ihre Mutter, die nie irgendjemandes Hilfe brauchte. Sie legte gerade letzte Hand an das sorgsam auf riesengroßen, rechteckigen, weißen Tellern angerichtete Essen, das mit Sicherheit himmlisch abgeschmeckt war, aber nicht satt machen würde. Patrick würde auf dem Heimweg vermutlich vorschlagen, dass sie eine Pizza mit nach Hause nahmen, und Phillipa würde nach dem Brotkorb greifen. »Ich habe Julias Mutter letzten Samstag beim Yoga getroffen. Sie hat erzählt, dein neuer Freund habe eine Stalkerin.«

»Erstaunlich, wie schnell sich so etwas herumspricht«, bemerkte Ellen. Manchmal hatte sie das Gefühl, sie hätte den abgeschlossenen kleinen Kosmos ihrer Privatschulzeit, als die Mütter all ihrer Freundinnen in denselben Ausschüssen tätig waren, nie verlassen.

»Eine Stalkerin?« Phillipas Augen quollen fast aus den Höhlen. »Wie aufregend!«

»O ja, Pip, das wird schrecklich aufregend sein, wenn man meine Tochter tot im Straßengraben finden wird«, sagte Anne von dem begehbaren Vorratsschrank aus.

Phillipa ignorierte sie. »Wer ist sie? Eine ehemalige Geliebte? Eine Frau, die er *verschmäht* hat? Oder nur irgendeine mordlüsterne Irre, die ihn auf sich aufmerksam machen will?«

Anne trat aus der Vorratskammer und knallte die Flasche Vinaigrette heftiger, als nötig gewesen wäre, auf die Arbeitsplatte. »Ist diese Person jemals gewalttätig geworden? Hat Patrick sie angezeigt?«

»Sie ist eine frühere Freundin von ihm, die mit der Vergangenheit noch nicht ganz abgeschlossen hat«, antwortete Ellen. »Es besteht überhaupt kein Grund zur Sorge.«

Wie ihre Mutter wohl reagieren würde, wenn sie wüsste, dass Saskia ihnen auch an diesem Abend gefolgt war, oder wenn sie wüsste, wie enttäuscht Ellen war, als sie sie an der Ampel abgehängt hatten.

»Versprich mir, dass du vorsichtig sein wirst«, bat Anne. »Du siehst immer nur das Gute in den Menschen, Ellen. Das ist zwar äußerst liebenswert, aber auch naiv.«

Ellen lächelte ihr zu. »Diesen liebenswerten Zug muss ich von meinem Vater haben.«

Anne erwiderte ihr Lächeln nicht. »Von mir ganz sicher nicht.«

»Das glaube ich auch«, sagte Phillipa heftig kichernd.

Ich konnte mich nicht entschließen, wo ich auf sie warten sollte.

Bei Patrick oder bei ihr. Es würde davon abhängen, wo sie Jack an diesem Abend untergebracht hatten. Meistens kommt Patricks Mutter zu ihnen nach Hause, um dort auf Jack aufzupassen, aber manchmal bringt Patrick ihn auch zu ihr. Wahrscheinlich schläft er dann im Hinterzimmer. Das ist Maureen gegenüber nicht besonders rücksichtsvoll. Früher, als Jack noch klein war und wir ihn bei ihr gelassen haben, war sie hinterher immer ziemlich erschöpft. Er konnte sie problemlos um den Finger wickeln. Jetzt ist er acht, da wird er nicht mehr so anstrengend sein. Vermutlich kann er sich ganz gut allein beschäftigen, fernsehen oder was auch immer. Hoffentlich lässt Patrick ihn nicht zu viel fernsehen. Ich hoffe, er liest gern. Früher hat er seine Bücher geliebt. Ich weiß noch, wie ich einmal herausfinden wollte, wie oft ich ihm *Die kleine Raupe Nimmersatt* vorlesen könnte, bis es ihm zum Hals heraushing. Nach dem fünfzehnten Mal gab ich es auf. Kaum hatte ich die Geschichte zu Ende gelesen, sagte er eifrig: »Noch mal?« Ich sehe heute noch seine kleinen roten Pausbäckchen vor mir, wie er in seinem roten Thomas-die-Lokomotive-Schlafanzug auf meinem Schoß saß, die Lippen vor Anspannung gespitzt, während er seine Finger in die Löcher steckte, die die kleine Raupe in die Äpfel gefressen hatte.

Ich hätte heute Abend auf Jack aufpassen können. Das wäre schön gewesen. »Bis später!«, hätte ich Patrick und Ellen fröhlich zurufen können, wie ein jugendlicher Babysitter mit Jack auf dem Sofa unter eine Decke gekuschelt, mir eine Tüte Chips mit ihm teilend.

Vielleicht sollte ich Patrick eine Textnachricht schicken und ihm den Vorschlag machen. Hahaha!

Ich hätte Jack schon seit Jahren babysitten können. Manchmal denke ich, dann wäre alles anders gekommen – wenn Patrick Jack, meinen kleinen Jungen, meinen geliebten kleinen Jungen, nicht aus meinem Leben gerissen hätte.

Ich weiß noch, wie eine der Mütter, die ich aus Jacks Vorschule kannte, mich anrief, als sie von unserer Trennung erfuhr, und sagte: »Das kann er Ihnen nicht antun, Saskia. Das verstößt doch bestimmt gegen das Gesetz. Sie haben doch sicherlich Rechte. Sie sind Jacks Mutter.«

Dummerweise nicht, nicht seine richtige Mutter. Nur die Freundin seines Vaters. Das interessiert kein Gericht der Welt. Eine Beziehung, die drei Jahre gedauert hat. Die ersten zwölf Monate habe ich offiziell nicht mal bei den beiden gewohnt.

Drei Jahre sind nicht besonders lang, aber die Zeit war lang genug, um mitzuerleben, wie Jack aus den Windeln herauskam, wie er schwimmen und Klopf-klopf-Witze erzählen und mit Messer und Gabel umgehen lernte. Lang genug, um mitzuerleben, wie er seine Babylocken verlor und sein Haar glatt wurde. Lang genug, um erleben zu dürfen, dass er nach mir rief, wenn er schlecht träumte. Nach mir, nicht nach seinem Daddy. Er rief immer nach mir.

Sooft ein gellender Schrei mich aus dem Schlaf riss, war ich schon auf halbem Weg durch den Flur getorkelt, bevor ich noch richtig wach war. Einmal, als ich zu ihm eilte, saß er aufrecht im Bett, rieb sich die Augen und schluchzte herzzerreißend. »Ich wollte doch nur die Kerzen auspusten!«, schluchzte er. Und ich sagte: »Schon gut, puste sie einfach aus«, und tat so, als hielte ich ihm eine Torte hin. Er blähte seine Wangen auf und pustete, und das war's, Problem gelöst. Er lächelte mich mit tränennassen Augen an, legte sich hin und schlief sofort wieder ein. Patrick hatte nichts davon mitbekommen, er erfuhr es erst am nächsten Tag.

Inzwischen dürften Jacks Albträume nicht mehr so süß und einfach sein.

Genau das ist der Punkt. Wann überschreitet man die Grenze von der Babysitterin zur Mutter? Wenn man nur einen Abend auf ein Kind aufpasst, wird man selbstverständlich nicht plötzlich seine Mutter, nur weil man es gebadet und gefüttert hat. Das Gleiche gilt für eine Woche. Oder einen Monat. Aber was, wenn man sich ein ganzes Jahr um ein Kind gekümmert hat? Zwei Jahre? Drei? An welchem Punkt überquert man die unsichtbare Trennungslinie? Oder gibt es gar keine außer der gesetzlichen, die man durch das Unterzeichnen der Adoptionspapiere überschreitet? Pflegekinder können jederzeit, selbst nach Jahren noch, von ihren leiblichen Eltern zurückgefordert werden.

Ich hätte Jack adoptieren sollen. Das war mein Fehler. Aber der Gedanke ist mir nie gekommen.

Ich habe es als Privileg, als Geschenk empfunden, mich um Jack kümmern zu dürfen. Das war ein weiteres wundervolles Teilchen meiner Beziehung zu Patrick.

Als er mir den Laufpass gab, wusste ich, dass ich Jack würde aufgeben müssen wie alles andere, was ich an Patrick so geliebt hatte: seine geäderten Handrücken, ich liebte seine Hände – seine Handschrift zum Beispiel, er hatte eine wunderschöne Handschrift für einen Mann, und sein ganz besonderes Lächeln, wenn wir miteinander geschlafen hatten. Und seinen Gesang, er sang immer Countrysongs vor sich hin, wenn er im Haus zu tun hatte. Ich kann Countrymusik nicht ausstehen, aber ich mochte es, wenn er leise vor sich hin sang. Das war die Hintergrundmusik meines Lebens.

Ich habe mich nie darüber informiert, ob ich tatsächlich irgendwelche Rechte in Bezug auf Jack gehabt hätte. Vielleicht war es so.

Aber als Patrick mir erklärte, er liebe mich nicht mehr, bin ich in Schockstarre verfallen.

Ich wollte nicht mehr aufstehen. Ich konnte nicht mehr sprechen, nicht mehr essen. Es war, als wäre ich urplötzlich von einer furchtbaren Krankheit befallen worden. Es war, als wäre eine Bombe explodiert und hätte mein ganzes Leben zerstört, alles, was ich zu kennen geglaubt hatte.

Wenn Patrick wenigstens erlaubt hätte, dass ich Jack an den Wochenenden sehen darf. Wie ein geschiedener Vater. Das hätte wahrscheinlich schon gereicht.

Dann würde ich das hier, was immer es sein mag, mit dem ich einfach nicht aufhören kann, vielleicht nicht tun. Ich habe versucht, damit aufzuhören. Ich habe es wirklich versucht. Früher konnte ich Alkoholiker oder Spielsüchtige nicht verstehen. Dann hör eben damit auf, habe ich immer gedacht, wenn ich von jemandem hörte, der sein Leben wegen einer blöden Sucht ruinierte. Jetzt weiß ich, wie es ist. Genauso gut könnte man jemandem befehlen, mit dem Atmen aufzuhören. *Hör einfach auf zu atmen, dann kriegst du dein Leben wieder auf die Reihe.* Man hält also die Luft an, so lange man kann, aber es dauert nicht lange, bis man keuchend nach Atem ringt. Ich weiß, dass es demütigend ist. Ich weiß, ich bin ein Jammerlappen. Ist mir egal. Es ist körperlich einfach nicht möglich aufzuhören.

Und so saß ich also in meinem Auto vor Ellens Haus. Sie hat mir erzählt, sie habe es von ihrer Großmutter geerbt, und das bringt die Unterschiede zwischen uns auf den Punkt: *Meine* Großmutter hat mir eine Obstschale vererbt. Ich ließ das Fenster herunter, und ich konnte das Rauschen der Brandung hören. Das war es, was Ellen hörte, wenn sie ins Bett ging. Das war es, was Patrick hörte, wenn er bei ihr übernachtete.

Irgendwann bin ich eingeschlafen, und als ich aufwachte, tat mir der Rücken weh, und die Sonne ging schon auf, und Patricks Auto war nirgends zu sehen. Anscheinend hatten sie bei ihm übernachtet.

Ich stellte mir vor, wie sie in dem Bett lagen, das einmal meines war, in Bettwäsche, die ich einmal ausgesucht hatte, und ich fragte mich, ob Patrick jetzt die Hand nach ihr ausstreckte und mit seiner Fingerspitze über ihren Arm fuhr, ganz leicht, fast ohne ihre

Haut zu berühren, sodass sie nicht sicher war, ob sie vielleicht nur träumte. Er versteht sich auf trägen, verträumten Sex im Morgengrauen. Das ist genau sein Ding.

Ich öffnete die Wagentür und kletterte mühsam, steif wie eine alte Frau, aus dem Auto.

Die Kookaburras hörten gar nicht mehr auf zu lachen.

7

Denken Sie immer daran:
1. Jede Form von Hypnose ist Selbsthypnose.
2. Sie können nicht im Hypnosezustand stecken bleiben.
3. Sie haben immer die Kontrolle. Sie können jederzeit aufhören.
4. Hypnose ist ein natürlicher Geisteszustand.
5. Das Konfekt ist für Sie – bedienen Sie sich!
LAMINIERTER AUSHANG AN EINER WAND
VON ELLEN O'FARRELLS BEHANDLUNGSRAUM

Ellen wurde wach, weil Patricks Fingerspitze ganz langsam, ganz leicht über ihren Arm strich.

Die Fingerspitze auf ihrem Arm war Patricks Eröffnung.

Jon hatte sie immer hinten auf den Hals geküsst. Kleine flüchtige Schmetterlingsküsse.

Edward hatte an ihrem Ohrläppchen geleckt, voller Hingabe und Speichel, was schrecklich kitzelte. Ihr Kreischen und ihre Verrenkungen hatte er als wildes sexuelles Verlangen missdeutet, und sie war nie dazu gekommen, das Missverständnis aufzuklären.

Andy, sein Atem heiß und irritierend, hatte ihr immer ins Ohr geflüstert: »Willst du …?« »Was?«, hätte sie am liebsten jedes Mal gesagt. »Will ich *was*? Sprich den Satz gefälligst zu Ende!«

Sie fragte sich, ob Jon in diesem Augenblick eine andere hinten auf den Hals küsste und Edward ein anderes Ohrläppchen abschleckte und Andy seine unvollendete Frage einer anderen stellte.

Wieso denkst du an deine verflossenen Liebhaber?

Ohne die Augen aufzumachen, drehte sie sich zu Patrick hin,

damit er besser an ihren Arm kam. Sie mochte die Sache mit der Fingerspitze. Sie liebte die Sache mit der Fingerspitze.

Sie hatte auch Jons Schmetterlingsküsse geliebt.

Na und? Konzentrier dich auf seine Fingerspitze!

Wahrscheinlich hatte Patrick bei Saskia die gleiche Methode angewendet, in genau diesem Bett, möglicherweise in genau dieser Bettwäsche.

Interessant, aber völlig unwichtig.

Hatte man seine sexuellen Praktiken erst einmal entwickelt und perfektioniert, behielt man sie meistens auch bei. Ellen selbst küsste immer noch genauso, wie jener Junge im Wohnwagenpark es ihr beigebracht hatte, als sie fünfzehn war. Er hatte nach Bier geschmeckt. Widerlich und unwiderstehlich. Wie hatte er doch gleich geheißen? Chris? Craig? Irgendetwas in der Art.

Patrick zupfte an ihrem Nachthemd. »Zieh das aus.«

Sie wollte in diesem Augenblick mit ihm im Bett sein, nirgendwo sonst. Andererseits gefiel ihr der Gedanke, Jon könnte den Hals einer anderen küssen, nicht besonders.

Sie half Patrick, ihr das Nachthemd über den Kopf zu streifen.

Was Saskia wohl jetzt gerade machte? Wo sie letzte Nacht wohl hingefahren war, nachdem sie sie an der Ampel verloren hatte? War sie nach Hause gegangen und hatte alte Fotos von sich und Patrick betrachtet? Hatte sie geweint?

War sie, Ellen, schuld am Kummer einer anderen Frau? Sollte sie Patrick zurückgeben? Das hatte sie nun wirklich nicht vor. Er wollte Saskia nicht. Er wollte sie.

So war das Leben. Beziehungen zerbrachen. Wenn das nicht so wäre, würde sie immer noch mit dem Jungen aus dem Wohnwagenpark zusammen sein, dessen Atem nach Bier roch.

Julia hatte recht. Saskia sollte sich wie eine Erwachsene benehmen und sich mit den Dingen abfinden.

Aber hatte ihre Weigerung loszulassen nicht auch etwas Erhabenes? Saskia war verrückt vor Leidenschaft. Ellen hatte nie zugelassen, dass Leidenschaft sie zu etwas Verrücktem verleitete.

»Woran denkst du?«

Patrick hatte sich auf einen Ellenbogen gestützt, schaute lächelnd auf sie hinunter und strich ihr das Haar aus der Stirn.

»An Saskia.« Die ehrliche Antwort war ihr einfach so herausgerutscht.

Patrick zog seine Hand zurück. »Scheint, als wäre ich nirgends sicher vor dieser Frau.«

»Entschuldige.« Ellen streckte ihre Arme nach ihm aus, aber seine Lippen waren zusammengepresst, und er blickte wie ein übellauniger Lehrer drein, der die Nase voll hatte von seinen Schülern.

Er sagte: »Jetzt liegt das Miststück schon bei uns im Bett.«

Er sprang auf, ging in das angrenzende Badezimmer hinüber und knallte die Tür hinter sich zu.

Ellen ließ sich auf das Kissen zurücksinken und schaute zu dem langsam sich drehenden Deckenventilator hinauf. Immer rundherum. Sie speicherte das Bild als eine gute Trance-Induktion: »Stellen Sie sich vor, Sie betrachten einen rotierenden Deckenventilator.«

Siehst du, Saskia? Du hast uns daran gehindert, dass wir miteinander schlafen. Er ist deinetwegen sauer auf mich.

Immer, wenn sie mit Patrick zusammen war, stellte ein Teil von ihr sich Saskias Reaktion vor, wäre sie da und könnte sie sie beobachten. Als ob sie in ihrer eigenen Reality-TV-Show vor einer einzigen Zuschauerin aufträte.

Wüsste Patrick, wie viel Zeit sie damit verbrachte, an Saskia zu denken, wäre er außer sich vor Wut.

Wenn man hinter jemandem steht und ihn lange genug anstarrt, wird er es spüren und sich umdrehen, weil er eine subtile Veränderung in der Atmosphäre wahrnimmt. Deshalb habe ich immer geglaubt, dass, wenn ich nur lange genug und intensiv genug an Patrick denke, er es spüren müsste. Wenn es möglich ist, einen Blick vom anderen Ende eines Zimmers zu fühlen, sollte man dann nicht auch in der Lage sein, eine Sturzflut aufrichtiger Emotionen, einen Tsunami der Gefühle, über ein paar Stadtteile hinweg zu registrieren?

Ich stelle mir meine Gefühle als dichte Wolke vor, die über den Straßen von Sydney schwebt, und eines Tages, wenn Patrick unter der Dusche steht (er duscht gern lang und brühheiß, sodass er von Dampfschwaden eingehüllt ist) und das Fenster geöffnet hat, spürt er es plötzlich. Er spürt meine Liebe, er atmet die Wolke meiner Gefühle ein, und er stellt das Wasser ab und denkt: Saskia.

Und während er sich abtrocknet, denkt er: Ich habe einen Fehler gemacht.

Und dann, noch bevor er sich anzieht, ruft er mich an. Und alles ist wieder gut.

Paare versöhnen sich. Das passiert andauernd. Warum sollte es uns nicht auch passieren?

Ellen hörte, dass Patrick unter der Dusche stand.

Sie hatte ihn verärgert. Er hatte sich so auf diesen Morgen gefreut. Jack war bei seinen Großeltern und würde dort bleiben, bis sein Vater mit Ellen zum Abendessen dorthin fuhr. Lange ausschlafen, im Bett frühstücken und Zeitung lesen, das waren Patricks Pläne gewesen. Er hatte extra Croissants gekauft. Und jetzt hatte sie ihm den Morgen verdorben.

Konnte man es dem armen Mann verdenken, dass er nicht an seine Stalkerin erinnert werden wollte, wenn ihm der Sinn nach Sex mit Ellen stand?

Von Schuldgefühlen geplagt, schlug sie die Bettdecke zurück, stand auf und ging nackt, wie sie war, zur Badezimmertür. Patrick hatte nicht abgeschlossen. Ellen ging hinein. Der Duschstrahl prasselte in die Wanne. Vor lauter Dampf konnte sie fast nichts sehen.

»Na, kommst du zu mir?«, hörte sie Patrick fragen. Er klang nicht mehr wie ein zorniger Lehrer.

Ellen schob den Duschvorhang zurück.

Minuten später hatte sie ihre Beine um Patricks Hüften geschlungen und verschwendete keinen Gedanken mehr an Saskia.

Ich schlenderte eine Weile durch den Vorgarten der Hypnotiseurin.

Ich pflückte ein Gänseblümchen und steckte es mir hinters Ohr, als ob ich eines dieser Mädchen wäre, eines von denen, die wissen, dass sie mit einer Blume hinter dem Ohr hübsch aussehen. Es war, als hätte ich gedacht, dieses Gänseblümchen könnte die ganze Situation verändern, mich zu einem süßen, liebenswerten Ding machen, so als wäre das eine lustige kleine Dreiecksbeziehung, so als buhlten Ellen und ich auf einer Party um die Aufmerksamkeit desselben Jungen. Dann ging ich die vordere Veranda hinauf und sah mein Spiegelbild in der Glasscheibe neben der Haustür. Ich sah wie eine abgetakelte Frau mittleren Alters aus. Ich riss das Gänseblümchen herunter und zerdrückte es in der hohlen Hand. Dann klopfte ich laut an die Tür, obwohl ich ja wusste, dass Ellen gar nicht da war. Ich klopfte noch einmal, kräftiger, zorniger. *Ich bin jetzt da!*, schien mein Klopfen auszudrücken.

Ich zuckte mit den Schultern, als ob wir einen Termin gehabt und sie mich versetzt hätte. Ich stieg die Verandastufen hinunter. Da erst fiel mir der schmale Weg seitlich am Haus auf, der direkt zum Strand hinunterführte. Ich folgte ihm. Unten angekommen, zog ich meine Schuhe aus und lief barfuß über den kalten Sand.

Kaum zu glauben. Man geht aus dem Haus und ist am Strand.

Ob sie das zu schätzen weiß? Sie scheint kein besonders sportlicher Typ zu sein. Ich kann sie mir nicht schwitzend oder schnaufend am Strand entlanglaufend vorstellen. Wahrscheinlich sitzt sie im Schneidersitz da und meditiert und leiert Mantras herunter. Oder sie praktiziert Yoga. Begrüßt die Sonne und all solchen Mist.

Der Strand lag verlassen da. Außer dem Plätschern der Wellen und dem gelegentlichen Kreischen einer Möwe war kein Laut zu hören. Es war noch zu früh für Jogger und Powerwalker und Leute, die ihre Hunde ausführten. Es herrschte Flut, und der perlmuttfarbene Himmel schien sehr tief zu hängen.

Ohne auch nur eine Sekunde nachzudenken, schälte ich mich aus meinen Sachen, lief ins Meer und stürzte mich in eine Welle.

Das Wasser war so grausam kalt, dass mir die Luft aus den Lungen gepresst wurde. Als ich wieder auftauchte, stieß ich einen gellenden Schrei aus, und dann tauchte ich wieder unter, wieder und wieder. Und jedes Mal öffnete ich unter Wasser die Augen, und ich sah wirbelnde Sandstrudel und trübe Lichtstrahlen.

Vergiss ihn.

Lass ihn gehen.

Befrei dich von ihm.

Jedes Mal, wenn ich tauchte, hörte ich die Worte so klar und deutlich in meinem Kopf, als ob Meerjungfrauen sie mir ins Ohr flüsterten.

Als ich später über den Strand zu meinen Sachen ging und die Morgensonne warm und weich auf meinen nackten Schultern spürte, beschloss ich, irgendwo in einem Café zu frühstücken und die Zeitung zu lesen. Und plötzlich überkam mich ein merkwürdiges Gefühl, das ich lange nicht mehr verspürt hatte. Es dauerte ein paar Minuten, bis mir klar wurde, dass es Glück war, was ich empfand. Schlichtes, simples Glück. Ich hatte ganz vergessen, wie gern ich im Meer schwimmen ging. Das hatte ich ewig nicht mehr gemacht. Ich weiß auch nicht, warum. Es musste schon brütend heiß und das Wasser praktisch lauwarm sein, damit Patrick schwimmen ging. »Du Weichei!«, brüllte ich ihm vom Wasser aus immer zu, aber er winkte lediglich ironisch ab, ohne auch nur von seiner Zeitung aufzublicken.

Er sei immer schon sehr eigen gewesen, was die Wassertemperatur anging, erzählte mir seine Mutter einmal. Sie musste ihm Entschuldigungen schreiben, damit er nicht an Klassenausflügen ans Meer teilnehmen musste. Und wenn er duschte, schüttete sein Bruder ihm kaltes Wasser über den Kopf, und Patrick brüllte wie am Spieß. »So ein Mädchen«, sagte sein Vater dann immer.

Ob er die Hypnotiseurin schon seinen Eltern vorgestellt hat? Seine Mutter hat mich sehr gemocht. Einmal, an Weihnachten, als sie zu viel Punsch getrunken hatte, gestand sie mir, ich sei wie eine Tochter für sie.

Vielleicht sollte ich auf die Meerjungfrauen hören und mir

einen Abend von Patrick und der Hypnotiseurin freinehmen. Ich könnte zu dieser Bürofeier gehen. Ich könnte das rote Kleid anziehen, das ich noch nie getragen habe.

Und auf dem Weg ins Büro könnte ich bei Patricks Mum vorbeischauen. Nur um Hallo zu sagen. Ich könnte ihr zeigen, dass ich einen Schlussstrich unter die Vergangenheit gezogen habe.

»So, Sie sind also Hypnotiseurin, Ellen«, sagte Patricks Mutter. »Ich muss gestehen, ich habe noch nie eine Hypnotiseurin kennengelernt.«

»Sie ist Hypnotherapeutin, Mum«, verbesserte Patrick.

»Oh, Entschuldigung!« Seine Mutter machte ein bestürztes Gesicht.

»Das macht doch nichts«, versicherten Patrick und Ellen gleichzeitig.

Maureen Scott war eine Mutter und Großmutter wie aus dem Bilderbuch: unscheinbare, farblose Frisur, leicht erschlaffte Gesichtszüge, plumpe Figur, pastellfarbene Kleidung mit bequemem Gummibund in der Taille.

»Meine Mum ist viel älter als deine«, hatte Patrick auf dem Weg zu seinen Eltern gesagt. »Sie gehört einer anderen Generation an.«

»Wie alt ist sie denn?«, hatte Ellen gefragt.

»Sie wird dieses Jahr siebzig.«

Ellens Mutter war mit ihren sechsundsechzig Jahren nur vier Jahre jünger, aber Ellen hatte den Irrtum nicht aufgeklärt, und jetzt war sie froh darüber. Maureen sah in der Tat mindestens zwanzig Jahre älter als Anne aus. Während Anne aus scharfen Konturen und Kanten bestand, schien Maureen gestaltlos zu sein. Ellen konnte sie sich als eine von Annes Patientinnen vorstellen. Anne würde herablassend und kurz angebunden sein und ihr raten, Kalzium gegen Osteoporose zu nehmen und regelmäßig zur Mammografie zu gehen, so als lägen die Probleme alter Frauen für sie selbst noch in ferner Zukunft.

»So, eine Hyp-no-thera-peutin sind Sie also«, wiederholte

Maureen vorsichtig. »Darüber müssen Sie mir unbedingt mehr erzählen, Ellen.« Sie reichte Ellen ein Tablett mit einer Abbildung der Sydneyer Harbour Bridge darauf, auf dem neben einer Schale Zwiebeldip Salzgebäck lag.

»Wir sollten auf der Hut sein«, sagte Patricks Vater. »Sonst hypnotisiert sie uns noch, ohne dass wir es merken.« Er klatschte in die Hände und lachte schallend.

George sah Patrick beunruhigend, auf geradezu komische Weise ähnlich. Ellen musste sich beherrschen, um ihn nicht ständig anzustarren. Sie hatte noch nie eine solche Ähnlichkeit zwischen einem Elternteil und einem Kind gesehen. Wäre Patrick nicht da gewesen, hätte sie vielleicht gedacht, er habe sich, wenn auch wenig überzeugend, als alter Mann verkleidet, um ihr einen Streich zu spielen. George hatte weiße statt braune Haare, aber denselben Haarschnitt. Patricks Augen sahen sie aus einem Gesicht mit wesentlich mehr Fältchen an, aber Nase und Kinn waren gleich. Die Art der beiden Männer dazusitzen – die Beine vor sich ausgestreckt, Bierdosen in ihren großen Händen – war verblüffend identisch.

»In Wirklichkeit sind sie Klone«, raunte Patricks Bruder ihr zu.

Simon, Patricks jüngerer Bruder, war klein und dunkelhaarig und trug ein akkurat getrimmtes Kinnbärtchen wie ein Modedesigner. Er war erst vierundzwanzig, und Ellen fand, er würde besser als Drogenkonsument in einen Nachtklub passen als hier in diesen Backsteinbungalow mit dem Kruzifix über dem Fernseher, in dem mit ausgeschaltetem Ton eine Spielshow lief, und den Vitrinen, die vollgestopft waren mit Nippesfiguren und Sammeltellern.

»Ellen wird mir zeigen, wie ich meine Freunde hypnotisieren kann«, sagte Jack, ohne aufzublicken. Er lag vor dem Fernseher auf dem Bauch und spielte mit einem kleinen Computerspiel.

»Das kann ich dir auch beibringen, mein Junge«, sagte George. Er nahm einen Teelöffel, fasste ihn am äußersten Ende des Griffs und ließ ihn hin und her schwingen. »Du … wirst … müde, immer … müder …« Er schlug sich lachend aufs Knie. Er gehörte offenbar zu jenen, die über ihre eigenen Witze am lautesten lachen.

»Schon gut, Grandpa, schon gut«, sagte Jack.

»Ich wette, Ellen hört diesen Witz zum ersten Mal«, bemerkte Simon.

»George!«, sagte Maureen tadelnd. »Ich bin sicher, es gehört ein bisschen mehr dazu, jemanden zu hypnotisieren.« Sie sah Ellen unsicher an. »Das stimmt doch, oder?«

Ellen lächelte. »So ist es.« Der Zwiebeldip war aus saurer Sahne und einer Tütenzwiebelsuppe zusammengerührt. Ellen fühlte sich an ihre Schulzeit erinnert.

»Manchmal, wenn ich zu viel ferngesehen habe, kommt es mir auch so vor, als wäre ich hypnotisiert worden«, sagte Maureen. »Ich fühle mich dann richtig benommen.«

»Das ist in der Tat eine Form der Hypnose«, entgegnete Ellen.

»Wirklich?« Maureen sah sie dankbar an.

»Ellen hilft Leuten, die das Rauchen aufgeben oder abnehmen wollen«, erklärte Patrick. »Solche Dinge eben. Sie hilft auch Geschäftsleuten in Führungspositionen, ihre Redeangst abzulegen.«

Er zitierte wörtlich aus einer von Ellens Broschüren. Sie hatte nicht einmal gewusst, dass er sie gelesen hatte.

Ihre Beziehung, so fand sie, hatte an diesem Tag eine neue Dimension erreicht, eine tiefere, komplexere, bedeutungsvollere Dimension. Der Sex in der Dusche war so fantastisch gewesen, dass Ellen am liebsten jedem davon erzählt hätte. Der Mann in der Obst- und Gemüsehandlung hatte gemeint: »Wie geht es Ihnen denn heute so?«, und sie hätte am liebsten geantwortet: »Ich hatte heute Morgen unter der Dusche ein *besonders* schönes sexuelles Erlebnis, danke der Nachfrage!« Nach dem Sex waren sie wieder ins Bett gegangen und hatten geredet. Patrick hatte sich entschuldigt, weil er sie so angefahren hatte, und hinzugefügt, dass Saskia ihn manchmal schier zum Wahnsinn treibe und er deshalb sogar an eine Therapie denke.

»Sie helfen also auch Menschen mit Hemmungen, frei zu sprechen. Ich muss immer vor Kunden reden«, sagte Simon, der von Beruf Webdesigner war. »Ich denke immer, ich bin überhaupt nicht nervös, aber dann passiert jedes Mal diese komische Sache.«

Er stand auf, um zu demonstrieren, was er meinte. »Das ist wie so eine Art Zuckung in meinem linken Bein.« Er schlug die Knie aneinander.

»Ha!«, machte Patrick. »Das kenn ich! Bloß sieht es bei mir ungefähr so aus.« Er stand auf und schlotterte mit den Beinen.

»Ihr Jungs seht aus wie Elvis-Imitatoren«, kicherte Maureen.

Jack rollte sich auf den Rücken. »Ich hab keine Angst davor, Reden zu halten. Mir passiert so was nicht. Dir vielleicht, Grandpa?«

George schüttelte den Kopf. »Nein. Ich habe Nerven wie Drahtseile. Und du anscheinend auch. Die hast du bestimmt von mir.«

»Nerven wie Drahtseile«, murmelte Jack vor sich hin. »Ich habe Nerven wie Drahtseile.«

»Was ist mit Ihnen, Maureen?«, fragte Ellen.

»Ehrlich gesagt bin ich eine ziemlich gute Rednerin«, antwortete Maureen zu Ellens Überraschung. »Ich halte seit über vierzig Jahren die Rede auf der Weihnachtsfeier unseres Tennisklubs. Die kommt normalerweise sehr gut an.«

»Mum kann auch prima Witze erzählen«, sagte Patrick.

»Ja, die meisten Mütter sind damit völlig überfordert«, ergänzte Simon. »Unsere nicht.«

Die beiden Männer sahen ihre Mutter stolz an, und Maureen strahlte.

»Manchmal sind es ziemlich schmutzige Witze«, sagte George. »Meine Frau kann schmutzige Witze erzählen wie keine andere.«

»Oh, das stimmt doch gar nicht«, erwiderte Maureen glucksend.

»Ich weiß einen Witz! Klopf, klopf!«, rief Jack.

Es klopfte an der Tür. Alle lachten.

»Die Pointe kommt doch erst noch«, brummte Jack beleidigt.

»Wir haben gelacht, weil es in dem Moment, als du ›Klopf, klopf‹ gesagt hast, tatsächlich geklopft hat«, erklärte Maureen. »Wer kann das sein? Ich erwarte niemanden. Ihr vielleicht, Jungs?«

Beide schüttelten den Kopf. »Wahrscheinlich ein Vertreter, der dir einen anderen Telefonanbieter aufschwatzen will«, meinte Patrick.

»Na, ich weiß nicht recht«, murmelte Maureen, ohne sich vom Fleck zu rühren, als ob sie das Rätsel erst lösen müssten.

»Oder vielleicht ein Zeuge Jehovas.« Auch George blieb sitzen.

Wieder klopfte es.

»Ich kann mir nicht vorstellen, wer das um diese Zeit sein könnte«, grübelte Maureen. »So eine komische Zeit. Unmittelbar vor dem Abendessen.«

»Mann, so etwas Irres ist uns wirklich noch nie passiert!«, rief Simon mit so viel echter Verblüffung in der Stimme, dass Ellen im ersten Moment dachte, er meine es ernst. »Das ist das wahre, knallharte Leben! Das ist …«

»Ich seh mal nach, wer das ist.« Patrick legte die Hände auf seine Knie.

»*Ich* geh!« Jack sprang auf und lief aus dem Zimmer.

Sie hörten, wie die Tür geöffnet wurde und dann eine Frauenstimme sprach.

»Wahrscheinlich irgendeine wunderschöne Frau, die verzweifelt versucht, meinen Aufenthaltsort ausfindig zu machen«, raunte Simon hinter vorgehaltener Hand Ellen zu. »Das passiert mir andauernd.«

»Ja, in seinen Träumen«, bemerkte Patrick.

Sie hörten Jack eine Weile reden.

»Schätze, er wird der geheimnisvollen Unbekannten seinen Klopf-klopf-Witz erzählen«, sagte Simon grinsend.

»Nun, ich denke, ich sollte … Aber ich kann mir einfach nicht vorstellen, wer das sein kann.« Sich mit beiden Händen die Haare andrückend, ging Maureen hinaus.

Sie hörten das Lachen einer Frau. Patrick knallte sein Glas so heftig auf den Tisch, dass das Bier herausschwappte. »Das darf ja wohl nicht wahr sein!«

»Was denn?«, fragte sein Vater.

Patrick stand auf und schob den Vorhang an dem Fenster zur Straße hin auf die Seite. Er schüttelte den Kopf, die Lippen zu einem bitteren, grimmigen Lächeln verzerrt. Er ließ den Vorhang fallen und stürmte aus dem Zimmer, ohne Ellen anzusehen.

Ellen spürte, wie ihr Herzschlag sich beschleunigte. Patrick hatte unterwegs den Verkehr hinter ihnen nicht aus den Augen gelassen. »Keine Spur von der Kaninchenmörderin«, hatte er fröhlich gesagt, als sie vor dem Haus seiner Eltern hielten.

»Was ist denn los?«, wunderte sich Patricks Vater.

»Ich schätze, Du-weißt-schon-wer steht vor der Tür«, erwiderte Simon mit einem bedauernden, neugierigen Seitenblick auf Ellen.

»Verdammt noch mal«, sagte George. »Ich seh mal nach, ob sie mich als Schiedsrichter brauchen.«

»Sie wissen vermutlich von ihr, oder?«, sagte Simon vorsichtig, als sie allein waren. »Von seiner Exfreundin.«

»Ja.« Ellen presste beide Hände auf ihren Bauch, um sich zum Sitzenbleiben zu zwingen. *Ich würde sie zu gern einmal sehen!*

Sie horchte angestrengt.

Simon schüttelte den Kopf. »Muss komisch sein für Sie. Macht Sie das nicht nervös?«

»Nein, eigentlich nicht«, antwortete Ellen. »Ich kenne sie ja nicht einmal.« Sie gab sich Mühe, damit es sich nicht wie eine Beschwerde anhörte.

Patricks Stimme drang laut und deutlich bis zu ihnen. Ellen hatte ihn noch nie so reden hören, so scharf und hässlich. Er klang wie einer jener massigen, rotgesichtigen Hünen, die in den frühabendlichen Nachrichten eine Hand gebieterisch in Richtung Kamera erhoben.

»Wenn du nicht auf der Stelle verschwindest, Saskia, rufe ich die Polizei. Diesmal bist du zu weit gegangen. Das ist unakzeptabel.«

Und dann Jacks Stimme, schrill vor Angst oder Aufregung: »Daddy? Warum willst du die Polizei rufen?«

Simon zuckte zusammen. »Vielleicht sollte ich versuchen, den Jungen aus der Schusslinie zu holen.« Er ging hinaus.

Ellen blieb sitzen. Es gab keinen triftigen Grund für sie, sich einzumischen.

Sie fragte sich, ob sie sich um ihrer aller Sicherheit sorgen sollte, ob Saskia vielleicht eine Waffe oder ein großes, funkelndes Messer ziehen würde. In dem Buch, das sie las, stand zwar, dass die Mehrheit der Stalking-Opfer nie tätlich angegriffen wurde (sondern »nur« Psychoterror ausgesetzt war), aber es schilderte andererseits auch entsetzliche, auf Tatsachen beruhende Fälle, in denen der Stalker sein Opfer eben doch tötete.

Vielleicht hatte ihre Mutter recht, und sie sollte sich vor allem um ihre eigene Sicherheit sorgen: Was, wenn Saskia es auf *sie* abgesehen hatte? Ellens Mutter wäre mit Sicherheit stocksauer, wenn Ellen sich umbringen ließe.

»Okay, ich schlage vor, wir beruhigen uns jetzt alle erst einmal.« Das war Patricks Vater. Saskias Stimme hatte Ellen immer noch nicht richtig gehört.

Sie stellte ihr Glas auf dem Tisch ab, stand auf und schlenderte durch das Zimmer. Vor einem Regal mit unzähligen gerahmten Fotos blieb sie stehen. Eins zeigte Patrick mit einer anderen Frau. Ellen griff neugierig danach. War das vielleicht Saskia?

Als sie genauer hinsah, erkannte sie, dass das Foto in einem Krankenhaus aufgenommen worden war und die junge blonde Frau, die im Bett saß, ein in eine blaue Häschendecke gewickeltes Baby im Arm hielt. Das musste Colleen sein. Patricks Frau. Seine verstorbene Frau. Ellen fragte sich, ob die Krebszellen, die sie nicht viel später getötet hatten, in diesem Augenblick schon in ihrem Körper gelauert und ihre Kräfte für ihren bösartigen Angriff gesammelt hatten. Patrick war zu Colleen aufs Bett geklettert, sie saßen eng aneinandergeschmiegt da. Colleens freie Hand lag auf Patricks Schoß, man konnte sehen, dass er sie ganz fest hielt.

Colleen lächelte das Baby an, Patrick lächelte in die Kamera. Das Foto war gerade einmal acht Jahre alt, aber Patrick sah so viel jünger und anders aus: Seine Augen wirkten strahlender, seine Wangen voller, seine Haare dichter und länger. Sein T-Shirt war das eines jungen Mannes, und er war unrasiert. Das Foto musste wenige Stunden nach Jacks Geburt entstanden sein. Stolz und ehrfürchtiges Staunen spiegelte sich auf den Gesichtern von Patrick und Colleen, ein Ausdruck, den Ellen von ähnlichen Fotos kannte. *Seht doch nur, was wir vollbracht haben!* Die Geburt des ersten Kindes. Eines dieser alltäglichen Ereignisse, die nur für die Betroffenen selbst so einzigartig sind.

Ellen fühlte sich peinlich berührt. Sie hatte den ganzen Tag an den Sex gedacht, den sie mit dem Ehemann dieser jungen Frau unter der Dusche gehabt hatte. Ganz schön geschmacklos. Mit Colleen hatte er eine richtige Beziehung gehabt. Er hatte sie geheiratet, hatte ein Kind mit ihr. Patricks Körperhaltung ließ erkennen, wie sehr er Colleen geliebt hatte.

Auf einmal sah Ellen in der armen, dummen, verrückten Saskia, die sich täglich aufs Neue zum Narren machte, eine Art Seelenverwandte. Wäre die reizende Colleen nicht gestorben (und dass sie reizend war, konnte man schon auf dem Foto erkennen), hätte Patrick nie auch nur einen einzigen Blick für Saskia oder Ellen übrig gehabt.

Sterben war wirklich eine elegante Art, eine Beziehung zu beenden. Keine Untreue, keine Langeweile, keine langen, komplizierten Gespräche bis tief in die Nacht. Kein »Ich hab gehört, sie ist immer noch allein«. Keine peinlichen Begegnungen auf Partys und Hochzeiten. Kein »Sie ist aber ganz schön auseinandergegangen« oder »Man sieht ihr ihr Alter an«. Sterben war etwas Endgültiges und Geheimnisvolles. Wer starb, hatte für immer das letzte Wort.

»Das ist meine Mum.«

Ellen fuhr erschrocken zusammen. Jack stand auf einmal neben ihr und betrachtete das Foto, das sie immer noch in der Hand hielt.

»Das war an dem Tag, an dem ich auf die Welt gekommen bin. Meine Mum ist tot.«

»Ja.« Ellen stellte das Foto behutsam an seinen Platz zurück. Sie fragte sich, ob Jack die gleichen Gefühle für seine verstorbene Mutter hegte wie sie selbst für ihren nicht existenten Vater: eine Art gefühlloses Gefühl. »Ich weiß.«

»Das ist Dads frühere Freundin an der Tür«, sagte Jack. »Saskia. Sie hat eine Weile bei uns gewohnt.«

»Kannst du dich noch an sie erinnern?«, fragte Ellen neugierig.

Jack blickte seltsam verschlagen drein. »Irgendwie schon. Ich weiß noch, wie sie mich vom Kindergarten abholte und jedes Mal sagte: ›Schön, dass du wieder da bist, Jack.‹ Sie hatte immer einen kleinen Teller mit Keksen und Obst und so für mich gerichtet.« Er warf ihr einen schnellen, warnenden Blick zu. »Dad redet nicht gern über sie.«

»Ich weiß«, murmelte Ellen. Warum hatte Saskia ihn vom Kindergarten abgeholt? Musste sie nicht arbeiten? Warum holte Patrick ihn nicht selbst ab?

Draußen vor dem Haus war eine erregte Frauenstimme zu hören, kurz darauf wurde eine Autotür zugeknallt, ein Motor sprang an, und mit quietschenden Reifen fuhr das Fahrzeug davon.

Er hat gesagt, er würde die Polizei rufen, wenn ich nicht verschwinde.

Ich hatte doch gar nicht gewusst, dass er da sein würde. Ich war so glücklich, weil ich so toll aussah in meinem roten Kleid, und ich fühlte mich immer noch so frisch und sauber vom Nacktbaden im Meer, und ich fand, Patricks Eltern einen Besuch abzustatten sei etwas ganz Normales, Höfliches, Banales. Ich dachte irgendwie, dass es vielleicht an der Zeit wäre, mal wieder bei alten Freunden vorbeizuschauen, warum also nicht bei den beiden anfangen?

Ich hatte das nicht im Zuge meiner »Sucht« geplant. Meiner schmutzigen, hässlichen kleinen Sucht. Der beste Beweis dafür ist, dass mir Patricks vor dem Haus geparktes Auto gar nicht aufgefallen ist. Und dabei bin ich auf dieses Auto fixiert. Selbst wenn ich im Verkehr meilenweit hinter ihm feststecke, erfasst mein Blick es ganz von allein, so sehr bin ich daran gewöhnt, ihn zu verfolgen.

Als ich den Weg zum Haus hinaufging, dachte ich nur daran, wie ich zum ersten Mal dort gewesen war, als Patrick mich seiner Familie vorstellte. Jack lief vorneweg. Ich war nervös, weil Colleen noch nicht einmal ein Jahr tot war, und ich fürchtete, sie könnten denken, ich hätte keine Zeit verloren, mir den trauernden Witwer zu schnappen.

Simon war im letzten Schuljahr. Er hatte noch seine Schuluniform an, und aus irgendeinem Grund hatte er sich die Haare mit Gummibändern zu vielen kleinen Schwänzchen zusammengebunden, die ihm nach allen Seiten vom Kopf abstanden. Er sah aus wie ein Igel. Maureen entschuldigte sich ein ums andere Mal für ihn.

Das war es, woran ich dachte, als ich zum Haus hinaufging: wie nett alle zu mir gewesen waren. Die Haustür sah genauso aus wie damals.

So dumm. Wie kann eine intelligente Frau wie ich nur so dumm sein? Habe ich wirklich geglaubt, dass, nur weil die Haustür anscheinend die gleiche war, es die letzten Jahre einfach nicht gegeben hatte, dass ich nur eine x-beliebige alte Freundin war, die auf einen kleinen Besuch vorbeischaute? Meine Fähigkeit zum Selbstbetrug scheint keine Grenzen zu kennen.

Ich klopfte an die Tür und hörte von drinnen schallendes Gelächter, als würden sie mich auslachen. Das holte mich in die Wirklichkeit zurück. Da erst sah ich Patricks Auto, und ich konnte gar nicht glauben, dass ich es nicht bemerkt hatte, und ich dachte: Er ist mit Ellen hier. Er stellt sie seiner Familie vor.

Eine Sekunde lang spielte ich mit dem Gedanken, einfach wegzulaufen, aber sie hätten mich gesehen, und außerdem wollte ein Teil von mir einfach hineinspazieren und sagen: Wie könnt ihr diese neue Frau bei euch aufnehmen, so als ob ich nie existiert hätte? Wie könnt ihr das machen, ihr interessierte Fragen stellen, den nicht besonders guten Wein sorgsam einschenken, Salzgebäck anbieten? Wie könnt ihr nur alles genauso wie damals machen, nur mit einer anderen Frau? Kommt euch das nicht merkwürdig vor? Falsch?

Und dann ging die Tür auf, und Jack stand vor mir. Ich habe ihn natürlich seit damals einige Male gesehen, öfter, als Patrick ahnt, aber nie so nahe. Ich hätte mich ihm viele Male nähern können, aber ich wollte ihn nicht in Verlegenheit bringen oder verstören.

Er lächelte mich an. Ein allerliebstes, offenes Lächeln. Er hat noch immer diese wunderschönen Augen. Und dann fing er an, ganz locker mit mir zu plaudern. Ich hätte genau in dem Moment, als er »Klopf, klopf« gesagt habe, um einen seiner Klopf-klopf-Witze zu erzählen, an die Tür geklopft, sagte er, und er überlegte, wie groß die Chancen seien, dass so etwas passiere – eins zu tausend vielleicht oder eins zu einer Million? Ich musste lachen, und in diesem Augenblick kam Maureen an die Tür, und ihre höfliche, verdutzte Miene wich einem Ausdruck nackten Entsetzens, als sie mich sah, so als wäre ich ein gefährlicher Eindringling.

Und dann kam Patrick, sein Gesicht hässlich verzerrt vor Wut, und dann sein Dad, ernst und mit sorgenvoller Miene, als wäre ein schrecklicher Autounfall passiert, und dann Simon, ganz erwachsen, ohne Rattenschwänzchen, er sah mich nicht einmal an, er packte Jacks Hand, als müsste er ihn vor mir in Sicherheit bringen.

Was ich auch sagte, es änderte nichts. Ich hätte am liebsten gebrüllt: Ich habe euch einmal geliebt! Ihr wart meine Familie! Aber sie wollten nur, dass ich ging.

»Wir haben sie geliebt«, sagte Maureen zu Ellen. »Wir haben sie wirklich gemocht.«

»Könnten wir jetzt vielleicht das Thema wechseln und uns über etwas Interessanteres unterhalten?«, schlug Patrick vor. Keiner achtete auf ihn.

Das Essen war vorüber, Jack war auf der Wohnzimmercouch eingeschlafen, und Ellen dachte, dass alle nach dem nervenaufreibenden Zwischenfall mit Saskia vielleicht ein bisschen mehr als sonst getrunken hatten, sodass sich ihre Zungen wunderbar lockerten.

»Das hat uns natürlich mitgenommen, als Patrick sich von ihr trennte«, fuhr Maureen fort. »Sie tat mir schrecklich leid. Sie hatte hier niemanden, wissen Sie, sie ist in Tasmanien aufgewachsen, deshalb waren wir wie eine Familie für sie.«

»Ich bin sicher, Ellen will das alles gar nicht hören«, warf Patrick ein.

»Oh, das macht mir nichts aus«, sagte Ellen, was die Untertreibung des Jahrhunderts war.

»Beziehungen gehen nun mal in die Brüche«, sagte George. »Es kommt vor, dass man jemanden nicht mehr liebt. Das kannst du ihm nicht vorhalten.«

»Das weiß ich auch, George«, entgegnete Maureen spitz. »Trotzdem tut mir das arme Mädchen leid.«

»Sie soll Patrick endlich in Ruhe lassen«, meinte George. »Das geht schon viel zu lange so.«

Maureen ignorierte ihren Mann und wandte sich direkt an Ellen. »Sie war wie eine Mutter für Jack.«

»Du hättest ihr erlauben sollen, Jack weiterhin zu sehen«, sagte Simon zu seinem Bruder.

»Wie oft soll ich es noch sagen?«, versetzte Patrick gereizt. »Sie hat nie gefragt, ob sie ihn sehen darf. Als ich ihr sagte, es sei aus und vorbei, drehte sie vollkommen durch.«

»Du hast ihr das Herz gebrochen«, sagte Maureen.

»Wie auch immer, ich wollte sie nicht in Jacks Nähe haben.«

»Außerdem war ihre Mutter gerade gestorben«, fügte Maureen hinzu.

Simon nickte. »Ja, das war echt ein beschissenes Timing, Bruderherz.«

»Sie und ihre Mutter standen sich sehr nahe«, erklärte Maureen. »Sie haben jeden Tag miteinander telefoniert, wirklich jeden Tag. Meine Jungs würden wahnsinnig werden, wenn ich sie jeden Tag anriefe. Mit Töchtern ist das sicher etwas anderes.« Ein wehmütiger Ausdruck trat in ihre Augen. »Sprechen Sie jeden Tag mit Ihrer Mutter, Ellen?«

»Nein«, erwiderte Ellen lächelnd, obwohl sie und ihre Mutter sich fast täglich eine E-Mail oder eine Textnachricht schickten oder auf anderem Wege miteinander kommunizierten.

»Saskias Vater starb, als sie noch sehr jung war, wissen Sie, und da sie keine Geschwister hat, war ihre Mutter ihre einzige Familie«, sagte Maureen. »Ihr Tod hat sie furchtbar getroffen.«

»Es war einen Monat nach dem Tod ihrer Mutter«, sagte Patrick. »Ihre Mutter war seit einem Jahr krank gewesen. Wie lange hätte ich denn noch warten sollen? Ich fand es einfach nicht fair, noch länger so zu tun, als wäre alles zwischen uns in Ordnung.«

»Ein Monat ist gar nichts«, sagte Simon.

Ellen gab ihm insgeheim recht.

»Du hast es gerade nötig. Du bist so sensibel, dass du mit deiner letzten Freundin per Textnachricht Schluss gemacht hast«, knurrte Patrick.

»Es war eine sehr einfühlsame Textnachricht. Außerdem haben wir nicht mal zusammen gewohnt.«

»Als Patrick sich selbstständig machte, hatte er natürlich viel um die Ohren, und da nahm Saskia einen Teilzeitjob an, damit sie sich um Jack kümmern konnte.« Maureen wandte sich ausschließlich an Ellen. »Sie war ihm eine wunderbare Mutter.«

»*Colleen* war seine Mutter«, wies Patrick sie zurecht.

»Natürlich war sie das, mein Schatz, aber Colleen war nicht da.«

»Das war nicht ihre Schuld.«

»Das weiß ich doch, ich versuche nur, Saskia gegenüber fair zu sein. Ich will damit nur sagen, dass sie gute Arbeit geleistet hat.«

»Colleen hätte es besser gemacht. Und Colleen war nicht verrückt.«

»Colleen hast du auch nicht abserviert«, gab Simon zu bedenken. »Woher willst du es also wissen?«

»Ich weiß es eben«, beharrte Patrick. »Ich weiß es einfach. Außerdem hätte ich Colleen niemals abserviert.« Seine Stimme zitterte unüberhörbar.

Es wurde ganz still am Tisch. Alle vermieden es, Ellen anzusehen. Und Ellen lagen Maureens ausgezeichneter Lammbraten und die Bratkartoffeln als schwerer Klumpen im Magen. *Natürlich liebt er seine verstorbene Frau noch immer, wie könnte es auch anders sein? Diese verdammte Person musste ja unbedingt sterben, bevor sie Zeit hatte, langweilig oder nervig zu werden.*

Patricks Vater atmete tief durch und lächelte Ellen zu, ohne ihr jedoch in die Augen zu sehen. »Nun, ich würde wirklich gern mehr über diese Hypnosegeschichte hören.«

Ellen lächelte matt zurück. Sie hatten sich bereits beim Essen in aller Ausführlichkeit über »diese Hypnosegeschichte« unterhalten.

»Ich habe einmal irgendwo gelesen, dass auch Hitler Hypnose angewendet hat«, sagte Simon.

»Die meisten Politiker verstehen sich hervorragend auf Hypnosemuster, die sie in ihre Reden einbauen«, begann Ellen mechanisch. Sie wurde bei Vorträgen immer wieder auf dieses Thema angesprochen. »Es handelt sich um einfache Dinge wie Wiederholungen oder …«

»Im Fernsehen läuft zurzeit so ein Werbespot«, fiel Patrick ihr ins Wort, den Blick auf den Tisch geheftet. »Keine Ahnung, wofür, aber da ist ein Mann in einem Swimmingpool, und auf dem Wasser treibt ein blutverschmiertes Heftpflaster, und plötzlich klebt ihm das Ding am Mund, und er reißt es angeekelt weg und macht ein Gesicht, als ob er sagen wollte: weg damit, bloß weg damit.«

»Ja, den Spot kenne ich«, sagte Simon. »Er wirbt für ein Auto.«

»Was hat ein gebrauchtes Heftpflaster mit Autos zu tun?«, fragte Maureen stirnrunzelnd.

»Worauf ich hinauswill, ist, dass jedes Mal, wenn ich Saskias Auto im Rückspiegel sehe oder wieder einen ihrer Briefe kriege, in denen sie irgendwelches wirres Zeug faselt, oder eine E-Mail oder eine Textnachricht oder wenn ich ihre Stimme auf meinem Anrufbeantworter höre oder wenn sie mir einen Scheißblumenstrauß schickt – entschuldige den Ausdruck, Mum, aber sie schickt mir scheißverdammte Rosen ins Büro –, dann geht es mir wie diesem Typ in dem Werbespot. Ich denke nur noch: weg damit, bloß weg damit!«

»Sie schickt dir Rosen?« Maureen sah ihn verdutzt an. »Sie schickt einem Mann Blumen?«

»Das ist der Grund, warum ich nicht hören will, dass Saskia eine tolle Mutter war oder dass mein Timing beschissen war, als ich mich von ihr trennte. Falls ich ihr Unrecht getan habe, dann habe ich teuer dafür bezahlt. Und ich bezahle immer noch dafür, ich bezahle bis heute dafür.« Patrick stand abrupt auf und verließ das Zimmer.

»Ach du lieber Himmel«, seufzte Maureen.

»Willkommen in unserer Familie, Ellen!«, sagte Simon fröhlich.

»Er hat sich zu früh mit Saskia eingelassen«, murmelte Maureen. »Das ist das Problem. Viel zu früh. Er hat nie richtig um Colleen getrauert. Männer können einfach nicht trauern. Auf unangenehmen Gefühlen trampeln sie herum und hoffen, dass sie dadurch einfach verschwinden.«

»Während Frauen reden und reden und alles zu Tode reden«, ergänzte George.

»Reden hilft«, entgegnete Maureen mit Nachdruck. An Ellen gewandt, fuhr sie fort: »Nach Colleens Tod hatte Patrick nur einen Gedanken: Er wollte so gut wie möglich für Jack sorgen. Dem Jungen sollte es an nichts fehlen. Er war geradezu besessen von dieser Idee. Also stürzte er sich in die Arbeit. Und so kam es, dass Saskia sich fast allein um Jack kümmerte. Patrick arbeitete ja von früh bis spät.«

»Mum, ich glaube, für heute haben wir Ellen genug zugemutet, meinst du nicht auch?«, sagte Simon.

»Vielleicht hast du recht.« Maureen stand auf und begann, Teller auf Teller zu stapeln. Ohne Ellen anzusehen, sagte sie schnell: »Sind Sie zufällig katholisch, Ellen?«

Simon schnaubte.

»Nein, bin ich nicht«, antwortete Ellen entschuldigend.

»Oh! Nun, das ist ... Darf ich fragen, welcher Konfession Sie angehören?« Maureen griff nach dem Teller ihres Mannes. »Nicht, dass das wichtig wäre, ich frage nur aus Neugier.«

»Ehrlich gesagt gehöre ich gar keiner Konfession an. Ich wurde konfessionslos erzogen. Meine Mutter ist Atheistin.«

Maureen machte ein erschrockenes Gesicht. »Atheistin? Sie meinen, sie glaubt nicht an Gott? Nicht einmal ein ganz kleines bisschen? Aber Sie natürlich schon, nicht wahr?«

»Gibt es da nicht diese Regel, dass man sich bei Tisch nicht über Religion oder Politik unterhalten soll?«, warf Simon ein.

»Ich bin sicher ein spirituellerer Mensch als meine Mutter«, sagte Ellen. »Ich interessiere mich sehr für den Buddhismus. Ich mag seine Lehren – dass man Achtsamkeit praktizieren soll und solche Dinge.«

»Ah ja, das soll ja sehr in sein im Moment«, bemerkte Maureen. Ellen spürte, dass sie im Begriff war, Punkte abzugeben.

»Ommmm«, brummte George in singendem Tonfall. Er legte seine Hände aneinander, die Fingerspitzen dicht unter dem Kinn, und senkte den Kopf. »So machen das die Buddhisten doch, nicht wahr? Ommmm. Ommmm.«

»George! Sie ist nicht wirklich Buddhistin.« Maureen sah Ellen panisch an. »Oder etwa doch, meine Liebe?«

Simon wollte sich schier ausschütten vor Lachen.

»Ich finde den Buddhismus einfach interessant«, sagte Ellen sanft.

»Nun ja.« Maureen straffte sich, als wollte sie sagen, das Leben müsse eben weitergehen, ganz gleich, welche Kümmernisse es für einen bereithielt. Sie tippte sich mit dem Zeigefinger an die Lippen. »Mögen Sie Babys, Ellen?«

»Mum!« Simon schlug sich mit der flachen Hand an die Stirn.

Ellen bemerkte das schalkhafte Funkeln in Maureens Augen. Sie wusste genau, was sie tat.

»Ich *liebe* Babys«, antwortete sie mit fester Stimme.

»Wunderbar. Ich auch.« Die beiden Frauen verstanden sich.

»Gibt's eins zum Nachtisch?«, fragte George.

Maureen verdrehte die Augen. »Es gibt Apfelkuchen mit Sahne und Eis.«

»Für mich nur eine ganz kleine Portion«, sagte Ellen.

»Ach was, an Ihnen ist ja überhaupt nichts dran«, erwiderte Maureen vorwurfsvoll. »Sie kriegen einen schönen großen Teller voll!«

Maureen hatte darauf bestanden, Jack eine weitere Nacht bei sich zu behalten. Der Junge war nicht einmal aufgewacht, als Patrick ihn von der Couch ins Gästezimmer getragen hatte. Danach hatten er und Ellen ein Taxi gerufen, weil sie beide zu viel getrunken hatten, und waren zu Ellen gefahren. Jetzt lagen sie im Bett, zu aufgewühlt, um schlafen zu können.

»Tut mir leid wegen heute Abend«, sagte Patrick.

»Wieso? Es war schön«, erwiderte Ellen. »Ich finde deine Familie ganz reizend.«

Das war die Wahrheit. Sie hatte sich bei den Scotts so wohl gefühlt, als ob sie schon viele Male bei ihnen am Tisch gesessen und mit ihnen gegessen hätte.

»Ich hätte nicht zulassen sollen, dass diese Unterhaltung über Saskia so ausufert«, sagte Patrick. »Aber es macht mich so wütend, wenn meine Mutter Partei für sie ergreift.«

»Ich weiß.« Ellen berührte ihn an der Schulter. Sie fühlte sich steinhart unter ihren Fingern an. Ellen massierte seine verspannten Muskeln. »Ich versteh schon.«

»Ich hätte Saskia in Jacks Gegenwart nicht anbrüllen dürfen«, fuhr Patrick fort. »Aber ich hätte platzen können vor Wut, als ich ihre Stimme hörte. Eine Zeit lang dachte ich, ich könne sie in meinem Leben akzeptieren wie eine Behinderung. Aber jetzt steuere ich anscheinend in die andere Richtung. Das Maß ist allmählich voll. Manchmal denke ich, ich könnte sie umbringen. Ich verstehe jetzt, wie es so weit kommen kann. Dass man zum Mörder wird. Ich könnte sie umbringen.«

»Bitte nicht«, sagte Ellen und hörte auf, seine Schulter zu massieren. Es schien nicht zu helfen. »Ich will keinen Antrag auf Besuch für das Erfüllen ehelicher Pflichten im Gefängnis stellen müssen.«

»Keine Sorge, ich würde mich nicht erwischen lassen.«

Ellen drehte den Kopf zu Patrick und musterte ihn sorgenvoll. Er bemerkte es und lächelte.

»Schon gut, war nur ein Witz. Ich würde sowieso erwischt werden. Ich gehöre zu denen, die immer erwischt werden. Ich biege ein Mal verbotenerweise rechts ab, und schon steht dort die Polizei, um mich in Empfang zu nehmen.«

»Wo wir gerade von Polizei sprechen …«

»Ja, ich weiß.« Patricks Kiefer mahlten. »Es ist nur … Ich weiß auch nicht. Ich bin mir nicht sicher, ob das der richtige Weg ist.«

Ellen konnte nicht ganz nachvollziehen, warum er sich weigerte, noch einmal zur Polizei zu gehen. Wirklich nur aus Angst, Saskia würde ihre Drohungen wahr machen und ihn beschuldigen, sie belästigt zu haben? Oder steckte mehr dahinter?

»Denk noch mal darüber nach«, bat sie.

»Mach ich«, erwiderte er, aber sie wusste instinktiv, dass er das nicht tun würde.

Sie musste unvermittelt gähnen. »Ich kann nicht glauben, wie müde ich bin!«

»Ich werde kein Auge zutun«, sagte Patrick. »Mir geht zu vieles im Kopf herum. Könntest du mich nicht hypnotisieren, damit ich einschlafen kann?«

»Haha!«, machte Ellen.

»Nein, im Ernst. Kannst du das?«

»Seinen Partner zu hypnotisieren, ist keine besonders gute Idee, weißt du, wegen des Berufsethos.« Sie kam sich verklemmt vor, als sie das sagte. Die Bitte war auch in früheren Beziehungen schon an sie herangetragen worden, aber meistens in scherzhaft flapsigem Ton, sodass es ihr nicht schwergefallen war, sie abzulehnen.

»Ich werde dich schon nicht verraten«, meinte Patrick. »Ich möchte nur, dass dieses Gedankenkarussell in meinem Kopf aufhört, sich zu drehen.«

Er tat ihr leid. Sie begann zu schwanken. »Ich dachte, der Gedanke, hypnotisiert zu werden, behage dir nicht. Du hast gesagt, du hasst die Vorstellung, die Kontrolle zu verlieren.«

»Das war, bevor ich dich kennenlernte. Jetzt weiß ich mehr darüber. Außerdem vertraue ich dir.«

Ellen dachte an ihren Mentor Flynn, einen Hypnotherapeuten der alten Schule, der mittlerweile über sechzig war und der Showhypnotiseure inbrünstig hasste. Er vertrat die Auffassung, dass Hypnotherapeuten ihre professionelle Integrität nur wahren konnten, wenn sie ihren Beruf strikt nur innerhalb ihrer Praxisräume ausübten. Ellen dachte auch an Danny, den coolen jungen Mann, den sie während seiner Ausbildung zum Hypnotherapeuten unter ihre Fittiche genommen hatte und der ihr voller Stolz erzählte, wie er mithilfe des hypnotischen Händedrucks Frauen in Bars aufriss (und das offenbar mit enormem Erfolg, sodass Ellens Missbilligung ihn nicht im Geringsten anfocht). Flynn wäre entsetzt, würde sie ihm je anvertrauen, was sie Danny durchgehen ließ. Auf einer Ethikskala befand Ellen sich ihrer Einschätzung nach wahrscheinlich irgendwo in der Mitte zwischen Flynn und Danny.

»Na ja, ich denke, gegen eine kleine Entspannungsübung ist nichts einzuwenden«, sagte sie.

8

Du wirst übrigens nicht von mir »gestalkt«. Bitte hör auf, dieses Wort zu benutzen, du weißt, dass das lächerlich ist. Ich möchte nur mit dir REDEN, das ist alles.
AUS EINER UNGEÖFFNETEN E-MAIL AN PATRICK SCOTT

»Dieser Typ in den USA geht also vor Gericht, weil er von seiner Exfreundin gestalkt wird«, erzählte Patrick. »Der Richter sagt: ›Sie sollten sich geschmeichelt fühlen von so viel Aufmerksamkeit‹, und ein paar Tage später ist der Mann tot, von seiner Stalkerin erschossen oder niedergestochen oder was auch immer. Die Geschichte ist tatsächlich passiert.«

Es war Sonntagnachmittag, und Ellen, Patrick, Julia und Patricks Freund Stinky (sie kannten seinen richtigen Namen immer noch nicht, und sowohl Ellen als auch Julia waren viel zu sehr die Töchter ihrer aus dem vornehmen North Shore stammenden Mütter, als dass sie es über sich gebracht hätten, ihn Stinky zu nennen) saßen auf einer Picknickdecke in Watsons Bay und unterhielten sich.

Es war Julia gewesen, die das Thema Stalking angeschnitten hatte: »Ich habe gehört, Sie haben eine Stalkerin, Patrick«, hatte sie, wenige Minuten nachdem sie sich alle gesetzt hatten, zu ihm gesagt, im gleichen Plauderton, als hätte sie gesagt: »Ich habe gehört, Sie sind Vermessungsingenieur, Patrick.« Nach dem Vorfall vom vergangenen Abend wunderte es Ellen umso mehr, dass er nicht das Thema wechselte, sondern beinahe euphorisch darauf einging. Es war interessant zu beobachten, wie je nachdem, mit welchen Menschen er zusammen war, andere Facetten seiner Persönlichkeit zutage traten. Im Kreis seiner Familie war er gesprächiger, sanftmütiger, jungenhaft, doch wenn es um Saskia ging, wurde er kämpferisch. In Gesellschaft von Stinky und Julia gab er sich lässig und unbekümmert.

»Aber du fürchtest doch nicht um dein Leben, oder, Scottie?«, fragte Stinky.

Stinky war korpulent, hatte eine beginnende Glatze und zwei ausgeprägte Wangengrübchen, sodass er wie ein Riesenbaby mit grauem Stoppelbart und tiefer Stimme aussah. Für einen Mann war er ziemlich klein, was Patrick vergessen hatte zu erwähnen, und Julia war für eine Frau ziemlich groß, was wiederum Ellen nicht erwähnt hatte. In ihrer maßgeschneiderten Jacke, mit dem Schal und den Lederstiefeln mit hohen Pfennigabsätzen, durch die sie Supermodelgröße erreichte, wirkte Julia besonders mondän. Als sie und Stinky, der ein zerknittertes Westernhemd, verwaschene Jeans und zerschrammte Arbeitsstiefel trug, sich die Hand gaben, hatte sie Ellen über seinen Kopf hinweg angesehen und eine Braue hochgezogen. Ellen hatte nur mit den Schultern gezuckt. Sie wusste, dass Julia ihr die Geschichte garantiert für die nächsten paar Jahre aufs Butterbrot schmieren würde: … *damals, als du mich mit diesem glatzköpfigen Zwerg namens Stinky verkuppeln wolltest.*

Aber da Julia Stinky gleich abgeschrieben hatte, war sie vollkommen entspannt. Sie flirtete sogar ein bisschen mit Stinky. Hätte sie ihn als potenziellen Liebhaber betrachtet, hätte sie jeden Blickkontakt vermieden und auf aggressive Art desinteressiert getan.

»Nein, um mein Leben fürchte ich nicht«, antwortete Patrick, »aber um meine geistige Gesundheit. Ich wollte mit der Geschichte nur zum Ausdruck bringen, dass männliche Stalking-Opfer nicht ernst genommen werden.«

»Kennen Sie diese Frau … äh … Sie dort drüben?« Julia sah

Stinky an. »Hören Sie, ich bringe es einfach nicht fertig, Stinky zu Ihnen zu sagen, zumal an Ihrem Geruch nichts auszusetzen ist.«

»Ich heiße Bruce.«

»Das glaub ich nicht!«

»Wieso, was haben Sie gegen Bruce? Jetzt bin ich aber gekränkt.«

»Okay, Bruce«, sagte Julia. »Kennen Sie sie? Patricks Stalkerin?«

»Gut sogar. Ich hatte sie gern. Sehr gern sogar.« Er warf Patrick einen flüchtigen Seitenblick zu.

»Du kannst gern ihre Telefonnummer haben«, sagte Patrick achselzuckend. »Und die Frau auch.«

»Hätten Sie gedacht, dass sie dazu fähig ist, zu diesem … Wahnsinn?«, fragte Julia.

»Tja, ich weiß nicht.« Stinkys Grübchen vertieften sich. »Sind wir nicht alle dazu fähig? Ich denke immer, Liebe ist eine Art Wahnsinn.«

»Liebe ist eine Art Wahnsinn«, wiederholte Julia. »Das ist ein sehr … poetischer Satz für einen Mann namens Bruce.«

»Er will Eindruck schinden bei den Damen«, frotzelte Patrick.

»Die Sache ist doch die«, fuhr Julia fort. »Wir alle haben schon einmal seelische Verletzungen erlitten, aber wir müssen irgendwie damit fertigwerden, oder nicht? So ist nun mal das Leben.«

»Haben Sie noch nie einen Ex gegoogelt? Nachdem meine letzte Freundin mit mir Schluss gemacht hatte, brachte ich Stunden mit Cyber-Stalking zu«, sagte Stinky. »Ich habe sie zwar nicht physisch verfolgt, aber in meinen Gedanken.«

»Na und? Vielleicht habe ich meinen Exmann das eine oder andere Mal angeschrien, aber deswegen gehöre ich doch nicht in die gleiche Kategorie wie jemand, der seinen früheren Partner ermordet.«

»Können Sie sich denn gar nicht vorstellen, wie es so weit kommen kann?«

»Nein«, antwortete Julia knapp.

»Oh, ich seh schon, Sie sind eine harte Nuss.«

»O ja, das ist sie.« Ellen sah ihre Freundin vielsagend an.

»Schon gut«, seufzte Julia. »Einmal habe ich die neue Freundin meines Exfreundes mit anonymen Anrufen belästigt. Aber bloß für ein paar Wochen, und ich war *siebzehn*!«

»Aha!« Stinky zeigte mit dem Finger triumphierend auf sie. »Sie haben selbst eine Vergangenheit als Stalkerin!«

»Ich war keine Stalkerin, ich war ein dummer Teenager.«

»Sie spielen nicht in der gleichen Liga wie meine Kaninchenmörderin«, sagte Patrick. Nach einer Pause fügte er hinzu: »Manchmal glaube ich, dass sie heimlich in mein Haus eindringt, wenn ich nicht da bin.«

»Das hast du mir nie erzählt!« Ellen drehte sich zu ihm hin.

»Um Gottes willen, gehen Sie zur Polizei und erstatten Sie Anzeige«, riet Julia. »Und wechseln Sie die Schlösser aus.«

»Wie kommst du darauf, dass sie im Haus war?«, fragte Stinky.

»Ich habe die Schlösser mehr als einmal ausgewechselt«, erwiderte Patrick. »Ich weiß selbst nicht, wie ich darauf komme. Es ist bloß so ein Gefühl. Es ist nichts verstellt worden oder so. Aber ich spüre einfach, dass sie da war. Irgendeine Veränderung in der Atmosphäre. Vielleicht ein Hauch ihres Parfüms in der Luft.«

Ellen fiel auf, dass er auf Julias Rat, zur Polizei zu gehen, nicht eingegangen war.

Julia schauderte theatralisch. »O Gott, das ist ja wie in einem Horrorfilm!« Sie deutete mit dem Kinn auf Ellen. »Ein Glück, dass Ihre neue Freundin ein Fan von Horrorfilmen ist.«

»Im Ernst?« Patrick legte seine Hand auf Ellens Knie. »Das habe ich gar nicht gewusst. Ich bin ein Weichei. Ich kann mir diese Filme nicht ansehen. Die erschrecken mich zu Tode.«

»Ich mag meinen Horror mit Popcorn und Schokoeis«, sagte Ellen. »Aber es gefällt mir gar nicht, dass Saskia durch dein Haus schleicht. Das gefällt mir überhaupt nicht.« Sie fröstelte.

Aber ein Teil von ihr wusste, dass sie nur deshalb schauderte, weil es die angemessene Reaktion zu sein schien. Obwohl sie aufrichtig mit Patrick fühlte und seine Ängste nachvollziehen konnte, fürchtete sie nicht um ihre eigene Sicherheit. Vielleicht lag es daran, dass sie Saskia nicht kannte und sie ihr deswegen immer noch unwirklich vorkam. Oder dachte sie, eine Frau sei nicht zu Gewalt fähig? Sie wusste natürlich, dass das Unsinn war. Was auch immer der Grund sein mochte, noch fand sie alles, was Saskia betraf, eher aufregend statt beängstigend.

»Entschuldige«, sagte Patrick. »Eigentlich wollte ich dir das gar nicht sagen. Wahrscheinlich bilde ich es mir sowieso nur ein.«

»Sie würde niemals gewalttätig werden«, sagte Stinky zu Ellen. »Falls Sie das beruhigt. Sie war Pazifistin. Sie hat gegen den Irak-Krieg demonstriert.«

»Das war politisch«, wandte Patrick ein. »Das hier ist etwas Persönliches.«

»Hat sie nicht auch mal eine Zeit lang in einem Tierheim gearbeitet?«

»In einem Tierheim«, schnaubte Julia höhnisch.

»Was ist falsch daran, in einem Tierheim zu arbeiten?«, fragte Ellen.

Julia zuckte die Schultern. »Ich weiß auch nicht. Aber das ist so klischeehaft.«

»Nicht für die armen kleinen Kätzchen und Welpen.« Stinky machte ein betrübtes Gesicht.

»He, was soll das?« Patrick boxte seinen Freund auf den Arm. »Ich bin anscheinend nur von Leuten umgeben, die sich für meine Stalkerin einsetzen.«

»Sorry, Scottie.« Stinky hob beschwichtigend beide Hände. »Ich habe nur versucht, Ellen zu beruhigen, damit sie nicht glaubt, sie sei irgendwie in Gefahr.«

»Tja, *Scottie*, im Gegensatz zu unserem Freund *Stinky* werde ich mich nicht für Ihre Stalkerin einsetzen«, sagte Julia. »Meiner Meinung nach gehört die Frau in die Klapsmühle. Sie und Ellen sollten vor Angst kein Auge mehr zutun.«

»Vielen Dank«, erwiderte Patrick.

Ich war heute wieder am Strand, wo ich in meinem roten Kleid auf dem Sand einschlief.

Es war nicht dort, wo die Hypnotiseurin wohnt, oder an einem der Strände, an denen ich mit Patrick war. Ich bin nach Avalon gefahren. Dort war ich noch nie, folglich warteten dort auch keine Erinnerungen auf mich. Ich habe es letzte Nacht mit Erinnerungen derart übertrieben, dass mir schlecht davon wurde. Ich habe eine Überdosis Erinnerungen genommen.

Nachdem ich bei Patricks Eltern war, bin ich nicht mehr zu der Bürofeier gefahren. Vielleicht habe ich von Anfang an gewusst, dass ich nicht zu der Party gehen würde. Partys sind nicht mein Ding. Ich bin sechs Stunden lang herumgefahren und habe nur ein einziges Mal angehalten, um zu tanken und mir eine Flasche Wasser zu kaufen.

Ich bin an jeden Ort gefahren, den ich irgendwann einmal mit Patrick aufgesucht hatte.

Ich bin mindestens dreißigmal in beiden Richtungen über die Harbour Bridge gefahren. Ich war am Anfang so verliebt in diese Stadt. Sydney! Der Name klang so aufregend für mich, wie New York vielleicht für andere, mondänere Leute klingt, für Leute, die nicht in einer winzigen Kleinstadt mitten in Tasmanien aufgewachsen sind.

»Sie kommen aus Tasmanien?«, haben mich die Sydneyer immer gefragt, eine Braue hochgezogen und ein angedeutetes Lächeln auf den Lippen, als ob sie sagen wollten: »Wirklich? Von diesem entzückenden kleinen Inselchen?« Und ich zog jedes Mal demütig den Kopf ein, als müsste ich mich dafür entschuldigen: *Ich kann wirklich nichts dafür*. Doch das hat sich geändert. Jetzt murmeln die Leute: »Oh, Tasmanien! Ein wunderschönes Land.« Ich weiß nicht, ob ich mich verändert habe oder Tasmanien.

Sydney ist mein toller, protziger, schmuckbehängter, Kreditkarten zückender Exlover. Sydney blendete mich mit seinen Stränden und seinen Bars und seinem Sonnenschein, mit seinen Restaurants und seinen Cafés und seiner Musik und diesem großen, harten, glitzernden Saphir von einem Hafen. Ich war besessen davon, alles über diese Stadt herauszufinden, wie ein dummes, heillos verknalltes Mädchen alles über seinen neuen Freund wissen will. Ich kenne mich in Sydney besser aus als jeder Sydneysider oder Taxifahrer. Ich weiß, wo es das beste Yum-cha, das beste Sushi oder die besten Tapas gibt. Ich kenne alle Theater und Museen und angesagten Kneipen. Ich weiß, wo man schnorcheln, den Busch erkunden, parken kann. Ich war erst sechs Monate in Sydney, als ich Patrick kennenlernte, und obwohl er nie woanders gelebt hat, kannte er nicht einmal die Hälfte aller Örtlichkeiten, die ich mit ihm besuchte.

Patrick und Sydney schenkten mir die schönste, glücklichste Zeit meines Lebens. Wir küssten uns auf den Fähren und tranken Champagner am Hafen. Wir gingen ins Theater und ins Kino und zu Konzerten. Wir unternahmen mit Jack, der aus Patricks Rückentrage auf mich heruntergrinste, lange Wanderungen durch das grüne, gesprenkelte Licht der Nationalparks. Wir nahmen ihn am Strand in unsere Mitte, fassten ihn an den Händen, riefen »Eins, zwei, *drei*!« und rissen ihn hoch, sodass er über die Wellen segelte, die um unsere Knöchel schäumten.

Ich war so verliebt in die beiden. Ich weiß noch, wie ich zu meiner Mutter sagte: »Ich hätte nie gedacht, dass es so leicht sein kann, so unglaublich glücklich zu sein.« Und sie antwortete jedes Mal: »Es macht mich glücklich, wenn du das sagst.«

Ich stellte mir vor, wie sie lächelte, während sie mit einem Geschirrtuch und einem Reinigungsspray energisch ihre Küche schrubbte. Es war immer Mums größter Wunsch, dass ich glücklich war.

Ich dachte, sie sei auf geradezu unheimliche Weise selbstlos, doch dann, als ich anfing, mich um Jack zu kümmern, bekam ich eine Ahnung davon, wie die eigenen Stimmungen von denen des Kindes, um das man sich kümmert, diktiert wurden und wie das möglicherweise zu einer Gewohnheit wurde.

Ich erinnere mich, wie sie mich einmal fragte: »Glaubst du,

Patrick ist genauso glücklich wie du?«, und wie ich erwiderte: »Natürlich ist er genauso glücklich wie ich.« Ein Schweigen trat ein, und dann sagte sie ganz behutsam und vorsichtig: »Er hat seine Frau vor noch nicht einmal einem Jahr verloren. Er wird immer noch um sie trauern, Saskia, so etwas dauert sehr lange, vielleicht ... vielleicht solltest du das im Hinterkopf behalten.«

Sie wusste, wovon sie redete, weil mein Vater starb, als ich noch ganz klein war. Ich kann mich überhaupt nicht an ihn erinnern. Ich leide ganz sicher nicht an irgendwelchen unterdrückten Verlustängsten.

Mein Vater war für meine Mutter die Liebe ihres Lebens, wie sie selbst sagte, und ich weiß, dass sie ihn ihr Leben lang jeden einzelnen Tag schrecklich vermisst hat, aber das heißt noch lange nicht, dass es Patrick genauso gehen muss. Zum einen hat Mum niemanden mehr kennengelernt, der sie vielleicht glücklich gemacht hätte. Patrick ist mir begegnet. Ich habe ihn glücklich gemacht. Ich weiß, dass ich ihn glücklich gemacht habe. Ich bin nicht dumm. Ich habe mir das nicht eingebildet.

Natürlich war mir klar, dass ein Teil von ihm immer noch um Colleen trauerte. Ich habe Colleens Wünsche hinsichtlich Jacks Erziehung respektiert und genauestens befolgt. Sie hatte eine Liste von Dingen erstellt, die ihrer Meinung nach wichtig für den Jungen waren. Ihre Schrift war zittrig, sie muss zu diesem Zeitpunkt schon sehr krank gewesen sein. Es waren etliche Rechtschreibfehler darin. Ich weiß, das war nicht nett, dass mir das überhaupt auffiel, aber, na ja, was soll ich sagen, ich habe nie von mir behauptet, ein besonders netter Mensch zu sein. Colleen glaubte an Vitamine, also gab ich Jack täglich seine Vitamintabletten. Colleen glaubte, dass ein Unterhemd ein Kind vor allem Übel schützte, also zog ich ihm ein Unterhemd an, auch wenn ich wusste, es würde ihm viel zu warm darin werden. Ich bin sicher, Colleen wollte nicht, dass das arme Kind auch bei Hitze ein Unterhemd tragen sollte, aber Patrick nahm alles, was auf dieser Liste stand, wortwörtlich.

Patrick war dennoch glücklich mit mir. Er sagte, er sei glücklich. Er sagte: »Du hast mir das Leben gerettet.« Er sagte: »Ich gebe dich nie wieder her.« Er sagte: »Ohne dich wäre ich verloren.«

Heute, als ich am Strand lag, träumte ich von Colleen. »Vitamine schreibt man hinten nicht mit ie!«, habe ich sie im Traum angebrüllt. Was für ein peinlicher, blöder Traum: jemanden, der tot ist, wegen eines Rechtschreibfehlers anzuschreien.

»Na, war wohl eine lange Nacht«, sagte plötzlich jemand neben mir.

Als ich die Augen aufschlug, sah ich einen Mann da stehen und auf mich herunterschauen. Da ich direkt in die Sonne guckte, konnte ich ihn nicht genau erkennen. Ich sah nur, dass er einen knielangen Neoprenanzug trug, ein Bodyboard unter dem Arm trug und sein wuscheliges Haar irgendwie zu jung für ihn zu sein schien.

Ich setzte mich auf und schaute an mir hinunter. In meinem roten Kleid muss ich wirklich wie jemand ausgesehen haben, der nach einer wilden Party seinen Rausch ausschläft, nur dass ich zu alt für so etwas war.

»Ja, könnte man sagen«, erwiderte ich.

Er wusste offenbar nicht, was er sonst noch sagen sollte. Er lächelte, tippte grüßend mit zwei Fingern an seine Stirn und ging zum Wasser hinunter. Ich blieb im Sand sitzen und beobachtete, wie er auf seinem Bodyboard den Wellen hinterherpaddelte. Er stellte sich nicht besonders geschickt an. Es dauerte jedes Mal eine ganze Weile, bis er eine Welle erwischte, aber dann nahm sein Gesicht einen komischen, aufgeregten Ausdruck an.

Heute Nachmittag bin ich in einen Surfladen gegangen. Ich weiß auch nicht, was über mich kam, aber als ich den Laden wieder verließ, hatte ich einen Neoprenanzug und ein Bodyboard gekauft.

Ich fürchte, jetzt werde ich lernen müssen, wie man auf dem Ding reitet. Oder surft. Oder wie auch immer der richtige Ausdruck lauten mag. Ich freue mich schon tierisch darauf.

Als Ellen am Montagmorgen aufwachte, fühlte sie sich wie zerschlagen. Zu ihrem Entsetzen hatte sie an diesem Tag einen Termin nach dem anderen in ihren Kalender eingetragen; ihr blieb nicht einmal Zeit für eine Mittagspause.

Sie erinnerte sich vage, wie sie frohen Mutes gedacht hatte: Das kriege ich schon hin!, als sie die Termine für diesen Tag vereinbart hatte. Jetzt wünschte sie sich nur in ihr Bett zurück. Wieder unter die Decke kriechen und den Tag einfach verschlafen – was für ein verlockender, wahrhaft himmlischer Gedanke! Wenn sie sich wenigstens ansteckend krank gefühlt hätte, damit sie sich ans Telefon hängen und ihre Termine absagen könnte. Aber sie wusste, sie war einfach nur erschöpft. Das Wochenende war anstrengend gewesen: zu viel gegessen, zu viel getrunken, zu viele aufreibende gesellige Treffen, zu viele übersteigerte Emotionen, zu wenig Schlaf und zu viel Sex. Sie vermutete stark, dass sie sich eine schlimme Blasenentzündung eingefangen hatte.

Und zu allem Übel hatte sie keine Milch mehr im Haus. Sie konnte es nicht fassen, als sie vor dem offenen Kühlschrank stand. Einen Augenblick kam ihr das wie die größte aller nur denkbaren Katastrophen vor. Sie stampfte sogar mit dem Fuß auf. Sie konnte nicht auf kühle Milch am Morgen verzichten, sie brauchte sie, um ihrer Getreideflocken essen zu können.

Verdrießlich und schmollend, so als ob derjenige, der für das Fehlen der Milch verantwortlich war, ihr dabei zusähe und ein schlechtes Gewissen hätte, steckte sie alte Brotscheiben in den Toaster. Als sie hinausging, um die Zeitung hereinzuholen, musste sie sich durch taubedecktes, unangenehm feuchtes Blattwerk kämpfen, weil der Zusteller die Zeitung freundlicherweise mitten in die Hecke vor dem Haus geworfen hatte. Und um diesem Morgen die Krone aufzusetzen, stieß sie, während sie ihren Toast knabberte, beim Zeitunglesen (nichts als schlechte Nachrichten: Morde, tödliche Unfälle, Kriege und Selbstmordanschläge – die Welt trieb auf einem Meer der Tränen) auf einen Artikel mit der Überschrift *Illustre Gäste geben sich ein Stelldichein bei Promi-Hochzeit.*

Auf dem abgedruckten Foto erkannte Ellen ihre Patientin Rosie wieder. Es war ungefähr zwei Monate her, dass sie sie zuletzt gesehen hatte, und Rosie hatte in dieser Zeit dramatisch abgenommen. Ihre Rundungen waren verschwunden, sie trug ein schulterfreies Brautkleid und wurde von vier großen Brautjungfern in bodenlangen Kleidern eingerahmt. Sie hatte die Hochzeit also durchgezogen. Die unter Ellens vermeintlich kluger Hypnose erlangte Erkenntnis, dass sie das Rauchen nicht aufgeben wollte, weil sie ihren Verlobten im Grunde nicht liebte, hatte nichts zu bedeuten gehabt. Entweder sie traute ihren eigenen Gefühlen nicht, oder sie hatte beschlossen, ihn trotzdem zu heiraten, sei es des Geldes oder der sozialen Stellung wegen oder weil ihr der Mut fehlte, die Hochzeit abzusagen, nachdem die Einladungen an die »illustren Gäste« bereits verschickt worden waren.

Die Neuigkeit deprimierte Ellen über die Maßen. Sie kam sich unfähig und unnütz vor.

Als das Telefon klingelte, nahm Ellen sofort ab, in der Hoffnung, jemand werde seinen Termin absagen, vorzugsweise den ersten an diesem Morgen, damit sie gleich wieder unter die Bettdecke schlüpfen konnte.

»Guten Morgen«, sagte sie schroff. »Ellen hier.«

»Das hört sich aber nicht an, als ob es ein besonders guter Morgen für dich wäre!«

Es war Harriet, Jons jüngere Schwester. Die beiden Frauen waren Freundinnen geblieben, nachdem Ellen und Jon sich getrennt hatten. Harriet war eine winzige, spröde, herrische Person, und es kam vor, wenn auch sehr selten, dass Ellen der Sinn nach ihrer spitzzüngigen Plauderei stand, so wie sie manchmal eine seltsame Lust auf den eigenwilligen Geschmack von Lakritz verspürte. An diesem Morgen allerdings hatte Ellen das Gefühl, der Klang von Harriets leicht nasaler Stimme raspele ihre Nerven.

Sie holte tief Luft, als ob sie sich anschickte, einen steilen Hang hinaufzurennen, und sagte: »Wie geht's dir, Harriet?«

»Gut, wunderbar, ich wollte nur ein bisschen mit dir plaudern. Hab ja monatelang nichts von dir gehört.«

Nur Harriet konnte auf die Idee kommen, jemanden montagmorgens um halb acht anzurufen, um »ein bisschen zu plaudern«.

»Ja, stimmt, ist viel zu lange her«, erwiderte Ellen und schloss eine Sekunde die Augen. Sie verspürte den absurden Wunsch zu schreien.

Jedes Mal, wenn sie mit Harriet sprach, sprang urplötzlich Jon in den Vordergrund ihres Bewusstseins. Sie konnte in Harriets Sprachmuster seine Stimme hören, sie konnte seinen Ausdruck vor sich sehen, halb lächelnd, halb höhnisch grinsend unter fast gesenkten Lidern. Harriet erinnerte sie daran, dass Jon immer noch existierte.

In ihren Unterhaltungen mit Harriet legte Ellen normalerweise Wert darauf, vor guter Laune überzusprudeln und zu demonstrieren, dass es mit ihrem Leben Volldampf voraus weiterging, damit Jon die entsprechende Botschaft übermittelt wurde. Sie wusste, dass Harriet es nicht versäumte, Jon von ihren Plaudereien zu berichten. So war Harriet eben: Sie sammelte Informationen und verstreute sie anschließend an die entsprechenden Leute. Im Idealfall hätte Ellen jetzt das Gespräch auf Patrick bringen müssen (»Hast du schon gehört? Ellen hat einen neuen Freund.«), aber sie hatte an diesem Morgen nicht die Energie für die schwärmerische Begeisterung, die er verdiente.

Stattdessen fragte sie: »Wie geht's Jon?« Ihr war es lieber, er rückte gleich in den Mittelpunkt, als dass er die ganze Zeit in den verborgenen Winkeln dieses Gesprächs lauerte.

»Komisch, dass du nach ihm fragst. Du wirst es nicht glauben, aber mein eingefleischter Junggeselle von einem Bruder wird heiraten. Wir sind alle ganz geschockt. Das ist doch nicht zu fassen, oder?«

»Nein«, krächzte Ellen. Sie räusperte sich. »Du meine Güte!«

Vier Jahre hatte sie mit Jon zusammengelebt, aber das Wort Heirat war nie gefallen. Sie war davon ausgegangen, dass er nicht an die Institution Ehe glaubte, und er war nie auf den Gedanken gekommen, Ellen zu fragen, wie sie eigentlich darüber dachte. Aber offenbar hatte er nur nicht an die Ehe mit *ihr* geglaubt.

Das verletzte ihre Gefühle zutiefst. Sie konnte förmlich spüren, wie sie zerbrachen, wie eine Reihe feiner Porzellantässchen, die alle gleichzeitig in Stücke gesprengt wurden. Schmerzsplitter überschwemmten ihren Körper, winzige, die in ihren Nebenhöhlen kribbelten und brannten, ein großer, scharfkantiger, der sich mitten in ihre Brust bohrte. *Oh, gütiger Himmel, das kann dir doch egal sein! Du liebst einen anderen! Du bist zum ersten Mal richtig verliebt! Das kann dir egal sein, das kann dir egal sein, das kann dir völlig egal sein!*

War es aber nicht.

»Er kennt das Mädchen erst seit ein paar Monaten«, fuhr Harriet fort. »Sie ist Dentalhygienikerin.«

Ein paar Monate. Ein paar Monate nur, und schon wollte er sie heiraten. Vielleicht war Jon zum ersten Mal richtig verliebt. Selbstverständlich war es in Ordnung, dass Ellen nie richtig in Jon verliebt gewesen war, aber es war nicht in Ordnung, dass Jon nie richtig in sie verliebt gewesen war. Wieso? Weil sie die *Nette* war!

»Wir glauben alle, dass das nicht gut gehen wird«, sagte Harriet. Ihre Stimme war ein bisschen brüchig geworden, so als wollte sie jetzt, da der Schaden angerichtet war, einen Rückzieher machen.

Hatte sie absichtlich so früh an diesem Montagmorgen angerufen, zu einem Zeitpunkt, da die Schutzmechanismen jedes normalen Menschen noch nicht aktiviert waren, nur um Ellen diese Nachricht mitzuteilen und sie zu verletzen? Sie musste doch gewusst haben, was sie ihr damit antat. Die Vermutung lag nahe, hätte Ellen nicht gewusst, dass Harriet sie aufrichtig gern hatte.

»Na ja, ich hoffe für die beiden, dass sie glücklich werden.« Ellen war beeindruckt von der kühlen Gelassenheit ihrer Stimme. »Hör mal, Harriet, kann ich dich irgendwann zurückrufen? Das ist nicht mein Tag heute. Die Milch ist alle, und ich bin heute Morgen total schlecht gelaunt aufgewacht.«

»Leiden wir an PMS?«, bemerkte Harriet. Sie hatte immer schon schrecklich gern über ihren Menstruationszyklus geredet.

»Bin bloß mit dem falschen Fuß aufgestanden«, erwiderte Ellen.

Sie legte auf und fing an zu weinen. Abgehackte, zornige, bittere Schluchzer. Das war doch lächerlich. Das war doch maßlos übersteigert.

»Das ist bloß dein gekränkter Stolz«, sagte sie. Ihre Stimme hallte laut, kindisch und brüchig in der Küche wider. »Das ist nichts weiter als dein gekränkter Stolz.«

Es gab nichts Schlimmeres, als mit Jon verheiratet zu sein. Sie vermisste ihn nicht im Geringsten. Es hatte ewig gedauert, bis sie ihre Persönlichkeit wieder gekittet hatte, nachdem er sie systematisch auseinandergenommen, ihr Zweifel an jedem einzelnen ihrer Gedanken eingeflößt hatte. Er war selbstsüchtig, eingebildet, egozentrisch, widerwärtig, und doch hatte sie ihn verzweifelt geliebt. Sie wollte nicht mit ihm verheiratet sein, aber sie wollte auch nicht, dass er eine andere heiratete. Sie wollte ihn nicht, aber sie wollte, dass er sie wollte.

Das war dumm und unreif, aber es war so, und es gelang ihr nicht, ihre Gefühle unter Kontrolle zu bringen. Sie weinte und weinte. Eine Orgie unverhältnismäßigen Schluchzens und Jammerns. Am liebsten hätte sie ihn angerufen. Ihn angebrüllt: »Was hat mit mir nicht gestimmt?« Sie wollte dieses Mädchen sehen. Sie wollte die beiden beobachten. Sie wollte ihre Unterhaltungen belauschen.

Oh, Saskia. Jetzt verstehe ich dich. Jetzt weiß ich, wie es ist. Jetzt weiß ich es.

Und dann, nachdem ihre Schultern eine ganze Weile durchgeschüttelt worden waren, nach geräuschvollem Schniefen und Hochziehen der Nase, nach noch mehr Tränen, war es plötzlich vorbei, und Ellen fühlte sich bemerkenswert aufgeräumt und geläutert und befreit. Sie war zwar erschöpft, zittrig und blass, aber es ging ihr gut, so als hätte sie den letzten Rest einer verdorbenen Mahlzeit erbrochen.

Du meine Güte. Das war ja lächerlich. Das war wirklich komisch. Vielleicht hatte Harriet recht, und sie litt doch an PMS, obwohl ihre Hormone sich normalerweise zu benehmen wussten und keinen derart dramatischen emotionalen Wellengang verursachten.

Ellen griff nach ihrem Terminkalender, um nachzusehen, wann ihre Periode fällig war. Sie blätterte vor und zurück, langsam erst, dann immer schneller. Das war doch nicht möglich!

Oder doch?

Ich werde damit aufhören. Ich bin darüber hinweg. Ich höre auf.

Diese Gedanken gingen mir ironischerweise durch den Kopf, als ich mich heute auf den Weg zur Hypnotiseurin machte. Sie sah mitgenommen aus, als sie mir die Tür öffnete. Ihre Haut war fleckig, ihre Haare wirkten unfrisiert, und auf ihrem Oberteil prangte ein Fettfleck. Ich fand ihren Anblick erheiternd.

Als sie mich wie jedes Mal fragte, ob ich zuerst auf die Toilette wolle, sagte ich Ja, weil ich tatsächlich auf die Toilette musste.

Ich öffnete gewohnheitsmäßig das verspiegelte Medizinschränkchen über dem Handwaschbecken. Ich wusste ja, was ich dort finden würde, deshalb war ich nicht besonders neugierig. Die Markenfeuchtigkeitslotion aus dem Supermarkt, die Kontaktlinsenreinigungsflüssigkeit, das Deodorant und die Rasierklingen, eine Handvoll Lippenstifte und kleine Fläschchen mit Duftölkonzentraten.

Ich hätte es fast übersehen. Ich wollte die Tür schon wieder zuklappen, als mein Blick auf eine längliche, flache, rechteckige Schachtel fiel. Ich nahm sie eher gleichgültig heraus. Aber im nächsten Augenblick verspürte ich einen reißenden Schmerz in der Brust, als ob sich ein schneidend scharfer Haken in meinem Herzen verfangen hätte und daran zerrte.

Es war ein Schwangerschaftstest. Ich wusste es sofort, weil ich den gleichen bei mir durchgeführt hatte. Viele Male. Die Schachtel war schon geöffnet worden.

Ich klappte die Lasche hoch und zog zwei lange weiße Plastikstäbchen heraus. Sie hatte, um ganz sicherzugehen, schon beide Tests gemacht.

In dem kleinen Fenster in beiden Stäbchen war das gleiche Symbol zu sehen. Jenes, das zu sehen ich mir so sehr, aber immer vergeblich gewünscht hatte.

Die Hypnotiseurin ist schwanger.

9

Und Sie sollen nichts sehen, nichts hören, nichts denken
als nur Svengali, Svengali, Svengali!
Svengalis Anweisung an Trilby O'Ferrall
in George du Mauriers Klassiker *Trilby*

Manchmal vergaß Ellen es für ein paar Minuten, bevor es ihr plötzlich wieder einfiel.

Sie hatte den Schwangerschaftstest erst sieben Stunden zuvor gemacht. Nachdem sie ihren Kalender aus der Hand gelegt und mindestens zehn Minuten aus dem Fenster aufs Meer gestarrt hatte, war sie schlagartig in Hektik verfallen, so als hätte jemand anders ihren Körper übernommen. Sie hatte sich eilig irgendwelche schon getragenen Sachen übergestreift, war ins Dorf gerast und hatte vor der Apotheke, die gerade erst öffnete, gehalten. Die gesprächige grauhaarige Dame, die Ellen normalerweise ihre Medikamente gegen Heuschnupfen verkaufte, hatte eine höflich teilnahmslose Miene aufgesetzt, als Ellen nach einem Schwangerschaftstest fragte, und über das für die Jahreszeit merkwürdige Wetter geplaudert, während sie den Schwangerschaftstest einpackte und die weiße Papiertüte zweimal faltete.

Ellen saß noch auf dem Rand der Badewanne ihrer Großmutter und hielt die beiden unbestreitbar positiven Teststreifen in ihrer schlaffen Hand, als ihr erster Patient an die Haustür klopfte.

Der Morgen verging, ohne dass sie sich später an irgendwelche Einzelheiten erinnerte. Sie hatte keine Ahnung, ob sie miserable oder hervorragende Arbeit geleistet hatte. Sie hatte geplaudert und zugehört und Trancezustände herbeigeführt und Quittungen ausgestellt, und während sie das alles tat, hatte eine verwunderte Stimme in ihrem Kopf die ganze Zeit gesungen: *Ich bin schwanger, ich bin schwanger, ich bin tatsächlich schwanger!*

Es war noch viel zu früh dafür. Sie kannten sich erst drei Monate. Ihre Beziehung war noch viel zu frisch für den Satz: »Ich bin schwanger.« Das hatte etwas Abgeschmacktes, Billiges. So etwas passierte einem halbwüchsigen Pärchen in einer Seifenoper.

Außerdem war es zu medizinisch. *Aufgrund des zufälligen Zusammentreffens deiner Spermien mit meiner Eizelle, verursacht durch den unsachgemäßen Gebrauch oder eine Beschädigung des verwendeten Kondoms, ist meine Periode ausgeblieben, und ich habe bereits einen Test zur Feststellung der Schwangerschaftshormone in meinem Urin durchgeführt, und jetzt hast du den Salat.*

Davon einmal ganz abgesehen: Wollte Patrick eigentlich ein Kind? Wollte er überhaupt noch eines? Irgendwann einmal? Bis vor Kurzem hätte sie diese Frage mit Ja beantwortet, aber jetzt, da sie darüber nachdachte, erkannte sie, dass ihre Vermutung auf vagen, lächerlichen Beweisen beruhte: Er liebte seinen Sohn abgöttisch, und einmal hatte er ein fremdes Baby zärtlich angelächelt. Außerdem wünschte seine Mutter sich noch weitere Kinder für ihn, und er schien seine Mutter sehr zu lieben. Er war ein liebenswerter Mann, und liebenswerte Männer sollten sich selbstverständlich Kinder wünschen, weil es ein biologisches Gebot war, dass sie das Gen der Liebenswürdigkeit weitervererbten.

Je länger Ellen darüber nachdachte, desto größer wurden ihre Zweifel. Es war sogar gut möglich, dass er das fremde Baby nur deshalb angelächelt hatte, weil er dachte: Gott sei Dank habe ich das alles hinter mir.

Ein kalter Schauer überlief sie. Das war wirklich lachhaft. Sie wusste schon so viel über ihn – er fürchtete sich vor Spinnen, er sah oft den Wald vor lauter Bäumen nicht, er hatte einmal einen Jungen namens Bruno verprügelt –, aber wie er in diesem einen so bedeutsamen Punkt dachte, das wusste sie nicht.

Und angenommen, er wünschte sich tatsächlich noch ein Kind, was würden sie tun? Wie sollte es konkret weitergehen?

Würden sie zusammenziehen? Er zu ihr oder sie zu ihm? Heiraten? Sie wollte nicht in seinem Haus wohnen. Das Bad war zu fade und die Küche zu klein und die Farbe des Wohnzimmerteppichs schlecht für ihre Seele. Sie liebte das Haus ihrer Großmutter, sie liebte es, in diesem Raum zu arbeiten, sie liebte es, beim Einschlafen das Rauschen des Meeres zu hören. Aber vielleicht wäre es nicht gut für Jack, wenn er aus seiner vertrauten Umgebung gerissen würde? Jack … Was war mit Jack? Würde er es akzeptieren, ein Brüderchen oder ein Schwesterchen zu bekommen?

Ein Brüderchen oder ein Schwesterchen. Ellen erschrak von Neuem. Das Baby war entweder ein Junge oder ein Mädchen. Das war bereits entschieden. Gütiger Himmel, sie bekam ein Baby! Ein eigenartiges Gefühl, hysterisches Entsetzen, aber auch besinnungslose Freude durchfluteten sie mit solcher Macht, dass sie sich ganz schwach fühlte. Ein *Baby*!

»Ellen? Können wir vielleicht anfangen?«

Das war ihre Zwei-Uhr-Patientin, Luisa. Sie war auf der Toilette gewesen. Jetzt sah sie Ellen mit einem leicht zornigen Ausdruck auf ihrem attraktiven, wie gemeißelt wirkenden Gesicht an. Ellen hatte von Anfang an eine unterschwellige, mühsam gezügelte Wut in ihr wahrgenommen. Sie war eine relativ neue Patientin, die Tochter einer Freundin von Julias Mutter. Sie hatte Ellen wegen »unerklärlicher Unfruchtbarkeit« aufgesucht und keinen Zweifel daran gelassen, dass sie zwar nicht an diesen »albernen Hippiekram« glaubte, aber an einem Punkt angelangt war, an dem sie nichts unversucht lassen wollte. Sie sei bereits bei einem Akupunkteur, einem Kräuterkundler und einem Ernährungsberater in Behandlung, hatte sie hinzugefügt. Nicht auszudenken, wenn Luisa wüsste, dass Ellen unbeabsichtigt, aus welchen Gründen auch immer, schwanger geworden war. Es gab wirklich keine Gerechtigkeit auf dieser Welt.

Ich war Ende dreißig, als ich Patrick kennenlernte, ich wusste, dass er, wollte ich je ein Kind haben, meine letzte Chance war. Ich musste nicht bitten oder betteln. Er sagte sofort Ja. Er schien den Gedanken sogar aufregend zu finden – er sprach immer davon, dass Jack kein Einzelkind bleiben sollte. Doch als Monat für Monat verstrich und nichts passierte, verlor er irgendwie das Interesse.

Er wollte nicht darüber reden, und er lehnte es ab, einen Arzt aufzusuchen. Er weigerte sich sogar, es an den richtigen Tagen zu versuchen. Er sagte: »Ich will nicht wissen, ob du deinen *Eisprung* hast.« Als ob das etwas Widerliches wäre.

Wenn ich ehrlich sein soll, hat er sich in diesem Punkt ziemlich schäbig benommen.

Ich habe ihm verziehen. Ich konnte ja verstehen, dass es für Männer etwas anderes ist. Für einen Mann tickt die biologische Uhr nicht.

Er sagte: »Saskia, Schatz, wenn es nicht sein soll, dann soll es eben nicht sein.«

Was ja auch stimmte. Wir hatten Jack.

Ein gewaltiger Irrtum. *Er* hatte Jack. Ich nicht. Ich hatte nichts.

Und jetzt sieht es ganz so aus, als sollte es doch sein, zumindest für ihn. Er würde noch ein Kind haben, nur nicht mit mir.

»Wie bitte? Was hast du gesagt? Du lädst mich zu einer Tupperparty ein?« Ellen telefonierte mit Danny, dem jungen Hypnotherapeuten, den sie seit einem Jahr als Mentorin betreute.

»Ja … das heißt, nein, zu einer Hypno-Party! Geil, oder?«, schrie Danny. Er rief offenbar von einem Nachtklub aus an.

Danny erinnerte Ellen an Simon, Patricks jüngeren Bruder. Sie gehörten beide einer Generation an, die irgendwie mit einem anderen Akzent zu sprechen schien. Ihre Ausdrucksweise war leicht amerikanisch gefärbt, und ihre Einstellung den Dingen gegenüber zeugte von einer heiteren Lässigkeit, so als wüssten sie über alles bestens Bescheid. Vielleicht lag es an den neuen Technologien, die ihre Fingerspitzen mit Macht ausstatteten.

Oder hatte Ellen sich auch so angehört, als sie vierundzwanzig war? Nein, sie hatte nie etwas von der heiteren, leichten Seite genommen.

»Warte, ich geh schnell nach draußen«, sagte Danny.

Ich bin schwanger, Danny. Schwanger. Das heißt, ich erwarte ein Kind. Und dabei kenne ich den Typ erst seit drei Monaten. Was würdest du tun, wenn deine Freundin dir nach gerade einmal drei Monaten eröffnete, sie sei schwanger?

»Okay, besser jetzt?« Der Lärm im Hintergrund erstarb. »Was ich dir erzählen wollte, ist: Also, ich steh an der Bar und höre, wie sich zwei Frauen mittleren Alters, so müttermäßige, würde ich sagen, unterhalten. Sie reden übers Abnehmen und ihre Privattrainer und wie lange sie auf dem Laufband laufen müssen, um die Kalorien einer Portion Bratkartoffeln zu verbrennen, und man hat gemerkt, die waren richtig … na ja, *angefressen* von diesem Scheiß.«

»Ich fürchte, ich kann dir nicht ganz folgen«, sagte Ellen langsam.

»Hypno-Partys! Ich werde Hypno-Partys zur Gewichtsreduktion veranstalten! All diese Frauen werden zusammenkommen wie zu diesen Tupperpartys, und ich mache eine Gruppenhypnosesitzung mit dem Ziel der Gewichtsreduktion. Ich könnte Flynns Schnellinduktionsmethoden anwenden, von denen du mir erzählt hast. Er hätte bestimmt nichts dagegen, oder? Diese Tussis wären hochgradig aufnahmebereit. Dann ein Standardprogramm mit ein paar positiven Befehlen und vielleicht einer Aversionssuggestion für den Fall, dass sie Bratkartoffeln anschauen oder den Kühlschrank öffnen. Aber andererseits müssen sie ihren Kindern was zu essen kochen. Na egal, die Einzelheiten kann ich später noch ausarbeiten. Und, was sagst du dazu?«

»Ich bin nicht gerade …«

Danny ließ Ellen nicht ausreden. »Das ist einfach genial! Wie viel könnte ich dafür verlangen, was meinst du?«

»Nun, ich bin mir nicht sicher«, antwortete Ellen. »Ich ziehe es vor, jede Behandlung individuell auf den Einzelnen zu …«

»Überleg mal, wie viel Geld die für ihre Privattrainer ausgeben. Ich könnte ihnen zu besseren Ergebnissen verhelfen.«

»Ja, schon möglich.«

Die Frauen würden sich allesamt in ihn verlieben. In Ellens Einführungskurs in die Hypnotherapie war er der einzige Mann gewesen. Er war attraktiv und charismatisch, aber auf eine Art und Weise, dass man dachte, man wäre der Einzige, der es bemerkte. In Ellens Kurs hatte er sich immer an den rechten hinteren Rand gesetzt, und Ellen war aufgefallen, wie ihre Schülerinnen sich unbewusst in seine Richtung neigten, wie Blumen, die von einer Brise sanft niedergedrückt werden.

Im Hintergrund hörte sie eine Frauenstimme rufen: »Danny! Ich hab schon überall nach dir gesucht!«

O ja, darauf wette ich, dachte Ellen. Danny sah einem fest in die Augen, wenn er einen ansah, und hielt den Blickkontakt. Das war eine Gabe. Nicht viele Männer konnten das, ohne psychisch gestört zu wirken.

»Okay, ich muss Schluss machen, ich wollte nur wissen, was du von der Idee hältst. Ich ruf dich an, okay? Sag mal, wie geht's dir eigentlich, Ellen? Entschuldige, ich habe gar nicht gefragt.«

Es klang nicht geheuchelt. Es hörte sich an, als ob es ihn aufrichtig interessiere. Vielleicht war es so. Vielleicht war er aber auch nur ein genialer Verkäufer.

»Mir geht's gut, Danny … Lass deine Freundin nicht warten.«

Später an diesem Abend fläzte sich Ellen auf dem Sofa, schaute sich eine Reality-TV-Serie an und aß eine große Portion Bratkartoffeln. Das war alles, worauf sie Appetit hatte.

Sie verspürte nicht zum ersten Mal in ihrem Leben besondere Gelüste auf ein bestimmtes Nahrungsmittel, aber jetzt, da sie schwanger war, fühlte sie sich berechtigt, diese Gelüste »Heißhunger« zu nennen.

Ob das Baby Kartoffeln brauchte? Oder lag es daran, dass Danny von Bratkartoffeln gesprochen hatte und ihr Unterbewusstsein jetzt gehorsam darauf reagierte?

Als Ellen sich diese Gedanken gestattete – *jetzt, da ich schwanger bin … das Baby … Heißhunger …* –, hatte sie das Gefühl, etwas Verbotenes zu tun. Sie konnte doch sicher nicht ohne eine Art Einreiseerlaubnis in diese ganze komplizierte Welt der Mutterschaft platzen, oder? Und was musste sie tun, um diese Einreiseerlaubnis zu erhalten? Heiraten? Es kam ihr total verrückt vor, dass der Gedanke an eigene Kinder bis zum Vortag noch in weiter Ferne gelegen hatte. Ein Besuch in der Apotheke genügte bei ihr anscheinend, um einen unstillbaren Heißhunger auf Bratkartoffeln zu bekommen und ständig an »das Baby« zudenken. Als Nächstes würde sie Essiggurken und Eiscreme futtern.

Die Kohlehydrate und die miese Fernsehsendung versetzten Ellen in einen komatösen Zustand. Ihr Kopf fühlte sich an wie mit Baumwolle vollgestopft.

Babyhirn.

Schluss jetzt, Ellen!

Als das Telefon klingelte, stellte sie ihren Teller auf den Tisch, stemmte sich ächzend vom Sofa hoch und watschelte, eine Hand im Kreuz, zu dem altmodischen Apparat. O Gott, jetzt ging sie schon wie eine Schwangere! Sie zwang sich zu einer aufrechten Haltung und schalt sich, der beeinflussbarste Mensch auf der Welt zu sein.

»Hallo?«

Es war Melanie, ihre Patentante. Ein Glück. Mel redete nicht gern am Telefon und hatte es deshalb immer eilig, das Gespräch zu beenden. Es würde also nicht lange dauern, und Ellen könnte sich wieder vor den Fernseher setzen und die erheiternd blöden Schönen und die liebenswert vertrottelten Trottel genießen.

»Ich wollte dir nur sagen, wie sehr ich Patrick mag«, sagte Mel. »Ich mag ihn wirklich sehr, sehr gern. Was für ein Fortschritt gegenüber diesem Jon, diesem selbstzufriedenen Arsch. Du nimmst mir das hoffentlich nicht übel.«

»Der selbstzufriedene Arsch wird demnächst heiraten«, erwiderte Ellen.

»O je, das arme Mädchen!«, sagte Mel in einem Ton aufrichtigen Bedauerns. »Da hast du ja noch mal Glück gehabt.«

Und damit war Jon wieder weggesperrt, in den Aktenschrank ganz hinten in Ellens Gedächtnis, wo er hingehörte. Ellen empfand tiefe Dankbarkeit und Zuneigung ihren beiden Patentanten gegenüber. Pip hatte nämlich ebenfalls angerufen und eine lange, kichernde Nachricht auf ihrem Anrufbeantworter hinterlassen, in der sie von Seelenverwandten und Hochzeitsglocken faselte und fragte, ob sie zu alt für eine Brautjungfer sei. Ellens Mutter hatte natürlich noch nichts von sich hören lassen.

»Deine Mutter mag ihn auch«, sagte Mel.

»Hat sie das gesagt?«, fragte Ellen.

»Na ja, nicht direkt«, gestand Mel. »Aber ich habe es ihr angemerkt. Da wir gerade von deiner Mutter reden … Kam sie dir am Freitag irgendwie anders vor?«

»Nein, eigentlich nicht«, erwiderte Ellen zögernd, während sie sich mühsam an Annes Verhalten an jenem Abend zu erinnern versuchte. Sie war so sehr auf Patrick und sich selbst fixiert gewesen, dass sie kaum auf ihre Mutter geachtet hatte. »Wieso fragst du?«

»Ach, nur so. In letzter Zeit tut sie ein bisschen geheimnisvoll, weißt du, so als verschweige sie uns etwas.«

Ach, Mel, im Augenblick schleppe ich selbst ein sehr großes Geheimnis mit mir herum. Ich kann mich nicht auch noch um die Geheimnisse meiner Mutter kümmern. Ich *bin die Junge, diejenige, die im Mittelpunkt des Interesses stehen sollte.* Warum konnte ihre Mutter nicht langweilig und berechenbar sein und die bedeutendsten Ereignisse ihres Lebens hinter sich haben so wie Patricks Mutter?

Diese kindischen Gedanken gingen Ellen durch den Kopf, während sie sehnsüchtig zu ihren Bratkartoffeln und dem flimmernden Fernseher sah.

»Du denkst doch nicht, dass sie krank ist, oder?«, fragte sie in plötzlicher Panik, so als würde sie für ihre selbstsüchtigen Gedanken bestraft.

»Nein, nein«, entgegnete Mel. »Wie dumm von mir, ich hätte nichts sagen sollen, ich wollte dich nicht beunruhigen. Anne geht es blendend. Erst letzte Woche hat sie mich beim Tennis haushoch geschlagen. Wahrscheinlich bilde ich mir das alles nur ein. Oder ich bin süchtig nach ein bisschen Tratsch. Achte nicht auf mich. Ich wollte nur anrufen, um dir zu sagen, dass ich Patrick wirklich gern habe. So, jetzt habe ich dich aber lange genug aufgehalten. Ich melde mich wieder, bis dann!«

Schon hatte sie aufgelegt. Niemand beendete ein Telefonat so abrupt wie Melanie, ganz im Gegensatz zu Phillipa, die mindestens zwanzig Minuten brauchte, um eine Unterhaltung zum Abschluss zu bringen. Hätte Pip gesagt, Anne benehme sich merkwürdig, hätte Ellen keinen weiteren Gedanken daran verschwendet, aber Mel war nicht der Typ Frau, der sich Dinge einbildete. Ihre Mutter musste irgendetwas verheimlichen. Was natürlich nicht notwendigerweise etwas Schlimmes sein musste. Schließlich durfte jeder seine Geheimnisse haben.

»Ich selbst habe ja auch ein Geheimnis«, sagte Ellen laut. Es war ein komisches Gefühl. Sie konnte sich nicht erinnern, wann sie das letzte Mal ein Geheimnis dieser Tragweite gehütet hatte, eines, das ihre Umgebung schon ein bisschen schockieren würde.

Nur du und ich, Kleines. Außer uns beiden weiß niemand davon.

Und so sollte es auch noch eine Weile bleiben.

Ellen hatte sich gerade ein paar Bratkartoffeln in den Mund geschoben, als das Telefon schon wieder klingelte. Diesmal war es Julia.

»Ich kann nicht glauben, dass du mich mit einem Kerl verkuppeln willst, der mir gerade mal bis zu den Achselhöhlen reicht!«, kreischte sie.

»Entschuldige«, nuschelte Ellen mit vollem Mund. »Ich hatte keine Ahnung, ehrlich.«

Die Versuchung, zu sagen: »Ich bin schwanger« und Julia noch lauter kreischen zu hören, war groß.

»Und außerdem hat er ausgesehen, als käme er direkt vom Drehort für *Bauer sucht Frau*!«

»Ich finde ihn eigentlich ganz sexy«, sagte Ellen. Natürlich durfte sie der Versuchung nicht nachgeben. Patrick war der Erste, der es erfahren musste.

»Ich habe nicht gesagt, dass er nicht sexy ist«, erwiderte Julia trocken.

Ellens Brauen schossen in die Höhe. »Verstehe.«

»Nachdem du und Patrick fort wart, hat er mich zu meinem Auto begleitet und gefragt, ob er mich auf einen Drink einladen dürfe.«

»Und was hast du geantwortet?«

»Ich habe Ja gesagt. Nur unter Freunden, versteht sich.«

»Versteht sich.« Ellen wurde warm ums Herz, als sie die Veränderung in Julias Stimme wahrnahm. So liebevoll hatte sie schon seit Jahren nicht mehr geklungen.

»Und jetzt weiß ich auch, wie er richtig heißt. Sam. Ich hab gleich gewusst, dass Bruce nicht stimmen kann. Hey, was ich noch sagen wollte: Ich mag Patrick schrecklich gern! Er ist einfach toll. Ein richtig männlicher Typ von einem Mann. Vermassle es ja nicht.«

»Danke für das Vertrauensvotum.«

»Ich meine es ernst, Ellen. Einen Mann wie den behält man.«

Das sollte ich wohl auch, zumal ich ein Kind von ihm erwarte. »Alles klar.«

»Ich meine, Jon war so ein selbstgefälliger Arsch«, sagte Julia versonnen.

»Warum rückt jeder immer erst hinterher mit der Wahrheit heraus? Als ich mit ihm zusammen war, taten alle so, als wären sie ganz entzückt von ihm. Ihr habt euch doch immer halb totgelacht über seine Witze.«

»Ja, er konnte schon witzig sein«, murmelte Julia zerstreut. »Sag mal, schaust du zufällig *Beauty and the Geek*?«

»Ja.«

»Siehst du die Blonde mit den Glupschaugen? Findest du nicht auch, dass die irgendwie wie eine Mörderin aussieht? Wo wir gerade von Mörderinnen sprechen … Du hast mir gar nicht gesagt, dass Patricks Stalkerin in sein Haus einbricht!«

»Weil ich es selbst nicht gewusst habe.«

Ellen beobachtete die Glupschäugige im Fernsehen. An diese neue Information über Saskia hatte sie gar nicht mehr gedacht. Was würde ihr durch den Kopf gehen, wenn sie wüsste, dass Ellen schwanger war? Würde sie endlich Ruhe geben? Oder völlig den Verstand verlieren? Hatte *sie* sich je ein Kind von Patrick gewünscht?

»Okay, ich muss Schluss machen. Mein Handy klingelt. Vielleicht Sam! Ich melde mich später noch mal!«

Sie legte auf. Ellen hatte sich mit ihren Bratkartoffeln kaum wieder aufs Sofa gesetzt, als das Telefon ein weiteres Mal klingelte.

»Hallo, Darling.« Es war Patrick. Aus irgendeinem Grund war es zu einem Ritual geworden, dass er sich mit der tiefen Stimme eines amerikanischen Cowboys meldete. »Was machst du gerade?«

»Fernsehen und … Bratkartoffeln essen.«

Ellen hatte ein schlechtes Gewissen, so als ob sie in jeder Sekunde, in der sie ihm ihre Schwangerschaft verschwieg, Verrat an ihm beginge. Aber sie konnte es ihm doch nicht am Telefon sagen, oder? Und offen gestanden wollte sie im Moment noch gar nicht wissen, wie Patrick darüber dachte. Sie war sich ja noch nicht einmal über ihre eigenen Gefühle im Klaren. *Seine* Gefühle würden der Situation eine neue Dimension verleihen. Wäre er entzückt, würde sie den Rückwärtsgang einlegen: Das war viel zu früh, das war nicht gut, das Beste wäre es, die Schwangerschaft abzubrechen. Wäre er schockiert, schlüge *er* einen Schwangerschaftsabbruch vor, und sie wäre am Boden zerstört. Sie wollte dieses Kind haben! Wenn er sagte: »Ich werde das mit dir durchstehen, ganz egal, wie du dich entscheidest«, wäre sie stocksauer. Es war schließlich ihr gemeinsames Problem. Wie der arme Mann auch reagieren würde, er würde es ihr nicht recht machen können.

Um einen normalen Tonfall bemüht, fragte sie: »Wie war dein Tag?«

»Ganz gut, jedenfalls bis Du-weißt-schon-wer im Büro aufkreuzte.«

»Du-weißt-schon-wer? Ach so, ja, natürlich. Verstehe.« Er meinte die arme Saskia. Er weigerte sich strikt, sie beim Namen zu nennen.

»Sie hat sich aufgeführt wie eine Verrückte. Hat geheult, von Babys gefaselt.«

»Von Babys?« Ellen erstarrte. Ein kalter Schauer rieselte ihr über den Rücken. Wusste Patrick etwa Bescheid? War das eine hinterhältige Masche von ihm, sie wissen zu lassen, dass er es wusste? »Was … was hat sie denn über Babys gesagt?«

Ellen wickelte sich die Telefonschnur um die Finger. Es war ein grünes, über dreißig Jahre altes Telefon mit einer runden Wählscheibe. Das Telefon hatte ihren Großeltern gehört.

»Ach, keine Ahnung. Hab gar nicht zugehört. Ich hab ihr gesagt, sie soll endlich einen Psychiater aufsuchen. Sie hat mir mal wieder einen Brief in die Hand gedrückt und mich angefleht, ihn zu lesen.«

»Und, hast du ihn gelesen?«

»Natürlich nicht. Ich lese sie schon seit Jahren nicht mehr. Jedes Mal der gleiche alte Mist. Hör mal, weswegen ich anrufe … Wollen wir nicht mal übers Wochenende verreisen, einfach raus aus dieser Stadt? Ich sitze im Büro und denke, am liebsten würde ich in einen Flieger steigen und irgendwo hinfliegen, wo es wärmer ist, und da kriege ich eine E-Mail über Billigflüge nach Noosa. Wenn das kein Zeichen ist! Ein schönes, romantisches langes Wochenende nur für uns zwei. Was meinst du?«

Ellen antwortete nicht sofort. Bei der bloßen Vorstellung wegzufahren überkam sie eine bleierne Müdigkeit. Sie würde ein paar Sachen zusammenpacken müssen. Einen von diesen wagenradähnlichen Hüten, die Frauen an langen romantischen Wochenenden trugen. Und wo war überhaupt ihre Sonnenbrille? Die suchte sie schon seit Tagen. Die verschwundene Sonnenbrille schien ein unüberwindbares Hindernis darzustellen.

»Du weißt schon, Cocktails am Pool, lange schlafen, am Strand liegen und faulenzen«, fuhr Patrick fort. Er zögerte einen Augenblick. »Aber vielleicht ist es für jemanden, der am Strand wohnt, nicht besonders aufregend, nach Noosa zu fahren.«

Ellen riss sich zusammen. Ihr reizender neuer Freund schlug ihr einen Wochenendtrip vor. Sie sollte begeistert sein.

»Nein, nein, das wäre wunderbar. Genau das Richtige für uns.«

Patricks Stimme wurde ganz sanft vor Erleichterung. »Ich habe Mum schon gefragt, ob ich Jack übers Wochenende zu ihr bringen darf, und sie hat Ja gesagt. Ach, übrigens, meine Familie hat dich schrecklich gern. Mein Bruder hat gemeint, du seist eine heiße Braut. ›Finger weg, Kleiner‹, hab ich zu ihm gesagt.«

»Das hat er gesagt?« Ellen fühlte sich geschmeichelt. Simon war noch so jung! *Na, Jon, wie gefällt dir das?*

Was würde Patricks Familie denken, wenn sie wüsste, dass sie schwanger war? Sie dachte an das Kruzifix an der Wand über dem Fernseher. Seine Eltern seien altmodische Katholiken, hatte Patrick gesagt. Sie würden sich vermutlich denken, dass sie miteinander schliefen, in der heutigen Zeit war das nichts Ungewöhnliches, aber wahrscheinlich legten sie keinen Wert darauf, bereits nach so kurzer Zeit mit der Nase darauf gestoßen zu werden. Würde Patricks Mutter sie jetzt als liederliches Flittchen beschimpfen?

»Kannst du dir nächsten Montag freinehmen?«

»Ich habe zwar ein paar Termine eingetragen, aber die kann ich bestimmt verschieben.«

»Wunderbar. Du glaubst gar nicht, wie sehr ich mich darauf freue. Ich liebe dich.«

»Ich liebe dich auch.«

Als sie aufgelegt hatte, nahm sie ihren Teller und ging geradewegs in die Küche zum Mülleimer. Sie würde es Patrick am

Wochenende sagen. An einem neutralen Ort, weder bei ihr noch bei ihm. Das war das Beste. Sie würden in frisch gebügelter weißer Hotelbettwäsche in einem riesigen Doppelbett liegen, ganz unbeschwert, ohne den Ballast des Alltags, und folglich würden sie auch eine saubere, elegante Lösung finden.

»Patrick, Schatz«, würde sie sagen, ihre Haare sexy verwuschelt, das weiße Laken bis über ihre Brüste gezogen und unter die Achselhöhlen geklemmt, so wie sie es im Film immer machten, »ich muss dir etwas sagen.«

Als Ellen die Bratkartoffeln entsorgt hatte und sich aufrichtete, entdeckte sie oben auf dem Kühlschrank ihre lange vermisste Sonnenbrille.

Jawohl, es würde alles gut werden.

Nach meinem Termin bei der Hypnotiseurin fuhr ich direkt ins Büro. Ich bewegte mich ganz vorsichtig und behutsam, weil ich das Gefühl hatte, in eine Million Teile zersprungen zu sein, die nur noch notdürftig zusammenhielten. Jede noch so geringe Erschütterung hätte vielleicht dazu geführt, dass ich zersplittern und auseinanderfallen würde.

»Sie sehen aus, als hätten Sie ziemliche Schmerzen«, sagte mein Chef.

Er denkt, ich ginge wegen meines Rückens zur Physiotherapie. Ich habe das gesagt, weil er das ganze letzte Jahr Probleme mit seinem Rücken hatte und jetzt alles, was irgendwie mit diesem Thema zusammenhängt, faszinierend findet.

Ja, ich hätte wirklich Schmerzen, sagte ich, und dann unterhielten wir uns über Bandscheibenvorfälle und Dehnübungen und entzündungshemmende Medikamente, bis ihm einfiel, dass er einen Termin hatte und zu spät kommen würde.

Als er gegangen war, machte ich mich an die Arbeit. Ich beantwortete E-Mails und Anrufe, bearbeitete die Post in meinem Eingangskorb und schrieb die ersten fünf Seiten eines Berichts.

Ich erledigte eine ganze Menge. Ich war schnell und effizient und sorgfältig. Ich genieße hohes Ansehen in beruflichen Kreisen. Was meine Kollegen wohl denken würden, wenn sie wüssten, dass ich in meiner Mittagspause immer mal wieder im Büro meines Exfreundes auftauche und ihm heulend eine Szene mache. Was sie wohl denken würden, wenn sie wüssten, dass sich unter dem glänzenden Äußeren ein gebrochener Mensch verbirgt.

Ich habe ihm einen Brief gegeben, den ich im Auto vor der Praxis der Hypnotiseurin geschrieben habe. Es war ein zorniger Brief, der wahrscheinlich nicht viel Sinn ergibt. Eine unnötige Mühe, weil ich das Gefühl habe, dass er meine Briefe sowieso nicht mehr liest.

Und genau das ist das Problem mit meinem Zorn. Er läuft ins Leere, weil Patrick versucht, mich zu ignorieren. Es ist, als würde ich mit dem Kopf gegen eine riesige Felswand rennen, immer und immer wieder, bis das Blut an mir herunterläuft. Was ich auch tue, nichts wird seine Meinung von mir ändern. Was ich auch tue, ich bin ihm gleichgültig. Und das kann ich nicht akzeptieren.

Wäre er tot, so wie meine Mutter, dann könnte ich es verstehen und mich damit abfinden. Er wäre nicht mehr da. Aber er ist noch da. Er lebt sein Leben, als ob ich gestorben wäre so wie seine Frau. Als stünde es ihm zu, mich zu verdrängen, durch eine andere zu ersetzen, ein Kind mit einer anderen zu haben.

Könnte mir irgendjemand sagen, was ich tun soll, damit dieser Schmerz und dieser Zorn endlich aufhören, dann würde ich es annehmen.

Komisch. Manchmal, wenn ich im lichtdurchfluteten Behandlungsraum der Hypnotiseurin sitze, würde ich sie am liebsten darum bitten. »Ellen«, würde ich gern zu ihr sagen, »bitte helfen Sie mir.«

Ich glaube, sie würde es tun.

10

Sie möchten abnehmen? Und haben schon alles versucht? Jetzt können Sie und Ihre Freundinnen sich SCHLANK DENKEN, ganz bequem bei Ihnen zu Hause, unter Anleitung eines qualifizierten, erfahrenen klinischen Hypnotherapeuten! Geben Sie eine HYPNO-PARTY! Die Gastgeberin erhält ein wertvolles Geschenk!
Farbige Broschüre (Auflage: 10 000), herausgegeben von Danny Hogan

Am Donnerstagabend – Ellen suchte ein paar Sachen für ihren Wochenendtrip zusammen – kam Anne völlig überraschend vorbei.

»Ist was passiert?«, fragte Ellen, als sie öffnete.

Ihre Mutter hatte eine Flasche Wein dabei und ein geselliges Lächeln aufgesetzt, so als sei sie zu einer Dinnerparty eingeladen worden.

»Ich wollte nur mal auf einen Sprung bei dir vorbeischauen«, erwiderte Anne. »Mach doch nicht so ein erschrockenes Gesicht. Ich war zum Abendessen in der Gegend, und da beschloss ich ganz spontan, meiner Tochter einen kleinen Besuch abzustatten. Du meine Güte, du bist ja ganz weiß geworden! So ungewöhnlich ist das doch nicht, oder?«

»O doch, das ist es.« Ellen trat zur Seite, um Anne hereinzulassen. »Du schaust nie auf einen Sprung vorbei.«

»Ich kann nicht glauben, dass du diese Tapete noch nicht hast entfernen lassen.« Anne fuhr mit den Fingerspitzen missbilligend über die Wand im Flur. »Ich würde sie herunterreißen und …«

»… den Flur in einer netten, neutralen Farbe streichen«, ergänzte Ellen. »Ich weiß. Das hast du mir schon ein paarmal gesagt, und ich habe dir schon ein paarmal gesagt, dass sie mir gefällt. Sie erinnert mich an Granny.«

»Eben«, murmelte Anne.

Sie ging in die Küche und zuckte wie jedes Mal beim Anblick der orangeroten Arbeitsflächen zusammen, als sähe sie sie zum ersten Mal. Das gehörte zu einer Art Show, mit der sie beweisen wollte, dass sie das alles hinter sich gelassen und es zu etwas gebracht hatte. Anne hatte eine wunderbar idyllische Kindheit in diesem wunderbar geräumigen, schönen Haus – am Strand, wohlgemerkt – verbracht, aber aus irgendeinem Grund tat sie so, als wäre sie in einem Asozialenviertel aufgewachsen und lebte heute in Paris.

»Auch ein Glas Wein?«, fragte sie.

»Nein, danke.« Ellen schüttelte den Kopf. »Ich habe letztes Wochenende zu viel getrunken, deshalb will ich eine alkoholfreie Woche einlegen.«

Und außerdem bin ich schwanger, Mum.

Der Gedanke schien merkwürdig nichtssagend. Der anfängliche Schock nach dem positiven Schwangerschaftstest am Montag hatte sich gelegt, und jetzt kam es Ellen immer unwahrscheinlicher vor, dass sie wirklich schwanger war. Abgesehen von jenem Abend, an dem sie einen Heißhunger auf Bratkartoffeln verspürt hatte, hatte sie keinerlei Symptome an sich festgestellt, sie fühlte sich so wie immer. Außerdem konnte eine Fehlgeburt nicht ausgeschlossen werden. Sie war immerhin Mitte dreißig, und wer sich in diesem Alter ein Kind wünschte, sollte Vitaminpräparate einnehmen und einen Arzttermin vereinbaren und Blutuntersuchungen durchführen lassen. Nachdem sie sich das klargemacht hatte, war Ellen sicher, dass sie eine Fehlgeburt erleiden würde. Wenn sie nicht zu viel Aufhebens davon machte oder zu sehr darüber nachgrübelte, würde sich dieses Kind vermutlich still und leise davonschleichen, bis ihr Körper irgendwann für eine gründlich durchorganisierte Schwangerschaft bereit war.

»Na schön, dann werde ich eben auch nichts trinken.« Anne stellte die Flasche ab und trommelte mit den Knöcheln leise auf der Tischplatte. Diese nervöse Geste sah ihr gar nicht ähnlich, und Ellen musste an Melanies Anruf denken. Anne tue so geheimnisvoll, hatte ihre Patentante gemeint.

»Geht es dir gut?«

»Mir? Aber ja, bestens.« Ihre Mutter hörte mit dem Getrommel auf und schüttelte ein wenig den Kopf. »Wie wär's mit einer Tasse Tee? Was hast du gemacht, als ich dich so überraschend überfallen habe?«

»Gepackt«, antwortete Ellen. Sie setzte den Wasserkessel auf und suchte sorgsam zwei der blumigsten, altdamenhaftesten Porzellantassen und Untertassen ihrer Großmutter aus. »Ich fahre übers Wochenende mit Patrick weg. Nach Noosa.«

»Ah, Patrick.« Anne setzte sich an den Tisch. »Den Teetassen-und-Untertassen-Zirkus kannst du dir sparen. Ich bin doch keine achtzig.«

Ellen achtete nicht auf sie und holte die Teekanne hervor.

»Ein Teebeutel reicht vollkommen! Oder bist *du* achtzig?«

»Und, wie hat dir Patrick gefallen?« Ellen wärmte die Teekanne vor, nur um ihre Mutter zu ärgern. »Mel und Pip haben beide angerufen, um mir zu sagen, wie sehr sie ihn mögen.«

»So?« Anne musste lauter sprechen, um das Blubbern des Wasserkochers zu übertönen. »Nun ja, unsympathisch war er mir nicht. Du solltest dir wirklich einen neuen Wasserkocher anschaffen.«

Ellen stellte die Teekanne ab. »Was willst du damit sagen?«

»Dieser Krach! Das hört sich ja an wie ein startendes Flugzeug.«

»Nein, ich meine, was soll das heißen, unsympathisch war er dir nicht?«

»Er ist ein richtiger Langweiler«, sagte Anne.

»Das ist so was von beleidigend!« Ellen lachte halb vor ungläubiger Fassungslosigkeit.

»Wenn du die Wahrheit hören willst – ich habe das Gefühl, dass irgendetwas nicht stimmt mit ihm. Er hat so etwas Kaltes.«

Etwas Kaltes! Und das aus dem Mund ihrer warmherzigen, knuddligen, mütterlichen Mutter.

»Sicher, du besitzt ja auch eine hervorragende Menschenkenntnis.« Ellen setzte sich ebenfalls an den Tisch. Sie sah, wie ihre Hand beim Einschenken des Tees leicht zitterte. Vor Wut.

»Du hast mich gefragt.« Anne zuckte mit den Schultern. »Ich behaupte nicht, dass ich recht habe. Ich sage dir nur, was ich empfunden habe.«

»Du hast auch gedacht, Jon sei ein wundervoller Mann.«

»Jon war ein guter Gesellschafter.« Anne lächelte versonnen, als ob Jon ein lieber alter Freund wäre.

»Weißt du, was Mel neulich über ihn gesagt hat? Er sei ein selbstzufriedener Arsch gewesen. Er war auf verletzende Weise sarkastisch. Er hat mich wie eine Idiotin behandelt. Er hat mir Dinge an den Kopf geworfen, die an übelste Beschimpfung grenzen.«

»Ach, Ellen, das ist doch nicht wahr! Versuch jetzt nicht, die Geschichte umzuschreiben. Vor allem nicht so, dass du als Opfer dastehst. Ich hasse diese Opfermentalität der Frauen heutzutage. Es war einfach eine Beziehung, die gescheitert ist. Er war kein Monster.«

»Jon hat mich sehr unglücklich gemacht«, erwiderte Ellen. *Und ob er ein Monster war!* Ihre Stimme zitterte. Sie dachte an ihre Teenagerzeit zurück, als sie fünfzehn wurde und ihre Hormone verrückt spielten und scheinbar jede Unterhaltung mit ihrer Mutter damit endete, dass sie, Ellen, in Tränen ausbrach. »Und Patrick macht mich sehr glücklich.«

»Nun, dann ist ja alles in Ordnung«, sagte Anne im gleichen knappen, vernünftigen, beschwichtigenden Ton, der die fünfzehnjährige Ellen zur Weißglut getrieben hatte. »Hör nicht auf mich. Sieh mich doch an! Was weiß ich schon über die Männer?«

»Nichts«, murrte Ellen. »Du weißt gar nichts.«

Ihre Mutter hob die Brauen und griff nach ihrer Teetasse. »Ich wollte dich nicht aufregen.«

»Du hast mich aber aufgeregt«, maulte Ellen schmollend. Sie

benahm sich wirklich wie ein Teenager. Wo war denn ihre emotionale Intelligenz geblieben?

»Das wollte ich nicht, entschuldige. Das tut mir wirklich leid.« Anne tätschelte unbeholfen Ellens Schulter. »Du bist wirklich sehr blass heute.«

»Wahrscheinlich, weil ich *schwanger* bin«, sagte Ellen und löste sich in eine wohltuende, verschwenderische Flut salziger Tränen auf.

Ich habe mich am Dienstag krankgemeldet und bin mit meinem neuen Bodyboard an den Strand von Avalon gefahren.

So etwas habe ich noch nie gemacht. Ich bin so erzogen worden, dass blaumachen unmoralisch ist. Meine Mutter würde das nicht verstehen. Ein regelmäßiges Einkommen war ihrer Meinung nach etwas Wunderbares, etwas, das vor allem eine Frau nie als selbstverständlich betrachten sollte. Ich kann heute noch die Ehrfurcht in ihrer Stimme hören, als sie den Leuten von meinem allerersten Job nach dem Studium erzählte: »Saskia hat eine *Stelle* bekommen!«

Ich weiß noch, wie verdutzt sie war, als ich einmal etwas von »Erfüllung im Beruf« sagte. »Aber Schatz, du wirst doch dafür bezahlt!« Sie hatte Angst, ich könnte meinem Chef gegenüber patzig werden. Krankfeiern wäre in ihren Augen schlichtweg verrückt, gefährlich und sehr unhöflich gewesen.

Tut mir leid, Mum, aber ich habe heute einen Tag für meine »psychische Gesundheit« gebraucht.

»Psychische Gesundheit«, hätte sie verächtlich geschnaubt.

Sie glaubte nicht an moderne Leiden wie Depression oder Magersucht. Als beim Sohn eines Bekannten eine klinische Depression festgestellt wurde, sagte meine Mutter voller Abscheu: »Dieser dumme Mensch hat doch keinen Grund, traurig zu sein! Er hat eine gute Stelle! Eine Frau! Ein Baby!«

Sie glaubte an Trauer über einen Todesfall und Freude über eine Geburt und an Liebe und Ehe und an bodenständiges, gesundes Essen und an ein sauberes, ordentliches Zuhause. Alles andere war nur »dummes Zeug«.

Ob sie meinen völligen Zusammenbruch nach der Trennung von Patrick wohl auch als dumm bezeichnet hätte? Sie hat ihn abgöttisch geliebt und Jack natürlich auch. Patrick war wie ein Schwiegersohn und Jack wie ein Enkel für sie.

Patrick wird inzwischen die Eltern der Hypnotiseurin kennengelernt haben. Die Vorstellung, dass er mit ihrer Mutter plaudert, höflich und bemüht, sie zu beeindrucken, so als ob meine liebe Mutter nie existiert hätte, als ob sie lediglich ein Übungsobjekt für die richtige Schwiegermutter gewesen wäre – dieser Gedanke erfüllt mich mit einer alles vernichtenden Sturzflut blinder Wut.

Ich greife nicht mehr zum Telefon, um meine Mutter anzurufen, wie ich das noch Monate nach ihrem Tod gemacht habe. Manchmal hatte ich sogar schon ihre Nummer gewählt, bevor es mir wieder einfiel, dann legte ich schnell wieder auf, bevor irgendjemand Fremdes sich meldete. Ich denke nicht mehr bei jedem Telefonläuten: Das wird Mum sein. Aber ich vermisse sie noch immer. Jeden einzelnen Tag.

Vom Verstand her ist mir klar, dass der Tod eines Elternteils zum Leben gehört. Niemand würde den Tod einer schwer kranken Achtzigjährigen als Tragödie bezeichnen. Bei ihrer Beerdigung gab es feuchte, gerötete Augen und leises Schniefen. Kein herzzerreißendes Schluchzen. Heute denke ich, ich hätte laut schluchzen sollen. Ich hätte wimmern und mir an die Brust schlagen und mich über ihren Sarg werfen sollen.

Stattdessen habe ich ein Gedicht vorgetragen. Ein hübsches, anrührendes Gedicht, das ihr sicher gefallen hätte. Ich hätte etwas mit meinen eigenen Worten sagen sollen. Ich hätte sagen sollen: Niemand wird mich jemals so innig lieben wie meine Mutter. Ich hätte sagen sollen: Ihr glaubt alle, ihr seid auf der Beerdigung einer lieben, kleinen alten Dame, aber ihr seid auf der Beerdigung eines Mädchens namens Clara, das seine langen blonden Haare zu einem dicken, schweren, bis zur Taille reichenden Zopf geflochten und sich in einen schüchternen Bahnangestellten verliebt hatte. Viele Jahre versuchten sie vergeblich, ein Baby zu bekommen, und als es dann endlich klappte, tanzten sie vor Freude durchs Wohnzimmer, aber ganz behutsam, damit das Baby keinen Schaden nahm. Die ersten beiden Lebensjahre ihres kleinen Mädchens waren die glücklichste Zeit in Claras Leben, aber dann starb ihr Mann, und sie musste das kleine Mädchen allein großziehen, und damals gab es noch keine Zuschüsse für alleinerziehende Mütter, damals gab es noch nicht einmal den Begriff »alleinerziehende Mutter«.

Ich hätte erzählen sollen, wie Mum zur Schule kam und mir eine warme Jacke brachte, wenn es kälter als erwartet geworden war. Ich hätte erzählen sollen, dass sie Brokkoli so inbrünstig hasste, dass sie nicht einmal seinen Anblick ertrug, und dass sie für den Helden der englischen Fernsehserie *Judge John Deed* schwärmte. Ich hätte erzählen sollen, dass sie schrecklich gern las und dass sie eine miserable Köchin war, weil sie gleichzeitig zu kochen und zu lesen versuchte, und das Essen brannte immer an, und das Buch aus der Leihbücherei war immer mit Essensspritzern bekleckert, die sie dann mit dem feuchten Zipfel eines Geschirrtuchs wieder abzutupfen versuchte. Ich hätte erzählen sollen, dass meine Mutter Jack als ihren Enkel betrachtete und dass sie ihm eine Decke nähte, auf der Rennautos zu sehen waren und die er über alles liebte. Ich hätte reden und reden und reden und das Chorpult mit beiden Händen umklammern und sagen sollen: Sie war nicht nur eine kleine alte Dame. Sie war Clara. Sie war meine Mutter. Sie war ein wunderbarer Mensch.

Stattdessen sagte ich mein kurzes, annehmbares kleines Gedicht auf, und dann setzte ich mich wieder neben Patrick und ergriff seine Hand, und später half er mir, Mums Freunden Tee zu servieren, und er unterhielt sich so nett mit den alten Damen, und ich habe nicht ein einziges Mal gedacht: Ich habe keine Familie mehr, weil Patrick ja da war und meine Hand hielt. Und am Flughafen von Sydney würde Jack auf uns zustürmen, und Patricks Mutter würde eine große Schüssel Bœuf Stroganoff in den Kühlschrank stellen, weil sie wusste, dass das mein Lieblingsessen war.

Vier Wochen später sagte er: »Ich glaube, es ist vorbei.«

Meine Gedanken drehten sich in einer Endlosschleife. Wenn ich Mum anrufe und ihr von Patrick erzähle, werde ich mich besser fühlen, aber Mum ist tot. Wenn ich zu Patrick sage, ich kann nicht glauben, dass meine Mum nicht mehr da ist, werde ich mich besser fühlen, aber Patrick will mich nicht mehr. Wenn ich mit Jack in den Park oder ins Kino gehe, werde ich mich besser fühlen, aber ich bin nicht mehr seine Mutter. Wenn ich Maureen besuche, werde ich mich besser fühlen, aber sie gehört nicht mehr zu meinem Leben.

In meinem Leben gab es nicht genug Menschen, die den Verlust so vieler geliebter Menschen auf einmal hätten auffangen können. Ich hatte weder Tanten noch Cousins oder Cousinen noch Großeltern. Ich hatte keinerlei Rückhalt. Ich hatte keine Versicherung, die einen Verlust solchen Ausmaßes abgedeckt hätte.

Der Schmerz war greifbar, es fühlte sich an, als ob mir die Haut in Fetzen vom Leib gerissen worden und die Wunden nie wieder verheilt wären.

Und jetzt erwartet die Hypnotiseurin ein Kind.

Ich weiß, Mum, ich habe eine gute Stelle, und ich werde dafür *bezahlt*, aber seit ich die positiven Schwangerschaftstests der Hypnotiseurin gesehen habe, gehen mir im Büro diese sonderbaren Bilder durch den Kopf. Manchmal stelle ich mir vor, wie ich einem Kollegen einen Becher brühend heißen Kaffee ins Gesicht schütte oder wie ich mir die Kleider herunterreiße und nackt in den Konferenzsaal laufe und obszöne Beschimpfungen schreie oder wie ich mir eine Schere immer und immer wieder in den Oberschenkel ramme. Du würdest das nicht verstehen. Dir sind nie verrückte Gedanken durch den Kopf gegangen.

Und deshalb habe ich mich krank gemeldet und bin an den Strand gefahren, um surfen zu lernen.

Es war schwerer, als ich gedacht hatte. Das Brett war schlüpfrig.

Warum war es nur so schlüpfrig? Ich schaffte es nicht, oben zu bleiben. Ich rutschte immer wieder herunter. Bei anderen hatte das immer so leicht ausgesehen. Mich packte die Wut, ich fluchte. Nicht einmal das Bodyboard will mich, dachte ich.

Als es mir endlich gelungen war, das Brett unter meinem Bauch zu halten, erwischte ich keine Welle, weil mein Timing einfach lausig war. Ich dachte: Jeder Sechsjährige kann das, warum ich nicht? Was stimmt bloß nicht mit mir?

Ich dachte: Andere finden einen Partner und kriegen Kinder und gründen eine Familie, warum ich nicht? Was stimmt bloß nicht mit mir?

Ich dachte: Andere sind doch auch nicht von ihrem Expartner besessen, warum ich? Was stimmt bloß nicht mit mir?

Am liebsten hätte ich das Bodyboard in einem Anfall von kindischem Trotz den Wellen übergeben, sollte es doch wegtreiben, aber das wäre Verschwendung gewesen, und ich schämte mich sowieso schon, weil ich blaugemacht hatte.

Als ich schniefend und frierend und schlecht gelaunt, weil ich das blöde Brett nicht einmal mühelos unter den Arm geklemmt kriegte, zu meinem Auto zurückstapfte, kam mir der Wuschelkopf entgegen, der Typ, der mich gesehen hatte, als ich in meinem roten Partykleid am Strand eingeschlafen war. Er ging Richtung Wasser, sein Brett mühelos unter den Arm geklemmt.

»Wie ist die Brandung?«, fragte er.

»Blöd«, erwiderte ich, ohne stehen zu bleiben.

Ich hatte gerade mein Auto erreicht, als mein Handy klingelte. Es war die Hypnotiseurin.

Es war das erste Mal, dass Ellen und Patrick zusammen flogen, daher waren beide gesprächiger und aufgeregter, als sie es normalerweise gewesen wären. Sie fingen an zu kichern und konnten nicht mehr aufhören, als eine Flugbegleiterin mit besonders grimmiger Miene die Sicherheitshinweise erläuterte. Die anderen Passagiere schienen das keineswegs so komisch zu finden. Die Romane, die Ellen und Patrick als Reiselektüre gekauft hatten, blieben die meiste Zeit auf ihrem Schoß liegen, aufgeschlagen, mit den Seiten nach unten. Sie unterhielten sich lieber.

Vor allem Patrick war glänzender Laune.

»Ich hab dich nicht einmal gefragt, ob du schon mal in Noosa warst«, meinte er, als die Maschine startete.

»Nein, noch nie«, antwortete Ellen. »Und du?«

»Einmal. Ich habe Saskia dort kennengelernt.«

Ausnahmsweise sprach er von ihr, als wäre sie nichts weiter als ein ganz normales Mädchen.

»Und wie habt ihr euch kennengelernt?«, fragte Ellen betont beiläufig.

»Wir nahmen beide an einer Konferenz teil. Sie ist Städteplanerin, habe ich das erwähnt? Ich saß bei einem Vortrag neben ihr. Das ist wirklich komisch, aber damals hatte ich das Gefühl, nicht ganz bei Verstand zu sein, wahrscheinlich, weil ich mich nach Colleens Tod noch in einem Schockzustand befand, und Saskia kam mir so vernünftig vor. Ihre große Leidenschaft waren Wanderungen im Busch, und sie nahm mich mit auf ihre langen Touren durch den Nationalpark. Ich hatte eine Ewigkeit keinen Sport mehr getrieben, und plötzlich arbeitete mein Herz auf Hochtouren, und meine Lungen füllten sich mit Luft, und beim Anblick dieser atemberaubenden Szenerie kam mir der Gedanke, dass ich vielleicht doch wieder glücklich werden könne.«

»Endorphine«, sagte Ellen. »Wir werden am Wochenende ein paar schöne lange Spaziergänge machen.«

Und wenn du so richtig vollgepumpt bist mit Endorphinen, werde ich dir von dem Baby erzählen.

»Ja, das wäre schön. Eine Zeit lang sind Saskia und ich jedes Wochenende wandern gegangen, aber dann machte ihr Bein auf einmal nicht mehr mit. Sie konnte nicht einmal mehr kurze Strecken zurücklegen, ohne Schmerzen zu bekommen. Das machte ihr schwer zu schaffen.«

»Was war denn mit ihrem Bein?«, fragte Ellen. Die Geschichte kam ihr seltsam bekannt vor. Hatte Patrick ihr schon einmal von Saskias Bein erzählt? Nein, daran könnte sie sich bestimmt erinnern. Sie speicherte sorgfältig alle Informationen, die sie von ihm über Saskia bekam.

»Das konnte ihr keiner sagen. Sie ging von einem Arzt zum anderen, suchte Physiotherapeuten und Fachärzte auf, aber niemand fand die Ursache heraus. Als ein Spezialist meinte, ihre Beschwerden seien psychisch bedingt, wurde sie so wütend, dass sie aus der Praxis stürmte.«

Ein eigenartiges Gefühl von Panik erfasste Ellen, so als wäre ihr gerade eingefallen, dass sie vergessen hatte, den Herd auszuschalten.

»Manchmal musste sie sich zum Kochen hinsetzen, weil sie einfach nicht mehr stehen konnte«, fuhr Patrick nachdenklich fort. »Die Schmerzen veränderten ihre Persönlichkeit. Sie war ein sportlicher Typ gewesen. Ich fühlte mit ihr, aber irgendwann war ich nur noch frustriert, weil ich ihr nicht helfen konnte. Sie dachte, ich verlöre die Geduld mit ihr, aber das stimmte nicht. Sie tat mir schrecklich leid. Wirklich. Ich war total frustriert, weil ich nichts für sie tun konnte. Das erinnerte mich an Colleens Krankheit. Dieses Gefühl völliger Hilflosigkeit. So als ob man spürt, dass man einen Kampf verliert, und man kann nicht einmal zum Schlag ausholen.«

Patrick verrenkte sich den Kopf nach der Flugbegleiterin. »Sollen wir einen Drink bestellen? Wir müssten ihn allerdings bezahlen, damit es nicht so unanständig aussieht. Das ist das Problem mit diesen Billigflügen.«

Das kann doch kein Zufall sein, oder?

Ha, das ist lustig, eine Patientin von mir hat genau das gleiche Problem. Ellen hätte es fast laut ausgesprochen, um die Möglichkeit zu testen. Doch das war nicht nötig. Sie wusste, das war kein Zufall, und sie wusste auch, Patrick würde ebenfalls sofort klar sein, dass das kein Zufall war.

Deborah.

Wie hieß sie doch gleich mit Nachnamen?

Vandenberg. Deborah Vandenberg.

Ellen konnte Deborahs Gesicht deutlich vor sich sehen. Sie war zu spät gekommen bei ihrem allerersten Termin. Sie hatte ein bisschen seltsam gewirkt, ein bisschen misstrauisch, aber das galt für viele ihrer Patienten bei ihrem ersten Termin. Sie hatten noch nie einen Hypnotherapeuten gesehen und fragten sich, was sie wohl erwarten mochte. Sie guckten sich vorsichtig nach allen Seiten um, als rechneten sie damit, in eine Comedy-Falle zu tappen.

»Ich habe solche Schmerzen im Bein«, hatte sie zu Ellen gesagt und war mit der Hand über ihren langen, schlanken, jeansbekleideten Schenkel gefahren. Manchmal müsse sie sich zum Kochen hinsetzen, hatte sie erzählt. Sie hatte auch erwähnt, dass sie bei »so einem schmierigen« Arzt gewesen sei, der gefragt habe, ob sie in letzter Zeit »Stress« gehabt habe, und die implizite Unterstellung, sie bilde sich ihre Schmerzen nur ein, habe sie so wütend gemacht, dass sie die Praxis ohne ein weiteres Wort verlassen habe.

Deborah war Saskia.

Saskia war Deborah.

Da hatte der Gedanke an Saskia sie praktisch Tag und Nacht verfolgt, und dabei kannte sie sie bereits, sie hatte mit ihr gesprochen, *sie hatte sie in ihr Haus gelassen.* Saskia war eine hochgewachsene, attraktive Person mit einer auffälligen Augenfarbe. Haselnuss. Fast golden. Wie die Augen eines Tigers. (Ellen achtete auf die Augen anderer Menschen. Das kam daher, dass sie im Schatten der blauvioletten Augen ihrer Mutter aufgewachsen war.) Gut gekleidet. Redegewandt. Ellen wäre niemals auf die Idee gekommen, dass sich hinter diesem Äußeren eine Stalkerin verbarg. Sie hatte sich Saskia immer als verhuschtes, verrücktes kleines Mäuschen vorgestellt. Warum nur glaubte sie, große Menschen könnten nicht verrückt sein? Weil sie aussahen, als beherrschten sie die Welt? Weil sie sie bewunderte und um ihre langen Beine beneidete?

Sie spürte Patricks Hand auf ihrem Arm. »Ellen? Hätte ich dir einen Drink bestellen sollen?«

Interessanterweise mochte sie sie – Deborah / Saskia. Sie hatte ihre Sitzungen, ihre Unterhaltungen genossen. Einmal hatte sie ihre Stiefel bewundert, und Deborah / Saskia hatte gemeint, sie seien nicht nur bildschön, sondern vor allem auch bequem. Und da hatte sich Ellen genau das gleiche Paar gekauft. Sie hatte noch nie so viel Geld für ein Paar Schuhe ausgegeben.

Und diese Stiefel hatte sie jetzt an.

»Nein, danke, ich möchte nichts«, antwortete sie auf Patricks Frage, während sie ihre Beine anwinkelte und die Füße unter ihren Sitz stellte.

Hatte Saskia sie tatsächlich wegen der Schmerzen in ihrem Bein aufgesucht? Oder war das nur ein Vorwand gewesen? Aber was genau bezweckte sie? Wollte sie Ellen nur beobachten? (So wie Ellen gern heimlich einen Blick auf Jons neue zukünftige Frau geworfen hätte, die Dentalhygienikerin; allerdings würde sie nie einen Termin bei ihr vereinbaren, *so* neugierig war sie nun auch wieder nicht, und außerdem wäre es ihr schrecklich peinlich, wenn jemand dahinterkäme.)

Patrick seufzte und streckte seine Beine aus.

»Weißt du, was das Beste am Verreisen ist? Dass ich endlich einmal keine Angst zu haben brauche, Saskia könnte plötzlich auftauchen. Ich habe nicht mal mein Handy mitgenommen. Ich habe Mum und Jack die Telefonnummer unseres Hotels und deine Handynummer gegeben. Das stört dich doch hoffentlich nicht, oder? Ich wollte dich noch fragen, aber dann hab ich's vergessen.«

»Kein Problem, das ist schon in Ordnung.« *O nein, nein, NEIN!*

»Schön, für dieses Wochenende war das das Letzte, was ich über diese Frau gesagt habe. Ich werde nicht mehr von ihr reden, ich werde nicht mehr an sie denken, ich werde sie nicht sehen. Wir betreten eine Saskia-freie Zone.«

O Gott! Ellen tippte sich mit zwei Fingern rhythmisch an die Stirn. Wenn es nicht so furchtbar wäre, könnte man direkt darüber lachen. Oder zumindest schmunzeln.

»Was hast du denn?«

»Ach, mir ist gerade etwas eingefallen. Etwas, das ich vor der Abreise noch hätte erledigen sollen.«

Sie hatte Deborah / Saskia gesagt, wo sie übers Wochenende hinfuhren. Sie hatte ihr sogar den Namen ihres Hotels genannt.

Sie hatte sie auf ihrem Handy angerufen und gefragt, ob sie ihren Termin am Montag verlegen könnten. »Ich werde übers Wochenende wegfahren. Nach Noosa.«

»Ich beneide Sie«, hatte Saskia mit ihrer kühlen Deborah-Stimme geantwortet. »Ich liebe Noosa. Wo werden Sie wohnen?«

»Ich glaube, mein Partner hat Zimmer im Sheraton für uns reserviert.«

Partner! Sie hatte Patrick ihren »Partner« genannt! Warum in aller Welt? Sie hasste dieses Wort doch. Aber sie wusste, warum: weil Deborah zu den Frauen zu gehören schien, die »mein Freund« als zu teenagerhaft empfinden würden. Warum hatte sie Patrick überhaupt erwähnt? Aus irgendeinem Grund war es ihr wichtig, dass Deborah wusste, dass sie eine Beziehung hatte. Weil Deborah allem Anschein nach eine attraktive, kultivierte Frau in den Vierzigern war, die mit Sicherheit eine elegante Beziehung pflegte, zu der Weinberge und Jachten und hochkarätiger Sex gehörten – ohne ungewollte Schwangerschaften, versteht sich. Und Ellen hatte gewollt, dass Deborah dachte, auch sie habe eine solche Beziehung.

Und jetzt wusste Saskia dank ihres dummen, unprofessionellen Bedürfnisses, Eindruck bei einer Patientin zu schinden (ein Bedürfnis, dem sie von vornherein nicht hätte nachgeben dürfen), dass sie ein spontanes, romantisches Wochenende an dem Ort verbringen würden, an dem sie und Patrick sich das erste Mal begegnet waren.

Ellen spähte aus den Augenwinkeln zu ihm hinüber. Er hatte den Kopf gegen die Kopfstütze gelehnt, sein Gesicht wirkte entspannt.

»Ich merke erst, wie sehr diese Frau mir an den Nerven zerrt, wenn ich mal rauskomme, weg von allem«, murmelte er, ohne die Augen zu öffnen.

Ellen senkte den Kopf und schlug sich in stummer Verzweiflung mit dem Handballen an die Stirn. Anstatt Patrick das Leben leichter zu machen, hatte sie seiner Stalkerin einen wunderbaren Dienst erwiesen. Sie schluckte, ihr Mund wurde ganz trocken. Sie hob den Kopf. Saskia würde ihnen doch nicht etwa bis nach Noosa folgen, oder? Sie würde doch nicht etwa einen Platz in derselben Maschine gebucht haben, oder?

Ellen schnallte sich ab und stemmte sich ein wenig hoch, um über die Rückenlehne ihres Sitzes schauen zu können. Sie ließ ihre Blicke über die anderen Fluggäste schweifen: Sie wichen ihrem Blick aus oder hatten sich über ihre Lektüre gebeugt oder unterhielten sich. Nur ein kleines Mädchen, das auf dem Schoß seiner Mutter saß und an seinem Schnuller saugte, starrte neugierig zurück. Ellen ließ sich in ihren Sitz zurückfallen und unterdrückte das hysterische Verlangen, zu kichern oder zu schreien.

Jetzt würde sie nicht nur ein, sondern gleich zwei große Geheimnisse über das Wochenende mit sich herumschleppen. Sie brauchte nichts weiter zu tun, als den Mund aufzumachen, um Patricks entspannten Gesichtsausdruck auszulöschen.

Er öffnete die Augen. Im durch das Fenster einfallenden Sonnenschein wirkten sie besonders grün. »Alles in Ordnung?«

»Aber ja.« Ellen tätschelte ihm das Knie und schaute dann aus dem Fenster über der Tragfläche. »Alles bestens.«

Es gelang mir, einen Platz in derselben Maschine zu buchen.

Sie gingen direkt an mir vorbei. Patrick ging voraus, den Blick stirnrunzelnd auf die Sitzplatznummern auf seiner Bordkarte gerichtet. Ellen folgte ihm, verträumt in die Gegend schauend. *Ich brauche mich nicht auf meine Bordkarte zu konzentrieren, weil mein »Partner« unsere Plätze schon finden wird. Ich bin ja so New Age und glücklich und schwanger.*

Sie verreist mit ihrem »Partner«. Ich hasse dieses Wort. Es ist so typisch für Sydney. Wieso nicht »mein Freund?« Was ist denn so verkehrt daran? Als ich mit Patrick zusammen war, war er mein Freund, und ich war seine Freundin.

Und jetzt fahren wir alle miteinander übers Wochenende nach Noosa. Ein lustiger Dreier.

Ich ließ mein Bodyboard fallen, als sie »Noosa« sagte. Und ich hatte geglaubt, es gäbe nichts mehr, was er mir noch antun könnte. Warum ausgerechnet Noosa? Ein ganzes Land voller Plätze für ein romantisches Wochenende zu zweit, und er entscheidet sich für Noosa.

Ich dachte, meine Erinnerungen an jene Woche dort seien sicher und geschützt. Ich dachte, nichts könne an jene Zeit rühren. Mir kommt es so vor, als ob ich mich an jede einzelne Minute erinnern könnte. An jeden Geschmack, an jedes Geräusch, an jeden Geruch.

Ich kann immer noch die Form des Zimmerschlüssels in meiner Hand fühlen und die Mischung aus Salz und Eis und Alkohol in meinem Mund schmecken, von den Margaritas, die wir getrunken hatten, erinnere mich daran, dass wir im Hotellift standen und zu der Stockwerksanzeige hinaufschauten. Wir wussten beide, dass wir in mein Zimmer gehen würden, um zum ersten Mal miteinander zu schlafen. Ich kann immer noch das sonnenverbrannte Gesicht des jungen Hoteldieners sehen, der am anderen Morgen den scheppernden Servierwagen mit unserem Frühstück hereinrollte. Ich kann immer noch den Duft von frisch gebrühtem Kaffee und gebratenem Schinken riechen, ich kann immer noch die Croissantblättchen auf der Zeitung sehen, die wir im Bett lasen.

Er hat sogar im Sheraton reserviert. Warum? Ich frage mich unwillkürlich, ob die Erinnerungen an jene Woche auch für ihn etwas Besonderes sind und er vielleicht glaubt – er konnte manchmal so was von dumm sein –, dass er mit einer anderen das Glück von damals wieder aufleben lassen kann.

Das geht nicht. Er kann mich nicht einfach aus seinen Erinnerungen löschen und durch eine andere Frau ersetzen. Deshalb war mir, als ich den Anruf der Hypnotiseurin erhielt, sofort klar, dass ich hinfliegen muss, dass ich dort sein muss. Er soll wissen, dass ich auch noch da bin. Dass ich immer da sein werde.

Ich werde den perfekten Moment abwarten, um sie beide wissen zu lassen, dass ich mitgekommen bin. Er wird wütend sein, aber das macht nichts. Seine Wut ist mir lieber als seine Gleichgültigkeit. Soll er mich ruhig anschreien. Das ist tausendmal besser, als für ihn nicht zu existieren.

Ellen lag schon im Bett, knabberte Schokolade und sah sich einen Film an, als Patrick ins Bad ging, um sich die Zähne zu putzen. Das Zimmer war ganz bezaubernd. Ein breites Doppelbett mit frischer weißer Bettwäsche, große, flauschige Handtücher, gedämpftes Licht und neutrale Farben.

Genau wie in den anderen Hotels, in denen sie mit anderen Männern abgestiegen war.

»Wo hast du eigentlich bei deinem ersten Aufenthalt in Noosa gewohnt?«, hatte sie wissen wollen, als sie im Lift nach oben gefahren waren.

»Hier«, hatte Patrick geantwortet, den Blick auf die blinkende Stockwerksanzeige über der Lifttür gerichtet.

»Dann hast du Saskia also in diesem Hotel kennengelernt?«

»Na ja, es ist ein gutes Hotel, deshalb habe ich wieder hier reserviert.« Patrick legte ihr seinen Zeigefinger auf den Mund. »An diesem Wochenende wollen wir kein Wort über sie verlieren, weißt du noch?«

Die arme Saskia hatte sich also anhören müssen, dass Ellen und Patrick im selben Hotel absteigen würden, in dem sie sich damals zum ersten Mal begegnet waren. Großer Gott, wahrscheinlich war es sogar das Hotel, in dem sie das erste Mal miteinander geschlafen hatten. Was mochte in ihrem wirren Verstand vorgegangen sein, als sie das gehört hatte?

Ellens Blick wanderte zur Tür. Sie dachte an die Horrorfilme, die sie so liebte. Sie würden sich etwas aufs Zimmer bestellen, und Saskia, als Hotelangestellte verkleidet, würde mit gesenktem Kopf den Servierwagen hereinschieben, und die Musik bereitete den Zuschauer darauf vor, dass gleich etwas Furchtbares passieren würde, und dann, wenn die Musik ihren schaurigen Höhepunkt erreichte, würde Saskia plötzlich ein langes Messer hervorziehen und sich mit erhobenem Arm auf sie stürzen und …

»Hast du an Zahnpasta gedacht?« Patrick steckte seinen Kopf zur Tür herein.

»Ja, hab ich. In meinem Kosmetikköfferchen.«

Er war immer noch zu höflich, als dass er in ihren Sachen gewühlt hätte, ohne sie vorher zu fragen.

Und dabei erwartete sie ein Kind von ihm.

Zu früh. Viel zu früh.

»Selbstverständlich wirst du das Kind bekommen«, hatte Anne gesagt.

»So selbstverständlich ist das nicht«, hatte Ellen erwidert.

Die Entschiedenheit im Ton ihrer Mutter überraschte sie. Sie hatte eigentlich mit einem etwas anderen Kommentar gerechnet: *Ich werde dich unterstützen, ganz egal, wie du dich entscheidest, aber was für eine Art der Empfängnisverhütung habt ihr angewendet?* Oder so ähnlich.

»Es kommt darauf an, wie Patrick dazu steht. Und außerdem bin ich Abtreibungsbefürworterin. Mein Bauch gehört mir.«

Anne schnaubte verächtlich. »Du bist fünfunddreißig und keine sechzehn. Du willst unbedingt ein Kind haben …«

»Was? Wie kommst du denn *darauf*? Ich will keineswegs unbedingt ein Kind haben«, protestierte Ellen.

»Ich habe doch gesehen, was du für ein Gesicht gemacht hast auf Madelines Babyparty, als du den kleinen Wie-hieß-er-doch-gleich auf dem Arm gehabt hast – und ich muss sagen, das war ein ausgesprochen hässliches Baby.«

»Mum!«

»Was? Er hat ausgesehen wie eine kleine Kröte. Was ich damit sagen will – du möchtest doch Kinder haben, und du bist finanziell abgesichert, und du hast den Vater des Kindes gern, liebst ihn vielleicht sogar. Wenn du abtreiben lässt und sich später herausstellt, dass du nicht mehr schwanger wirst, würdest du dir das nie verzeihen. Natürlich wirst du das Kind bekommen. Sag es ihm ruhig. Du bist schwanger, das war nicht geplant, aber es ist nun mal passiert, wir leben doch nicht mehr in den Fünfzigerjahren, er muss dich deswegen nicht heiraten, er kann sich um das Kind kümmern, so viel oder so wenig er möchte. Das ist alles überhaupt kein Problem. Er wird gesetzlich zu Unterhaltszahlungen für das Kind verpflichtet sein, aber ich an deiner Stelle würde mir deswegen nicht allzu viele Sorgen machen. Du hast das Haus deiner Großeltern. Du hast mich und deine Patentanten. Du brauchst sein Geld nicht.«

»Nein, wahrscheinlich nicht«, sagte Ellen. An Patricks Geld hatte sie zuallerletzt gedacht.

»Das ist alles überhaupt kein Problem«, sagte Anne noch einmal, während ihre Fingerspitzen einen fröhlichen kleinen Stepptanz auf der Tischplatte vollführten. Ellen konnte ihr ansehen, dass sie sich über das Baby freute.

Schweigen trat ein.

Der weiche Ausdruck verschwand vom Gesicht ihrer Mutter. »Natürlich ist es noch sehr früh«, sagte sie schroff. »In deinem Alter ist das Risiko einer Fehlgeburt in den ersten zwölf Wochen relativ hoch.«

»Vielen Dank, Mum.«

»Nun, du warst doch diejenige, die von Abtreibung gesprochen hat. Wieso reagierst du auf die Möglichkeit einer Fehlgeburt so empfindlich?«

»Ich habe nicht gesagt … Ja, okay, schon gut.«

Ihre Mutter hatte recht. Es hatte vom ersten Moment an keinen Zweifel gegeben. Sie würde das Kind bekommen. Der komplizierte Teil der Geschichte war nicht die Entscheidung für oder gegen das Kind. Der komplizierte Teil war, wie sich ihre Entscheidung auf ihre Beziehung zu Patrick auswirken würde.

Ellen wollte nämlich nicht nur ein Baby. Sie wollte alles, was dazugehörte: den Ehemann, den Daddy, den Mann, der im Kreißsaal ihre Hand hielt.

Das war es, was sie ihrer Mutter nicht sagen konnte: *Ich will es nicht so machen wie du. Ich habe es nie so machen wollen wie du. Ich will mein Kind nicht allein großziehen. Ich will nicht anders sein. Ich will so sein wie alle anderen auch.*

Patrick kam aus dem Bad, schlüpfte zu ihr unter die Decke und biss von ihrem Schokoriegel ab.

»Du hast dir doch schon die Zähne geputzt«, tadelte Ellen.

»Ich weiß. Sag Jack nichts davon. Ich bin ein schlechter Vater.«

Wo wir gerade davon sprechen ... Was würdest du zu einem zweiten Kind sagen? Ellen war nahe daran, es laut auszusprechen, aber sie brachte einfach nicht die Energie auf. Morgen. Sie würden morgen darüber reden. Ein Glück, dass Patrick kaum Alkohol trank. Als sie beim Abendessen gemeint hatte, ihr sei nicht nach Wein zumute, hatte er nur gemeint: »Gut, dann werde ich auch keinen trinken.« Zu ihrer Beziehung mit Jon hatte immer eine Flasche Wein gehört, die sie gemeinsam tranken. Jon wäre es sofort aufgefallen, wenn sie abgelehnt hätte.

Sie sahen sich den Film zusammen an. Die Handlung war reichlich verworren, und es kamen zu viele Charaktere darin vor. »Was? Wer ist das denn jetzt?«, fragten sie immer wieder stirnrunzelnd. Sie fanden beide, dass sie entweder zu müde oder zu alt für diesen Film waren, und schalteten den Fernseher zu guter Letzt aus.

Sie drehten sich zueinander und liebten sich schläfrig und zärtlich, wie ein altes Ehepaar. Ellen war den Tränen nahe. Alles würde wunderbar werden.

»Hypnotisierst du mich in den Schlaf?«, fragte Patrick, als er das Licht ausknipste.

»Ich bin ehrlich gesagt hundemüde«, erwiderte Ellen gähnend.

Es war schnell zu einer Gewohnheit geworden. Sie machte eine fünfminütige Entspannungsübung mit ihm, damit er besser einschlafen konnte. Er schien ehrlich erstaunt über die Wirkung. Er liebe das, sagte er, das sei die reinste Zauberei, und er freue sich den ganzen Tag darauf, abends ihrer Stimme zuzuhören, und er habe, seit er ein Teenager war, nicht mehr so gut geschlafen, und sie helfe ihm damit, den Stress mit »dieser Frau« zu bewältigen, seinen Arbeitstag, einfach alles hinter sich zu lassen. Ellen war noch nie mit einem Mann zusammen gewesen, der sich von ihren Fähigkeiten so beeindruckt zeigte.

»Schon gut«, meinte er. »Ich habe dich ausgenutzt, nicht wahr? Ich würde um diese Zeit auch keine Vermessung mehr durchführen.«

Oh, er war ja so süß, und es war wichtig, dass er morgen ausgeruht und entspannt war.

Ellen setzte sich auf und legte ihm ihre Hand auf die Stirn. Manchmal kam ihr dieses Ritual in der Dunkelheit und der Intimität ihres Schlafzimmers intimer als Sex vor. Bei ihren Patienten arbeitete sie sehr selten mit Berührungen, aber sie kannte Therapeuten, die das taten. Das Wissen, dass ihre Worte Bilder in Patricks Kopf heraufbeschworen, dass sie seinen Herzschlag zu verlangsamen, seinen Blutdruck zu senken vermochten, verlieh ihr ein Gefühl von Macht, sie fühlte sich mit stärkenden, mystischen Kräften ausgestattet. Eine weise Frau, eine gute Hexe, eine Zauberin. Eine Hypnotiseurin, keine Hypnotherapeutin.

»Ich werde jetzt bis zehn zählen. Bei drei oder vier wirst du wahrscheinlich spüren, wie deine Atmung sich verlangsamt und deine Lider schwer werden. Bei fünf oder sechs wirst du die Augen kaum noch offen halten können. Bei sieben oder acht oder vielleicht neun kannst du dem Wunsch, sie zu schließen, nicht mehr widerstehen, und deine Lider senken sich. Bei zehn dürften sich deine Augen geschlossen haben, und deine Atemzüge werden tief und regelmäßig sein.«

Sie sah seine Augen im Dunkeln schimmern. Sie spürte jetzt schon, wie seine Atmung langsamer wurde. Sie wendete jedes Mal eine andere Trance-Induktion an – was ihr gerade in den Sinn kam.

Bei Patrick war sie freier, kreativer, lockerer als bei ihren zahlenden Patienten.

Sie begann zu zählen, und während sie zählte, verstärkte sie den Druck ihrer Hand auf seiner Stirn, und gleichzeitig wurde ihre Stimme sanfter, träger und doch eindringlicher.

Als sie bis sieben gezählt hatte, waren seine Augen geschlossen.

»Und jetzt möchte ich, dass du dir vorstellst, wie warmer Honig vom Rand eines Löffels tropft.«

Patrick liebte Honig. Er gab immer einen riesigen Klacks auf seine Frühstücksflocken. Ellen hatte schon öfter beobachtet, wie er in der Küche stand und gebannt zuschaute, wie der Honig zäh von dem Löffel tropfte, den er hoch über der Schale hielt.

»Dieser Honig ist kein gewöhnlicher Honig. Dieser Honig hat die Farbe von jungem Tageslicht. Dieser Honig ist Wärme und Liebe und Sicherheit. Dieser Honig ist jeder glückliche Augenblick deines Lebens. Jede wunderschöne Erinnerung. Jede Sekunde, in der du dich durch und durch lebendig gefühlt hast.«

Sie wusste, dass er den Honig sehen konnte. Sie selbst sah ihn auch. Sie befand sich ebenfalls in einem leichten Trancezustand. Das kam vor, wenn es gut lief, und es freute sie jedes Mal.

»Schau auf den Honig. Achte nur auf den Honig, bis du an nichts anderes mehr denken kannst.«

Sie verstummte. Sie fühlte die Wölbung seines Schädels unter ihrer Hand und die Wärme seines Körpers neben ihrem, und sie dachte: Er ist der Vater meines Kindes. Er wird der Daddy sein, und ich werde die Mummy sein.

Gut möglich, dass sie eine viel zu romantische Vorstellung vom Prinzip der Vaterschaft hatte.

»Und jetzt möchte ich, dass du deine Aufmerksamkeit auf deine Füße richtest. Stell dir vor, deine Füße verschmelzen mit dem Bett wie warmer Honig. Sie schmelzen, lösen sich auf, zergehen …«

Unter Zuhilfenahme der Honigmetapher arbeitete sie sich Stück für Stück voran, seinen Körper hinauf, bis Patrick tiefer und tiefer in Trance versank, tiefer, als sie ihn jemals geführt hatte.

Sie zwickte ihn in den Arm. Patrick zuckte nicht einmal. Spontane Anästhesie.

Bei einem Patienten würde sie an diesem Punkt eine posthypnotische Suggestion einbetten. Einem Raucher würde sie beispielsweise sagen: »Jedes Mal, wenn Sie eine Schachtel Zigaretten öffnen, werden Sie ein überwältigendes Gefühl von Ekel und Abscheu verspüren.« Einem Übergewichtigen könnte sie befehlen: »Sie werden von nun an stets langsam und sorgfältig kauen und nur noch das essen, was Ihr Körper wirklich braucht.«

Aber Patrick hatte sie nicht um Hilfe bei einem bestimmten Problem gebeten. Er wollte nichts weiter, als seine innere Anspannung abzustreifen und eine Nacht tief und fest durchzuschlafen.

Als Therapeutin würde sie nur erfahren, was er ihr mitteilte. Als seine Freundin wusste sie zufällig, dass dieses Wochenende ein gewaltiges Stresspotenzial in sich barg.

Daher sagte sie: »Du wirst dich das ganze Wochenende hindurch wunderbar entspannt und rundherum wohlfühlen.«

Daran war nichts auszusetzen, schließlich befand er sich bereits in einer ausgeglichenen Verfassung.

Sie sagte: »Wenn irgendetwas Unangenehmes geschieht, wenn du etwas hörst oder siehst, das dich aufregt oder beunruhigt, werde ich dir meine Hand auf die rechte Schulter legen – so wie jetzt –, und diese Berührung wird dich sofort beruhigen und einen Zustand völliger Entspannung herbeiführen.« Die Hand auf seiner Schulter, hielt sie einen Moment inne, dann fuhr sie fort: »Egal, was das Leben für dich bereithalten wird, du wirst damit fertig werden. Wenn etwas Unvorhergesehenes passiert, wirst du tief in deinem Inneren wissen, was zu tun ist. Du wirst dich nicht an diese Befehle erinnern. Ich werde jetzt bis drei zählen, und bei drei wirst du aus deiner Trance kommen, und du wirst augenblicklich einschlafen und, ohne zu träumen oder aufzuwachen, durchschlafen, und wenn du morgen früh aufwachst, wirst du ausgeruht und voller Energie sein. Eins. Zwei. Drei.«

Patricks Atmung veränderte sich, wurde flacher.

»Danke«, murmelte er. Er drehte sich auf die Seite und stopfte sich ein Kopfkissen unter den Kopf. »Schlaf gut, mein Schatz.«

Dann war er eingeschlafen.

Ellen legte sich Rücken an Rücken neben ihn.

Hatte sie, vom ethischen Standpunkt aus betrachtet, eine Grenze überschritten?

Flynn würde sagen, dass sie sie bereits überschritten hatte, als sie Patrick das erste Mal auf seine Bitte hin in Trance versetzte. Danny würde lachen und sagen, es habe keine Grenzüberschreitungen gegeben. »In einer Beziehung versucht jeder, seinen Partner zu hypnotisieren«, hatte er einmal zu Ellen gesagt. »Wir können das bloß besser als der Rest der Welt.«

Wie dachte sie selbst darüber? Na ja. Sie glaubte nicht, dass sie die Grenze überschritten hatte, aber vielleicht hatte sie sich ein wenig auf die andere Seite getastet.

Sie dachte an Saskia. Jetzt konnte sie ihr ein Gesicht geben. Ein intelligentes, attraktives Gesicht. Saskia fürchtete sich nicht davor, Grenzen zu überschreiten, um Patrick zurückzugewinnen.

Grenzen waren dazu da, dass man sie überschritt.

Vielleicht tat Ellen einfach nur, was sie für ihr ungeborenes Kind tun musste. Sie war wie eine Löwin, die ihr Junges verteidigte, wie die Mutter, die in ein brennendes Haus rannte, um ihr Kind zu retten. Vielleicht war das alles aber auch nur Quatsch und nichts weiter als der Versuch, eine Rechtfertigung für etwas zu finden, von dem sie wusste, dass es falsch war.

Gut. Sie würde damit aufhören. Sie würde ihm zeigen, wie er sich selbst hypnotisieren konnte. Das war die Lösung. Ihrem gemeinsamen abendlichen Ritual haftete etwas … Unredliches an. Ellen genoss es viel zu sehr.

Sie kam sich wie ein Ministrant vor, der hoch und heilig versprach, nicht mehr zu onanieren.

Irgendwann schlief Ellen ein und träumte von Deborah, die jetzt Saskia war. Sie saß mit übereinandergeschlagenen Beinen in Ellens Patientensessel und tauchte einen Löffel in ein großes Glas

Honig. Dann bog sie den Kopf ein wenig zurück, hob den Löffel hoch über ihren Kopf und ließ den Honig in einem zähen Rinnsal in ihren weit geöffneten Mund laufen.

Als sie fertig war, sah sie Ellen an und fuhr sich mit der Zunge langsam und sinnlich über ihre klebrigen Lippen.

Du hast die Grenze überschritten, sagte sie. *Das weißt du genau.*

Pass auf, dass kein Honig auf meinen Sessel tropft, erwiderte Ellen barsch.

Sie wollte nicht, dass Saskia merkte, wie verlegen sie war.

Nach der Landung stellte ich mich im Terminal hinter eine große Säule, von wo ich die beiden am Gepäckband beobachten konnte, ohne selbst gesehen zu werden.

Ellen schaute sich in einem fort um, als rechne sie damit, ein bekanntes Gesicht zu sehen. Patrick konzentrierte sich ganz auf das Förderband, die Augen schmale Schlitze, die Haltung angespannt, bereit zum Sprung. So war er immer, wenn wir verreisten. Als ob man bei der Gepäckausgabe seine Kraft und Beweglichkeit beweisen müsste, als ob er sich auf sein Gepäckstück stürzen und es niederringen müsste. Das brachte mich immer zum Lachen.

Ellen fand es auch lustig. Ich sah, wie sie lächelte, als er plötzlich vorschnellte, sich ihre beiden Reisetaschen schnappte und sich triumphierend mit seiner Beute zu ihr umdrehte.

Die Tasche habe ich ihm in unserem letzten gemeinsamen Jahr zum Geburtstag geschenkt.

Ellen gehört zu den Leuten, die ein farbiges Band um den Griff ihres Koffers binden, damit sie ihn leichter erkennen. Sie hatte eine große, glänzende blaue Schleife um den Griff gebunden, feminin und kokett und so vernünftig. Dieses Band ist der Inbegriff all dessen, was ich an ihr liebe und hasse.

Ich beobachtete, wie sie zum Mietwagenschalter gingen. Patrick trug beide Reisetaschen. Jetzt, da sie schwanger ist, wird er sich vermutlich besonders fürsorglich und ritterlich zeigen.

Ich dachte immer, es sei mein Geburtsrecht als Frau, wenigstens ein einziges Mal im Leben jene Zeit erleben zu dürfen, in der man von einem Mann wie eine Prinzessin behandelt wird, in der er dir abends die Füße massiert, seine Hände auf deinen Bauch legt, dir gebieterisch befiehlt, nichts Schweres zu tragen.

Doch es sollte anscheinend nicht sein.

Wahrscheinlich würde mich das sowieso wahnsinnig machen. Ich bin zu groß, um wie eine Prinzessin behandelt zu werden. Mir gefällt lediglich die Vorstellung.

Als sie am Mietwagenschalter standen, sah ich, wie Patrick ihr das Genick massierte, während sie sich mit der Angestellten unterhielten. Einmal lachten sie alle drei schallend. Ich wartete, bis sie den Terminal verlassen hatten, ehe ich zum Gepäckband ging. Meine Tasche war das einzige noch verbliebene Gepäckstück. Es drehte sich auf dem Band langsam im Kreis, einsam und nicht beachtet. Keine hübsche Schleife. Alt und müde und schlaff. Das erinnerte mich an jemanden. An wen wohl?

»Hör auf, dich selbst zu bemitleiden«, fuhr ich meine Tasche an. Ein Mann, der gerade vorbeiging, wandte schnell den Blick ab.

Ich ging zum Mietwagenschalter. Mit mir lachte die Angestellte nicht. Sie knallte mir unwirsch die Dokumente hin, belehrte mich streng über die Selbstbeteiligung an der Versicherung und dass ich verpflichtet sei, das Auto sorgfältig auf eventuelle Mängel zu untersuchen, bevor ich es übernahm.

»Ich denke, das sollte Ihre Aufgabe sein, nicht meine«, sagte ich. Die Frau starrte mich nur an, und ich fügte hinzu: »Ach, vergessen Sie's.«

Ich fuhr zum Sheraton und wappnete mich gegen die Erinnerungen, die beim Betreten der Halle auf mich einstürmen würden. Aber das Hotel war renoviert worden. Es sah alles völlig anders aus. Als hätten sie es absichtlich verändert. *Du existierst nicht mehr, Saskia. Wir haben Innenarchitekten engagiert, um alle Spuren von dir restlos beseitigen zu können.*

Von Ellen und Patrick keine Spur.

Ich ging zum Strand hinunter und versuchte, Ellens »Herdschaltermethode« gegen die Schmerzen in meinem Bein anzuwenden. Vielleicht hilft es sogar. Ich bin mir nicht sicher, ob ich es mir nur einbilde. Genau darum geht es, würde sie sagen – man muss seine Fantasie, seine Einbildungskraft benutzen, damit man den Schmerz nicht wahrnimmt.

Sie wird die Gelegenheit bekommen, ihre Methoden für eine schmerzfreie Geburt anzuwenden, denke ich. Es gebe Frauen, die einen Kaiserschnitt ohne Betäubung ertragen hätten, weil sie die körpereigenen natürlichen anästhesierenden Stoffe aktiviert hätten, hatte sie mit erklärt. Na sicher. Jemand schneidet dir den Bauch auf, und du spürst nicht das Geringste. Man muss nur daran *glauben*. Könnte aus einem Weihnachtsfilm stammen.

Der Gedanke, dass sie mir wegen meiner Schmerzen tatsächlich helfen könnte, ist mir eigentlich nie gekommen. Als sie mich fragte, was mich zu ihr führe, waren die Schmerzen in meinem Bein das Erste, was mir einfiel. Ich hätte auch antworten können: »Sie waren jetzt ein paarmal mit Patrick aus, und ich habe gesehen, wie er Sie ansieht, und ich denke, Sie könnten die erste ernsthafte Rivalin sein, deshalb bin ich Ihnen nach Hause gefolgt, und da habe ich dieses nette kleine Schild im Vorgarten gesehen, *Ellen O'Farrell, Praxis für Hypnotherapie*, praktischerweise mit Ihrer Telefonnummer darauf, und da habe ich angerufen und mir einen Termin geben lassen.«

Ich habe ihr nach jeder Sitzung gesagt, dass ich nicht das Gefühl hätte, sie habe mich in Trance versetzt, aber sie lächelte nur ihr selbstgefälliges Mona-Lisa-Lächeln, so als ob sie es besser wüsste.

Ehrlich gesagt bin ich mir nicht sicher, was in jenem gläsernen Zimmer tatsächlich geschieht. Wenn ich in dem grünen Sessel sitze, denke ich jedes Mal, dass ich ihren Anweisungen ja nicht zuzuhören brauche, ich sollte einfach an etwas anderes denken, ich bin ja schließlich nicht gekommen, um mich hypnotisieren zu lassen. Ich komme wegen unserer Unterhaltungen davor und danach. Wir reden über alles, angefangen vom Heuschnupfen bis zu der Schwierigkeit, bequeme Schuhe zu finden. Aber dann sickern mir ihre Worte doch in den Kopf, und ich fange an zuzuhören, und ich denke: Na ja, es kann ja nicht schaden, wenn sich meine Lider schwer anfühlen, und bevor ich weiß, was los ist, versinke ich in dem Relaxsessel, und sie sagt zu mir, ich solle versuchen, die Augen zu öffnen, aber es geht nicht. Na ja, ich nehme an, ich könnte schon, wenn ich wirklich wollte.

Sobald sie zu reden beginnt, denke ich überhaupt nicht mehr an Patrick.

Das letzte Mal forderte sie mich auf, meine Erinnerungen nach einem vollkommenen Augenblick zu durchstöbern, einem Augenblick, in dem ich Selbstvertrauen oder Glück oder Frieden oder Macht empfunden hätte. Ich wählte die Erinnerung an das sommerliche Sonntagsfrühstück mit meiner Mutter, als ich ein kleines Mädchen war. Ich backte jedes Mal einen ganzen Stapel Pfannkuchen, und Mum tat immer so, als sei sie tief beeindruckt, und dann setzten wir uns im Garten hinter dem Haus auf eine Picknickdecke, lasen unsere Bücher und aßen unsere Pfannkuchen mit Zitrone und Zucker, und manchmal blieben wir draußen sitzen, bis es Zeit fürs Mittagessen war.

Ich soll die »Kraft dieser Erinnerung« gegen die Schmerzen in meinem Bein benutzen.

Das ist doch bloß ein Haufen Bockmist.

Glaube ich jedenfalls.

Ich weiß noch genau, wann ich diese Schmerzen zum ersten Mal verspürte. Das war unmittelbar, nachdem Mum mir ihre Diagnose mitgeteilt hatte. Ich war mit Jack einkaufen, und es dauerte eine Ewigkeit, weil Jack ständig etwas sah, das er haben wollte, was jedes Mal eine lange Diskussion nach sich zog. Am Abend hatten wir einen von Patricks Kunden zum Essen eingeladen, und ich wollte Eindruck schinden, deshalb suchte ich nach ausgefallenen Zutaten. »Mach was Einfaches«, sagte Patrick immer, aber ich hielt dagegen, dass Gäste sich geschmeichelt fühlten, wenn man sich ihretwegen Mühe gab und den Tisch mit einer Leinentischdecke, mit frischen Blumen, Stoffservietten und funkelnden Gläsern deckte. Ich liebte einen schön gedeckten Tisch. Jetzt esse ich auf dem Sofa, den Teller auf meinem Schoß, oder stehend in der Küche oder im Bett.

Der Schmerz, der plötzlich seitlich an meinem Bein hochschoss, war dem einer Muskelzerrung ähnlich und auszuhalten, aber lästig. Nach einer Weile musste ich mich anlehnen, um mein Bein zu entlasten, und Jack sagte: »Was machst du denn da, Sas?«

Am nächsten Tag passierte es wieder. Ich habe mir trotzdem nichts weiter dabei gedacht. Ich wäre nie auf den Gedanken gekommen, dass ich mich Jahre später immer noch damit herumschlagen würde.

Als ich die erste Physiotherapeutin aufsuchte, war ich voller Zuversicht, dass alles wieder in Ordnung käme. Mein Bein war für mich ein Punkt auf meiner Liste, den ich abhaken wollte, so wie der Werkstatttermin für mein Auto oder der Besuch bei der Kosmetikerin für die Wachsenthaarung meiner Beine. *Könnten Sie mir bitte schnell die Schmerzen nehmen? Das nervt nämlich.*

Patrick zeigte sich anfangs mitfühlend, aber dann schien er die Geduld und das Interesse zu verlieren. Wir konnten keine Wanderungen mehr machen. Wir konnten nicht mehr durch die Stadt zu einem Restaurant spazieren, weil ich nach spätestens zwei Blocks eine Bushaltestelle finden und mich auf der Bank ausruhen musste. Wir konnten uns auf einer Stehparty nicht mehr zu den anderen Gästen gesellen, weil ich nach ein paar Sekunden sagte: Ich muss mich hinsetzen. Einmal, als er nach Hause kam und ich auf dem Küchenfußboden saß, ein Schneidebrett auf meinem Schoß, und Karotten in Scheiben schnitt, huschte ein gereizter Ausdruck über sein Gesicht. Es muss furchtbar öde für ihn gewesen sein, eine Freundin zu haben, die sich aufführte, als wäre sie in fortgeschrittenem Alter.

Dann starb meine Mutter, und dann beendete Patrick unsere Beziehung. Vielleicht hatte er sich schon seit Längerem mit mir gelangweilt, und mein Bein war nur der Tropfen, der das Fass zum Überlaufen brachte.

Die Schmerzen in meinem Bein sind nicht mehr so schlimm, wie sie einmal waren, aber seit einem bestimmten Punkt ist es zu keiner weiteren Besserung mehr gekommen. Es ist, als wollten sie mich ständig an jene Zeit in meinem Leben erinnern, als sich alles grundlegend änderte. Die Schmerzen stehen für die Grenze zwischen dem Menschen, der ich heute bin – verschroben, zwanghaft, unsportlich –, und jenem, der ich vorher war – normal, glücklich, durchtrainiert, gesund. Sobald sich die Schmerzen bemerkbar machen, breitet sich analog dazu ein schleichendes Gefühl von Hoffnungslosigkeit und Sinnlosigkeit und Leere in mir aus.

Und von allen Menschen, die ich wegen meiner Schmerzen aufgesucht habe, war Ellen die Erste, die sich dafür interessierte, wie sehr dieses Leiden mein Leben beeinträchtigt.

»Das muss unglaublich frustrierend sein«, sagte sie, und sie wirkte so voller Mitgefühl, dass ich einen schrecklichen Moment lang fürchtete, in Tränen auszubrechen.

Ja, Ellen, es ist in der Tat unglaublich frustrierend, zumal es zu meinen Hobbys gehört, meinen Exfreund zu verfolgen, der, nebenbei bemerkt, zufällig Ihr derzeitiger Freund ist, und dass ich dabei oft zu Fuß gehen muss, erschwert die Sache ungemein, aber ich muss sagen, ich bin stolz darauf, dass ich nie aufgebe. Ich marschiere einfach weiter, mögen die Schmerzen auch noch so schlimm sein und die Leute mich anstarren, weil ich vor Anstrengung das Gesicht zu einer hässlichen Fratze verzerre. Da geht sie, die verrückte alte Hexe, mit ausgestreckten Klauenhänden hinkt sie ihrem schmerzfreien Leben hinterher und versucht verzweifelt, ihre Krallen hineinzuschlagen und es zurückzuholen.

11

Vom Augenblick unserer Geburt an werden wir hypnotisiert. Wir befinden uns alle mehr oder weniger in einem Trancezustand. Unsere Patienten glauben, dass wir sie »in Schlaf versetzen«, aber unser vorrangiges Ziel ist es ganz im Gegenteil, sie aufzuwecken.
AUSZUG AUS EINEM ARTIKEL, DEN ELLEN O'FARRELL FÜR DIE ZEITSCHRIFT *Hypnotherapie heute* GESCHRIEBEN HAT

Der Samstag war wundervoll. Ellen und Patrick schliefen lange. Dann folgten ein Frühstück und Zeitunglesen im Bett. Ein langer Strandspaziergang und eine kurze Runde schwimmen (eine sehr kurze: Patrick fror bereits nach wenigen Minuten). Kaffee und Kuchen am Fluss. Mittagessen am Swimmingpool. Nachmittagsschläfchen.

Die Sonne und die Meeresbrise liebkosten Ellens Haut. Ihre Sinne schienen sich geschärft zu haben. Als sie die Hastings Street entlanggingen, nahm sie jeden Geruch wahr: den von Kaffee, vom Meer, von den Parfüms und Aftershaves und Sonnencremes der Passanten. Sie hörte jedes Bruchstück von Unterhaltungen, jedes herausplatzende Gelächter.

Es hatte den Anschein, als gebe es in Noosa eine Art Babyboom. Überall waren Babys und Kleinkinder und Schwangere mit dicken, runden Bäuchen zu sehen. Die Babys waren allesamt wunderschön: Ihre großen, schimmernden Augen schienen sich auf Ellen zu heften, als wüssten sie um ihr Geheimnis. Auch die Schwangeren schienen es zu kennen. Die Augen hinter Sonnenbrillen verborgen, lächelten sie Ellen geheimnisvoll zu.

Sie hatte sich so lange vom Klub der Mütter und Kinder ausgeschlossen gefühlt. Sie ertappte sich immer wieder bei dem Gedanken: Ob *ich* das auch irgendwann darf? So einen großen, kompliziert aussehenden Sportwagen schieben? Ein Baby auf den Arm nehmen, ohne vorher jemanden um Erlaubnis fragen zu müssen? Ein Kleinkind an die Hand nehmen, um mit ihm über die Straße zu gehen?

Warum nicht ich?, fragte sie sich. Warum denn nicht?

Aber sie hatte es Patrick immer noch nicht gesagt.

Geeignete Momente hatte es genug gegeben, aber einer nach dem anderen verstrich. Sie hatten alle Zeit der Welt. Ellen hatte Patrick noch nie so entspannt erlebt. Sogar die Falten auf seiner Stirn schienen sich geglättet zu haben. Er suchte ständig ihre Berührung.

Von Saskia keine Spur. Ellens Magen entkrampfte sich allmählich, und sie hörte auf, ihre Blicke suchend über die Menge schweifen zu lassen. Sie freute sich für Patrick. Der Arme hatte ein entspanntes Wochenende wirklich verdient.

Sie war sich nicht sicher, welche Empfindungen der Gedanke, dass Saskia in ihrem Haus gewesen war, in ihr hervorrief. Angst? Wut? Das Gefühl, missbraucht worden zu sein?

Sie sann darüber nach, als sie von ihrem Mittagsschläfchen aufwachte, eng an Patrick geschmiegt, seine Finger mit ihren verschlungen.

All diese Gefühle waren möglich. Wenn sie an Saskia dachte, wie sie ihr gegenübergesessen, ihr etwas vorgespielt, sie heimlich beobachtet hatte, dann empfand sie tatsächlich Angst, aber auch Zorn. Was wollte sie von ihr? Was hatte sie vor? Wie konnte sie es wagen? Diese Unverfrorenheit!

Und trotz allem war Ellen immer noch neugierig, jetzt sogar noch neugieriger als vorher. Regelrecht fasziniert. Unter ihrer Furcht empfand sie … nein. Nein, das konnte nicht sein. Und doch war es so: Sie empfand einen Anflug von vergnügter Erregung. Es gefiel ihr, dass sich jemand in solchem Maße für sie interessierte. Das machte alles irgendwie reizvoller, prickelnder. So ungefähr musste man sich als Prominenter fühlen. Alles, was man tat, schien wichtig und beachtenswert. Vielleicht hatte Ellen aber auch eine Charakterschwäche, die jene Saskias perfekt ergänzte. Sie war das Yin, und Saskia war das Yang, und gemeinsam bildeten sie ein psychopathisches Ganzes.

Oder versuchte sie am Ende nur, Saskia nachzueifern und sich als auf abartige Weise interessant darzustellen?

Wie auch immer, irgendwann würde sie Patrick von Saskias Betrugsmanöver erzählen müssen. Aber nicht jetzt und hier, sie wollte ihm diese kleine Auszeit vom wirklichen Leben auf keinen Fall verderben. Sie würde es ihm nach ihrer Rückkehr nach Sydney sagen. Und dann war da ja noch die Sache mit der Schwangerschaft. *Das Baby.*

Patricks Hand schloss sich fester um ihre, als er aufwachte.

»Hallo, du«, murmelte er gähnend und fuhr über ihre Schulter und weiter über ihre Taille bis zu ihrer Hüfte, wo er seine Hand liegen ließ. »Gut geschlafen?«

»Wie ein Baby«, antwortete sie mit fester Stimme.

»Mmm. Ich auch.«

Nachdem sie aufgestanden waren, schlug Patrick einen Spaziergang vor. Er zog Ellen ans Fenster. »Siehst du die Landzunge dort? Gleich am Eingang zum Nationalpark gibt es ein Plätzchen, von wo aus wir den Sonnenuntergang bewundern können. Na, wie klingt das?«

»Wunderbar«, sagte Ellen.

Und das war es auch.

Auf der Landspitze standen ein Tisch und Stühle. Das üppige Grün des Nationalparks hob sich vom Tiefblau des Meeres ab. Der Himmel war in Rosa und Blau und Orange getaucht. Patrick hatte eine teure Flasche Champagner gekauft, dazu Käse und Cracker und Erdbeeren. Aus der Minibar im Hotel hatte er zwei Champagnergläser mitgebracht, die er sorgfältig in sein Strandlaken eingewickelt hatte.

»Ich bin beeindruckt«, sagte Ellen.

»Das hoffe ich«, erwiderte Patrick stolz.

Ellen beschloss, ein Glas Champagner mitzutrinken. Ein gelegentliches Gläschen Wein werde mit Sicherheit kein fetales Alkoholsyndrom auslösen, hatte ihre Mutter gemeint.

»Auf uns!« Patrick stieß mit ihr an. »Und darauf, dass wir noch viele Wochenenden wie dieses erleben werden.«

»Und darauf, dass wir noch viele Male mit einem Champagner wie diesem anstoßen werden«, ergänzte Ellen. Der Champagner war ausgezeichnet.

»Und darauf, dass – hoppla, Moment, mir ist was runtergefallen.«

»Was denn?« Ellen schaute verdutzt zu, wie er den Boden suchend abtastete.

Patrick antwortete nicht. Er richtete sich langsam und unbeholfen auf wie ein alter von Arthritis geplagter Mann.

»Hast du dir wehgetan?« Ellen stand auf und wollte ihm zu Hilfe kommen.

»Setz dich wieder hin! Mir fehlt nichts.« Er sah aus, als müsste er sich das Lachen verkneifen.

»Was in aller Welt tust du da?«

»Ellen«, sagte Patrick mit tiefer, bedächtiger Stimme. Sein Gesicht hatte einen dummen, schüchternen Ausdruck angenommen, so als spielte er bei einer Scharade mit. Er hatte sich vor sie hingekniet und streckte ihr auf seiner Handfläche ein kleines schwarzes, samtenes Etui entgegen.

O mein Gott, er machte ihr einen Antrag! So einen richtigen altmodischen Heiratsantrag auf Knien und mit einem bereits gekauften Verlobungsring. Wie wundervoll!

Und wie seltsam quälend.

Ellen wurde durch eine Bewegung hinter Patrick abgelenkt. Am Aussichtspunkt stand jemand und fotografierte den Sonnenuntergang.

»Ellen«, begann Patrick noch einmal. Er räusperte sich. »Ich komme mir irgendwie blöd vor. Und außerdem drückt mir irgendetwas Spitzes ins Knie. Im Film sieht das immer so einfach aus.«

Ellen musste lachen. Ihre Finger zitterten ein wenig, als sie ihr Champagnerglas abstellte. Geschmeichelt und verlegen zugleich blinzelte sie ihre Tränen zurück. *Ein Mann macht mir beim Sonnenuntergang einen Heiratsantrag.*

Sie sah, dass die Frau mit dem Fotoapparat sich zu ihnen umdrehte und lächelte.

»Ellen, möchtest du … Ich meine, würdest du … Es wäre mir eine Ehre, wenn du … Willst du meine Frau werden?«, stammelte Patrick.

»Ich muss dir erst zwei Dinge sagen.« Ellen war selbst überrascht, wie klar ihre Stimme klang.

Patrick ließ die Hand mit dem Etui sinken und hätte fast das Gleichgewicht verloren. »Äh … kann ich wieder aufstehen?«

»Ich bin schwanger«, sagte Ellen. Sie hielt einen Moment inne, dann fuhr sie fort: »Außerdem bin ich mir ziemlich sicher, dass die Frau dort drüben Saskia ist, und sie kommt direkt auf uns zu.«

Dann legte sie ihm ihre Hand fest auf die rechte Schulter und hoffte das Beste.

12

Die zunehmende Verstädterung führt unter anderem zu wachsender Isolation und Vereinsamung des Einzelnen. Daher wird empfohlen, auch Psychiater und Psychologen an Stadtplanungsausschüssen zu beteiligen, damit sie dieses komplexe Thema aus ihrer Sicht darlegen und entsprechende Vorschläge unterbreiten können.

Auszug aus einem Referat, das Saskia Brown auf der Stadtsanierungskonferenz in Noosa gehalten hatte

»Hi, Patrick! Hi, Ellen! Ich dachte doch, dass ihr das seid!«

Saskia kam mit großen Schritten auf sie zu. Neben dem Picknicktisch blieb sie stehen, nahm ihre Sonnenbrille ab und lächelte strahlend auf sie hinunter. Sie trug Shorts (Ellen fielen sofort ihre wunderschönen langen Beine auf), ein T-Shirt und eine Baseballkappe und wirkte vollkommen normal. Sie sah sportlich und attraktiv aus. Niemand wäre bei ihrem Anblick auf die Idee gekommen, dass sie etwas anderes als eine Spaziergängerin war, die zufällig ein paar Freunde getroffen hatte. Ein Außenstehender hätte höchstens Ellens und Patricks Verhalten merkwürdig gefunden. Die beiden sagten kein Wort, sprachlos starrten sie Saskia an.

»Was für ein wunderschöner Abend!« Saskia polierte die Gläser ihrer Sonnenbrille mit einem Zipfel ihres T-Shirts, setzte die Brille wieder auf und machte eine Handbewegung zum Himmel hin. »Ein richtiger Postkartensonnenuntergang, nicht wahr?«

»Saskia«, stieß Patrick heiser hervor. Er richtete sich mühsam auf, gebeugt wie ein Greis.

»Nein, Patrick, lass nur! Ich wollte nicht stören.« Saskia wedelte fröhlich mit den Händen, um ihm zu bedeuten, er solle sich wieder hinknien. »Mach nur weiter mit deinem Antrag. War nett, euch beide zu sehen!« Damit wandte sie sich um und ging davon.

Patrick ließ sich schwer auf den Stuhl Ellen gegenüber fallen, griff nach seinem Champagnerglas und leerte es in einem Zug.

Saskia blieb stehen und drehte sich noch einmal um. »Wir sehen uns dann Freitag, Ellen!« Sie schlug sich auf den Schenkel. »Meinem Bein geht's richtig gut!« Sie winkte.

»Du *kennst* sie?« Ein panischer Ausdruck huschte über Patricks Gesicht. »Hast du sie die ganze Zeit gekannt? Ist das ein abgekartetes Spiel?«

»Nein, nein, nein!«, entgegnete Ellen hastig. »Ich kannte sie als Deborah. So hat sie sich mir vorgestellt. Deborah Vandenberg. Sie ist wegen der Schmerzen in ihrem Bein zu mir gekommen.«

»Deborah«, wiederholte Patrick. Misstrauen flammte in seinen Augen auf. »Aber du hast sie doch Saskia genannt! Gerade eben. Du hast doch gewusst, dass sie es ist.«

»Das ist mir erst auf dem Flug hierher klar geworden. Als du mir von ihrem schlimmen Bein erzählt hast. Ich wollte dich nicht aufregen, deshalb habe ich nichts gesagt. Es ist meine Schuld, dass sie hier ist. Ich habe ihr gesagt, dass wir hierher fliegen würden, als ich noch dachte, sie sei Deborah. Es tut mir wirklich leid. Es tut mir schrecklich leid!«

Es kam ihr so vor, als hätte sie tatsächlich mit Saskia unter einer Decke gesteckt.

Patrick ließ den Deckel des Etuis auf- und wieder zuschnappen. Er lachte ungläubig auf. »Und ich hab gedacht, hier wäre ich sicher. Ich hab gedacht, ich könnte dir wenigstens einen Heiratsantrag machen, ohne dass sie dabei zusieht, aber nicht einmal das war mir vergönnt.«

»Darf ich den Ring sehen?«, fragte Ellen.

»Es ist ein altes Stück. Ich dachte, das gefällt dir bestimmt. Er hat eine Geschichte. Die Geschichte von jemand anderem, meine ich. Es ist kein Erbstück, aber ich glaube, du magst so etwas.« Er klappte den Deckel ein weiteres Mal auf und wieder zu, ohne hinzusehen. »Ich finde, du bist nicht der Typ für einen Nullachtfünfzehn-Diamantring. Jack hat mir beim Aussuchen geholfen.«

Er klang traurig und wehmütig, als redete er über etwas, das sich vor langer Zeit ereignet hatte.

»Das hört sich wunderbar an«, sagte Ellen. »Darf ich?«

Er schob das Etui über den Tisch, und sie öffnete es.

»O Patrick!« Es war ein Weißgoldring mit einem kleinen, ovalen meerfarbenen Aquamarin. »Er ist wunderschön. Genau so einen hätte ich mir gewünscht.«

Ellen hatte sich nie sonderlich für Schmuck interessiert. Sie konnte nicht wie andere Frauen sachkundig über Karat oder Schliff diskutieren. »Ooh, der funkelt aber!«, rief sie jedes Mal aus, wenn eine frisch verlobte Freundin ihr stolz ihre linke Hand zum Bewundern hinhielt. Für Ellen sahen alle Ringe gleich aus.

Aber Patricks Wahl war so hundertprozentig richtig, dass Ellen fast in Tränen ausgebrochen wäre. Der Ring war gleichsam der sichtbare Beweis dafür, dass er sie wirklich sah, so, wie sie war. Sie selbst hätte sich einen solchen Ring niemals vorzustellen vermocht, es war ein Ring, der sagte: Hast du das nicht gewusst? *Das* bist du.

Sie klappte das Etui bedauernd wieder zu. Sie wusste nicht recht, was sie tun sollte, noch hatte sie Patricks Frage nicht beantwortet. Sie dachte an Saskia und empfand zum ersten Mal gerechten, befriedigenden, hellen Zorn. Dieser Augenblick hatte ganz allein ihr gehört. Eigentlich sollte sie jetzt halb lachend, halb weinend ihren Kopf an Patricks Brust schmiegen und gelegentlich aufschauen und ihre Hand hochhalten und ihren Verlobungsring bewundern. Dieser Augenblick hätte sich in ihr Gedächtnis brennen müssen, aber jetzt war die Erinnerung daran für alle Zeiten verdorben.

»Wahrscheinlich hätte ich noch warten sollen«, sagte Patrick. »Aber es fühlte sich einfach richtig an, und ich dachte, was soll's, ich weiß, dass sie die Richtige ist, und deshalb ...« Er verstummte und blinzelte, wie Ellens Patienten es manchmal taten, wenn sie aus ihrer Trance erwachten. »Äh ... hast du gesagt, du bist schwanger?«

Er wird die Hypnotiseurin also heiraten.

Er hat ihr einen Antrag wie im Film gemacht: rosiger Sonnenuntergang als Hintergrund, Champagner, Kniefall.

Ich dachte: Die zwei werden tatsächlich so ein Leben haben. Siehst du, manchen Leuten passiert das eben doch. Sie werden eine elegante Traumhochzeit feiern, wahrscheinlich am Strand, und es wird nicht regnen, und falls doch, wird es lustig sein, die Männer werden große Schirme aufspannen, und die Frauen werden mit ihren hohen Absätzen ins Trockene stöckeln, so schnell sie können. Ellen wird wegen ihrer Schwangerschaft nur ein einziges Glas Champagner trinken. Und dann wird das Baby zur Welt kommen, und alle werden sie im Krankenhaus besuchen, werden Blumen und Kameras mitbringen und scherzen und lachen. Dann werden sie ein zweites Kind bekommen, ein Mädchen, wenn das erste ein Junge war, oder einen Jungen, wenn das erste ein Mädchen war. Sie werden Freunde zum Abendessen einladen und jedes Wochenende von der ersten bis zur letzten Minute verplant haben, und bei Aufführungen oder Konzerten ihrer Kinder werden sie Tränen der Rührung wegwischen, und sobald die Kinder älter sind, werden sie reisen und sich Hobbys suchen, und irgendwann werden sie in eine reizende Seniorenanlage ziehen, und wenn sie sterben, werden ihre Kinder und Enkelkinder zusammenkommen und um sie trauern.

Wer würde um mich trauern, wenn ich heute stürbe? Meine Kollegen? Die würden ziemlich schnell darüber hinwegkommen, denke ich, und sich dann streiten, wer mein Büro bekommt. Freunde? Ich habe es innerhalb weniger Jahre geschafft, von allen Listen der Weihnachtskartenadressaten gestrichen zu werden. Durch meine eigene Schuld. Ich habe die Weihnachtsgrüße nie erwidert, weder die Anrufe noch die E-Mails. Ich war zu beschäftigt damit, Patrick nachzustellen. Das ist ein zeitraubendes Hobby. Meine Friseurin mag mich ganz gern, glaube ich, aber wer würde ihr mitteilen, dass ich gestorben bin? Sie würde denken, ich hätte den Friseur gewechselt. Was ich niemals tun würde. Vielleicht sollte ich irgendwo eine Nachricht hinterlegen: *Im Falle meines Todes bitte meine Friseurin verständigen.*

Trauer oder Schmerz wird es für die Hypnotiseurin und ihren Mann nicht geben, und wenn doch, wird es vorbeigehen. Sie werden sich gegenseitig trösten, bis sie darüber hinweg sind.

Merkwürdig, aber jetzt kann ich mir plötzlich nicht mehr vorstellen, dass aus Patrick und mir noch einmal ein Paar wird. Etwas hat sich verändert. Mir hat er nie einen Antrag gemacht. Wir haben nie auch nur übers Heiraten geredet. Er hatte bereits seine große weiße Hochzeit, und zwar mit Colleen. Ich habe stundenlang in dem dicken, rechteckigen, ledergebundenen Fotoalbum geblättert und Colleen in ihrem prächtigen weißen Brautkleid mit den Puffärmeln angestarrt und überlegt, was sie wohl von mir gedacht hätte.

Eines Morgens, wir lagen noch im Bett, sagte Patrick aus heiterem Himmel: »Ich gebe dich nie wieder her.«

Und mehr brauchte ich nicht. Das waren mein romantischer Heiratsantrag und mein Verlobungsring und meine Hochzeitsfeier und meine Flitterwochen. Was mich betraf, so waren wir von diesem Moment an verheiratet.

Patrick sah das offensichtlich nicht so.

Ellen gehört zu den Frauen, die in einem Mann das Bedürfnis wecken, vor ihnen auf die Knie zu sinken und ihnen einen Heiratsantrag zu machen. Ich nicht.

Als ich zu ihrem Picknicktisch hinüberging, kam ich mir wie eine Art schauerliche, halb menschliche Kreatur vor. Ich konnte meine eigene Hässlichkeit riechen.

Ich akzeptiere es. Es ist in Ordnung. Sie werden für alle Zeit drinnen sein, und ich werde für alle Zeit draußen sein. Aber ich werde dafür sorgen, dass sie immer wissen, dass ich noch da bin, dass ich hineinschaue, ans Fenster klopfe. Ich werde niemals weggehen.

»Sie wird niemals weggehen«, sagte Patrick. »Wenn du mich heiratest, musst du dir darüber im Klaren sein, dass sie mit dazugehört. Mein Sohn. Meine Mutter. Mein Vater. Mein Bruder. Meine Stalkerin.«

»Ja, ich weiß«, erwiderte Ellen.

»Hoffentlich wird es ein Mädchen«, fuhr er fort. »Das Baby. Hoffentlich ist es ein kleines Mädchen. Ein wunderschönes kleines Mädchen, das wäre schön. Findest du nicht auch?«

»Ja, das wäre schön.« Ellen nickte.

Patrick war nicht betrunken, aber seine Worte klangen so, als ob er es wäre. Sie saßen auf dem Balkon ihres Hotelzimmers, und er trank den restlichen Champagner. Anscheinend waren sie jetzt verlobt. Ellen trug den Ring an ihrer linken Hand. Ihr Blick wurde immer wieder davon angezogen. Sie hatte Ja gesagt.

Patrick freute sich wahnsinnig über das Baby. Er war regelrecht ekstatisch. Als die Neuigkeit endlich zu ihm durchgedrungen war, hatte er Ellen in seine Arme genommen und sie festgehalten wie etwas ganz besonders Kostbares. »Ein Baby«, murmelte er. »Ich werd verrückt! Was interessiert uns alles andere? Wir bekommen ein *Baby*!«

Alles war wunderbar, bis auf die Tatsache, dass Saskias Gesicht ununterbrochen am Rande von Ellens Gesichtsfeld zu schweben schien, wie die Bilder eines grässlichen Autounfalls, die sich ins Gedächtnis eingebrannt haben: das Knirschen von Metall, der Kopf, der ruckartig nach hinten geschleudert wurde. Immer und immer wieder spulte sich vor ihrem inneren Auge die Szene ab, als Saskia auf sie zukam: ihr strahlendes, freundliches Lächeln, die von der dunklen Sonnenbrille verdeckten Augen.

Ellens Zorn hatte sich gelegt. Sie fühlte sich seltsam leer und ausgepumpt, so als wäre sie tatsächlich in einen traumatischen Unfall verwickelt gewesen.

»Merkwürdig, aber als Saskia heute aufkreuzte, wurde ich gar nicht so wütend wie sonst«, sagte Patrick. »Ich fühlte nur Ruhe in mir. Eine Art Resignation.«

Ihre posthypnotische Suggestion hatte also einwandfrei funktioniert. Ellen empfand sowohl professionellen Stolz als auch professionelle Schuldgefühle. Sie schwieg. Ihr tat der Rücken weh. Sie rutschte auf der Suche nach einer bequemeren Position auf ihrem Stuhl hin und her und spielte mit ihrem Ring.

Patrick beobachtete sie. »Ist er zu eng?«, fragte er. »Wir können ihn umtauschen.«

»Nein, er passt haargenau. Ich bin es nur nicht gewöhnt, Ringe zu tragen.«

Patrick goss sich den letzten Rest Champagner ein, lehnte sich dann zurück, streckte seine Beine aus und klemmte sich die Stäbe des Balkongeländers zwischen die Zehen.

»Jawohl. Ein wunderschönes blondes kleines Mädchen, das genau wie du aussieht«, sagte er fröhlich und schaute in die Mondnacht hinaus.

»Bloß dass ich nicht blond bin«, erwiderte Ellen lachend.

»Nein, natürlich nicht.« Patrick verdrehte die Augen über seine eigene Dummheit. Er streckte die Hand aus und berührte Ellens Haar. »Wahrscheinlich habe ich mir vorgestellt, sie würde so wie Jack aussehen.«

Ellen dachte an das Foto bei Patricks Eltern, das Colleen im Wochenbett mit Jack zeigte. Sie erinnerte sich an Colleens Haare: Sie waren lang, wellig und sehr blond.

Nach ihrer Rückkehr erzählten Ellen und Patrick jedem, der es hören wollte, von ihrer Verlobung, aber nur ihren engsten Freunden und Verwandten von der – schsch! – Schwangerschaft.

Ellen war überrascht, wie sehr sich die Leute für sie zu freuen schienen. Sie hatten Tränen in den Augen. Sie schickten Blumen und Karten. Sie brachten Champagner vorbei und verteilten stürmische Umarmungen.

»Wieso überrascht dich das?«, wollte Patrick wissen.

»Keine Ahnung«, erwiderte Ellen. »Wahrscheinlich habe ich gedacht, dass sie nicht mehr so großen Anteil daran nehmen würden, wenn jemand in unserem Alter Nachwuchs erwartet.«

»Sie freuen sich einfach, wenn sie zur Abwechslung mal gute Nachrichten hören. Die Leute lieben Happy Ends.«

Ellen war das ganze Aufhebens, das um sie gemacht wurde, gar nicht recht. Sie zog es vor, Beobachterin und nicht Mittelpunkt des Geschehens zu sein. Die vielen Fragen – »Wann ist es denn so weit?« »Wann ist die Hochzeit?« »Wo werdet ihr wohnen?« – machten sie ganz nervös, weil sie die Antworten selbst noch nicht kannten. Außerdem fürchtete sie, dass sie die Leute jetzt irgendwie enttäuschen würde.

Die Augen ihrer Mutter waren nicht feucht geworden, als sie von der Verlobung erfuhr. Sie hatte lediglich die Brauen hochgezogen, war dann schnell in ihre anmutigste Rolle geschlüpft, jene, in der sie offenbar die englische Königin imitierte, und hatte Patrick mit ihrem kultivierten Charme – »eine größere Freude hättet ihr mir nicht machen können« – und einem Scheck über fünftausend Dollar vollkommen für sich eingenommen.

Als sie mit Ellen allein war, sagte sie: »Er braucht dich doch nicht gleich zu heiraten, bloß weil du schwanger bist! Du kennst den Mann gerade mal fünf Minuten.«

»Er hat mir einen Antrag gemacht, bevor er wusste, dass ich schwanger bin«, erwiderte Ellen. »Und ich weiß alles über ihn, was ich wissen muss.«

»Das glaubst du«, stieß Anne gedämpft hervor.

Ellen tat so, als hätte sie nichts gehört. Sie atmete tief durch und beschloss darüberzustehen.

Es war schwer zu sagen, wie Julia über die Neuigkeit dachte. Sie kreischte zwar und umarmte Ellen, als sie von der Verlobung hörte, und sagte all die richtigen schwärmerischen, jungmädchenhaften Dinge über den Ring, aber als Ellen ihr von der Schwangerschaft erzählte, huschte ein Schatten über ihr Gesicht.

»Was meinst du damit, es war ein *Betriebsunfall*?«, sagte sie. »Ihr seid doch keine Teenager mehr! Was hast du denn als Verhütungsmittel benutzt? Willenskraft?«

Nach ihrem ersten Termin bei dem sehr netten Gynäkologen, den ihre Freundin Madeline ihr empfohlen hatte, hatte Ellen sich ausgerechnet, dass es nach jener feuchtfröhlichen Partie Rommé passiert sein musste, als sie das Verhüten sozusagen »vergessen« hatten – in der Tat wie zwei dumme Teenager. Das verschwieg sie Julia jedoch.

Stattdessen wechselte sie das Thema. »Warst du eigentlich schon mit Stinky aus – ich meine, mit Sam?«

»Er hat in letzter Minute abgesagt«, erwiderte Julia knapp. »Er habe die Grippe und liege im Bett.«

»Dann wird er sich wieder bei dir melden?«

»Ja, ja.« Julia machte eine wegwerfende Handbewegung. »Rede bitte nicht in diesem beruhigenden, mitleidigen Ton mit mir, das macht mich wahnsinnig. Wenn er nicht interessiert ist, ist er eben nicht interessiert.«

»Er hat wahrscheinlich wirklich die Grippe, Julia.«

»Hör auf! Du hast wieder diesen herablassenden, *sonnigen* Ausdruck auf deinem Gesicht.«

Ellen gab es auf. Sie erzählte von Saskias Auftritt in Noosa und wie es dazu gekommen war, nämlich durch Ellens Schuld. Das heiterte Julia mächtig auf.

Patricks Familie reagierte ganz reizend auf die Neuigkeit. Sie habe von Ellens erstem Besuch an um eine Verlobung gebetet, gestand seine Mutter.

»Hast du auch um ein Baby gebetet?«, fragte Patrick treuherzig.

»Natürlich«, erwiderte Maureen. »Ich habe zwar nicht so bald damit gerechnet, aber wenn du glaubst, ich sei schockiert, muss ich dich enttäuschen, Patrick. *So* altmodisch bin ich nun wirklich nicht!« Sie strahlte Ellen an. »Ihr werdet natürlich heiraten, *bevor* das Kind zur Welt kommt, nicht wahr?«

Patricks Vater nahm Ellen in seine Arme und drückte sie fest.

Der Duft seines Rasierwassers erinnerte sie so stark an ihren Großvater, dass sie sich beherrschen musste, um sich nicht an ihn zu klammern und ihr Gesicht in seinem Hemd zu vergraben. Simon, Patricks Bruder, schenkte Ellen Blumen und lud die frisch Verlobten zur Feier des Tages zu sich ein, wo er ein hervorragendes Essen für sie kochte (er war ein viel besserer Koch als Patrick). Er frotzelte Ellen wie ein Bruder seine Schwester, und sie liebte das.

Sie hatte sich Sorgen gemacht, wie Jack wohl auf die Nachricht, dass sie seine Stiefmutter wurde, reagieren würde, zumal wenn er erfuhr, dass ein Geschwisterchen unterwegs war. Aber Jack nahm die Neuigkeit sehr gelassen auf. »Hoffentlich ist es ein Junge«, sagte er. »Ich könnte ihm ein paar Sachen beibringen. Wie man Auto fährt zum Beispiel. Oder ein Flugzeug fliegt.« Und nach einer Pause, mit einem schrägen Seitenblick auf Ellen: »Oder wie man mit einem Gewehr umgeht.«

»Wie man mit einem Gewehr umgeht?« Ellen setzte die erschrockenste Miene auf, deren sie fähig war.

»Haha, war nur ein Hirnschocker«, grinste Jack fröhlich. Das war sein neuester Lieblingsspruch.

Auch die logistischen Herausforderungen lösten sie bravourös. Sie würden sehr gern zu Ellen ziehen, meinten sowohl Patrick als auch Jack.

»Das heißt, wenn du uns haben willst«, sagte Patrick. »Wir werden unser Haus behalten und vermieten. Wir werden Immobilienkönige werden!«

»Au ja, dann kann ich jeden Tag an den Strand gehen, mein ganzes Leben lang!«, rief Jack. »Sogar wenn es regnet! Sogar wenn es hagelt! Nee, lieber nicht. War nur ein Hirnschocker!«

Jack würde die Schule nicht wechseln müssen. Die zwanzigminütige Fahrt dorthin war kein Problem, weil Patricks Büro in der gleichen Richtung lag.

Ellen war Teil einer neuen Familie. Ihr ganzes Leben würde sich grundlegend verändern. Sie schlenderte durch ihr Haus, drehte dabei unentwegt ihren Verlobungsring am Finger hin und her und stellte sich vor, wie sich die Räume mit neuen Menschen und neuen Sachen füllen würden. Ein Zimmer für Jack. Ein Zimmer für das Baby. Sie würde zwei Kinder haben. Informationsbriefe von Jacks Schule würden am Kühlschrank kleben. Patricks Sammlung von Drucken alter Vermessungsinstrumente würde an irgendeiner Wand Platz finden müssen. Ein Kinderbettchen, ein Wickeltisch, eine Babybadewanne würden bald zur Einrichtung gehören. Jacks Rad würde vor dem Haus im Gras liegen. Das Auto würde einen Kindersitz haben, im Flur würden ein Kinderwagen stehen und eine Schultasche herumliegen.

Es war faszinierend.

Und absolut beängstigend.

Deborah Vandenberg war für Freitag um elf Uhr eingetragen.

»Sie kommt bestimmt nicht«, sagte Ellen. »Jetzt, wo sie weiß, dass ich weiß, wer sie in Wirklichkeit ist.« Obwohl Saskia gesagt hatte: »Wir sehen uns dann Freitag, Ellen.«

»Ich werde mir den Tag freinehmen«, sagte Patrick. »Ich will nicht, dass du mit ihr allein bist.«

»Sie wird nicht kommen. Und wenn doch, wird sie mir sicher nichts tun. Sie ist niemals gewalttätig geworden.«

Ellen wollte Patrick nicht im Haus haben. Falls Saskia tatsächlich auftauchte, wollte sie mit ihr reden, und zwar von Frau zu Frau. »Warum tun Sie das?«, würde sie sie fragen. »Erklären Sie es mir, ich möchte es gern verstehen.«

Sie würde natürlich nicht länger Ellens Patientin sein können, aber Ellen könnte sie an jemanden überweisen, der ihr helfen würde, sowohl mit ihrem physischen als auch mit ihrem psychischen Problem. Sie würde freundlich, aber bestimmt sein und diesem Unsinn ein für alle Mal ein Ende bereiten.

Ein Teil von ihr registrierte sehr wohl die Absurdität ihres Gedankengangs. Glaubte sie wirklich, Saskia würde bereitwillig das Feld räumen, wenn sie nur sähe, wie unglaublich nett und verständnisvoll Ellen war?

»Das ist mein Problem, nicht deins«, hielt Patrick ihr entgegen. »Du bist schwanger, Stress schadet dem Baby.«

»Sie wird nicht kommen«, beharrte Ellen. »Ich bin sicher, dass sie nicht kommen wird.«

»Ich muss unbedingt eine einstweilige Verfügung gegen sie erwirken«, sagte er.

Seit ihrer Rückkehr aus Noosa hatte er zwar immer wieder davon gesprochen, aber aus Gründen, die Ellen nicht ganz klar waren, bisher nicht die Zeit gefunden, die Angelegenheit tatsächlich in Angriff zu nehmen. Sie war sicher, dass nicht nur sein Stolz der Grund dafür war. Es musste noch irgendetwas anderes dahinterstecken, aber sie drang nicht weiter in ihn. Nach allem, was sie darüber gelesen hatte, bot eine einstweilige Verfügung ohnehin keinen Schutz vor einem hartnäckigen Stalker.

Zu guter Letzt beschloss Patrick, doch ins Büro zu fahren, weil die Warmwasseranlage einen Tag nach ihrer Rückkehr aus Noosa unerwartet den Geist aufgegeben hatte und ein kräftiger Installateur kommen und sie reparieren würde. Ellen war also nicht allein im Haus. Der kräftige Installateur war ein Freund von Patrick, und er versprach, in Hörweite zu bleiben, falls Saskia auftauchen sollte. Aber was, wenn Saskia plötzlich eine Pistole mit Schalldämpfer ziehen und auf sie schießen würde? Oder wenn sie ihr eine Injektionsnadel in den Arm jagen und damit eine Lähmung auslösen würde? Ellen hatte zu viele Horrorfilme gesehen, als dass sie glaubte, ein Installateur, selbst der kräftigste, sei imstande, sie vor einer Psychopathin zu beschützen.

Als Saskias Termin näher rückte, setzte sich Ellen an ihren Schreibtisch und gab sich ganz gelassen. Sie versuchte, Papierkram zu erledigen, aber ihr Herz klopfte so heftig, dass sie sich nicht konzentrieren konnte.

Sie wird nicht kommen, dachte sie.

Aber sie glaubte es selbst nicht. Ellen hatte Saskia bei ihrem letzten Besuch ein Buch über Hypnose zur Schmerztherapie geliehen, und sie waren sich einig gewesen, dass sie es nicht leiden konnten, wenn verliehene Bücher nicht zurückgegeben wurden. »Keine Angst«, hatte Saskia gesagt. »Sie kriegen es ganz bestimmt zurück.«

Die Minuten verstrichen, aber die Türklingel blieb stumm. War sie enttäuscht oder erleichtert? Sowohl das eine wie das andere, glaubte Ellen sich einreden zu können.

Zwanzig nach elf klingelte das Telefon. Ellen riss den Hörer an sich.

»Ellen O'Farrell, Praxis für Hypnotherapie, was kann ich für Sie tun?« Ihre Stimme bebte kaum wahrnehmbar.

Schweigen. Ellen meinte im Hintergrund den gedämpften Lärm einer verkehrsreichen Straße zu hören.

»Hallo?«, rief sie in den Hörer.

Nichts. Sie presste den Hörer fest ans Ohr. Ja, das war eindeutig Verkehrslärm. Jemand hupte.

»Saskia?«

Die Verbindung wurde unterbrochen.

Ich war auf dem Weg zu meinem Termin bei Ellen, als ich eine Panne hatte. Mein Auto blieb auf der mittleren Spur der Schnellstraße liegen. Alle hupten wütend, immer wieder, so als könnten sie mich damit überzeugen, mein Auto endlich wieder in Gang zu bringen.

Ich sprang hinaus und brüllte: »WAS SOLL ICH DENN EURER MEINUNG NACH MACHEN? GLAUBT IHR, ICH MACH DAS ABSICHTLICH?«

Die Autofahrer haben mich über den Verkehrslärm hinweg bestimmt nicht hören können. Sie werden nur gesehen haben, wie sich mein Mund aufgebracht und stumm bewegte und ich wie wild mit den Armen gestikulierte. »So eine Irre«, werden sie vor sich hin gemurmelt haben.

Stimmt genau.

Während ich auf den Pannendienst wartete, beschloss ich, Ellen anzurufen und ihr zu sagen, dass ich es nicht schaffen würde bis elf Uhr. So etwas gehört sich einfach. Bei jedem anderen Termin hätte ich das auch gemacht. Wäre ich noch Deborah, hätte ich sie schließlich auch angerufen.

Ich hatte mich so darauf gefreut, meinen Termin bei ihr wahrzunehmen, so als ob nichts geschehen wäre. Ich war gespannt auf ihre Reaktion. Würde sie mich überhaupt ins Haus lassen? Oder mir die Tür vor der Nase zuknallen? Nein, wahrscheinlich nicht, ich glaube, Türenknallen liegt ihrem sanften, spirituellen Wesen nicht. Ich rechnete damit, Patrick anzutreffen, war mir sicher, dass er auf mich wartete, bereit, die Polizei zu rufen, bereit, die einstweilige Verfügung zu erwirken, mit der er mir so oft gedroht hat, bereit, seine kostbare, hübsche, schwangere Verlobte zu beschützen.

Für den Fall, dass Patrick nicht da gewesen wäre und Ellen mich hereingelassen hätte, hätte ich ihren Ring bewundert, sie gefragt, wann das Baby komme und ob sie eine große Hochzeit plane. Ich hätte sie gefragt, ob sie etwas dagegen habe, wenn ich auch Weiß trüge oder ob das unangebracht sei, und ich hätte sie gefragt, ob ich vielleicht gar nicht auf der Gästeliste stehe? Wie originell. Ich hätte sie gefragt, ob Patrick immer noch auf Sex unter der Dusche und sonntagmorgendliche Blowjobs stehe. Ich hätte zu gern gesehen, wie ihr heiter gelassener Gesichtsausdruck zersplitterte wie Glas.

Vielleicht hätte ich Patrick auch mit keinem Wort erwähnt. Ich hätte weiter Deborah spielen und ihr das geliehene Buch zurückgeben und amüsiert beobachten können, wie sie sich Mühe gab, nicht völlig auszuflippen. Ich hätte improvisiert. Ich hätte mit allem umgehen, hätte alles tun, alles sagen können. Das dachte ich jedenfalls, aber als ich ihre Stimme am Telefon hörte, blieb mir meine eigene weg.

Meine Stimmbänder waren wie gelähmt. Es war für mich physisch unmöglich zu sagen: »Oh, hi, Ellen, hier ist Saskia, ich muss meinen Termin heute Morgen absagen, weil ich eine Autopanne habe.«

Ich kann mich jetzt, wo sie mich als Verrückte kennt, nicht mehr wie ein normaler Mensch benehmen, weil das bedeuten würde, dass ich mich für verrückt oder für normal entscheiden kann. Und wenn ich die Wahl habe, dann würde das wiederum bedeuten, dass ich nicht wirklich verrückt bin; ich sollte endlich aufhören, die Irre zu spielen, und mein Leben weiterleben.

Aber was für ein Leben? Patrick und Ellen *sind* mein Leben. Ohne die beiden gibt es nur einen Job und eine Wohnung und ein Auto, das ein neues Automatikgetriebe braucht.

Der Installateur war schon fort, als es am Nachmittag an der Tür klingelte. Ellen studierte gerade die schicke Schaltfläche der neuen Warmwasseraufbereitungsanlage.

Patrick hatte sich für ein System mit Timerfunktion entschieden, bei dem die Temperatur des fließenden Wassers nach Wunsch eingestellt werden konnte. Das sei praktisch für die Badezeit des Babys, hatte er gemeint. Ellen hatte gar nicht gewusst, dass es solche Systeme überhaupt gab. (Und dann dieses »Badezeit«! Sie staunte über die Beiläufigkeit, mit der er von etwas so Gewöhnlichem und doch ganz und gar Außergewöhnlichem sprach.) Er hatte eine lange Liste mit Dingen zusammengestellt, die erledigt werden mussten, damit das Haus babygerecht wurde: Die Steckdosen mussten mit Kinderschutzsicherungen versehen werden, die Wendeltreppe war eine »tödliche Falle für Kleinkinder« und so weiter und so fort. »Ich schätze, wir werden Kostenvoranschläge einholen müssen.« Ellens Stresspegel war beim Anblick der Liste in die Höhe geschossen.

»Ich kümmere mich darum«, hatte Patrick gesagt, die Brust gewölbt und das Kinn wie ein Superheld gereckt. »Ich möchte nicht, dass du dir dein hübsches kleines Köpfchen deswegen zerbrichst.« Ellen hatte grazil den Handrücken an ihre Stirn gelegt und getan, als falle sie in seinen Armen in Ohnmacht. (Es hätte nicht viel gefehlt, und sie wäre tatsächlich ohnmächtig geworden.)

Ellen sah auf die Uhr. Sie erwartete keine Patienten mehr. Saskia, schoss es ihr durch den Kopf, als sie die Treppe hinunterging. *Und jetzt ist kein kräftiger Installateur mehr da, der mich beschützen könnte.* Vorsichtshalber griff sie nach einem der schweren gläsernen Kerzenhalter auf dem Flurtisch, die ihrer Großmutter gehört hatten. Sie musste lachen, als sie ihr Spiegelbild im Flurspiegel sah. Das war ja wirklich albern. Aber den Kerzenhalter legte sie trotzdem nicht aus der Hand.

Sie öffnete die Haustür. Draußen stand nicht Saskia, sondern eine kleine, nervös aussehende, schlanke junge Frau, die eine Zigarette rauchte und entschuldigend zu Ellen hinauflächelte. Das Gesicht kam ihr bekannt vor, aber sie wusste im Moment nicht, wo sie die junge Frau unterbringen sollte, so sehr war sie auf Saskia fixiert gewesen.

Die junge Frau ließ ihre Zigarette fallen und trat sie aus. Dann bückte sie sich nach der Kippe und hielt sie in ihrer hohlen Hand.

»Ich kann nicht glauben, dass ich mir eine angezündet habe, während ich hier vor der Tür auf Sie gewartet habe«, sagte sie. »Ich bin eine Idiotin. Tja, wie Sie sehen, bin ich immer noch nicht davon losgekommen.«

Ellen starrte auf die Zigarettenkippe. »Rosie!«

»Ja«, sagte sie. »Entschuldigen Sie, ich weiß, dass ich keinen Termin habe. Ich bin heute Morgen aus den Flitterwochen zurückgekehrt, und da dachte ich mir, ich schaue mal vorbei, vielleicht haben Sie zufällig ein paar Minuten Zeit für mich.«

»Ich habe Ihre Hochzeitsfotos in der Zeitung gesehen«, bemerkte Ellen. Sie gab sich Mühe, nicht verärgert zu klingen. *Obwohl uns ein solcher Durchbruch gelungen ist, hast du ihn geheiratet! Warum? Warum hast du ihn geheiratet, wenn du weißt, du magst ihn im Grunde nicht einmal?*

»Die Fotos waren einfach grässlich«, sagte Rosie. »Ich habe so schrecklich ausgesehen. Und dann die fürchterliche Farbe der Brautjungfernkleider!«

»Es waren Schwarz-Weiß-Fotos.«

»Ach so, ja, natürlich. Jedenfalls war die Farbe einfach scheußlich. Tja, also, haben Sie … Ich meine, könnten Sie mich vielleicht noch zwischenreinschieben?«

»Aber sicher«, entgegnete Ellen freundlich.

Sie hatte ein schlechtes Gewissen wegen ihres heimlichen Grolls. Sie trat zur Seite, bat Rosie herein und stellte den Kerzenhalter unauffällig an seinen Platz zurück.

»Sie werden sich vermutlich fragen, warum ich trotzdem geheiratet habe«, sagte Rosie, als sie in dem grünen Relaxsessel Platz genommen hatte.

»Hier.« Ellen hielt ihr ein Papiertaschentuch hin, damit Rosie endlich ihre Zigarettenkippe loswurde.

»Aus dem dümmsten aller Gründe«, fuhr Rosie fort. »Sie werden schockiert sein.«

»Ganz bestimmt nicht.« Aber möglich war es durchaus.

»Nach unserer letzten Sitzung war ich entschlossen, die Hochzeit abzublasen. Ich wusste, dass das einen gewaltigen Wirbel verursachen würde. Die Einladungen waren alle schon rausgegangen. Sogar der *Premierminister* stand auf der Gästeliste. Er hielt sich gerade in Japan oder so auf, aber, na ja … Und meine Mutter hatte zwanzig Kilo abgenommen und sich das teuerste Kleid gekauft, das sie je besessen hatte, und mein Vater hatte tagelang an dieser grässlichen Rede gefeilt, und meine Freunde waren alle furchtbar neidisch, was natürlich kein Grund ist, jemanden zu heiraten, aber alle haben so getan, als würde ich nach oben heiraten, was ja auch der Fall war, aber das war nicht der Grund. Nein, der Grund war etwas anderes, etwas, das passierte, nachdem ich von hier fortgegangen war.«

»Und was war das?«, fragte Ellen.

»Ich beschloss, einen kleinen Strandspaziergang zu machen«, sagte Rosie. Zeige- und Mittelfinger zu einem V geformt, tippte sie sich an die Lippen, wie es ein Raucher macht, der das Verlangen nach einer Zigarette verspürt. »Ich wollte einen klaren Kopf bekommen, überlegen, wie ich es Ian beibringen sollte. Und da sah ich dieses Pärchen im Sand sitzen. Die zwei haben sich geküsst, richtig geküsst, so wie man es am Anfang einer Beziehung macht, wissen Sie, was ich meine?«

»Ja, sehr gut.« Ellen erinnerte sich an jenen Kuss draußen vor dem Museum.

»Und ich dachte, oh, wie süß, aber als ich näher kam, sah ich, dass das Joe war, mein Exfreund. Wir haben uns vor einem Jahr getrennt. Ich dachte, ich sei darüber hinweg. Ich dachte, das lasse mich alles völlig kalt. Aber die Art, wie er dieses Mädchen küsste, so als hätte er nie zuvor eine solche Leidenschaft empfunden – das brachte mich schier um!«

»Ich verstehe«, sagte Ellen.

»Und ich dachte, nein, unmöglich, ich kann die Hochzeit nicht absagen«, fuhr Rosie fort. »Wir hatten unsere Flitterwochen in diesem teuren Ferienort in Malaysia gebucht, wo mein Exfreund und ich immer schon hinwollten, wir konnten es uns aber nie leisten. Ich wollte, dass mein Exfreund von meiner Hochzeitsreise dorthin erfuhr. Ich wollte, dass er sich vorstellte, wie ich mit einem anderen Mann dort war. Ich wollte, dass ihm dieser selige Gesichtsausdruck verging. Geld war immer schon ein Thema für ihn gewesen, reichen Leuten gegenüber hatte er irgendwie Minderwertigkeitskomplexe, und wir hatten gemeinsame Freunde, ich wusste, sie würden ihm von meiner Hochzeit erzählen, und da – ich weiß auch nicht, es war, als hätte ich den Verstand verloren. Also habe ich meine Hochzeit nicht abgesagt, ich habe mir eingeredet, dass ich Ian liebe. Natürlich liebte ich ihn, wie hätte es auch anders sein können? Ich redete mir ein, die Sitzung bei Ihnen habe mich ganz konfus gemacht. Ehrlich gesagt gab ich Ihnen die Schuld daran. Also heiratete ich, und alles war wunderbar, aber wissen Sie was?«

»Was?«, fragte Ellen.

»Erstens war das Hotel in Malaysia gar nicht so besonders, es war sogar ziemlich mies, zweitens mussten wir unsere Flitterwochen vorzeitig abbrechen wegen irgendeines Firmenzusammenschlusses oder eines Coups oder was weiß ich, und drittens: Was meinen Sie, was ich heute Morgen erfahren habe? Mein Ex war nur einige Wochen mit diesem Mädchen zusammen. Er ist jetzt wieder zu haben. Dabei ist mir das im Grunde völlig schnuppe.

Ich wollte ihn ja gar nicht zurückhaben. Ich hätte es nur nicht ertragen können, dass er sein Glück bei einer anderen gefunden hätte und dann erführe, dass ich wieder allein sei. Ist das nicht das Jämmerlichste, was Sie je in Ihrem Leben gehört haben?«

»Nein, keineswegs«, erwiderte Ellen. »Wir alle lassen uns von den seltsamsten Beweggründen leiten.«

Schweigen trat ein. Rosie rutschte unruhig hin und her. Plötzlich sagte sie: »Sie sind ja verlobt!« Sie zeigte auf Ellens Ring, und Ellen wurde bewusst, dass sie die Aufmerksamkeit darauf gelenkt hatte, weil sie in einem fort daran herumspielte. Das war schnell zur Gewohnheit geworden. »Meinen Glückwunsch! Ich wette, Sie lieben ihn. Ich wette, Sie lieben ihn so, wie es sich gehört.«

»Na ja.« Ellen lächelte verlegen. Sie wollte nicht selbstgefällig klingen.

»Wie auch immer. Jedenfalls möchte Ian so schnell wie möglich ein Kind«, sagte Rosie.

»Und deshalb wollen Sie sich ein für alle Mal das Rauchen abgewöhnen«, ergänzte Ellen.

»Nein.« Rosie schüttelte den Kopf. »Ich möchte, dass Sie mich hypnotisieren, damit ich mich in ihn verliebe. Ich meine, Liebe ist nichts weiter als ein Gemütszustand, oder? Ich will kein Kind von einem Mann, den ich nicht liebe. Sie können das doch, nicht? Mich glauben machen, dass ich ihn liebe? Damit ich nicht den schlimmsten Fehler meines Lebens gemacht habe?«

13

»Die Beziehung zum Vater prägt alle künftigen Beziehungen zu Männern. Einem Mädchen, das ohne Vater aufwächst, fehlt das Rollenvorbild. Vaterlose Töchter neigen eher dazu, ihre Partner häufig zu wechseln.« Wirklich FANTASTISCH, vielen Dank, Mum, ich werde später mal eine Schlampe sein!!!!!!!!
Eintrag in Ellen O'Farrells Tagebuch, datiert eine Woche vor ihrem fünfzehnten Geburtstag

Anne war nervös.

Mit einem Schlag war es Ellen klar. Seit sie das Restaurant betreten hatten, in dem sie sich zum Mittagessen trafen, hatte sie ihre Mutter beobachtet. Irgendetwas an ihr war anders als sonst. Jeder andere hätte gesagt, Anne sei völlig gelassen und entspannt, während sie mit ihrer Tochter über die Schwangerschaft plauderte, mit Ellens Patentanten gut gelaunt über die Auswahl des Weins diskutierte und den Kellner über die Tagesgerichte ausfragte. Und doch war ihr Rücken unnatürlich gerade (selbst für eine glühende Verfechterin einer aufrechten Körperhaltung), ihr Kinn eine Spur zu gereckt, ihre Schultern zu straff.

Annes wunderschöne Augen schweiften immer wieder über Ellen. Diese war es gewohnt, dass ihre Mutter sie mit ihren Blicken einem Gesundheitscheck unterzog: Sie prüfte ihre Gesichtsfarbe, ihr Gewicht, das Weiße ihrer Augen. Ellen hatte immer das Gefühl gehabt, dass Anne ihr zur Begrüßung lieber ein Blutdruckmessgerät umgeschnallt und ihr ein Thermometer in den Mund geschoben hätte, als sie zu umarmen. Aber es war noch etwas anderes.

Ellen wandte ihre Aufmerksamkeit ihren beiden Patentanten zu. Phillipa wirkte aufgeregt, versuchte aber, es sich nicht anmerken zu lassen, so als sei sie gekommen, um sich eine etwas gewagte Show anzusehen. Melanie kam ihr zunächst so wie immer vor, doch dann fiel ihr auf, wie ihre Blicke immer wieder zu Anne hinüberhuschten, so als wartete sie auf etwas. Ellen erinnerte sich an Mels Anruf einige Wochen zuvor. Anne tue so geheimnisvoll, hatte sie gemeint. Ellen hatte angesichts der einschneidenden Veränderungen in ihrem eigenen Leben gar nicht mehr daran gedacht.

Als der Kellner ihre Bestellungen aufgenommen hatte und gegangen war, sagte Ellen: »Also gut, was ist los?«

Anne griff sich an ihren Hals, und jetzt erst bemerkte Ellen die wunderschöne, allem Anschein nach sehr teure Halskette, die sie noch nie gesehen hatte. Und noch etwas fiel ihr auf: Die Haut an Annes Hals schien älter und welker zu sein als der Rest, wie zerknitterte Seide sah sie aus. Ellen hätte am liebsten die Hand ausgestreckt, um sie zu glätten.

»Wo hast du denn die Halskette her?«, fragte Ellen.

»Vor der kann man wirklich nichts geheim halten«, sagte Phillipa stolz. »So war sie schon immer. Wisst ihr noch, als wir ihr damals einreden wollten, dass …«

»Pip!«, sagte Melanie mahnend. »Es geht jetzt um Anne und Ellen.«

»Genau! Vollkommen richtig! Wieso sind wir eigentlich mitgekommen? Sollen wir euch zwei lieber allein lassen?«

Anne seufzte. »Wir drei haben Ellen gemeinsam erzogen. Deshalb wollte ich euch beide dabeihaben. Ihr beide wart wie Mütter für sie. Wir vier sind eine Familie. Wir sind eine Familie, und das hier … ist eine Familienangelegenheit.«

Ellen hatte das Gefühl, man ziehe ihr den Boden unter den Füßen weg. So redete ihre Mutter nie. »Es ist Krebs, nicht wahr?«, flüsterte sie tief betroffen.

»Es ist eine gute Nachricht.« Anne lächelte. Plötzlich strahlte sie übers ganze Gesicht. »Ich wollte es dir neulich abends schon sagen, aber dann kam etwas dazwischen, wie du dich sicherlich erinnerst.«

»Ja, schon gut«, sagte Ellen.

»Nun, die Sache ist die, dass ich mich mit deinem Vater getroffen habe. Das ist auch schon alles.«

»Nicht ganz«, warf Phillipa ein.

»Na ja, ich habe eine Art … Beziehung mit ihm«, gestand Anne.

»Das ist so romantisch!«, schwärmte Phillipa.

Ellen schüttelte verwirrt den Kopf. »Ich verstehe nicht. Ich dachte, er sei verheiratet und lebe in England.«

»Geschieden«, sagte Anne fröhlich, so als ob eine Scheidung zu den süßesten Dingen des Lebens gehöre.

»Und er ist wieder nach Sydney gezogen«, fügte Melanie hinzu. »Deine Mutter trifft sich schon seit einigen Wochen mit ihm. Und uns hat sie kein Wort gesagt! Aber ich *wusste*, dass da etwas im Gange war.«

»Und an allem bin nur ich schuld«, sagte Phillipa. »Er hat mich auf Facebook entdeckt! Er fragte, ob ich noch Verbindung zu Anne O'Farrell hätte, und als ich deiner Mutter davon erzählte, konnte ich ihr ansehen, dass sie immer noch etwas für ihn übrig hat, selbst nach so vielen Jahren!«

»Etwas für ihn übrig hat?«, echote Ellen. Sie spürte ein Gefühl von Gereiztheit in sich aufsteigen. Die drei benahmen sich wie alberne Teenager. »Du hast ihn von einer Liste ausgesucht!«

»Ja, das ist schon richtig«, erwiderte Anne. »Keine Sorge, dein Leben beruht nicht auf einer Lüge. Aber was ich dir nie erzählt habe, ist, dass ich tatsächlich ein wenig in ihn verknallt war.«

»Ein wenig?«, bemerkte Melanie. »Du warst ganz schön in ihn verknallt. Pip und ich durchschauten sie natürlich sofort«, fügte sie an Ellen gewandt hinzu.

Ihre drei »Mütter« nagten an ihren mit teuren Lippenstiften geschminkten Lippen, als säßen sie in einem Klassenzimmer und versuchten angestrengt, ein Kichern zu unterdrücken. Anne schenkte Wein nach, und Ellen, die Mineralwasser trank, kam sich wie eine Erziehungsberechtigte vor. Sie benahmen sich so was von *kindisch*!

»Und wie sich herausgestellt hat, hat er mich auch nicht vergessen können«, fuhr Anne voller Stolz fort. »In all den Jahren seiner Ehe hat er immerzu an mich gedacht. Er hat sogar von mir geträumt!«

»Die arme Frau«, murmelte Ellen.

Anne runzelte die Stirn. »Welche arme Frau?«

»Na, *seine*! Die, mit der er verlobt war, als du mit ihm geschlafen hast, um mit mir schwanger zu werden!«

»Ach, sei doch nicht so …«

Anne sprach den Satz nicht zu Ende. Sie machte stattdessen eine Handbewegung, als wollte sie ein harmloses Insekt verscheuchen. Ellen vermutete, sie hatte »langweilig« sagen wollen.

»Ellen, deine Mutter hatte nichts mit dem Scheitern ihrer Ehe zu tun«, sagte Mel. »Es ist nichts Verwerfliches an dieser Geschichte.«

Ellen dachte an die arme Frau in London, die Nacht für Nacht ahnungslos neben ihrem Ehemann schlief, während dieser von einem Mädchen im sonnigen Sydney träumte. In der Tat, es war überhaupt nichts Verwerfliches daran.

»Und, hast du ihm von mir erzählt?«, fragte sie, bemüht, nicht bissig zu klingen.

Der verträumte Ausdruck wich von Annes Gesicht, jetzt wirkte sie wieder nervös. »Er war natürlich schockiert, er nahm es mir furchtbar übel, dass ich ihm die Schwangerschaft verheimlichte. Er hätte die Hochzeit abgesagt und mich geheiratet, wenn er es gewusst hätte, meinte er. Stell dir das mal vor! Ich hätte eine kleine Hausfrau werden können.«

»Oh, Mum!«

Es lag etwas Selbstgefälliges in Annes Ton, etwas, das Ellens Zeugung fad statt mutig erscheinen ließ.

»Du wirst dich doch mit ihm treffen, nicht wahr, Ellen?«, sagte Phillipa. »Das wird wie in einer dieser Fernsehshows sein, wo auseinandergerissene Familien wieder zusammengeführt werden. Mir kommen die Tränen, wenn ich bloß daran denke!«

»Ich werde mich mit ihm treffen, sicher, aber das wird kein romantisches oder herzerweichendes Wiedersehen sein. Wir haben die gleiche DNA, das ist alles«, erwiderte Ellen nüchtern.

»Na ja, du weißt doch jetzt, dass sich deine Eltern geliebt haben!«

»Wir dachten, du seist hellauf begeistert.« Mel musterte Ellen stirnrunzelnd, als wäre sie ein Fehlbetrag in einer Bilanz, den es aufzuklären galt. »Du hast dir immer so sehnsüchtig gewünscht, deinen Vater kennenzulernen. Eine Zeit lang warst du regelrecht besessen von dieser Idee.«

»Ja, da war ich vierzehn«, antwortete Ellen. Jetzt kam ihr die bevorstehende Begegnung wie eine peinliche gesellschaftliche Verpflichtung vor.

»Bist du denn gar nicht neugierig?«, fragte Phillipa.

»Doch, natürlich«, entgegnete Ellen ohne große Begeisterung.

Sie war viel zu sehr mit ihrem eigenen Leben beschäftigt: Da waren das Baby, ihr künftiger Stiefsohn, ihr künftiger Ehemann. Nicht zu vergessen die Exfreundin ihres künftigen Ehemanns. Ellen hatte keine Zeit, sich dem Aufbau einer weiteren Beziehung zu widmen.

»Es eilt ja nicht«, sagte Anne. »Niemand drängt dich.« Sie fasste wieder an ihre Halskette und spielte verträumt mit dem Anhänger, einem Edelstein.

»Hat er sie dir geschenkt?«, fragte Ellen. »Äh … David, meine ich?« Ihre Mutter würde hoffentlich nicht erwarten, dass sie ihn Dad nannte, oder?

Anne ließ ihre Hand sinken. »Ja. Aus Anlass unseres Vierwöchigen.« Sie lief rot an. »Ich weiß, eigentlich sind wir zu alt für so etwas.«

»Ach was«, meinte Phillipa.

Ellens Mutter war eindeutig verliebt, noch dazu in Ellens Vater, so wie es sein sollte. Das war unglaublich, hätte sie aber glücklich stimmen müssen. Ellen fragte sich, warum sie dann so unglücklich darüber war. Sträubte sie sich gegen die Veränderung? Wollte sie die Liebe ihrer Mutter nicht teilen? Sie nahm sich vor, später, sobald sie zu Hause war, darüber nachzudenken.

»Ich freue mich für dich, Mum.« Sie gab sich größte Mühe, damit es sich aufrichtig anhörte.

»Ich will es nicht beschreien, weißt du, noch sind wir ganz am Anfang«, sagte Anne schroff. Doch dann setzte sie erneut ihr sonderbares Lächeln auf und legte ihre Hand auf die von Ellen. »Dein Dad ist der bezauberndste Mann, den ich jemals kennengelernt habe.«

Ich wohne in einer Doppelhaushälfte mit drei Schlafzimmern. Ich konnte Doppelhäuser noch nie leiden, und trotzdem wohne ich jetzt in einem.

Nach der Trennung von Patrick brauchte ich dringend eine Unterkunft, und so bat ich einen Immobilienmakler, den ich kannte, mir etwas Passendes in meiner Preisklasse zur Miete zu suchen. Er fand dieses fade, sterile kleine Haus für mich, in einer Straße, in der dicht an dicht ähnliche Doppelhäuser sowie drei zwanziggeschossige Wohnblöcke stehen. Die Leute, die hier wohnen, sind hart arbeitende Mittelständler. Sie sind die Arbeitsbienen der Gesellschaft auf dem Weg nach oben. In dieser Gegend zählt vor allem der praktische Aspekt. Der Bahnhof ist zu Fuß zu erreichen, und in die Innenstadt sind es nur zehn Minuten. Es gibt Dutzende Restaurants, die nicht besonders gut, aber ausreichend sind, es gibt Reinigungen, die rund um die Uhr geöffnet haben, und Bankautomaten und Taxistände. Wer hier unterwegs ist, hat den Blick auf sein Blackberry gerichtet und in der anderen Hand einen Becher Coffee to go. Das ist kein Ort für Liebespaare. Hier gibt es weder Straßenmusikanten noch Buchhandlungen, weder Galerien noch Kinos. Das ist wunderbar. Man kommt sich vor wie in einem erweiterten Büro.

In der anderen Doppelhaushälfte wohnt ein Mann namens Jeff.

Jeff ist klein, glatzköpfig und hat einen gepflegten rötlich blonden Bart. Das Persönlichste, was ich über ihn weiß, ist, dass er kälteunempfindlich ist. Er trägt das ganze Jahr über kurzärmelige Hemden. Wenn er zu Hause ist, höre ich praktisch nichts von ihm durch die Wände, die wir uns teilen – keine Musik, keinen Fernseher. Ein einziges Mal habe ich ihn panisch ausrufen hören: »So macht man das doch nicht!« Was macht man nicht so? Es interessierte mich nicht sonderlich.

Jeff selbst interessiert mich nicht sonderlich. Ich habe nie ein richtiges Gespräch mit ihm geführt oder den Blickkontakt gesucht. Begegnen wir uns zufällig auf dem Weg zum Briefkasten oder beim Weggehen oder Heimkommen, gehen wir schneller, wir rennen beinahe, so als wäre uns plötzlich eingefallen, dass wir schon viel zu spät dran sind. Oder wir starren konzentriert auf einen der Briefe, die wir bekommen haben, und reißen ihn auf, so als ob er von höchster Dringlichkeit wäre. Wir rufen uns zerstreut Bemerkungen zu wie »Heiß heute, nicht wahr?« oder »Kalt heute, nicht wahr?« oder, wenn das Wetter nicht näher zu bestimmen ist, »Wie geht's?«. Aber wir warten nie auf eine Antwort, weil uns die Antwort egal ist. Manchmal jedoch antworte ich im Stillen: *Ich verfolge immer noch meinen Exfreund, trauere um meine tote Mutter und habe unerklärliche Schmerzen im Bein, danke der Nachfrage, und Ihnen?*

Ja, für den Bewohner einer Doppelhaushälfte ist Jeff der perfekte Nachbar. Wir haben es geschafft, all die Jahre Tür an Tür zu leben und nach der Post zu sehen, wenn der andere verreist ist, und uns über gemeinsame Probleme wie Müllabfuhr und Rasenmähen zu einigen, während wir gleichzeitig eine herrlich oberflächliche Beziehung aufrechterhalten haben.

Aber als ich heute nach Hause kam, trat Jeff plötzlich auf mich zu und blieb dicht, viel zu dicht, vor mir stehen. Ich versuchte, unauffällig einen Schritt zurückzuweichen. »Hi, Saskia«, sagte er. Ich glaube, das war das erste Mal, dass er mich beim Namen nannte.

»Hi, Jeff«, erwiderte ich. Dito.

»Ich wollte Ihnen nur sagen, dass ich wegziehe. Ein kleiner Küstenwechsel.«

»Ein Küstenwechsel«, wiederholte ich.

»Ja, ich ziehe in eine kleine Stadt an der Küste weiter südlich. Ich werde dort ein Café übernehmen. Jeff's Jetty Café werde ich es nennen.«

Ich war völlig baff. Ich weiß auch nicht genau, warum. Wahrscheinlich habe ich gedacht, er sei nicht wichtig genug, als dass er irgendwelche einschneidenden Veränderungen in seinem Leben vornehmen könne, aber er weiß natürlich nicht, dass er in meinem Leben nur eine Nebenrolle spielt. Er ist der Star seines eigenen Lebens, und ich spiele darin auch lediglich eine Nebenrolle. Und das ist nur gerecht.

»Es liegt zwar nicht an einem Kai«, fuhr er fort, »aber ich werde ihm einen maritimen Look verpassen, mit Tauen und Ankern und … Eimern und so.« Ein Ausdruck von Unsicherheit huschte über sein Gesicht. Er hat nicht die geringste Ahnung, worauf er sich einlässt.

»Klingt großartig«, sagte ich. Das wird ein spektakulärer Reinfall werden.

»Ja. Ich fand, es war an der Zeit, mich vom Polizeidienst zu verabschieden.«

»Sie sind *Polizist*?«

Ich konnte es nicht fassen. Ich hatte ihn nie in Uniform gesehen. Ich hatte ihn für einen Wirtschaftsprüfer oder einen IT-Berater oder meinetwegen einen Buchhändler gehalten. Polizeibeamte sollten gezwungen werden, ihren Nachbarn gegenüber ihren Beruf offenzulegen. Wenn ich ihm nun am Briefkasten beiläufig eine Straftat gestanden oder eine illegale Substanz angeboten hätte?

Und dann ist da noch die Sache mit Patrick. Er droht mir seit langem damit, die Polizei einzuschalten. Lachhaft. Warum soll sich die Polizei für etwas interessieren, das im Grunde eine Privatangelegenheit zwischen zwei Erwachsenen ist? Aber andererseits habe ich schon sein Haus ohne seine Erlaubnis betreten. Das ist streng genommen Hausfriedensbruch. Mindestens.

»Ich hatte keine Ahnung, dass Sie bei der Polizei sind«, fügte ich hinzu. Meine Verärgerung war mir anzuhören.

»Als verdeckter Ermittler«, erklärte Jeff. »Ganz schön stressig. Wirbelt einen gehörig durcheinander. Unmöglich, eine Beziehung aufzubauen. Und ich werde nicht jünger. Ich sehne mich danach, endlich die Richtige zu finden. Irgendwann will ich Vater werden!«

Ich wollte nicht hören, dass Jeff sich danach sehnte, endlich die Richtige zu finden. Das war, als hätte er mir etwas Intimes anvertraut, ein abstoßendes sexuelles Geheimnis.

»Eine nette junge Familie übernimmt das Haus«, fuhr er fort. »Zwei kleine Kinder, ein Junge und ein Mädchen. In Zukunft wird es hier lebhafter zugehen.«

Plötzlich schien er sich daran zu erinnern, was für eine Art Nachbarschaft *wir* gehabt hatten, und er trat abrupt einen Schritt zurück.

»Tja, ich habe Sie lange genug aufgehalten. Ich wollte Ihnen bloß Bescheid sagen, damit Sie sich nicht wundern, wenn morgen der Umzugswagen vor der Tür steht. Die neuen Mieter werden ein paar Tage später einziehen.«

»Na dann, alles Gute«, sagte ich.

»Danke.« Er lächelte. Es war ein unverhofft nettes, schüchternes Lächeln, und mir wurde seltsam wehmütig ums Herz. Wir hätten Freunde sein können. Ich hätte ihn zu einem Drink oder einer Tasse Kaffee zu mir einladen können. Vielleicht wäre er dann nicht auf diese blöde Idee mit dem Küstenwechsel gekommen.

Vor Patrick wäre ich der Mensch gewesen, der genau das getan hätte. Das ist alles nur Patricks Schuld.

Eine »nette junge Familie« wird also künftig nebenan wohnen. Ich werde mich nicht länger vor dem Glück der anderen in meine nichtssagende kleine Doppelhaushälfte flüchten können. Ich kann allein den Gedanken, tagein tagaus mit ansehen zu müssen, wie diese selbstgefällige Familie glücklich miteinander ist, nicht ertragen. Ich hasse Familien mit einem Jungen und einem Mädchen, wie eine Familie in einer Autoreklame. Das ist so *perfekt*. Sie sind immer so von sich eingenommen.

Ich spüre, wie der Druck in meinem Kopf gefährlich zunimmt. Irgendetwas muss passieren. Ich muss dafür sorgen, dass etwas passiert. Und zwar bald. Ich weiß nur noch nicht, was.

Als Ellen vom Lunch mit ihrer Mutter und ihren Patentanten nach Hause kam, setzte sie sich erst mal auf die Treppe vor dem Haus. Statt die Schlüssel aus der Tasche zu kramen und aufzuschließen, hätte sie lieber geklingelt und auf das vertraute Geräusch der langsam näher schlurfenden Schritte gewartet. Ihr Großvater hatte die Tür immer ganz vorsichtig mit einem streitlustigen Gesichtsausdruck geöffnet, der aber sofort verschwand, wenn er seine Enkelin erblickte. »Sie ist da!«, rief er ihrer Großmutter dann freudig zu und zog die Tür weit auf, und Ellen stieg der Duft von frisch Gebackenem in die Nase.

Ihre Großeltern waren schon eine Weile tot, aber aus irgendeinem Grund schien es Ellen an diesem Tag ganz ausgeschlossen, dass sie nicht da waren. Sie hatten ihr diese Tür bestimmt etliche Hundert Mal geöffnet. Ellen kam es nicht so vor, als würde sie nur Erinnerungen heraufbeschwören. Es schien vollkommen logisch, dass ihre Großeltern noch da waren, irgendwo, auf einer anderen Daseinsebene, und wenn sie nur lange genug sitzen blieb und sich ganz fest konzentrierte, würde sie durch Zeit oder Materie oder was auch immer hindurchschlüpfen, den Kopf noch einmal an die Schulter ihres Großvaters legen und beobachten können, wie er wie immer ein bisschen rot wurde, wenn sie ihn umarmte und sich an ihn schmiegte. »Was hast du auf dem Herzen, Ellie?«, fragte ihre Großmutter stets. Niemand außer ihrer Großmutter hatte sie jemals Ellie genannt. (»Ich habe mein Kind nicht Ellie getauft, das hätte ich niemals getan«, sagte Anne jedes Mal schaudernd.)

Ellen hätte ihren Großeltern gern von dieser neuen Entwicklung in ihrem Leben erzählt, von David Greenfield, jenem seltsamen, verlockenden Namen auf ihrer Geburtsurkunde, der nun nicht mehr der des sorgsam ausgewählten Samenspenders war, sondern der des »bezauberndsten Mannes«, den ihre Mutter »jemals kennengelernt« hatte. Das war so, als erführe man zu einem Zeitpunkt, da es einen nicht mehr interessierte und man auch nicht mehr an Wunder glaubte, dass es den Weihnachtsmann tatsächlich gab. Es war schlicht und einfach verwirrend.

»Deine Mutter ist mir vielleicht eine!«, hätte ihre Großmutter gesagt, den Kopf geschüttelt und den Wasserkessel aufgesetzt.

Ellen seufzte und lächelte. Ja, genau darum ging es. Sie wollte, dass man ihrer Mutter Vorhaltungen machte, weil sie in Ellens Leben ein solches Durcheinander verursachte. Und wer könnte das besser als ihre Großeltern? Sie hatten immer zu ihr gehalten.

Und warum wollte sie, dass ihre Mutter gerüffelt wurde? Angst war der Grund. Angst vor der Veränderung. Angst vor dem Unbekannten. Die gleiche Angst, die ihren Großvater stets veranlasst hatte, die Tür ganz vorsichtig zu öffnen. *Ist das die Veränderung, die an meine Tür klopft?*

Ellen seufzte, kramte die Hausschlüssel aus ihrer Handtasche und stand auf. In diesem Moment fiel ihr Blick auf das schmiedeeiserne Tischchen mit der Mosaikplatte in einer Ecke der Veranda. Ihre Großmutter hatte die Mosaikarbeit selbst gefertigt, nachdem sie einen Kurs besucht hatte. (Es war keine besonders gute Arbeit. Die grünen und orangeroten rechteckigen Plättchen waren schief und krumm aneinandergelegt worden. Der Kursleiter hatte ihre Großmutter ständig ermahnt, weil sie beim Unterricht zu viel plapperte.)

Mitten auf dem Tisch stand ein Buch, sorgfältig arrangiert wie ein Verkaufsexemplar in einer Buchhandlung. Eine rosarote Kamelie lag schräg daneben.

Ein eisiger Daumen strich Ellens Wirbelsäule entlang. Das Buch war jenes, das sie Saskia geliehen hatte. Sie hatte es wie versprochen zurückgebracht. Ellen nahm es in die Hand und blätterte die Seiten durch. Keine Nachricht. Keine außer der unheimlichen

Art, wie es platziert worden war, und der Blume. Was hatte die Blume zu bedeuten?

»Bin ich hier richtig bei der Hypnotherapeutin?«, sagte eine Stimme hinter ihr.

Ellen fuhr zusammen und stieß einen quiekenden Schreckensschrei aus.

»Oh, bitte entschuldigen Sie, ich wollte Sie wirklich nicht erschrecken!« Unten an der Verandatreppe stand ein Mann Ende vierzig, Anfang fünfzig und blickte bedauernd zu ihr auf. Er hielt ein Notizbuch, an dessen Seite ein Kugelschreiber klemmte, in der Hand und trug ein Freizeithemd, das zwei Nummern zu groß schien. Er sah aus wie jemand, der zu spät zu seiner neuen Bibelstundengruppe kommt.

Eine Hand an die Brust gepresst, damit ihr klopfendes Herz sich wieder beruhigte, atmete Ellen tief durch.

»Entschuldigung, ich war mit meinen Gedanken ganz woanders.« Lächelnd und mit ausgestreckter Hand ging sie die Treppe hinunter. »Ja, hier sind Sie richtig. Sie sind bestimmt Alfred, nicht wahr? Alfred Boyle? Ich bin Ellen.«

Alfred war ein neuer Patient, der ihre Adresse aus dem Internet hatte. Er hatte Ellen ein paar Wochen zuvor gemailt und sie um eine schriftliche Bestätigung ihres Honorars gebeten. Er sei Mitinhaber einer Wirtschaftsprüfungskanzlei, hatte er hinzugefügt, und benötige Hilfe, um in einer professionellen Umgebung besser frei sprechen zu können.

Ellen öffnete die Haustür und ging ihm voran die Treppe hinauf. Verstohlen schaute sie sich um, in der Hoffnung, einen flüchtigen Blick auf ihre Großeltern zu erhaschen (was sie wohl über Saskia sagen würden?), aber das Haus war leer. Kein Duft von frisch Gebackenem erfüllte es. So angestrengt sie auch schnupperte, alles, was sie riechen konnte, war das Curryhuhn, das sie am Abend zuvor gekocht hatte.

Das Buch und die Kamelie hatte sie auf dem Tisch zurückgelassen. Sie würde sich später Gedanken darüber machen.

14

Freud behauptete immer, er habe auf die Anwendung von Hypnose verzichtet, nachdem ein Patient aufgesprungen sei und ihn geküsst habe. Der wahre Grund dürfte ein anderer gewesen sein: Durch den Konsum von Kokain schrumpfte sein Zahnfleisch so sehr, dass sein künstliches Gebiss nicht mehr passte und er nicht mehr deutlich genug sprechen konnte, um eine Hypnose einzuleiten. Was lernen wir daraus? Zahnseide benutzen!

Auszug aus einer Rede, die Flynn Halliday auf der Konferenz der Northern Beaches Hypnotherapeuten im August 2010 hielt

»Ellen, meine Liebe! Du siehst gut aus.«

»Danke, Flynn.«

Flynn Halliday beugte sich zu ihr hinunter und drückte flüchtig seine Wange an ihre.

Ein Monat war seit Ellens Rückkehr aus Noosa vergangen. Sie besuchte die regelmäßige Ortsgruppenversammlung des Australischen Hypnotherapeutenverbandes. Die Versammlung fand in einem kleinen Raum in einem kommunalen Gebäude statt, und Flynn und Ellen waren eine halbe Stunde früher gekommen, um alles für die Teilnehmer herzurichten.

»Wie ist es dir ergangen?«, fragte Flynn, als sie Tische und Stühle in Hufeisenform anordneten. »Gibt's was Neues?«

Ellen zögerte. Sie hatte ein schlechtes Gewissen. Sie hatte in Flynns Gegenwart immer ein schlechtes Gewissen, weil sie das Gefühl hatte, ihn in mancherlei Hinsicht enttäuscht zu haben.

Sie kannte ihn seit über zehn Jahren. Sie hatte etliche Jahre in seiner Hypnotherapiepraxis gearbeitet, erst als seine Assistentin, dann als Praktikantin und schließlich als Hypnotherapeutin. Er hätte es gern gesehen, wenn sie in seine Praxis mit eingestiegen wäre, und Ellen wusste, wie sehr es ihn verletzt hatte, als sie beschloss, sich selbstständig zu machen.

Außerdem war da noch diese Sache, die sie nie laut ausgesprochen, die sie nicht einmal sich selbst eingestanden hatte – die Art, wie Flynn sie manchmal ansah. Mitunter dachte Ellen, sie bilde sich das nur ein, und ihr Benehmen sei typisch für eine Frau, die ohne Vater aufgewachsen war und die jetzt die harmlose Zuneigung eines älteren Mannes zu einer jüngeren Kollegin falsch interpretierte. Dann wieder war sie davon überzeugt, dass Flynn, hätte sie ihn auch nur ein klein wenig ermutigt, ihr Avancen gemacht und sie mit Gedichten, klugen Komplimenten und bedachtsam ausgewählten Geschenken umworben hätte.

Flynn war nie verheiratet gewesen und hatte, soweit Ellen wusste, auch nie eine feste Beziehung gehabt. Er war Ende fünfzig, hatte feines, helles Haar und ein rosiges, engelhaftes Gesicht. Er sah aus wie ein in die Jahre gekommener Chorknabe. Sex mit Flynn? Schon der Gedanke schien strafbar.

Ellen sah keinen Grund, ihm jetzt schon von dem Baby zu erzählen. Obwohl in den letzten Wochen eine tief greifende Veränderung in ihr vorgegangen war (ihre Brüste waren empfindlich, ihr war den ganzen Tag ein wenig übel, und sie hatte ständig das Gefühl, gleich in Tränen auszubrechen), sah man ihr die Schwangerschaft noch nicht an. Außerdem glaubte sie, Flynn sehe lieber eine Jungfrau in ihr.

Aber es wäre komisch, ihm ihre Verlobung zu verschweigen.

»Ja, es gibt tatsächlich etwas Neues«, sagte sie, den Daumen auf ihrem Verlobungsring. »Ich habe mich verlobt.«

Flynn hatte ihr den Rücken zugedreht. Es dauerte einen Herzschlag zu lange, bis er sich zu ihr umdrehte.

Ellen kamen die Tränen. *O Flynn, du dummer Mann.* Sie

wünschte, sie hätte ein Leben übrig, eine Art Parallelleben, in welchem Flynn sie umwerben und sie heiraten und sie ihn glücklich machen könnte. Allerdings ohne Sex.

»Meinen Glückwunsch!« Er eilte durch den Raum auf sie zu und küsste sie unbeholfen auf die Wange. Sein Atem roch schwach nach Pfefferminz.

Dann trat er zurück und verschränkte die Hände vor der Brust wie ein Landpfarrer. »Wundervoll!«

Plötzlich musste Ellen an Saskia denken. Wäre ihre Beziehung zu Flynn weniger kompliziert, hätte sie ihn um Rat gefragt. Er war ein Kenner der menschlichen Psyche, und sie schätzte sein Urteil sehr.

Sie wünschte, sie hätte Patrick nicht gesagt, dass Saskia das Buch zurückgegeben hatte. Er litt seitdem an Schlaflosigkeit, wanderte unruhig im Haus hin und her und quälte sich mit einem frustrierenden Gefühl der Ohnmacht.

»Das gefällt mir überhaupt nicht, dass du da mit reingezogen wirst«, hatte er mit sorgenschwerer Miene gesagt. »Eigentlich sollte ich dir das Leben leichter, nicht schwerer machen.«

»Sie hat mir doch nur ein Buch zurückgebracht«, hatte Ellen entgegnet. »Ich habe keine Angst.«

Das stimmte. Sie hatte nicht wirklich Angst. Sie empfand lediglich ein schwaches Kribbeln, ein kleines Gefühl des Unbehagens, was aber möglicherweise auch auf die vielen Veränderungen in ihrem Leben zurückzuführen war und gar nichts mit Saskia zu tun hatte.

»Das sind wirklich wundervolle Neuigkeiten«, fuhr Flynn fort. Doch im nächsten Moment huschte ein panischer Ausdruck über sein Gesicht. »Es ist doch nicht etwa dieser Danny?«

»Nein, ich werde einen Vermessungsingenieur heiraten«, sagte Ellen. »Ich werde die Frau eines Vermessungsingenieurs.« *Wie bitte?* Sie redete wirklich komisches Zeug, wenn sie verlegen war.

»Ein Vermessungsingenieur! Ein Mann des Landes, wunderbar.« Flynn schüttelte seine ineinander verschränkten Hände, als schüttelte er sich selbst herzlich die Hand. »Ja, ja, weil dieser Danny … Hast du schon gehört, was er macht?« Danny und Flynn hatten sich durch Ellen auf einer Tagung kennengelernt und waren sich auf Anhieb unsympathisch gewesen.

»Ich habe schon lange nicht mehr mit ihm gesprochen.«

»Für ihn ist Hypnotherapie so etwas wie … Er gibt Partys und er nennt sie …«

»… Hypno-Partys!«, rief Marlene Adams, die gerade zu ihnen stieß. Sie gehörte der gleichen Generation wie Flynn an und war ihm auch in ihrer Geisteshaltung ähnlich. (Warum hatte er sich nicht in *sie* verliebt?) »Ist das nicht *grauenvoll*? Ich habe ihn erst gestern im Radio gehört, und ich dachte bei mir: *Wie bitte? Wie war das? HYPNO-PARTYS?* Damit wird er unserer professionellen Glaubwürdigkeit einen wahren Bärendienst erweisen!«

»Der nächste Sonntag ist übrigens der letzte im Monat«, sagte Patrick später an diesem Nachmittag.

»Alte Jeans«, murmelte Ellen. »Auf dieser Schachtel steht ›Alte Jeans‹.«

Sie war im Gang stehen geblieben und guckte auf die saubere Beschriftung in schwarzem Filzstift auf einem großen, staubigen Pappkarton. Patrick und Jack wohnten nun seit einer Woche bei ihr. Der Umzug gestaltete sich allerdings schwierig. Patrick hielt nichts von Umzugsfirmen. Möbelpacker waren in seinen Augen »überbezahlte Gauner«. Also lud er alle paar Tage, sooft er ein bisschen Zeit hatte, einige Kartons auf die Ladefläche seines Firmengeländewagens und fuhr sie zu Ellen.

Ellen wäre es lieber gewesen, wenn er sich ein paar Tage freigenommen und zwei oder drei überbezahlte Gauner mit dem Umzug beauftragt hätte, damit die Angelegenheit professionell erledigt wurde. Stattdessen füllte sich ihr Flur mit riesigen Kartons, die wegzuräumen Patrick keine Zeit hatte und die für Ellen zu schwer zum Heben waren. Ihre Patienten mussten sich inzwischen seitwärts durch den vollgepfropften Gang schieben.

»Soll das heißen, du hast alte Jeans in diesem Karton?«

Patrick warf ihr einen schrägen Blick zu. »Ist das eine Fangfrage?«

»Wieso hebst du alte Jeans auf?«

»Na, für irgendwelche Dreckarbeiten, Arbeiten im Haus oder im Garten«, erklärte Patrick in geduldigem, männlichem Tonfall.

»Okay, aber ein ganzer Karton voll?« Ellen fuhr mit der Fingerspitze über die Staubschicht auf dem Karton. Wahrscheinlich hatte der Karton jahrelang unangetastet in Patricks Garage gestanden. Er würde diese Jeans niemals anziehen, und er würde sie niemals wegwerfen. Der Staub kitzelte sie in der Nase, sie musste niesen.

»Gesundheit«, sagte Patrick. »Tja, also, wie gesagt … es ist der letzte Sonntag im Monat.«

Ellen schaute die nächste Schachtel an. »Alte Hemden« stand darauf. Ein feuchter, modriger Geruch stieg ihr in die Nase. Bei näherem Hinsehen entdeckte sie tatsächlich einen pelzigen Schimmelfleck an einer Seite des Kartons.

Patrick war ein zwanghafter Sammler. Er hamsterte. Das hatte sie nicht gewusst. Sein Haus hatte bei jedem ihrer Besuche sehr ordentlich und aufgeräumt ausgesehen. Er musste diese Kartons in Schränken und in seiner Garage gestapelt haben.

Etwas kitzelte sie im Hals, und sie musste abermals niesen.

»Und wie viele Kartons, denkst du, werden es noch sein?« Ellen bemühte sich um einen möglichst beiläufigen Ton.

»Oh, das ist erst der Anfang«, erwiderte Patrick fröhlich. »Wir haben viele Jahre in diesem Haus gewohnt. Da sammelt sich eine Menge an.«

Ellen fühlte eine wachsende Hysterie in sich aufsteigen.

»Warum? Nervt es dich? Das ist nur vorübergehend. Ich habe nicht vor, deinen Flur in einen Lagerraum zu verwandeln.« Er legte seine Hand auf ihre Hüfte.

»Das meiste von diesem … diesem *Zeugs* hättest du direkt auf die Müllkippe fahren sollen.« Ellen machte eine leichte Seitwärtsbewegung, sodass seine Hand herunterfiel. »Du würdest es überhaupt nicht vermissen.«

Sie kannte diese kühle, knappe Stimme. Es war die Stimme ihrer Mutter. Julia hatte erst vor Kurzem zu ihr gesagt, sie rede immer häufiger wie ihre eigene Mutter, worauf Ellen geantwortet hatte: »Das wird mir bestimmt nicht passieren!«

Anne hatte eine heftige Abneigung gegen »Zeugs«. (Sie spie das Wort aus wie ein derbes Schimpfwort.) Als Ellen noch klein war, verschwanden immer wieder ein paar von ihren Spielsachen oder Kleidungsstücken. »Du hast das *Zeugs* doch seit Wochen nicht mehr in der Hand gehabt«, sagte ihre Mutter jedes Mal, wenn Ellen entdeckte, dass sie wieder etwas von ihren Sachen »den Armen« gespendet hatte. Ellen hatte die Familien ihrer Freunde stets um die chaotischen Küchen beneidet, in denen auf jedem freien Fleckchen irgendwelcher Kram herumstand, um gerahmte Fotos in vollgepfropften Bücherregalen, um Magnete, mit denen Schulbelobigungen und bunte Zeichnungen am Kühlschrank befestigt wurden. Ihr Zuhause, ja, ihr ganzes Leben wirkte verglichen damit so furchtbar steril. Für Ellen war Unordentlichkeit gleichbedeutend mit Liebe und Wärme und jenen freundlichen, unscheinbaren, rundlichen Müttern, die ihren Kindern zerstreut ein Erdnussbutterbrot anboten, bevor sie schnell wieder an den Herd oder zu ihren Wäschebergen zurückkehrten.

War Anne, was selten vorkam, früher einmal zu Hause gewesen und Ellen hatte Freundinnen zu Besuch, schenkte ihre Mutter ihnen viel zu viel Aufmerksamkeit. Sie spießte sie regelrecht auf mit ihren blauvioletten Augen, servierte ihnen Zitronensaft (welches Kind trinkt schon gerne *Zitronensaft*?), fragte sie nach ihren Ansichten zu aktuellen Ereignissen (sie hatten natürlich keine Meinungen, außer Julia, die Ellens Mutter ganz toll fand) und machte sarkastische Witzchen, die die Kinder nicht verstanden.

Ellen konnte nicht fassen, dass sie gerade eben das Wort »Zeugs« im gleichen Zusammenhang verwendet hatte wie ihre Mutter. Das bewies eindeutig, wie sehr Kindheitserfahrungen im Unterbewusstsein verankert waren. Sie würde sich irgendwann, wenn sie Zeit hatte, ernsthaft mit dem Thema beschäftigen und ihre wahren Gefühle analysieren müssen, sonst konnte es gut sein, dass sie eines Tages den Freunden ihres Kindes auch Zitronensaft servierte.

»Es nervt dich *doch*«, stellte Patrick fest. »Hör zu, ich verspreche, dass bis zum Wochenende alles fort ist, okay?«

Er sah so süß und zerknirscht aus, dass Ellen vor Liebe zu ihm dahinschmolz und das schlechte Gewissen ihr Tränen in die Augen trieb. (Schwangerschaftshormone! Es war faszinierend, wie sehr sie ihre Emotionen beeinflussten.)

»Klar, das hat keine Eile, das war dumm von mir.« Sie blinzelte die Tränen weg und ging Patrick nach in die Küche, ohne die Kartons weiter zu beachten. »Was wolltest du sagen wegen Sonntag?«

Patrick setzte den Wasserkessel auf. Das tat er jedes Mal, kaum dass er die Küche betreten hatte. Er hielt es für ganz selbstverständlich, dass sie eine Tasse Tee zusammen trinken würden. Die Zeremonie hatte etwas Altmodisches und erinnerte Ellen an jemanden. Natürlich – an ihren Großvater. Ihr wunderbarer Großvater, der ihrer Großmutter immer Tee aufgebrüht hatte.

Ja, sie liebte Patrick abgöttisch. Ein Glück. Es war zwar absolut lächerlich, aber jedes Mal, wenn sie sich auch nur ein kleines bisschen über ihn ärgerte, erfasste sie ein Gefühl von Panik. Sie würden ein Kind zusammen haben. Ellen musste auf der Hut sein, jeder noch so kleine Riss in ihrer Beziehung musste augenblicklich gekittet werden. Das war wichtiger als alles andere. Dieses Kind, ihr Kind, würde mit einer Mutter *und* mit einem Vater aufwachsen.

»Also, was wolltest du sagen wegen Sonntag?«, fragte sie noch einmal, als Patrick eine Tasse Tee vor sie hinstellte.

Kommenden Sonntag würde sie sich zum ersten Mal mit ihrem Vater treffen. Wie aufs Stichwort verkrampfte sich ihr Magen bei dem Gedanken. Sie konnte nicht so tun, als ließe sie die bevorstehende Begegnung völlig kalt. Ihr Körper verriet sie, sooft sie daran dachte.

»Es ist der letzte Sonntag im Monat«, sagte Patrick. Er trat vor den Kühlschrank. »Sind noch Hefebrötchen da?« Er kramte in den Fächern. »Ah, prima, da sind ja noch welche. Ich wollte nur wissen, ob du uns begleiten wirst. Vollkorn? Wie kann man Hefebrötchen mit Vollkornmehl backen? Das verdirbt ja das ganze gute Brötchen.«

»Ich habe keine Ahnung, wovon du redest«, sagte Ellen. Jetzt würde er all ihre Hefebrötchen essen, und sie hätte morgen zum Frühstück keine mehr. »Warum sagst du andauernd ›der letzte Sonntag im Monat‹, als ob mir das etwas sagen müsste?«

Patrick schaute überrascht auf, während er die letzten beiden Brötchen in ihren Toaster steckte. »Na, du weißt doch – am letzten Sonntag im Monat fahren Jack und ich immer zu Colleens Eltern in die Berge. Zum Mittagessen.«

»Du fährst immer noch zu ihren Eltern?«, fragte Ellen verwirrt. »Jeden Monat?«

»Sie sind Jacks Großeltern. Und auf dem Weg dorthin besuchen wir immer Colleens Grab.«

»Das hast du mir noch nie erzählt.« Ellen spürte, wie ihr Herz eine Spur schneller schlug. »Noch nie.«

»Nicht? Entschuldige, ich dachte, ich hätte es dir gesagt«, erwiderte Patrick. »Na, egal, ich …«

Ellen ließ ihn nicht ausreden. »Das hast du nie erwähnt.«

So etwas würde sie nicht vergessen. Sie war eine Frau. Sie war Ellen. Ihr würde möglicherweise entfallen, was für ein Automodell er fuhr oder für welches Footballteam sein Herz schlug, aber sie hätte nie im Leben vergessen, dass er jeden Monat das Grab seiner verstorbenen Frau und ihre Eltern besuchte.

»Das spielt doch keine Rolle«, begann Patrick wieder.

»Und ob das eine Rolle spielt«, beharrte Ellen. »Ich würde mich hundertprozentig daran erinnern.«

»Ich habe nicht behauptet, dass ich es erwähnt habe. Ich *dachte*, ich hätte es erwähnt. Anscheinend doch nicht. Aber es spielt wirklich … «

»Wann?«, fiel sie ihm ins Wort. »Wann hast du es deiner Meinung nach erwähnt?«

Die Brötchen ploppten aus dem Toaster. Patrick griff danach und verbrannte sich die Finger.

»Autsch! Ich weiß es nicht mehr. Ich dachte wirklich, ich hätte es dir gesagt.«

»Hast du aber nicht.« Ellen wusste, dass sie sich abscheulich benahm.

»Na schön. Ich habe vergessen, es dir zu sagen. Tut mir leid. Können wir es jetzt gut sein lassen?«

»Ich *hasse* es, wenn du das sagst!« Ellen hatte den Mund noch nicht wieder zugemacht, als ihr klar wurde, dass es nicht Patrick war, der das immer sagte, sondern Edward. »Können wir es jetzt endlich gut sein lassen?«, hatte er nach einer Auseinandersetzung in genau dem gleichen erschöpften Tonfall gemurmelt. Erstaunlich, wie es diese verschüttete Erinnerung geschafft hatte, sich nach so langer Zeit an die Oberfläche ihres Bewusstseins zu graben.

Patrick sah sie verblüfft an. »Du hasst es, wenn ich was sage?«

»Nichts.« Ellen schüttelte den Kopf. »Entschuldige.«

Sie fragte sich, ob er es bewusst oder unbewusst vermieden hatte, vor ihrer Verlobung allzu oft von Colleen zu sprechen. Eines stand jedenfalls fest: Seit sie seinen Heiratsantrag angenommen hatte, fiel der Name Colleen häufiger. Kürzlich zum Beispiel, als sie die Waschmaschine befüllt und das Waschpulver hinzugegeben hatte, war Patrick zufällig vorbeigekommen und hatte gemeint, Colleen habe das Pulver immer vor der Wäsche in die Trommel gegeben, damit es sich besser auflöse. Ellen hatte einen Hauch von Gereiztheit verspürt. Anscheinend war Colleen die perfekte Hausfrau gewesen, so etwas wie die ungekrönte Königin der Hausarbeiten. Sie konnte auch nähen. Auf einem der Kartons im Flur stand »Nähmaschine«. Auf Ellens Nachfrage hatte Patrick ihr erklärt, Colleen habe ihr Brautkleid mit dieser Maschine selbst genäht. »Das werde ich ganz sicher nicht tun«, hatte Ellen leichthin erwidert. »Ich kann nicht einmal eine Nadel einfädeln.« »Um Gottes willen, das erwarte ich auch nicht von dir«, hatte Patrick entgegnet, was sich für Ellen angehört hatte wie: Ich würde niemals erwarten, dass du so überdurchschnittlich bist wie Colleen.

Gottverdammte wunderschöne blonde, Waschpulver auflösende Colleen.

»Also was ich sagen wollte, jetzt, da wir verlobt sind und das Baby unterwegs ist und so, da dachte ich …« Patrick räusperte sich, er sah Ellen nicht an. »Also, ich dachte, vielleicht möchtest du am Sonntag mitkommen, damit ich sie dir vorstellen kann?«

Ellen tat einen tiefen, beruhigenden Atemzug. Das war Patrick sehr wichtig. Es hatte ihn Überwindung gekostet, sie zu fragen.

»Ich würde ja gern, aber diesen Sonntag geht es nicht«, antwortete sie. »Ich treffe mich mit Mum und mit … meinem Vater zum Lunch. Das wird meine erste Begegnung mit ihm sein, weißt du nicht mehr?«

Patrick war richtig aufgeregt gewesen, als dieser Vater plötzlich in Ellens Leben auftauchte. Sie hatten sich lange darüber unterhalten, hatten sich gefragt, wie er wohl aussah, wie er mit dieser Situation umgehen würde, die so merkwürdig, so verunsichernd war. Auch über das befremdliche Verhalten ihrer Mutter hatten sie diskutiert.

»Ach so, ja, richtig«, murmelte Patrick stirnrunzelnd, während er viel zu viel Butter auf die Hefebrötchen strich. »Daran hatte ich gar nicht mehr gedacht. Könntest du das nicht verschieben? Ihr könntet euch doch auch zum Abendessen treffen.«

Ellen wollte sich auf keinen Fall zum Abendessen mit ihrem Vater treffen. Ein Abendessen war eine intimere, formellere, bedeutsamere Angelegenheit. Ein Lunch dagegen war genau richtig: unkompliziert und schlicht. *»Hi, Dad, freut mich, dich kennenzulernen!«* Außerdem hatte sie einfach keine Lust, die Strapazen einer Terminverschiebung auf sich zu nehmen. Ihre Mutter würde einen Wutanfall bekommen. Ellen hatte sie noch nie so verkrampft erlebt (und das wollte etwas heißen bei einer Frau, deren normale Verfassung angespannt war), so als ob alles vom erfolgreichen Verlauf dieses Treffens abhinge. Schon die Auswahl des Treffpunkts hatte ungewöhnlich viel Zeit in Anspruch genommen. Anne hatte einen Tisch in einem Restaurant reserviert und die Reservierung dann wieder rückgängig gemacht. Ein zweites Lokal war ausgesucht und wieder verworfen worden, weil sie keinen Tisch mit einem schönen Ausblick bekam. Als sie sich schließlich für ein malaysisches Restaurant entschlossen hatte, hatte sie Ellen mehrmals Ort und Zeit durchgegeben. Pip und Mel saßen sozusagen auf glühenden Kohlen. Ellens Freundinnen wollten sofort nach dem Essen über den neuesten Stand der Dinge informiert werden. Sie konnte den Termin nicht einfach mir nichts, dir nichts verschieben.

»Dieser Lunch ist wirklich sehr wichtig für mich«, sagte Ellen.

»Ja, das weiß ich doch.« Patrick setzte sich zu ihr und stellte den Teller mit den Hefebrötchen und ein Glas Honig auf den Tisch. Er sah Ellen bittend an. »Aber dein Dad hätte doch sicher nichts dagegen, wenn du den Termin verlegen würdest, oder? Wie wäre es mit Samstag?«

Dein Dad. Schon seine Wortwahl zeigte, dass er die immense Bedeutung dieses Treffens nicht begriffen hatte. Sie traf sich nicht einfach mit »ihrem Dad« zum Essen, so wie er selbst sich vielleicht mit seinem netten Vater im Einkaufszentrum zum Essen verabredet hätte.

»Nun, warum verschiebst du nicht einfach deinen Lunch mit Colleens Eltern?«, fragte Ellen in freundlichem, sachlichem Ton.

Das konnte ja nicht so schwer sein. Es ging hier nur um das Aushandeln eines neuen Zeitplans. So etwas würde vielleicht bei anderen Paaren konfliktträchtig sein, aber nicht bei jemandem, der emotional so weit entwickelt war wie sie.

Patrick verzog das Gesicht und kratzte sich dann am Kinn. »Na ja, weißt du, wir treffen uns immer am letzten Sonntag im Monat. Das war schon so, als Colleen noch lebte. Das ist Tradition. Da hat sich nie etwas geändert. Ihre Eltern sind schon ziemlich alt und konservativ, sie legen Wert darauf, dass die Dinge so bleiben, wie sie sind. Und außerdem, na ja, ich …« Er machte ein betretenes Gesicht und legte sein Hefebrötchen auf den Teller zurück. »Ich habe praktisch schon zugesagt, dass du mitkommen wirst. Das ist eine große Sache für sie. Und für mich auch. Ich habe ihnen nie eine andere Frau vorgestellt. Das wird nicht leicht für sie sein – sie werden das Gefühl haben, dass du Colleens Platz einnimmst. Sie trauern natürlich immer noch um sie. Über den Verlust eines Kindes kommt man nie hinweg. Aber sie freuen sich schon sehr darauf, dich kennenzulernen. ›Ellen wird ein Teil von Jacks Leben sein, und darum soll sie auch ein Teil unseres Lebens sein‹, hat Millie gemeint.«

Er nickte, als wollte er das Besondere dieses Satzes unterstreichen, und lächelte Ellen dann fast wehmütig an, so als müsste sie Millies Tapferkeit genauso bewundernswert finden wie er selbst.

Wut stieg in Ellen auf, Wut auf alles und jeden. Sie hatte keine große Lust, sich mit dem Fremden, der ihr Vater war, zu treffen. Sie hatte auch keine große Lust, die Eltern von Patricks verstorbener Frau kennenzulernen. (Natürlich fühlte sie sich schuldig, weil sie am Leben war und Colleen, ihr einziges Kind, nicht – dass sie Schuldgefühle empfand, war ganz normal.)

Sie war schwanger. Sie war noch nie im Leben so müde gewesen. Ihr Flur war vollgestopft mit irgendwelchem *Zeugs*. Sie wollte nichts weiter als schlafen, schlafen, schlafen, und dass Patrick, während sie schlief, diese Kartons fortschaffte.

Das war es, was sie am Sonntag tun wollte.

Patrick schleckte Honig von seinen Fingern. »Jack kann es kaum erwarten, dass du Millie und Frank kennenlernst. Du würdest sie hypnotisieren, hat er zu ihnen gesagt.«

Ellen starrte ihn an. »Du hast zu Jack gesagt, ich würde mitkommen, noch bevor du mich überhaupt gefragt hast?«

»Ja, ich weiß, tut mir leid. Ich bin ein Idiot. Für mich war es klar, dass du mitkommst.«

»Aber ich kann nicht mitkommen!«, sagte Ellen.

»Aber wenn du deinen Dad fragst, ob …«

»Er ist nicht mein Dad«, stieß Ellen hervor. Sie spürte, dass sie die Zähne zusammenbiss, und zwang sich, ihre Kiefer zu lockern. »Ich kenne diesen Mann nicht«, fügte sie ruhiger hinzu. »Bitte nenn ihn nicht meinen Dad.«

»Schön. Ich weiß, wie wichtig diese Begegnung mit deinem Vater für dich ist. Natürlich ist sie das. Aber ich bin sicher, es würde ihm nichts ausmachen, wenn …«

»Ich werde dieses Essen nicht verschieben«, fiel Ellen ihm ins Wort. »Du wirst Millie und Frank erklären müssen, dass es dieses Mal nicht geht. Ich werde das nächste Mal mitkommen.«

»Ist dir die Begegnung mit ihnen unangenehm? Sträubst du dich deshalb so? Du brauchst keine Angst deswegen zu haben. Himmel, sie waren sogar nett zu Du-weißt-schon-wem, und das war kurz nach Colleens Tod.«

»Zu *Du-weißt-schon-wem*? Du meinst *Saskia*? Du hast doch vor zwei Sekunden gesagt, du hättest Colleens Eltern nie eine andere Frau vorgestellt!«

»Eine andere *normale* Frau«, erwiderte Patrick. Er war laut geworden. »Sie zählt nicht.«

Auch Ellen hob die Stimme. »Aber damals hat sie gezählt!«

Sein Gesicht nahm jenen Ausdruck von mühsam beherrschter Wut an, den es immer bekam, wenn Saskias Name fiel. »Warum ergreifst du Partei für sie?«

»Ich sage doch bloß …«

»Ach, vergiss es!« Er machte eine zornige Handbewegung. »Vergiss den Sonntag. Ich hätte überhaupt nicht davon anfangen sollen. Du hast recht. Wir fahren ein andermal hin.« Er sprang auf. »Ich werde noch ein paar Kartons aus dem Haus holen.«

Er stürmte aus der Küche und knallte die Tür hinter sich zu.

»Danke, dass du all meine Hefebrötchen aufgegessen hast!«, schrie Ellen ihm hinterher.

Und dann griff sie zu ihrer eigenen Verblüffung nach dem Teller und schleuderte ihn gegen die Wand.

Alle ziehen um.

Jeff von nebenan zieht ein Stück weiter die Küste hinunter. Eine lebhafte neue Familie wird in sein Haus einziehen. Patrick und Jack ziehen bei Ellen ein. Überall ist Bewegung. Ich bin die Einzige, die stillsteht.

Heute nach der Arbeit fuhr ich zu Patrick. Ich saß im Auto und schaute zu, wie er Kartons auf die Ladefläche seines Geländewagens wuchtete. Anscheinend hält er immer noch nichts von Umzugsfirmen. Ich weiß noch, wie ich bei ihm eingezogen bin. Er bestand darauf, den Umzug selbst in die Hand zu nehmen. Stinky hat ihm dabei geholfen. Ich habe so lange auf Jack aufgepasst. Wir sind in den Park ein Stück die Straße hinuntergegangen. Da war ein kleines Mädchen ungefähr in Jacks Alter. Jack dachte, der Park gehöre ihm allein, und das Mädchen dachte genau das Gleiche. »Meins! Meins! Meins!«, plärrten beide die ganze Zeit, und die andere Mutter und ich sagten all die dämlichen Dinge, die Eltern in solchen Fällen sagen: »Nicht streiten!« »Teilt es euch doch!« »Wechselt euch ab!«

Die andere Mutter seufzte. »In dem Alter sind sie ganz schön anstrengend, finden Sie nicht auch?«, sagte sie zu mir, und ich stimmte ihr zu, obwohl ich keineswegs ihrer Meinung war. Ich war selig. Ich schwebte im siebten Himmel. Ich liebte Patrick, und ich liebte Jack, und wir drei würden gemeinsam ein neues Leben beginnen.

An jenem Abend aßen wir Pizza und tranken Bier dazu, und Jack durfte ein Stück Pizza essen. Die erste Pizza seines Lebens. Patrick machte Fotos. Das sei ein historischer Augenblick, meinte er. Jack machte ein lustiges Gesicht, er hatte ganz große Augen und strahlte – so als könnte er nicht glauben, dass er bereits drei Jahre auf dieser Erde weilte, ohne von der Existenz dieser wunderbaren Sache namens Pizza gewusst zu haben. Er mampfte, und seine Kiefer mahlten wie eine Maschine. »Ich kann's dir nachfühlen, Kumpel«, sagte Patrick. »Was glaubst du, wie das erst schmeckt mit einem schönen kalten Bier dazu!«

Ich war dabei, als dein Sohn seine erste Pizza aß, Patrick. Von mir – auch von mir – hat er gelernt, mit anderen zu teilen. Du kannst mich nicht einfach auslöschen. Ich war da, und ich bin immer noch da.

Patrick sah nicht besonders glücklich aus, als er seine Kartons auf die Ladefläche knallte. Er sah nicht aus wie ein Mann, der bald heiraten und Vater werden würde. Ehrlich gesagt sah er ziemlich mürrisch und irgendwie gealtert aus.

Das könnte natürlich daran gelegen haben, dass er mich bemerkt hatte. Meine Anwesenheit versetzt ihn in Rage. Aber ich hatte das Gefühl, dass etwas anderes hinter seiner schlechten Laune steckte. Ich kenne ihn besser als irgendjemand sonst.

Nachdem er den letzten Karton eingeladen hatte, kam er zu mir herüber. Ich ließ das Fenster herunter, und Patrick beugte sich zu mir ins Auto und sagte: »Hi, Saskia.«

Ich war sprachlos. Er hat mich seit einer Ewigkeit nicht mehr beim Namen genannt. Und wenn, dann hat er ihn in einem Ton gebrüllt, als ob das bloße Wort Saskia etwas Böses, Abscheuerregendes wäre.

Dieses Mal sprach er meinen Namen ganz normal aus, wie den einer alten Freundin.

Eine Sekunde lang flammte aberwitzige, frohlockende Hoffnung in mir auf. Er verlässt sie, dachte ich. Er ist wieder da. Er ist wieder ganz der Alte. Es ist vorbei. Das Warten hat sich gelohnt.

Doch dann fing er zu reden an, und da erst merkte ich, dass er wütender war, als ich ihn je erlebt hatte. Es war, als trüge er eine Bombe bei sich und müsste sich ganz bedächtig bewegen, müsste ganz leise und ruhig reden, damit sie nicht explodierte. Er sagte: »Ich will nicht, dass du Ellen noch einmal zu nahe kommst. Hast du mich verstanden? Du kannst *mir* nachstellen, wenn es unbedingt sein muss, aber *sie lässt du in Ruhe*. Sie hat das nicht verdient.«

Er war ganz der edle Ritter, der seine Liebste vor dem Drachen beschützte. Vor mir. Ich war der Drachen.

»Ich habe doch gar nicht …«

»Das Buch.«

»Ich habe es nur zurückgebracht!«

»Die *Blume.*« Er schleuderte mir das Wort entgegen, als hätte ich ihr ein totes Tier auf die Schwelle gelegt.

»Patrick, ich mag Ellen«, sagte ich. Er sollte nicht denken, dass ich eine Gefahr für sie war. Die Blume war als freundliche Geste gedacht, als Entschuldigung. Ja, ich wünschte, Ellen wäre nicht mehr da, ich wünschte, sie wäre weit, weit weg, aber ich würde ihr niemals etwas tun.

»Hör auf«, sagte er scharf. »Ich will nicht, dass du auch nur über sie redest. Ich will es nicht – Herrgott!«

Er holte tief Luft, blähte seine Wangen auf und atmete langsam wieder aus. Ich weiß noch, wie wir immer zu Jack sagten: »Tief Luft holen, tief Luft holen!«, wenn er einen Wutanfall hatte und wir ihm beibringen wollten, wie er lernen konnte, nicht die Kontrolle über sich zu verlieren.

»Weißt du noch, als … «, begann ich.

»Wird das irgendwann einmal aufhören?«, sagte er in seiner falschen, nüchternen Stimme.

»Ich werde nie aufhören, dich zu lieben, falls du das meinst«, erwiderte ich.

»Du liebst mich nicht«, sagte er. »Du kennst mich nicht einmal mehr. Du liebst nur die Erinnerung an mich, das ist alles.«

»Das ist nicht wahr.«

Er seufzte und sagte: »Schön, du liebst mich, na und? Ich werde Ellen heiraten.«

»Ich weiß«, sagte ich. »Meinen Glückwunsch. Auch zum Baby.«

Seine Miene veränderte sich abermals, und er sagte: »Woher weißt du von dem Baby? Nein, sag's mir nicht«, fügte er hinzu. »Ich will es gar nicht wissen.« Er stieß sich vom Auto ab, drehte sich um und ging weg.

»Weißt du noch, als Jack zum ersten Mal Pizza aß?«, rief ich ihm nach.

Er blieb abrupt stehen, verharrte einen Moment regungslos, drehte sich dann zu mir um und schrie: »Ja, das weiß ich noch! Wir hatten auch ein paar glückliche Stunden! Na und? *Na und*?«

Er hatte die Arme gehoben, die Finger gespreizt, und ich sah, wie seine Hände zitterten.

»So kann es nicht weitergehen«, sagte er, und seine Stimme klang sehr seltsam. »Das muss aufhören.«

»Ich weiß«, sagte ich. Ich war ganz ruhig, und so hörte ich mich auch an. »Du musst zu mir zurückkommen.«

Der Teller, den Ellen an die Wand geworfen hatte, hatte ihrer Großmutter gehört und war Teil eines Service gewesen, das ihre Großmutter von ihren Eltern zur Hochzeit bekommen hatte. Ellen liebte dieses Tafelgeschirr. Würde das Haus brennen, würde sie noch einmal hineinlaufen, nur um dieses Service zu retten. Sie konnte nicht glauben, dass sie einen dieser kostbaren, unersetzlichen Teller an die Wand geworfen hatte. Und das wegen etwas so Blödem und Läppischem! Es war ja nicht so, als ob Patrick ihr mitgeteilt hätte, er habe eine Affäre. Sie hatten sich lediglich gestritten, weil sie ihre gesellschaftlichen Verpflichtungen nicht unter einen Hut bekommen hatten.

So etwas sah ihr überhaupt nicht ähnlich. Wenn das einer ihrer Patienten gesehen hätte!

Sie kniete sich auf den Fußboden und klaubte zerknirscht die Scherben zusammen.

»Tut mir leid, Granny«, sagte sie laut. »Das war wirklich kindisch.«

Sie sah ihre Großmutter vor sich, wie sie im Geisterreich (wo sie in irgendeinem Geisterausschuss mitarbeitete – sie war immer ein sehr gemeinnütziger Mensch gewesen) von ihrem Papierkram aufschaute und Ellen über ihre Brille hinweg musterte. »Das sieht dir aber gar nicht ähnlich, mein Schatz!«

»Ich weiß«, sagte Ellen. »Das ist wirklich seltsam.«

Das Telefon klingelte. Es war ihre Mutter.

»Ich habe einen von Grannys Tellern zerschlagen«, sagte Ellen zerknirscht. »Von ihrem Hochzeitsservice.«

»Dieses Geschirr hat mir immer so ein verstaubtes, modriges Gefühl eingeflößt«, bemerkte Anne. »Ich würde die Teller behalten, falls du dich mal mit Patrick streitest und etwas brauchst, um es an die Wand zu werfen. Was du natürlich nie tun würdest. Wenn ihr euch streitet, meditiert ihr wahrscheinlich zusammen oder singt Verse oder bringt eure Auras in Einklang oder etwas in der Art.«

»Du wirst es nicht glauben, aber ich habe den Teller tatsächlich an die Wand geworfen.«

»Im Ernst?« Ihre Mutter klang beeindruckt.

»Ja.« Ellen war plötzlich auch wütend auf Anne. »Und Patrick und ich singen keine Verse oder meditieren zusammen, und ich glaube auch nicht an eine Aura – jedenfalls nicht als physische Manifestation. Und außerdem werden keine Auren in Einklang gebracht, sondern Chakren. Wenn du schon bissig sein musst, dann verwende wenigstens die richtigen Begriffe.«

Anne schwieg einen Moment, dann sagte sie beschwichtigend: »Ich wollte nicht bissig sein. Entschuldige. Ich dachte, das sei witzig. Dein Vater … äh … David … hat übrigens gerade erst gestern Abend gemeint, ich hätte manchmal eine etwas ›scharfe Zunge‹. Vielleicht hat er gar nicht so unrecht.«

Annes Entschuldigung stachelte Ellens Zorn seltsamerweise noch mehr an. »Ich kann mir trotzdem nicht vorstellen, dass du dich für einen Mann ändern wirst«, fauchte sie. »Das hast du mir ja eingebläut, seit ich acht war. Als Patrick Hood sich in der Pause einmal neben mich setzen wollte, habe ich zu ihm gesagt, das gehe nicht, weil er dadurch möglicherweise meine Persönlichkeit unterdrücke. Worauf er geantwortet hat, er wolle gar nichts drücken, und dann ist er rot geworden und hat geweint und ist weggerannt.«

Anne kicherte. »So etwas habe ich nie gesagt. Das muss Melanie gewesen sein. Ich habe nie geglaubt, dass ein Mann imstande sein könnte, meine Persönlichkeit zu unterdrücken, vielen Dank.«

»Ja, kann sein, vielleicht hast du recht«, erwiderte Ellen seufzend, obwohl sie sicher war, dass die Lektion von ihrer Mutter stammte. Aber das war das Problem, wenn man von drei Frauen erzogen worden war: Man neigte dazu, sie in der Erinnerung zu verwechseln. Ellen drückte eine Fingerspitze an die Nasenwurzel. »Ich glaube, ich kriege Kopfweh. Warum rufst du eigentlich an?«

»Nun, ich wollte dich fragen, ob wir unseren Lunch am Wochenende verschieben könnten. David und ich sind übers Wochenende auf die Whitsundays eingeladen worden, auf eine Jacht, eine Zwanzigmeterjacht, stell dir vor! Freunde von ihm aus England sind zu Besuch in Australien. Bankiers, habe ich gehört. Schwerreich. Scheint, als könnte die Finanzkrise ihnen nicht das Geringste anhaben.«

Ungetrübtes Vergnügen schwang in der kühlen, sachlich knappen Stimme ihrer Mutter mit. Konnte es sein, dass Anne schon immer für ein solches Leben bestimmt gewesen war – auf einer eleganten Jacht Champagner trinken, mit Bankiers plaudern? Als Nächstes würde sie zum Shoppen nach Paris fliegen.

»David wollte unsere Verabredung zum Lunch nicht verschieben, aber ich habe ihm gesagt, es würde dir bestimmt nichts ausmachen. Ich habe ihm natürlich verschwiegen, dass dir ohnehin nicht sonderlich viel an diesem Treffen liegt.«

»Ist schon in Ordnung«, murmelte Ellen, aber sie war gekränkt.

Ihr Vater hatte ein besseres Angebot bekommen. Na klar, schließlich konnte er seine unbekannte Tochter auch an irgendeinem x-beliebigen anderen Tag treffen. Und sie hatte jetzt keine Ausrede mehr, sich vor der Fahrt in die Berge zu Colleens Eltern zu drücken. Einfach großartig.

»Bist du sicher?«, fragte ihre Mutter. »Du klingst verärgert. Du bist doch nicht sauer, oder? Weißt du, ich war diejenige, die ihm zuredete, die Einladung anzunehmen. Ich weiß, das ist furchtbar oberflächlich, aber ich muss zugeben, es klang so herrlich … dekadent. Das ist, glaube ich, das richtige Wort.«

Sie klang verletzlich, aufrichtig, und sogar ein wenig verlegen war sie. Anne war nie verlegen. Ellen wurde warm ums Herz. Sie atmete tief durch. Du meine Güte! Ihre Gefühle schlingerten hin und her wie ein Boot auf stürmischer See.

»Ist schon gut. Wirklich. Das trifft sich sogar ganz ausgezeichnet. Patrick hatte Sonntag nämlich etwas anderes mit mir vor.«

»Wunderbar!«, sagte ihre Mutter. »Ach, übrigens, vielleicht interessiert es dich, ich habe gleich drei Patientinnen, die mir berichtet haben, sie hätten mithilfe von Hypnose innerhalb einer Woche abgenommen.«

»Was du nicht sagst«, bemerkte Ellen gleichgültig.

»Ja, anscheinend gehen sie zu diesen Hypno-Partys. Die sind in Sydney zurzeit schwer in Mode. Das ist so wie diese Tupperpartys, aber anstatt Plastikbehälter herumzureichen, wird man hypnotisiert. Und anschließend schlürfen sie vermutlich Champagner und knabbern rohe Karotten dazu. Gut betuchte Damen eines gewissen Alters sind ganz verrückt auf diese Partys.«

»Na so was«, murmelte Ellen. *Wie schön für Danny.*

Ein seltsam bedrückendes Gefühl beschlich Ellen. Was hatte es für einen Sinn, eine Standardausbildung zur Hypnotherapeutin zu durchlaufen und eine normale Praxis zu führen, wenn junge dynamische Typen wie Danny die Branche derart aufmischten?

»Okay, ich muss los«, sagte ihre Mutter. »Wir wollen ins Theater.«

»In Ordnung. Grüß Pip und Mel von mir.«

»Ich gehe mit David, weißt du.«

»Oh«, machte Ellen. »Und Pip und Mel? Was haben die vor?«

»Keine Ahnung. David und ich wollen uns das neue Stück von David Williamson ansehen. Heute ist Premiere. Wir haben Karten für die erste Reihe.«

»Wie könnte es auch anders sein«, bemerkte Ellen.

»Wie bitte?«

»Nichts. Grüß Dad von mir.«

»Ellen?«

»Entschuldige. Ich befinde mich in einer höchst eigenartigen Stimmung. Alles in Ordnung, mach dir keine Sorgen. Viel Spaß.«

Sie beendete das Gespräch und starrte auf die kleinen Scherben des zerbrochenen Tellers, die auf dem Fußboden lagen.

Alles, was sie sich zu ihrem Glück jemals erhofft hatte, war Wirklichkeit geworden. Sie hatte einen Vater und eine Mutter, die an diesem Abend zusammen ins Theater gingen. Sie hatte einen Verlobten und einen Stiefsohn und erwartete ein Baby. Warum schwebte sie nicht im siebten Himmel? Warum war sie so reizbar und zickig? Konnte das wirklich nur an den Schwangerschaftshormonen liegen, verbunden mit der schlichten Angst vor Veränderung?

Konnte sie wirklich eine so durchschnittliche Frau sein?

Aha! Du hältst dich wohl für etwas Besseres, was, Ellen?

Ein gewaltiges Krachen ließ sie erschrocken zusammenfahren. Sie lief in den Flur und sah, dass zwei von Patricks übereinandergestapelten Umzugskartons heruntergefallen und aufgeplatzt waren. Ihr Inhalt hatte sich in wildem Durcheinander auf dem Fußboden verteilt: ein alter, schmutziger Turnschuh, CDs, die aus ihren Hüllen gerutscht waren, verhedderte Elektrokabel, ein Reisehaartrockner, Weihnachtsdekorationen, eine Bratpfanne, ein Spielzeugauto, ein dickes Fotoalbum, eine alte Kehrschaufel, Münzen, Quittungen … Krempel eben.

Ellen stieg über die Sachen und hob einen der Kartons hoch. Auf die Seite hatte Patrick sorgfältig »Verschiedenes« geschrieben. Ellen lachte auf. Es hätte ein zärtliches, liebevolles Lachen über ihren zwar nicht perfekten, aber liebenswerten künftigen Mann sein sollen, doch es wurde ein hässliches, bitteres, so als wäre sie seit vielen Jahren unglücklich verheiratet, und das hier wäre der Tropfen, der das Fass zum Überlaufen brachte.

»O nein, bitte nicht!«, jammerte sie eine Sekunde später. Schon brach der Boden des Kartons durch, und die nächste Lawine von »Verschiedenem« krachte auf den Fußboden.

Ellen ließ die verstaubten Reste des Pappkartons fallen und stampfte mit dem Fuß auf. Ihr schönes Zuhause! Es würde unter einem Berg von Müll und Schrott verschwinden. Zorn stieg in ihr auf, befiel sie wie ein lästiger Juckreiz, so als krabbelten winzige Käferchen über ihren ganzen Körper, und sie kratzte heftig an ihrem Handgelenk.

Deine Reaktion ist maßlos überzogen. Tief durchatmen! Ein und wieder aus. Stell dir vor, ein weißes Licht strömt …

»Halt die Klappe! Halt die Klappe! Halt verdammt noch mal die Klappe!«, schrie sie in den leeren Gang.

Sie schaute sich hektisch nach irgendetwas um, das sie ablenken könnte, als ihr Blick auf das Fotoalbum fiel, und sie bückte sich danach.

Auf dem ersten Foto war ein unglaublich junger Patrick in einem weißen Hemd mit bauschigen Ärmeln zu sehen. Ein blondes Mädchen saß auf seinem Schoß. Die Beine ihrer weißen Jeans steckten in Stiefeln, ihr Oberteil hatte Schulterpolster, orangerote Federn baumelten an ihren Ohrringen. Patrick und Colleen. Junge Liebe in den späten Achtzigern.

Ellen blätterte weiter.

Auf jedem Foto posierte Colleen für den Fotografen, vermutlich Patrick. Hände auf den Hüften, Schmollmund, die Augen weit aufgerissen, haltlos kichernd.

Ellen hatte mit siebzehn ganz ähnliche Ohrringe besessen, aber sie hätte nie das Selbstbewusstsein gehabt, für ihren Freund solche Posen vor der Kamera einzunehmen. *O ja, du bist wirklich eine heiße Braut*, giftete ihr siebzehnjähriges Ich gehässig.

Ellen!, sagte ihr besseres Ich tadelnd. *Was ist denn los mit dir? Sie ist ein junges Ding! Siebzehn Jahre alt. Sie wird jung sterben. Sei nicht so hart zu dem armen Mädchen.*

Sie blätterte um.

»Oh, du gütiger Himmel!«, murmelte sie, diesmal mit der Stimme ihrer Großmutter.

Nacktfotos von Colleen füllten die Seiten. Die blonden feuchten Haare klebten ihr am Kopf, so als käme sie gerade vom Duschen. Ohne Kleidung und Frisur sah sie ganz anders aus, nicht mehr so albern, wie das bei Leuten auf alten Aufnahmen oft der Fall ist, weil Kleidung und Haarschnitt aus der Mode gekommen sind. Sie war mehr als nur ein hübsches Mädchen – sie war eine klassische Schönheit mit hohen Wangenknochen und großen Augen. Ellen betrachtete jedes einzelne Foto ganz genau. Sie verspürte leichte Übelkeit und zugleich eine seltsame Erregung. Colleens Körper war perfekt proportioniert, schlank und an den richtigen Stellen weiblich gerundet. Sie hätte ein Fotomodell sein können.

Die Fotos hatten nichts Pornografisches. Sie strahlten eine unschuldige Sinnlichkeit aus. Ellen konnte die reine, ungetrübte Intensität erster Liebe förmlich spüren. Eine besonders schöne Aufnahme zeigte Colleen nackt auf einem Bett liegend, die Augen geschlossen, Sonnenstrahlen fielen auf ihr Gesicht. Ellen versuchte sich auszumalen, was in Patrick, einem geilen Teenager, beim Anblick dieses bildschönen Mädchens vorgegangen sein musste. Ellen war ein attraktiver Teenager gewesen, ein hübsches Mädchen, aber sie hatte nie einen Körper wie diesen gehabt, und jetzt begann ihre Haut zu altern, und ihr Körper wurde füllig durch die Schwangerschaft. In diesem Moment empfand sie nichts als heftigen Neid. Sie wünschte, sie wäre dieses junge Mädchen, das nackt auf einem Bett lag, das Gesicht von der Sonne liebkost, aber die Wahrheit war, dass sie nie ein solches Mädchen gewesen war und es nie sein würde.

Hör auf, dir diese Fotos anzusehen, sagte sie zu sich. *Das sind sehr persönliche, private Bilder. Du hast kein Recht dazu! Das ist respektlos. Deine Reaktion ist emotional unreif. Jeder hat Fotos von seiner ersten Liebe in irgendeiner alten Schachtel versteckt, was ist schon dabei? Klapp das Album zu, leg es irgendwohin, wo Jack die nicht jugendfreien Fotos seiner Mutter nicht finden kann, und such im Internet nach Kinderwagen oder mach deine Steuererklärung oder was auch immer.*

Doch stattdessen setzte sie sich im Schneidersitz in das Durcheinander auf dem Fußboden und blätterte weiter in dem Fotoalbum. Und während sie das tat, wuchs ihr Verlangen, sich mit Saskia von Frau zu Frau zu unterhalten.

Glaubst du, er liebt seine erste Frau noch? Glaubst du, er hat ihren Tod jemals verwunden? Glaubst du, eine von uns hat je wirklich eine Chance bei ihm gehabt?

Ellen hatte das Gefühl, dass Saskia die Einzige wäre, die verstehen würde, warum sie nicht aufhören konnte, diese Fotos zu betrachten.

15

Die erste Rückführung in ein früheres Lebensalter vergisst man nie!
FLYNN HALLIDAY

»Beschreiben Sie, was in Ihnen vorgeht«, sagte Ellen.

Alfred Boyle, der schüchterne Wirtschaftsprüfer, der seine Redeangst zu bewältigen versuchte, saß in dem grünen Relaxsessel und zeigte alle Anzeichen eines tiefen Trancezustandes: Seine Wangen waren gerötet, die Augen hinter den geschlossenen Lidern huschten ruhelos hin und her, die Beine waren vollkommen entspannt.

Es war seine zweite Sitzung bei Ellen, und dieses Mal führte sie ihn in einen früheren Abschnitt seines Lebens zurück. Der erste Termin hatte Ellen deutlich vor Augen geführt, dass Alfreds Scheu vor öffentlichen Vorträgen eine ausgewachsene Phobie war. Er zitterte und stotterte, wenn er nur darüber reden musste. Diese Angst hatte dramatische Auswirkungen auf sein Leben. So meldete er sich zum Beispiel regelmäßig krank an den Tagen, an denen er eine Präsentation halten sollte. Bereits die erste – bei seinem ersten Job als Wirtschaftsprüfungspraktikant – vermurkste er derart, dass sein Chef ihn irgendwann unterbrochen und gemeint hatte: »Bemühen Sie sich nicht weiter, danke.«

Jetzt schilderte Alfred einen Vorfall auf der Highschool, als er aus dem Stegreif über das Thema Musik sprechen sollte.

»Mir ist schlecht«, sagte Alfred. Seine Stimme klang jünger, nicht so tief wie die des erwachsenen Mannes. Sogar die linkische Art, wie sich sein Unterkiefer bewegte, erinnerte Ellen an einen

Teenager. »Ich muss über Musik reden. Musik. Was genau ist Musik eigentlich? Töne und so ein Mist? Mir fällt absolut nichts ein, was ich dazu sagen könnte. Alle starren mich an. Sie halten mich für einen Idioten. Ich *bin* ein Idiot.«

»Wo spüren Sie Angst?«

»Hier.« Alfred legte seine Hand auf seinen Bauch. »Ich muss mich übergeben. Tatsache. Ich werde das ganze Klassenzimmer vollkotzen.«

Ellen sah ihren Patienten sichtlich unbehaglich an, sie spürte, wie ihr selbst schlecht wurde.

»Wir werden dieses Gefühl wie eine Brücke benutzen«, sagte sie mit fester Stimme. »Und wir werden über diese Brücke dorthin gehen, wo du *zum allerersten Mal* dieses Gefühl gehabt hast.«

Sie war auf der Suche nach dem »Initial Sensitizing Event«, wie es im Fachjargon hieß, jenem Erlebnis in frühester Kindheit oder Jugend also, in welchem die Ursache für das heutige Problem des Patienten zu suchen war.

»Ich werde jetzt rückwärts von fünf bis eins zählen, und Sie werden mit jeder Zahl ein Stück weiter in die Vergangenheit reisen. Fünf – Sie werden jünger, kleiner … vier – Sie folgen diesem Gefühl … drei – Sie sind fast da … zwei, eins.«

Ellen beugte sich vor und tippte Alfred mit dem Fingernagel ganz leicht an die Stirn. »Du bist jetzt da.« Sie wartete einen Augenblick. »Wo bist du?«, fragte sie dann.

»In der Vorschule«, antwortete Alfred.

Ellen rieselte es kalt den Rücken hinunter, als sie seine Stimme hörte. Sie staunte jedes Mal aufs Neue über diese unfassbare innerliche Verwandlung. Vor ihr saß ein zweiundfünfzigjähriger Mann, aber sie redete mit einem kleinen Kind.

»Wie alt bist du?«

Alfred hielt eine Hand hoch, den Daumen an die Innenseite gelegt.

»Vier?«, fragte Ellen.

Alfred nickte schüchtern.

»Was passiert jetzt, Alfred?«

»Wir müssen still sein, aber Pam in der Leseecke weint. Sie ist ganz arg traurig. Ich möchte sie aufheitern, deshalb werde ich ihr etwas schenken.«

»Ah, das ist eine gute Idee. Was willst du ihr denn schenken?«

»Meine Schnecke.«

O Gott. Das würde garantiert danebengehen.

»Deine Schnecke?«

»Ja, ich hab sie heute Morgen auf dem Gehweg gefunden und in meine Tasche gesteckt. Sie ist *riesig*! Und weißt du was?« Alfreds Gesicht strahlte vor kindlicher Aufregung. »Ihr Haus ist ganz haarig! Ich habe noch nie eine Schnecke mit einem haarigen Haus gesehen.«

»Und was machst du jetzt?«

»Ich sage: Schau mal, Pam, die ist für dich.«

»Und was macht Pam?«

Dem Ausdruck nackten Entsetzens auf Alfreds Gesicht nach zu urteilen, war sein Geschenk nicht unbedingt ein Renner gewesen. »Sie kreischt und gibt mir einen Schubs!«

O *Pam*, dachte Ellen.

»Ich falle gegen die Bücherwand, und sie kippt um, und alle Ostereier, die wir heute Morgen angemalt haben, plumpsen auf den Boden und gehen kaputt. Und Miss Bourke brüllt wie am Spieß, und ich kann meine Schnecke nicht finden, und *alle starren mich an*!« Alfreds Füße trommelten mit den Schuhen auf den Fußboden. »Miss Bourke schlägt mich!«

So ein Miststück, dachte Ellen.

Die Tränen eines Vierjährigen kullerten über Alfreds zweiundfünfzigjähriges Gesicht. »Ich rapple mich auf, und dann muss ich mich vor alle hinstellen und mich bei Pam entschuldigen und bei der ganzen Klasse, weil ich die Ostereier kaputt gemacht habe, und alle gucken mich an, als ob ich … als ob ich ein Bankräuber wäre.«

Ellen wäre am liebsten ins Jahr 1963 zurückmarschiert und

hätte Alfred aus der Klasse genommen und ihm zum Trost ein Eis gekauft. Aber es gab nur einen einzigen Menschen, der das konnte.

Sie hob ihre Stimme. »Ich möchte jetzt mit dem erwachsenen Alfred reden. Sind Sie da?«

Alfred straffte sich. Er räusperte sich und hob das Kinn. »Ja«, antwortete er mit seiner tiefen Männerstimme.

»Gut. Alfred, ich möchte, dass Sie jetzt in diese Vorschule zurückkehren und Ihr vierjähriges Ich mit den Augen des Erwachsenen sehen, der Sie heute sind. Ich werde rückwärts von fünf zählen. Fünf, vier, drei, zwei, eins … Sie sind jetzt dort.«

Alfred reckte seinen Hals.

»Sind Sie dort?«, fragte Ellen.

»Ja.«

»Können Sie den vierjährigen Alfred sehen?«

»Ja.«

»Was würden Sie gern zu ihm sagen?«

»Mach dir nichts draus, Kleiner. Mädchen mögen nun mal keine Schnecken. Da sind sie komisch, weißt du. Du wolltest ja nur helfen. Du kannst nichts dafür.«

Ellen warf einen Blick auf ihre Armbanduhr. Die Sitzung dauerte länger als eingeplant, und gleich im Anschluss hatte sie einen Termin mit Mary-Kate McMasters, vorausgesetzt natürlich, sie kam überhaupt. Es wurde Zeit, die Sitzung mit ein paar positiven Suggestionen zu beenden.

Plötzlich tauchte Mary-Kates trauriges, plumpes Gesicht vor Ellens innerem Auge auf. Sie sah Alfred Boyle nachdenklich an. Sowohl Mary-Kate als auch Alfred waren Singles.

»Ledig«, hatten beide im gleichen resignierten »Na-ja-was-kann-man-anderes-erwarten«-Tonfall auf Ellens Frage geantwortet, als sie das Aufnahmeformular ausfüllte.

Sie waren beide etwa im gleichen Alter. Ellen fiel zwar keine weitere Gemeinsamkeit ein, aber wer konnte schon die magische Kombination aus Charakterzügen, persönlichem Hintergrund und

Chemie vorhersagen, die zwei Menschen dazu veranlasste, sich ineinander zu verlieben?

Warum sollte sie nicht ein ganz klein wenig nachhelfen? Sie brauchte sie bloß mit dem Fingernagel anzustupsen, damit sie wie zwei Murmeln aufeinander zurollten. Was war schon dabei?

Und schon hörte sie sich sagen: »Sie haben diese Gefühle aus Ihrer Vorschulzeit sehr lange mit sich herumgetragen. Deshalb wollen wir die Geschichte jetzt umschreiben. Wenn Sie das nächste Mal einer traurig dreinblickenden Frau begegnen, könnten Sie den starken Wunsch verspüren, ihr ein nettes Kompliment zu machen …«

Ellen dachte kurz nach. Angenommen, die traurig dreinblickende Frau war tatsächlich Mary-Kate, wie würde sie reagieren? Wahrscheinlich nicht wie die kleine Pam, aber Mary-Kate war Mary-Kate. Ellen hatte keinen blassen Schimmer, wie sie sich verhalten würde. War das vielleicht doch eine ziemlich verrückte Idee?

»… und Sie werden sich gut dabei fühlen«, fuhr sie fort. »*Ganz egal, wie die Frau reagieren wird.* Sie werden sich großartig fühlen.«

Ellen zögerte abermals. Wie weit sollte sie gehen?

Ach, zum Teufel damit.

»Sie fragen sie vielleicht sogar, ob sie mit Ihnen ausgehen möchte. Sie werden deutlich und selbstbewusst sprechen und ihr direkt in die Augen sehen, und falls der vierjährige Alfred dazwischenfunken will, wird der erwachsene Alfred die Kontrolle übernehmen. Sie werden die Frau auf einen Drink einladen. Heute Abend noch, wenn sie Zeit hat. Vielleicht ins Manly Wharf Hotel. Sie könnten an einem dieser Tische …« Okay, jetzt ließ sie sich aber doch ein bisschen zu sehr hinreißen. Sie musste die Sache schnell zu Ende bringen. »Und selbst wenn diese Frau Ihre Einladung ablehnen sollte, werden Sie voller Optimismus und Selbstvertrauen und Zuversicht sein, weil Sie den Mut hatten, sie zu fragen. Und nur das zählt. Nicken Sie, wenn Sie verstanden haben.«

Alfred nickte. Sein Kopf sank auf seine Brust, und er sah wie ein Betrunkener aus, der darauf wartete, dass ihm jemand ein Taxi rief.

Gut, dachte Ellen. Wir werden sehen, was passiert.

Sie holte Alfred aus seiner Trance.

»Wie fühlen Sie sich?«

Alfred griff nach dem Glas Wasser, das Ellen ihm reichte, legte den Kopf zurück und leerte das Glas mit einem tiefen Zug. Dann stellte er es auf den Tisch zurück und lächelte Ellen an. Er hatte ein richtig nettes Lächeln.

»Gut, glaube ich.« Er schüttelte den Kopf, lachte leise auf und sagte selbstironisch: »Tja, ich hab wohl immer schon gewusst, was Frauen wollen. Eine Schnecke mit einem haarigen Haus … Daran habe ich jahrelang nicht mehr gedacht.«

»Ein burschikoseres Mädchen hätte sich bestimmt darüber gefreut«, meinte Ellen.

»Aber Sie wollen doch sicher nicht behaupten, dass *das* der Grund für meine Redeangst ist, oder?«

»Ich behaupte gar nichts.« Ellen faltete ihre Hände im Schoß und lächelte Alfred zu.

»Es ist nur so …«

»Was?«

»Na ja, so banal. Das ist irgendwie peinlich. Ich meine, es ist nicht so, als hätten wir herausgefunden, dass ich in einem früheren Leben von ägyptischen Mönchen zu Tode gesteinigt wurde, weil ich eine langweilige Rede gehalten habe.«

»Von *ägyptischen Mönchen*?«

»Oder was auch immer. Ich bin Wirtschaftsprüfer, kein Historiker. Egal, ich glaube sowieso nicht an ein früheres Leben.«

Ausgezeichnet. Da hatte er mit Mary-Kate etwas gemeinsam. Auch sie glaubte nicht an ein früheres Leben. Darüber könnten sie sich doch unterhalten. Vielleicht waren sie im alten Rom zweifelnde Liebende gewesen?

»Wenn ich wenigstens irgendetwas wirklich Schockierendes,

Traumatisches aus meiner Kindheit verdrängt hätte«, sinnierte Alfred.

Es war interessant, wie viele Patienten mit einer vollkommen glücklichen Kindheit wünschten, in ihrer Vergangenheit auf etwas Furchtbares zu stoßen.

»Für ein Kind kann selbst das banalste Ereignis traumatisierend sein«, sagte Ellen, beugte sich vor und sah Alfred fest in die Augen. »Und diese Erinnerungen werden in unserem Unterbewusstsein abgespeichert. In unserer nächsten Sitzung werden wir daran arbeiten. Wir werden Ihr Unterbewusstsein sozusagen neu programmieren. Sie werden verblüfft sein, was für ein enormes Selbstvertrauen Sie in Zukunft haben werden, Alfred.«

Sie wusste aus Erfahrung, dass ihre Patienten direkt nach einer Trance äußerst beeinflussbar waren. Sie nutzte die Gelegenheit, die während der Hypnose erlangten Erkenntnisse mit ein paar Suggestionen im Wachzustand zu vertiefen.

Ellen warf einen Blick auf ihre Armbanduhr. *Nun mach schon, Mary-Kate. Sag den Termin bloß nicht ab. Hier wartet möglicherweise dein Schicksal auf dich.*

Sie stellte Alfred eine Quittung aus und ging dann langsam voraus die Treppe hinunter. Es klingelte an der Tür.

Ja!

»Ah, das wird meine nächste Patientin sein«, frohlockte Ellen ganz aufgeregt, als wäre das eine tolle Überraschung.

»Oh. Das ist … schön«, murmelte Alfred.

Wahrscheinlich dachte er jetzt, sie sei knapp bei Kasse und deshalb so erfreut, dass eine weitere Patientin kam.

Ellen öffnete die Haustür. Mary-Kate stand mit sauertöpfischer Miene davor. Alfred trat höflich zur Seite, um sie hereinzulassen.

»Hi, Mary-Kate!«, begrüßte Ellen sie in überschwänglich gut gelauntem Ton.

Mary-Kate sah sie misstrauisch an. »Hi.«

»Oh!« Ellen schlug sich mit der flachen Hand an den Kopf (viel zu fest – sie war eine grauenvolle Schauspielerin). »Ich wollte

Ihnen ja noch … etwas mitgeben, Alfred. Einen Augenblick noch, ja? Ich bin gleich wieder da. Entschuldigen Sie, Mary-Kate. Es dauert nur eine Sekunde. Wenn Sie beide … äh … so lange Platz nehmen möchten?« Sie deutete auf die beiden Rohrsessel rechts und links neben einem Tischchen, auf dem einige Illustrierte lagen.

Als sie die Treppe wieder hinaufging, drehte sie sich noch einmal unauffällig um. Mary-Kate ließ sich in einen der Sessel fallen und griff nach einer Zeitschrift. Alfred hüstelte nervös und blieb stehen. Dann schlenderte er zu einem der Drucke, die Ellen an der Wand aufgehängt hatte, und betrachtete ihn so eingehend, als beabsichtigte er, ihn zu kaufen.

Ellen ging in ihr Büro zurück, wo sie ein paar Informationen über Selbsthypnose bei Redeangst heraussuchte und eine Entspannungs-CD.

Sie trat ans Fenster und blickte aufs Meer hinaus. Übertrat sie schon wieder die ethische Grenze? Alfred und Mary-Kate wechselten wahrscheinlich nicht einmal ein Wort miteinander. Sie schaute auf die Uhr. Wie lange sollte sie warten? Nicht, dass die beiden dachten, sie sei ohnmächtig geworden oder etwas in der Art.

Fünf Minuten. Sie beschloss, ihnen fünf Minuten zu geben. Fünf Minuten, die in ihrer beider Leben vielleicht gar nichts zu bedeuten hätten, oder fünf Minuten, die möglicherweise ihr ganzes Leben veränderten.

Wofür werdet ihr euch entscheiden, Alfred und Mary-Kate?

16

Verweile nicht in der Vergangenheit, träume nicht von der Zukunft, sondern konzentriere dich auf den gegenwärtigen Augenblick.
BUDDHISTISCHE WEISHEIT AN ELLENS BADEZIMMERSPIEGEL

»Wahrscheinlich sollte ich … Ich meine, du willst vermutlich nicht, dass … Ich denke, ich warte so lange im Auto, oder?«, stammelte Ellen.

Sie hielten vor dem Friedhof, wo Colleen ihre letzte Ruhe gefunden hatte. Jack, der hinten saß und mit seinem Nintendo DS spielte, bewegte lautlos die Lippen. Er hatte sich auf der ganzen eineinhalbstündigen Fahrt nach Katoomba ausschließlich mit seiner Spielkonsole beschäftigt. Colleens Eltern waren ein paar Jahre vor dem Tod ihrer Tochter in die Blue Mountains gezogen und hatten sich gewünscht, dass sie in ihrer Nähe beerdigt wurde. Neben Jack lag ein riesiger Strauß von Colleens Lieblingsblumen – gelbe Gerbera –, den Patrick im Blumengeschäft bestellt und an diesem Morgen abgeholt hatte.

(Patrick hatte die Blumen ja nicht für eine andere Frau gekauft. Für eine Geliebte. Eine Nebenbuhlerin. Nein, so war das keineswegs. Und es war auch nicht so, dass er Ellen noch nie Blumen geschenkt hätte. Er hatte ihr viele Male welche mitgebracht. Wunderschöne Sträuße. Und warum zum Teufel verschwendete sie dann überhaupt einen Gedanken an diese verdammten Blumen, wenn sie gar keinen Grund hatte, sich Gedanken zu machen?)

»Nein, ich möchte, dass du mitkommst«, sagte Patrick.

Als er den Motor abgestellt und sich abgeschnallt hatte, wandte er sich Ellen zu und lächelte verlegen. Er war den ganzen Morgen nervös und reizbar gewesen, hatte viel zu laut über ihre Scherze gelacht, war übermäßig streng mit Jack gewesen und hatte ihn dann unvermittelt, quasi entschuldigend, wieder umarmt. Es war, als müsste er auf die Bühne und hätte schreckliches Lampenfieber.

»Ich möchte, dass sie dich kennenlernt«, fügte er leise hinzu.

»Oh«, machte Ellen.

»Findest du das irgendwie komisch?« Er legte seine Hand auf ihre.

»Nein, natürlich nicht«, antwortete Ellen, während eine Stimme in ihrem Inneren kreischte: *NATÜRLICH IST DAS KOMISCH! HAST DU DEN VERSTAND VERLOREN?!*

Patrick drehte sich nach hinten um. »Und, alles klar, Kumpel? Komm, lass uns zu Mum gehen.«

»Ja, gleich«, murmelte Jack, ohne aufzublicken, während seine Daumen flink über die Knöpfe des Nintendo huschten.

»Jack!«, sagte Patrick scharf.

Der Junge seufzte und warf die Spielkonsole auf die Rückbank. »Ich komm ja schon.«

Alle drei stiegen aus. Es war kühler hier oben in den Bergen, als Ellen gedacht hatte, und sie zog ihren Mantel fester um sich. Sie schaute sich um, wie sie es jetzt immer tat, aber von Saskia war nichts zu sehen. Es war weit und breit niemand in der Nähe außer einem älteren Paar, das Hand in Hand vom Friedhof kam und sich leise unterhielt. Die Frau lächelte Ellen zu.

Seit der Sache mit dem Buch und der Blume hatte Ellen Saskia nur noch ein einziges Mal gesehen. Sie war mit Patrick und Jack einkaufen gegangen, und während die beiden sich stritten, welche Frühstücksflocken sie kaufen sollten, hatte Ellen aufgeschaut und Saskia mit einem leeren Einkaufswagen auf sie zukommen sehen. Ihre Blicke trafen sich, und Ellen hatte unwillkürlich gelächelt, weil sie im ersten Moment Deborah Vandenberg sah, eine Patientin mit chronischen Schmerzen, die gut auf ihre Behandlung ansprach, mit der sie plaudern und scherzen konnte, eine Frau, vielleicht etwas älter als sie, die sie ein wenig an Julia erinnerte, eine Frau, die eine Freundin hätte werden können.

Eine Sekunde später fiel ihr die wahre, sehr sonderbare Natur ihrer Beziehung ein. Aus irgendeinem Grund reagierte ihr Nervensystem, als schämte sie sich, und sie lief feuerrot an. Ihre Kehle wurde ganz trocken. Sie blickte panisch zu Patrick und Jack, die immer noch in ihre Diskussion über knusprige Nussflocken vertieft waren. Saskia schüttelte unmerklich den Kopf, als wollte sie sagen: Sag's ihnen nicht!, und ging an ihnen vorbei.

»Alles in Ordnung?« Patrick hatte sich im gleichen Augenblick umgedreht, als Saskia mit ihrem Einkaufswagen am Ende des Gangs um die Ecke gebogen war.

»Mir ist bloß ein bisschen schwindlig«, hatte Ellen erwidert. (Eine Schwangerschaft war in dieser Hinsicht äußerst praktisch.)

Seit diesem Zwischenfall hatte sie irgendwie ein schlechtes Gewissen, so als ob sie mit Saskia unter einer Decke steckte und sie beide Patrick betrügen wollten. Aber wieso hätte sie ihm etwas von der Begegnung im Supermarkt erzählen sollen? Seit Saskia ihnen selbst nach Noosa gefolgt war, schien sein Hass auf sie eine neue, intensivere Dimension erreicht zu haben. Der Ausdruck in seinen Augen, wenn er über sie sprach, jagte Ellen manchmal Angst ein. An dem Abend, als sie den Teller ihrer Großmutter an die Wand geworfen hatte, war Patrick mit weiteren Kartons (und Blumen als Entschuldigung für seinen zornigen, Türen knallenden Aufbruch) nach Hause gekommen und hatte gesagt: »Sie hat vor meinem Haus auf mich gewartet, dieses psychopathische Miststück.«

Warum hatte Saskia den Kopf geschüttelt, als sie Ellen begegnet war? Die Geste hatte tatsächlich etwas Verschwörerisches gehabt. Legte sie normalerweise nicht Wert darauf, dass Patrick ihre Anwesenheit bemerkte? Ging es ihr nicht darum? Und wenn nicht, worum ging es ihr dann? Glaubte sie allen Ernstes, Patrick werde irgendwann zu ihr zurückkehren? Wie sollte das alles enden? Und wann? Saskia war Ellen ein Rätsel, das sie unbedingt lösen wollte.

Patrick öffnete die hintere Wagentür, beugte sich hinein und nahm den Blumenstrauß heraus. Er hielt ihn mit beiden Händen in Brusthöhe wie ein nervöser Verehrer auf dem Weg zu seiner Angebeteten. Die Lippen zu einem seltsamen angedeuteten Lächeln verzogen, sah er Ellen an und sagte verlegen: »Also dann.«

Jack kickte mit dem Fuß ins Gras und machte dazu »peng, peng!«. Es hörte sich an, als ahmte er eine Schusswaffe nach.

»Jack«, sagte Patrick tadelnd.

»Was?«

»Hör auf damit.«

»Womit?«

»Komm jetzt. Gehen wir.«

Jack lief voraus. Ellen ging neben Patrick. Sie ließ ihren Blick über die Namen auf den Grabsteinen schweifen und fragte sich, ob es wohl unpassend sei zu erwähnen, dass ihr schlecht war. Sie wünschte, sie hätte einen der Weizenkekse dabei, die sie auf der Arbeitsfläche in der Küche hatte liegen lassen.

Sie war jetzt in der elften Schwangerschaftswoche, und die Übelkeit, die bislang lediglich so etwas wie eine lästige kleine Nebenerscheinung gewesen war, war plötzlich sehr viel stärker geworden. So stark, dass sie sich an diesem Morgen erbrochen hatte. Sie musste nie brechen. Sie fand schon das Wort eklig. Über die Kloschüssel gebeugt auf dem Fußboden knien, war entsetzlich unbequem und entwürdigend. Sie hätte am liebsten nach ihrer Mutter gerufen, was geradezu absurd war, weil ihre Mutter nie Mitleid mit ihr gehabt hatte, wenn sie sich als Kind unwohl gefühlt hatte. Anne hatte ihrer Tochter dann immer von den wirklich kranken Kindern erzählt, die sie an dem Tag behandelt hatte.

Colleen war es während der Schwangerschaft anscheinend nie schlecht geworden. Bis zum achten Monat hatte sie noch jede Woche Tennis gespielt!

Seit sie sich verlobt hatten, redete Patrick definitiv mehr über Colleen. Das war eine Tatsache, Ellen bildete sich das nicht ein. Sie hatte sich im Geist Notizen gemacht: Patrick hatte Colleen während der ganzen letzten Woche täglich mindestens einmal erwähnt. So wusste sie jetzt, dass Colleen während der Schwangerschaft einen Kopfhörer auf ihren dicken Bauch gelegt und dem Baby jeden Abend klassische Musik vorgespielt hatte (Ellen hatte genau das Gleiche für ihr Ungeborenes tun wollen, die Idee aber jetzt verworfen); sie wusste, dass Colleen während ihrer Schwangerschaft einen Heißhunger auf Salz- und Essigchips verspürt hatte, dass sie in den ersten Schwangerschaftsmonaten *abgenommen* hatte, was Patrick große Sorgen bereitete; Colleen hatte nicht unter Stimmungsschwankungen gelitten; Colleen hatte sich für eine natürlich Geburt entschieden und so weiter und so fort.

Wäre Colleen eine hundsgewöhnliche noch lebende Exfrau oder Exfreundin gewesen, hätte Ellen sich jedes weitere Wort über sie verbeten. Aber Colleen war tot. Und da es völlig verständlich war, dass Ellens Schwangerschaft in Patrick Erinnerungen an Colleens Schwangerschaft mit Jack heraufbeschwor, und da Colleen Jacks Mutter war und er zu gern Geschichten über die Zeit hörte, in der er im Bauch seiner Mutter heranwuchs, hatte Ellen das Gefühl, dass sie nicht nur aufmerksam zuhören, sondern Patrick geradezu ermutigen sollte, weitere Geheimnisse aus dem Leben der scheinbar vollkommenen Colleen preiszugeben, indem sie ihm mit aufgeweckter, liebevoller, Anteil nehmender Miene Fragen stellte.

Und offen gesagt machte sie das schlichtweg wahnsinnig.

Sie liebte Jack, und ihr gefiel der Gedanke, dass er der große Bruder ihres Kindes sein würde, aber sie konnte nicht umhin, sich auszumalen, wie es wohl wäre, wenn ihr Baby auch für Patrick das erste Kind wäre, wenn es nur sie beide gäbe, die voller aufgeregter Vorfreude der Geburt ihres Kindes entgegensahen.

Die Übelkeit machte die Sache nicht besser. Sie hatte gewusst, dass die Übelkeit schlimm werden konnte, sie hatte nur nicht gedacht, dass es so unangenehm würde. Natürlich hörte es irgendwann auf, das war ihr schon klar, aber das änderte nichts daran, dass dieses schreckliche flaue Gefühl des Unbehagens ständig im Hintergrund lauerte. Wenn sie daran dachte, wie es sein würde, ihr Baby in den Armen zu halten, fragte sie sich im nächsten Augenblick, wie sie sich denn um ein Kind kümmern sollte, wenn ihr übel war.

»Sie liegt dort hinten in der Ecke«, sagte Patrick.

Jack rannte voraus. Patrick blieb stehen und berührte Ellen an der Schulter.

»Alles in Ordnung mit dir, mein Schatz?«

Er sah ihr in die Augen. Er tat das manchmal, wenn sie es am wenigsten erwartete. Er hielt inne in dem, was er gerade tat, und sah sie mit seinen grünen Augen so eindringlich an, als wartete er darauf, dass sie ihm etwas von entscheidender Bedeutung mitteilte. Das rührte sie jedes Mal zutiefst.

»Ja, alles bestens.« Sie wollte nicht, dass er sich wegen ihrer Übelkeit sorgte und sie zum Auto zurückbrachte oder was auch immer.

»Bist du sicher? Ist dir kalt?«

»Nein, alles in Ordnung.«

»Gut. Es ist dort oben.«

Sie gingen weiter, vorbei an einem Grab nach dem anderen; einem ausgelöschten Leben nach dem anderen. Ellen war zwar gelegentlich über einen Friedhof geschlendert, hatte aber noch nie das Grab eines Verwandten oder Bekannten besucht. Ihre Großeltern waren eingeäschert und die Asche von ihrem Lieblingsplatz oben auf den Klippen ins Meer gestreut worden. Ellen hatte natürlich um sie getrauert, aber auf leise, verhaltene, resignierende Art; sie empfand nicht den schweren Kummer, der mit dem viel zu frühen Tod eines Menschen einhergeht. Sie war einfach traurig, weil sie ihre Großeltern vermisste. Sie war fünfunddreißig geworden, ohne dass der Tod sich jemals mit bestürzender Unvorhersehbarkeit in ihr Leben gedrängt hatte.

Auf einem der Gräber lagen frische Blumen. Ob sie von dem älteren Paar stammten, das ihnen entgegengekommen war?

Ellen blieb kurz stehen und las die Inschrift auf dem Grabstein. Es war das Grab eines Jungen namens Liam, der 1970 geboren und 1980 gestorben war. Sie schaute zum Parkplatz zurück. Das Paar war im Begriff wegzufahren, Ellen konnte das Profil der Frau gerade noch durch das Fenster erkennen.

Sie ging weiter. In ihrem Magen begann es zu brodeln. Ihr Mund füllte sich mit Speichel. In diesem Moment war ihr alles egal, Patricks Fürsorglichkeit ebenso wie der Kummer dieser armen Frau. Jetzt zählte nur noch eines: die Übelkeit, diese grauenvolle, grauenvolle Übelkeit.

Endlich blieben Patrick und Jack vor einem glänzenden grauen Grabstein stehen, in dessen oberer Hälfte ein ovaler Rahmen mit einer Schwarz-Weiß-Aufnahme von Colleen eingearbeitet war. Sie lächelte (für Patrick?), den Blick vom Fotografen abgewandt, die Augen voller Zärtlichkeit.

Zum ersten Mal wurde Ellen mit der unabänderlichen Tatsache von Colleens Tod konfrontiert. Diese wunderschöne junge Frau dürfte nicht tot sein. Sie sollte gemeinsam mit Mann und Sohn zu ihren Eltern in die Berge fahren und ihr zweites Kind erwarten.

Oder, besser noch, sie sollte Patricks noch lebende Exfrau sein, nicht mehr ganz so hübsch und horrende Ansprüche in puncto Unterhaltszahlungen und Besuchsregelung für das Kind stellend. Auf diese Weise müsste Ellen nicht das Feld räumen (und sie würde sich im Umgang mit einer gewöhnlichen, raffinierten Exfrau selbst übertreffen, sie würde die Gelassenheit in Person sein, und Patrick würde sie nur umso begehrenswerter finden).

Die gemeißelte Grabinschrift lautete:

COLLEEN SCOTT
1970–2004
GELIEBTE EHEFRAU, MUTTER UND TOCHTER
DAS LEBEN VERGEHT, DIE LIEBE NICHT

Richtig.

»Das ist meine Mum auf der Party an meinem ersten Geburtstag«, sagte Jack zu Ellen und legte seinen Finger auf Colleens Foto. »Sie schaut mir zu, wie ich ein Geschenk von meiner Granny auspacke. Es war ein Dinosaurierpuzzle. Ich habe es immer noch.«

»Das ist ein wunderschönes Foto«, sagte Ellen.

»Der Dinosaurier, das war übrigens ein Tyrannosaurus«, fuhr Jack fort. Er schob seine Hände in die Taschen seiner Jeans und überlegte kurz. »Das ist ein ziemlich leichtes Puzzle. Es hat bloß fünf Teile oder so. Das schaff ich in drei Sekunden oder so. Oder sogar bloß in einer.«

»Weißt du, wir … äh … wir reden mit ihr«, sagte Patrick, ohne Ellen anzusehen. »Ein bisschen albern, ich weiß …«

»Nein, nein, überhaupt nicht«, widersprach Ellen. Ihr war hundeelend. Wenn sie sich jetzt nur nicht auf Colleens Grab übergeben musste! Sie guckte sich verstohlen um. Im äußersten Notfall würde sie sich blitzschnell über Bill Taylors Grab beugen. Auf seinem Grabstein stand, er sei ein »warmherziger, großzügiger Mensch« gewesen, er würde es sicher verstehen.

Patrick kniete sich hin, beugte sich vor und küsste Colleens Foto.

Oh, gütiger Himmel!

Jack kniete sich neben seinen Vater und tat es ihm nach, ganz unbefangen. »Hi, Mum.«

Wie lautete die Benimmregel in einem solchen Fall? Ellen war sich nicht sicher. Sollte sie sich ebenfalls hinknien und das Foto küssen? Nein, bestimmt nicht. Sie kannte Colleen ja überhaupt nicht. Das wäre total daneben. Ein Händedruck wäre angebrachter. Sollte sie stattdessen dem Grabstein einen höflichen kleinen Klaps verpassen? »Freut mich sehr, Sie kennenzulernen.« Ellen stellte sich vor, wie sie Julia diese Geschichte erzählte. Sie würde sich mit einer Hand die Augen zuhalten und loskreischen – wie grauenvoll, wie absolut grauenvoll!

Das Zellophan raschelte, als Patrick den Blumenstrauß vor

dem Grabstein niederlegte. Er räusperte sich. Ellen atmete angestrengt durch die Nase.

»Da sind wir wieder, Colleen. Wir sind auf dem Weg zu deiner Mum und deinem Dad. Deine Mum macht wieder dieses Hühnchenrisotto zum Lunch.« Patricks Stimme klang mit jedem Satz normaler. »Weißt du noch, wie beleidigt sie war, als du ihr einmal gesagt hast, es sei zu fad? Jetzt gibt sie so viel Knoblauch dran, dass man es schon an der Haustür riechen kann. Es ist so ein wunderschöner Tag heute. Wenn du doch nur … Oh, weißt du schon das Neueste? Jacks Fußballteam hat letztes Wochenende gewonnen! Ihr erstes Spiel!«

Ellen war innerlich zusammengezuckt. *Wenn du doch nur bei uns sein könntest.* Das war es, was Patrick hatte sagen wollen. Doch dann war ihm eingefallen, dass seine schwangere Verlobte neben ihm stand.

»Wir haben sie plattgemacht«, ergänzte Jack zufrieden.

»Allerdings.« Patrick nickte. »Jack hat hervorragend gespielt. Du wärst stolz auf ihn gewesen.«

»Du hast doch zugeschaut, oder?«, sagte Jack. »Vom Himmel aus. Dort gibt's doch bestimmt so was wie eine riesengroße Tribüne, wo alle hingehen und ihren Verwandten auf der Erde beim Sport zusehen, und man kriegt alles zu essen und zu trinken, was man haben will, und wenn man mehr als einem Verwandten gleichzeitig zuschauen will, dann gibt's diesen Bildschirm, der sich in zwei kleinere teilt, und dann kann man hin und her schalten und …«

»Das reicht, Jack«, fiel Patrick ihm ins Wort. »Wir haben aber noch eine andere große Neuigkeit für dich, Colleen, nicht wahr, Jack?«

Der Junge sah ihn verständnislos an. Patrick machte eine Kopfbewegung zu Ellen hin und sagte: »Das Baby!«

»Ach so, ja! Vielleicht weiß Mum schon, ob es ein Junge oder ein Mädchen wird! Sie weiß es bestimmt schon, oder? Vielleicht hat sie es im Himmel vom Fließband kommen sehen, wie in einer Fabrik, so einer Art Babyfabrik, und Mum war dort, und sie hat gleich gewusst, hey, das ist Ellens Baby, du wirst Jacks Brüderchen sein! Oder du wirst Jacks …«

»Genau«, unterbrach Patrick ihn abermals. »Das ist also Ellen.« Er schaute zu ihr auf und griff dann nach ihrer Hand.

Soll ich mich hinknien? Ja, ich glaube, das sollte ich. Aber wenn mir nun schlecht wird? Nein, ich muss mich hinknien.

Ellen kniete sich hin. Ihre cremefarbene Hose würde Grasflecken bekommen. Aber sie schien das Richtige getan zu haben, denn Patricks Gesicht spiegelte plötzlich ein vielschichtiges Gefühl wider, und Jack legte ihr liebevoll seinen Arm um die Schultern, was er noch nie getan hatte.

»Ellen und ich wollen heiraten, und ich weiß, dass du dich darüber freuen würdest, Colleen, weil du zu mir gesagt hast, ich solle mir eine liebe Frau suchen. Ich werde diesen Tag nie vergessen.« Patricks Stimme war brüchig geworden, und er drückte Ellens Hand so fest, dass es wehtat. »Das würde ich nicht tun, habe ich damals geantwortet. Aber jetzt habe ich doch eine Frau gefunden. Eine ganz reizende. Sie ist wirklich bezaubernd. Und sie macht uns sehr glücklich.«

»Ja, das stimmt.« Jack stupste mit seinem Kinn gegen Ellens Schulter.

»Oh, Jungs«, murmelte Ellen. Sie wusste nicht, was sie sonst sagen sollte. Sie konnte die kalte, feuchte Erde riechen und Patricks Rasierwasser und die Erdnussbutter in Jacks Atem. Patricks warme Hand hielt ihre fest umschlossen. Für ein paar Sekunden verebbten die Wogen der Übelkeit, und Ellen verspürte eine unsagbare Erleichterung.

Nein, das war keine schauderhafte Anekdote, die sie Julia erzählen würde, um mit ihr darüber zu lachen. Das Hilflose und das Schreckliche daran verlieh dieser Geschichte etwas durch und durch Menschliches. Es war einer jener seltenen, anrührenden, unverfälschten Momente, die alles beinhalteten, was das Leben so wunderbar und so tragisch zugleich machte.

Heute war der letzte Sonntag im Monat. Das heißt, Patrick ist zum Lunch zu Colleens Eltern gefahren.

Daran hat sich nie etwas geändert. Das haben wir sogar bei unserer Ferienplanung berücksichtigt.

Ich bin nur ein einziges Mal mitgefahren, als wir uns erst ein paar Monate kannten. Es wurde ein Fiasko. Es war einfach zu früh. Ich hätte nicht mitgehen sollen, aber Patrick wollte es unbedingt. Er drängte mich regelrecht dazu. Als ob er es eilig hätte, als ob dieser Besuch etwas wäre, das unbedingt erledigt werden, ein Punkt, der von einer Liste gestrichen werden musste. Er dachte wohl, für seine Schwiegereltern sei das gut, aus welchem Grund auch immer. Ich weiß noch, dass meine Mutter mich warnte. »Oh, Saskia, tu das nicht, das wäre zu grausam«, sagte sie. Aber ich Idiot glaubte, Patrick müsse es am besten wissen.

Meine Mutter behielt natürlich recht. Es war furchtbar für Frank und Millie, mich zusammen mit Patrick zu sehen, zuschauen zu müssen, wie ihr Enkel auf mich zurannte. Ihr Schmerz war noch viel zu frisch, immer noch eine offene Wunde. Man spürte es sofort beim Betreten des Hauses, als ob Tränen einen eigenen Geruch hätten, der in der Luft hing. Frank und Millie wirkten beide gleichermaßen geschockt, so als hätten sie gerade eins auf die Nase bekommen. Überall, wirklich überall waren Fotos von Colleen. Wie ein Museum, das einer einzigen Person gewidmet war: Colleen. Colleen als Baby. Colleen an ihrem ersten Schultag. Colleen und Patrick. Colleen und Jack. Meine Blicke schweiften umher, es gab keinen Punkt, auf dem sie ruhen konnten. Aber ich weiß noch, dass ich beim Anblick der Fotos von Colleen und Patrick komischerweise nicht eifersüchtig war, so absolut, so hirnrissig sicher war ich mir seiner Liebe. Es waren die Aufnahmen von Colleen und Jack, die mich aus dem Konzept brachten; sie waren der untrügliche Beweis dafür, dass ich nicht Jacks Mutter war.

Danach fuhren Patrick und Jack an jenem letzten Sonntag im Monat immer ohne mich in die Berge. Ich erledigte unterdessen die liegen gebliebene Hausarbeit, besuchte eine Freundin oder, als ich noch keine Schmerzen im Bein hatte, tat etwas für meine Fitness. Ich genoss es, das Haus ganz für mich allein zu haben. Heute kommt mir der Gedanke, Zeit für mich zu haben und das zu genießen, völlig fremd vor, wo ich doch mein ganzes Leben für mich allein habe und die Zeit außerhalb des Büros ein gigantischer leerer Raum ist, eine endlose Wüste, die ich scheinbar mit Leben fülle, indem ich Patrick nachstelle und ihn beobachte.

War ich wirklich einmal diese viel beschäftigte, glückliche junge Frau? Jene, die nach der Arbeit durch den Supermarkt hetzte, die nahrhafte Mahlzeiten für ein Kleinkind und Gourmetgerichte für seinen Vater zubereitete, die auf Partys und zu Grillfesten und ins Kino ging, die Sex am Sonntagmorgen hatte, die nichts weiter als ein durchschnittliches Mitglied der Spezies Mensch war?

Jene Saskia kommt mir wie jemand anders vor, jemand, den ich gut kannte, den ich gern hatte – aber der nicht ich war.

Ich habe mir nie die Mühe gemacht, Patrick am letzten Sonntag im Monat nachzufahren. Ich weiß, wohin er geht. Ich weiß, welche Blumen er kaufen wird und bei welchem Blumenhändler er sie bestellt. Ich weiß, dass er auf dem Weg in die Berge Colleens Grab besuchen wird. Das eine Mal, als ich mitfuhr, wollte er, dass ich mit ihm an ihr Grab gehe. Ich weigerte mich. Ich hielt das für eine völlig verrückte Idee. Wenn ich stürbe, sagte ich, würde ich nicht wollen, dass er seine neue Freundin mitbrachte, damit sie auf meinem Grab tanzte. »Du sollst ja nicht darauf *tanzen*«, sagte er. Aber Jack war in seinem Kindersitz eingeschlafen, als wir am Friedhof ankamen, und ich sagte, wir sollten ihn nicht wecken, ich würde bei ihm im Auto bleiben.

Ich dachte mir schon, dass er Ellen demnächst mit in die Berge nehmen würde. Ich meine, jetzt, wo sie zusammenwohnen und bald heiraten werden und so. Jetzt, wo er eine *richtige* Beziehung hat und Jack bald eine *richtige* Stiefmutter.

Ich habe vom Auto aus beobachtet, wie die drei aus Ellens Haus kamen. Wie eine richtige kleine Familie sahen sie aus. Jack war viel zu dünn angezogen für eine Fahrt in die Berge im Frühling.

Er trug nur ein langärmeliges T-Shirt. Ich hätte Ellen am liebsten zugerufen: »Ziehen Sie dem Jungen eine Jacke an!« Aber ich tat es nicht. Ich habe immer versucht, Jack aus allem herauszuhalten, um ihn nicht zu verstören.

Ellen hat mich nicht gesehen, aber Patrick. Er schaute mir sogar ein paar Sekunden direkt in die Augen. Dann zog er die Nase hoch, zuckte mit den Schultern und setzte seine Sonnenbrille auf – wie ein Gangster auf einer Beerdigung, der die anwesenden Polizeibeamten bemerkt hat.

Das war merkwürdig, als ich ihnen neulich im Supermarkt begegnet bin. Ich war ihnen eigentlich gar nicht gefolgt. Ich war rein zufällig da. Mehr oder weniger. Ich bin auf dem Nachhauseweg vom Büro an ihrem Haus vorbeigefahren, und da kam mir der Gedanke, noch ein paar Sachen zu besorgen. Ich dachte nicht einmal an Patrick und Ellen, was ein seltener Luxus ist. Ich wollte Hafermehl kaufen. Ich hatte plötzlich Lust auf Hafermehlkekse. Ich habe seit Jahren keine Kekse mehr gebacken. Nicht mehr, seit ich mit Patrick zusammen war. Er und Jack liebten es, wenn ich welche backte. Aber als ich alle Zutaten eingekauft hatte und nach Hause kam, war mir die Lust zu backen vergangen. Wozu auch? Ellen war diejenige, die Kekse backen sollte, nicht ich.

Als Ellen mich im Supermarkt sah, guckte sie schnell wieder weg, fast so, als ob es ihr peinlich wäre oder sie ein schlechtes Gewissen hätte. So, als ob *sie* die Stalkerin wäre, nicht ich.

So nennt Patrick mich – eine Stalkerin. Ich war total schockiert, als er mir das zum ersten Mal ins Gesicht schleuderte. Ich, eine Stalkerin? Ich war doch nicht irgendeine Irre, die ihn belästigte! Wir hatten zusammengelebt. Wir hatten versucht, ein Kind zu zeugen. Ich verfolge ihn doch nur deshalb, weil ich ihn sehen, mit ihm reden, ihn verstehen möchte.

Aber vielleicht bin ich streng genommen genau das – eine Stalkerin.

Ich hätte nie gedacht, dass ich mit dreiundvierzig Jahren noch allein sein würde. Ich hätte nie gedacht, dass ich keine Kinder haben würde. Ich hätte nie gedacht, dass ich eine Stalkerin werden würde.

Ich habe den Kopf geschüttelt, als Ellen mich ansah, weil ich nicht wollte, dass Jack Angst bekam, falls Patrick sich aufführte, als wäre ich eine potenzielle Mörderin. Wenn sie zusammen sind, versuche ich immer, unsichtbar zu sein. Das gehört zu meinem ganz persönlichen Stalker-Kodex.

Ich sparte mir die Mühe, ihnen heute in die Berge hinauf zu folgen. Erstens mag ich diese kurvenreichen Straßen nicht, und zweitens wollte ich nicht, dass Patrick mit Jack im Auto raste. Ich blieb also bis zur Schnellstraße hinter ihnen, um sicherzugehen, dass sie wirklich zu Colleens Eltern fuhren, und bog dann an der nächsten Ausfahrt ab.

»Viel Vergnügen!«, rief ich ihrem Auto hinterher, während es immer kleiner wurde.

Und dann lag der ganze Sonntag vor mir wie ein boshafter Scherz. Auf dem Heimweg stellte ich mir vor, worüber die drei sich unterwegs wohl unterhielten. So viel Gesprächsstoff, so viel, was vorbereitet werden musste. Die Hochzeit. Das Baby. Was es zum Abendessen geben würde.

Ob Ellen Jack einen Imbiss für die Schule mitgibt? Ist sie mit der gleichen Leichtigkeit und Begeisterung in die Mummy-Rolle geschlüpft wie ich? Ich weiß noch genau, was ich Jack an seinem ersten Schultag mitgegeben habe: ein Schinken-Käse-Vollkornsandwich, einen Pfirsich – er liebte Pfirsiche –, eine kleine Dose Rosinen, eine kleine Flasche Apfelsaft, eine gebutterte Scheibe seines geliebten Bananenbrots. Ich hatte alles bis ins Kleinste geplant. Hatte es mit meiner Mutter besprochen. »Und, hat er alles aufgegessen?«, wollte sie am Abend, als sie mich anrief, wissen. »Alles bis auf die Rosinen«, antwortete ich. Patrick hatte keine Ahnung, was ich Jack in seine Lunchbox gepackt hatte. Essen ist für ihn Nebensache.

Wenn man die Verantwortung für ein Kind trägt, ist der Alltag ausgefüllt mit all den Kleinigkeiten, die das Leben eines Kindes ausmachen: seine Lunchbox, seine Schultasche, seine Schuhe, sein Lieblings-T-Shirt, seine Freunde, die Mütter seiner Freunde, seine bevorzugten Fernsehsendungen, seine Launen. Wird einem dann gesagt, dass man nicht länger für das Kind verantwortlich ist, dass man nicht mehr erwünscht ist, dass man nicht mehr gebraucht wird, dass man überflüssig geworden ist, kommt man sich vor wie ein gefeuerter Angestellter, der von einem Sicherheitsbeamten zur Tür geleitet wird. Das ist sehr schwer zu ertragen.

Das ist geradezu unglaublich schwer zu ertragen.

Jack hat doch sicherlich nach mir gefragt. Das muss doch total verwirrend für ihn gewesen sein.

Ich habe ihn im Stich gelassen. Ich mache mir Vorwürfe wegen meines kleinen Zusammenbruchs oder was immer es war, als Patrick sich von mir trennte. Ich konnte nicht mehr im selben Bett wie er schlafen, und deshalb bin ich eine Weile bei meiner Freundin Tammy untergekommen. Tammy. Was wohl aus ihr geworden ist? Sie hat sich solche Mühe gegeben, unsere Freundschaft aufrechtzuerhalten, aber irgendwie verschwand sie still und leise aus meinem Leben wie alle anderen auch.

Ich erinnere mich, dass ich fünf Tage später in Tammys Wohnung aufwachte, es war ein Freitag, und mir fiel siedend heiß ein, dass Jack direkt nach der Schule Schwimmunterricht hatte, und ich musste am Abend vorher doch immer seine Sachen zusammenpacken, und wer würde ihn denn jetzt hinfahren? Ich arbeitete von halb zehn bis halb drei. Ich hatte das so eingerichtet, damit ich Jack von der Schule abholen konnte. Ich tat das gern. Ich war flexibler als Patrick, und ich liebte es, Jack von der Schule abzuholen. Ich war doch seine Mutter. Es war mir egal, dass ich bei einer Beförderung übergangen wurde, weil ich nicht Vollzeit arbeitete. Ich tat, was jede Mutter tat: Ich legte meinem Kind zuliebe meine Karriere vorübergehend auf Eis.

Ich rief also Patrick an, um ihn an den Schwimmunterricht zu erinnern, und so fing alles an. So kam es zu meiner »Angewohnheit«. So kam es, dass ich mein altes Leben zu stalken begann.

Patrick behandelte mich wie eine völlig Fremde. Als ginge Jacks Schwimmunterricht mich nicht das Geringste an. Dabei war ich noch eine Woche zuvor dort gewesen, ich hatte Jack geholfen, seine Brille richtig aufzusetzen, hatte mit seinem Lehrer gesprochen, ob er nicht zu den Fortgeschrittenen kommen könne, hatte mit einer der anderen Mütter vereinbart, wann unsere Kinder sich zum Spielen treffen würden. »Bemüh dich nicht«, hatte Patrick gesagt. So gereizt und abweisend, als ob ich mich in Dinge einmischte, die mich nichts angingen. Als ob ich nie etwas mit Jack zu tun gehabt hätte. »Wir haben alles im Griff.«

Mich packte eine solche Wut, wie ich sie nie im Leben verspürt hatte. Ich hasste ihn. Ich liebte ihn immer noch. Aber ich hasste ihn. Und seit damals fällt es mir schwer, das eine vom anderen zu unterscheiden. Hätte ich ihn nicht so erbittert gehasst, wäre ich vielleicht imstande gewesen, einen Schlussstrich unter meine Liebe zu ihm zu ziehen. Ich weiß, das ergibt keinen Sinn.

Wenn er mir doch nur Zeit gelassen hätte, mich nach und nach aus meiner Rolle als seine Frau (ich sah mich immer als seine Frau) und als Jacks Mutter zurückzuziehen; wenn er mir doch nur mit dem Respekt, den ich verdiente, zugehört hätte, wenn ich ihn anrief und an etwas erinnerte, das Jack betraf; wenn er sich doch nur zu mir gesetzt und mir zugehört hätte und ich ihm hätte sagen können, wie sehr er mich verletzt hat; wenn er doch nur ein einziges Mal »es tut mir leid« gesagt und es ehrlich gemeint hätte – ich glaube, dann wäre alles anders gekommen. Dann hätte ich es geschafft loszulassen. Vielleicht wäre die Wunde dann irgendwann verheilt, so wie das normalerweise der Fall ist. Stattdessen hat sie sich infiziert. Und die Infektion breitete sich aus. Wie Wundbrand. Sie hat sich in meinem Körper eingenistet. Das ist alles nur seine Schuld.

Ich weiß, es ist unverzeihlich, was ich tue. Im tiefsten Inneren weiß ich das. Aber er hat damit angefangen. Mum hat immer gesagt, es sei die perfekte Liebesgeschichte gewesen, als sie meinen Vater kennenlernte. Ich glaubte, Patrick sei *meine* perfekte Liebesgeschichte. Aber das stimmt nicht. Er ist die Liebesgeschichte der Hypnotiseurin. Ich bin nur die Exfreundin in der Liebesgeschichte der Hypnotiseurin. Nicht die Heldin. Ich bin nur eine Nebenfigur.

Vielleicht bin ich auch die Böse.

Keiner sagte ein Wort, als sie vom Friedhof aus zu Frank und Millie fuhren.

Jack saß hinten und spielte wieder mit seiner Spielkonsole. Patrick konzentrierte sich auf die kurvenreiche Straße.

Ellen lehnte den Kopf an die Kopfstütze. Ihr war zwar immer noch schlecht, aber es war auszuhalten. Hoffentlich musste sie bei Frank und Millie nicht allzu lange auf das Essen warten, und wenn sie nur ein Stück trockenes Brot knabbern konnte, das würde schon helfen.

Sie schaute aus dem Fenster. Die Landschaft flog vorbei wie ein Film im Schnellvorlauf. Idyllische kleine Bergdörfer mit Cafés und Secondhandbuchläden und Antiquitätengeschäften. Sie erinnerte sich an ein romantisches Wochenende in den Bergen, das sie mit Jon ganz am Anfang ihrer Beziehung verbracht hatte. Sie ließ die Erinnerung weiterziehen. Jon würde bald heiraten. Sie auch. Das Leben ging weiter. Sie musste den Weg vor sich im Auge behalten. So wie Saskia. Und wie Patrick.

Ob er jetzt gerade an Colleen dachte, sie mit ihr, Ellen, verglich, sich fragte, wie sein Leben verlaufen wäre, wenn sie nicht gestorben wäre?

Könnte sie doch seine Gedanken lesen! Sie spähte aus dem Augenwinkel zu ihm hinüber. Sein Profil ließ keinerlei Gefühlsregung erkennen.

Es gäbe da schon eine Möglichkeit.

Immer noch bat Patrick sie fast jeden Abend vor dem Schlafengehen um eine Entspannungsübung. Das gehörte mittlerweile zu ihrer abendlichen Routine. Er vertraute Ellen blind. Es wäre ein Leichtes für sie, ihn in eine tiefe Trance zu versetzen, ihn dann über seine Gefühle für Colleen auszufragen und schließlich mittels einer posthypnotischen Suggestion dafür zu sorgen, dass er sich nach dem Aufwachen nicht an ihre Fragen erinnerte.

Aber das wäre nicht richtig. Völlig unethisch. Sie konnte nicht ohne seine Erlaubnis in seinen Gedanken herumstochern. Das wäre so, als ob sie heimlich sein Tagebuch läse. Außerdem wäre es unfair, weil Patrick nicht das Gleiche bei ihr tun konnte. Sie würde auch nicht wollen, dass er etwas über ihre immer noch vorhandenen, reichlich komplizierten Gefühle, die sie Jon gegenüber hegte, erfuhr.

Nein, so etwas würde sie nie tun. Sie hieß ja nicht Danny. Der würde bestimmt nicht zögern, das bei einer Freundin zu machen, falls er denn eine hätte.

Ellen konnte nicht glauben, dass ihr die Idee, in Patricks Gedanken herumzuschnüffeln, überhaupt gekommen war. Das sah ihr gar nicht ähnlich. In letzter Zeit war sie ziemlich enttäuscht von sich. Sie war keineswegs so mitfühlend oder moralisch oder geduldig, wie sie sich immer eingeschätzt hatte.

Aber der Gedanke ist so was von verlockend!

»Dad?«

Ellen fuhr schuldbewusst zusammen.

»Können wir nach dem Essen wandern gehen? Dorthin, wo wir das letzte Mal waren?«

»Klar, warum nicht«, erwiderte Patrick. »Das heißt, nein, da fällt mir ein, ich muss heute Nachmittag noch für ein paar Stunden ins Büro. Ich fürchte, wir werden nach dem Essen gleich wieder zurückfahren müssen.«

Jack seufzte.

»Das nächste Mal, okay?«, sagte Patrick tröstend.

Ellen sah ihn an. »Du willst heute noch ins Büro?«

Patrick warf ihr einen Seitenblick zu. »Äh … ja, hab ich dir das nicht gesagt? Entschuldige. Ich muss unbedingt den Papierkram erledigen. Ich ersticke schon darin.«

Das bedeutete dann wohl, dass sie sich so lange um Jack kümmern musste. Eigentlich hatte sie sich mit Julia treffen wollen. Sie hatten sich eine Ewigkeit nicht mehr gesehen, und Julia war schon ganz gespannt, wie es bei Colleens Eltern gelaufen war. Aber wenn Jack im Haus war, konnte Ellen nicht offen reden.

»Das heißt, ich muss heute Mittag auf Jack aufpassen?«, fragte sie, um ganz sicherzugehen.

»Na ja, er ist doch schon groß, er braucht keinen Babysitter mehr, nicht wahr, Kumpel?« Patrick sah seinen Sohn im Rückspiegel an. »Er kann sich gut mit sich selbst beschäftigen. Musst du nicht noch Hausaufgaben machen, Jack?«

Ellen unterdrückte einen genervten Seufzer. Sie hatte bereits das Vergnügen gehabt, den Jungen bei seinen Hausaufgaben zu beaufsichtigen, vielen Dank. Es war verdammt anstrengend, ihn dazu zu kriegen, aufrecht am Tisch sitzen zu bleiben, seinen Füller in der einen Hand, seine Bücher aufgeschlagen vor sich. Entweder er rutschte halb von seinem Stuhl herunter und legte seinen Kopf auf den Tisch, als ob er krank wäre, oder er sprang auf und lief weg, weil ihm plötzlich etwas Besseres eingefallen war.

Ellen suchte immer noch nach einem Zugang zu Jack. Nicht, dass der Junge sich gegen sie aufgelehnt oder sie wie die böse Stiefmutter behandelt hätte. Nein, er war freundlich und entspannt, sie war diejenige, die nervös und angespannt war. Ihr fiel selbst auf, wie schrecklich aufgekratzt ihre Stimme klang, wenn sie mit ihm redete. Das erinnerte sie an damals, als sie vierzehn und in den einbeinigen Jungen aus der Nachbarschule verliebt war. Giles war nett zu ihr, so wie zu allen Mädchen, die für ihn schwärmten, und während Ellen ihn am Bahnhof vollquatschte, um ihn irgendwie zu beeindrucken, bevor der Viertel-vor-vier-Zug einlief, nahm sein Gesicht den gleichen nachsichtigen, zerstreuten Ausdruck an wie Jacks Gesicht heute. *Im Grunde interessiert mich dein Geschwätz nicht die Bohne*, besagte dieser Ausdruck, *aber da ich ein netter Mensch bin und deine Gefühle nicht verletzen möchte, lächle ich einfach so lange, bis du den Mund hältst.*

Versuchte sie, die Coole zu spielen und so zu tun, als kümmere es sie nicht, was Jack von ihr dachte, war es noch schlimmer. Jack war nämlich so selbstständig, so sehr mit seinem eigenen Leben beschäftigt, dass er Ellen darüber vollständig vergaß. Nicht anders war es ihr mit Giles ergangen.

Nun, sie hatte es ja so gewollt. Der Gedanke, ein Stiefkind zu haben, eine Instant-Familie, hatte ihr gefallen. Sie sollte froh sein, dass Patrick sie wie seine Frau behandelte und es für selbstverständlich hielt, dass sie seinen Sohn bei den Hausaufgaben beaufsichtigte. Sie sollte ihre ganze Aufmerksamkeit auf den armen kleinen Jungen konzentrieren, der mit fünf Jahren nicht nur eine, sondern schon zwei Mütter verloren und wahrscheinlich mit schrecklichen Verlustängsten zu kämpfen hatte.

»JA!«, schrie Jack und riss seine Arme mit der Spielkonsole in die Höhe.

»Herrgott!«, entfuhr es Patrick. »Hör auf, gegen meinen Sitz zu treten!«

Aber hätte Patrick sie nicht zuerst fragen sollen? Nutzte er sie nicht aus, wenn er einfach davon ausging, sie werde schon Zeit haben?

Andererseits hatte sie ihre Verabredung zum Kaffee mit Julia auch getroffen, ohne Patrick vorher zu fragen. Sie hatte sich wie ein Single benommen, so als ginge Jack sie nichts an.

Es war furchtbar schwer herauszufinden, was fair war und was nicht. Vermutlich durchliefen Eltern beim Treffen von Verabredungen und Vereinbaren von Terminen so etwas wie einen Entscheidungsfindungsprozess. Ellen nahm sich vor, ihre Freundin Madeline danach zu fragen.

»Ich dachte, du hättest gesagt, du würdest heute Nachmittag die Umzugskartons aus dem Flur schaffen«, sagte sie.

Der Samstag war mit Jacks sportlichen Aktivitäten ausgefüllt gewesen, und Patrick hatte versprochen, die Kartons an diesem Wochenende wegzuräumen.

»Mach ich, keine Sorge«, erwiderte er. »Gleich, wenn ich vom Büro zurück bin.«

Er würde es nicht tun. Sie wusste, dass er es wieder nicht tun würde. Nach der Fahrt und der anschließenden Büroarbeit würde er zu müde dafür sein. Es würde zu spät werden. Wenn er nach Hause kam, würde Jack seine Aufmerksamkeit beanspruchen, und danach würde Patrick sich aufs Sofa fallen lassen und sich die Nachrichten im Fernsehen ansehen. Es wäre fies, ihn dann noch an sein Versprechen zu erinnern. In seinen Augen wäre das »Nörgeln«. Also würde sie diese Kartons eine weitere Woche in ihrem Flur stehen haben.

Dieser ganze Krempel hatte katastrophale Auswirkungen auf das Feng Shui ihres Hauses. Sie glaubte sich zu erinnern, dass die Haustür »der Mund des Qi« genannt wurde. Hier sollte die Energie frei fließen können. Kein Wunder, dass sie so reizbar war! Die ganze Energie wurde an der Haustür gestoppt!

Angesichts des bevorstehenden Besuchs bei Frank und Millie war dies natürlich nicht der richtige Zeitpunkt, in Bezug auf die Kartons nachzuhaken. Aber Ellen vermochte nicht zu widerstehen; die Worte waren so verführerisch wie die letzte Praline in einer Schachtel.

»Du wirst sie nicht wegräumen«, murmelte sie mit dem Gesicht zum Fenster, so als zählte es nicht, wenn sie ganz leise sprach.

»Was hast du gesagt?«, fragte Patrick scharf.

»Nichts.«

»Ellen! Ich habe doch gesagt, ich räume sie weg.«

»Du hast mich also verstanden.«

»Streitet ihr euch?«, fragte Jack aufgeregt.

So viel zum Thema wunderschöne, anrührende Momente, dachte Ellen.

Ich beschloss, den restlichen Sonntag vor dem Fernseher zu verbringen. Vor ein paar Monaten hat mir Lance, der im Büro nebenan arbeitet, die Polizeiserie *The Wire* geliehen. Er und seine Frau sind ganz fanatisch, was Fernsehserien betrifft, und er erzählt und erzählt und schwärmt von der fantastischen Entwicklung der Charaktere und den unglaublichen Handlungssträngen und was weiß ich nicht alles. Das ist doch bloß Fernsehen. Am liebsten würde ich dann zu ihm sagen: »Hör zu, Lance, Fernsehen interessiert mich nicht so besonders. Ich habe ein Leben.«

Haha! Der war gut.

Ein Jammer, dass Stalking kein gesellschaftlich anerkanntes Hobby ist.

Lance hat darauf bestanden, mir die DVDs zu leihen, obwohl ich ziemlich desinteressiert tat. Ich soll mir die Staffeln ansehen, damit wir uns ausführlich über die einzelnen Folgen unterhalten können. Ich weiß das, weil er einer anderen Kollegin *West Wing – Im Zentrum der Macht* ausgeliehen hat und dann jedes Mal, als er sie traf, wissen wollte, bei welcher Folge sie sei, damit er eine sorgfältige Analyse vornehmen konnte. Zu guter Letzt versteckte sich die Ärmste vor ihm; sooft sie ihn im Korridor kommen sah, sprang sie ins nächstbeste Büro.

Ich hatte nicht die Absicht, mir die DVDs anzusehen, und Lance fragt mich Gott sei Dank nicht mehr, ob ich mir den Pilotfilm schon angeschaut habe. Aber plötzlich fand ich, das sei die perfekte Art, den Sonntag totzuschlagen. Ich würde Toast und Schokolade essen und den Tag vorbeigehen lassen, ohne einen weiteren Gedanken an Patrick, Ellen oder Jack zu vergeuden. Ich freute mich richtig darauf.

Aber wie so oft kam es ganz anders.

Exakt in dem Moment, in dem ich in meine Einfahrt einbog, kam auch die neue Familie von nebenan nach Hause. Was für ein meisterhaft lausiges Timing.

Sie sind am Freitag eingezogen und genauso schlimm, wie ich befürchtet hatte. Eine Mummy mit einem wippenden Pferdeschwanz, ein Daddy mit einer coolen Glatze. Ein kleines Mädchen mit Sommersprossen und Locken. Ein kleiner Junge mit Grübchen. Sie sind süß und sportlich, freundlich und fröhlich. Als ob man neben vier Labrador-Hunden wohnte. Sie haben sich vorgestellt und gesagt, sie hofften, sie würden nicht zu laut sein, und wenn doch, dann solle ich mich melden, und ich müsse unbedingt bei Gelegenheit auf einen Drink zu ihnen rüberkommen. Ich habe mich bemüht, höflich, aber reserviert zu sein, damit sie begriffen, dass das alles nicht nötig war, dass mir ein freundliches Winken genügte. Jeff hätte ihnen das erklären sollen oder der Immobilienmakler. Die Garagentür klemmt, Müllabfuhr ist montags, die Nachbarin legt keinen Wert auf Kontakt.

Ich war noch nicht ganz aus meinem Auto ausgestiegen, als sie alle angesprungen kamen, schwanzwedelnd und mit hängender Zunge. Ich hätte fast eine Hand hochgehalten, um sie abzuwehren.

»Möchtest du heute Mittag zu uns kommen?«, fragte das kleine Mädchen.

»Lass Saskia doch erst mal aussteigen«, sagte die Mutter und lachte liebevoll dabei.

Sie ist mindestens fünfzehn Jahre jünger als ich. Mindestens. Ich konnte mich nicht an ihren Namen erinnern. Ich hatte mir nicht die Mühe gemacht, ihn zu behalten.

Ob ich Lust hätte, am Nachmittag zu einer Einweihungsgrillparty zu ihnen zu kommen, fragten sie.

»Bloß ein paar Freunde«, fügte die Mutter hinzu. »Ganz ungezwungen.«

»Unsere frühere Nachbarin hat Mrs. Short geheißen«, erzählte der kleine Junge. »Dabei war sie gar nicht klein. Sie war sogar ziemlich groß.«

»Ha«, machte ich.

Der Junge erinnerte mich ein wenig an Jack, vielleicht seiner Augen wegen. Oder liegt es nur am Alter? Er dürfte etwa fünf sein, so wie Jack, als Patrick und ich uns trennten. Ich wollte mich nicht mit ihm anfreunden. Bei seinem bloßen Anblick verspürte ich einen schmerzhaften Druck in der Brust.

»Sie können auch nur auf einen schnellen Drink vorbeikommen«, schlug der Vater vor.

»Wir haben besondere Würste«, sagte das kleine Mädchen. »Da ist Chili drin.«

»Wir wollen Sie nicht drängen«, sagte die Mutter. »Wir dachten nur … Na ja, falls Sie noch nichts vorhaben, jetzt, wo wir uns praktisch ein Haus teilen, wir haben noch nie in einer Doppelhaushälfte gewohnt, wissen Sie, und deshalb dachten wir … Aber Sie haben sicher schon andere Pläne oder wollen einfach nur ausspannen.«

Verunsichert hielt sie inne. Ich sah, wie ihr Mann ihr einen Blick zuwarf. Die beiden mussten meine Zurückhaltung gespürt haben und ließen mir deshalb ein Hintertürchen offen. Sie sind nett. Nette, höfliche, normale Leute. Das hat mir gerade noch gefehlt. Tür an Tür mit netten Leuten wohnen zu müssen. Nette Leute geben mir immer das Gefühl, minderwertig zu sein.

So viel zu meinen Plänen, den Tag zu Hause zu verbringen und mich vom Fernsehen einlullen zu lassen. Ich würde ja zu gern kommen, antwortete ich, aber ich hätte schon etwas vor, ich sei eingeladen worden, und das würde zeitlich nicht reichen.

Ich spielte die Untröstliche. Das war ein Fehler. Ich hätte überhaupt kein Bedauern zum Ausdruck bringen sollen.

»Ein andermal!«, sagte der Vater.

»Ein andermal!«, sagte die Mutter.

»Ein andermal!«, sagte ich.

»Ein andermal!«, sagte der kleine Junge, und wir lachten alle ach so herzlich darüber, und der Kleine machte ein finsteres Gesicht. Er hatte ja recht – warum war es so lustig, wenn *er* es sagte?

Wunderbar, wirklich wunderbar. Jetzt wird es ein anderes Mal geben.

Ich ging hinein und verbrachte ziemlich viel Zeit damit, mich für meine erfundene Einladung vorzubereiten. Ich beschloss, auf die Geburtstagsparty einer alten Freundin zu gehen, die ihren Vierzigsten feierte. Eine ungezwungene, aber elegante Feier im eigenen Garten. Es würden viele Kinder da sein, und ein Partyservice würde Speisen und Getränke liefern – es waren wohlhabende Freunde, ihr Grundstück grenzte an den Hafen, das Essen würde dementsprechend hervorragend sein. Und ich würde eine Rede halten! Eine lustige, sentimentale Rede. So, wie Ellen sie bei einem solchen Anlass halten würde.

Ich zog Jeans an, Stiefel und ein wirklich wunderschönes Oberteil, das Tammy mir kurz vor dem Tod meiner Mutter zum Geburtstag geschenkt, das anzuziehen sich aber nie die richtige Gelegenheit geboten hatte (ein Vierziger, der am Hafen gefeiert wurde – der perfekte Anlass!). Dazu schlang ich mir einen langen Schal um den Hals, den Mum für mich gestrickt hatte. Ich wusste, dass ich auf der Party eine Menge Komplimente für den Schal bekommen würde. Ich würde allen erzählen, was für wunderschöne Handarbeiten meine Mutter anfertigte. Ich fönte mir die Haare und legte Make-up auf und suchte ein Paar große Ohrringe heraus, von denen Patrick immer behauptet hatte, ich würde sehr sexy damit aussehen. Als ich fertig war und mich anschickte, das Haus zu verlassen, fühlte ich mich so attraktiv wie lange nicht mehr.

An der Haustür machte ich noch einmal kehrt, ging in die Küche und packte alle Zutaten für die Hafermehlkekse in eine Plastiktüte. Ich würde sie auf dem Weg zu meiner Party vor Ellens Tür stellen. Sollte sie die Kekse backen – ich war zu beschäftigt mit meinen gesellschaftlichen Verpflichtungen.

Als ich zu meinem Wagen ging, schlenderte ein Paar die Einfahrt des Nachbarhauses hinauf. Der Mann hatte eine Flasche Wein in der Hand, und die Frau trug eine große, mit Alufolie abgedeckte Platte vor sich her.

Ich lächelte den beiden zu und rief »Hi!«, als ob ich auch ein Mensch wäre, ein Mensch, der an einem Sonntag zu einer runden Geburtstagsparty eingeladen war.

Die beiden erwiderten meinen Gruß. Der Mann lächelte mich besonders nett an, so, als ob er mich kennen würde und nicht genau wüsste, wo er mich unterbringen sollte. Oder als ob er – war das möglich? – mich attraktiv fände.

»Kommen Sie auch zu der Party?«, fragte er.

»Nein, ich gehe zu einer anderen«, antwortete ich. »Eine Freundin feiert ihren Vierzigsten.«

»Oh. Na dann, viel Spaß!«, rief er mir zu. Im gleichen Moment ging drüben die Haustür auf, meine Nachbarn kamen heraus und kreischten: »Da seid ihr ja!« und »Habt ihr uns gleich gefunden?«

Ich eilte zu meinem Auto. Ich wollte nicht, dass sie sich verpflichtet fühlten, uns miteinander bekannt zu machen. Solange Jeff noch nebenan wohnte, war mir diese Peinlichkeit erspart geblieben; wir hatten nie Besuch, er genauso wenig wie ich. Als ich den Motor anließ und einen Blick zu den Nachbarn hinüberwarf, sah ich, dass der Mann mich immer noch beobachtete. Ich winkte kurz, er hob ebenfalls grüßend die Hand. Ein warmes Gefühl durchflutete mich, so wie sich früher Glück angefühlt hatte.

Als ich rückwärts aus der Einfahrt fuhr, schaute ich kurz noch einmal rüber, lächelnd und bereit, ein zweites Mal zu winken, aber niemand sah mehr zu mir her. Die Frau überreichte die mit Alufolie abgedeckte Platte, und ich beobachtete, wie der Mann seine Hand auf ihre Hüfte legte und sie an sich zog, mit der gleichen nicht ernst gemeinten besitzergreifenden Geste, die ich von Patrick kannte. Die Frau lachte zu ihm auf, und der kleine Junge von nebenan ergriff seine freie Hand und zerrte daran, weil er dem Gast offenbar etwas zeigen wollte.

Das warme Gefühl verflüchtigte sich, als hätte mir jemand ins Gesicht geschlagen.

Der Typ hatte mich überhaupt nicht begehrenswert gefunden. Er war bloß einer dieser netten Menschen, die freundlich zu jedem waren. Logisch. Die netten Leute von nebenan kannten natürlich andere nette Leute. Gleich und gleich gesellt sich gern. Oder aber er hatte mich auf eine schleimige, schmierige Weise, die besagen wollte: »Ich hätte nichts gegen einen kleinen Seitensprung, wenn du interessiert bist«, attraktiv gefunden. Wahrscheinlich lächelte er jede Frau so an, nur für den Fall, dass er eventuell eine Chance bei ihr hatte.

Und dann dachte ich: Wo fahre ich denn jetzt hin, verdammte

Scheiße? Die Vierziger-Geburtstagsparty in dem Haus am Hafen war mir schon so real vorgekommen, dass ich mich fast darauf gefreut hatte.

Ich hatte keinen Ort, an den ich hätte gehen können. Früher hatte es Leute gegeben, die ich hätte anrufen können. Es ist wirklich erstaunlich, wie Freunde einem einfach durch die Hände rinnen, wie ein soziales Netzwerk sich in Luft auflösen kann, als hätte es nie existiert. Was tun, wenn man keine Angehörigen hat, wenn man in einer Stadt wohnt, die so angelegt ist, dass man mit niemandem in Kontakt zu treten braucht, dass man alles mit dem Auto erreichen kann und nirgendwo zu Fuß hingehen und jemandem zunicken muss, dass man seine Einkäufe in seelenlosen Supermärkten erledigt, wo an den Kassen gelangweilte Teenager die Waren einscannen und dabei durch einen hindurchsehen, so als ob man nicht existierte. Und man existiert ja auch nicht; nicht wirklich.

Lebte ich in einer Stadt wie jene, die ich früher einmal planen wollte, gäbe es einen Ort, wo ich hingehen, wo ich mich nicht allein fühlen würde, wo ich eine Tasse Kaffee trinken und ein Buch lesen könnte an einem Platz, der zu einer Unterhaltung einlud.

Was für ein Blödsinn! Ich mache mir doch nur selbst etwas vor. Ich könnte es gar nicht ertragen, an einem bezaubernden Ort zu wohnen, wo ich mich jeden Tag mit jemandem unterhalten müsste, in einer Stadt voller grässlich netter Leute, die mich strahlend anlächeln, wenn ich mir nur eine Tüte Milch kaufen will, ohne gelöchert zu werden, wie mein Wochenende gewesen ist.

Ich bin nicht einsam. Ich bin nur allein. Ich bin allein, weil ich es so will.

Ich weiß genau, was ich tun müsste, um meinen Weg zurück in die Gesellschaft zu finden. Ich könnte mir *The Wire* ansehen und mit Lance darüber diskutieren, und dann könnte ich ihm eine DVD mit einer Fernsehserie ausleihen und irgendwann zu ihm sagen: »Hättest du nicht Lust, mit deiner Frau mal zum Abendessen zu kommen?« Ich glaube, ich habe seine Frau einmal kennengelernt, oder? Ich könnte eine Reihe von Kollegen fragen: »Wollen wir nach der Arbeit mal was zusammen trinken gehen?« Ich hätte Ja zu dieser Bürofeier vor ein paar Monaten sagen können. Ich hätte Ja zu meinen neuen Nachbarn sagen können. Ich könnte über das Internet Männer kennenlernen, die eine Beziehung – oder zumindest Sex – haben wollen.

Ich bin nicht sozial inkompetent. Ich bin distanziert und manchmal schüchtern, aber nicht auf krankhafte Weise. Ich könnte es tun. Ich habe es schon einmal getan, als ich nach Sydney zog und keine Menschenseele hier kannte. Ich habe am gesellschaftlichen Leben teilgenommen. Ich habe Einladungen angenommen. Ich habe gelächelt und Fragen gestellt und bin auf die Leute zugegangen.

Aber jetzt ist mir das zu anstrengend. Ich bin zu alt dafür, und genau das ist der springende Punkt: *Es ist einfach nicht fair.* Es ist nicht gerecht, dass ich mich wieder an diesem Punkt befinde.

Ich kann diese Heuchelei, diese falsche Fröhlichkeit – so wie vorhin, als ich mit meinen Nachbarn redete – nicht mehr ertragen. Ich müsste mich die ganze Zeit verstellen, anfangs muss man das, denn nur so funktioniert es.

Früher einmal hatte ich eine richtige Beziehung mit richtigen Freunden. Früher war ich Mutter und Ehefrau und Freundin und Tochter, und jetzt bin ich gar nichts mehr.

Zöge ich einen Schlussstrich und baute mir ein neues Leben auf, dann wäre das so, als ob Patrick davongekommen wäre, als ob er recht behalten hätte und wir tatsächlich nicht füreinander bestimmt waren.

Ich fuhr zu Ellens Haus. Meine üblichen Gefühle von Schmerz und Verlust und Wut wallten, nachdem sie sich für einige wenige Augenblicke gelegt hatten, noch heftiger in mir auf als sonst.

Ich stieg aus. Ich wollte nur die Plastiktüte mit den Backzutaten an der Haustür abstellen – ohne Nachricht, sie würden auch so wissen, von wem sie war. Als ich mich aufrichtete und umdrehen wollte, fiel mein Blick auf eine kleine, bebrillte Steineule auf einem Mauervorsprung über der Haustür, und ich dachte: Jede Wette, dass sie den Hausschlüssel unter der Eule versteckt hat.

Und so war es auch.

17

DENKEN SIE NICHT AN EINEN HUND!

Sie haben an einen Hund gedacht, stimmt's? Deshalb ist es immens wichtig, bei der Verwendung von Suggestionen genau auf die Formulierung zu achten. Man nennt das auch das Gesetz des Umkehreffekts. Der Verstand ignoriert das Wort »nicht« und hört nur »Hund«.
Auszug aus Ellen O'Farrells
Einführung in die Hypnotherapie 2 (Tagesseminar)

Colleens Eltern traten auf die Veranda, als Patrick die Einfahrt hinauffuhr.

»Das sind sie. Frank und Millie.« Patricks Stimme klang merkwürdig, angespannt und rau. Er winkte und lächelte mit zusammengebissenen Zähnen.

Der Wagen hatte kaum angehalten, als die Fondtür aufflog und Jack auf seine Großeltern zurannte. Ellen und Patrick beobachteten, wie er sich überglücklich in ihre Arme warf. Der Junge würde wahrscheinlich der Einzige sein, der sich an diesem Tag ganz natürlich benahm.

»Na dann«, murmelte Patrick, als er und Ellen ausstiegen.

»Beeilt euch!« Millie winkte ihnen von der Haustür aus zu. Jack war mit seinem Großvater bereits hineingegangen. »Kommt rein, ihr zwei, wir haben es schön warm hier drinnen!«

»Hi, Millie! Ja! Machen wir! Gute Idee!«, rief Patrick in einem vergnügten Ton, der Ellen völlig fremd an ihm war.

Du meine Güte, dachte sie.

»Hal-*looo*!«, rief sie im nächsten Augenblick in einem verzweifelten Versuch, Colleens Eltern zu demonstrieren, was für eine nette, freundliche Person sie war und wie leid ihr der Verlust ihrer Tochter tat.

O Gott, wieso hatte sie Hallo gerufen, als wartete sie auf ein Echo? Sie hatte sich wie eine Verrückte angehört.

Millie hatte recht. Nach dem Zwischenstopp auf dem Friedhof kam es Ellen im Haus besonders warm und behaglich vor. Im Hintergrund erklang leise Musik, und Millie führte Ellen zu einem Sessel direkt neben dem Radio.

»Was darf ich Ihnen zu trinken bringen?«, fragte sie.

Mit ihrer schmächtigen Gestalt erinnerte sie Ellen an ein Vögelchen. Sie trug, nicht unbedingt zu ihrem Alter passend, Jeans und einen weißen Pullover, der um ihren mageren Körper schlotterte. Sie musste einmal eine bildschöne Frau gewesen sein. Jetzt umgab sie eine gewisse Resignation, so als wollte sie sagen: Ich weiß, dass ich nicht mehr schön bin, aber das ist mir vollkommen egal.

Frank, ihr Mann, war genauso mager und dazu noch sehr groß; er sah aus wie ein in die Jahre gekommener Basketballspieler. Kummer und Schmerz hatten sich in die Gesichter der beiden gegraben und ihre Spuren hinterlassen wie verblasste alte Kratzer scharfer Krallen.

Sie wirkten zurückhaltend, aber sie lächelten unentwegt, waren herzlich und freundlich und bemühten sich mit ihrem zwanglosen Geplauder über das Wetter und den Verkehr, Ellen ihre Hemmungen zu nehmen. Es brach ihr schier das Herz. Wenn die beiden nur nicht so verdammt nett wären!

»Ellen könnte einen trockenen Keks brauchen«, sagte Patrick. »Ihr ist schlecht. Die … Schwangerschaft, wisst ihr.«

Bildete sie es sich nur ein, oder hatte er bei dem Wort Schwangerschaft tatsächlich seine Stimme gesenkt, als ob es sich um ein Leiden handelte, dessen man sich schämen müsste?

»Ich werde Ihnen gleich ein paar Kekse holen«, sagte Millie. »Ich hatte mir welche für die Fahrt hergerichtet, aber dann habe ich sie daheim liegen lassen. Entschuldigen Sie, dass ich Ihnen solche Umstände mache«, stammelte Ellen nervös, als verlangte sie etwas geradezu Unverschämtes.

Im Grunde entschuldigte sie sich dafür, dass sie überhaupt da war, so unpassend lebendig und schwanger, und den Platz einer Toten einnahm.

»Als ich mit Colleen schwanger war, habe ich den ganzen Tag lang trockene Kekse geknabbert«, sagte Millie und reichte ihr einen Teller mit Gebäck. »Colleen kannte das gar nicht, als Jack unterwegs war. Ihr war nie übel.«

Sie lächelte ihren Enkel an. »Du warst so ein braves Baby, sogar als du noch gar nicht auf der Welt warst. Was nicht heißen soll, dass Ihr kleines Baby nicht brav wäre«, fügte sie an Ellen gewandt hinzu.

Bei Millies Worten fiel Ellens Blick auf ein gerahmtes Foto an der Wand. Es zeigte Colleen, die den etwa sechs Monate alten Jack in den Armen hielt. Sie sah ihn lächelnd voll inniger Liebe an, während Jack abwesend auf dem Bein eines Spielzeughäschens herumkaute.

Da passierte es.

Ellen brach urplötzlich in Tränen aus, verschluckte sich an ihrem Keks und musste so sehr husten, dass die Krümel nach allen Seiten stoben. Patrick, Jack, Frank und Millie starrten sie völlig verblüfft an.

Was ist denn in dich gefahren? Es war, als hätte ihr Körper sich total danebenbenommen, als hätte sie unüberhörbar Winde abgehen lassen. *Hör sofort auf damit*, befahl sie sich, aber sie konnte nicht. Die Tränen strömten ihr nur so übers Gesicht.

Alles kam zusammen: der Ausdruck glühender, bedingungsloser Liebe auf Colleens Gesicht, die wohltuende Wirkung des Kekses, die behagliche Wärme im Haus nach dem frischen Wind draußen, Millies Worte »Ihr kleines Baby«, ihr Unwohlgefühl nach dem seltsamen Besuch auf dem Friedhof, die Tatsache, dass sie am folgenden Tag zum ersten Mal ihrem Vater begegnen würde. Ellen wusste selbst nicht, was genau ihren Ausbruch verursacht hatte, sie wusste nur, dass ihre Emotionen sie noch nie in eine derart peinliche Situation gebracht hatten.

»Aber, aber«, sagte Frank tröstend. Er kam zu ihr, ging auf seinen langen Spinnenbeinen vor ihr in die Hocke und rieb ihr mit sanften kreisförmigen Bewegungen über den Rücken. Ellen beneidete Colleen um diesen liebevollen, reizenden Vater.

»Was hast du denn, Ellen?«, fragte Jack.

Er hatte seinen Vater angesehen, aber Patrick war keine Hilfe. Er machte ein fassungsloses Gesicht wie ein Mann, dessen Freundin gerade eine unersetzliche Vase zerbrochen hat. Von dem Augenblick an, da er das Haus betreten hatte, hatte er ununterbrochen geredet, im Plauderton zwar, aber mit einer leichten Panik in der Stimme, so als versuchte er einen Selbstmörder davon abzuhalten, von einer Klippe zu springen, indem er bis zum Eintreffen der Polizei möglichst belangloses Zeug auf ihn einredete. Ellen hatte ihn nie zuvor so gesprächig erlebt, sie spürte, dass diese Besuche ihn große Überwindung kosteten. Er wollte um jeden Preis verhindern, dass ein betretenes Schweigen entstand, in welchem sich der Kummer auf schreckliche Weise hätte Bahn brechen können. Und jetzt hatte sie das Gleichgewicht, das er so verzweifelt aufrechtzuerhalten sich bemühte, empfindlich gestört.

»Entschuldigt«, schniefte sie nach einer Weile. »Es tut mir so leid. Das müssen die Hormone sein.«

Hormone, Hormone, Hormone. Sie redete von nichts anderem mehr. Dabei hatte sie nie daran geglaubt, dass man seinen Körper für sein Verhalten verantwortlich machen konnte. Ihrer Meinung nach funktionierte die Verbindung Verstand – Körper genau andersherum: Der Verstand beeinflusste den Körper, nicht umgekehrt. Hätte eine Patientin ihr dieses irrationale Benehmen geschildert und dann ihren Hormonen die Schuld daran gegeben, hätte Ellen (in ruhigem, belehrendem Ton) ihr erklärt: »Ich vermute eher, dass Ihr Körper versucht, Ihnen eine Botschaft von Ihrem Unterbewusstsein zu übermitteln.«

Patrick hatte sich endlich so weit von seinem Schock erholt, dass er zu ihr ging und sie in seine Arme nahm.

»Du bist wahrscheinlich nur erschöpft von der langen Fahrt«, sagte er.

Er klang wieder so wie immer, und vor lauter Erleichterung, seine Arme um sich zu spüren und seinen vertrauten Duft einzuatmen, hätte sie fast erneut zu weinen angefangen.

»Tut mir so leid«, sagte sie mit zitternder Stimme.

»Das macht doch nichts«, erwiderten Frank und Millie beruhigend.

Ellen strengte sich mächtig an, die Scharte beim Essen wieder auszuwetzen. Sie folgte Patricks fröhlich plauderndem Beispiel, und sie warfen sich bei Tisch die Bälle zu, ohne auch nur ein einziges Mal danebenzugreifen. Als sie nicht lange danach aufbrachen, bemerkte Ellen, dass Frank und Millie erschöpft und ausgelaugt wirkten. Die beiden wären wahrscheinlich froh gewesen, wenn sie und Patrick mal eine Sekunde lang den Mund gehalten hätten.

»Sie kommen uns nächsten Monat doch wieder besuchen, nicht wahr, Kindchen?«, sagte Millie zum Abschied und legte Ellen ihre Hand auf den Arm.

FANG AN ZU HEULEN, UND DU BIST TOT!, donnerte eine Stimme in Ellens Kopf.

Keiner sprach ein Wort, als sie sich auf den Rückweg machten und Katoomba hinter sich ließen. Jack schien auf der Rückbank zu dösen. Nach einer Weile hielt es Ellen nicht mehr aus.

»Es tut mir wirklich leid, dass ich vorhin plötzlich zu weinen angefangen habe«, sagte sie, als könnte diese Formulierung ihren Gefühlsausbruch in einen bezaubernden, faszinierenden kleinen Zwischenfall verwandeln.

»Kein Problem«, erwiderte Patrick. »Wirklich. Zerbrich dir nicht den Kopf deswegen.«

Sie hätte es dabei bewenden lassen sollen.

»Es muss schwer für sie gewesen sein«, fuhr sie fort. »Mich kennenzulernen, und dann das neue Baby …«

»Ja.« Patrick nickte. »Aber außer dir hat keiner geheult!«

Der Stich war so schmerzhaft, dass Ellen nach Luft schnappte.

»Entschuldige«, fügte er sofort hinzu und streckte seine Hand nach ihr aus. »Das hätte ein Witz sein sollen. Ein blöder Witz. Wenn ich Frank und Millie besuche, habe ich immer Schuldgefühle, weil ich am Leben bin und Colleen tot ist. Diese Besuche nehmen mich jedes Mal ganz schön mit. Es ist eine unangenehme Situation.«

Was du nicht sagst.

»Ja, ich habe es auch so empfunden.« *Ich habe am Grab deiner verstorbenen Frau gekniet! Diese Grasflecken gehen nie mehr raus!*

»Entschuldige«, sagte er noch einmal und legte seine Hand wieder auf das Lenkrad. »Du warst wirklich großartig. Ehrlich. Ich bin dir so dankbar, dass du mitgekommen bist. Ich wünschte nur …«

Seine Stimme verebbte, und dann schwieg er und blickte ernst auf die Straße, als müsste er sich voll und ganz aufs Fahren konzentrieren.

Was hatte er sagen wollen? Ich wünschte nur, du hättest nicht geheult? Ich wünschte nur, Colleen wäre noch am Leben? Emotionen, die Ellen nicht näher zu bestimmen vermochte, brodelten in ihr: Scham, Ärger und so etwas wie Angst. Das bin nicht ich, dachte sie ein ums andere Mal. Ich bin nicht so.

Als sie an einer roten Ampel halten mussten, sagte sie: »Ich nehme an, du wirst die Kartons heute nicht mehr wegräumen, oder?«

Noch während sie das sagte, stand ein anderer Teil von ihr neben ihr, beobachtete sie distanziert und kopfschüttelnd.

Oh, Ellen! Du hast ein schlechtes Gewissen, weil du ihn mit deinem Gefühlsausbruch in Verlegenheit gebracht hast, und das ist jetzt deine kindische Art, ihm unter die Nase zu reiben, dass er *auch nicht perfekt ist. Du bist auf Streit aus, weil du willst, dass irgendetwas passiert.*

»Ich habe doch gesagt, ich muss noch ins Büro«, antwortete Patrick.

»Na schön, vielleicht können wir das nächste Wochenende als neuen Termin festsetzen?« Sie sagte es leichthin, aber das Scherzhafte in ihrem Ton war nur die Ummantelung eines dünnen, stählernen, schneidend scharfen Drahts, nicht anders als bei Patricks Witz Minuten zuvor.

»Hör auf, an mir rumzunörgeln, Ellen.«

Sie wandte sich ihm zu und sah, dass er die Kiefer so fest zusammengebissen hatte, dass seine Wange eingefallen aussah.

»*Rumnörgeln*? Ich nörgle an dir herum?«

»Nicht jetzt. Nicht hier«, zischte er und deutete mit einer knappen Kopfbewegung nach hinten auf Jack, so als hätte sie absichtlich in Gegenwart seines kleinen, beeinflussbaren Sohnes einen Streit vom Zaun gebrochen.

Den Rest des Weges legten sie in eisigem Schweigen zurück. Ellen beschwor Erinnerungen an jenes Wochenende mit Jon in den Bergen herauf und rief sich ganz bewusst Szenen ins Gedächtnis zurück, in denen sie miteinander geschlafen hatten. Passive Aggressivität in ihrer reinsten Form. Das hatte sie noch nie getan.

Als sie vor ihrem Haus hielten, war die Luft im Auto stickig, so schwer lastete das beklommene Schweigen auf ihnen.

»Bis später«, sagte Patrick knapp und fuhr los, als Ellen und Jack ausgestiegen waren. Sie ging mit dem Jungen die Veranda hinauf. Als Erstes musste sie Julia anrufen und ihre Verabredung absagen.

»Was ist das denn?«, murmelte sie, als sie die Fliegengittertür geöffnet hatte.

Ein in Alufolie gewickeltes Päckchen lehnte an der Haustür. Ellen bückte sich und hob es auf. Es fühlte sich warm an.

Ihr Atem beschleunigte sich. *Saskia.*

Es war eine spontane Entscheidung gewesen. Ich trug die Plastiktüte mit den Backzutaten in Ellens Küche, und es war, als würde ich vom Einkaufen nach Hause kommen. Ich dachte: Warum soll ich nicht ein paar Kekse für sie backen?

Es machte mir Spaß, in ihrer Küche zu hantieren, ihre Rührschüssel, ihre Löffel, ihre Backbleche zu benutzen. Ich konnte mir denken, dass das meiste noch von ihrer Großmutter stammt. Sie habe nicht viel verändert, als sie das Haus erbte, sagte sie einmal zu mir. »Ich liebe alte Dinge«, erzählte sie mir, als ich ihr sagte, ich fände den Teppich wunderschön. Scheint, als hätten wir etwas gemeinsam. Abgesehen von Patrick natürlich.

Ich fühlte eine seltsame Ruhe in mir, so als hätte ich jedes Recht, mich in diesem Haus aufzuhalten, als wäre ich Ellen, und Patrick und Jack wären irgendwo draußen unterwegs, und ich wollte sie mit frisch gebackenen Keksen überraschen, so wie früher. Ich stellte mir vor, wie sie nach Hause kamen, wie der Schlüssel ins Türschloss gesteckt wurde, wie Jack durch den Flur stapfte.

Ellens Küche erinnerte mich stark an die meiner Mutter. Vielleicht fühlte ich mich deshalb so unangebracht heimelig darin – weil ich mir vorkam wie in meinem Elternhaus. Als kleines Mädchen stand ich auf einem Küchenstuhl, hatte mir eine von Mums Schürzen umgebunden und half ihr beim Kochen. Ich hatte immer geglaubt, dass ich das mit meinem eigenen kleinen Mädchen eines Tages genauso machen würde.

Mit Jack habe ich übrigens tatsächlich gekocht und gebacken. Allerdings habe ich ihm nie eine Schürze umgebunden, und ich stellte ihn auch nicht auf einen Küchenstuhl, sondern setzte ihn neben mich auf die Arbeitsfläche. Er hat das geliebt! Mehl im Haar, klebrige Finger, Eierschalen im Rührteig. Einmal gab ich ihm den Quirl, weil er ihn unbedingt haben wollte. Er hob ihn hoch, und der Rührteig spritzte in der ganzen Küche herum.

Wie hätte ich meine Anwesenheit erklären sollen, wenn die drei früher nach Hause gekommen wären?

Das muss euch sonderbar vorkommen, aber ich kann meine Nichtexistenz in eurem Leben einfach nicht ertragen. Könnte ich nicht bei euch einziehen? Könnte ich mich nicht ganz still in eine Ecke setzen und euch beim Leben zuschauen? Wie war eigentlich euer Ausflug in die Berge? Möchte jemand einen Keks?

Die drei kamen nicht zurück, aber jemand anders stand plötzlich vor der Tür. Ich nahm das Blech mit den Keksen gerade aus dem Backofen, als die Türklingel schrillte.

Ich fuhr erschrocken, schuldbewusst zusammen. Ich habe den Verstand ja nicht völlig verloren. Mir ist klar, dass man nicht einfach in ein fremdes Haus spazieren und dort Kekse backen kann.

Nach dem Klingeln wurde gegen die Haustür gehämmert. Mein erster Gedanke war: Patrick! Das energische, aufgebrachte Klopfen passte zu ihm. Aber das ergab keinen Sinn, ich meine, warum sollte er anklopfen? Warum kam er nicht einfach herein? Und dann dachte ich, es sei vielleicht die Polizei. Jemand hatte beobachtet, wie ich den Schlüssel an mich genommen hatte, und die Polizei gerufen. Irgendein freundlicher Nachbar. Ellen gehört zu den Menschen, die einen freundlichen Nachbarn haben.

Ich stellte das Backblech ab und schlich durch den Flur, vorbei an den sperrigen Umzugskartons, die kreuz und quer übereinandergestapelt waren. Arme Ellen. Von der spirituellen Atmosphäre ihres Hauses ist nicht viel übrig geblieben. Was sie wohl dazu sagt? Steht sie über diesen weltlichen Dingen, oder kriegt sie bei dem Anblick die Krise? So, wie ich Patrick kenne, werden die Kartons noch ziemlich lange hier herumstehen.

Ich spähte aus dem kleinen Fenster neben der Haustür. Ein Mann stand draußen, die Hände in seine Hosentaschen gesteckt und das Kinn kampfeslustig vorgereckt. Er war in den Vierzigern und hatte etwas Hochkarätiges an sich. Man sah ihm an, dass er Geld hatte. Lag es an seinem Anzug? Oder an seinem Haarschnitt, eher lang und kunstvoll zerzaust? Oder einfach an der Art, wie er da stand, mit beiden Füßen fest auf dem Boden, als wäre er es gewohnt, dass alles auf sein Kommando hörte?

Die Neugier packte mich.

Ein Süchtiger, der dringend seinen hypnotischen Fix brauchte?

Ein Exfreund von Ellen? Er kam mir nicht wie ihr Typ vor. Aber Patrick ist garantiert auch nicht ihr Typ – er ist zu gewöhnlich und kumpelhaft. Sie sollte sich einen blassen, interessanten

Dichter suchen und mir meinen gesunden und munteren Vermessungsingenieur zurückgeben.

Ein Liebhaber? Vielleicht ist das Kind ja gar nicht von Patrick. Das wäre perfekt. Konnte der Besucher, der ziemlich erbost dreinblickte, Sand ins Getriebe ihrer Beziehung streuen?

Ich ging zur Tür und öffnete.

18

Es ist schon komisch, dass die Hypnotherapie als »neumodischer Kram« gilt. Anhand von Hieroglyphen auf Gräbern fand man heraus, dass die alten Ägypter bereits 3000 v. Chr. Hypnose kannten und anwendeten.

Auszug aus www.ellenO'farrellhypnotherapie.com

»Hör dir das mal an, Madeline.«

Julia legte ihre Hand auf Madelines Arm, und Ellen sah, wie Madeline zusammenzuckte. Es war Mittwochabend, und die drei hatten sich zum Abendessen in einem überfüllten Thai-Restaurant getroffen. Danach wollten sie ins Kino. Sie saßen zusammengequetscht in einer Nische. Der Film fing um neun Uhr an, jetzt war es halb acht, und sie hatten gerade mal die Speisekarten bekommen. Sie würden zu spät ins Kino kommen. Madeline würde sich darüber aufregen, während Julia die Gelassene spielen und sich betont frei und ungebunden geben würde, obwohl sie das gar nicht war.

Julia und Madeline kamen nicht miteinander aus, sie taten nur Ellen zuliebe so, als könnten sie sich gut leiden. Als »gemeinsame Freundin« richtete Ellen es normalerweise so ein, dass sie sich nicht mit beiden gleichzeitig traf, doch da sowohl Julia als auch Madeline den neuen Film mit George Clooney sehen wollten, wäre es blöd gewesen, nicht zusammen ins Kino zu gehen.

Jetzt schwor sich Ellen, sich nie wieder mit beiden gleichzeitig zu verabreden. Julia schien immer hervorheben zu wollen, dass sie Ellen viel länger kannte: Sie kramte Geschichten aus ihrer gemeinsamen Schulzeit hervor, redete von alten Freunden und benahm sich teenagerhaft. Madeline weigerte sich standhaft, am Wettbewerb »Ich bin Ellens bessere Freundin« teilzunehmen, und flüchtete sich stattdessen in ihre Rolle als Mutter – sie war von den dreien die Einzige, die Nachwuchs hatte. Ihr Gesicht trug ständig einen zerstreuten, besorgten Ausdruck, so als lauschte sie, ob irgendwo ein Kind weinte. Jetzt, da sie im achten Monat schwanger war, war es noch schlimmer. Ihre Miene wirkte noch bekümmerter als sonst, und sie presste immerzu eine Hand auf ihren Bauch. Seit Ellen schwanger war, war Madeline gegenüber Julia klar im Vorteil, und sie nutzte es weidlich aus, indem sie die Unterhaltung immer wieder auf Babys lenkte. Julia, die sich durch eine Flasche Wein trank, revanchierte sich, indem sie bei jeder Gelegenheit betonte, wie sehr sie ihr kinderloses, karriereorientiertes Leben schätzte.

Ellen hätte die beiden Frauen am liebsten an den Händen gefasst und gerufen: »Entspannt euch!«

»Was?«

Madeline zog ihren Arm weg von Julias Hand. Sie war nicht der Typ, der Körperkontakt suchte. Julia hatte das natürlich spitzgekriegt, deshalb berührte sie Madeline am Arm, sooft sie konnte, und küsste sie bei jedem Treffen demonstrativ auf beide Wangen.

»Ihre Stalkerin legt ihr frisch gebackene Kekse vor die Tür – und was macht sie?« Julias Frage war rhetorisch. »Sie wegwerfen und die Polizei verständigen, so wie das jeder normale Mensch tun würde? Nein, sie macht sich eine Tasse Tee und *isst* sie!«

»Hoffentlich waren keine Nüsse drin«, sagte Madeline. »In der Schwangerschaft soll man keine Erdnüsse essen, hast du das gewusst?«

»Du meine Güte, Nüsse sind das Letzte, worüber sie sich Sorgen machen sollte!«, entgegnete Julia genervt. »Diese Frau hat doch bestimmt in den Teig gespuckt. Oder noch Schlimmeres. O mein Gott, ich muss schon beim bloßen Gedanken daran, was sie hätte tun können, würgen! Oder was sie *getan hat*, Ellen.«

»Was waren das denn für Kekse?«, wollte Madeline wissen.

»Mit Scheißegeschmack.« Julia bog sich vor Lachen.

Madeline lächelte gezwungen und rückte ein Stück von ihr ab. Sie sah Ellen an. »Woher wusstest du denn, dass sie von ihr waren?«

Julia prustete: »Waren Schokosplitter drin?«

»Es waren Hafermehlkekse«, antwortete Ellen. »Sie hatte einen Zettel dazugelegt. Darauf stand: *Die habe ich heute gebacken, ich dachte, Sie mögen vielleicht ein paar. Liebe Grüße, Saskia.*«

»Gott, ist das gruselig.« Madeline schauderte angewidert, um zu demonstrieren, dass so etwas in ihrem eigenen wohlgeordneten Leben garantiert nicht passieren würde.

»Es kommt noch besser«, bemerkte Ellen.

»Im Ernst?« Julia setzte sich aufrecht hin. Ellen hatte ihr offenbar noch nicht alles erzählt, bevor Madeline eingetroffen war.

»Ich glaube, sie hat sie in meiner Küche gebacken«, fuhr Ellen fort.

»O – mein – Gott!«, stieß Julia atemlos hervor.

»Wie kommst du darauf?« Da Julia die dramatische Rolle übernommen hatte, gab sich Madeline betont ruhig und gefasst.

»In meiner Küche roch es nach frisch Gebackenem«, erwiderte Ellen.

Sie erinnerte sich, wie sie nach jenem furchtbaren Tag in den Bergen in ihrer Küche gestanden und deutlich den Duft von Sirup und braunem Zucker wahrgenommen hatte. Ihr Herz hatte wie wild geklopft, sie fühlte sich plötzlich in die Vergangenheit zurückversetzt, als ihre Großmutter noch gelebt hatte. Ihre Großmutter hatte immerzu Hafermehlkekse gebacken. Die von Saskia waren fast genauso gut gewesen, vielleicht sogar besser. Knuspriger.

»Vielleicht hast du dir das nur eingebildet«, meinte Julia.

»Das glaube ich nicht«, widersprach Madeline. »In der Schwangerschaft ist der Geruchssinn unglaublich geschärft. Als Isabella unterwegs war, habe ich einmal ...«

»Sonst nichts?«, fiel Julia ihr ins Wort. »Keine Krümel oder so? Geschirr, das nicht mehr an seinem Platz war?«

»Das Gegenteil von Krümeln«, erwiderte Ellen trocken. »Mein

Backofen war viel sauberer als vorher. Sie muss ihn nach dem Backen geschrubbt haben.«

»Warum sollte sie zum Backen deine Küche benutzen?«, grübelte Julia. »Was bezweckt diese Irre damit? Welche *Botschaft* will sie dir damit übermitteln?«

»Ich hasse es, in einer fremden Küche zu kochen«, bemerkte Madeline. »Da finde ich nie das, was ich gerade brauche.«

Julia wandte sich ihr zu, blinzelte ganz langsam und sah dann wieder Ellen an. »Was hat Patrick dazu gesagt?«

»Ich hab es ihm gar nicht erzählt«, gestand Ellen. »Als wir aus den Bergen zurückkamen, hat er Jack und mich abgesetzt und ist dann ins Büro gefahren. Warum soll ich ihn damit belasten? Er regt sich bloß auf.«

Dass sie und Patrick kein Wort miteinander gewechselt hatten, als er sie zu Hause abgesetzt hatte, verschwieg sie ihnen.

»Und Jack, was hast du ihm gesagt?«, fragte Julia.

»Eine Freundin von mir habe uns die Kekse vorbeigebracht. Es hat ihn nicht sonderlich interessiert.«

»Du hast dem Jungen doch keine zu essen gegeben, oder?«, fragte Madeline besorgt.

»Nein«, antwortete Ellen. »Ich dachte, lieber nicht. Ich habe ihm stattdessen Schokokekse gegeben. Wir haben sie beim Hausaufgabenmachen gegessen.«

»Süßigkeiten vor dem Abendessen …«, murmelte Madeline missbilligend.

»Aber *du* hast sie gegessen! Du hättest sie nicht einmal *anrühren* dürfen«, schimpfte Julia. »Wenn sie nun vergiftet gewesen wären?«

»Ganz zu schweigen von dem Risiko für dein ungeborenes Kind«, sagte Madeline.

Die beiden waren sich plötzlich einig und nickten ernst und verantwortungsvoll in Ellens Richtung.

»Ja, ich weiß«, sagte Ellen. »Ich hab gar nicht nachgedacht.«

Und die Kekse hatten so wunderbar geduftet! Erst hatte sie sich darüber aufgeregt und war ganz verstört gewesen, aber dann, als sie einen Keks mit den Fingerspitzen herauszog, schien es ironischerweise genau das zu sein, was sie in diesem Moment brauchte, damit es ihr wieder besser ging. Und weil er so gut schmeckte, aß sie gleich noch einen. Das Knabbern der Kekse linderte den Schock darüber, dass sie sie bekommen hatte. Erst nach dem dritten Keks kam ihr der Gedanke, das Gebäck könnte vergiftet sein, und dann hatte sie den Rest des Abends damit verbracht, still und heimlich zu hyperventilieren und Fragen wie »Wie lange dauert es, bis Symptome einer Vergiftung auftreten« zu googeln.

»Du hast die Sache von Anfang an auf die leichte Schulter genommen«, sagte Julia, während sie gleichzeitig versuchte, den Kellner auf der anderen Seite des Raums auf sich aufmerksam zu machen. »Diese Frau ist in dein Haus eingedrungen. Sie hat deine Privatsphäre verletzt. Wieso zitterst du nicht vor Angst? Und wieso tut dieser Kellner so, als ob er mich nicht sehen könnte? Du siehst mich ganz genau, o ja, und ob du mich sehen kannst!«

»Ich weiß auch nicht«, meinte Ellen. »Ein bisschen mulmig ist mir schon.«

Seit der Sache mit den Keksen war sie ständig außer Atem, so als ob sie etwas wirklich Wichtigem hinterherhechelte. In den Morgenstunden war sie aufgewacht und hatte nur einen einzigen Gedanken im Kopf gehabt: Etwas Schlimmes wird passieren. Saskia würde nicht eher ruhen, bis etwas passierte. Aber was? Was musste passieren?

Es ging nicht mehr um Saskia und Patrick. So kam es Ellen jedenfalls vor. Es ging um Saskia und sie selbst. Das war eine Angelegenheit zwischen den beiden Frauen. Wenn sie wüsste, was sie tun oder was sie sagen sollte, könnte sie der Sache vielleicht ein Ende bereiten. Aber was sollte sie sagen? Was sollte sie tun? *Was?* Es war ein bizarres Gefühl, so als ob man versehentlich etwas vom Tisch gestoßen hat und danach greifen will, aber wie erstarrt dasteht, mit ausgestreckter Hand, während der Gegenstand zu Boden kracht und zerbricht, und man denkt: Ich hätte das verhindern können.

»Ein bisschen mulmig? Du solltest Panik haben«, sagte Madeline streng. »Und zwar rund um die Uhr.«

»Vielen herzlichen Dank für die überaus beruhigenden Worte«, erwiderte Ellen.

»Ich verstehe einfach nicht, warum du die Polizei nicht eingeschaltet hast«, sagte Julia. »Man müsste eine einstweilige Verfügung gegen diese Person erwirken, und jedes Mal, wenn sie dagegen verstößt, rufst du die Polizei, und *peng!*, schon ist sie in Handschellen. Problem gelöst.«

»Patrick war ja bei der Polizei«, sagte Ellen. »Und er redet ständig davon, dass er noch einmal hinwill, aber irgendwie kriegt er das nicht auf die Reihe. Außerdem glaube ich nicht, dass die Sache so einfach ist, Julia.«

»Ich habe gehört, dass diese einstweiligen Verfügungen nicht viel bringen«, pflichtete Madeline ihr bei.

Julia achtete nicht auf sie. »Dann gehst *du* eben zur Polizei«, sagte sie und zeigte auf Ellen.

Als sie ihren Topfhandschuh, den Topfhandschuh ihrer *Großmutter*, in der Hand gehalten und daran gedacht hatte, dass Saskia ihn wahrscheinlich benutzt, ihre Hand zum Schutz gegen das heiße Ofenblech hineingeschoben hatte, da hatte sie die Wut gepackt. Was nahm sich diese Person eigentlich heraus? Ellen war zum Telefon marschiert, um die Polizei anzurufen, hatte dann aber innegehalten, noch bevor sie zum Hörer gegriffen hatte. Was sollte sie sagen? *Schnuppern Sie doch mal, Officer, es riecht doch nach frisch Gebackenem, riechen Sie das denn nicht? Und sehen Sie sich bloß mal an, wie sauber mein Backofen ist! So sauber war er noch nie!* Sie hätte sich zum Idioten gemacht, sonst gar nichts.

Außerdem war Patrick derjenige, der die Polizei einschalten sollte, und aus irgendeinem Grund scheute er davor zurück.

Sie zuckte hilflos mit den Schultern. »Es gab nie irgendwelche Anzeichen, dass sie gewalttätig ist.«

»Noch nicht«, bemerkte Madeline.

»Dir ist schon klar, dass sie auch bei eurer Hochzeit aufkreuzen wird, oder?«, sagte Julia. »Wenn der Geistliche sagt: ›Kennt jemand der Anwesenden einen triftigen Grund, warum dieses Paar nicht in den heiligen Stand der Ehe treten sollte, dann spreche er jetzt oder schweige für immer‹, wird sie rufen: ›Ja, ich! Ich kenne einen triftigen Grund!‹«

Ellen warf ihr einen schrägen Blick zu. »Ich glaube, diese Formel wird heutzutage nicht mehr verwendet.«

Julia beachtete sie nicht. »Sie wird zum Altar stürmen und kreischen: ›Ich bin der Grund, warum Sie die beiden nicht trauen dürfen!‹«

»Vielleicht bringt sie eine Knarre mit«, sagte Madeline eifrig.

Julia nickte. »Du solltest eine schusssichere Weste unter deinem Brautkleid tragen.«

»Ich glaube, ich werde die Kinder lieber nicht mitnehmen«, murmelte Madeline versonnen.

»Mmmm«, machte Ellen. Das war der Grund, weshalb sie und Patrick noch nicht sehr weit gekommen waren mit ihren Hochzeitsplänen: Jedes Mal, wenn sie darüber diskutierten, kam das Gespräch irgendwann auf Saskia. »Sie würde uns wahrscheinlich sogar in Übersee aufspüren«, hatte er gesagt.

Als Ellen vorgeschlagen hatte, mit der Hochzeit bis nach der Geburt zu warten – auch wenn seine Mutter Zustände kriegen dürfte, weil das Kind unehelich zur Welt kam –, schien er erleichtert gewesen zu sein. Die andauernde Übelkeit verscheuchte ohnehin jede Hochzeitsstimmung.

»Du musst sie doch hassen«, sagte Madeline. »Also *ich* hasse sie für dich. Du kannst nicht einmal deine eigene Hochzeit planen!«

»Ich hasse sie nicht«, erwiderte Ellen langsam. »Nicht wirklich. Eigentlich würde ich mich ganz gern mal mit ihr unterhalten.«

»Tolle Idee«, platzte Julia kichernd heraus. »Ja, genau, warum lädst du deine Stalkerin nicht mal zum Kaffee ein?«

»Ruf sie doch an und frag sie, ob sie nicht mit uns ins Kino kommen will«, sagte Madeline. Sie warf Julia einen scheuen Seitenblick zu und grinste.

Julia lachte lauter, als nötig gewesen wäre. Ellens Naivität machte die beiden Frauen zu Verbündeten.

»Vielleicht rufe ich sie eines Tages wirklich an«, murmelte Ellen nachdenklich. Sie rührte mit ihrem Strohhalm in ihrem Mineralwasser und schaute den wirbelnden Luftbläschen zu. »Vielleicht tu ich das.«

Seit Sonntag muss ich andauernd an den Mann denken, der bei Ellen auftauchte.

»Ellen O'Farrell?«, sagte er barsch, als ich die Tür öffnete, und schnellte gleichsam vor. Ich wich zurück und ließ die Fliegengittertür zu.

»Nein«, antwortete ich. »Sie ist nicht da.«

»Schön, und wer sind Sie?«

Er sprach wie jemand, der es gewohnt ist, erstklassigen Service zu verlangen und auch zu bekommen. Er erinnerte mich an die Bauunternehmer, mit denen ich beruflich zu tun habe. Männer, die nicht den geringsten Zweifel haben, wo ihr Platz in der Welt ist.

»Sagen Sie mir erst einmal, wer *Sie* sind«, versetzte ich arrogant, was ganz schön frech war, wenn man bedenkt, dass ich mich unrechtmäßig in dem Haus aufhielt.

»Jemand, der mit ihr reden muss.« Seine Nasenflügel flatterten. »Und zwar dringend.«

»Sie können mir eine Nachricht für sie hinterlassen.«

Genau. Ich würde ihr einen kleinen Haftnotizzettel an den Kühlschrank kleben: *Ein wütender Typ war da, der dringend mit Ihnen reden muss, liebe Grüße, Saskia.*

»Bemühen Sie sich nicht.« Er machte ein Gesicht, als würde er am liebsten mit der Faust gegen die Wand schlagen. »Ich werde ein andermal wiederkommen.«

»Tun Sie das«, erwiderte ich lebhaft.

Er wandte sich um und ging.

Merkwürdig, aber als ich die Tür zumachte, fühlte ich so etwas wie einen Beschützerinstinkt Ellen gegenüber. Sie hat etwas so

Argloses an sich, sie denkt anscheinend, dass alle so nett und aufrichtig wie sie selbst sind. Aber das sind wir nicht.

Außerdem hatte ich das starke Gefühl, diesen Mann von irgendwoher zu kennen. Ich kam nur nicht darauf, von wo.

»Und wie war es bei den Eltern von Patricks verstorbener Frau?«, fragte Julia.

Sie hatte rote Wangen vom Wein, und weil sie sich die Augen gerieben hatte, war ihre Wimperntusche leicht verschmiert, was ihr einen verführerischen Schlafzimmerblick verlieh. Im schummrigen Licht des Restaurants sah sie genauso aus wie zu Highschool-Zeiten, als sie und Ellen in ihrer kurzen, nicht sonderlich beeindruckenden rebellischen Phase ihre Ausweise gefälscht hatten, damit sie in einer Bar etwas trinken konnten. (Ellens Mutter und ihre Patentanten hatten als Teenager sehr viel mehr angestellt.)

»Halt, ich möchte erst wissen, wie deine Begegnung mit deinem Vater gelaufen ist!«

Madeline lehnte sich zurück und verschränkte die Hände auf ihrem dicken Bauch. Ellen wurde auf einmal bewusst, dass sich darin ein richtiges Baby befand. Nicht nur die Vorstellung von einem Baby, nein, ein richtiges, lebendes Baby, das unter Madelines gestreifter Umstandsbluse im Fruchtwasser schwamm. Ellen ahmte ihre Freundin nach. Sie verschränkte ihre Hände unauffällig und legte sie sich auf den Bauch, der noch weich und kaum merklich gerundet war, so als hätte sie lediglich ein paar Pizzen zu viel gegessen. Ihre Hosen zwickten zwar da und dort ein klein wenig, aber sie konnte sich im Augenblick noch nicht vorstellen, dass sie in ein paar Monaten auch so einen gewaltigen Leib haben würde, der oft den für Schwangere typischen Watschelgang nach sich zog und die Leute veranlassen würde, zu lächeln und ihr einen Sitzplatz anzubieten und zu fragen: »Wann ist es denn so weit?«

»In letzter Zeit gleicht ihr Leben einer Seifenoper, findest du nicht auch?«, bemerkte Julia.

»Wie Sandkörner in einem Stundenglas verrinnen die Tage in Ellens Leben«, deklamierte Madeline mit einem recht guten amerikanischen Akzent in Anlehnung an eine bekannte Fernsehserie. Ellen hatte sie noch nie die Stimme verstellen hören, um einen Witz zu machen.

Julia sah Madeline an. »Weißt du noch, früher, als sie so buddhistisch gelassen war? Da ist sie nie in so einen richtigen Schlamassel geraten.«

»Das ist nicht wahr!«, protestierte Ellen. »Als meine Beziehungen in die Brüche gingen, war das die reinste Katastrophe!«

»Nein.« Madeline schüttelte den Kopf. »Sogar deine Trennungen haben sich auf einer höheren Daseinsebene vollzogen als die von uns Normalsterblichen.«

»Das hört sich an, als ob ich richtig nerven würde.« Ellen war gekränkt, was Julia und Madeline nicht merkten; sie waren zu beschäftigt damit, sich das erste Mal sympathisch zu finden.

»Ach was, *so* sehr nervst du nun auch wieder nicht. Okay, ich zuerst«, sagte Julia. »Die Familie der Verstorbenen?«

»Sollten wir uns nicht darauf konzentrieren, schnell und effizient zu essen?«, schlug Ellen vor, als der Kellner an ihren Tisch eilte, drei riesige Teller auf seinem Unterarm balancierend.

»Lassen wir das Kino doch ausfallen«, meinte Madeline. »Warum bleiben wir nicht einfach gemütlich hier sitzen?«

»Hervorragende Idee.« Julia setzte sich bequem hin und lächelte Madeline zu.

Ellen beobachtete die beiden, wie sie mit dem Kellner sprachen, klarstellten, wer welches Gericht bekam, sich dann höflich zurücklehnten, damit er den Reis servieren konnte. Zum ersten Mal fiel ihr auf, wie ähnlich sich die beiden Frauen im Grunde waren. Hinter ihrer abgeklärten Fassade verbarg sich eine Persönlichkeit, die jederzeit bereit war, sich zu verteidigen, die keine Kritik zuließ. *Ich bin diese Sorte Mensch, und deshalb glaube ich das, denke das, tue das, und ich habe recht, recht, recht, ich habe immer hundertprozentig recht!*

Aber vielleicht tat das jeder bis zu einem gewissen Grad. Vielleicht waren Erwachsene nichts weiter als Kinder, die sich jeden Morgen gewissenhaft als Erwachsene kostümierten und sich dann entsprechend verhielten. Vielleicht gehörte das zum Erwachsensein dazu. Oder aber Ellen empfand ihre eigene Persönlichkeit als weniger klar definiert als jene Madelines und Julias.

Vielleicht war das alles aber auch nur totaler Blödsinn, und Madeline und Julia waren einfach nur sie selbst. Ellen musste immer alles hinterfragen, sie konnte nie etwas einfach nur akzeptieren, und das ging ihr in letzter Zeit ganz schön auf die Nerven. Sie wurde ungeduldig mit sich und verstand nicht, warum das so war. Es kam ihr so vor, als lehnte sie sich plötzlich grundlos gegen eine liebe alte Freundin auf.

»Das muss furchtbar unangenehm gewesen sein«, sagte Madeline. »Die Begegnung mit Patricks ehemaligen Schwiegereltern, meine ich.«

»Glaubst du, sie hassen dich?«, fragte Julia. »Weil du den Platz ihrer geliebten Tochter einnimmst?«

Ellen schüttelte den Kopf. »Sie waren ganz reizend zu mir, ganz natürlich. Ich hatte nicht den Eindruck, dass sie mir nur etwas vorspielten. Allerdings habe ich mich zum Idioten gemacht.«

»O *nein*!«, entfuhr es Julia, so als wollte sie sagen: nicht schon wieder! »Was hast du angestellt?«

»An der Wand hing ein Foto von Colleen mit Jack als Baby im Arm und da …«

»… hast du sie kritisiert!«, fiel Julia ihr aufgeregt ins Wort. »Du hast schlecht von der Toten gesprochen!«

Julia hatte panische Angst vor dem Tod. Wurde sie in irgendeiner Weise damit konfrontiert, reagierte sie stets ängstlich und nervös.

»Hört sich das nach mir an?«, entgegnete Ellen spitz und führte ihren Löffel zum Mund.

»Schalentiere!«, kreischte Madeline und schlug Ellen den Löffel aus der Hand.

»Gar nicht wahr!« Ellen zeigte auf ihren Teller. »Ich hab doch das Hühnchen.«

»Ach so, ja, richtig, entschuldige.« Madeline streichelte beschwichtigend ihren Arm. »Erzähl weiter.«

»Weißt du, meiner Meinung nach wird diese ganze Diskussion darüber, was man in der Schwangerschaft essen darf und was nicht, maßlos übertrieben«, sagte Ellen. »Die Französinnen essen trotzdem Frischkäse und trinken Wein, die Japanerinnen essen trotzdem Sushi – und ihre Babys sind gesund und munter.«

Madeline schürzte skeptisch die Lippen, so als hätte sie Zweifel an der Qualität französischer und japanischer Babys. »Ich würde in den ersten drei Monaten jedenfalls kein Risiko eingehen.«

Julia, deren Miene ein wenig verschlossener geworden war, seit das Gespräch auf Schwangerschaftsfragen gekommen war, meldete sich zu Wort. »Also, was hast du gemacht, als du das Foto gesehen hast?«

»Ich habe losgeheult«, erwiderte Ellen.

»Du hast losgeheult? Du hast die Frau doch überhaupt nicht gekannt!« Madeline legte ihre Gabel aus der Hand, als hätte sie auf etwas Widerliches gebissen. Es war ihr furchtbar peinlich, dass Ellen sich so blamiert hatte.

»Wieso hast du geweint?«, fragte Julia aufrichtig interessiert.

»Schwangerschaftshormone«, antwortete Madeline weise. »Trotzdem kannst du nicht neun Monate so weitermachen! Kannst du nicht … ich weiß auch nicht … kannst du dich nicht hypnotisieren oder so?«

Madelines Vorschlag zeigte, wie ernst sie diese Sache nahm. Ellen wusste nämlich, was Madeline über Hypnotherapie dachte: nichts als neumodischer Blödsinn, Zeit- und Geldverschwendung, Scharlatanerie, gut gemeint, aber totaler Unfug – die höflich ausdruckslose Miene, die ihre Freundin bei diesem Thema stets aufzusetzen pflegte, sprach Bände. Ellen hatte nie nachgehakt, weil Madeline aus purer Höflichkeit lügen würde, und da sie eine schlechte Lügnerin war, wollte Ellen es vermeiden, sie in Verlegenheit zu bringen. Sie wusste, dass Madeline sie gern hatte und ihre Gefühle niemals absichtlich verletzen würde.

Bis jetzt hatte Ellen diese mangelnde Ausgewogenheit in ihren Unterhaltungen nie gestört. Im Gegenteil, sie hatte sich sogar immer ein wenig überlegen gefühlt, weil sie Madelines Vorurteilen mit so viel innerer Reife begegnete. Ihr Selbstwertgefühl war nicht abhängig von der Meinung anderer. Doch auf einmal stieg Zorn in ihr auf. Ihr Beruf war sehr wichtig für sie. Er nahm einen großen Teil ihres Lebens ein. Warum hatte sich Madeline nie bemüht, mehr über Hypnotherapie zu erfahren? Sie hatte ihr nie auch nur eine einzige Frage über ihre Arbeit gestellt! Das war respektlos. Mehr als das – es war geradezu unverschämt.

»Was ist, habe ich was zwischen den Zähnen?«, fragte Madeline verwirrt. Sie wandte sich der verspiegelten Wand zu und warf einen prüfenden Blick hinein. »Warum starrst du mich so an?«

Ellen räusperte sich. Ihren Zorn jetzt herauszulassen war auch keine Lösung. Was war in letzter Zeit nur mit ihr los? Die Schwangerschaft schien sie ihrer emotionalen Reife zu berauben. Bisher fremde Gefühle brachen unkontrollierbar und mit aller Macht aus ihr hervor. Auf nackte Wut folgte Sekunden später abgrundtiefe Verzweiflung. Du meine Güte, sie benahm sich wie einer ihrer *Patienten*!

»Entschuldige«, sagte sie, »ich war mit den Gedanken gerade woanders.«

»Das kann nicht bloß an den Hormonen liegen, wenn du mich fragst«, meinte Julia. »Hast du Schuldgefühle gehabt? Weil du ein Kind von ihrem Mann bekommst? Aber über unterdrückte Gefühle weißt du natürlich mehr als ich.«

Ellen sah sie dankbar an. Anders als Madeline hatte Julia Ellens Arbeit immer bewundert. Sie hatte im Lauf der Jahre Dutzende Freunde und Bekannte an sie verwiesen. O ja, Julia war in der Tat eine wirklich gute, liebe Freundin.

»Sag mal, fängst du etwa schon wieder zu flennen an?« Julia beugte sich vor. »Beim bloßen Gedanken daran?«

»Nein, nein, entschuldige, es ist nur, ich … « Ellen brach ab und begann hoffnungslos zu kichern.

Julia und Madeline wechselten einen vielsagenden Blick.

»Ich hab zwar gehört, dass Schwangere ein bisschen abgedreht sind«, Julia tippte sich an die Schläfe, »aber das ist schon ein wenig übertrieben, oder?«

Madeline nickte zustimmend. »Definitiv.«

»Ich mag gar nicht fragen, wie deine erste Begegnung mit deinem Vater gelaufen ist«, sagte Julia. »Wahrscheinlich haben sie dir ein Beruhigungsmittel verpasst.« Sie legte den Handrücken an die Stirn, schloss die Augen und stöhnte dramatisch: »Daddy, Daddy! Mein lange vermisster Daddy!«

Madeline prustete los, verstummte sofort wieder und machte ein schuldbewusstes Gesicht. »Ich könnte mir vorstellen, dass es wirklich eine ziemlich gefühlsbetonte Angelegenheit war, oder?«

»Eigentlich hatte ich genau das gegenteilige Problem«, erwiderte Ellen langsam. »Ich fühlte nichts. Rein gar nichts.«

»Wirklich?« Madeline wirkte erleichtert. Das passte schon eher ins Bild.

»Er war nur irgendein Mann«, fuhr Ellen fort. »Ein langweiliger, ganz gewöhnlicher Mann. Er hätte mein Zahnarzt sein können. Oder mein Steuerberater. Hohe Stirn. Brille. Ich fand gar nichts Besonderes an ihm.«

»Armer Daddy«, murmelte Julia in ihr Weinglas.

»Wisst ihr, worüber ich wirklich gern reden würde?« Ellen legte ihr Besteck aus der Hand. »Über Kartons. Kartons, die meinen ganzen Flur verstopfen.«

»Klingt nicht sehr interessant«, meinte Julia.

Aber Madeline begriff sofort. »Sie sind von Patrick, richtig?«

Ellen nickte. »Exakt. Obwohl ich ihn immer wieder darum gebeten habe, räumt er sie einfach nicht weg. Das macht mich rasend! Wie kriegt man einen Mann dazu, etwas zu erledigen, ohne zu nörgeln?«

»Das«, sagte Madeline, »ist die Eine-Million-Dollar-Frage!«

Als ich die Spätnachrichten guckte, fiel es mir plötzlich ein.

Jetzt wusste ich, woher ich diesen Mann kannte.

Aber was hatte er mit Ellen zu tun? Und warum war er so wütend auf sie?

Ellen hatte den Schlüssel zwar ins Zündschloss gesteckt, aber nicht herumgedreht. Sie saß im Dunkeln in ihrem Auto und genoss die plötzliche Stille nach der Geräuschkulisse im Restaurant. In ihren Ohren summte es, und sie fühlte sich so aufgekratzt, als hätte sie eine wilde, feuchtfröhliche Nacht in einem Nachtklub verbracht und sich nicht mit zwei Freundinnen zu einem gemütlichen, alkoholfreien Abendessen getroffen. Julia und Madeline waren ihr an diesem Abend irgendwie erdrückend vorgekommen. Sie hatte ihre Gesichter vor Augen, als säßen sie immer noch in der engen Nische dicht beisammen – Julias fein geschnittene Züge mit den Fältchen rings um die Augen (was verblüffend war, weil Ellen in ihr nach wie vor die vierzehnjährige Schülerin sah) und Madelines durch die Schwangerschaft rosiges, weiches Gesicht mit der Stupsnase und den vollen Lippen. Ellen hatte immer noch Julias Parfüm in der Nase und die Sprachmelodie von Madelines ein wenig heiserer Stimme (schuld daran war eine beginnende Erkältung) im Ohr.

»Ich treff mich morgen Abend mit Sam«, hatte Julia gesagt, als sie sich vor dem Restaurant voneinander verabschiedeten und Madeline schon gegangen war.

»Stinky? Dann hatte er also doch die Grippe! Ich hab's doch gewusst! Warst du inzwischen mit ihm aus? Und du hast mir nichts davon gesagt?«

»Nenn ihn nicht Stinky«, bat Julia. »Und fang jetzt bloß nicht an, lauter kleine Viererdates zu planen! Wir sind nur Freunde, weißt du.«

Ellen sah den Hoffnungsschimmer in Julias Augen und lächelte.

»Hör auf damit!«, sagte Julia energisch, als sie Ellens Gesichtsausdruck bemerkte. »Kein Wort, hörst du?« Aber sie nahm Ellen zum Abschied in die Arme und drückte sie fest.

Ellen warf einen Blick auf ihre Armbanduhr. Erst neun. Jack würde noch auf sein, wenn sie nach Hause kam. Für einen Achtjährigen blieb er ihrer Meinung nach ziemlich lange auf. Aber was wusste sie schon über die Schlafenszeiten kleiner Jungs?

Sie könnte Patrick vorschlagen, Jack früher ins Bett zu schicken. Patrick würde das respektieren, aber sie fühlte sich seltsam gehemmt, wenn sie diesen selbstständigen kleinen Jungen zu erziehen versuchte, so als spielte sie nur eine Rolle. Sie hätte Madeline fragen sollen, wann ihr Kind ins Bett musste. Madeline hätte ihr sagen können, welche Zeit angemessen war.

Es war herrlich, nicht in ein leeres Haus zurückzukommen. Drinnen würde alles hell erleuchtet sein, wenn sie in die Einfahrt einbog. Sie würde den Duft von Tacos oder Popcorn oder irgendeinem anderen spätabendlichen Imbiss riechen, sobald sie die Haustür öffnete. Patrick und Jack würden zusammen fernsehen oder ein Spiel mit der Wii-Spielkonsole spielen oder sich durchs ganze Haus jagen, wobei einer von beiden mit dem Ast herumfuchteln würde, der einmal an der Zimmerdecke gehangen hatte, um Ellen an die Ausübung von Achtsamkeit zu erinnern, und der jetzt als Schwert oder Laserwaffe oder etwas Ähnlichem diente (manchmal schienen die Spiele der beiden ein bisschen zu gewaltverherrlichend für Ellens Geschmack). Patrick würde fragen, wie der Film war. Jack würde ihr von seinem Tag erzählen wollen. Sie würden heiße Schokolade trinken und von den Süßigkeiten naschen, die Jack für die Schule für einen guten Zweck verkaufen sollte. Patrick würde Jack ungefähr zwanzigmal sagen, dass es Zeit war, ins Bett zu gehen, bevor der Junge seiner Aufforderung nachkam.

Ja, es war wunderbar, nach Hause zu kommen zu einer turbulenten Familie, wie sie sich immer eine gewünscht hatte.

Aber den Motor ließ sie trotzdem nicht an.

Schön, warum denkst du nicht laut, Ellen?

Es wäre auch nicht zu verachten, in ein leeres Haus zurückzukehren, in beruhigende Stille und einen kartonfreien Flur, zu einer Tasse Tee und einem Buch, einem langen, heißen Bad, das sie genießen könnte, ohne dass jemand rief, ob sie bald ins Bett komme.

So, wie sie sich momentan fühlte, wäre es geradezu himmlisch, ihr eigenes Haus für sich allein zu haben, ihr eigenes Bett für sich allein zu haben, ihr altes Leben nur für diese eine Nacht zurückzuhaben.

Sie dachte an die vielen Abende im letzten Jahr, als sie allein nach Hause gekommen war, im Dunkeln mit ihrem Hausschlüssel am Türschloss herumgefummelt und sich dabei so sehr gewünscht hatte, drinnen würde jemand auf sie warten, jemand wie Patrick.

Sie dachte an Saskia, die konsequent ihr Ziel verfolgte, nämlich Patrick zurückzuerobern. Sie hatte all die Jahre durchgehalten. Sie war eine attraktive, intelligente Frau, sie hätte jeden anderen Mann haben können, aber sie wollte nur Patrick. Das mochte gegen jede Vernunft sein, aber es zeugte von Beständigkeit und Treue.

Ellen wusste, dass sie Patrick nicht mit der gleichen verbissenen Bedingungslosigkeit liebte. Sie hatte noch nie jemanden so sehr geliebt, dass sie einen Einbruch begehen würde. Sie war noch nie so sehr von ihren Gefühlen überwältigt worden, dass sie ein Gesetz übertreten oder etwas tun würde, das gesellschaftlich inakzeptabel war. Sie konnte Julia und Madeline sagen hören: *Das ist doch gut, du Dummerchen! Das ist geistige Reife! Das ist gesunder Menschenverstand!*

Ellen seufzte. Sie streckte ihre Hand nach dem Zündschlüssel aus und ließ sie wieder in ihren Schoß zurückfallen. Ein junges Paar ging draußen vorbei. Sie stritten sich. Plötzlich machte die Frau mit einer ungeduldigen, wegwerfenden Handbewegung auf dem Absatz kehrt und marschierte davon. Der Mann blieb unschlüssig stehen. Lauf ihr nach, dachte Ellen. Genau das will sie nämlich. Aber er presste seine Kiefer aufeinander, zuckte die Achseln, schob seine Hände in die Hosentaschen und stapfte in die entgegengesetzte Richtung.

Ellen dachte über das nach, was sie beim Essen zu ihren Freundinnen gesagt und was sie nicht gesagt hatte.

Seit so vielen Jahren predigte sie ihren Patienten: »Beziehungen sind harte Arbeit«, aber sie selbst hatte offenbar nie begriffen, wie wahr dieser Satz war. Wahrscheinlich hatte sie unbewusst gedacht, Beziehungen seien nur für andere harte Arbeit, aber doch nicht für sie, nicht für jemanden mit ihrem Wissen und ihren Fähigkeiten und ihrer emotionalen Intelligenz. Kaum zu glauben, diese Arroganz!

Nach der Fahrt in die Berge hatten sie und Patrick sich später an jenem Abend natürlich wieder versöhnt. Ellen hatte eine Erleichterung verspürt, die so göttlich gewesen war, dass sich ihre Auseinandersetzung fast gelohnt hatte.

»Es war meine Schuld«, hatte sie edelmütig gesagt.

»Nein, es war ganz allein meine Schuld«, hatte Patrick erwidert und ihr erklärt, mit welchem Problem er sich herumschlug: ein Kunde, der sich weigerte, eine Rechnung über eine ziemlich hohe Summe zu bezahlen. Außerdem habe er Saskia vor dem Haus im Auto sitzen sehen, als sie zu ihrem Ausflug in die Berge aufgebrochen seien. »Ich glaube, ich habe unbewusst meinen Stress an dir ausgelassen«, fügte er hinzu. Er tat sein Bestes, um in ihrer Sprache zu sprechen, was sie irgendwie süß fand.

Als er hörte, dass Ellen ihre Verabredung zum Kaffee mit Julia abgesagt hatte, weil sie auf Jack aufpassen musste, war er außer sich.

»Warum hast du mir das nicht gesagt? Das ist doch lächerlich!«

»Ich weiß auch nicht«, sagte Ellen. »Ich wollte mich wohl wie eine richtige Mutter benehmen.«

»Du *bist* eine richtige Mutter«, erwiderte Patrick mit Nachdruck. »Ich finde es großartig, wie du mit dem Jungen umgehst. Es gibt nichts, was du besser machen könntest. Ich hätte nicht einfach davon ausgehen dürfen, dass du Zeit hast.«

»Na ja, ich hätte dir eben früher von meinen Plänen erzählen sollen.«

»Kein Wort mehr!«, befahl er ihr im Scherz. »Das werde ich ganz allein auf meine Kappe nehmen und Buße tun.«

Dann hatte er ihr die Füße massiert, und Ellen war sich darüber im Klaren gewesen, dass sie auf keinen Fall Saskias Kekse erwähnen durfte. Die Massage wäre augenblicklich vorbei gewesen, und Patrick wäre in höchster Erregung auf und ab gewandert und hätte geschimpft und geflucht.

Noch später an diesem Abend hatte er tatsächlich zwei Kartons aus dem Flur geschafft. Er hatte sie ins Esszimmer geschleift und dabei Spuren auf dem Teppich ihrer Großmutter hinterlassen, die aussahen wie Reifenspuren eines Monstertrucks. Ellen hatte vor ihrem inneren Auge das fassungslose Gesicht ihrer Großmutter gesehen und daran gedacht, wie viele Male sie sie dabei überrascht hatte, wie sie auf Händen und Knien ein winziges Fleckchen beseitigte, das niemand außer ihr sah.

Entschuldige, Granny.

Die restlichen Kartons standen immer noch im Flur. Sie wirkten so, als hätten sie sich dauerhaft dort niedergelassen. Ellen vermochte sich allmählich kaum noch vorzustellen, dass sie ihren Platz irgendwann räumten.

Sie drehte den Schlüssel im Zündschloss und schaltete die Scheinwerfer ein. Das Licht erfasste den jungen Mann, der sich mit seiner Partnerin gestritten hatte. Den Kopf gesenkt, mit den Armen rudernd, rannte er wie auf einem Football-Feld die Straße hinunter. Ja! Ellen verspürte ein freudiges Kribbeln. Er lief seiner Freundin hinterher, um sie in seine Arme zu reißen und sein Gesicht in ihren Haaren zu vergraben. Wie süß!

Vielleicht rannte er aber auch zurück, um ihr eine runterzuhauen. Das Leben war nicht immer so romantisch, wie man dachte. Ellen fuhr los und fädelte sich in den fließenden Verkehr ein.

Man sollte doch auch denken, dass die erste Begegnung mit dem leiblichen Vater eine sehr emotionale, anrührende Gelegenheit war. Irrtum.

Die Verabredung zum Lunch war ein katastrophaler Fehler gewesen. Wieso in aller Welt hatte sie geglaubt, ein Treffen tagsüber sei so viel besser als abends? Ein gemeinsames Abendessen wäre die ideale Möglichkeit gewesen, sich zu »beschnuppern«. Sie hatten sich in einem Café in North Sydney getroffen, weil alle drei an diesem Tag in dieser Gegend Termine hatten und das die einfachste Lösung zu sein schien. Das Problem war nur, dass ihr Lunch dadurch wie ein Termin zwischen etlichen anderen wirkte, wie etwas, das man erledigte, um es danach abhaken zu können. Ellen kam sich wie in einer geschäftlichen Besprechung vor, wo man erst den üblichen Small Talk absolviert, bevor schließlich jemand zum Notizblock greift und sagt: »Gut, dann wollen wir mal!«

Und dann diese fürchterliche Beleuchtung! Das Licht war viel zu hell und entlarvend. Sie wollte weder die winzigen schwarzen Bartstoppeln über der Oberlippe ihres Vaters sehen noch die Poren auf seiner Nase noch seine rosige, altersfleckige Kopfhaut, die da und dort durchschimmerte. Sie wollte auch nicht die Soße von seinem marokkanischen Hühnchen-Wrap auf seinen Lippen sehen. Und schon gar nicht wollte sie sehen, wie ihre Mutter sie gut gelaunt mit ihrer Serviette wegwischte! (Ihre Mutter! So lieb und entgegenkommend und feminin. Einmal hatte sie doch tatsächlich an ihrer Frisur herumgefummelt!)

Hinzu kam diese entsetzliche Übelkeit. Sie beeinflusste Ellens Sicht der Dinge, so als färbte sie alles in einem grauenvollen Beige. Abends war es meistens nicht ganz so schlimm. Warum hatte sie nicht eher daran gedacht?

Als sie das Café betreten hatte, musste sie unwillkürlich an Partnersuche per Internet denken, an jenes höchst merkwürdige Gefühl, wenn die Blicke durch den Raum schweifen, auf der Suche nach einem Fremden, den man als potenziellen Lebenspartner ausgewählt hat. *Könnte ich mir vorstellen, dich zu küssen, neben dir aufzuwachen, mit dir zu streiten?* Doch anders als bei der Partnersuche gab es hier keine »Bei-Nichtgefallen-Geld-zurück«-Klausel. Ganz egal, was Ellen von ihrem Vater hielt – sie würde nicht einfach online gehen und sich einen anderen potenziellen Vater aussuchen können.

Sie hatte ihn zuerst übersehen. Er war nur einer der allgegenwärtigen grauhaarigen Geschäftsleute in teuren Anzügen, die das Café bevölkerten. Aber dann entdeckte sie ihre Mutter. Ellen hätte sie fast nicht erkannt. Sie war so sehr daran gewöhnt, Anne zusammen mit Mel und Pip zu sehen – die drei lachten meistens lauter als alle anderen. Aber diese Frau, die einem grauhaarigen Mann gegenübersaß, wirkte seltsam zusammengeschrumpft. Anstatt aufrecht zu sitzen, kerzengerade wie eine Königin, hatte sie beide Unterarme auf den Tisch gestützt und sich vorgebeugt, den Kopf in einem unterwürfigen Winkel zur Seite geneigt.

Als sie Ellen erblickte, setzte sie sich abrupt auf, als wäre sie bei etwas Unrechtem ertappt worden. Dann lächelte sie und winkte, und Ellen sah einen Ausdruck von Stolz, fast augenblicklich gefolgt von Nervosität über ihr Gesicht huschen.

David, ihr Vater, stand auf, als Ellen auf die beiden zuging, und küsste sie charmant auf beide Wangen, so wie es bei Männern eines gewissen Alters und Einkommens üblich geworden war. (»Diese Küsserei hat total überhand genommen«, hatte Madeline erst an diesem Abend beim Essen bemängelt. »Wenn das so weitergeht, muss man sich im Supermarkt bald mit Küsschen von der Kassiererin verabschieden, nachdem man bezahlt hat.«)

»Freut mich sehr, dich kennenzulernen, Ellen«, sagte er. Als sie sich gesetzt hatten, fügte er hinzu: »Du bist eine höchst willkommene Überraschung in meinem Leben.«

Im gleichen Moment kam eine Kellnerin an ihren Tisch, fragte über seinen Kopf hinweg, was sie ihnen zu trinken bringen dürfe, und knallte laminierte Speisekarten auf den Tisch. David war sich offenbar nicht sicher, ob Ellen ihn gehört hatte, und wusste nicht, ob er wiederholen sollte, was er gesagt hatte. Ellen wiederum wandte sich an die Kellnerin und bat sie, ihr so schnell wie möglich ein paar Scheiben trockenes Brot zu bringen. Und schon war der Augenblick, wo sie sich für seine Worte hätte bedanken und ihm versichern können, dass auch er eine willkommene Überraschung in ihrem Leben war, vorbei. Diese flüchtige, ein wenig peinliche Situation hatte Davids mondäne Fassade rissig werden lassen, was Ellen das unbehagliche Gefühl gab, etwas gesehen zu haben, was sie eigentlich nicht hätte sehen sollen.

Danach beließen sie es bei unverfänglichem Geplauder. Sie unterhielten sich über das Wochenende auf den Whitsundays (Einfach traumhaft! Überwältigend! Die Stimme ihrer Mutter klang ungewöhnlich schrill; sie hörte sich an wie die Mutter von jemand anders.), über das Theaterstück, das sie sich angesehen hatten, über Davids Eindrücke von Sydney nach so langer Zeit. Er war orthopädischer Chirurg und beabsichtigte, sich in ein paar Jahren aus dem Berufsleben zurückzuziehen.

»Vielleicht werde ich mir dann eine Jacht kaufen und ein Jahr lang um die Welt segeln.« Er sah Anne an. »Na, wie wär's, hättest du Lust, mein Erster Offizier zu werden?«

Anne strahlte. »Mit Vergnügen. Vorausgesetzt, es gibt eine Espressomaschine an Bord.«

Das sind meine Eltern. Ich sitze mit meinen Eltern beim Lunch. Diese Gedanken gingen Ellen einige Male durch den Kopf. Sie stellte sich vor, wie ein Freund oder ein Patient hereinkam, jemand, der ihre Geschichte nicht kannte, und sie sagen würde: »Das sind meine Mum und mein Dad.«

Wie außergewöhnlich normal.

Ihr Vater stellte ihr eine Menge Fragen über Hypnotherapie, wobei er lässig Hinweise auf kürzlich gelesene Artikel einfließen ließ. Er hatte sich im Hinblick auf diese Begegnung offensichtlich gründlich über ihr Tätigkeitsfeld informiert, was Ellen auf fast schmerzhafte Weise rührend fand. Er war ein so höflicher, aufmerksamer Zuhörer, dass Ellens Augen verdächtig zu brennen begannen.

Für einen Mann seines Alters und seines beruflichen Werdegangs stand er alternativen Heilmethoden relativ aufgeschlossen gegenüber. Ihre Mutter ließ sich nicht ein einziges Mal zu einem ihrer üblichen bissigen Kommentare hinreißen, im Gegenteil, sie machte Ellen sogar versteckte Komplimente. »Ellen muss ihre Patienten gelegentlich sogar auf die Warteliste setzen, weißt du«, sagte sie zu David. Und ein paar Minuten später, quasi von Arzt zu Arzt: »Sie kann einige sehr gute Ergebnisse bei der idiopathischen Schmerztherapie vorweisen.«

Und warum hast du dann nie einen deiner Patienten an mich überwiesen, Mum?, dachte Ellen. Hielt ihre Mutter es für nötig, sie, Ellen, anzupreisen? So als wäre sie eine alleinstehende Mutter und nur im Zweierpack mit ihrer Tochter zu haben, so wie Patrick nur mit Jack zu haben war?

David erzählte von seinen beiden Söhnen mit der beiläufigen Zärtlichkeit eines Vaters. Sooft er nur ihre Namen nannte, huschte ein Lächeln über sein Gesicht.

»Haben sie schon selbst Kinder?«, fragte Ellen.

Sie wollte lieber nicht zu lange über die Tatsache nachdenken, dass diese beiden Männer ihre Halbbrüder waren, zwei völlig Fremde, der eine in der Immobilien-, der andere in der Marketingbranche, beide jünger als sie selbst und auf der anderen Seite der Welt zu Hause, mit englischem Akzent sprechend und mit blasser englischer Gesichtsfarbe. Das war so, als erführe man, dass es die imaginären Freunde aus der Kindheit die ganze Zeit tatsächlich gegeben hatte. Als kleines Mädchen hatte sie ihre Mutter immer wieder gefragt, ob ihr Vater noch andere Kinder habe, und Anne hatte je nach Stimmungslage entweder leichthin oder angespannt geantwortet: »Vermutlich schon.«

Ellen hatte versucht, sich ihre Geschwister vorzustellen: einen gut aussehenden älteren Bruder, der eine Lederjacke trug und Motorrad fuhr und eine Menge attraktiver Freunde hatte; eine jüngere Schwester, von der sie angehimmelt wurde; eine ältere Schwester, die ihr ihre Schminksachen borgte. Das hatte sie natürlich längst hinter sich gelassen. Was sollte sie jetzt noch mit zwei jüngeren Brüdern anfangen – auf Facebook nachsehen, was sie über ihre Halbgeschwister fand? Sie war eine beschäftigte Frau. Sie hatte genug damit zu tun, die Kontakte zu ihren Freunden zu pflegen.

David schüttelte den Kopf. »Nein, noch nicht. Callum ist verheiratet, aber seine Frau scheint es mit dem Kinderkriegen nicht eilig zu haben, und Lachlan genießt sein Junggesellenleben.« Stirnrunzelnd fuhr er nach einer kurzen Pause fort: »Das da«, er machte eine unbeholfene, ausholende Bewegung mit seinem Teelöffel und deutete auf Ellens Bauch, »das da wird also mein erstes Enkelkind sein.«

Er lief fast unmerklich rot an, als wäre er mit dieser Bemerkung zu weit gegangen.

Ellen gab sich großzügig. »Ja.«

»Wer hätte gedacht, dass wir einmal Großeltern werden würden«, murmelte Anne, und Ellen beobachtete, wie ihre Eltern (ihre *Eltern*!) einen verstohlenen, bedeutungsvollen Blick wechselten.

Ellen hatte ihren Vater die ganze Zeit über heimlich angestarrt, auf der Suche nach Beweisen für ihre gemeinsame DNA. Ihr fielen seine kleinen Ohren und seine guten Zähne auf. Beides hatte ihre Mutter auf ihrer Liste positiver Eigenschaften vermerkt. Von seinem »seltsamen Sinn für Humor« bemerkte sie allerdings nichts, wahrscheinlich, weil er nervös war. So wie sie selbst und Anne auch. Keiner von ihnen war wirklich er selbst. David musste sie ebenfalls prüfend betrachtet haben, denn irgendwann sagte er plötzlich: »Ich glaube, du hast die Augen meiner Mutter.«

Dieser Satz brachte Ellen an den Rand eines emotionalen Abgrunds. Sie stand kurz davor, etwas Überwältigendes zu fühlen: Verlustschmerz beim Gedanken daran, was hätte sein können? Beim Gedanken an die Familie, die sie nie gekannt hatte? Großeltern waren ihr wunder Punkt.

»Sie hat Tarot gelegt, nicht wahr?«

Er schaute sie verblüfft an. »Stimmt, das hat sie. Das war so ein komisches Hobby von ihr. Woher in aller Welt hast du davon …«

»Deine Mutter hat mir einmal aus den Karten gelesen«, fiel Anne ihm ins Wort. (David wusste vermutlich nichts von ihrer Punktevergabe für die potenziellen Vaterschaftskandidaten.) »Weißt du nicht mehr? Sie hat mir eine Reise in ferne Länder vorausgesagt. Sie hat bestimmt gehofft, ich unternähme eine weite Reise, die uns auseinanderbringen würde. Sie hat mich nicht sonderlich gemocht.«

»Ich glaube, sie hat dich als Bedrohung gesehen«, sagte David lächelnd. »Sie hatte Jane sehr gern.«

»Jane war deine Frau?« Ellen wurde unwillkürlich rot, weil David seine Frau betrogen hatte, als Ellen gezeugt wurde – sie hatte törichterweise Schuldgefühle deswegen.

David räusperte sich. »Ja.«

Er hob seine Cappuccino-Tasse an den Mund. Anne klopfte mit ihrem Teelöffel nervös an den Rand ihrer Untertasse. Am Nebentisch saßen zwei Frauen vor einem aufgeklappten Laptop und unterhielten sich lebhaft über die »schlechten Rücklaufquoten«.

»Meine Mutter starb 1998«, fuhr David fort. »Sie hätte dich gemocht. Dein Beruf hätte ihr gefallen.«

»Ich glaube nicht, dass sie über meine Existenz erfreut gewesen wäre«, erwiderte Ellen, aber sie lächelte dabei, um ihm zu bedeuten, er solle sich keine Sorgen deswegen machen, das sei alles völlig unwichtig, sie sei kein verstörter Teenager mehr, das alles liege so lange zurück.

»Trotzdem«, murmelte er und nagte an seiner Unterlippe. »Trotzdem …«

Er warf einen kurzen Blick auf seine Armbanduhr. »Ich fürchte, ich muss los. Es war mir wirklich ein Vergnügen, Ellen. Ich hoffe, wir treffen uns bald wieder. Und ich würde auch gern deinen zukünftigen Mann kennenlernen … äh … Patrick, nicht wahr? Natürlich nur, wenn es dir recht ist.«

Gott, was für eine grauenvoll merkwürdige Situation! Die Begegnung endete genau wie das erste Treffen mit einer Internetbekanntschaft: Er schlägt eine zweite Verabredung vor, obwohl er ziemlich sicher ist, dass er keine Chance bei ihr hat, aber er denkt, es könnte einen Versuch wert sein.

»Aber sicher, gern!«, erwiderte Ellen. Sie hatte in den Internetpartnersuchemodus geschaltet und lächelte gekünstelt.

David küsste beide Frauen zum Abschied. Beim Hinausgehen hielt er an der Kasse inne und bezahlte schnell und effizient die Rechnung. Er war eindeutig ein Mann, der stets ganz selbstverständlich die Rechnung übernahm.

»Und, was sagst du?«, fragte Anne, den Blick auf David gerichtet. Er drehte sich nicht um. Er schaute auf sein iPhone, als er das Café verließ. Der Ausdruck in Annes wunderschönen blauvioletten Augen erinnerte Ellen an Patricks Gesichtsausdruck an Colleens Grab. War es Sehnsucht? Ellen bekam schlechte Laune.

»Warst du auf ihrer Hochzeit?«, fragte sie unvermittelt.

Anne sah sie verwirrt an. »Welche Hochzeit meinst du?«

»Seine. Davids und Janes Hochzeit.«

»Ach so.« Ihre Mutter hatte wieder ihre normale Haltung eingenommen, und ihre Stimme war um einige Dezibel leiser geworden. »Ja, ich war da. Zusammen mit Mel und Pip. Wir waren alle in der gleichen Clique. Ein grauenvoller Tag! Mir war fürchterlich schlecht.«

»Vor Schuldgefühlen?«

»Nein, weil ich im dritten Monat mit dir schwanger war.«

»O *Mum*!«

Man stelle sich vor, die arme Braut hätte gewusst, dass einer der weiblichen Hochzeitsgäste ein Kind von ihrem brandneuen Ehemann erwartete!

»Warum tust du so überrascht?« Anne sah sie verwundert an. »Du hast doch gewusst, dass er mit einer anderen verlobt war.«

»Ja, du hast recht«, räumte Ellen ein. »Entschuldige. Ich hätte nur nicht gedacht, dass du auf ihrer Hochzeit warst.«

Sie wusste, was sie tat: Sie identifizierte sich übermäßig mit der Verlobten. Der Grund dafür war, dass sie unbewusst – nein, eigentlich ganz bewusst – fürchtete, möglicherweise einen Mann zu heiraten, der immer noch eine andere liebte, auch wenn jene andere tot war.

Sie sah ihre Mutter an. »Hast du je daran gedacht, ihm zu sagen, dass du ein Kind erwartest?«

»Nein, eigentlich nicht. Ich habe mir ja selbst nicht eingestanden, wie viel er mir bedeutete. Um in deiner Sprache zu sprechen: Ich habe meine Gefühle unterdrückt. Ich spielte die taffe Feministin, die nur ein Kind wollte, aber keinen Mann.«

Ich fand es gut, als du die taffe Feministin warst, dachte Ellen. Ich fand es gut, dass du so anders warst als ich. Das hat mich mehr zu dem gemacht, was ich bin, zu Ellen.

»Ich dachte, du würdest das alles furchtbar romantisch finden«, fuhr Anne fort. »Ich dachte, das sei genau deine Wellenlänge. Ellen wird entzückt sein, habe ich zu Pip und Mel gesagt. Aber du bist nur negativ! Meine Tochter, Miss Optimismus! Miss Ich-kann-mich-in-die-ganze-Welt-hineinversetzen! Sogar in die verrückte Exfreundin und Stalkerin deines Verlobten! Wie wär's denn, wenn du dich ein klein wenig mit deiner Mutter freuen würdest?«

»Meine Hormone«, begann Ellen zögernd.

»Oh, ich bitte dich! Komm mir bloß nicht mit deinen Hormonen!«

»Also gut.« Und plötzlich wusste Ellen, welches die richtigen Worte waren. Ihre Mutter hatte sie gerade einem neuen Mann vorgestellt. »Er ist ganz reizend. David, meine ich. Charmant. Gut aussehend. Er gefällt mir. Ich mag ihn.« Was nicht gelogen war.

Ihre Mutter strahlte. Als hätte man eine Glühbirne angeknipst. »Ja, nicht wahr?«

Dann hatten sie eine halbe Stunde lang Davids positive Eigenschaften mit jenen all der anderen Männer in Annes Leben verglichen.

»Keiner von diesen armen Kerlen hatte jemals eine echte Chance«, sagte ihre Mutter. »Das ist mir jetzt klar. Wie konnten sie auch, wenn ich immer noch in deinen Vater verliebt war? Ich habe das unbewusst verdrängt, nicht wahr? Ich hätte mich von dir hypnotisieren lassen sollen! Wir hätten an meinen Problemen arbeiten können.«

»Als ob das jemals passieren würde«, bemerkte Ellen trocken. »Nicht in einer Million Jahren!«

Das boshafte Funkeln in den Augen ihrer Mutter, als sie von ihren »Problemen« gesprochen hatte, war seltsam tröstend gewesen. Ellen hätte es definitiv nicht verkraftet, wenn Anne sich plötzlich voller Respekt über die Hypnotherapie geäußert hätte.

Ellen fuhr die Einfahrt ihres Hauses hinauf und sah, dass drinnen alle Lichter brannten. Sie würde nicht im Dunkeln am Türschloss herumfummeln müssen. Die vordere Veranda war schon zu Lebzeiten ihrer Großeltern marode gewesen, auch das Außenlicht funktionierte nicht, aber wie so viele andere Dinge rings um das Haus hatte Patrick still und ohne viel Federlesens alles in der ersten Woche nach seinem Einzug repariert.

Ellen lachte laut heraus, als sie hinter einem Fenster Patrick und Jack vorbeiflitzen sah, beide wild mit den Armen fuchtelnd. Wir sind zu Hause, sagte sie zu ihrem Baby. Dein Dad und dein großer Bruder sind anscheinend noch auf.

Sie legte beide Hände auf ihren Bauch. Wie eine Botschaft aus der Zukunft spürte sie plötzlich eine wunderbar schmerzhafte, heiße, kribbelnde Hitze in ihren Brüsten. Ellen empfand es als Offenbarung, dass ihr Körper zu derart neuen Empfindungen imstande war.

»Hi, du da drinnen«, sagte sie laut. »Das tut irgendwie weh. Aber das macht nichts, kein Problem. Ruh dich nur aus und wachs schön brav weiter.«

Ein gleißendes Glücksgefühl durchströmte sie. Ein Baby! Du meine Güte, sie erwartete ein Baby von einem Mann, der sie über alles liebte. Nur das zählte. Alles andere war völlig unwichtig.

19

Mir geht es von Tag zu Tag in jeder Hinsicht immer besser und besser.
Die klassische Autosuggestion des berühmten französischen Psychologen und Apothekers Émile Coué (1857–1926), der als Vater der Selbsthypnose gilt

»Hast du gut geschlafen, Jack?«, fragte Ellen.

Sie saßen alle drei beim Frühstück. Patrick las die Zeitung, aber Jack, der morgens normalerweise herumzappelte, als hätte er über Nacht eine Unmenge Gedanken gespeichert, die alle gleichzeitig aus ihm herausdrängten, während er seine Cornflakes aß, war ungewöhnlich still. Er schlug verdrießlich seinen Löffel gegen seine Cornflakesschale, und Ellen bemerkte die Schatten unter seinen Augen. Auf seinem Kleinjungengesicht wirkten sie ganz fehl am Platz.

»Ich hab geträumt, einen richtig langen Traum«, antwortete Jack. »Er hat ganz lange gedauert, eigentlich die ganze Nacht. Das war wie ein Film, der gar nicht mehr aufhört.«

»Hm«, machte Patrick, ohne von seiner Zeitung aufzublicken. »Iss deine Cornflakes.«

»Und wovon hat dein Traum gehandelt?«, fragte Ellen.

»Von Armageddon«, erwiderte Jack.

Patrick ließ die Zeitung sinken und sah Ellen an, eine Braue hochgezogen. »Weißt du überhaupt, was das bedeutet?«

»Klar. Das bedeutet das Ende der Welt. Ich hab's im Internet nachgesehen.«

Ellen betrachtete den Jungen prüfend. Er sieht blass aus, dachte sie.

»Da hast du sicher eine Menge gescheites Zeug aufgeschnappt«, sagte Patrick seufzend.

»Ja«, murmelte Jack abwesend. »Es wird kommen, weißt du. Armageddon.«

»Bestimmt nicht«, erwiderte Patrick.

»Woher willst du das wissen?«, sagte der Junge. »Du hast erst neulich gesagt, dass du nicht alles weißt.«

Patrick faltete seine Zeitung mit abrupten Bewegungen zusammen. »*Das* schon.«

»In meinem Traum sind alle, die ich kenne, gestorben. Ich hab richtig Angst gekriegt.« Jack stand auf und trug seine halb volle Schale Cornflakes zur Spüle hinüber. »Ich muss Ethan von meinem Traum erzählen. Wir haben nämlich einen Armageddon-Klub.«

Patrick schüttelte den Kopf. »Zu meiner Zeit hatten wir einen Geheimagentenklub an meiner Schule. Könntet ihr euren Klub nicht in einen Geheimagentenklub umändern?«

Jack sah seinen Vater an, als hätte er den Verstand verloren. »Nein, Dad, das ist völlig ausgeschlossen.«

Er hörte sich an wie ein dreißigjähriger, hoffnungslos überlasteter Geschäftsmann, der unmöglich noch einen weiteren Auftrag annehmen konnte, so gern er das auch täte, und ging mit schleppenden Schritten aus der Küche, so als ruhte die Bürde der ganzen Welt auf seinen schmalen Schultern.

»Armageddon, hm? Was für ein heiteres Thema, um den Tag zu beginnen, findest du nicht auch?«, sagte Patrick. Sie hörten Jack die Treppe zu seinem Zimmer hinaufstapfen.

Patrick trug seinen Teller ebenfalls zur Spüle. »Aufgeregt?«, fragte er und sah Ellen lächelnd an.

Die erste Ultraschalluntersuchung stand an.

»Ja, ich kann's kaum erwarten, das Kind zu sehen. Im Augenblick habe ich das Gefühl, mir irgendein grässliches Virus eingefangen zu haben. Ich will endlich den Beweis dafür, dass ein Baby der Grund dafür ist, dass mir immer so speiübel ist.«

Bitte sag jetzt nicht, dass es Colleen nie schlecht geworden ist, und sag auch nichts über Colleens erste Ultraschalluntersuchung, dachte sie.

Patrick machte den Mund auf, um etwas zu sagen, aber Ellen kam ihm zuvor; sie fürchtete, sie werde anfangen zu schreien, wenn sie den Namen Colleen hörte.

»Du weißt ja, um elf. Wir treffen uns dann dort, oder? In der Praxis?«

»Darauf wollte ich gerade zu sprechen kommen. Wir können zusammen hinfahren. Ich fahre Jack zur Schule, und dann komm ich wieder her und räume endlich die Kartons aus dem Flur. Als ich heute Morgen aufgewacht bin, habe ich gedacht, warum soll ich mir nicht ein paar Stunden freinehmen, wenn ich die Zeit brauche. Ich meine, wozu bin ich selbstständig? Und du hast diese Kartons jetzt lange genug ertragen müssen.«

Bevor Ellen dazu kam, etwas zu erwidern, hörten sie Jack rufen: »Daaaad!«

Patrick deutete mit dem Daumen nach oben. »Ich geh mal nachsehen, was Mr. Armageddon will.« Er machte ein finsteres Gesicht. »Ob dieser Klub seine Idee war? Wieso beschäftigt sich ein Kind mit dem Ende der Welt? Ist das nicht ein bisschen …«

»DAAADD!« Als sie den Jungen das erste Mal so hatte brüllen hören, war Ellen mit klopfendem Herzen durch den Flur gerast und hatte damit gerechnet, Jack in einer Blutlache liegend vorzufinden. Jetzt wusste sie es besser. Er hatte wahrscheinlich nur eine Socke verlegt.

»Ich komme!«, schrie Patrick. Wie sein Sohn Minuten zuvor, nur noch lauter, polterte er die Treppe hinauf.

Ellen legte ihren Löffel aus der Hand, betrachtete ihren Haferbrei und prüfte ihr Gewissen.

Er würde sich ein paar Stunden freinehmen, um die Kartons wegzuräumen.

Ihre Lippen verzogen sich zu einem Lächeln, einem zufriedenen, satten, katzengleichen Lächeln. Oh, sie war gut. Sie war verdammt gut. Sie machte ihn von Tag zu Tag in jeder Hinsicht immer besser und besser.

Ihr Lächeln erlosch fast augenblicklich. O mein Gott, ein Wunder, dass sie nicht ihre Fingerspitzen aneinanderlegte, den Kopf zurückwarf und ein dämonisches Hexenlachen lachte! Sie war eine Hexe! Eine manipulierende, unmoralische …

Unsinn, sie machte sich nur selbst etwas vor. Das waren nicht ihre wirklichen Gefühle. In ihrem tiefsten Inneren fühlte sie nichts als kühle, kristallklare Genugtuung über eine hervorragend erledigte Aufgabe.

Schuldgefühle hatte sie nur insofern, als sie keine Schuldgefühle hatte.

Es war nicht so geplant gewesen – ihres Wissens jedenfalls nicht. Sie hatte nicht beabsichtigt, Patrick unter Hypnose dahingehend zu beeinflussen, dass er die Kartons wegräumte. Er hatte sich am Abend zuvor, als sie im Bett lagen, wieder über den Kunden geärgert, der seine Rechnung nicht bezahlte. »Er ruft nicht zurück, er beantwortet meine E-Mails nicht«, hatte er geschimpft. »Er ignoriert mich, so als ob *ich* derjenige wäre, der im Unrecht ist! Er behandelt mich, als würde *ich ihn* verfolgen, ihn geradezu belästigen!«

»Sollen wir eine Entspannungsübung machen?«

Patrick war ihr sehr dankbar gewesen. Und er ließ sich hervorragend hypnotisieren. Wie Julia hatte auch er eine besondere Fähigkeit, sich etwas bildlich vorzustellen und sich voll und ganz zu konzentrieren. Er hatte sehr viel mehr Fantasie, als er ahnte.

Er solle sich vorstellen, wie er auf einen Berg kletterte, sagte Ellen. Er trug einen Rucksack, in den er all die Sorgen und den Ärger und den Frust über den säumigen Zahler gepackt hatte. Während er hinaufstieg, warf er nach und nach seine negativen Gefühle ab, bis er zu guter Letzt auch seinen Rucksack abnahm und hinter sich zurückließ. Und dann, auf dem Gipfel angekommen, zog er die reine, wohltuende Luft tief in seine Lungen, und mit jedem Atemzug versank er tiefer und tiefer in sein Inneres.

Ellen beobachtete, wie seine Stirn sich glättete und seine Brust sich mit jedem tiefen Atemzug hob und wieder senkte, und sie hatte das Gefühl, mit ihm zusammen den Berggipfel erklommen zu haben und die gleiche Luft einzuatmen. Die klare, kalte Bergluft werde ihm helfen, klar und entschieden und zielstrebig seine Vorhaben anzugehen, sagte sie zu ihm. »Du wirst tun, was du tun musst, um dein Leben unter Kontrolle zu bringen. Egal, ob es darum geht, deinen Anwalt anzurufen, Büroarbeit zu delegieren oder diese Kartons, die du schon eine ganze Weile wegräumen willst, aus dem Flur zu schaffen. Du wirst systematisch allen Ballast abwerfen und Ordnung in deinem Leben schaffen, und am Ende dieser Woche wirst du frei atmen können, du wirst strotzen vor Energie und Glück, so als stündest du, die Arme weit ausgebreitet, auf diesem Gipfel!«

Sie können unter Hypnose nicht dazu gebracht werden, etwas zu tun, das gegen Ihre innersten Überzeugungen verstößt oder das Sie einfach nicht tun wollen.

Wie oft hatte sie das ihren Patienten erklärt.

Aber Patrick *wollte* ja all diese Dinge tun – die Kartons wegräumen, seinen Papierkram erledigen, seinen Anwalt anrufen. Er gab freimütig zu, Unangenehmes gern vor sich herzuschieben.

Ihre eigennützigen Motive änderten nichts daran, dass er sich großartig fühlen würde, sobald er die Kartons weggeräumt hätte.

»Bestich ihn mit sexuellen Diensten«, hatte Julia bei ihrem Abendessen neulich vorgeschlagen.

»Weigere dich, mit ihm zu schlafen, bis er sie fortgeschafft hat«, hatte Madeline geraten.

Eine behutsame Suggestion während einer angenehmen Hypnosesitzung war doch bedeutend besser, als an ihm herumzunörgeln oder ihn anzuschreien oder ihn mit Sex zu manipulieren. Das hatte man vielleicht in den Fünfzigerjahren so gemacht.

Außerdem hatte sie ihn nicht angewiesen, ihre Suggestion bezüglich der Kartons nach dem Aufwachen zu vergessen. Er müsste sich dessen also bewusst sein. Sie würde ihn darauf ansprechen. »Es hat dir doch nichts ausgemacht, dass ich gestern Abend die Kartons erwähnt habe, oder?«, würde sie beiläufig bemerken.

Natürlich erst, *nachdem* er sie weggeschafft hatte. Es gab keinen Grund, die Rede bereits *vorher* darauf zu bringen.

»Tschüs, Ellen!« Jack kam mit seiner Schultasche in die Küche gerannt.

»Hast du dein Mittagessen eingepackt?«

Nachdem Ellen gesehen hatte, was Patrick ihm jeden Tag in die Schule mitgab – ein mit Würzaufstrich geschmiertes, lappiges Weißbrotsandwich (wer aß denn heutzutage noch Weißbrot? Galt das nicht sogar schon als gesetzwidrig?) und einen grünen Apfel –, hatte sie es übernommen, die Mahlzeiten zuzubereiten. »Er sollte bei jeder Mahlzeit Proteine zu sich nehmen«, hatte sie zu Patrick gesagt. Der hatte protestiert: Er sei nicht so sexistisch, dass er von ihr erwarte, für Jack zu kochen, bloß weil sie eine Frau sei. Außerdem habe er jahrelang Jacks Schulimbiss zubereitet, und Jack würde sowieso nichts anderes essen, und der Würzaufstrich sei sicher auch irgendwie eiweißhaltig. Aber Ellen hatte mit Nachdruck darauf bestanden, die Sache in die Hand zu nehmen. Seit der Junge bei ihr wohnte, hatte sie das Gefühl, dass sie für seine Ernährung verantwortlich war. Schuld daran war der Anblick seines herzzerreißend schmächtigen Körpers. Jedes Mal, wenn es ihr gelang, ihn dazu zu bewegen, etwas wirklich Gesundes zu essen, empfand sie eine tiefe Genugtuung, so als ob ein angeborenes, biologisches Bedürfnis befriedigt würde. Sie schaute ihm beim Essen zu und bewegte ihre Lippen praktisch im Gleichklang mit seinen. Abends ging sie im Geist noch einmal durch, was Jack den Tag über zu sich genommen hatte, als müsste sie einen Bericht über seine Ernährung für jemanden zusammenstellen. Für Patrick ganz sicher nicht, eher für Jacks Mutter: *Das habe ich deinem Sohn heute zu essen gegeben, Colleen – eine ausgewogene Mischung von Kohlehydraten und Proteinen.*

An diesem Tag hatte sie ihm einen Thunfisch-Reis-Wrap, eine kleine Portion Obstsalat und einen Becher Joghurt in seine Lunchbox gepackt. Sie nahm sie aus dem Kühlschrank und reichte sie Jack, der sie lustlos entgegennahm.

»Den Joghurt kannst du über den Obstsalat schütten«, sagte sie.

Jack sah sie ausdruckslos an.

Ellen seufzte. Sorgte er sich immer noch wegen des bevorstehenden Armageddon? Oder sehnte er sich nach seinem Würzaufstrichsandwich? Ihre Bemühungen, den Jungen gesund zu ernähren, schienen nicht zu fruchten: Er sah müde und erschöpft aus.

»Alles in Ordnung mit dir?«, fragte sie. »Vielleicht solltest du heute lieber daheim bleiben.«

»Nöö«, antwortete Jack. »Ich geh nach der Schule noch zu Ethan.«

Ellens und Patricks Blicke trafen sich. Er würde sie unterstützen, wenn sie darauf bestand, dass Jack zu Hause blieb. Er zog immer mit ihr an einem Strang, wenn es um eine erzieherische Maßnahme ging.

»Na schön, aber komm nicht zu spät nach Hause, okay?«

»Bestimmt nicht, was, mein Junge?« Patrick zerzauste ihm auf seine raue, aber herzliche Art die Haare. »Und vor den Computer setzt du dich nur noch, wenn ein Erwachsener dabei ist. Wir werden Geheimagentenklubs googeln.«

Jack verdrehte genervt die Augen.

Als Vater und Sohn das Haus verlassen hatten, schlug Ellen in ihrem Terminkalender nach, wen sie an diesem Morgen eingetragen hatte, bevor sie zu der Ultraschalluntersuchung fuhren.

Luisa Bell.

Es war auf traurige Weise unpassend, dass sie ausgerechnet am Tag ihrer ersten Ultraschalluntersuchung eine Patientin wegen »unerklärlicher Unfruchtbarkeit« behandelte.

Vielleicht war es aber auch auf wunderbare Weise passend. Ellen nahm sich vor, alles in ihrer Macht Stehende für Luisa zu tun.

Übelkeit erfasste sie plötzlich, und sie blickte sich suchend nach ihrem »Wohlfühlstein« um. Das war der hübsch geformte Stein, den sie kurz nach ihrer ersten Begegnung mit Patrick am Strand gefunden hatte. Sie benutzte ihn im Rahmen ihrer Selbsthypnose gegen die morgendliche Übelkeit, besser bekannt als Verdammte-rund-um-die-Uhr-Übelkeit. Sie rollte den Stein sanft über ihren Bauch, um so ihrem Unterbewusstsein zu helfen, die Übelkeit zurückzudrängen. Das Problem war nur, dass sie den Stein nicht finden konnte. Das letzte Mal hatte sie ihn gesehen, als Patrick zerstreut damit spielte, während er, mit dem Telefon in der anderen Hand, auf und ab ging und aufgebracht auf jemanden einredete. Das Gespräch war so ernst gewesen, dass Ellen ihn nicht mit der Bemerkung »He, gib mir meinen Wohlfühlstein zurück!« hatte unterbrechen wollen.

Sie seufzte und brühte sich eine Tasse Ingwertee auf. Ihr war, als könnte sie ihre Mutter verächtlich schnauben hören: »Wohlfühlstein, dass ich nicht lache! Trink lieber deinen Tee!«

Eine Stunde später traf Luisa ein. Patrick, der gerade einen Karton verschiedener Sachen, die er für einen guten Zweck spenden wollte, aus dem Haus schleppte, wäre beinah mit ihr zusammengestoßen. Er trat zur Seite, um sie vorbeizulassen, nickte ihr grimmig zu und hastete dann den Gartenweg hinunter zum Auto. Der Schweiß stand ihm auf der Stirn, und sein Blick wirkte gehetzt. Nachdem er Jack zur Schule gefahren hatte, war er gleich zurückgekommen und schuftete seitdem wie ein Verrückter, so als hätte man ihm eine viel zu knappe Frist gesetzt, die er aber unbedingt einhalten wollte.

Falls du noch den letzten Beweis gebraucht hättest, dass Hypnose tatsächlich funktioniert …

»Entschuldigen Sie«, sagte Ellen. »Mein … äh … Verlobter ist damit beschäftigt auszumisten.«

»Ach ja, ich habe schon gehört, dass Sie heiraten werden.« Luisa betupfte sich die Nase mit einem offenbar schon völlig durchgeweichten Papiertaschentuch. Sie sah wie der Inbegriff einer erkälteten Frau aus, so als träte sie in einer Fernsehwerbung für Grippetabletten auf. Ihre Nase war gerötet, ihre Augen blutunterlaufen und verschwollen. Ellen spürte, wie ihre Nebenhöhlen sich gleichsam solidarisch verstopften.

»Sie haben gehört, dass ich heiraten werde?«, wiederholte Ellen verdutzt, als sie Luisa nach oben voranging. Sie dachte sofort an Saskia. Erzählte sie etwa all ihren Patienten davon?

»Patricia Bradbury«, antwortete Luisa nur.

Julias Mutter. Ellen hatte nicht mehr daran gedacht, dass Luisas und Julias Mutter befreundet waren.

Sie fragte sich, ob Luisa dann auch von ihrer Schwangerschaft wusste. Aber die Leute hatten doch sicher Besseres zu tun, als einer Frau, die sich verzweifelt ein Kind wünschte, von der Schwangerschaft einer anderen zu erzählen, oder?

Ellen bat Luisa mit einer Handbewegung, Platz zu nehmen, und fragte: »Soll ich Ihnen eine Tasse Kräutertee machen? Mit Zitrone und Honig für Ihre Erkältung?«

»*Ich* werde nicht schwanger«, nuschelte Luisa. »Aber *Sie*.«

Anscheinend hatten manche Leute doch nichts Besseres zu tun.

»Ja, das … äh … ist richtig. Aber es ist noch sehr früh und …«, begann Ellen.

»Ich hab gehört, es war ein Betriebsunfall«, fiel Luisa ihr ins Wort. Sie schniefte, riss ein paar Papiertücher aus Ellens Schachtel heraus und putzte sich ungestüm die Nase.

»Es war nicht geplant, das ist richtig«, sagte Ellen behutsam. Sie setzte sich und griff nach Luisas Akte, die sie vor der Sitzung griffbereit auf den Beistelltisch gelegt hatte.

»Vielleicht haben Sie versehentlich sich selbst hypnotisiert anstatt mich.« Luisa stieß ein bitteres Lachen aus, das in einen Hustenanfall überging.

»Das kommt Ihnen sicher sehr ungerecht vor«, begann Ellen abermals.

»Sie haben gesagt, Sie schaffen es, dass ich schwanger werde.«

»Das habe ich nicht gesagt!«, entfuhr es Ellen unwillkürlich. So etwas hätte sie nie gesagt, auch wenn sie sehr zuversichtlich war, was den Erfolg ihrer Behandlung betraf. Sie hatte im Lauf der Jahre etlichen Frauen mit ähnlichen Problemen geholfen. Viele hatten sich in Briefen überschwänglich bei ihr bedankt und Fotos ihrer Babys mitgeschickt; eine Frau hatte ihr Kind sogar nach Ellen genannt.

»Ich will mein Geld zurück«, sagte Luisa schneidend. »Ich bin nur deswegen hergekommen. Sie sind eine Betrügerin. Sie nutzen die Leute aus, wenn sie leiden, wenn sie am verwundbarsten sind. Ich kann nicht glauben, dass man Sie mir empfohlen hat!«

Eine kribbelnde Hitzewelle durchflutete Ellen wie eine spontane allergische Reaktion. »Hören Sie, Luisa, es tut mir wirklich leid …«

»Geben Sie mir mein Geld zurück!«

Erstatte einem Patienten niemals sein Geld zurück. Flynn hatte ihr das immer wieder eingebläut. *Du bietest professionelle Dienste an. Profis leisten nicht grundlos eine Rückvergütung. Respektiere dich selbst. Respektiere deine Arbeit.*

»Sie sind eine Quacksalberin«, fuhr Luisa fort. Ihre Stimme bebte, sie war den Tränen nahe. »Wieso sollte ich Sachen für *Ihr* Kind mitfinanzieren, Kleidung, Windeln für *Ihr* Baby? Wir haben so viel für künstliche Befruchtung ausgegeben, glauben Sie im Ernst, wir brauchen diese zusätzlichen Kosten? Mein Mann hat es gleich gesagt. Dieser alternative Kram ist nichts weiter als ein Haufen Mist, hat er gesagt, und er hat *recht.*«

Sie schluchzte heftig und wiegte den Oberkörper vor und zurück, als litte sie fürchterliche Qualen. Ellens Augen füllten sich mit mitleidigen Tränen. Was sollte sie sagen? Was sollte sie nur sagen?

»Luisa, ich bin nach wie vor fest davon überzeugt, dass …«

»Ich will mein Geld zurück.«

»Also gut. Ich werde Ihnen einen Scheck ausstellen. Einen Augenblick.«

Ellen nahm ihr Scheckheft aus der Schreibtischschublade und füllte mit zitternder Hand einen Scheck aus. Alle ihre Schwangerschaftssymptome verstärkten sich mit einem Mal: Ihre Brüste wurden schmerzhaft hart, ihre Brustwarzen brannten, und sie hatte einen metallischen Geschmack im Mund. Es war, als wollte ihr Körper ihr ein schlechtes Gewissen machen, weil sie schwanger war und Luisa nicht.

»Ich hoffe, der ist gedeckt.« Luisa stopfte den Scheck in ihre Handtasche.

»Keine Sorge«, erwiderte Ellen. Einerseits hätte sie ihr am liebsten ins Gesicht geschlagen, und andererseits verspürte sie das Bedürfnis, sie in die Arme zu nehmen.

»Gut. Dann …« Weiter kam Luisa nicht. Wieder musste sie niesen, dreimal hintereinander. Sie presste ihr aufgeweichtes Taschentuch an die Nase und sah Ellen aus triefenden Augen an.

»Gesundheit!«, sagte Ellen. Sie streckte unwillkürlich mit einer mitfühlenden Geste die Hand nach Luisas Arm aus. Die Ärmste sah zum Erbarmen aus.

»Fassen Sie mich nicht an!« Luisa zuckte zurück. Sie drehte sich um und ging, sich in einem fort schnäuzend, die Treppe hinunter.

Patrick, der unten im Flur gerade im Begriff war, sich zwei riesige Müllsäcke über die Schultern zu werfen, richtete sich halb auf, als Luisa an ihm vorbeieilte. Er lächelte ihr höflich zu, aber das Lächeln verging ihm bei ihrem Anblick. Er sah fragend Ellen an, die Luisa gefolgt war, doch sie zuckte nur stumm die Achseln.

Als sie die Tür geöffnet hatte, stürmte Luisa ohne ein weiteres Wort hinaus. Mit vorgerecktem Kinn und energisch schwingenden Armen, als wäre sie wild entschlossen, einer ärgerlichen Sache ein Ende zu bereiten, hastete sie den Gartenweg entlang.

»Was hat sie denn für ein Problem?«, fragte Patrick, der neben Ellen getreten war.

»Sie ist sauer, weil ich schwanger bin und sie nicht. Sie … Wer ist das denn?«

Luisa war stehen geblieben und unterhielt sich mit einem großgewachsenen Mann in einem eleganten Anzug und mit Sonnenbrille.

Patrick zuckte mit den Schultern. »Keine Ahnung.«

Ellen hatte ein beklemmendes Vorgefühl, während sie beobachtete, wie Luisa mit ausgestrecktem Arm auf das Haus zeigte und gleichzeitig auf den Fremden einredete, dessen Körpersprache höchste Aufmerksamkeit ausdrückte. Er war viel zu interessiert an dem, was Luisa ihm zu erzählen hatte. Wer immer das war, Ellen war es gar nicht recht, dass er sich gerade jetzt mit Luisa unterhielt.

»Das ist doch kein neuer Patient, oder?« Patrick streifte Ellen mit einem Seitenblick. »Sieht nämlich ganz so aus, als ob er einiges von ihr zu hören kriegte.«

»Ich erwarte niemanden«, erwiderte Ellen. Sie blinzelte. Jetzt wandte der Mann den Kopf, sodass sie sein Profil sehen konnte. Er hatte eine große Adlernase. Und er kam ihr irgendwie bekannt vor.

»Ich habe das Gefühl, ich kenne den Typ von irgendwoher.« Patrick bewegte die Schultern, um das Gewicht der beiden schweren Müllsäcke zu verlagern.

Ellen nickte. »Ja, ich auch. Ist das vielleicht ein Nachrichtensprecher? Oder ein Schauspieler?«

Sie beobachteten, wie Luisa in ihre Handtasche langte, etwas herauszog und dem Mann unter die Nase hielt.

»Ich glaube, das ist der Scheck, den ich ihr gegeben habe«, sagte Ellen.

»Wieso hast du ihr einen Scheck gegeben?«

»Das ist eine Rückerstattung.«

»Eine Rückerstattung?« Patrick sah sie verdutzt an. »Du gibst ihr eine Rückerstattung, weil du schwanger bist?«

»Ich erklär's dir später. Was macht er denn jetzt?«

Der Mann griff in die Tasche seiner Anzugjacke und zog etwas hervor, das wie eine Visitenkarte aussah. Luisa warf einen Blick darauf und lächelte dann.

»O Gott!«, murmelte Ellen. »Wer *ist* der Kerl?«

»Das werden wir gleich wissen. Ich geh hin und frag, was er will. Immerhin befinden sich die beiden auf deinem Grundstück.«

»Nein, warte.«

Ellen kaute auf einem Fingernagel herum, während sie zuschaute, wie Luisa die Visitenkarte so sorgsam wie ein wichtiges Dokument in ihre Handtasche steckte und dann wegging. Der Mann hob grüßend die Hand, drehte sich um und ging mit großen Schritten auf das Haus zu. Er nahm seine Sonnenbrille ab. Ärger und Entschlossenheit spiegelten sich auf seinem Gesicht, so als strebte er im Flughafen zum Schalter für verlorenes Gepäck.

»Gut.« Patrick ließ die Müllsäcke von seinen Schultern gleiten und öffnete die Fliegengittertür. »Kann ich Ihnen helfen?«

Seine Stimme klang unverhohlen aggressiv. Ellen zupfte hinten an seinem T-Shirt. »Patrick …«

»Ich möchte Ellen O'Farrell sprechen«, sagte der Mann, ohne zu lächeln. Die meisten Menschen ringen sich wenigstens ein förmliches Lächeln ab, wenn sie vor einer fremden Haustür stehen.

»Haben Sie einen Termin?« Patrick straffte die Schultern.

»Nein.« Der Mann hob herausfordernd sein Kinn, als wollte er sagen: *Na und? Brauch ich etwa einen?*

Patrick wölbte die Brust, und Ellen dachte: Sieh mal einer an, mein Beschützer, mein edler Ritter! »Dann kommen Sie am besten wieder, wenn Sie einen haben.«

Ellen fand, dass das Ganze allmählich lächerlich wurde. Sie trat vor und sagte: »Ich bin Ellen. Kann ich …« Der Mann wandte sich ihr zu, und in seinen Augen loderte so viel Hass, dass ihr die Stimme stockte. »Kann ich Ihnen helfen?«

»Ich bin Ian Roman. Meine Frau ist eine ›Patientin‹ von Ihnen. Rosie. Erinnern Sie sich? Sie wollten ihr dabei behilflich sein, das Rauchen aufzugeben, aber komischerweise raucht sie immer noch eine Schachtel am Tag.«

Ja, natürlich! Rosies reicher Ehemann. Ein »großes Tier«. So hatte Rosie ihn genannt. Er war in der Immobilienbranche, oder? Oder ein Medienzar? Ellen konnte sich nicht mehr erinnern. Sie wusste nur, dass sie sein Gesicht in den Zeitungen gesehen hatte.

»Es interessiert mich nicht, wer Sie sind«, sagte Patrick. Aber Ellen bemerkte die kaum wahrnehmbare Veränderung in seiner

Stimme. Er wusste ganz genau, wer Ian Roman war und welche gesellschaftliche Stellung er einnahm. »Sie können nicht einfach hier hereinplatzen, wenn Sie keinen Termin haben.«

»Das ist schon in Ordnung«, sagte Ellen schnell. Sie trat zwischen die beiden Männer und warf Patrick einen Blick zu, der besagte: Danke, mein Schatz, aber das schaffe ich schon. »Wenn Sie mir in mein Büro folgen wollen, Ian.« Sie sprach seinen Namen mit Nachdruck aus. »Ich muss Sie bitten, sich kurz zu fassen. Zehn Minuten, mehr Zeit habe ich nicht.«

»Ich bin hier unten«, knurrte Patrick gleichsam als Warnung an den Besucher.

Ian Roman folgte Ellen nach oben. Er sah sich in ihrem reizenden Arbeitszimmer um, und seine Nasenflügel blähten sich wie bei einem höchst unappetitlichen, ekelerregenden Anblick. »Hier behandeln Sie also Ihre ›Patienten‹, indem Sie sie angeblich hypnotisieren.«

»Setzen Sie sich doch.« Ellen deutete auf den grünen Relaxsessel und fügte, vielleicht aus Nervosität, spitz hinzu: »Hier ist Konfekt, bedienen Sie sich.«

Ian setzte sich, würdigte die Schale mit dem Konfekt aber keines Blickes. Er zupfte an seinen Hosenbeinen. Ellen setzte sich ihm gegenüber und ging im Geist ihre letzte Sitzung mit Rosie durch.

Ian beugte sich unvermittelt vor. »Neulich abends war Rosies Schwester bei ihr zu Besuch. Ich komme früher nach Hause, ich sehe im Flur die Post durch und höre, wie sich die beiden unterhalten. Ich achte erst nicht darauf, aber dann dringen ihre Worte plötzlich zu mir durch, und wissen Sie, was ich höre?«

Er wartete nicht auf eine Antwort.

»Ich höre, wie meine Frau sagt, sie habe unter Hypnose herausgefunden, dass sie mich nicht wirklich liebt. Großartig! Aber das ist alles kein Problem, verstehen Sie, das ist völlig in Ordnung, weil sie jetzt unter Hypnose dazu gebracht wird, mich zu lieben. Für einhundertfünfzig Dollar die Sitzung! Das Rauchen aufgeben? Lassen wir das doch, das ist viel zu schwer, sorgen wir lieber dafür, dass Sie Ihren Mann lieben. Den, den Sie erst vor ein paar scheißverdammten Minuten geheiratet haben!«

Ellen tat einen tiefen, zittrigen Atemzug. Was war nur los heute? Lag das an der Luft? Sie bemühte sich, mit sachlicher und professioneller Stimme zu sprechen und dabei doch einfühlsam zu sein. »Sie verstehen sicher, dass ich nicht mit Ihnen über die Therapie Ihrer Frau reden kann, das verbietet mir mein Berufsethos, aber …«

»O ja, selbstverständlich, wer so hohe moralische Grundsätze hat wie Sie!«

Unten krachte etwas polternd zu Boden. Es hörte sich an, als hätte Patrick einen der Kartons fallen lassen. Ellens Wangen glühten.

Ich bin keine Quacksalberin. Es gibt nichts, weswegen ich mich schuldig fühlen müsste.

Oder vielleicht doch?

»Haben Sie mit Rosie darüber gesprochen?«, fragte sie.

»Da gibt es nichts mehr zu besprechen«, erwiderte Ian. »Unsere Ehe ist vorbei. Ich brauche keine Frau, die unter Hypnose dazu gebracht werden muss, mich zu lieben. Großer Gott! Was für ein Witz! Was für ein gottverdammter Witz!«

Er ließ seine Maske mühsam beherrschter Wut für Sekundenbruchteile fallen, und das genügte. In diesem Moment war Ellen alles klar. Er liebte Rosie, aber er war zutiefst verletzt, und es war vor allem sein beleidigter Stolz, der ihm zu schaffen machte. Sein Ego hatte einen schmerzhaften Schlag einstecken müssen, und er würde so lange zurückschlagen, bis der Schmerz nachließ.

»Verletze einen Mann niemals in seinem Stolz«, hatte ihre Großmutter ihr einmal gesagt. »Ein Mann, der in seinem Stolz gekränkt wird, ist wie ein verwundeter Bär, der auf alles losgeht, was sich ihm in den Weg stellt.«

Ellen rieb sich den Bauch. Vor ihrem Termin mit Luisa hatte sie zwei Gläser Wasser wegen der anstehenden Ultraschalluntersuchung getrunken. Ihre Blase platzte beinahe.

»Ich hatte das Vergnügen, gerade eine andere Ihrer zufriedenen Patientinnen kennenzulernen. Nettes kleines Geschäft, das Sie hier betreiben. Gehören Rückerstattungen bei Ihnen zur Tagesordnung?«

»Ich kann Ihnen nur raten, mit Ihrer Frau darüber zu sprechen«, sagte Ellen. Sie wurde unsicher, ihre Professionalität kam ihr plötzlich schlüpfrig vor. Sie sah das Gesicht ihrer Mutter vor sich, hörte ihre Worte so viele Jahre zuvor: »Du kannst das doch nicht ernsthaft zu deinem Beruf machen wollen!« Sie dachte an all die Witze und die höhnischen Bemerkungen und die Zweifel, die sie ertragen hatte. Auf einmal hatte sie das Gefühl, tatsächlich eine Quacksalberin, eine Kurpfuscherin zu sein. »Es ist nicht so, wie es aussieht«, fügte sie matt hinzu.

»Ich wette, Sie mischen auch bei diesen Hypno-Partys mit, habe ich recht? Auf solchen Großveranstaltungen sind die Leute wahrscheinlich noch leichter auszunehmen.«

O Gott, wenn er von ihrer Verbindung zu Danny erfuhr! Wie würde *er* sich gegen diesen Angriff zur Wehr setzen? Oder Flynn? Die beiden würden sich mit Sicherheit geschickter verteidigen, als sie es in diesen Minuten tat.

»Ich nehme an, Sie können auch Krebs heilen, oder?«, fuhr Ian bissig fort. »Vergessen Sie Chemotherapie, vertrauen Sie einfach auf die Macht der Gedanken!«

»Ich habe niemals derart unhaltbare Behauptungen aufgestellt«, erwiderte Ellen. »Hören Sie, ich bin keine Wunderheilerin. Ich habe eine Qualifikation als klinische Hypnotherapeutin und Psychotherapeutin. Ich gehöre dem Australischen Hypnotherapeutenverband und der Australischen Gesellschaft klinischer Hypnotherapeuten an. Die Hypnotherapie ist eine Heilmethode, die von der Australischen Ärztevereinigung anerkannt worden ist. *Ärzte* überweisen ihre Patienten an mich.«

(Mit Ausnahme meiner eigenen Mutter.)

»Und kassieren vermutlich eine hübsche kleine Provision dafür.«

»Das ist nicht wahr.« (Allerdings hatte sie Lena Peterson letztes Jahr zu Weihnachten eine hübsche Geschenkpackung Pralinen geschickt. Hätte sie das nicht tun sollen?)

Ian stand auf und trat ans Fenster. Er klopfte gegen das Glas, als wollte er seine Stärke testen. »Meerblick. Ein prächtiges Haus. Die Geschäfte laufen offenbar gut.«

»Das Haus hat meiner Großmutter gehört …«, begann Ellen. Sie konnte Flynn sagen hören: Du bist ihm keine Rechenschaft über deine finanzielle Situation schuldig.

Ian drehte sich zu ihr um. Ganz sanft, fast freundlich, als ob er ihr ein nettes Kompliment machte, sagte er: »Ich werde Sie fertigmachen.«

»Wie bitte?« Ellen hätte fast laut herausgelacht, so dramatisch klang das. Wovon redete er eigentlich?

Er lächelte charmant. »Ich werde dafür sorgen, dass Sie Ihren Laden dichtmachen können.«

20

Alles, was wir sind, ist das Ergebnis unserer Gedanken. Wer voller böser Gedanken spricht oder handelt, dem werden Kummer und Schmerz folgen. Wer voller reiner Gedanken spricht oder handelt, dem wird das Glück folgen – wie ein Schatten, der ihn stets begleitet.
Buddhistische Weisheit an Ellen O'Farrells Kühlschrank

Ich war auf dem Rückweg ins Büro von einer Besprechung auf einer Baustelle, als mir der Gedanke kam, dass ich nur einige Minuten vom Haus der Hypnotiseurin entfernt war.

Tu es nicht, dachte ich. Du hast später noch eine Konferenz mit Toby. Du musst eine Million E-Mails beantworten. Du hast gute Laune. Warum tust du das immer, wenn du gute Laune hast?

Aber schon bog ich nach links statt nach rechts ab, so als hätte ich keinen eigenen Willen, als übte Ellens Haus eine geradezu magnetische Anziehungskraft auf mich aus.

Ich komme mir ein bisschen komisch vor wegen der Sache letzten Sonntag. Ich muss immerzu daran denken und wundere mich über mich selbst – dass ich in ein fremdes Haus spaziert bin und Kekse gebacken habe. Ich stelle mir vor, was andere von einem solchen Benehmen denken würden. Die Leute zum Beispiel, mit denen ich mich gerade auf der Baustelle getroffen habe. Eine Frau erzählte, sie sei letztes Wochenende in Mudgee gewesen, und ich dachte: Wenn du wüsstest, was *ich* am Sonntag getan habe! Du würdest mich befremdlich anstarren, vorsichtig einen Schritt zurücktreten und nicht mehr die Berufskollegin in mir sehen, sondern eine durchgeknallte Verrückte.

Wenn ich Patricks Haus betrat, hatte ich nie das Gefühl, etwas Unrechtes zu tun, weil es für mich immer mein Zuhause geblieben war. Dort habe ich die glücklichsten Jahre meines Lebens verbracht. Ich putzte jeden Samstagmorgen das Bad. Ich strich Jacks Zimmer. Ich suchte den Teppich fürs Esszimmer aus. Nein, es fühlte sich nie falsch oder verboten an; ich hatte das Gefühl, mich mit gutem Recht dort aufzuhalten, auch wenn ich sicherlich die Einzige war, die das so sah.

Aber in Ellens Haus einzudringen und Kekse zu backen und einem aufgebrachten Besucher die Tür zu öffnen, so als ob ich da wohnte … Möglicherweise habe ich damit doch eine Grenze überschritten.

Sonntagmorgen um drei Uhr wachte ich auf und dachte klar und deutlich: Ich brauche Hilfe. Eine Therapie. Eine richtige Therapie. Ich muss damit aufhören. Ich habe mir sogar aus dem Branchenverzeichnis im Internet Namen und Adressen von Therapeuten herausgesucht. Wie ein verantwortungsvoller Mensch das tun würde.

Und dann wachte ich am Montagmorgen auf und ging zur Arbeit, und bei Tage betrachtet wirkte alles so normal, und ich dachte: Ach was, ich brauch doch keine Therapie! Ich gehe einer geregelten Arbeit nach. Ich bin weder selbstmordgefährdet noch leide ich an Bulimie oder höre Stimmen. Ich werde einfach damit aufhören, basta. Die Kekse sollen mein letztes Hurra gewesen sein. Mein Abschiedsgeschenk.

Dieses Gefühl hielt den ganzen gestrigen Tag an, und am Abend ging es mir einfach großartig. Ich ging sogar zu meinen Nachbarn, der fröhlichen Labrador-Familie, hinüber und erinnerte sie daran, den Müll rauszustellen. Das hätte ich doch nicht getan, wenn ich eine Therapie bräuchte. Die vier sprangen aufgeregt herum und bedankten sich unzählige Male, weil sie gar nicht mehr an die Müllabfuhr gedacht hatten, und sie hatten so viel

Abfall vom Umzug, und ach ja, wie war es denn am Sonntag? Eine Sekunde lang stutzte ich, weil ich überhaupt nicht mehr an meine erfundene Geburtstagsfeier am Hafen gedacht hatte, aber dann tat ich sehr überzeugend so, als wäre es mir gerade wieder eingefallen, und erwiderte: »Oh, die Party war toll, hab gar nicht mehr daran gedacht, der Sonntag scheint schon wieder so lange her zu sein, obwohl doch erst Montag ist. Kaum zu glauben, was Arbeit aus dem Menschen macht, nicht?« Und hahaha und tralala, ist das Leben nicht ein absoluter Knaller?

Heute dann ging ich zur Arbeit, ohne auch nur ein einziges Mal an Patrick oder Jack oder Ellen oder das Baby zu denken. Ich habe die Besprechung auf der Baustelle richtig genossen.

Es handelt sich um einen neuen Laden- und Geschäftskomplex an einer einzigartigen, erhöhten Lage mit Meerblick, und ich dachte an Ellens Arbeitszimmer mit den großen Fenstern und dem Licht, das vom Wasser reflektiert wird. Einen Bereich wie ein Dorfplatz, das sei es, was wir brauchten, sagte ich zu den Bauunternehmern, einen Platz, wo man sich hinsetzen und einen Kaffee trinken und den Himmel durch das Glasdach sehen könne, einen Platz, der groß genug sei, damit kleine Kinder mit ausgebreiteten Armen herumrennen und Flugzeug spielen könnten. So etwas hätte ich mir gewünscht, als ich früher mit Jack einkaufen ging. Seltsam, dass ich mir immer noch wie die Mutter eines kleinen Kindes vorkomme, obwohl der Junge doch inzwischen in die Schule geht und gar nicht mehr mein Junge ist. Es ist, als wäre ich in der Zeit festgefroren. Na klar, sagten die Bauunternehmer und glucksten vor Lachen, wir werden ihn Saskias Gute-Laune-Platz nennen. Sie sagten es in gutmütig flirtendem Tonfall, aber gleichzeitig eine Spur herablassend. Die kennen mich nicht – ich werde wie eine Löwin für meinen Platz kämpfen. Ich tue es für die Mütter und ihre Kinder.

Erfüllt von einer tiefen beruflichen Zufriedenheit und mit dem Gedanken daran, was ich an Stadtplanung so liebte, ging ich zu meinem Auto. Ich war gerade eingestiegen, als mein Handy klingelte. Es war Tammy. Meine alte Freundin Tammy Cook. Die, die mich bei sich aufgenommen hatte, als Patrick mir erklärt hatte, es sei vorbei.

Sie war mir damals eine wirklich gute Freundin. Sie hat sich um mich gekümmert wie um jemanden mit einer schweren Behinderung. Sie hat mir Hühnersuppe gekocht, hat mir Tee aufgebrüht und meine Hand gehalten, während ich auf dem Bett lag, an die Decke starrte und zu atmen versuchte, obwohl ich das Gefühl hatte, ein Lastwagen parke auf meiner Brust. Ich weiß noch, wie ich sie fragte, ob das Leben jemals wieder so wie früher sein werde, und sie antwortete: »Aber sicher doch, Schätzchen.« In diesem Punkt irrte sie allerdings. Aber sie war trotzdem ein nettes Mädchen, eines von jenen, die »Schätzchen« zu einem sagen und »ich hab dich lieb«. Ich kann nicht glauben, dass ich einmal eine Freundin wie Tammy hatte. Das ist so, als hätte ich einmal fließend Französisch gesprochen und würde heute kein einziges Wort mehr von dieser Sprache verstehen.

Nachdem ich bei ihr aus- und in meine Doppelhaushälfte eingezogen war, tat sie alles, um unsere Freundschaft aufrechtzuerhalten. Sie wollte, dass ich tanzen ging und mich in Nachtklubs und Bars setzte. Sie wollte, dass ich aus meinem Tief kam, mich zusammenriss, es ihm zeigte, mich wieder unter die Leute mischte.

Ich weiß noch, wie ich dachte, das sei einfach nicht gerecht. Wäre Patrick bei einem Autounfall ums Leben gekommen, hätte ich jahrelang um ihn trauern dürfen. Die Leute hätten mir Blumen und Beileidskarten geschickt und mir etwas zu essen vorbeigebracht. Ich hätte seine Fotos an ihrem Platz belassen, hätte über ihn reden, in Erinnerungen an die schönen Zeiten schwelgen dürfen. Aber weil er mir den Laufpass gab, weil er noch am Leben war, galt meine Trauer als würdelos und jämmerlich. Ich war keine richtige Feministin, wenn ich darüber sprach, wie sehr ich ihn liebte. Er liebte mich nicht mehr, also musste ich auch aufhören, ihn zu lieben. *Augenblicklich*. Zack, zack! Stell deine blöden Gefühle auf der Stelle ab. Deine Liebe wird nicht mehr erwidert, deshalb ist sie mit sofortiger Wirkung idiotisch.

Patrick und Jack waren aus meinem Leben verschwunden, als ob sie gestorben wären, doch eine Tragödie war das nicht. Paare trennen sich andauernd. Mit Mums Tod war es das Gleiche. Alte Leute sterben andauernd. Und sie war krank! Im Grunde also ein Segen. Was macht es schon, dass du ihre Stimme nie mehr hören wirst? Was macht es schon, dass du Jack nie wieder eine Gute-Nacht-Geschichte vorlesen wirst? Was macht es schon, dass du nie wieder mit Patrick schlafen wirst?

Sieh zu, dass du darüber hinwegkommst, das Leben geht weiter, reiß dich zusammen, Mädchen! Ich sollte möglichst schnell wieder glücklich sein – mir eine neue Frisur zulegen, Abendkurse besuchen –, und es war für die Leute schlichtweg ärgerlich, dass ich das nicht wollte, dass ich das nicht konnte. Kein Wunder, dass Tammy still und heimlich aus meinem Leben verschwand.

Und jetzt war sie wieder da, nach all den Jahren, und ihre Stimme an meinem Mobiltelefon klang genau wie immer. Tammy hörte sich immer ein wenig atemlos an, so als wäre sie gerade um den Block gerannt.

»Saskia, Schätzchen, ich bin wieder in Sydney!« Ich wusste gar nicht, dass sie die Stadt verlassen hatte. »Du bist nicht auf Facebook!«, fuhr sie fort. »Wie sollen deine alten Freunde dich denn finden, wenn du nicht auf Facebook bist!«

Sie tat, als hätten wir uns einfach aus den Augen verloren, so wie ganz normale Leute. Sie verlor kein Wort über Patrick. Sie fragte, ob wir Mittwochabend etwas trinken gehen wollten. Klar, gern, antwortete ich, und ich spürte hinter der Autoscheibe die Sonne auf meinem Gesicht, und ich dachte: Nie im Leben brauche *ich* eine Therapie! Ich treffe mich morgen Abend mit einer alten Freundin auf einen Drink! Ich bin völlig normal.

Und fünf Minuten später war ich unterwegs zum Haus der Hypnotiseurin.

Ich werde nur vorbeifahren, nahm ich mir vor. Ich werde nicht anhalten. Jack wird in der Schule sein, Patrick wird bei der Arbeit sein, und Ellen wird in ihrem behaglichen gläsernen Zufluchtsort in ihrem gestreiften Sessel sitzen, Konfekt anbieten und ihre sanfte Stimme heben und senken, während das Sonnenlicht über die Wände tanzt.

Auf der Fahrt dorthin wünschte ich, ich wäre immer noch Deborah, die zu einem weiteren Termin wegen der Schmerzen im Bein kam. Komisch, wie sehr ich diese Sitzungen genossen habe. Die Schmerzen sind neuerdings wieder schlimmer geworden. Ich habe keine von Ellens Methoden mehr angewendet. Jetzt, da ich nicht mehr Deborah bin, habe ich das Gefühl, ich habe kein Recht, darauf zurückzugreifen.

Patrick war aber doch da.

Als ich in ihre Straße einbog, kamen sie gerade aus dem Haus, im Laufschritt, als hätten sie einen Termin und wären zu spät dran. Patrick trug Jeans. Er hatte sich offenbar freigenommen. Warum? Er nahm sich unter der Woche nie einen Tag frei. Auch Ellen trug Jeans und dazu einen wunderschönen grauen, taillierten Mantel mit süßen Quasten, die an kleinen Schnüren baumelten. Es war ein Mantel, wie nur eine extravagante und entzückende Person ihn tragen konnte. Man sah ihr ihre Schwangerschaft noch nicht an.

Die beiden wirkten wie ein Paar. Niemand käme bei ihrem Anblick auf die Idee, dass sie nicht zusammengehörten. Und da war er wieder, dieser seltsame zarte Schmerz, Schmerz vom Allerfeinsten, sanft, aber brennend, als würde mir eine lange, dünne, funkelnde Nadel langsam in die Haut gestochen.

Wo mochten sie hingehen? Ich machte mir nicht die Mühe, dagegen anzukämpfen – ich musste es einfach wissen. Wenn ich es wüsste, dachte ich, wird es nicht so wehtun. Das rede ich mir jedes Mal ein, dabei ist genau das Gegenteil der Fall: Es tut sehr viel mehr weh, wenn ich es weiß.

Also fuhr ich ihnen nach. Ich fuhr einen Firmenwagen, weil mein Auto wieder einmal streikte. Patrick konnte mich also nicht entdecken und eines seiner schlauen Manöver vollführen, um mich abzuhängen.

Sie fuhren zu Jacks Schule.

Ein Schulkonzert vielleicht? Oder ein Fußballspiel? Eines, das ich versäumt hatte? Ich überlegte, ob ich ihm eine Textnachricht schicken und ihn fragen sollte – nicht, dass er mir antworten würde –, aber dann stieg er aus und hetzte in das Schulgebäude. Ellen blieb im Auto. Jack war doch hoffentlich nicht krank?

Wenige Minuten später kam er wieder heraus. Jack war bei ihm, er musste rennen, um mit seinem Vater, der seine Schultasche trug, Schritt zu halten. Sie sprangen ins Auto, und weiter ging es.

Ich konnte mir nicht vorstellen, wo sie um diese Uhrzeit hinwollten. Der Wunsch, es wissen zu wollen, hatte sich in ein unstillbares Verlangen verwandelt. Ich saß vorgebeugt da, die Hände um das Lenkrad verkrampft, den Blick starr auf das Nummernschild von Patricks Auto geheftet.

Ich träume von diesem Nummernschild.

Toby aus dem Büro rief auf meinem Handy an; ich nahm nicht ab, der Anruf wurde auf die Mailbox umgeleitet. Alles war unwichtig geworden. Ich musste Patricks Auto folgen, das war das Einzige, was zählte. An einer Ampel auf der Military Road verlor ich sie, weil so eine dämliche Kuh bei Gelb voll auf die Bremse trat, als ob sie mich absichtlich damit ärgern wollte. Ich brüllte meinen Frust laut hinaus und schlug mit den Händen so fest aufs Lenkrad, dass ich wahrscheinlich blaue Flecken bekommen werde. Es war reines Glück, dass ich sie wiederfand. Am Ende der Military Road bog ich nach links auf den Pacific Highway ab, weil ich zufällig auf der linken Spur fuhr, und da sah ich die drei auf dem Gehweg. Ellen zeigte auf ein Gebäude, und sie gingen hinein.

Ich fand ganz in der Nähe einen Parkplatz, stieg eilig aus und ging, ohne eine Münze in die Parkuhr zu werfen, so schnell ich konnte zu dem Gebäude zurück. Mein Bein tat höllisch weh, die Schmerzen verbissen sich regelrecht darin.

Als ich das Gebäude betrat, war die Eingangshalle leer. Auf

einem Wegweiser war aufgelistet, wer in dem Haus Räumlichkeiten angemietet hatte: Ein Zahnarzt, ein konzessionierter Steuerberater, eine Einwanderungsberatungsstelle. Unschlüssig ließ ich meinen Blick weiterschweifen.

Und dann sah ich es: Ultraschalldiagnostik Sydney.

Dorthin gingen sie. Um ihr Baby zu sehen.

Ihr Baby.

Ich nahm es persönlich, so als ob die drei das absichtlich machten, um mich zu verletzen, so als ob dieses Gebäude nur hier errichtet worden wäre, um mich zu verletzen.

Patrick würde Ellens Hand halten, und sie würden dem Herzschlag des Babys lauschen und sich unter Tränen selig anlächeln. Ich habe die Szene oft genug in Filmen gesehen. Ich weiß Bescheid. Und Jack würde zum ersten Mal sein Brüderchen oder sein Schwesterchen sehen.

Du wirst der beste große Bruder auf der ganzen Welt sein, habe ich früher, als Patrick und ich ein Kind zusammen haben wollten, immer zu ihm gesagt. Er wolle ein Schwesterchen haben, meinte Jack. In der Vorschule waren Mädchen seine besten Freunde. »Ich möchte eine kleine Schwester, die Jemima heißt und schwarze Haare hat. Bitte«, fügte er hinzu. Ich brachte ihm zu der Zeit höfliches Benehmen bei. Von mir aus gern, antwortete ich. Mir gefiel der Name Jemima.

Ein Glück, dass ich ihnen gefolgt bin, dachte ich. Sonst hätte ich wahrscheinlich nie erfahren, an welchem Tag sie die erste Ultraschalluntersuchung hatten machen lassen. Irgendwann, vermutlich eines Nachts um drei Uhr früh, wäre ich mit dem Gedanken aufgewacht, dass es doch Zeit für den ersten Ultraschall sei, und dann hätte ich wach gelegen und mir das Hirn zermartert, wann der Termin wohl sei und wo und was sie zu dem Anlass anzögen. Auf diese Weise hatte ich wenigstens ein Minimum an Kontrolle. Ich gehörte immer noch dazu, ich existierte immer noch. Auch wenn sie nicht wussten, dass ich da war, *ich* wusste es. Ich könnte zum Beispiel zu ihnen sagen: »Na, so eine Überraschung!«, wenn sie aus der Praxis kamen, oder ich könnte Patrick heute Abend eine Textnachricht schicken (*Wie war die Ultraschalluntersuchung?*), oder ich könnte gar nichts tun – wie auch immer, ich hatte jedenfalls von Anfang an dazugehört, von jenem ersten positiven Schwangerschaftstest an.

Vielleicht machen sie mich zur Taufpatin.

Haha!, bin ich nicht zum Brüllen?

Es herrschte Betrieb in dem großen Wartesaal: dicke schwangere Bäuche, Händchen haltende Paare, die sich leise unterhielten, schlanke Frauen ohne Bauch, die in Illustrierten blätterten und dabei geheimnisvoll lächelten. Alles Leute, die sich so problemlos in die Gesellschaft einfügten wie die Teile eines Puzzles – saubere, gesunde Menschen, die liebten und geliebt wurden.

Ich setzte mich auf den ersten freien Platz, den ich sah, neben der Tür, und nahm mir eine Zeitschrift. Im gleichen Moment hörte ich eine Krankenschwester sagen: »Ellen O'Farrell!« Dann, nach einer Pause, noch einmal, lauter: »Ellen O'Farrell!«

Ich schaute auf und sah, dass Ellen sich gerade zwei Becher Wasser aus einem dieser Wasserspender eingeschenkt hatte, und jetzt war sie auf ihre reizende, mädchenhafte Art und Weise hilflos und aufgeregt. Sie wusste nicht, wohin mit den vollen Bechern, und sie richtete sich zu schnell auf, und dabei rutschte ihr der Riemen ihrer Handtasche von der Schulter. Patrick und Jack gingen zu ihr. Jack – so erwachsen und höflich, die guten Manieren hatte ich ihm beigebracht – schob den Riemen an seinen Platz zurück, und Patrick nahm Ellen die Becher ab. Die Krankenschwester sagte etwas, das ich nicht verstehen konnte, und alle drei lächelten und gingen dann den Gang hinunter. Sie hatten mich nicht gesehen.

Die Frau neben mir fragte: »Geht es Ihnen nicht gut?«

Ich hatte gar nicht gemerkt, dass ich weinte.

»Wenn du sterben würdest, würde das Baby dann auch sterben?«, fragte Jack.

»Jack!«, sagte Patrick scharf. »Was für eine Frage ist das denn?«

Sie hatten sich für ein frühes Abendessen in eine Pizzeria gesetzt. Während sie auf ihr Essen warteten, betrachtete Jack die Ultraschallaufnahme.

»Ich muss am Leben sein, damit das Baby wachsen kann.«

Sollte sie ihn beruhigen, ihm sagen, sie werde nicht sterben so wie seine Mutter? Oder fragte er nur aus Neugier? Oder hoffte er gar, sie werde sterben? Vielleicht hing ihm das gesunde Essen zum Hals heraus.

»Hast du deinen Lunch heute gegessen, Jack?«, fragte sie.

»Wenn Armageddon kommt, weißt du, und alle Schwangeren sterben …«, begann Jack.

»Herrgott, jetzt reicht's!«, fuhr Patrick dazwischen. »Ich will kein Wort mehr über Armageddon hören. Deshalb hast du nachts Albträume, und deshalb schläfst du im Unterricht ein.«

»Ich hab nicht wirklich geschlafen.« Jack legte das Foto aus der Hand, und Ellen schob ihre Hand über den Tisch und zog die Aufnahme mit einem Finger zu sich. »Ich hab bloß kurz die Augen zugemacht, weil ich mich konzentrieren wollte.«

»Du hast so fest geschlafen, dass sie dich nicht wach gekriegt haben, Kumpel«, erwiderte Patrick.

Er und Ellen hatten gerade das Haus verlassen wollen, als ein Anruf aus der Schule kam. Jack sei mit dem Kopf auf der Tischplatte eingenickt und habe so tief und fest geschlafen, dass sein Lehrer ihn ins Schulkrankenzimmer getragen habe, ohne dass er etwas davon mitbekam. Sie hatten befürchtet, er sei krank, aber er schien bester Dinge und war ganz glücklich, dass der Unterricht für ihn ausgefallen war und er stattdessen mit zur Ultraschalluntersuchung durfte.

»Wahrscheinlich hast du geschnarcht, so laut, dass sich die anderen nicht mehr konzentrieren konnten«, fuhr Patrick fort.

Er hielt den Kopf schief und tat so, als schnarchte er dröhnend.

Jack grinste. »*Du* schnarchst. Ich nicht.«

»Ich? Ich schnarche doch nicht«, protestierte Patrick. »Schnarche ich, Ellen?«

»Nein«, antwortete sie.

Aber er schnarchte tatsächlich, und zwar so sehr, dass sie schon überlegt hatte, mit Ohrstöpseln zu schlafen. Sie nahm die Ultraschallaufnahme in die Hand und betrachtete sie eingehend. Meins, dachte sie. Mein Baby. Mit einem flüchtigen Seitenblick auf Patrick verbesserte sie sich: *Unser* Baby. Das Foto wirkte irgendwie gespenstisch, wie eine Aufnahme von einer übernatürlichen Erscheinung. »Es ist alles so, wie es sein sollte«, hatte die Frau, die die Untersuchung durchgeführt hatte, gesagt. »Meinen Glückwunsch!« Und dann hatte sie hinzugefügt: »Oh, sehen Sie nur! Er oder sie winkt Ihnen!« Sie hatte auf eine winzige Geisterhand gezeigt, und Patrick, Ellen und Jack hatten zurückgewinkt.

»Du schnarchst wie ein Erdbeben!« Jack zeigte mit dem Finger auf Patrick, stützte sich auf seine Ellenbogen und beugte sich weit vor. Das Tischtuch begann zu rutschen. »Du schnarchst wie ein Vulkan!«

»Pass auf, das Tischtuch.« Patrick strich es wieder gerade. »Deine Mum hat mich einmal mit der Videokamera gefilmt, als ich schnarchte. Ich hab mich tatsächlich ein bisschen wie ein brodelnder Vulkan angehört.«

Ding! Die vierte Anspielung auf Colleen innerhalb der letzten Stunde, dachte Ellen. Sosehr sie sich auch bemühte, sie war nicht imstande, es zu ignorieren.

»In Amerika gibt es einen Vulkan, den Yellowstone Super Vulkan«, sagte Jack. »Und wenn der ausbricht – BUMM!« Er hieb mit der Faust so fest auf den Tisch, dass ein Glas mit kleinen Zuckertüten umfiel. »Das ist dann das Ende der Welt. Es kann jeden Augenblick passieren.«

»Wirklich?«, fragte Ellen.

»Das glaube ich nicht«, meinte Patrick. »Wo bleibt denn unsere Pizza? Wir sind am Verhungern, sehen die das nicht? Lass noch mal sehen.« Er nahm Ellen das Foto aus der Hand.

»Hast du von mir auch irgendwo so ein Foto?«, fragte Jack.

»Ja, deine Mum hat es in dein Babyalbum geklebt, weißt du nicht mehr? Du hast es schon gesehen.«

Ding!

O Ellen, hör schon auf damit! Was soll der arme Mann tun? Nicht auf die Fragen seines Sohnes eingehen? So tun, als hätte es Colleen nie gegeben?

»Ich muss aufs Klo«, verkündete Jack und stand auf.

Er ging immer auf die Toilette, wenn sie auswärts aßen. Er nahm das als Vorwand, durch das Restaurant zu streifen und sich umzusehen.

»Ich wette, er bleibt dort drüben stehen, wo man in die Küche gucken kann«, sagte Ellen.

Wie aufs Stichwort hielt Jack inne, mit einem Gesichtsausdruck, als könnte er kein Wässerchen trüben, stellte sich auf Zehenspitzen und lugte, versteckt hinter einer Topfpflanze, in die Küche hinein, wo die Pizzabäcker den Teig hoch in die Luft warfen.

Ellen und Patrick lachten, und ein paar Sekunden lang fühlte es sich so an, als wären beide seine Eltern. »Ein cleverer kleiner Bursche.« Er hob das Foto hoch und betrachtete es. »Wirst du dir auch eines Tages Sorgen wegen Armageddon machen, Kleines? Oder wirst du ein heiter gelassenes, spirituelles Gemüt haben wie deine Mutter?«

»Im Augenblick fühle ich mich nicht unbedingt heiter und gelassen«, versetzte Ellen. »Was für ein Tag! Erst Luisa, die ihr Geld zurückwollte, und dann Ian Roman, der mir droht, meinen ›Laden dichtzumachen‹. Ich glaube, das war der schlimmste Tag in meinem Berufsleben.«

»Ian Roman spielt sich doch nur auf«, erwiderte Patrick. »Mach dir seinetwegen keine Gedanken. Er wird sich bald auf etwas anderes konzentrieren, auf den Kauf eines neuen Fernsehsenders oder was auch immer. Aber sag mal«, fuhr er nach einer kleinen Pause fort, »hypnotisierst du seine Frau wirklich, damit sie sich in ihn verliebt?«

»Unsinn! Natürlich nicht. Ich kann keine Gefühle in jemandem wecken, die nicht echt sind. Rosie bat mich zwar darum, aber ich habe ihr vorgeschlagen, stattdessen an ihrer Selbstachtung zu arbeiten. Man kann nur jemanden lieben, wenn man sich selbst liebt. Ich habe ihr versprochen, ihr dabei zu helfen, so viel Selbstbewusstsein zu entwickeln, dass sie ihn entweder verlassen kann oder aber versucht, eine funktionierende Partnerschaft aus ihrer Beziehung zu machen.«

»Hmm«, machte Patrick mit zweifelnder Miene.

»Was?«

»Na ja, ich weiß nicht so recht. Das klingt ein bisschen … fantastisch.«

Ellen ärgerte sich maßlos über diese Bemerkung. »Ach ja? Hältst du mich jetzt also auch für eine Quacksalberin?«

»Aber nein, keineswegs. Schau, ich bin nur ein einfacher Vermessungsingenieur. Ein Mann des Bodens. Ich habe doch nicht die geringste Ahnung, wovon ich spreche.«

»Hmm«, brummte Ellen.

»Themenwechsel, schnell! Was sagst du zu unserem wunderschönen Baby, hm?« Er reichte ihr das Foto, und Ellen musste unwillkürlich lächeln.

Einen Augenblick später fragte Patrick leise und in verändertem Tonfall: »Hast du sie gesehen?«

Ellen wusste genau, wen er meinte. Den Blick auf das Foto gerichtet, antwortete sie: »Ja.«

»Ich muss etwas unternehmen«, murmelte Patrick. »Jetzt, wo das Baby unterwegs ist … Ich habe sie nie für gefährlich gehalten, aber heute hat sie, ich weiß auch nicht, völlig neben der Spur gewirkt. Noch abgedrehter als sonst.«

Ellen musste an Luisa denken, wie sie vor Kummer und Neid auf Ellens Schwangerschaft völlig die Kontrolle über sich verloren hatte. Dann sah sie Saskias Gesicht vor sich, als sie den Wartesaal betreten hatte. Ellen hatte sie sofort gesehen. Sie hatte einen hektischen, gehetzten Eindruck gemacht, so als dürfte sie auf keinen Fall ihren Flug verpassen.

»Hat sich Saskia ein Kind von dir gewünscht?«, fragte sie unvermittelt.

»Und wenn es so wäre?«, brauste Patrick auf. »Das ist doch keine Entschuldigung für ihr Verhalten!«

»Ich dachte nur«, murmelte Ellen. *Ich möchte es doch nur verstehen.*

»Eine Familienpizza extragroß?«, fragte die Kellnerin.

Als sie zu Hause waren, hörte Ellen ihre Mailbox ab. Eine Nachricht von einer Journalistin namens Lisa Hamilton war darauf. Sie schreibe für die *Daily News* eine Reportage über Hypnotherapie und ihre »angeblichen Erfolge« und habe sich mit einigen von Ellens Patienten unterhalten. »Ich dachte, Sie möchten vielleicht zu den vorgebrachten Behauptungen Stellung beziehen«, sagte sie.

Ihre Stimme war kalt und scharf, sie sprach mit Bestimmtheit und Nachdruck und einem schwachen Unterton von Feindseligkeit.

Ellen legte das Telefon aus der Hand.

»Alles in Ordnung?«, fragte Patrick.

»Du erinnerst dich, dass Ian Roman mir gedroht hat, meinen Laden dichtzumachen? Ich glaube, ich weiß jetzt, wie er das anstellen will.«

21

Träume sind der Königsweg ins Unbewusste.
Sigmund Freud, 1900

»Wie heißt doch dieser Spruch? Besser schlechte Reklame als gar keine Reklame?«, sagte Patrick, als er ins Schlafzimmer kam.

Ellen war schon im Bett, und Patrick hatte noch einmal nach Jack gesehen.

»Auf die Art von Reklame kann ich verzichten«, erwiderte Ellen.

Sie hatte die Journalistin zurückgerufen und einen Termin für den folgenden Tag um elf Uhr mit ihr vereinbart. Im Lauf der Jahre hatte sie viele Gespräche mit Journalisten geführt und freute sich normalerweise darauf. Seit sie ein paar Jahre zuvor ein Seminar über »Wie vermarkte ich mich als HypnotherapeutIn« besucht hatte, suchte sie selbst nach Gelegenheiten, sich an die Öffentlichkeit zu wenden. Jedes Jahr im Dezember riefen Journalisten bei ihr an, die aus Anlass des Jahreswechsels Artikel wie »Wie Sie Ihre guten Vorsätze einhalten: Wir fragen unsere Experten!« verfassten. Für Zeitschriften über gesundes Leben war sie zum Thema Abnehmen interviewt worden und für Wirtschaftsmagazine zum Thema Redeangst und wie man sie überwinden konnte. Sie schrieb regelmäßig Beiträge für die wöchentliche »Geistig-fit-und-gesund«-Kolumne in ihrer Lokalzeitung, sie war Stammgast in verschiedenen vormittäglichen Radiosendungen und sogar schon ein paarmal im Fernsehen aufgetreten.

Die Journalisten, mit denen sie zu tun hatte, waren vielleicht nicht immer respektvoll gewesen, aber stets freundlich und interessiert. Sie gehörte zu den angenehmen Nachrichten. Zu den Themen, die einen menschlich ansprachen. Zu der Unterhaltungsbeilage vor allem für das weibliche Publikum. Keiner der Reporter maß ihren Worten allzu große Bedeutung bei. Im Grunde glaubten sie nicht *wirklich* an Hypnose, aber egal. Was machte das schon?

Aber als sie mit Lisa Hamilton sprach, wusste Ellen sofort, dass das Interview mit ihr sehr viel anders verlaufen würde als alle bisherigen. Als sie – auf Verständnis hoffend – erwähnt hatte, dass sie schwanger war und an morgendlicher Übelkeit litt und deshalb einen etwas späteren Gesprächstermin begrüßen würde, hatte Lisas Stimme keine Spur von Mitgefühl verraten. Sie war definitiv nicht der Mensch, der auf charmant machen würde, um Ellen irgendwelche Geständnisse zu entlocken. Wenn sie Ellen in ihrem Artikel fertigmachen wollte, musste sie sie hassen.

Ellen hatte keine Erfahrung darin, gehasst zu werden.

Das trug nicht dazu bei, ihre Übelkeit zu lindern.

»Ich erinnere mich, dass Colleen einmal sagte, sie hätte es nicht tragisch gefunden, wenn eines ihrer Produkte schlecht angekommen sei, weil das, was den Leuten im Kopf blieb, nur der Name des Produkts sei.« Patrick schlug die Bettdecke zurück und ließ sich ins Bett fallen.

Colleen war Marketingassistentin gewesen. Ellen fragte sich, ob sie es sich nur einbildete oder ob Patricks Gesicht tatsächlich einen zärtlichen Ausdruck bekam, sooft er von Colleen sprach, ganz so, wie das Gesicht ihres Vaters einen zärtlichen Ausdruck angenommen hatte, als er von seinen richtigen Kindern erzählt hatte.

Und wenn es so wäre?

(Und was genau meinte sie eigentlich mit »richtige Kinder«? Wie trotzig und dumm von ihr und wie klar auf der Hand liegend! Sie tat gerade so, als hätte ihr Vater sie im Stich gelassen. Dachte sie das unbewusst? Eigentlich hielt sie ihr Unterbewusstsein für reifer.)

»Ich bin kein Produkt«, erwiderte sie. Andererseits war den

Teilnehmern des Marketingseminars, das sie besucht hatte, ans Herz gelegt worden, sich als »Markenprodukt« zu betrachten.

»Du weißt schon, wie ich es meine. Ich möchte nur nicht, dass du dich wegen nichts und wieder nichts aufregst. Vielleicht hat die Anfrage überhaupt nichts mit Ian ›Ich-hab-den-Größten‹ Roman zu tun.«

»Die Zeitung gehört ihm«, entgegnete Ellen. »Ich hab im Internet nachgeschaut. Das kann kein Zufall sein.«

»Hast du schon mit seiner Frau gesprochen?«, fragte Patrick. »Sie ist diejenige, die die Lawine losgetreten hat, soll sie die Sache doch in Ordnung bringen.«

»Ich habe zwei Nachrichten hinterlassen. Aber ich glaube sowieso nicht, dass sie jetzt noch irgendetwas tun könnte. Er hat mich im Visier.« Ellen runzelte die Stirn. »Habe ich gerade gesagt: Er hat mich im Visier? Ich kann nicht glauben, dass ich das gesagt habe!«

Patrick antwortete nicht. Auf dem Rücken liegend, hielt er sein Blackberry in beiden Händen. Er war süchtig danach. Ellen musste jedes Mal lachen, wenn er sich beklagte, Jack würde zu viel Zeit mit seiner Spielkonsole verbringen.

»Himmel Herrgott!« Er fuhr hoch.

»Was ist?«, fragte Ellen und dachte sofort: Saskia.

»Dieser Dreckskerl will mich verklagen!«

»Welcher Dreckskerl?«

Patrick starrte fassungslos auf das Display. »Dieser Kunde, der sich weigert zu bezahlen.« Wütend drückte er mit beiden Daumen auf die Tasten. »Ich habe ihm heute über meinen Anwalt eine Zahlungsaufforderung zustellen lassen. Und jetzt will er sich nicht nur vor dem Zahlen drücken, sondern droht mir mit einer Klage, weil wir zu lange gebraucht haben! Das ist ein Witz!«

»Das ist wahrscheinlich nur ein, wie sagt man, ein Gegenzug.«

»Ich glaub's einfach nicht! So eine Unverfrorenheit!« Patrick war vor ohnmächtiger Wut beinahe vollkommen erstarrt. »Dem Kerl konnte es gar nicht schnell genug gehen. Wir haben seinetwegen Überstunden gemacht. Ich habe eins von Jacks Fußballturnieren wegen dieses Arschlochs sausen lassen, und jetzt besitzt er die Frechheit, mir an den Kopf zu werfen, wir hätten zu lange für den Job gebraucht!«

»Dein Anwalt wird schon wissen, was zu tun ist«, sagte Ellen besänftigend.

Patricks rasender Zorn machte Ellen nervös. Einen aufgebrachten Mann hatte sie immer schon als beängstigend empfunden. Seine Wut hatte so etwas Körperliches.

»Ruf ihn gleich morgen früh an«, fügte sie hinzu.

»Ja.« Patrick schaltete sein Blackberry aus, tat einen tiefen Atemzug und sah Ellen an. »Das war kein besonders guter Tag für uns beide, hm?«

Sie zeigte auf ihren Bauch. »Psst! Das war ein besonders guter Tag, weißt du nicht mehr?«

Er legte seine Hand kurz auf ihren Bauch. »Das war es, du hast recht.«

Nachdem er sein Blackberry auf das Nachttischchen gelegt hatte, zog er die Bettdecke hoch und deckte Ellen damit zu.

»Flaches Kissen.«

»Upps!«, sagte Ellen. Sie tauschten ihre Kopfkissen.

Sie knipsten gleichzeitig ihre Nachttischlampen aus und legten sich Rücken an Rücken nebeneinander. Patrick tippte ihr sachte mit seiner Ferse ans Bein, um ihr eine Gute Nacht zu wünschen, und Ellen erwiderte die Geste.

Sie waren noch kein halbes Jahr zusammen, aber schon hatten sie ihre eigenen kleinen Rituale entwickelt, ihre eigenen Gewohnheiten und Bräuche. Es war, als ob jedes Paar, das sich neu zusammenfand, ein neues gemeinsames Reich erschuf.

Saskia war nicht bereit, sich aus ihrem Reich vertreiben zu lassen.

Ellen schloss die Augen. Sofort sah sie Ian Romans Gesicht vor sich, als hätte er hinter einem Vorhang gelauert und nur darauf gewartet hervorzuspringen, sobald sie die Augen zumachte.

Ich werde Sie fertigmachen. Ich werde dafür sorgen, dass Sie Ihren Laden dichtmachen können.

Das konnte er doch nicht wirklich, oder? Sie würde wegen eines gehässigen Artikels doch nicht all ihre Patienten verlieren, oder? Sie würde das Vertrauen, das sie sich jahrelang erarbeitet hatte, doch nicht über Nacht einbüßen, oder? Alles nur wegen eines einzigen Artikels? Und wie schlimm konnte dieser eine Artikel schon werden? Sie war doch keine heimtückische Hochstaplerin. Sie hatte nichts Unrechtes getan. Sie würden sich doch nicht einfach irgendetwas aus den Fingern saugen, oder? Das war doch nicht möglich?

Und ob das möglich war. Sie dachte an all die Promi-Nachrichten, die verkündet hatten, Jennifer Aniston und Brad Pitt würden sich wieder versöhnen, obwohl das ganz klar nicht der Fall war. Aber sie war keine Prominente. Niemand interessierte sich für ihr Leben, während sich alle wünschten, dass Brad und Jennifer wieder zusammenkamen. Deshalb wurden solche Nachrichten in die Welt gesetzt – weil es das war, was die Leute hören wollten.

(Sie selbst wünschte sich ja auch, dass Brad und Jennifer wieder ein Paar wurden.)

Diese Lisa Hamilton würde doch sicherlich so viel berufliche Integrität haben, dass sie nicht nur mit Luisa, sondern auch mit anderen Patienten von Ellen sprach. Oder ließ man ihr vielleicht gar keine Wahl? Hatte Ian Roman sie angerufen und ihr klipp und klar gesagt: »Entweder Sie machen diese Frau fertig, oder Sie sind Ihren Job los«?

Und die arme Journalistin hatte einen Ehemann, der sie schlug, und drei kleine Kinder, von denen eines auf eine Organspende angewiesen war, was eine teure Operation bedeutete, deshalb durfte sie ihren Job auf gar keinen Fall verlieren. Ellen musste also geopfert werden.

Okay, vielleicht ging jetzt auch ihre Fantasie mit ihr durch.

»Kannst du nicht schlafen?« Patricks Stimme klang laut in der nächtlichen Stille.

»Nein.«

»Ich auch nicht.«

Er knipste das Licht wieder an. »Soll ich uns ein Glas Milch holen? Oder lieber einen Tee?«

»Nein, danke«, erwiderte Ellen gähnend. Sie setzte sich auf.

»Wie wär's mit Sex?«, fragte er ohne große Begeisterung.

Sie lachte. »Mir ist offen gestanden nicht danach zumute.«

»Mir auch nicht«, gestand er. »Ich glaube, ich werde diesem Kunden eine gepfefferte E-Mail schreiben. Oder irgendetwas kurz und klein schlagen. Oder eine Runde um den Block laufen.«

»Komm, machen wir eine Entspannungsübung«, schlug sie vor. Die Ablenkung würde ihr guttun.

»Das ist zu anstrengend für dich. Du hast doch schon genug um die Ohren.«

»Das macht mir nichts aus«, erwiderte sie. »Ich gerate dabei selbst in Trance.«

»O Gott, ich danke dir, ich hab mich nicht getraut, dich darum zu bitten«, entgegnete Patrick seufzend. »Kaum zu glauben, wie abhängig ich davon geworden bin.«

Zehn Minuten später war er in Trance, und Ellen selbst befand sich in jenem angenehmen fließenden Zustand, in den sie sich jedes Mal, wenn sie Patrick hypnotisierte, versetzte.

»Ich möchte, dass du in eine Zeit zurückkehrst, als du vollkommen entspannt warst. Lange bevor du dem Druck der beruflichen Selbstständigkeit ausgesetzt warst. Denk an eine Zeit, als du gelöst und glücklich warst. Bist du schon dort?«

Er nickte.

»Wo bist du jetzt?«

»In den Flitterwochen«, antwortete Patrick nuschelnd und benommen, wie unter dem Einfluss von Medikamenten.

Ellen erstarrte.

Hör sofort auf, sagte Flynns Stimme in ihrem Kopf. Ellen überlegte. Unschlüssig lauschte sie auf Patricks tiefe, regelmäßige Atemzüge. *Frag ihn*, sagte Danny. *Frag ihn, was du wissen möchtest.*

»Was machst du?«, fragte sie Patrick. Eine harmlose Frage.

Im weichen Lampenlicht sah er zehn Jahre jünger aus. Die senkrechten Falten zwischen seinen Augen hatten sich geglättet, seine Wangen wirkten voller.

»Wir schnorcheln«, antwortete er.

»Du und Colleen«, sagte Ellen, um ganz sicherzugehen.

Wer denn sonst?, schnaubte Julia in ihrem Kopf. *Was für ein Blödsinn*, bemerkte ihre Mutter. *Das ist keine Zeitreise. Er schildert dir lediglich eine Erinnerung.*

»Ja. Es ist fantastisch.« Patrick lächelte. »Col hat einen blauen Bikini an.«

»Tatsächlich?«, murmelte Ellen.

»Sie sieht einfach hinreißend aus.«

»Das ist schön«, sagte Ellen matt, und in ihrem Kopf wollte sich Julia schier ausschütten vor Lachen. *Das hast du jetzt davon, du blöde Gans!*

Das ist höchst unprofessionell, sagte Flynn.

»Beschreibe mir deine Gefühle«, bat Ellen, in der Hoffnung, Patrick werde sich wieder auf das Wesentliche konzentrieren.

»Ich habe noch nie geschnorchelt. Alles fühlt sich wie in Zeitlupe an, und es ist ganz still hier unten, ich kann mich atmen hören, sonst nichts. Die Korallen sind – oh, ich muss es ihr unbedingt sagen!«

Sein Gesicht veränderte sich. Die Falten traten wieder hervor, zogen seine Wangen nach unten.

»Was? Was musst du ihr sagen?«, fragte Ellen.

Es kam vor, dass eine schlichte Entspannungsübung unterdrückte negative Gefühle heraufbeschwor. Bei Patrick war das noch nie passiert; es hätte nicht bei ihm passieren dürfen. Das war keine richtige Hypnosesitzung, die Übung hätte ihm nur helfen sollen, seine Sorgen zu vergessen, damit er einschlafen konnte.

Und genau das ist der Grund, warum wir dringend davon abraten, den eigenen Partner zu hypnotisieren, sagte Flynn.

»Dass sie zum Arzt gehen soll! Jetzt. Jetzt sofort! Wir müssen zum Arzt und ihn aufhalten, den Krebs, bevor es zu spät ist.« Patricks Hand krallte sich ins Bettlaken, lockerte sich wieder, verkrampfte sich von Neuem. »Sie ist ja so *dumm*, so *dickköpfig*. Sie hat den Knoten gefühlt und nichts gesagt, kein Wort, monatelang, sie hat gehofft, da sei nichts, er werde von allein wieder weggehen. So wie sie immer hofft, die Ölkontrollleuchte im Auto würde von allein wieder aufhören zu blinken. Himmel Herrgott! Du dumme Kuh, habe ich zu ihr gesagt. Du selten dumme Kuh! Da hat sie geweint. Das wollte ich nicht. Aber sie hat doch eine Verantwortung. Jack gegenüber. *Mir* gegenüber.«

Sein Gesicht war verzerrt vor Kummer und Schmerz.

»Es ist Zeit, diese Erinnerung loszulassen«, sagte Ellen. Ihrer Stimme fehlte die nötige Autorität. Sie hörte sich wie eine Anfängerin an, zitternd und gezwungen.

»Ich werde nie eine andere Frau so sehr lieben wie sie.«

»Ich zähle jetzt bis fünf«, sagte Ellen.

»Ich sehe Ellen an«, fuhr Patrick fort.

Ihr stockte der Atem.

»Und ich denke: Es ist nicht das Gleiche. Es ist einfach nicht das Gleiche.«

Die drei gingen in den Raum zur Ultraschallaufnahme, und ich saß da und konnte nicht aufhören zu weinen. Ich musste gehen. Ich machte mich lächerlich. Eine Frau trat hinter dem Aufnahmeschalter hervor und kam mit freundlicher, aber resoluter Miene auf mich zu, mit einem Ausdruck, der besagen wollte: Ich fühle ja mit Ihnen, aber hören Sie verdammt noch mal endlich auf zu weinen!

Die Leute, die hierherkommen, vergießen wahrscheinlich nicht immer nur Freudentränen. Eine Ultraschalluntersuchung bedeutet nicht unweigerlich gute Nachrichten. Die Frau nahm wohl an, ich hätte mein Baby verloren.

Was hätte ich ihr sagen können? Nein, ich war noch nie schwanger, aber ich habe meinen Stiefsohn verloren. Zählt das auch?

Es ist der bildhübsche Junge dort, der seiner neuen Stiefmutter gerade mit ihrer Handtasche hilft. Er sieht müde aus. Ich glaube, sie ernährt ihn nicht richtig. Zu viel Tofu und Linsen, zu wenig Proteine. Ich habe zwar kein richtiges Baby verloren, aber mein Traumbaby, weil dieser Mann dort drüben aufgehört hat, mich zu lieben, und jetzt bin ich zu alt, und er hat eine andere gefunden, eine Jüngere, Nettere.

Nein, das zählt definitiv nicht, würde die Antwort lauten. Hören Sie auf, sich zum Narren zu machen. Etwas mehr Würde, bitte. Etwas mehr Selbstachtung!

Eine berechtigte Forderung.

Als ich im Lift nach unten fuhr, weinte ich immer noch, verspürte aber keine Gefühlsregung mehr. Die Tränen waren wie das Symptom einer seltsamen Krankheit. Ich wartete einfach darauf, dass sie versiegten.

Auf dem Weg zu meinem Auto wurden die Schmerzen in meinem Bein plötzlich unerträglich. Um in Ellens Bildern zu sprechen: Es war, als hätte jemand den Herdschalter schlagartig auf die höchste Stufe gedreht.

Ich konnte keinen Schritt mehr gehen. Ich musste mich hinsetzen. Ich schaute mich nach einer Bushaltestelle mit einer Bank oder nach einem Mäuerchen um, konnte aber weder das eine noch das andere entdecken, und so ließ ich mich einfach auf den Bordstein fallen, wie eine Betrunkene. Ich konnte nicht glauben, dass ich noch vor einer halben Stunde erfolgreich mit Bauunternehmern verhandelt hatte, und jetzt saß ich heulend am Rinnstein.

Ein Mann, der sein Auto gerade unmittelbar vor mir am Straßenrand abgestellt hatte, kam zu mir und fragte, ob alles in Ordnung sei. Er dürfte Ende sechzig gewesen sein und hatte ein freundliches, wind- und wettergegerbtes Gesicht, wie ein Mann aus dem Outback. Er erinnerte mich an Patricks Vater. Er dachte, ich hätte mir den Knöchel verstaucht, und sagte, ich müsse ihn unbedingt hochlegen und dass er mir Eis zum Kühlen holen wolle. Ich konnte ihn erst nach einer ganzen Weile davon überzeugen, dass meinem Knöchel nichts fehlte. Ich hätte unerklärliche Schmerzen im Bein, die auf keine Behandlung ansprachen, erklärte ich ihm, und ich weinte nicht wegen der Schmerzen, sondern aus »privaten Gründen«. Da zog er seine Brieftasche hervor und nahm eine Karte heraus. Im ersten Augenblick dachte ich, er wolle mir die Adresse eines Psychiaters geben, aber er sagte: »Der Mann ist ein erstklassiger Physiotherapeut. Ich hatte vor ein paar Monaten fürchterliche Rückenschmerzen. Nicht auszuhalten. So schlimm, dass es *mir* fast die Tränen in die Augen getrieben hätte. Aber der Typ hat es wieder hingekriegt. Mein Rücken ist so gut wie neu!«

Ich bedankte mich und sparte mir die Mühe, ihm zu erklären, dass ich bereits bei sieben verschiedenen Physiotherapeuten gewesen war und keine Lust hatte, noch mehr Geld zum Fenster hinauszuwerfen.

»Nehmen Sie ein starkes Schmerzmittel bis dahin«, fuhr er fort. »Und vergessen Sie diesen Trottel! Er hat Ihnen den Laufpass gegeben, stimmt's? Eine andere Mutter hat auch einen netten Sohn für so ein Prachtmädel wie Sie!« Er tätschelte mir unbeholfen die Schulter. Plötzlich schien er peinlich berührt, als ob er fürchtete, sich danebenbenommen zu haben. Er richtete sich schnell auf, und seine Kniegelenke knackten laut. Vielleicht ein Fall für seinen erstklassigen Physiotherapeuten.

So nette Leute! Wie kommt es, dass sie so nett sind? Und wie schaffen sie es, so nett zu bleiben? Immerzu lächeln und Anteil nehmen und sich kümmern? Es muss doch anstrengend und zeitraubend sein, ständig nach Fremden in Not Ausschau zu halten.

Ich sah dem Mann nach und dachte zum ersten Mal seit vielen Jahren: Es muss schön sein, einen Vater zu haben.

Ich wette, Ellen hat einen reizenden Vater, einen Daddy, der sie auf seinen Knien hüpfen ließ und sie »meine Prinzessin« nannte. Sie sieht aus wie jemand, der von seinem Vater abgöttisch geliebt wurde.

Ich rief von meinem Platz an der Gosse im Büro an und teilte den Kollegen mit, ich würde den Rest des Tages von zu Hause aus arbeiten.

Irgendwie schaffte ich es, zu meinem Auto zu humpeln. Zu Hause angekommen, befolgte ich den Rat des netten väterlichen Fremden und nahm zwei starke Schmerztabletten. Es dauerte nicht lange, bis ich einschlief. Als ich aufwachte, waren der Junge und das Mädchen von der netten Familie nebenan aus der Schule zurück und spielten im Garten hinter dem Haus. Ich versuchte zu arbeiten, aber mir war schwindlig und ganz komisch im Kopf, und der Lärm der Kinder lenkte mich immer wieder ab. Dafür, dass sie nette Kinder waren, spielten sie nicht sonderlich nett miteinander. Es hörte sich nach einer zerstörerischen Beziehung an: Erst lachten und sangen sie, eine Sekunde später war Gebrüll und Gekreische zu hören: »Nicht! Lass das!« Ich hatte immer gedacht, die Kinder heutzutage spielten nur noch drinnen mit ihren Computerspielen.

Irgendwann gab ich es auf, arbeiten zu wollen. Stattdessen machte ich eine Flasche Rotwein auf. Ich wollte auf Patricks Baby anstoßen.

Das war ein Fehler. Ich habe noch nie viel Alkohol vertragen.

Ellen träumte.

Ihre Träume waren lebhaft und endlos lang und kräftezehrend. Sie wusste, dass sie träumte, und sie versuchte immer wieder aufzuwachen, um dem Traum zu entkommen. Manchmal gelang es ihr. Dann fand sie sich in der Wirklichkeit ihres dunklen Schlafzimmers wieder, drehte sich auf die andere Seite, um ihr Kissen zurechtzudrücken, stieß Patrick an, damit er aufhörte zu schnarchen. Doch ehe sie sich versah, war sie schon wieder eingeschlafen und stürzte kopfüber in einen Abgrund wirbelnder Gedanken und Gesichter und Geräusche.

Ihre Mutter und ihre Patentanten liefen nackt einen Strand entlang und lachten dabei wie Schulmädchen, auf eine Art und Weise, dass Ellen sich immer wie das fünfte Rad am Wagen vorkam.

»Die geben doch bloß an«, sagte sie zu ihrem Vater, der am Strand

neben ihr saß, glücklicherweise vollständig angezogen, in Anzug und Krawatte. Er hatte einen Spritzer Soße von seinem marokkanischen Hühnchen-Wrap an der Lippe.

Ellen sagte: »Die Beziehung eines Mädchens zu seinem Vater prägt alle künftigen Beziehungen zu Männern.« Sie war ganz stolz, so als hätte sie eine unglaublich scharfsinnige, ironische, geistreiche Bemerkung gemacht.

Ihr Vater las jetzt die Zeitung. Er warf Ellen einen kurzen Blick zu, seine Miene spiegelte unverhohlenen Abscheu wider. »In diesem Artikel geht es um dich.«

»Es stimmt nicht, was sie über mich schreiben«, erwiderte Ellen. Sie schämte sich entsetzlich und fühlte sich zutiefst verletzt.

»Doch, es stimmt«, widersprach ein Mädchen, das vor Ellen saß und mit einem gelben Spaten eine Sandburg in Form klopfte.

»Colleen!«, rief Ellen aus. Patricks Exfrau! Sie würde über alle Maßen nett zu ihr sein, weil sie nun einmal so ein Mensch war. »Wie geht es Ihnen?«

Sie überlegte, welches Gesprächsthema Colleen interessieren könnte. »Ich habe gehört, Sie haben Ihr Brautkleid selbst genäht. Sie müssen ja unglaublich talentiert sein!«

»Sei nicht so herablassend«, sagte Julia und hob den Kopf. Sie lag auf einem Handtuch auf dem Bauch in der Sonne.

»Sie hätte nicht schwanger werden dürfen«, sagte Colleen zu Julia. »Das war unmoralisch von ihr.«

»Kann sein.« Julia gähnte. »Aber sie meint es ja nur gut.«

»Es war unmoralisch, weil er mich immer noch liebt«, fügte Colleen selbstgefällig hinzu.

»Aber Sie sind doch tot!«, schrie Ellen, weil es ihr plötzlich wieder eingefallen war. Wie konnte diese Person ihr ihre Schwangerschaft vorwerfen, wo sie doch tot war?

»Sie sind sehr hübsch«, sagte ihr Vater zu Colleen.

Colleen neigte kokett den Kopf. »Vielen Dank, David.«

»Nun, ihr müsst schon entschuldigen, dass ich schwanger geworden bin«, jammerte Ellen. Sie war eifersüchtig, weil ihr Vater Colleen ein

Kompliment gemacht hatte. Sie wusste, dass sie sich kindisch benahm, aber sie konnte einfach nicht anders. Sie griff mit beiden Händen in den Sand und warf ihn sich ins Gesicht, immer wieder. »Wie kann ich es wiedergutmachen? Sagt mir, wie?«

»Ellen! Hör auf! Du machst dich ja lächerlich«, sagte Madeline. Sie saß auf dem alten Sofa, das in der Wohnung stand, die sie sich geteilt hatten.

»Hast du das gehört?«, fragte Patrick. Ellen schreckte aus ihrem Traum auf. Er saß aufrecht im Bett und rieb sich verschlafen die Augen.

»Das ist bloß der Wind«, murmelte Ellen.

Der Wind heulte ums Haus und rüttelte an den Fenstern. Sie setzte sich ebenfalls auf und griff nach dem Wasserglas auf dem Nachttischchen.

»Oh. Entschuldige«, sagte Patrick und legte sich wieder hin.

Ellen setzte das Glas an die Lippen. Es war leer. Sie konnte sich nicht erinnern, es ausgetrunken zu haben. Sie schaute auf die Uhr. Erst vier Uhr. Die Nacht schien gar kein Ende nehmen zu wollen.

»Ich träume ein seltsames Zeug«, sagte sie.

Ein dumpfer Schlag. Ein Ast, vielleicht auch irgendetwas anderes, war auf das Dach geschleudert worden.

»Ich auch«, sagte Patrick. »Muss am Wind liegen.«

»Du hast da etwas gesagt, als wir die Entspannungsübung machten«, begann Ellen.

»Hmm?«

»Über Colleen.«

Sie wartete, aber Patrick begann erneut zu schnarchen.

Sie legte sich wieder hin. Und träumte weiter.

Es war ihr Hochzeitstag, sie schritt im Brautkleid ihrer Großmutter zum Traualtar. Sie hatte ihre Hand ausgestreckt und trug ihr Baby auf der Handfläche. Es war so groß wie eine Perle und rollte hin und her.

»Halten Sie Ihre Hand gerade! Sie werden es noch fallen lassen!«, fauchte jemand. Ellen drehte den Kopf und sah, dass es Luisa, ihre

Patientin, war. Sie hatte einen großen Hut auf. »Sie haben ja keine Ahnung von Babys! Ich sollte diejenige sein, die ein Kind erwartet! Geben Sie es sofort her!«

»Ich habe Ihnen Ihr Geld zurückgegeben«, erwiderte Ellen schroff. »Mehr kann ich nicht tun. Ich bin ein guter Mensch.«

Sie ging weiter. Patrick stand ganz vorne, das Gesicht von ihr abgewandt. Dann drehte er sich zu ihr um, und sie lächelte ihm zu. Doch seine Miene verzerrte sich vor Wut.

»Lass mich endlich in Ruhe!«, schrie er. Seine Stimme hallte in der Kirche wider. »Es ist aus! Kapierst du das nicht? Ich habe dich nie geliebt!«

Ellen war im Innersten getroffen. »Patrick, ich bin's doch! Ich bin nicht Saskia!« Sie bemühte sich um einen heiteren, fröhlichen Tonfall, schließlich war es ihre Hochzeit, aber sie musste schreien, damit Patrick da vorne sie hören konnte, denn der Mittelgang war auf einmal so lang wie die Start- und Landebahn eines Flughafens.

»Lass mich in Ruhe!«, brüllte Patrick noch einmal.

»Ich glaube, er liebt dich nicht mehr, mein Schatz«, sagte ihre Mutter.

Sie und Ellens Patentanten sahen in ihren rosaroten Taftkleidern mit den üppigen Schultern und den Schleifen aus wie Brautjungfern aus den Achtzigerjahren.

»Männer!«, meinte Pip. »Wer braucht sie schon? Kommt, besaufen wir uns.«

»Du wirst jemand anders kennenlernen«, tröstete Mel.

»Ich habe ihn sowieso nicht so besonders gemocht«, schniefte Ellens Mutter.

»Er denkt, ich wäre Saskia«, sagte Ellen verwundert. »Das ist sicher bloß eine Verwechslung.«

Aber so ganz sicher war sie sich nicht. War wirklich sie diejenige gewesen, die Patrick die ganze Zeit über verfolgt und terrorisiert hatte?

»Du hast mich hypnotisiert, damit ich diese Kartons wegräume!«, schrie Patrick. »Du hast mich manipuliert!«

»Es tut mir leid!«, jammerte Ellen.

Er gab ihr den Laufpass. Diese Beziehung würde in die Brüche gehen, genau wie alle anderen Beziehungen davor. Sie würde dieses Baby allein großziehen müssen, und es war doch so winzig klein! Sie schloss ihre Hand vorsichtig um die Baby-Perle und lief los, aber sie hatte plötzlich keinen Boden mehr unter den Füßen, ihre Beine sackten unter ihr weg, so als wäre sie über den Rand einer Klippe gerannt.

Ellen schlug die Augen auf.

Sie wusste nicht, ob es noch Nacht oder schon Morgen war; ein seltsames, unheimliches orangegelbes Licht erfüllte das Schlafzimmer.

Es war wie ein Feuerschein, aber es roch nicht nach Rauch. Sie konnte Patricks rasselnden Atem hören – nicht ganz ein Schnarchen – und den hohlen, rhythmischen Schlag der Wellen.

Und sie hörte oder spürte noch etwas anderes. Etwas, das nicht stimmte.

Eine längliche, dunkle Gestalt zeichnete sich am Fußende des Bettes ab. Ellen starrte mit wild klopfendem Herzen darauf. Sie wartete, bis sich ihre Augen an das Zwielicht gewöhnt hatten und aus den Umrissen etwas Vertrautes geworden war, ein Stuhl vielleicht oder ein Morgenmantel, der an der Tür hing.

Es bewegte sich.

Ellens Lungen füllten sich mit Luft, bis sie fast zerbarsten.

Da stand eine Frau am Fußende des Bettes und beobachtete sie beim Schlafen. Ellen stieß sich mit den Ellenbogen ab und prallte mit dem Kopf gegen das Kopfende.

Colleen. Colleen ist von den Toten zurückgekehrt, weil sie ihren Mann zurückwill!

»Was ist?«, nuschelte Patrick schlaftrunken.

Er setzte sich auf und rieb sich mit den Handballen die Augen. Als er die Hände wieder heruntergenommen hatte, erstarrte er eine Sekunde lang, schleuderte dann die Bettdecke zurück und bewegte sich auf Händen und Knien, so schnell er konnte, quer durch das Bett.

»Raus hier!«, brüllte er. »Mach, dass du *rauskommst*!«

Das war nicht Colleen. Es war Saskia. Sie hatte eine Schlafanzughose an und ein Fußballtrikot. Sie war barfuß, und ihre nassen Haare klebten ihr am Kopf.

»Patrick«, sagte sie und wich zurück, als er nach ihr greifen wollte. »Ich wollte doch nur …«

Patrick fiel aus dem Bett und landete unsanft, Arme und Beine gespreizt, auf dem Fußboden.

Ellens Blick fiel auf etwas, das Saskia in der Hand hielt. Die Ultraschallaufnahmen, die sie auf dem Küchentisch hatten liegen lassen.

»Hey!«, brüllte Ellen. Sie erkannte ihre eigene Stimme nicht wieder. Sie klang wie die eines Fuhrunternehmers. »Gib sie sofort zurück!«

Sie kletterte aus dem Bett und ging auf Saskia zu. »Sie gehören *mir*!«

Aus dem Flur war ein schriller Schreckensschrei zu hören: »Daddy!«

»Jack!« Saskia drehte sich halb zur Tür hin.

Patrick rappelte sich auf, packte Saskia bei den Armen und riss sie vom Boden hoch, als wollte er sie gegen die Wand schmettern. Die Ultraschallfotos fielen ihr aus der Hand und flatterten auf den Boden. Ellen sah, dass Patrick am ganzen Körper zitterte, sein Blick war glasig und starr, der Blick eines Irren.

Er wird sie umbringen, dachte sie. Ich muss ihn davon abhalten.

Während sie Patrick am T-Shirt zurückzuzerren versuchte, wand sich Saskia in seinem Griff, bis es ihr gelang, ihre Hände in den Halsausschnitt seines T-Shirts zu krallen.

»Ich will es dir doch nur erklären!«, wimmerte sie.

Patrick hatte seinen Griff gelockert. Er packte Saskias Hände und riss sie von seinem Hals herunter. Sie sank kraftlos zu Boden.

»Dad!«, kreischte Jack. »Ellen! Was ist denn los?«

»Verschwinde!« Patrick zerrte Saskia auf die Füße. »Raus! Hau ab!«

»Es tut mir leid!«, schluchzte sie.

Sie ließ sich gegen Patricks Brust fallen, während Ellen hinter ihm immer noch sein T-Shirt umklammert hielt, und so stolperten sie alle drei in den Flur hinaus.

Draußen dämmerte der Morgen herauf. Durch die offene Tür ihres Arbeitszimmers direkt gegenüber dem Schlafzimmer konnte Ellen normalerweise den Strand und das Meer sehen. Aber an diesem Tag war alles in einen apokalyptisch orangeroten Dunst gehüllt. Gelbes Licht fiel ins Haus. Ellen ließ Patricks T-Shirt los und starrte hinaus.

Was war das? War ein Krieg ausgebrochen?

»Daddy! Das ist Armageddon!«

Ellen wandte den Blick von der unheimlichen Szenerie draußen ab und drehte im gleichen Moment den Kopf, als Patrick Saskia von sich schleuderte und Jack im Schlafanzug durch den Flur gerannt kam, die Augen weit aufgerissen vor Angst und Entsetzen.

Saskia strauchelte und ruderte Halt suchend mit den Armen. Ihre Hand bekam Jacks Schlafanzugjacke zu fassen, und beide verloren das Gleichgewicht und stürzten, sich überschlagend, die Treppe hinunter.

22

Pass auf!
MÜTTER AUF DER GANZEN WELT
SEIT ANBEGINN DER ZEIT

Die Zeit schien stillzustehen, während Patrick und Ellen völlig regungslos oben an der Treppe standen, das Geländer umklammert hielten und auf Jack und Saskia hinunterstarrten.

Saskia lag auf dem Rücken, den Kopf zur Seite gedreht, das Gesicht von ihren Haaren verdeckt. Ein Bein war in einem grauenvoll sonderbaren Winkel abgeknickt.

Jack lag flach auf dem Bauch, beide Beine gerade ausgestreckt, die Handflächen auf dem Fußboden, als ob er im Bett läge und schliefe.

Sie sind tot, dachte Ellen und war sich dessen ganz sicher. Die schockierende Erkenntnis, dass solche Dinge tatsächlich passierten, immerzu, jeden Tag, traf sie wie ein Schlag. Menschen starben, *Kinder* starben bei dummen Unfällen, die nur wenige Sekunden dauerten, und hinterher atmete man weiter, und das Herz schlug immer noch, und alles war genau wie vorher. Das Unakzeptable war geschehen, und man hatte es zu akzeptieren.

Patrick gab ein Wimmern von sich.

Plötzlich bewegte sich Jack, und Patrick reagierte augenblicklich. Er löste sich aus seiner Starre, jagte Hals über Kopf die Treppe hinunter.

»Pass auf!«, rief Ellen ihm nach und stürzte hinterher.

Jack setzte sich auf und hielt sich den Arm. Er war kreideweiß im Gesicht. »Ich glaube, ich habe mir den Arm gebrochen«, sagte er in sachlichem Ton, und dann drehte er den Kopf zur Seite und übergab sich.

Ellen und Patrick knieten sich rechts und links neben den Jungen.

»O Schatz!« Ellen hob vorsichtig den Ärmel der Schlafanzugjacke an und sah, dass sich der Knochen durch das Fleisch gebohrt hatte.

»Das wird schon wieder, Kleiner«, sagte Patrick. Es klang nicht sehr überzeugend. Er sah aus, als wäre er einer Ohnmacht nahe.

Jack hob den Kopf und wischte sich mit dem Handrücken über den Mund. Er hatte Tränen in den Augen und machte ein völlig verstörtes Gesicht.

»Was ist passiert? Ich versteh das nicht. Wieso ist Saskia hier?«

»Mach dir deswegen keine Gedanken«, erwiderte Patrick. Er streckte beide Arme nach dem Jungen aus, um ihn hochzuheben. »Ich werde dich jetzt ins Krankenhaus bringen.«

»Nein, du darfst ihn nicht bewegen«, sagte Ellen. »Er könnte eine Kopf- oder Rückenverletzung haben. Er soll ruhig liegen bleiben und den Arm nicht bewegen. Ich werde einen Krankenwagen rufen. Ich will nur schnell nach Saskia sehen.«

»Vergiss Saskia«, zischte Patrick.

»Wieso ist sie hier?«, fragte Jack noch einmal. Er riss die Augen noch weiter auf, als er sie über Ellens Schulter hinweg am Boden liegen sah. »Was ist mit ihr? Es geht ihr doch gut, oder?«

»Vergiss sie einfach, okay?«, sagte Patrick.

»Nein!«, schrie der Junge. Seine Stimme schallte laut durch das stille Haus.

Patrick wurde blass. »Schon gut, alles in Ordnung, reg dich nicht auf.« Er wollte den Jungen festhalten, aber Jack machte sich los.

»Du kannst sie nicht einfach *vergessen*! Hör auf, das zu sagen! Bloß weil *du* sie nicht leiden kannst. Das ist nicht gerecht!«

»Es ist alles in Ordnung, Jack«, wiederholte Patrick besänftigend.

»Ich will, dass du nach ihr siehst!«

Jacks Gesicht wechselte die Farbe, es wurde hochrot. Seine kleine Brust hob und senkte sich heftig, und seine Augen glitzerten vor Zorn. Ellen verschlug es die Sprache. Dieses achtjährige Kind zeigte die Gefühlsregungen eines Erwachsenen.

Sie holte tief Luft, dann sagte sie ruhig: »Ich kümmere mich um sie, Jack, keine Sorge.«

Ich weiß, manches werde ich niemals vergessen, und ich denke, an manches werde ich mich niemals erinnern.

Ich weiß zum Beispiel nicht mehr, dass ich ein Taxi gerufen habe, aber ich weiß noch genau, wie der Fahrer vor Ellens Haus hielt und ich ihm zehn Dollar Trinkgeld gab und wir uns über den Wind unterhielten. Der Sturm tobte und heulte, ich erinnere mich, dass die Bäume heftig schwankten – wie Frauen, die wehklagend um ihre toten Kinder trauern.

Ich befand mich in einer ekstatischen Stimmung, die etwas Naturhaftes, Ungebändigtes hatte, als hätte eine Wilde, eine Waldbewohnerin, mein Inneres berührt. Ich weiß noch, wie ich an meine Haare fasste und merkte, dass sie triefnass waren, und wie ich ganz durcheinander war, weil es nicht regnete. Ich musste geduscht haben, in meine Sachen geschlüpft sein und mir ein Taxi gerufen haben.

Immerhin setzte ich mich nicht ans Steuer, weil ich getrunken hatte. Ein Teil meines Verstandes hatte also noch funktioniert.

Ich weiß nicht mehr, warum ich mich zu Ellens Haus fahren ließ, aber ich kann mir denken, was in meinem Kopf vorgegangen ist. Ich stand wahrscheinlich unter der Dusche und stellte mir vor, wie Ellen und Patrick sich anschickten, ins Bett zu gehen, und wie sie über ihren Tag sprachen, wie aufregend es gewesen sei, ihr Baby zum ersten Mal zu sehen, und ich muss gedacht haben: Ich wünschte, ich könnte die beiden sehen. Und irgendwann habe ich wohl beschlossen, zu ihnen zu fahren.

Vielleicht hatte ich auch das überwältigende Verlangen, Patrick etwas zu sagen: dass ich ihn liebte oder dass ich ihn hasste; dass ich sein Verhalten verstehen konnte oder dass ich es nie verstehen würde; dass ich ihn endlich loslassen wolle und nie wieder in seine Nähe käme oder dass ich ihn nie gehen ließe, dass ich ihn für den Rest meines Lebens lieben würde.

Wer weiß?

Das Nächste, woran ich mich erinnere, ist, dass ich am Fußende ihres Bettes stehe. Patrick lag auf dem Rücken und schnarchte mit offenem Mund. Ich kenne das: Jeder Schnarcher ist ein bisschen lauter als der vorhergehende, bis schließlich ein ganz gewaltiger ihn halb weckt, dann hört er kurz auf, und ein paar Sekunden später geht es von vorn los. Ellen lag auf der Seite, die gefalteten Hände unter der Wange, in einer Schlafposition, wie man sie von ihr erwarten würde. Auch sie schnarchte, wenn auch leiser und regelmäßiger als Patrick. Das Schnarchen der beiden hörte sich lustig an: so als ob sie gemeinsam eine Melodie spielen wollten, es aber nie hinkriegten und deshalb immer wieder von vorn beginnen mussten.

Ich fühlte weder Neid noch Zorn noch Schmerz. Ich fühlte nichts als Ruhe in mir. Ich war den beiden freundlich gesinnt. Deshalb war ich auch ganz geschockt, als sie aufwachten und ich ihre Reaktionen sah. Das Entsetzen auf ihren Gesichtern! Ich hätte sie am liebsten beruhigt: »Keine Angst, *ich* bin es nur!«

Patrick benahm sich, als hätte er eine gefährliche Bestie vor sich. Als ob ich ein Grizzly wäre, der sich drohend vor ihnen aufgerichtet hat. Ich! Saskia! Ich kann nicht einmal einer Kakerlake etwas zuleide tun. Das weiß er doch.

Und dann schrie Ellen mich an, ich solle das sofort hergeben, und zeigte aufgebracht auf meine Hand, und ich schaute an mir hinunter und sah die Ultraschallaufnahmen ihres Babys in meiner Hand, aber ich konnte mich gar nicht erinnern, dass ich sie an mich genommen oder sie betrachtet hatte.

Sie tat so, als würde ich ihr das Baby stehlen wollen.

Eigentlich ist es eher umgekehrt: Sie hat mir mein Baby gestohlen. Ich hätte ein Kind mit Patrick haben können, wenn wir es weiter versucht hätten. Vielleicht wäre ich ja doch noch schwanger geworden.

Sie haben Jack geweckt mit ihrem Geschrei. Ich hörte ihn rufen. Ich wollte, dass sie sich beruhigten. Es gab doch keinen Grund, sich so aufzuregen.

Es war wie in einem Albtraum, wenn man plötzlich merkt, dass man splitternackt in einem Einkaufszentrum steht. Ein zaghaftes Stimmchen in meinem Kopf sagte: *Saskia, jetzt bist du zu weit gegangen. Was würde Mum dazu sagen?*

Mum wäre böse auf mich, weil ich Jack Angst eingejagt habe.

Sie wollten sich einfach nicht beruhigen. Patrick weigerte sich, mir zuzuhören. Er stieß mich weg, schubste mich. Plötzlich war alles ringsumher gelbstichig geworden – als ob wir uns in einer alten Fotografie befänden. Das sepiafarbene Licht verstärkte noch das Albtraumhafte, Unwirkliche der Situation.

Ich erinnere mich, dass Jack im Schlafanzug den Flur entlanggerannt kam, Augen und Mund vor Entsetzen weit aufgerissen. Die Stimme in meinem Kopf sagte: *Das ist ganz allein deine Schuld, Saskia.* Und dann stürzten wir beide die Treppe hinunter, ich habe noch versucht, ihn festzuhalten, damit er sich nicht wehtut. Es war furchtbar.

Das war das Letzte, woran ich mich erinnere. Im Krankenhaus bin ich wieder zu mir gekommen. Die Schmerzen in meiner unteren Körperhälfte waren kaum auszuhalten, es fühlte sich an, als ließe jemand aus großer Höhe Backsteine auf mich herunterprasseln. Dann sah ich Ellen, die mit dem Rücken zu mir am Fenster stand. Ich muss irgendein Geräusch gemacht haben, weil sie sich umdrehte und mich anlächelte. Sie sah nicht aus, als hätte sie Angst. Sie lächelte mir zu, als wäre ich ein ganz normaler Mensch, kein mörderischer Grizzly.

»Wir hatten einen schweren Sandsturm.« Das war das Erste, was Ellen in den Sinn kam.

»Ganz Sydney liegt unter einer Staubschicht begraben«, sagte sie. »Es sieht da draußen wirklich ziemlich apokalyptisch aus. Kein Wunder, dass Jack dachte, das Ende der Welt sei gekommen. Ich habe ja selbst im ersten Moment an eine Atombombenexplosion geglaubt.«

Saskia starrte sie mit ausdrucksloser Miene an, so als ob sie in einer fremden Sprache spräche.

»Man kann es offenbar sogar aus dem Weltall sehen«, fuhr Ellen fort. Sie holte tief Luft und setzte sich auf einen Stuhl an Saskias Bett. »Deshalb hat es heute Morgen so lange gedauert, bis der Krankenwagen kam. In der Stadt herrscht das totale Chaos.«

Saskia ließ ihren Blick langsam das Bett hinunter- und über die weiße Decke schweifen, mit der sie zugedeckt war.

»Sie haben einen Beckenbruch«, sagte Ellen. »Und Ihr rechter Knöchel ist auch gebrochen. Er muss vielleicht operiert werden, aber sie denken, das Becken heilt von allein wieder. Wenn Sie den kleinen Knopf da drücken, können Sie die Schmerzmitteldosis erhöhen.«

Stille trat ein. Ellen sah Saskia in die Augen, in ihre hellbraunen, fast goldfarbenen Augen, und diese hielt ihrem Blick stand. Es war ein aufwühlender Moment, so als ob die eigenartige Verbindung zwischen ihnen intimer als die zwischen zwei Sexualpartnern wäre.

»Ich weiß nicht, ob Sie sich erinnern, was passiert ist«, begann Ellen.

»Jack«, sagte Saskia klar und deutlich.

»Er hat sich den Arm gebrochen. Aber sonst geht es ihm gut.«

Saskias Gesicht fiel in sich zusammen. »Das ist meine Schuld.«

»Na ja«, sagte Ellen. »Das stimmt allerdings.«

Als Kleinkind hatte Jack eine Phase, in der er sich andauernd wehtat. Er schlug sich den Kopf am Couchtisch an, den Ellenbogen am Türrahmen. Kaum war ein blauer Fleck verschwunden oder eine Schramme verheilt, hatte er schon die nächste. Ich war irgendwo im Haus unterwegs und hörte ein Poltern, dann ein paar

Sekunden Stille und dann das herzzerreißende Gebrüll, und ich dachte: nicht schon wieder!

Einmal hat Patrick noch mit ihm gespielt, als es schon längst Schlafenszeit war, und ich sagte: »Okay, das reicht jetzt«, weil ich wusste, Jack war übermüdet, und es würde nicht lange dauern, bis wieder etwas passierte, und prompt fing er an zu brüllen und Blut zu spucken, weil er sich das Kinn angeschlagen und sich auf die Zunge gebissen hatte. Ich hatte eine Mordswut auf Patrick.

Ich schätze, ich habe den Jungen tausendmal ermahnt: »Pass auf!«

Und jetzt hatte er sich den Arm gebrochen, und *ich* war schuld daran. Daran gab es nichts zu rütteln. Ich allein war dafür verantwortlich, ich konnte die Ereignisse des Vorabends nicht so hindrehen, dass ich jemand anderem die Schuld dafür geben konnte.

Ellen saß da und sah mich nur an, mit festem Blick. Sie wirkte erschöpft, hatte graue Schatten unter den Augen, blutleere Lippen. Kein Make-up. Unordentliche Haare. Ein unscheinbares, ja sogar gewöhnliches Gesicht. Und doch hatte sie etwas Reines, Unverdorbenes an sich. Als ob man etwas ganz Natürliches, Authentisches betrachtete.

Ich bin schuld daran, dass sich Jack den Arm gebrochen hat.

Ich hatte das Gefühl, jemand würde mir einen Bildschirm dicht vors Gesicht halten, und ein Film wurde abgespielt, der mir alles zeigte, was ich die vergangenen drei Jahre getan hatte: Jede Textnachricht, jeden Anruf, jeden Brief, von dem ich wusste, dass Patrick ihn sowieso nicht lesen würde, alles bis zu jenem letzten sepiafarbenen Augenblick, als Jack und ich die Treppe hinunterfielen, war aufgezeichnet.

Ich schloss die Augen, aber es gab kein Entrinnen. Der Film lief unerbittlich weiter. Ich schämte mich so sehr, dass es mir die Luft abschnürte.

»Atmen Sie«, sagte Ellen. »Konzentrieren Sie sich nur auf Ihre Atmung. Einatmen, ausatmen. Einatmen und wieder ausatmen.«

Der Klang ihrer Stimme war wie eine altbekannte Melodie. Ich fühlte mich sofort in ihr gläsernes Arbeitszimmer mit Blick aufs Meer zurückversetzt. Ich lauschte gierig, als ob ihre Stimme Sauerstoff wäre, den ich dringend zum Überleben brauchte.

»So ist es gut. Ein und wieder aus.«

Ich öffnete die Augen und sah, dass sie sich zu mir heruntergebeugt hatte. Ihr Gesicht war nur wenige Zentimeter von meinem entfernt. Sie nahm meine Hand. Sie hatte kalte Hände. Meine Mutter hatte auch immer kalte Hände. »Kalte Hände, warmes Herz«, sagte sie immer.

»Sie kennen doch sicher Redewendungen wie ›ins Bodenlose fallen‹ oder ›ganz unten landen‹, nicht wahr?«

Sie wartete nicht auf Antwort. Ihre Stimme hatte sich unmerklich verändert. Sie sprach jetzt mit ihrer Berufsstimme.

»Das bedeutet den völligen Zusammenbruch – körperlich, geistig, emotional. Ich denke, genau das ist Ihnen jetzt passiert, Saskia. Ich könnte mir vorstellen, dass das ein furchtbares Gefühl ist. So, als ob die ganze Welt zusammenbräche.«

Ich spürte ein Flattern in meiner Brust, als ob ein gefangener Vogel, der aufgeregt mit den Flügeln schlägt, darin hockte.

Ellen sprach weiter. »Aber das hat auch sein Gutes, es ist sogar etwas ganz Großartiges, weil es der Wendepunkt ist. Es ist ein Neuanfang. Von jetzt an geht es wieder aufwärts. Jetzt werden Sie sich Ihr Leben neu aufbauen. Sie haben sicher schon vorher versucht aufzuhören, nicht wahr? Aber dieses Mal werden Sie es schaffen.« Sie lächelte zuversichtlich. »Zum einen, weil Sie sich nicht bewegen können, die Ärzte haben mir gesagt, dass Sie sechs bis acht Wochen ans Bett gefesselt sind und danach noch lange an Krücken gehen müssen.«

Ich zeigte keinerlei Reaktion. Meine Zukunft kam mir wie etwas Unmögliches vor.

»Und zum anderen, weil Sie währenddessen eine Therapie machen werden«, fuhr Ellen fröhlich und voller Optimismus fort, so als diskutierten wir über gemeinsame Urlaubspläne. »Auf diese Art und Weise geht die Zeit auch schneller herum.«

Sie hielt einen Moment inne.

»Und sobald Sie wieder auf den Beinen sind«, fuhr sie fort, »ziehen Sie um.« Sie lächelte. »Das mag zwar anmaßend klingen, aber, na ja, ich finde, ich habe das Recht, anmaßend zu sein. Sie sollten aus Sydney wegziehen, möglichst weit weg. Damit Sie gar nicht erst in Versuchung kommen.«

Ihre Hand schloss sich fester um meine. »Ich nehme an, Patrick wird endlich eine einstweilige Verfügung gegen Sie erwirken. Rein rechtlich gesehen werden Sie sich künftig also von uns fernhalten müssen. Er wird das tun müssen, aber was ich brauche, ist ein Versprechen von Ihnen, und zwar hier und jetzt, das Versprechen, dass es vorbei ist, dass letzte Nacht das Ende war und heute der Anfang ist. Das Ende Ihres alten Lebens und der Anfang Ihres neuen Lebens. Versprechen Sie mir das?«

»Ich verspreche es«, sagte ich.

Sie tätschelte meine Hand. »Gut.«

Ich nahm die Schmerzen wieder wahr, sie krallten sich heimtückisch in meine untere Körperhälfte. Es fühlte sich an, als ob jemand mir absichtlich wehtäte. Ich versuchte, es zu akzeptieren, als meine Strafe, aber die Schmerzen waren zu heftig.

»Geben Sie sich einen Schuss«, sagte Ellen und drückte mir etwas in die Hand, das wie ein Lichtschalter aussah. Ich drückte auf den Knopf, und schon Sekunden später durchflutete mich eine flauschige Wärme, kribbelte an meinen Beinen hinauf und verdrängte die Schmerzen.

»Warum sind Sie hier?«, fragte ich. »Warum sind Sie so nett zu mir?« Mein Mund fühlte sich an, als wäre er voller Murmeln, so als hätte ich lange Zeit nicht gesprochen.

Ellen wollte etwas sagen, machte den Mund aber wieder zu, als hätte sie es sich anders überlegt. Dann sagte sie: »Ich weiß es selbst nicht genau. Sie haben mir Angst eingejagt, aber gleichzeitig meine Neugier geweckt. Mein Leben kam mir dadurch, dass Sie uns beobachtet haben, interessanter vor.« Sie schüttelte den Kopf. »In gewisser Weise war ich süchtig nach Ihnen.«

»Sie sollten mich hassen.« Meine Stimme hörte sich fremd an, verwaschen wie die Stimme von jemandem, der einen Schlaganfall erlitten hatte. »Patrick hasst mich.«

»Im Gegensatz zu ihm habe ich keine emotionale Verbindung zu Ihnen. Patrick hasst Sie, weil er Sie einmal geliebt hat.«

»Das ist nett, dass Sie das sagen.«

Meine Nase lief. Ich wollte sie mit dem Handrücken abwischen, aber man hatte mir dort einen Tropf angelegt. Ich zog geräuschvoll die Nase hoch. Es war mir egal. Ich hatte keine Würde mehr, die ich hätte verlieren können.

»Ich bin nicht so nett, wie Sie vielleicht denken. Als ich die Ultraschallfotos in Ihrer Hand sah, hätte ich Sie umbringen können. Ich habe gemerkt, dass auch ich meine Grenzen habe. Ich will Sie nicht in der Nähe meines Babys haben.«

Ihre Augen waren stahlhart geworden.

Die Worte »es tut mir leid« kamen mir in den Sinn, aber sie schienen mir auf beleidigende Weise unangemessen. Stattdessen sagte ich: »Patrick kann sich glücklich schätzen, dass er Sie hat.« Und möglicherweise meinte ich das tatsächlich ernst, möglicherweise würde ich mich in einem fernen, großzügigen Teil meines Ichs sogar für ihn freuen können.

Etwas in Ellens Gesicht veränderte sich kaum wahrnehmbar. »Er ist immer noch in seine erste Frau verliebt.«

»Ja, natürlich«, erwiderte ich. Meine Sinne begannen wegzudriften. »Er liebt Colleen immer noch. Seine erste große Liebe. Aber was soll's, sie ist tot, oder etwa nicht? Ich habe immer gewusst, dass ich ihn mehr liebte als er mich, aber das hat mich nicht gestört, ich habe ihn so sehr geliebt.«

Eine gewaltige Welle von Müdigkeit riss mich mit sich.

»Ja, das weiß ich.« Ellen stand auf und deckte mich richtig zu, wie eine Mutter es tun würde. »Sie haben ihn geliebt. Und Sie haben Jack geliebt.«

Eine Sekunde lang tauchte ich wieder aus meiner Benommenheit auf. Ich fragte: »Haben Sie mich hypnotisiert?«

Sie lächelte. »Ich habe versucht, Sie zu *ent*hypnotisieren, Saskia.«

Dann driftete ich wieder weg, und ich hörte sie sagen: »Es ist an der Zeit, einen Schlussstrich zu ziehen, Saskia, und all diese Erinnerungen an Patrick und Jack loszulassen. Das bedeutet nicht, dass es nicht geschehen ist oder dass Patrick Sie nicht geliebt hat oder dass Sie Jack keine wunderbare Mutter gewesen sind. Das waren Sie, ich weiß es. Es bedeutet auch nicht, dass Patrick Sie nicht tief verletzt hat. Aber es ist an der Zeit, diese Tür zu schließen. Stellen Sie sich eine Tür vor, eine große, schwere, wuchtige Holztür mit einem altmodischen goldenen Schloss. Und jetzt stoßen Sie diese Tür zu. Wumm! Schließen Sie sie ab. Werfen Sie den Schlüssel weg. Die Tür ist verschlossen, Saskia. Für immer.«

Als ich wieder aufwachte, war das Zimmer leer, und der Besuch der Hypnotiseurin kam mir wie ein Traum vor.

23

Schokolade geht immer!
Ellens Patentante Pip

Die Frauenstimmrechtlerinnen haben nicht gehungert,
um den Frauen das Stimmrecht zu erkämpfen, nur damit
ihr Mädels euch für einen Mann schlank hungert!
Ellens Patentante Mel

Du meine Güte, was für einen trivialen Unsinn hatte sie denn da verzapft: *Stoßen Sie die Tür zu. Die Tür ist für immer verschlossen.*

Die Frau war mitten in der Nacht in ihr Haus eingedrungen und hatte sie und Patrick beobachtet, während sie schliefen. Sie war höchstwahrscheinlich schizophren oder litt an einer bipolaren Störung oder was auch immer. Sie würde eine antipsychotische medikamentöse Behandlung in Verbindung mit einer intensiven Psychotherapie benötigen. Ellens harmlose kleine Bemerkungen waren wie Vitamingaben für eine Patientin, die dringend operiert werden musste.

Und die Tür zu schließen war nicht unbedingt das richtige Bild gewesen. Erinnerungen durften nicht weggeschlossen werden. Das förderte das Verdrängen. Etwas mit Wasser wäre besser gewesen. »Reinigen Sie sich« oder etwas in der Art.

Ellen gähnte ausgiebig und machte sich nicht die Mühe, die Hand vor den Mund zu halten. Sie kam aus dem Krankenhaus und fuhr nach Hause. Es herrschte nicht so viel Verkehr wie sonst, die Leute blieben wegen des Sandsturms zu Hause. Der Wind hatte sich ein wenig gelegt. Wolken verdunkelten jedoch noch den Himmel, und die ganze Stadt war mit einer dünnen, orangeroten Staubschicht bedeckt. Alles sah schmutzig aus. Eine Frau mit Mundschutz wischte den Fußboden in einem leeren Straßencafé. Eine Mutter stieg aus ihrem Auto und eilte davon, ein Kleinkind auf dem Arm, dem sie ein Handtuch über den Kopf geworfen hatte; es sah aus wie eines von Michael Jacksons Kindern, als diese noch klein gewesen waren und vor neugierigen Fotografen geschützt wurden. Dann joggte ein junger Mann in Shorts und T-Shirt vorbei, als ob er aus einem anderen Tag, einem sonnigen, ganz gewöhnlichen Tag mit blauem Himmel, herbeigejoggt wäre.

Warum hast du überhaupt mit ihr gesprochen?, würden alle zu ihr sagen. *Du bist ja noch durchgeknallter als sie! Hast du ihr auch Blumen und Schokolade mitgebracht? Eine Karte mit Genesungswünschen?*

Ellen schaute auf ihre Armbanduhr. Zwölf Uhr mittags. Sie dachte an die frühen Morgenstunden zurück. Es kam ihr so vor, als wären Tage seitdem vergangen, nicht Stunden.

Als sie sich vergewissert hatten, dass Jack außer dem gebrochenen Arm nichts fehlte, hatte Patrick beschlossen, ihn ins Krankenhaus zu fahren. Ellen konnte ihn verstehen. Er konnte nicht einfach herumsitzen und auf den Krankenwagen warten, er musste etwas tun, musste handeln, und vor allem musste er möglichst weit weg von Saskia. Er kochte innerlich vor Wut, Ellen konnte die Hitze spüren, die sein Körper abgab, als hätte er Fieber. Er solle ruhig fahren, sagte sie zu ihm, sie werde dableiben und auf den Krankenwagen für Saskia warten. »Du kannst nicht mit ihr allein bleiben«, protestierte Patrick, aber Ellen entgegnete, Saskia stelle in ihrem Zustand keine Gefahr dar (sie war halb ohnmächtig, atmete flach und hatte allem Anschein nach furchtbare Schmerzen), und sie könnten sie ja schlecht daliegen lassen und einen Zettel an die Tür heften für die Rettungssanitäter. Patrick war nicht in Stimmung für derlei flapsige Scherze. Rufen wir die Polizei, meinte er, sollen die sich um sie kümmern. Aber Ellen drängte ihn, sich auf Jack zu konzentrieren, der Junge sei wichtiger. Patrick ließ sich überreden.

Schließlich traf der Krankenwagen ein. Sie würden Saskia ins Mona-Vale-Krankenhaus bringen, sagten die Rettungssanitäter zu Ellen und ermahnten sie, langsam zu fahren, wenn sie nachkomme, sie solle sich keine Sorgen machen, Saskia sei in guten Händen. Sie gingen offensichtlich davon aus, dass Ellen mitkam. Also hatte sie sich angezogen und war zum Krankenhaus gefahren, wo sie, umgeben von Asthmakranken mit pfeifendem Atem, die unter dem Sandsturm noch mehr zu leiden hatten als gesunde Menschen, stundenlang in einem überfüllten Warteraum saß und Schundhefte las, ohne auch nur ein einziges Wort aufzunehmen. Irgendwann kam eine Krankenschwester und sagte, sie könne Saskia für ein paar Minuten sehen.

Zwischendurch hatte sie Patrick auf seinem Handy angerufen. Er hatte Jack in eine Privatklinik in Manly gebracht, wo sie darauf warteten, dass sein Arm eingegipst wurde. Er erkundigte sich nicht nach Saskia, er nahm offenbar an, Ellen sei immer noch zu Hause: Sie solle sich hinlegen und versuchen zu schlafen, sagte er.

Wie würde er reagieren, wenn er erfuhr, dass sie nicht nur ins Krankenhaus gefahren war, sondern auch mit Saskia geredet hatte? Würde er sich hintergangen fühlen? Hatte sie ihn hintergangen?

Die Sache war nur die: Ellen hatte das Gefühl gehabt, das Richtige zu tun, als sie mit Saskia sprach – mehr noch, sie hatte das Gefühl gehabt, dass es unbedingt notwendig war, und zwar für sie beide.

Ellen dachte an die Verzweiflung in Saskias Gesicht, als sie in dem schmalen Krankenhausbett lag. Sie erinnerte Ellen an einen Menschen, der bei einer Naturkatastrophe alles verloren hat und der jetzt mit der Tatsache klarkommen muss, dass das Gerüst seines Lebens eingestürzt ist.

Aber war Saskia wirklich ganz unten gelandet? Was, wenn es nur die Schmerzen waren (die nach Auskunft der Krankenschwester erheblich sein mussten), die sich auf ihrem Gesicht gespiegelt hatten, und nicht nackte Verzweiflung? Was, wenn sie nach ihrer Genesung dort weitermachen würde, wo sie aufgehört hatte?

Ihr Handy auf dem Beifahrersitz klingelte. Ellen sah, dass Patrick der Anrufer war. Wahrscheinlich war er inzwischen mit Jack wieder zu Hause und wunderte sich, dass sie nicht da war. Aber da sie in ein paar Minuten daheim sein würde, hielt sie nicht an, um das Gespräch anzunehmen.

Dieser Vorfall war ohne jeden Zweifel ein Einschnitt für Patrick. Jetzt, da Jack verletzt worden war, würde er nicht mehr zögern, die Polizei einzuschalten. Er würde ihr vermutlich nicht glauben, wenn sie ihm sagte, ihrer Meinung nach sei Saskia ebenfalls an einem Wendepunkt angelangt. Sie sah ihn im Geist wieder vor sich, wie er in diesem gruseligen Zwielicht quer übers Bett geklettert war, das Gesicht vor Angst und Wut zu einer hässlichen Fratze verzerrt.

Falls sie sich irrte und Saskia nicht aufhörte, sie zu stalken, würde Patricks Hass ihn allmählich zerstören wie eine ätzende Substanz, die ihn von innen her zerfraß und die jetzt schon scharfkantige Ecken in seine Persönlichkeit gefressen hatte. Meistens blieben diese Kanten hinter der Identität verborgen, in die er für seine Umgebung schlüpfte – die des besonnenen, offenen, unkomplizierten Kumpels. Doch im Lauf der letzten Monate, als sie die Phase der ersten blinden Verliebtheit hinter sich gelassen und Ellen ihn besser kennengelernt hatte, waren ihr diese eingeätzten Kanten immer öfter aufgefallen. Die Bitterkeit. Das Misstrauen. Die innere Unruhe. Und er hatte doch schon so viel Kummer und Leid in seinem Leben erfahren, bevor er Saskia begegnet war.

Sie fragte sich, was für ein Mensch Patrick wohl wäre, wenn Colleen nicht gestorben wäre. Sie hätten wahrscheinlich noch mehr Kinder bekommen. Patrick wäre der typische Dad gewesen, der sich zwar um die schulischen Belange gekümmert, die häuslichen Entscheidungen jedoch seiner Frau überlassen hätte. Er wäre ein ausgeglichenerer, liebenswürdigerer Mensch gewesen. Ein glücklicherer Mensch.

Und das winzige Baby, das ihnen gestern zugewinkt hatte, hätte nie existiert.

Ach, was soll's. Dieser Gedankengang war ebenso dumm wie sinnlos.

Ellen gähnte abermals. Sie war nicht nur todmüde, sondern hatte auch einen Bärenhunger, wie sie ihn vor ihrer Schwangerschaft nie verspürt hatte. Sobald sie zu Hause war, würde sie sich mit einem riesengroßen Teller voller Toastbrote und einer Tasse Tee ins Bett fallen lassen, und nach dem Essen würde sie sich die Decke über den Kopf ziehen und hoffentlich in einen tiefen, traumlosen Schlaf sinken. Sie würde Patrick sagen, sie sei zu müde zum Reden. Jetzt nur keine Diskussionen – nicht über die Vergangenheit, nicht über die Zukunft, nicht über die Gegenwart.

Er liebt mich nicht …

Hör sofort auf, fuhr sie sich im nächsten Augenblick an. Doch es war sinnlos. Auf irgendeiner Ebene hatte es sie seit dem Vorabend unentwegt beschäftigt. Es war ihr trotz allem, was passiert war, nicht aus dem Kopf gegangen und hatte das Gefühl, in einem Albtraum gefangen zu sein, nur noch verstärkt.

Er liebt mich nicht so sehr, wie er Colleen geliebt hat. Er hat Zweifel. Er sieht mich an und denkt an sie und stellt fest, dass es »nicht das Gleiche ist«. Er wird niemals eine andere Frau so sehr lieben, wie er Colleen geliebt hat.

Ellen überprüfte ihre Gefühle, bedächtig und zögernd, so als höbe sie vorsichtig ein Kleidungsstück an, um eine Schusswunde in Augenschein zu nehmen.

Tat es weh?

O ja, und zwar ganz schön.

Sie dachte an Saskias nüchterne Akzeptanz der Tatsache, dass Colleen für Patrick immer an erster Stelle stehen würde, und plötzlich wurde ihr etwas mit erschreckender Deutlichkeit klar: Ich liebe Patrick nicht mit der gleichen Bedingungslosigkeit wie Saskia.

Saskia war es egal, ob sie ihn mehr liebte als er sie. Ellen war es nicht egal. Verschenkte sie ein Stück ihres Herzens, erwartete sie, ein Stück exakt der gleichen Größe zurückzubekommen. Nein, eigentlich hätte sie gern ein größeres Stück, vielen Dank. Im Grunde wünschte sie sich nichts anderes, als vergöttert zu werden. Sie erwartete ein Kind. Sie hatte es verdient, vergöttert zu werden.

O Gott, das war einfach kindisch, oder?

Wie viele Frauen bekamen Kinder, ohne einen Partner zu haben, der sie vergötterte? *Sie* hatte einen Partner, der sie *liebte*. Das sollte ja wohl reichen! Sie hatte Glück! Sie dachte an ihre eigene Mutter, der während ihrer Schwangerschaft kein Mann zur Seite gestanden hatte.

Ja, Ellen hatte Glück. Sie bekam mehr Liebe, als ihr im Prinzip zustand. Vielleicht war genau das das Problem: Sie war in puncto Bewunderung viel zu verwöhnt.

Sie würde einfach vergessen, was Patrick über Colleen gesagt hatte. Sie würde nicht mehr daran denken, es nie irgendjemandem erzählen, und vor allem würde sie ihn nicht darauf ansprechen.

Ja, genau das würde sie tun. Es würde nicht einfach sein, aber es war das Richtige.

Der Fahrer hinter ihr hupte höflich. Ellen warf einen Blick auf die Ampel und sah, dass sie auf Grün geschaltet hatte, während sie dagesessen und sich edel und großherzig gefühlt hatte. Sie hob entschuldigend die Hand und trat aufs Gaspedal.

Du hast Glück, schärfte sie sich ein.

»Das heißt, Sie werden in den nächsten Monaten viel Hilfe brauchen«, fasste mein Arzt noch einmal zusammen. Er kam mir sehr jung vor mit seinen geröteten, babyglatten Wangen. Ich glaube, ich werde alt.

Ich weiß noch, als meine Mutter im Krankenhaus war, konnte sie sich gar nicht beruhigen, weil ihre Ärzte so furchtbar jung waren. »Ich muss andauernd kichern«, flüsterte sie mir zu. »Sie hören sich alle so ernst an, aber sie sehen aus wie Kinder, die sich als Ärzte verkleidet haben!«

Aber die »Kinder« wussten, wovon sie redeten. »Weihnachten dürfte sie vermutlich noch erleben, aber danach wird ihr nicht mehr viel Zeit bleiben«, sagte mir einer von ihnen.

Ich war nicht da, als sie starb. Ich musste nach Hause, weil Jack eingeschult wurde. Komisch, dass ich daran als an mein Zuhause dachte.

Mein Arzt bestätigte mir, was ich bereits von Ellen erfahren hatte: Ich hatte mir das Becken und einen Knöchel gebrochen. Ich sollte am nächsten Tag operiert werden. Ich würde sechs Wochen ans Bett gefesselt sein.

Ich fragte mich, wie lange es wohl dauern würde, bis Jacks gebrochener Arm wieder verheilt war.

»Ich habe keine Familie«, sagte ich. Ich weiß auch nicht, warum ich das sagte. Vielleicht dachte ich, er könne mir eine verschreiben.

»Nun, dann werden Sie die Hilfe von Freunden in Anspruch nehmen müssen«, erwiderte er. »Die Frau, die Sie vorhin besucht hat. Sie schien sehr besorgt, wie eine gute Freundin.«

Er meinte Ellen.

»Hmm«, machte ich. »Ich glaube nicht, dass sie mich noch einmal besuchen wird.«

»Oh. Nun, wie schon gesagt, Sie werden Hilfe brauchen, vielleicht schuldet der eine oder andere Ihnen noch einen Gefallen, den Sie einfordern können. Keine Angst, die Leute helfen gern. Das gibt ihnen ein gutes Gefühl. Das Gefühl, nützlich zu sein, wissen Sie. Sie werden staunen, wie hilfsbereit Freunde sein können, wenn es darauf ankommt.«

»Sie haben sicher recht«, entgegnete ich.

Ich brachte es nicht über mich, ihm zu sagen, dass ich weder Freunde hatte, die sich hilfsbereit zeigen könnten, noch in ein soziales Geflecht eingebunden war; dass es niemanden gab außer mir, niemanden, den ich um Hilfe hätte bitten können. Dieser Mann hatte keine Ahnung, dass es tatsächlich Leute wie mich gab – Leute, die nach außen hin völlig normal, sogar gebildet wirken, aber in Wirklichkeit so einsam sind wie ein Obdachloser.

Dann fiel mir ein, dass es sehr wohl einen Unterschied gab zwischen mir und einem Obdachlosen: Ich habe Geld. Und ich dachte: Ich werde eben jemanden für seine Hilfe bezahlen. Es gibt doch sicherlich eine Art Dienstleister für Leute wie mich.

»Sie werden das schon schaffen«, sagte der Arzt.

Ich versuchte, höflich zu lächeln, aber meine Gesichtsmuskeln weigerten sich, so als ob ihnen die entsprechenden Bewegungen völlig fremd wären, als ob ich noch nie zuvor gelächelt hätte.

Der Arzt drückte mir den Schalter für die Schmerzpumpe in die Hand und tätschelte mir tröstend die Schulter. »Nehmen Sie was gegen die Schmerzen. Genießen Sie es, solange Sie noch können. Wir werden Sie noch früh genug entwöhnen.«

Ich drückte auf den roten Knopf.

Jack schlief tief und fest, als Ellen nach Hause kam. Er lag zusammengerollt auf der Seite, den eingegipsten Arm über der Bettdecke, und sah sehr klein und sehr blass aus.

»Der Arzt hat ihm ein starkes Schmerzmittel gegeben«, sagte Patrick leise und zupfte die Decke zurecht. Dann legte er Jack einen Augenblick seine Hand auf die Stirn. »Er wird sicher ein paar Stunden schlafen.«

Als sie nach unten gingen, spürte Ellen, wie es in Patrick zu sieden begann. Im Wohnzimmer ging er erregt auf und ab. Noch hatte er Ellen nicht gefragt, wo sie gewesen war.

»Ich habe bereits mit der Polizei gesprochen«, sagte er, »man hat mir geraten, aufs Revier zu kommen und Anzeige zu erstatten und eine einstweilige Verfügung gegen Saskia zu erwirken. Jack hat noch einmal Glück im Unglück gehabt, es hätte viel schlimmer ausgehen können, ich dachte, der Junge wäre tot, als ich ihn unten an der Treppe habe liegen sehen.« Er sah Ellen an. »Hast du das nicht auch gedacht? Ich hätte mich schon längst um diese einstweilige Verfügung kümmern sollen, dann wäre es vielleicht nie so weit gekommen. Das werde ich mir niemals verzeihen, niemals.« Er fuhr sich mit der Hand über die Stirn. »Ich frage mich immer noch, wie sie überhaupt hier hereingekommen ist«, sagte er schließlich.

»Keine Ahnung«, erwiderte Ellen mit matter Stimme. Sie hatte sich auf die Ledercouch ihres Großvaters gelegt, einen Arm über ihren Augen. Patrick hatte sie gleich beim Nachhausekommen gefragt, ob er ihr einen Tee machen solle, und sie hatte bejaht, aber bisher keinen Tee bekommen. »Ich habe den Schlüssel nach dem letzten Mal woanders versteckt.«

»Was?«

Ellen bemerkte ihren Schnitzer zu spät. Sie nahm ihren Arm herunter und öffnete die Augen. Patrick war wie angewurzelt stehen geblieben und starrte sie an.

»Was heißt ›nach dem letzten Mal‹?«

Sie machte den Mund auf und wieder zu. Einerseits wollte sie ihn nicht belügen, ihn andererseits aber nicht noch mehr in Rage bringen. Eine schier unmögliche Gratwanderung.

»Als wir in den Bergen waren, hat sie eine Packung Kekse an die Tür gestellt. Ich vermute, sie hat sie in meiner Küche gebacken«, sagte sie zu guter Letzt.

»*Was?* Sie ist schon einmal hier eingebrochen, und du hast mir kein Wort davon gesagt?«

»Na ja, ich war mir nicht sicher.« Ellen setzte sich auf und verschränkte die Arme schützend über ihrem Bauch. »Es war nur so ein Gefühl.« Patricks Blick machte ihr fast Angst. Als ob er sie schlagen wollte. Sie sah im Geist vor sich, wie er Saskia gepackt und vom Boden hochgerissen hatte, als würde er sie gleich gegen die Wand schleudern wollen. »Ich bin nicht Saskia«, sagte sie unwillkürlich.

»Das weiß ich«, entgegnete er ärgerlich und machte eine ungeduldige, angewiderte Handbewegung. »Aber warum hast du mir nichts davon gesagt?«

»Ich wollte dich nicht aufregen. Ich weiß doch, wie sehr du dich darüber aufregst.«

»Du hast die Kekse natürlich sofort weggeworfen.«

»Natürlich«, sagte sie. Ehrlichkeit wurde oft überbewertet.

»Wahrscheinlich hat sie Rattengift hineingetan oder was weiß ich!«

»Sie will dich nicht umbringen, Patrick. Sie liebt dich.«

»Woher willst du das wissen?« Er fuchtelte aufgebracht herum. »Du hast doch keine Ahnung, wie diese Frau tickt! Großer Gott, gestern Abend hat sie an unserem Bett gestanden und uns im Schlaf beobachtet!«

»Ich habe vorhin im Krankenhaus mit ihr gesprochen«, gestand Ellen. »Ich glaube, es ist vorbei. Ich bin mir ziemlich sicher. Sie hat es mir jedenfalls versprochen. Außerdem wird sie für ziemlich lange Zeit ans Bett gefesselt sein.«

Patrick kam näher und setzte sich auf den Stuhl vor der Couch. Ihre Großmutter hatte zum Fernsehen immer auf diesem Stuhl gesessen. Patrick sah zu groß, zu grobschlächtig für das Sitzmöbel aus. Ellen hätte ihn am liebsten aufgefordert, sich woanders hinzusetzen.

»Du hast mit ihr gesprochen ...«, sagte er langsam. »Wieso hast du das getan?«

»Ich hatte das Gefühl, ich könnte etwas erreichen, wenn ich mit ihr spreche.«

»Sicher.« Patrick fuhr sich mit der Hand übers Gesicht und rieb seine stoppelige Haut. »Habt ihr zwei Mädels euch nett unterhalten?«

»Sie ist völlig am Ende, Patrick«, begann Ellen.

»Ach herrje, das arme, *arme* Ding!«

Ellen schwieg. Er hatte das Recht, sarkastisch zu sein.

Sie sahen sich einige Sekunden in die Augen, dann wandte Patrick den Blick ab, schüttelte den Kopf und holte tief Luft. »Eigentlich solltest du auf meiner Seite sein.«

»Das bin ich auch!«, sagte Ellen sofort.

»Mir kommt es aber so vor, als wärst du auf ihrer Seite.«

»Das ist ... albern.«

»Wenn du einen Exfreund hättest, der dich stalken würde, wie ich von Saskia gestalkt werde, würde ich keine Sekunde zögern. Ich würde ihm den Schädel einschlagen.«

»Willst du damit sagen, ich hätte Saskia eine reinhauen sollen?«, bemerkte Ellen.

»Nein, natürlich nicht«, erwiderte Patrick müde. Er lehnte sich zurück und schloss die Augen.

Genau in der Mitte von Ellens Stirn pochte es. Und ihr Handgelenk juckte, dass es kaum auszuhalten war.

Schuldgefühle. Sie hatte ein schlechtes Gewissen, weil er teilweise im Recht war. Sie hatte sich sehr viel stärker bemüht, sich in Saskia hineinzuversetzen als in Patrick.

Es wäre ein Zeichen von Reife gewesen, nichts zu sagen, sich nicht zu rechtfertigen und vor allem nicht Partei für Saskia zu ergreifen.

Doch stattdessen fragte sie: »Denkst du jetzt an sie?«

»An wen? An Saskia?« Patrick öffnete die Augen.

»Nein, an Colleen.«

»Wovon redest du? Wieso sollte ich jetzt an Colleen denken? Was hat sie damit zu tun?«

Seine Miene spiegelte totale, arglose Verblüffung wider.

So viel also zu ihrem im Auto gefassten edelmütigen Entschluss. Ein Teil von ihr wünschte, sie könnte ihre Worte zurücknehmen, aber der andere Teil, ihr instinktives, primitives Ich, wollte alles hervorzerren, jede Kleinigkeit gut sichtbar ausbreiten.

»Du hast letzte Nacht gesagt, dass du mich manchmal ansiehst und an Colleen denkst und dass es nicht das Gleiche ist und dass du nie wieder jemanden so lieben wirst, wie du Colleen geliebt hast.«

»*Ich* habe das gesagt?« Patrick schwieg einen Augenblick. »Das habe ich niemals gesagt!«

»Du warst in einem Trancezustand«, räumte Ellen ein.

Er hat nicht gesagt: So etwas hätte ich niemals gesagt.

»Das heißt, es war so, als ob ich im Schlaf geredet hätte«, sagte Patrick langsam.

»So ungefähr. Du warst irgendwo zwischen Wachen und Schlafen.«

»Du fragst mich also irgendwelche Sachen, wenn wir diese Entspannungsübungen machen?« Patrick sah sie an. »Du fragst mich über Colleen aus? Tust du es deshalb? Damit du in meinen Gedanken herumschnüffeln kannst?«

»Nein, natürlich nicht«, widersprach Ellen heftig.

Das Telefon klingelte. Sie überlegte, ob sie es als Vorwand benutzen sollte, um diese Unterhaltung, die in eine völlig falsche Richtung lief, abzubrechen. Sie senkte den Blick und sah, dass sie sich ihr Handgelenk blutig gekratzt hatte.

»Sollen sie eine Nachricht hinterlassen«, sagte Patrick knapp.

Sie saßen da und sahen sich an, während das Telefon in einem fort klingelte.

Das Morphium ließ alle Konturen zerfließen. Die Zimmerdecke weichte auf und begann sich zu drehen; das weiße Deckbett, mit dem ich zugedeckt war, kräuselte sich wie Wasser.

Ich schloss die Augen, um dem schmelzenden Zimmer zu entfliehen, doch stattdessen sah ich Bilder aus meinem Leben, die vor mich hingeworfen wurden wie Spielkarten, eine nach der anderen, in rascher Abfolge.

Patrick, wie er gedankenverloren und ganz traurig vor dem Kino auf mich wartete und seine Miene sich aufhellte, als er mich kommen sah; meine Mutter, als sie noch blond war, wie sie mich von der Schule nach Hause fuhr, den Blick auf die Straße gerichtet, über etwas lachend, das ich gesagt hatte; die Kinder von nebenan, wie sie vertrauensvoll und unbekümmert zu mir aufschauten; mein Kollege Lance, wie er in meinem Büro stand und mir *The Wire* in die Hand drückte.

Ich machte die Augen wieder auf. Mir fiel ein, dass ich einen Job hatte und im Büro anrufen und den Kollegen mitteilen sollte, dass ich eine Zeit lang ausfallen würde.

Ich griff zum Telefon neben meinem Bett. Nina nahm das

Gespräch an, und als ich ihre vertraute, fröhliche Stimme hörte, packte mich kaltes Entsetzen, so als träumte ich und stünde in meinem Traum nackt im Büro. Das Spiel war aus. Jetzt würden sie die Wahrheit erfahren.

Ich hörte mich sagen: »Nina, ich bin's, Saskia.«

»Oh, hey, Saskia, ich wusste nicht, dass du heute Morgen auswärts bist. Was ich dich fragen wollte …«

»Nina«, sagte ich dazwischen. Mir war, als versuchte ich, unter Wasser zu reden. Ich hielt das Telefon fest umklammert. Ich muss lange geschwiegen haben, weil sie plötzlich fragte: »Bist du noch da?«

»Ich bin völlig am Ende«, erwiderte ich.

»Ich weiß nicht, was ich sagen soll«, murmelte Patrick. Seine Augen sahen glasig aus. »Mein Kopf ist noch zu voll von letzter Nacht. Ich kann mich nicht erinnern, dass ich das gesagt habe. Das über Colleen, meine ich.«

»Ich hätte nicht davon anfangen sollen«, erwiderte Ellen. Sie war furchtbar enttäuscht von sich. Irgendwo im Haus begann ihr Handy zu klingeln.

»Können wir später darüber reden?«, fragte Patrick. »Ich würde gern zur Polizei gehen, solange Jack noch schläft, und Anzeige erstatten.«

»Sicher. Warum vergessen wir nicht einfach, dass ich …«

»Wir werden das nicht vergessen«, fiel Patrick ihr ins Wort. »Wir werden später darüber reden.« Er lächelte sie an, und sein Lächeln kam so unerwartet, dass sie fast in Tränen ausgebrochen wäre. »Wir werden uns später *ausführlich* über alles unterhalten und die Sache klären. Versprochen.«

»Schön.«

Jetzt fing das Telefon im Büro wieder zu klingeln an.

»Scheint dringend zu sein.«

»Ja, sieht so aus.« Ellen nickte. Plötzlich schnappte sie erschrocken nach Luft. »O mein Gott! Das hab ich völlig vergessen!«

»Was ist?«

Sie schaute auf die Uhr über Patricks Kopf und versuchte, die Zeiger durch schiere Willenskraft rückwärtszudrehen. Es war halb drei. »Diese Reporterin. Ich war heute um elf Uhr in einem Café mit ihr verabredet.«

Sie stellte sich vor, wie die Journalistin dasaß, mit den Fingern ungeduldig auf den Tisch trommelte und immer wieder einen ärgerlichen Blick auf ihre Armbanduhr warf. Sie war Ellen vorher schon nicht wohlgesinnt gewesen. Jetzt würde sie denken, sie habe sie absichtlich versetzt, weil sie etwas zu verbergen habe.

»Dann mach einen neuen Termin mit ihr aus«, sagte Patrick. »Erzähl ihr, was passiert ist. Dass es einen Unfall gegeben hat. Du kannst doch nichts dafür.«

»Ja, ich weiß«, erwiderte sie.

Er hatte natürlich recht. Aber im tiefsten Inneren wusste sie, dass es eine absolute Katastrophe war. Und als sie die Nachrichten auf ihrem Handy und ihrem Festnetzanschluss im Büro abhörte, wurde ihre Vorahnung bestätigt.

»Ich sitze hier in dem Café, das Sie vorgeschlagen haben, und warte«, sagte Lisa Hamilton, wobei sie das Wort »Sie« leicht betonte. Das und die Geräuschkulisse des Cafés im Hintergrund verstärkten Ellens Schuldgefühle noch. »Ich werde die Story heute Nachmittag einreichen, wenn ich also nicht bald von Ihnen höre, gehe ich davon aus, dass Sie mir nichts zu sagen haben und nicht daran interessiert sind, zu den Behauptungen Ihrer früheren Patienten Stellung zu nehmen.«

Ellen hatte ihre Mailbox kaum abgehört, als das Telefon von Neuem klingelte. Sie riss es an sich, verzweifelt auf die Chance auf Wiedergutmachung hoffend. Aber es war nicht die Reporterin, sondern ihre Mutter.

»Ich versuche schon den ganzen Morgen, dich zu erreichen«, sagte sie vorwurfsvoll. »Ich muss unbedingt mit dir reden.«

»Nicht jetzt«, erwiderte Ellen kurz angebunden. »Ich ruf später zurück.«

Sie beendete das Gespräch, und das Telefon klingelte schon wieder. Es war Julia. »Rate mal, wer gerade aus meinem Bett gestiegen ist«, flüsterte sie mit tiefer, kehliger Stimme.

»Ich kann jetzt nicht reden«, sagte Ellen. Sie kam sich allmählich vor wie in einer schlechten Komödie. »Tut mir leid.«

Sie legte auf.

»Atme«, sagte Patrick besänftigend.

»Halt den Mund!«

Sie rief die Reporterin auf ihrem Handy an. Der Anruf wurde auf die Mailbox umgeleitet. Ellen hinterließ eine Nachricht, wobei sie sich nach Kräften bemühte, die Panik in ihrer Stimme zu unterdrücken.

»Mein Stiefsohn hatte einen Unfall, ich musste ins Krankenhaus.«

Ihre Stimme klang falsch. Gezwungen. Die Stimme einer Schwindlerin. Sie hatte das Gefühl zu lügen, weil sie Jack noch nie ihren Stiefsohn genannt hatte und weil sie nicht seinetwegen ins Krankenhaus gefahren war, sondern Saskias wegen.

Patrick stand vor ihr und mimte mit Handbewegungen und Mimik tiefe Atemzüge. Ellen wedelte ihn ungeduldig weg. Ihre Schuldgefühle standen in keinem Verhältnis zu dem Missgeschick, das ihr passiert war. Sie hatte schließlich niemanden ermordet, sie hatte nur einen Termin vergessen.

»Ich würde die Gelegenheit, mit Ihnen zu sprechen, sehr gern wahrnehmen!«, fuhr sie fort, auf die Mailbox zu sprechen. Du meine Güte, sie hörte sich wie jemand von einer Telefonwerbung an.

In diesem Augenblick klingelte es an der Haustür. Patrick ging und öffnete. Ellens Verzweiflung wuchs, als sie die Stimme erkannte: Es war Mary-Kate, die um halb drei einen Termin bei ihr hatte. Mary-Kate hatte in dem Enthüllungsartikel über Ellen mit Sicherheit einen Absatz verdient. Die Reporterin konnte sich ausrechnen, wie viel Mary-Kate in den vergangenen Monaten für ihre Therapie ausgegeben hatte, ohne dass sich bislang ein Erfolg gezeigt hätte. Und dann konnte sie anmerken, wie viel Ellen für die sündhaft teuren Stiefel ausgegeben hatte, die sie nur ein einziges Mal getragen hatte.

Ich bin ein schlechter Mensch, dachte Ellen. Ich bin ein schlechter, schlechter Mensch.

Er wird mich nie so sehr lieben, wie er Colleen geliebt hat.

Irgendwann wird er mich verlassen, und ich werde eine alleinerziehende Mutter sein wie meine Mum.

Ohne Job.

Und zu allem Überfluss werde ich in fünf sehr kurzen Jahren vierzig sein. *Vierzig!*

Sie fasste einen Entschluss. »Mary-Kate!«, rief sie und ging mit energischen Schritten in den Flur hinaus, als Patrick gerade zur Seite trat, um Mary-Kate hereinzulassen. »Es tut mir sehr leid, aber ich muss unseren Termin absagen. Und ich kann Ihnen auch keinen neuen geben.«

Mary-Kate machte ein verblüfftes Gesicht. Ellen fiel auf, dass etwas an ihr anders war. Ihr Gesicht sah nicht so aufgeschwemmt aus wie sonst. Außerdem hatte sie einen langen, butterblumengelben Schal um den Hals geschlungen und einen Blumenstrauß in der Hand.

»Ich will nur noch mal nach Jack sehen, bevor ich gehe.« Patrick warf Ellen über Mary-Kates Kopf hinweg einen Blick zu, der so etwas wie »Willst du jetzt alle deine Patienten verprellen?« besagen wollte. Dann zuckte er kaum merklich mit den Schultern und eilte die Treppe hinauf.

»Stimmt was nicht?«, fragte Mary-Kate.

»Ehrlich gesagt, ja«, erwiderte Ellen. »Morgen wird wohl ein Zeitungsartikel über mich erscheinen, der meinen Ruf ruinieren wird.«

»In welcher Zeitung?«, fragte Mary-Kate sofort, als ob sie loslaufen und sich eine Ausgabe besorgen wollte.

»*The Daily News*. Mir wäre es wirklich lieber, Sie würden es nicht lesen, wissen Sie. Worauf ich hinauswill … «

Mary-Kate ließ sie nicht ausreden. »Na, dann wollen wir mal sehen, was ich für Sie tun kann. Oh, die hier sind übrigens für Sie.« Sie überreichte Ellen den Strauß.

»Vielen Dank.« Ellen starrte die Blumen an. Sie waren gelb, wie Mary-Kates Schal. »Das ist wirklich nett, dass Sie mir helfen wollen, aber ich wüsste nicht …«

»Erzählen Sie mir alles.«

»Wie bitte?«

»Erzählen Sie mir genau, was passiert ist, jedenfalls soweit Sie damit nicht gegen Ihr Berufsgeheimnis verstoßen.«

»Entschuldigung, aber ich glaube, ich verstehe nicht ganz …«

»Ich bin Anwältin«, erklärte Mary-Kate. »Mein Spezialgebiet sind Verleumdungsklagen.«

24

Aber ich habe einen kleinen Jungen!
COLLEEN SCOTTS ERSTE WORTE, ALS IHR MITGETEILT WURDE, DASS SIE NUR NOCH EIN PAAR MONATE ZU LEBEN HABE

Ich träumte, mein Kollege Lance saß zusammen mit einer blassen, rothaarigen Frau, die ich nicht kannte, an meinem Krankenbett.

»Nein, Lance, ich habe mir *The Wire* immer noch nicht angeschaut«, sagte ich zu meiner eigenen Belustigung.

»Das macht nichts«, erwiderte er. Es war kein Traum. Lance saß tatsächlich an meinem Bett.

»Haben Sie starke Schmerzen?«, fragte die Rothaarige. »Meine Cousine hat sich vor Jahren das Becken gebrochen. Sie sagte, die Schmerzen seien schlimmer gewesen als bei einer Entbindung.«

»Kann ich nicht sagen, ich habe nie entbunden«, antwortete ich. Wer war diese Frau?

»Ich auch nicht. Aber das ist der allgemeingültige Maßstab für Schmerzen, nicht wahr? Als ob man keine Ahnung hätte, was Schmerzen sind, wenn man kein Kind zur Welt gebracht hat. Ich hab gehört, wenn einem ein Nierenstein abgeht, ist das sehr viel schlimmer.«

»Ich finde, wir sollten sie vom Thema Schmerzen ablenken«, warf Lance ein.

»Ich wollte ja nur mein Mitgefühl zeigen«, sagte die Frau und fügte seufzend hinzu: »Ich sage bei Krankenbesuchen immer das Falsche.« Sie sah mich an und fuhr fort: »Ich bin übrigens Kate.

Lance' Frau. Ich weiß nicht, ob Sie sich an mich erinnern. Wir haben uns letztes Jahr auf der Weihnachtsfeier kennengelernt.«

»Ja, natürlich«, antwortete ich, obwohl ich nicht sicher war, mich an diese Begegnung zu erinnern. Hatte ich in den letzten Jahren nicht immer nach einem Vorwand gesucht, um mich vor der Weihnachtsfeier zu drücken?

»Wir dachten, wir schauen auf einen Sprung vorbei«, sagte Lance.

»Wir wollen ins Kino«, ergänzte Kate.

Ein Schweigen trat ein. Ich überlegte krampfhaft, was ich sagen könnte. Ich verstand nicht, warum die beiden mich besuchten.

Dann fragte ich: »In welchen Film geht ihr?« Und Lance sagte im gleichen Augenblick: »Ich habe eine Karte mitgebracht, alle im Büro haben unterschrieben.«

Er reichte mir einen weißen Umschlag mit meinem Namen darauf.

»Und Pralinen.« Kate hielt eine Schachtel hoch und zeigte fingerwedelnd mit der anderen Hand darauf wie die Moderatorin einer Spielshow. »Und Schundhefte. Ach ja, und Trauben. Nicht besonders einfallsreich, unsere Mitbringsel.«

Ich versuchte, den Umschlag zu öffnen, aber meine Hände zitterten viel zu sehr.

»Lass mich das machen«, sagte Lance behutsam.

»Eine Praline?«, fragte Kate.

»Vielleicht später«, antwortete ich.

»Haben Sie was dagegen, wenn ich mir eine nehme?«

»Kate!«, tadelte Lance.

»Entschuldigung.«

»Bedienen Sie sich nur«, forderte ich sie auf.

Ich betrachtete die Karte von meinen Kollegen und las ein paar der hingekritzelten Grüße.

Saskia! Du hättest dich nicht gleich die Treppe hinunterstürzen müssen, nur um aus dem Eastgate-Projekt rauszukommen! Werde BALD wieder gesund! Malcolm.

Ich denke an dich, Saskia, ich werde dich bald besuchen kommen, alles Liebe, Nina.

Liebe Saskia, du Ärmste! Kopf hoch, das wird schon wieder! J. D. (Werde Samstag mit Schoko-Brownies vorbeikommen)

»Können wir Ihnen vielleicht etwas besorgen? Brauchen Sie irgendetwas?« Kate nahm sich die zweite Praline. »Sie haben erwähnt, dass Ihre Familie in Tasmanien lebt, deshalb ...« Sie streifte ihren Mann mit einem Seitenblick, als fürchtete sie, wieder das Falsche zu sagen. Lance räusperte sich verlegen und heftete seinen Blick auf den dunklen Fernsehbildschirm unweit meines Bettes.

»Meine Familie lebt in Brisbane«, fuhr Kate fort. »Ich weiß, wie das ist, ich meine, andere haben eine Mutter und Schwestern und Cousinen und was weiß ich nicht alles. Es ist absolut kein Problem, sagen Sie es ruhig, wenn Sie etwas brauchen.«

Ich starrte die beiden an. Lance hatte warme, schläfrige Augen und breite Schultern, so als machte er Kraftsport. Ich glaube nicht, dass ich ihn jemals richtig angesehen habe. Ich sah seine Frau an. Sie war extrem dünn und flachbrüstig – »knabenhaft« hätte meine Mutter sie wohl genannt –, mit streichholzkurzen Haaren und großen Augen wie ein scheues Waldwesen. Sie saß in einem merkwürdigen Winkel auf dem Besucherstuhl und knabberte an einer meiner Pralinen. Ich meinte mich zu erinnern, wie ich mich auf der Weihnachtsfeier mit ihr unterhalten hatte, sie hatte mir etwas von einem Urlaub in Cradle Mountain erzählt. Ich hatte die Party früher verlassen, um in meinem Auto vor Patricks Haus sitzen und auf ihn warten zu können. Ich sah ihn von irgendwoher nach Hause kommen, er trug Jack auf seinen Armen hinein; der Junge hatte den Kopf an seine Schulter gelegt und schlief fest.

Ich musste wieder an Jack denken, an seinen gebrochenen Arm, und an Ellen, die mir nahegelegt hatte, aus Sydney wegzuziehen. Was würden meine beiden netten Besucher wohl sagen, wenn sie wüssten, was ich vergangene Nacht getan habe, was ich die letzten drei Jahre getan habe, fragte ich mich. Mir war, als sackte mein Magen ein paar Stockwerke tiefer.

»Das ist ein richtiger Schock, wenn einem so etwas passiert, nicht wahr?«, sagte Kate. »Man geht arglos seiner Wege, und plötzlich *wumm!* kommt ein Curve-Ball angeflogen!« Sie machte eine ruckartige Bewegung mit dem Oberkörper, um zu demonstrieren, wie sie einem bogenförmig geworfenen Ball auszuweichen versuchte, und ein Großteil der Pralinen, die sie in den Händen hielt, flog aus der offenen Schachtel durch die Luft und auf den Fußboden.

»Kate«, sagte Lance vorwurfsvoll. Er bückte sich, um die Pralinen aufzuheben.

»Upps!«, entfuhr es Kate.

»Ich bin nicht …« *Ihr versteht nicht. Ihr denkt, ich wäre ein normaler Mensch so wie ihr, aber das bin ich nicht.* Das war es, was ich eigentlich sagen wollte.

Die Wörter blieben mir im Hals stecken. Es war, als wäre meine ganze Persönlichkeit zu Staub zerfallen. Ich atmete immer noch, mein Herz schlug immer noch, aber ich war nicht mehr da. Es hatte die energische, professionelle Saskia gegeben, die Lance gekannt hatte, und die verrückte Saskia, die Patrick gekannt hatte, aber jetzt schien keine von beiden jemals existiert zu haben. Ich hatte keine Ahnung, was für eine Art Mensch ich war: lustig oder ernsthaft, still oder laut. Wenn ich aufhörte, Patrick zu wollen, was wollte ich dann? Wofür begeisterte ich mich? Existierte ich überhaupt? Diese beiden komischen, liebenswerten Menschen sahen mich an, als sei ich tatsächlich vorhanden, aber ich war mir nicht so sicher.

»Bodyboarden«, sagte ich unvermittelt.

»Oh!« Kate nickte freundlich, als wäre diese Bemerkung aus heiterem Himmel ganz normal.

»Nina hat doch gesagt, du seist die Treppe hinuntergefallen.« Lance runzelte verwirrt die Stirn. »Du seist geschlafwandelt, hat sie gesagt.«

Ich konnte mich zwar nicht erinnern, das gesagt zu haben, aber es klang logisch.

»Ich begeistere mich fürs Surfen«, sagte ich und dachte im nächsten Augenblick: Habe ich das wirklich laut gesagt?

»Ich auch!«, sagte Kate. »Na ja, eigentlich war ich noch nie auf einem Bodyboard im Wasser, aber ich würde es gern mal ausprobieren, das heißt, genau genommen würde ich gern surfen lernen, auf einem richtigen Surfbrett. Ich will schon lange Unterricht nehmen.« Lance schnaubte. Kate gab ihm einen Klaps auf den Arm und strahlte mich an.

»Die haben dir richtig gute Schmerzmittel gegeben, was, Saskia?«

»Sei nicht so unhöflich«, wies Kate ihren Mann zurecht. »Was sie sagt, macht durchaus Sinn.«

»Habe ich das Gegenteil behauptet?«

Kate lauschte und fragte dann: »Wessen Telefon ist das?«

Ich erkannte den Klingelton meines Handys. Kate bückte sich nach meiner Lederhandtasche. »Soll ich rangehen?«

Ich starrte meine Tasche an. Wie war es möglich, dass ich immer noch meine Tasche hatte? Nach allem, was passiert war? Ich fand das aus irgendeinem Grund unglaublich komisch und lachte laut heraus.

»Also, ich hätte wirklich gern was von dem Zeug, das sie dir geben«, bemerkte Lance trocken.

»Ich werde rangehen.« Kate kramte das Handy aus meiner Tasche.

»Sie hat doch gar nicht gesagt, dass sie das Gespräch annehmen will.« Lance schüttelte leicht entnervt den Kopf.

»Hallo?« Kate stand auf, mein Handy am Ohr, und ging ein paar Schritte vom Bett weg. »Äh … ja … Saskia ist da«, hörte ich sie sagen, »regen Sie sich jetzt bitte nicht auf, es geht ihr gut, aber sie ist ins Krankenhaus eingeliefert worden.«

»Entschuldige«, raunte Lance mir zu. »Kate kann manchmal ein bisschen …« Er brach achselzuckend ab, unfähig, das richtige Wort zu finden, das seine Frau beschreiben würde. »Willst du wirklich keine Praline?«

»Also gut.« Ich nahm eine und hörte Kate zu. Nach ein paar Minuten beendete sie das Gespräch und legte das Handy auf den Nachttisch.

»Das war Ihre Freundin Tammy«, sagte sie. »Sie seien heute Abend auf einen Drink verabredet gewesen, hat sie gemeint. Sie ist auf dem Weg hierher. Ich hab ihr den Weg beschrieben.«

»Tja, dann wollen wir mal.« Lance schlug sich mit den Handflächen auf die Knie und machte Anstalten aufzustehen. »Nicht, dass es zu viel für dich wird, Saskia.«

»Ja, es wird Zeit für uns.« Kate schaute auf ihre Armbanduhr. »Obwohl, wir sind noch früh dran. Wir könnten warten, bis Tammy da ist, und Ihnen noch ein wenig Gesellschaft leisten, natürlich nur, wenn es Ihnen recht ist, Saskia.«

Eigentlich hatte ich vor, etwas wie »Oh, geht nur, ich möchte nicht, dass ihr zu spät ins Kino kommt« zu sagen, aber heraus kam: »Bleibt doch noch.«

»Gerne!«, erwiderten Lance und Kate wie aus einem Mund.

Es war früh am Abend, und Ellens Haus hatte sich überraschend mit Besuchern gefüllt. Patricks Eltern und sein Bruder waren mit Geschenken für Jack gekommen, auf dessen Gipsarm sie sich verewigten, und, zu Ellens leichtem Verdruss (den sie sich selbst nicht erklären konnte), auch ihre Mutter. Sie hatte Jack das *Guinness-Buch der Rekorde* mitgebracht, was sich als *der* Hit erwies.

Sie saßen alle dicht gedrängt am Esszimmertisch und aßen die Würste, die Patrick gegrillt hatte. Er war in deutlich besserer Stimmung von der Polizei nach Hause gekommen. Die Beamten hatten sich anerkennend über sein »Stalking-Tagebuch« geäußert, ein Ringbuch, in dem er die Vorfälle der letzten drei Jahre peinlich genau festgehalten und mit Ausdrucken von E-Mails, mit Briefen und Beschreibungen der jeweiligen Zwischenfälle ergänzt hatte. (Ellen hatte den Ordner durchgeblättert und staunend die knappen Kommentare gelesen: *»27. Juli, 12 Uhr 30: S. hämmerte an die Haustür, verlangte, dass ich sie hereinlasse; ignorierte meine Aufforderungen zu gehen.«*) Die einstweilige Verfügung nach dem Gewaltschutzgesetz werde ausgestellt, hatte man ihm auf der Polizeidienststelle mitgeteilt, Saskia habe allerdings die Möglichkeit, vor Gericht dagegen vorzugehen. Sie würde außerdem mit großer Wahrscheinlichkeit wegen Hausfriedensbruchs und Einbruchs belangt werden. Es hatte ganz den Anschein, als hätte man Patrick dieses Mal ernst genommen und ihn mit genau dem richtigen Maß von respektvollem Verständnis behandelt. Er schäumte nicht länger vor Wut. Er wirkte wie ein Mann, der nach einem langen Kampf um Gerechtigkeit endlich sein Recht bekommen würde.

Ellen hatte ihr Mobiltelefon in Hörweite auf das Sideboard gelegt. Sie wartete auf einen Anruf von Mary-Kate, die versuchen wollte, die Veröffentlichung des Zeitungsartikels zu verhindern. Ellen machte sich keine allzu großen Hoffnungen. Sie hielt es für höchst unwahrscheinlich, dass eine schwerfällige, griesgrämige Person wie Mary-Kate in der Lage war, es mit einem einflussreichen, makellos weiße Zähne besitzenden Mann wie Ian Roman aufzunehmen.

»Ich kann Ihnen nichts versprechen«, hatte Mary-Kate gesagt, nachdem sie sich Ellens Geschichte angehört und in ihrem kleinen, ledergebundenen Notizbuch Stichworte notiert hatte. »Aber ich werde umgehend beim Gericht eine einstweilige Verfügung beantragen. Die Chancen, dass wir eine kriegen, sind gleich null, weil die Richter dem Recht auf freie Meinungsäußerung größere Bedeutung einräumen, aber ich werde den Anwälten der *Daily News* einzureden versuchen, dass unserem Antrag stattgegeben wird. Es steckt ganz klar böse Absicht hinter dieser Geschichte, und es hört sich an, als zielte der Artikel tatsächlich darauf ab, Ihren Ruf im Klo runterzuspülen. Ich werde denen anständig Druck machen, keine Sorge.«

»Und ich dachte, Sie seien Anwaltssekretärin«, murmelte Ellen mit matter Stimme.

»Nee«, antwortete Mary-Kate höchst unanwältlich.

Ellen erinnerte sich dunkel, wie Mary-Kate erwähnt hatte, sie sei im »juristischen Bereich« tätig. Und Ellen war davon ausgegangen, sie sei Anwaltssekretärin. Hätte sie mehr Geduld, mehr Respekt gehabt, wenn sie gewusst hätte, dass sie es mit einer Anwältin zu tun hatte? Zu ihrer Schande lautete die Antwort Ja.

»Wie lautet der Weltrekord für die meisten Knochenbrüche?«, sagte Jack jetzt. Er hatte das Guinness-Buch aufgeschlagen neben sich liegen und blätterte beim Essen die Seiten um. »Fünfunddreißig!«, beantwortete er seine Frage. »Irgend so ein Typ namens Evil Knievel.«

»Tatsächlich! Ich hätte nicht mal gedacht, dass wir so viele Knochen haben!«

Maureen tat besonders interessiert, um zu demonstrieren, dass es sie nicht im Geringsten störte, dass Jack *ihr* Geschenk beiseitegelegt hatte, weil er das von Anne viel spannender fand.

»Wir haben sogar noch viel mehr, zweihundertsechs genau genommen«, sagte Anne.

»Kaum zu glauben!« Maureen lächelte verbissen.

»Ein Baby hat um die dreihundert Knochen. Beim Heranwachsen verschmelzen sie teilweise miteinander.«

»Es muss wunderbar gewesen sein, mit so viel Fachwissen ein Kind großzuziehen«, sagte Maureen. »Ich habe meine immer ins Auto gepackt und zum Arzt gefahren und bin mir dann richtig dumm vorgekommen, wenn ihnen überhaupt nichts gefehlt hat.«

Bitte sei jetzt nicht herablassend, Mum, dachte Ellen.

»Ach, wissen Sie, ich glaube, das hat die Sache eher schlimmer gemacht.« Zu Ellens Erleichterung war Annes Lächeln nur minimal hoheitsvoll. »Da ich wusste, was alles passieren kann, bedeutete eine leicht erhöhte Temperatur gleich den sicheren Tod.«

»Da wir gerade von erhöhter Temperatur sprechen«, warf Patricks Vater ein, »na ja, nicht direkt Temperatur, Schmerzen, so wie dieser wirklich komische Schmerz in meinem …«

»Dad!« In Patricks Stimme lag ein warnender Unterton.

»George weigert sich, zum Arzt zu gehen«, erklärte Maureen. »Aber wenn er zufällig einen trifft, fängt er an, ihn mit seinen gesundheitlichen Problemen zu belästigen.«

»Ich dachte nur, das würde Anne vielleicht interessieren«, verteidigte sich George.

Maureen sah ihn an. »Würde es dich interessieren, wenn die Leute dir von ihren elektrischen Problemen erzählten?«

»Na klar!«, behauptete George. »Sind Ihnen kürzlich irgendwelche Sicherungen durchgebrannt, Anne?«

»Wie auch immer, es muss doch schön für dich gewesen sein, Ellen, eine Mutter zu haben, die Ärztin ist«, sagte Maureen.

»Mum!« Patrick ließ die Brötchenhälften mit der Grillwurst dazwischen sinken.

»Was?«

Patrick zuckte mit den Achseln und biss in sein Brötchen.

»Sie war immer sauer auf mich, wenn ich krank wurde«, erwiderte Ellen.

»Genau wie unsere Mutter!«, mischte sich Patricks Bruder ein. »Ich habe Mum nie so wütend erlebt wie an dem Tag, als ich einen Kricketball an den Kopf kriegte und umkippte. Ich komme wieder zu mir, und das Erste, was ich sehe, ist Mum, die mich anbrüllt: ›SIMON! WACH SOFORT WIEDER AUF!‹«

»Ich dachte, du wärst tot«, sagte Maureen zu ihrer Rechtfertigung.

»Und da hast du gedacht, mich anzuschreien würde mich wieder zum Leben erwecken?«

»Ich kann das vollkommen verstehen«, sagte Anne. »Es ist die Angst, die einen rasend macht vor Wut.«

»Du wirst das verstehen, wenn du selbst Mutter geworden bist, Ellen.« Maureen lächelte ihr zu.

Ellen, die sich schon darauf freute, als Mutter genau das Gegenteil ihrer eigenen Mutter zu sein, und sich in zarten Farben ausmalte, wie sie die fieberheiße Stirn ihres Kindes mit zärtlicher kühler Hand streicheln würde, erwiderte: »Ja, das denke ich auch.«

»Dad war nicht sauer auf mich, als ich mir den Arm gebrochen habe«, sagte Jack. »Er war sauer auf Saskia.«

Am Tisch trat ein angespanntes, betretenes Schweigen ein.

Dann sagte Patrick: »Ja, weil es ihre Schuld war.«

»Es war ein Unfall«, widersprach Jack. »Und eigentlich warst *du* derjenige, der *sie* gestoßen hat.«

»Du hast recht, mein Schatz, es war ein Unfall, aber was dein Vater sagen will, ist, dass Saskia nicht mitten in der Nacht hier im Haus hätte sein dürfen«, sagte Maureen.

»Was hat die Polizei dazu gemeint?«, wandte sich George an seinen Sohn.

»Du warst wegen Saskia bei der Polizei?« Jack fuhr herum und sah seinen Vater vorwurfsvoll an. »Muss sie jetzt ins Gefängnis?«

»Nein«, antwortete Patrick. »Aber sie kann nicht einfach hier raus- und reinspazieren, wie sie will, das verstehst du doch, oder? Die Polizei wird ihr klarmachen, dass sie sich in Zukunft von uns fernhalten muss.«

»Na schön. Ob sie dann auch nicht mehr zu meinen Fußballspielen kommt? Doch, ich glaub schon.«

Ellen zog scharf die Luft ein.

»Herr im Himmel«, murmelte George.

»Wovon redest du, Jack?« Patrick legte sein Brötchen ganz langsam auf seinen Teller.

»Sie guckt bei allen meinen Spielen zu«, antwortete der Junge.

Patrick schüttelte den Kopf. »Ich hab sie nie da gesehen.«

»Du hast eben schlechte Augen«, meinte Jack kurz angebunden. »Sie steht immer ein Stück weit weg. Neben einem Baum oder so. Sie hat immer diesen blauen gestrickten Hut auf, so einen flachen, wie ein Pfannkuchen.«

»Eine Baskenmütze?«, fragte Anne.

»Du meine Güte, das könnte die sein, die ich für sie gestrickt habe«, sagte Maureen.

»Falls ich sie noch einmal in deiner Nähe sehe, werde ich dafür sorgen, dass sie ins Gefängnis wandert«, sagte Patrick kalt.

»Das wirst du nicht tun!«, fuhr Jack auf.

»O doch, das werde ich.«

»Dann werde ich nie wieder ein Wort mit dir reden!«

»Schön, dann lass es sein«, erwiderte Patrick achselzuckend.

»Jungs, bitte!« Maureen hob in einer hilflosen Geste der Beschwichtigung beide Hände.

Ellens Handy klingelte.

»Ich will nur schnell … Entschuldigt mich bitte.«

Sie eilte mit dem Telefon in die Küche. »Mary-Kate?«

»Ja, hi, Ellen. Also: Der Artikel wird vorerst nicht veröffentlicht. Die Reporterin ist bereit, sich zuerst Ihre Version der Geschichte anzuhören. Und ich habe den Eindruck, dass sie das Ganze am liebsten fallen ließe. Die meisten Journalisten haben so etwas wie eine Berufsehre, und Lisa Hamilton hasst den Gedanken, dass Ian Roman sie für seinen persönlichen Rachefeldzug benutzen könnte. Auch wenn der Mann Herrscher ihrer Welt ist.«

Ellen spürte, wie sie vor Erleichterung innerlich zusammensackte. »Ich danke Ihnen! Ich kann Ihnen gar nicht genug danken.«

»Kein Problem«, erwiderte Mary-Kate. »Gern geschehen.«

Im Hintergrund hörte Ellen das dumpfe Brummeln einer tiefen Männerstimme. »Ich soll Sie von Alfred grüßen«, fügte Mary-Kate hinzu.

»Alfred? Alfred Boyle?«

Mary-Kate lachte leise. Ellen hatte sie noch nie lachen hören. »Tun Sie doch nicht so überrascht, Ellen.«

Ellen stieß ein leicht nervöses Lachen aus.

»Ich soll Ihnen sagen, dass er heute eine Rede vor zweihundert Buchhaltern gehalten hat. Er hat sie so mitgerissen, dass sie Tränen gelacht haben. Er hat Buchhalter zum Lachen gebracht – das will etwas heißen!«

»Das ist ja fantastisch«, sagte Ellen erfreut.

»Ich melde mich wieder, sobald ich etwas Neues weiß. Aber ich rechne damit, dass die Story vom Tisch ist, wenn die Journalistin und der Chefredakteur die ganze Wahrheit kennen.«

»Danke, Mary-Kate. Sie schicken mir Ihre Rechnung, ja?«, bat Ellen und dachte: Rechnen Anwälte nicht nach Minuten ab?

»Ach was, machen Sie sich doch nicht lächerlich«, erwiderte Mary-Kate fröhlich und legte auf.

Ellen senkte den Kopf, schloss die Augen und schlug sich mit dem Handy leicht an die Stirn. Ihr Versuch, Mary-Kate und Alfred miteinander zu verkuppeln, war offensichtlich erfolgreich gewesen. Das musste sie in ihrem Gespräch mit der Reporterin unbedingt erwähnen: Klinische Hypnotherapeutin hypnotisiert ihre Patienten, damit sie sich ineinander verlieben. Das würde garantiert zu ihrer Glaubwürdigkeit beitragen.

»Alles in Ordnung?«

Ellen öffnete die Augen. Ihre Mutter stand vor ihr, eine Salatschüssel in den Händen. »Ich dachte, ich fange schon mal mit dem Abräumen an. Die Stimmung da drin ist ein bisschen gereizt. Wundert mich nicht. Diese Saskia ist eindeutig geistig verwirrt.«

»Das Kapitel ist abgeschlossen«, entgegnete Ellen. »Sie wird uns künftig in Ruhe lassen. Ich habe heute mit ihr gesprochen.«

»Hast sie hypnotisiert, was?«, bemerkte Anne aus alter Gewohnheit. Bevor Ellen antworten konnte, stellte sie die Schüssel auf dem Tisch ab und fuhr fort: »Hör mal, ich muss mit dir reden. Es geht um deinen Vater.«

»Lass mich raten: Ihr werdet heiraten.«

Ellen konnte sich die dezent elegante Feier gut vorstellen. Ihre Mutter würde passend zu ihrer Augenfarbe Violett tragen. Designerlabels, wohin man blickte, Sektflöten, anmutig gehalten von manikürten Händen. Es würde die Art von Hochzeit werden, die es in die Gesellschaftsspalten der Zeitungen schaffte. Und Ellen würde das Gesicht wehtun vom angestrengten Dauerlächeln.

»Wirst du Pip und Mel zu deinen Brautjungfern ernennen?«, fuhr sie fort. »Und ich könnte Blumen streuen! Wär das nicht schön? Deine Tochter streut Blumen! Deine süße kleine schwangere Tochter.«

»Ellen.«

»Und meine Stiefbrüder könnten mich in ihre Mitte nehmen. Dann hättest du drei etwas zu groß geratene Blumenkinder.«

»Wir haben uns getrennt.«

»O nein!« Da genoss sie es einmal, ein Miststück zu sein, und prompt war es völlig unangebracht und verletzend. (Außerdem hätte sie sich gefreut, wenn ihre Eltern geheiratet hätten. Es wäre eine ergreifende, bezaubernde Feier gewesen. Was war bloß mit ihr los?)

»Was ist passiert?«, fragte sie und dachte: Er ist natürlich zu seiner Frau zurückgekehrt. Oder hat sie gegen ein jüngeres Modell eingetauscht. Oder bin ich schuld daran? Kann er mich vielleicht nicht leiden? (Ah, das Kind in dir verlangt nach Beachtung!)

»Ich habe Schluss gemacht«, sagte Anne. Sie setzte sich an den Küchentisch und fischte eine Kirschtomate aus der Salatschüssel.

»Aber warum denn?« Ellen zog sich einen Stuhl heran und setzte sich ihrer Mutter gegenüber. »Ich hatte den Eindruck, dass du … na ja … total verknallt in ihn warst.«

»Ich weiß.« Anne sah sie an und zuckte die Achseln. Ein angedeutetes Lächeln spielte um ihre Lippen. »War ich ja auch. Gott, ist mir das unangenehm!«

Patricks genervte Stimme dröhnte aus dem Esszimmer herüber und lenkte Ellen einen Augenblick ab. »Könnten wir vielleicht endlich über was anderes reden als über Saskia? Zum Beispiel über, ich weiß nicht, Armageddon? Wer möchte über Armageddon reden?«

Sie konzentrierte sich wieder auf ihre Mutter. »Das braucht dir doch nicht peinlich zu sein.«

»Ich bin eine solche Idiotin gewesen«, murmelte Anne. »Du hast im Moment so viel um die Ohren.« Sie machte eine Kopfbewegung zum Esszimmer hin. »Bevorstehende Hochzeit, ein Stiefsohn, ein Baby unterwegs, eine geistig verwirrte Stalkerin – und da komme ich auch noch mit deinem Vater an!«

»Mum, ich bin eine erwachsene Frau«, erwiderte Ellen ebenso

ernst wie unaufrichtig – schließlich hatte sie genau das Gleiche gedacht. »Warum hast du mit ihm Schluss gemacht?«

»Fünfunddreißig Jahre war ich in eine Erinnerung verliebt«, sagte Anne langsam. »Es ist verrückt, und ich hätte es abgestritten, wenn mir das jemand auf den Kopf zugesagt hätte, aber jedes Mal, wenn ich mit einem Mann ausging, habe ich ihn mit deinem Vater verglichen. Mit dem ich nie eine richtige Beziehung hatte, den ich nicht einmal besonders gut kannte. Da war natürlich jeder andere Mann eine kleine Nummer.« Sie kicherte. »In mehr als einer Hinsicht.«

»Mum!« Ellen zuckte zurück. »Bitte!«

»Entschuldige. Als David und ich uns wiedertrafen, war ich überglücklich. Er war genauso reizend, wie ich ihn in Erinnerung hatte. Das heißt, um das ganz klar zu sagen, er *ist* reizend. Er ist immer noch der reizendste Mann, dem ich je begegnet bin.«

»Und wo liegt dann das Problem?«

»Na ja, mir fiel auf, dass mich so ein seltsames Gefühl beschlich, wenn wir länger als eine Stunde zusammen waren. Anfangs wusste ich nicht, was es war, aber letzte Woche kam es mir schlagartig. Ich langweilte mich.«

»Du hast dich gelangweilt«, wiederholte Ellen. Plötzlich tat ihr Vater ihr unendlich leid.

»Ich habe mich zu Tode gelangweilt«, bekräftigte Anne.

»Na ja, aber das kann schon mal passieren …«

»Nein«, sagte Anne mit Bestimmtheit. »Er ist nicht der Richtige für mich. Er war nie der Richtige für mich. Er hat zu wenig zu *sagen*! Und dann hat er Phasen, wo er nichts tut. Buchstäblich nichts. Neulich morgens saß er zwanzig Minuten in einem Sessel und tat nichts. Geschlagene zwanzig Minuten lang. Er las nicht. Er redete nicht. Starrte nur die Wand an. Was soll das?«

»Na ja, vielleicht hat er die Schönheit der Natur bewundert«, sagte Ellen. »Oder ein paar Minuten still meditiert, über sein Leben nachgedacht, für das er dankbar ist. Oder Achtsamkeit praktiziert oder …«

»Das war eine rhetorische Frage, Ellen. Ich dachte wirklich, sein Gehirn hätte seine Funktion eingestellt. Wie auch immer, wie die jungen Leute so redegewandt sagen. Es ist mir egal, was er tut, ich weiß nur, dass es mich rasend macht. Natürlich werden wir Freunde bleiben. Wir haben uns in bestem Einvernehmen getrennt. Und er sagt, er würde dich sehr gern wiedersehen, wenn du möchtest.«

Ellen nickte. »Ja, das wäre schön.«

Plötzlich hatte sie nichts mehr gegen ein Treffen mit ihrem Vater einzuwenden, der Gedanke hatte sogar etwas Besänftigendes. Sie dachte an verregnete Sonntagnachmittage ihrer Kindheit zurück, als sie auf dem Fußboden auf einem Teppich gelegen und gebannt zugesehen hatte, wie die Regentropfen an der Fensterscheibe hinunterrannen, und ihre Mutter immer wieder ungeduldig ins Zimmer geschaut und gesagt hatte: »Ellen, was machst du denn? Komm, lass uns rausgehen! Lass uns reden! Lass uns irgendetwas *machen*!«

Vielleicht könnten sie und ihr Vater Zeit miteinander verbringen, ohne dass irgendetwas gesprochen werden musste. Ohne unbeholfene Gespräche, um sich »besser kennenzulernen«. Sie könnten einfach nur zusammen sein. Vater und Tochter. Und wenn sie nichts füreinander empfanden als eine vage Sympathie, dann war das völlig in Ordnung.

»Das heißt also, dass ich jetzt, im zarten Alter von sechsundsechzig Jahren, endlich bereit bin für eine richtige Beziehung, jetzt, wo ich mich von meiner lächerlichen Fixiertheit auf eine Romanze, die es im Grunde nie gegeben hat, verabschieden kann. Wer weiß, vielleicht gehe ich online shoppen nach einem neuen Mann. Das soll ja bei den über Sechzigjährigen groß in Mode sein. Und denk doch nur, wie erfolgreich die Suche übers Internet bei dir war!«

»Ja«, pflichtete Ellen ihr bei und dachte: Er wird niemals eine andere Frau so sehr lieben, wie er Colleen geliebt hat. Vielleicht war die Suche doch nicht ganz so erfolgreich.

»Wo wir gerade davon sprechen …« Anne senkte ihre Stimme. »Ich wollte dir schon lange sagen, wie gern ich Patrick mag. Wirklich. Sehr gern sogar. Es hat zwar eine Weile gedauert, bis ich mit ihm warm wurde …«

»Er ist nebenan!«, zischte Ellen.

»Und wenn schon, ich sage ja nur nette Sachen über ihn. Ich mag die Art, wie er dich ansieht. Du hast recht gehabt. Jon war unterhaltsam, aber er hat dich nie so angesehen, wie Patrick dich ansieht.«

»Wie sieht er mich denn an?«, fragte Ellen.

»Und er ist ein guter Vater.«

»Störe ich?«

Ellen und Anne drehten sich um. Maureen stand in der Tür, schmutzige Teller auf beiden Unterarmen gestapelt.

»Ich habe gerade gesagt, was für ein guter Vater Patrick ist.« Anne stand auf und nahm Maureen ein paar Teller ab.

Maureen strahlte. Dann hörten sie eilig trappelnde Schritte im Flur und Jack brüllen: »Ich hasse dich!«

»Schön!«, schrie Patrick zurück. »Von mir aus kannst du dir auch den anderen Arm brechen!«

Maureens Gesicht verdunkelte sich ein wenig. Aber sie fing sich wieder und begann, mit einem Messer Essensreste von den Tellern zu schaben.

»Dieses windige Wetter macht den Leuten wirklich zu schaffen, nicht wahr? Gibt es vielleicht eine medizinische Erklärung dafür, Anne?«

Ich muss eingeschlafen sein. Mir war nämlich, als hätte ich nur geblinzelt, und dann war Tammy auf einmal da. Sie und Lance und Kate saßen in einem kleinen Halbkreis an meinem Bett und knabberten Pralinen.

Tammys ehemals lange, dunkle Haare waren jetzt kurz und rotblond. Ein Fehler, dachte ich.

Lance und Tammy unterhielten sich angeregt, wobei sie mit

einem seltsamen Akzent sprachen, die Achseln zuckten und ihr Kinn vorschoben.

»Sie tun so, als ob sie Drogenhändler aus Baltimore wären«, erklärte Kate, als sie sah, dass ich aufgewacht war. »Sie haben herausgefunden, dass sie beide große Fans von *The Wire* sind.« Sie senkte ihre Stimme zu einem Flüstern. »Am Wochenende redet Lance manchmal einen ganzen Tag lang so. Können Sie sich das vorstellen? Ich meine, schön, wenn er sich tatsächlich wie ein Drogendealer anhörte, wäre das vielleicht ganz sexy, aber so ...«

»Tammy?«, murmelte ich.

»Saskia, Schätzchen!«

Tammy stand auf, beugte sich über mich und küsste mich auf die Wange. Sie benutzte anscheinend immer noch den gleichen Duft wie fünf Jahre zuvor, weil ich mich sofort in eine andere Zeit, an einen anderen Ort zurückversetzt fühlte.

»Es ist so schön, dich wiederzusehen! Aber eigentlich solltest du mit mir in einer Bar sitzen und nicht im Krankenhaus liegen. Lance und Kate haben mir erzählt, du seist geschlafwandelt und eine Treppe hinuntergefallen? Das ist ja furchtbar! Seit wann schlafwandelst du denn?«

»Seit wir uns das letzte Mal gesehen haben«, antwortete ich doppeldeutig (Ellen wäre sicher angetan von dieser Art Bemerkung), aber Tammy nahm es wörtlich.

»Im Ernst? Gibt es kein Mittel dagegen? Weißt du, auf dem Weg hierher habe ich daran gedacht, wie wir uns das letzte Mal gesehen haben. Du hattest schrecklichen Liebeskummer wegen dieses Typs, dieses Vermessungsingenieurs. Wie hieß er doch gleich? Nate? Patrickiel? Na ja, das ist ja schon eine Ewigkeit her, wahrscheinlich erinnerst du dich gar nicht mehr an ihn.«

O Gott, wie ich gelacht habe!

»El-*len*!«

Patrick brüllte vom oberen Stock herunter, als wäre etwas Furchtbares passiert.

»Du meine Güte, was ist denn jetzt los?«, fragte Anne erschrocken.

»Ich nehme an, er braucht deine Hilfe mit Jack«, sagte Maureen zu Ellen. »Frauen haben im Umgang mit Kindern oft ein besseres Händchen.« Sie lächelte Anne auf eine Art und Weise an, die besagen wollte: Du weißt schon, was ich meine. Anne hatte nicht die leiseste Ahnung, was sie meinte.

Ellen trocknete sich die Hände rasch an einem Geschirrtuch ab. Sie tat absichtlich so geschäftig, weil sie wusste, es würde ihre Mutter wurmen, wenn sie sich wie eine Hausfrau benahm. Dann eilte sie nach oben in Jacks Zimmer. Patrick und Jack saßen auf dem Fußboden, an das Kinderbett mit dem Ben-Ten-Überwurf gelehnt, ließen ihre Hände zwischen ihren angezogenen Knien baumeln und würdigten sich keines Blickes.

Patrick schaute auf, als Ellen zur Tür hereinkam. »Vielleicht kannst du ja diesem Dickkopf erklären, warum Saskia nicht einfach mitten in der Nacht in unser Haus einbrechen kann«, sagte er und formte dann mit den Lippen stumm das Wort Hilfe.

»Ich bin nicht blöd, Dad«, fuhr Jack hitzig auf. »Ich weiß, dass sie das nicht hätte tun dürfen.«

»Schön, wo ist dann das Problem? Warum bist du dann so sauer auf *mich*?«

Ellen trat ins Zimmer und setzte sich zu den beiden auf den Fußboden.

»Was hast du gefühlt, als dein Dad und Saskia sich trennten, Jack?«, fragte sie.

Der Junge und sein Vater erstarrten, als hätte sie an ein beschämendes Geheimnis gerührt. Du meine Güte, dachte sie irritiert. Höchste Zeit, der Sache auf den Grund zu gehen. Sie würden nicht mehr um den heißen Brei herumreden, was das Thema Saskia betraf.

»Was hat das denn jetzt …«, begann Patrick.

Ellen ließ ihn nicht ausreden. »Ich würde es gern wissen.« *Du wolltest doch, dass ich dir helfe, mein Lieber.*

»Ich weiß nicht mehr so genau«, antwortete Jack. »Ich war ja noch ganz klein, erst fünf.« Sein Blick verlor sich irgendwo in der Ferne, während er den schier endlos langen Zeitraum von drei Jahren an sich vorüberziehen ließ.

»Genau, du warst damals noch ganz klein.« Patrick warf Ellen einen triumphierenden Blick zu. »Die Sache ist doch die …«

»Doch, jetzt weiß ich es wieder«, fiel Jack ihm ins Wort. »Ich dachte, es hätte was mit ihrer Glücksmurmel zu tun.«

Patricks Miene verriet, dass er aus allen Wolken fiel. »Was?«

Jack schlug mit den Knöcheln auf den Gips am anderen Arm.

»Mit ihrer Glücksmurmel?«, fragte Ellen.

Den Blick auf Jack gerichtet, antwortete Patrick: »Sie hatte so eine große bunte Murmel, die ihrem Vater gehört hatte. Sie hielt sie immer als Glücksbringer in der Hand, wenn sie wegen irgendetwas Lampenfieber hatte. Als Jack in die Schule kam, hat sie sie ihm geschenkt.« Er räusperte sich und fuhr dann fort: »Er solle sie immer bei sich tragen, hat sie zu ihm gesagt, sie werde ihm Zauberkräfte verleihen.«

»Das war keine Waffe oder so«, stellte Jack klar. Er sah Ellen an. »Die Murmel hat sich nicht in eine Laserpistole oder so was verwandelt. Eigentlich hat sie überhaupt nichts gemacht.«

»Ich hatte Saskias Glücksmurmel dabei, als ich mich mit dem allerersten Kunden von Scott Surveys traf«, sagte Patrick. »Ich hielt sie in der Hand, während ich darauf wartete, dass er mich in sein Büro bat.«

Das war die erste nette Erinnerung an Saskia, die er Ellen erzählte. Sie bekam einen flüchtigen Eindruck von der anderen Seite ihrer Geschichte.

»Ich habe die Murmel in der Schule verloren«, fuhr Jack fort. »Ich habe überall nach ihr gesucht, ein Lehrer hat mir sogar beim Suchen geholfen, aber wir haben sie nicht gefunden. Sie war weg. Ich habe Saskia nichts davon gesagt, weil ich wusste, das würde sie traurig machen, und dann, am nächsten Tag, ist sie weggegangen.

Und da dachte ich, oh, sie hat rausgekriegt, dass ich die Murmel verloren habe.«

Patricks und Ellens Blicke trafen sich über Jacks Kopf hinweg.

»Du hast gedacht, es sei deine Schuld«, sagte Ellen zu dem Jungen.

»Na ja, ich dachte, sie ist bestimmt stocksauer auf mich. Und ich dachte, Dad sei wütend auf mich, weil sie meinetwegen fortgegangen ist, und deshalb konnten wir nicht über sie reden.«

»O Gott.« Patrick drückte sich zwei Finger an die Stirn. »Das ist nicht dein Ernst, Jack, oder? Das hast du wirklich gedacht?«

»Na klar, Dad«, erwiderte der Junge fröhlich.

»Aber das hatte überhaupt nichts mit dir zu tun!« Patricks Augen schimmerten feucht. Er hob seinen Arm, um ihn Jack um die Schultern zu legen. »Saskia hat dich abgöttisch geliebt! Sie hätte alles für dich getan! Sie ...«

Jack schüttelte den Arm seines Vaters ab. »Komm wieder runter, Dad. Ich weiß, dass es nicht meine Schuld war. Du und Saskia habt euch eben getrennt, so wie Ethans Eltern auch. Ich hab dir bloß gesagt, was ich dachte, als ich ein dummes kleines Kind war.« Er gähnte. »Ich glaube, ich lese noch ein bisschen in meinem Guinness-Buch.«

»Wir sind noch nicht fertig hier«, erwiderte Patrick eine Spur schärfer.

Jack zuckte mit den Schultern. »Von mir aus.«

»Ich will nur, dass du verstehst ...«

»Du brauchst aber doch nicht so gemein zu ihr sein.« Jack wollte seine Arme verschränken, was mit dem eingegipsten Arm aber nicht ging. »Das war's, was ich sagen wollte. Du tust ja gerade so, als ob sie eine Mörderin wäre und richtige Leute ermordet hätte! Sie hat mir meinen Arm doch nicht absichtlich gebrochen. Es war ein Unfall.«

»Ja, schon.« Patrick klang müde. »Du hast ja recht, Kleiner, aber das ist kompliziert ...«

»He, Leute.« Patricks Bruder erschien in der Tür. »Ich muss los, ich treff mich noch mit ein paar Freunden.«

Jack nutzte die Gelegenheit, um sich zu verdrücken. »Bis dann!«, sagte er zu seinem Onkel und klatschte ihn beim Hinausgehen ab.

»Ihr beide seht echt scheiße aus.« Simon betrachtete Patrick und Ellen kopfschüttelnd und folgte Jack nach unten.

»Vielen Dank«, rief Ellen ihm nach.

Patrick stand auf und streckte dann seine Hand aus, um Ellen auf die Füße zu ziehen.

Sie stöhnte. »Uff. Ich fühle mich wirklich scheiße.«

Patrick zog sie an sich, und sie legte einen Augenblick ihren Kopf an seine Brust. Tausend Gedanken schwirrten ihr durch den Kopf. *Der arme kleine Jack, der dachte, es sei seine Schuld gewesen, dass Saskia und sein Vater auseinandergingen. Die arme Saskia, die ihre Glücksmurmel nicht mehr hat. Der arme David, der von meiner Mutter den Laufpass bekommen hat, weil er langweilig ist. Ich Arme, weil Patrick mich nicht wirklich liebt und ich ein winziges Baby bekomme und … o Gott im Himmel, meine Brüste tun so was von weh!*

»Alles wird gut«, flüsterte Patrick ihr ins Ohr.

»Wird es das?«, murmelte sie.

Sie gingen zusammen nach unten. Als sie in die Küche kamen, hatte Anne ihre halbherzigen Versuche, Patricks Mutter zu helfen, aufgegeben. Sie saß am Tisch und trank ein Glas Wein, während Maureen die Spülmaschine belud.

»Ich werde mich dann mal auf den Weg machen«, sagte Anne zu ihrer Tochter. »Ich treffe mich noch mit Pip und Mel auf einen Drink. In der Stadt hat ein neues Weinlokal aufgemacht, das wir ausprobieren wollen.«

»*Jetzt* wollt ihr noch in die Stadt?« Maureen schaute auf die Wanduhr. Es war acht Uhr. »Du meine Güte!«

»Ja, wir drei sind richtige Nachtschwärmer«, erwiderte Anne.

Es war, als hätte es das romantische Intermezzo mit Ellens Vater nie gegeben. Sein Auftritt hatte keine riesige Flutwelle in Ellens

Leben ausgelöst, sondern bestenfalls ein Kräuseln der Oberfläche verursacht.

Es stellte sich heraus, dass der Klub, in dem Simon mit seinen Freunden verabredet war, in derselben Straße lag wie Annes neues Weinlokal, und so bot sie an, ihn mitzunehmen. Simon willigte freudig ein, er war ganz glücklich, dass er sich die Kosten für ein Taxi in die Stadt sparen konnte.

»Das ist wirklich *furchtbar* lieb von Ihnen, Anne«, sagte Maureen bekümmert.

Nachdem Ellen und Maureen in der Küche fertig waren (seit dem Tod ihrer Großmutter waren die Küchenschränke nicht mehr so blitzblank gewesen), schlug Patricks Vater eine Partie Monopoly vor. Er hatte die Schachtel im Regal entdeckt, und jetzt rieb er sich voller Vorfreude die Hände und versprach den anderen, dass sie binnen einer Stunde bankrott sein würden.

Während George das Brett aufbaute und die Banknoten zu sauberen kleinen Stapeln schichtete, fragte Patrick, ob es ihm etwas ausmache, wenn er und Ellen nicht mitspielten.

»Wir würden gern noch einen kleinen Spaziergang am Strand machen«, fügte er hinzu, wobei er Ellen ansah und fragend seine Brauen hochzog. Ellen nickte. Vielleicht würde ihr das helfen, ihren Kopf frei zu bekommen.

»Es ist mitten im Winter und mitten in der Nacht, und kalt und windig ist es auch!«, protestierte Maureen. »Und deine Frau ist schwanger!«

»Es ist Frühjahr und halb neun«, entgegnete Patrick. »Es ist ziemlich mild, ich glaube nicht, dass das Baby etwas dagegen hat.«

»Und ich bin nicht seine Frau«, merkte Ellen an.

Es entstand ein betretenes Schweigen.

»Noch nicht!«, verbesserte sie sich hastig. »Ich meine, bald werde ich es sein.«

»Na, dann viel Spaß, ihr zwei.« Maureen ließ einen kurzen, prüfenden Blick über die beiden schweifen – wie eine Expertin, die ihre Beziehung auf Haarrisse untersuchte, die möglicherweise zu gravierenden Schäden führten. Dann ordnete sie ihr Gesicht neu und fügte hinzu: »Wenn ihr wieder da seid, werde ich George vielleicht zu einer Partie Tennis im Mondschein entführen.«

»Oh, meine Frau und ihre spöttische Ader! Hier, mein Schatz, dein Bügeleisen.« George hob das Miniaturbügeleisen vom Monopolybrett hoch.

»Du weißt ganz genau, dass ich immer das Schlachtschiff habe.« Maureen setzte sich ans Kopfende des Tisches und schüttelte die Würfel in ihren hohlen Händen. »Auf geht's, Jack! Glaub ja nicht, dass du wegen eines einzigen gebrochenen Knochens eine Sonderbehandlung kriegst!«

Patrick hatte recht. Der Wind hatte sich gelegt, und es war eine Wohltat, warm angezogen über den menschenleeren Strand zu spazieren. Der Sand war immer noch mit einer orangeroten Staubschicht überzogen, aber die salzige, kalte Luft war klar und sauber. Patrick und Ellen taten tiefe, stärkende Atemzüge und schlenderten dann bis zum Meer hinunter, wo das Wasser den Sand festgebacken hatte.

Sie gingen nebeneinander her, ohne sich zu berühren. Ellen konzentrierte sich auf das rhythmische, hohle Rauschen der Brandung und auf ihre Atmung.

»Also …«, sagte Patrick schließlich.

»Also?«

»Also, das hat mich echt umgehauen.«

»Jack.«

»Ja. Ich meine, ich habe das immer für etwas Positives gehalten, dass er nie nach Saskia gefragt hat! Ich wäre niemals auf den Gedanken gekommen, dass er sich die Schuld daran gab, dass sie weggegangen ist.« Seine Stimme war brüchig geworden. »Das arme Kerlchen.«

Ellen fiel nicht zum ersten Mal auf, dass Patrick in Phasen großer Belastung wie sein Vater redete – in der Sprache der Fünfzigerjahre.

»Kinder halten sich für den Nabel der Welt«, sagte sie. »Deshalb suchen sie die Schuld immer bei sich.«

»Ich glaube, er hat mir das mit Saskia all die Jahre übel genommen.«

»Gut möglich.«

Ellen hielt sich mit weiteren Kommentaren zurück. Patrick musste sich selbst damit auseinandersetzen und ganz allein damit fertigwerden.

Sie gingen ein paar Minuten schweigend nebeneinander her, dann sagte er leise: »Sie *war* ihm eine gute Mutter. Sie ...«

Seine Stimme erstarb. Er schaute zu den Sternen hinauf, als erhoffte er sich von ihnen eine Eingebung. Dann atmete er tief durch und begann zu reden, schnell und ohne Ellen anzusehen, so als wären sie Geheimagenten und er hätte nur begrenzt Zeit, um ihr wichtige Informationen mitzuteilen.

»Als Colleen starb, war ich völlig neben der Spur. Ich hatte noch nie einen derartigen Schmerz verspürt, und das machte mir eine Heidenangst. Ich dachte, was zum Teufel ist das? Das tut verdammt weh! Ich entwickelte daher eine brillante Strategie: Ich ließ den Schmerz nicht zu. Ich weiß noch, wie ich dachte: die sieben Phasen der Trauer, so ein Schwachsinn, doch nicht für mich! Wenn es wehtut, darüber nachzudenken, dann lass es eben sein. Arbeite, lenk dich ab! Das war der Grund, warum ich mich selbstständig gemacht habe. Ich glaube, ich habe gedacht, wenn ich es nur verbissen genug versuche, wenn ich mental stark genug bin, kann ich den Schmerz unterdrücken. Das hat hervorragend funktioniert, wie du dir denken kannst. Ich war ein wandelnder, sprechender, atmender Roboter. Alle dachten, ich käme bestens klar. Sie machten mir sogar Komplimente deswegen. Und irgendwie kam ich ja tatsächlich klar. Und dann traf ich Saskia auf dieser Konferenz, und ich mochte sie, wahrscheinlich liebte ich sie später sogar, auf meine komische roboterhafte Art. Sie merkte anscheinend gar nicht, dass ich ein Roboter war, weißt du. Wir unternahmen etwas zusammen, und sie lächelte mich an, und dann ertappte ich mich dabei, dass ich ganz erstaunt dachte: Sie ist wirklich glücklich, sie tut nicht nur so, sie ist tatsächlich glücklich. Und ich dachte: Na ja, was soll's, egal, das ist der Mann, der ich jetzt eben bin, und Jack ist glücklich und … Pass auf!«

Eine Welle rauschte tiefer als die anderen landeinwärts, und weißes, schäumendes Wasser flutete auf sie zu. Patrick hatte Ellen blitzschnell seinen Arm um die Taille gelegt und hob sie ein Stück vom Boden hoch, damit ihre Schuhe nicht nass wurden. Dann setzte er sie wieder auf dem trockenen Sand ab. Die plötzliche unverhoffte Wärme seines Körpers weckte eine seltsame brennende Sehnsucht in ihr, so als wäre Patrick nicht ihr Partner, als wäre er schon vergeben und lediglich ein Freund, mit dem sie spazieren ging.

»Saskia hat einen Großteil von Jacks Erziehung übernommen«, fuhr er fort. »Daran ist nur Colleen schuld.«

»Wie bitte?« Ellen war verwirrt, aber nicht unglücklich darüber, dass die arme Colleen offenbar auch einmal etwas falsch gemacht hatte.

»Colleen war eine großartige Mutter, aber eine von der Art, die Kindererziehung als ihr alleiniges Reich betrachtete. Sie war unglaublich herablassend, wenn ich ihr mit Jack helfen wollte, sie behandelte mich, als ob ich ein liebenswerter Trottel wäre, dem sie Jack nicht bedenkenlos anvertrauen konnte. Als sie dann starb, geriet ich regelrecht in Panik, ich dachte: Ich kann dieses Kind unmöglich allein großziehen! Ich werde ihm das Falsche anziehen, er wird entweder zu dünn oder zu warm angezogen sein, und ich werde ihm nicht das Richtige zu essen geben oder den falschen Babypuder kaufen oder was auch immer. Ich hatte keinen blassen Schimmer von Kindern. Also kam ständig meine Mutter oder Colleens Mutter herüber, um sich um den Kleinen zu kümmern, und die beiden waren natürlich noch viel schlimmer als Colleen. Sie taten so, als wäre ein Mann schlicht unfähig, eine Windel zu wechseln. Und dann lernte ich Saskia kennen, und es schien sie glücklich zu machen, Colleens Platz einzunehmen, in die Rolle der Mum zu schlüpfen, und ich hatte absolut nichts dagegen. Ich lehnte mich zurück und ließ es zu. Jack liebte sie, und sie liebte ihn. Ich hätte das nicht tun dürfen.« Er streifte Ellen mit einem Seitenblick. »Aber, na ja, ich weiß nicht, vielleicht mache ich jetzt den gleichen Fehler mit dir. Ich meine, ich lasse dich Jacks Schulmahlzeiten zubereiten.«

»Ich mach das gern«, erwiderte Ellen vorsichtig.

Sie konnte die Anwesenheit aller anderen Frauen in Jacks Leben – der Großmütter, Colleens, Saskias – förmlich spüren, wie sie sie kopfschüttelnd und herablassend mit der Zunge schnalzend umringten und dachten: *Du* würdest ihm *Weißbrot*sandwiches machen!

»Na ja, dieses Mal werde ich mich um ein besseres Maß an Ausgewogenheit bemühen«, sagte Patrick. »Und nicht einfach meinen Sohn weiterreichen und sagen: Hier, kümmere du dich um ihn. Und wenn unser Baby erst einmal da ist, möchte ich mit einbezogen werden, okay? Vom ersten Augenblick an.«

»Du hast mehr Erfahrung mit Babys als ich«, warf Ellen ein.

Patrick lächelte sie kurz und dankbar an. »Stimmt. Ich bin der Fachmann. Ich werde dir alles beibringen, was du wissen musst, Liebes.«

»Und dann?«, fragte Ellen nach einer kleinen Pause. »Hast du aufgehört, ein Roboter zu sein? Hast du dich deshalb von Saskia getrennt?« *Oder bist du immer noch ein Roboter? Und ich bin bloß eine zweite Saskia?*

»Eines Tages fing ich an zu weinen«, erzählte er. »Im Auto. Es war total merkwürdig. Ich weinte den ganzen Weg von Gordon nach Mascot. Und danach passierte es immer wieder. Jedes Mal, wenn ich allein im Auto saß, fing ich an zu weinen. Manchmal fiel mir auf, wie die Leute mich anstarrten, wenn ich an einer Ampel halten musste. Da saß ein erwachsener Mann hinter dem Lenkrad und heulte. Das ging wochenlang so. Und dann wachte ich eines Morgens auf, und etwas war anders geworden. Ich fühlte mich anders. So als ob ich richtig krank gewesen wäre und aufwachte und merkte, dass es mir besser geht. Ich war nicht direkt glücklich, aber ich hatte plötzlich das Gefühl, dass es möglich sein könnte, wieder glücklich zu sein. Und ich sah Saskia an, die neben mir lag, und mir war klar, dass ich mich von ihr trennen musste. Ich wusste es einfach. Eine Zeit lang sollte es nur Jack und mich geben. Das war mir schlagartig klar geworden. Aber sie hatte gerade erst erfahren, dass ihre Mutter schwer krank war, also sagte ich nichts, ich schob es immer wieder vor mir her.«

Ellen nickte. »Und dann starb ihre Mutter.«

»Ja. Und da habe ich es ihr endlich gesagt. Ich glaube, ich hatte diesen blöden Gedanken im Kopf, dass sie es gar nicht so tragisch nehmen würde, dass ich ihr fast einen Gefallen tat, weil sie jetzt jemanden suchen konnte, der sie liebte, wie es sich gehörte. Ihre Reaktion hat mich total geschockt, ich glaube, ich habe das gar nicht richtig ernst genommen. Als ob ich gedacht hätte: Du kannst mich doch nicht ernsthaft geliebt haben, ich war doch gar nicht da! Verstehst du, was ich meine?«

»Ja, ich glaub schon«, antwortete Ellen ein wenig atemlos. Patrick war immer schneller geworden, und sie hatte Mühe, mit ihm mitzuhalten.

»Entschuldige«, sagte er, als er es bemerkte. »Komm, setzen wir uns einen Augenblick.«

Sie gingen weg vom Wasser, dorthin, wo der Sand weich war, und setzten sich, das Gesicht dem Meer zugewandt, Schulter an Schulter nebeneinander.

»Ich glaube, das ist auch der Grund, warum ich die Sache mit der einstweiligen Verfügung immer wieder hinausgeschoben habe«, fuhr Patrick fort. »Weil ich im tiefsten Inneren wusste, dass ich sie mies behandelt hatte, obwohl ich das nie zugegeben hätte, nicht einmal vor mir selbst. Ich war auf dem Weg zur Polizei, und dann dachte ich plötzlich: Großer Gott, die Frau hat mein Kind zu einem sauberen, höflichen Jungen erzogen! Sie hat ihre Karriere auf Eis gelegt, damit sie sich um ihn kümmern konnte. Ich stehe in ihrer Schuld. Ich sagte mir, *irgendwann* wird sie schon damit aufhören, mich zu verfolgen und zu belästigen. Ich habe sie unterschätzt, ich habe die Sache zu leicht genommen. Spätestens nach dem Zwischenfall in Noosa, als ich wusste, du bist in die Angelegenheit verwickelt, hätte ich handeln müssen. Ich darf gar nicht daran denken, was letzte Nacht hätte passieren können, was dir oder Jack oder dem Baby hätte zustoßen können.« Er fröstelte.

»Vielleicht hätte das gar nichts geändert. Wenn du früher zur Polizei gegangen wärst, meine ich.«

Patrick hob eine Schulter und ließ sie wieder sinken, eine Geste, die besagen wollte: Wer weiß?

»Wie auch immer. Genug von Saskia.« Er hob den Kopf und blickte zum Sternenhimmel hinauf. »Bitte, lieber Gott, genug von Saskia.«

»Ja«, sagte Ellen leise.

Sie dachte an Saskias kalkweißes Gesicht und fragte sich, was sie wohl jetzt gerade machte, ob sie Freunde oder Angehörige hatte, die sie im Krankenhaus besuchten, und was in ihrem verwirrten Verstand vor sich gehen mochte.

Patrick atmete tief durch. »Eigentlich habe ich einen Spaziergang vorgeschlagen, weil ich mit dir über die vergangene Nacht reden wollte und über das … äh … was ich gesagt habe. Über Colleen.« Sein Ton hatte sich vollkommen verändert. Er sprach steif und förmlich, so als äußerte er sich in einem juristischen Verfahren, das ihm fremd war.

»Gut.« Ellen spürte, wie ihr Magen sich verkrampfte.

Plötzlich wollte sie nicht mehr, dass er darüber sprach. Worte würden alles nur noch komplizierter machen, und sie würden sich beide hinterher noch schlechter fühlen. Seltsam. Sie hatte immer geglaubt, Worte seien die Antwort auf alles – schließlich therapierte sie ihre Patienten ausschließlich mithilfe von Worten.

Erhalten Sie sich Ihre Kommunikationsfähigkeit! So lautete ihr Rat an Patienten mit Beziehungsproblemen. Und jetzt hatte sie das Gefühl, es gebe nichts Schlimmeres, als zu reden. So musste sich ein Mann fühlen, wenn eine Frau zu ihm sagte: »Wir müssen reden«, und während sie ihr Innerstes in seiner glorreichen Nacktheit vor ihm ausbreitete, wünschte er sich im Grunde nichts weiter, als dass sie es bedeckt ließe und den Mund hielte.

»Die Sache ist die …«, begann Patrick.

Ellen sagte: »Ist das nicht deine Mutter?«

Maureens Gestalt zeichnete sich schemenhaft in der Dunkelheit ab. Sie stapfte so vorsichtig durch den Sand, als fürchtete sie, auf eine Mine zu treten.

»Ein Anruf für Ellen!« Ihre Stimme trug erstaunlich klar über den Strand zu ihnen hinunter. »Sie sagt, es ist dringend!«

25

Freundschaft ist die einzige Arznei gegen Hass,
der einzige Garant für Frieden.
BUDDHISTISCHE WEISHEIT AN
ELLEN O'FARRELLS PINNWAND

Zu guter Letzt gingen alle drei zusammen. Tammy hatte sich Lance und Kate angeschlossen und sich zum Kinobesuch eingeladen. Die drei würden Freunde werden, kein Zweifel. Ich hatte ganz vergessen, dass Tammy eine geradezu kindliche Fähigkeit besaß, spontane Freundschaften zu schließen. Mit mir hatte sie sich Jahre zuvor auf die gleiche Weise angefreundet.

Die drei standen gerade auf, um sich zu verabschieden, als die Tür aufging und eine Krankenschwester hereinkam. Alle lachten über eine Bemerkung von Kate, und da entschuldigte sich die Krankenschwester und meinte: »Ich komme nachher wieder, wenn Ihre Freunde fort sind.«

Sie dachte, ich sei ein ganz normaler Mensch mit ganz normalen Freunden, denen etwas an mir lag, die sofort an mein Krankenbett geeilt waren, als sie von meinem Unfall erfuhren. Sie hatte keine Ahnung, dass Lance nichts weiter als ein Kollege war, den ich offen gestanden nie als Mensch wahrgenommen hatte, und dass seine Frau eine völlig Fremde für mich und ihrer beider Besuch wirklich seltsam war und dass ich Tammy drei Jahre aus den Augen verloren hatte und keiner von den dreien die Wahrheit über meinen Unfall kannte.

Lance, Kate und Tammy schienen entschlossen, die Show weiter durchzuziehen. Das war das wirklich Merkwürdige. Alle hatten vor, mich wieder zu besuchen. Sie hatten es sich anscheinend zum Ziel gemacht, mir durch die sechswöchige Zwangsbettruhe zu helfen. Ich fragte mich, ob sie alle an einer Online-Aktion »Wie werde ich ein besserer Mensch durch willkürliche Akte der Nächstenliebe?« teilnahmen.

Lance wollte mir das nächste Mal einen tragbaren DVD-Player mitbringen, damit ich mir endlich alle Staffeln von *The Wire* ansehen konnte. »Jetzt hast du keine Ausrede mehr, dich davor zu drücken«, sagte er in freundlichem, scherzendem Ton, und ich dachte: Kann es sein, dass er mich tatsächlich, sonderbarerweise, *mag*?

Kate hatte versprochen, mir das Stricken beizubringen. Stricken, ausgerechnet! Das kam daher, dass Tammy gesagt hatte, ich solle die Zeit für etwas nutzen, das ich schon immer hatte tun wollen, Spanisch lernen oder was auch immer. Ich hätte mir immer gewünscht, stricken zu können, hatte ich geantwortet, was zum Teil auch stimmte. Ich hatte zwar immer *gesagt*, dass ich das gern lernen würde, aber nie die Absicht gehabt, es wirklich zu tun. Ich hatte die Worte kaum ausgesprochen, da hatten Kates Augen mit dem gleichen missionarischen Eifer geleuchtet wie die von Lance, wenn er über *The Wire* sprach, und jetzt war sie fest entschlossen, mir Strickunterricht zu geben.

Es hatte sich irgendwie ergeben, dass Tammy bei mir wohnen würde, während ich im Krankenhaus lag. Sie war bei ihrer Schwester untergekommen, die sie offenbar wahnsinnig machte, und deshalb hatte ich ihr angeboten, sie könne in meinem Haus wohnen. Sie würde mir am nächsten Tag, nachdem ich am Knöchel operiert worden war, frische Sachen von zu Hause bringen.

Was sie wohl von meinem Zuhause halten würde? Keine Bücher, keine Bilder, keine Fotos am Kühlschrank. Hätte ich gewusst, dass sie kommt, hätte ich das Haus entsprechend hergerichtet. Die Flasche Wein würde immer noch auf dem Küchentisch stehen, die Schachtel Schmerztabletten danebenliegen. Alle anderen Flächen waren kahl und auf unheimliche Weise sauber. In Kühlschrank und Speisekammer befanden sich nur Grundnahrungsmittel: Milch, Brot, Butter. Keine Kekse, kein Kuchen, keine Süßigkeiten. Tammy würde die Veränderung nicht entgehen, sie würde mich bestimmt darauf ansprechen. Sie hat mich oft besucht, als ich mit Patrick zusammenlebte, und mich wegen meiner häuslichen Ader gefrotzelt: die sorgfältig arrangierten Schnittblumensträuße, die frisch gebackenen Kekse, mit denen die Keksdose immer gefüllt war. Jetzt glich mein Zuhause dem Schlupfwinkel eines neurotischen Einzelgängers, eines Serienmörders.

Das Abendessen, das auf einem Tablett serviert wurde, war als »leichte« Mahlzeit vermerkt, aber für mich war es die nahrhafteste seit Monaten – normalerweise aß ich eine Schale Getreideflocken. Ich aß alles auf, dann legte ich meinen Kopf aufs Kissen zurück und lauschte den geschäftigen Geräuschen des Krankenhauses: schnelle Schritte im Korridor, das Klappern von Servierwagen, die an Türrahmen stießen, Stimmen, die lauter und leiser wurden.

Die meisten Menschen hätten sich, plötzlich ganz allein in einem Krankenzimmer, einsam gefühlt; ich nicht. Ich fand die Hintergrundgeräusche seltsam beruhigend. Dies hier war mein Dorf. Das Dorf für kranke, traurige, am Boden zerstörte Menschen wie mich.

Die Schmerzen meldeten sich zurück. Sie fluteten langsam durch meinen Körper, und wie eine dressierte Ratte drückte ich zwangsläufig auf den Knopf der Schmerzpumpe.

Wie üblich fragte ich mich, was Patrick und Ellen und Jack in diesem Moment wohl machten, ob Jack starke Schmerzen in seinem gebrochenen Arm hatte und ob Patrick meinetwegen bei der Polizei gewesen war. Aber das Morphium machte mich träge. Ich stellte mir diese Fragen eher beiläufig. Ich hatte gar nicht das Verlangen, dort zu sein und die drei zu beobachten.

Meine Gedanken schweiften ab, und ich dachte an Kate, Lance und Tammy. Ob ihnen der Film gefallen hatte? Ob sie noch in dieses koreanische Restaurant gegangen waren, von dem sie gesprochen hatten? Ich stellte mir vor, wie Lance und Tammy wieder die

Drogendealer aus Baltimore gaben und Kate genervt die Augen verdrehte.

Ich glaube, ich habe tatsächlich laut herausgelacht, bevor ich eingeschlafen bin.

»Tut mir leid, aber ich habe ihren Namen nicht verstanden«, sagte Maureen, als sie Ellen das Telefon reichte. »Ich störe euch wirklich nur ungern, aber es hört sich an, als ob sie weinte.«

»Schon gut, kein Problem.« Ellen nahm das Telefon nervös entgegen. Und jetzt?

Sie räusperte sich. »Hallo?«

Eine verschnupfte Frauenstimme sprudelte aus dem Hörer.

»Bitte entschuldigen Sie, dass ich Sie so spät noch anrufe, Ellen, aber ich habe es gerade erst erfahren, und ich musste Sie unbedingt gleich anrufen, um es Ihnen zu sagen und mich für mein unmögliches Benehmen gestern zu entschuldigen. Das war schlicht unverzeihlich.«

Die Stimme kam ihr bekannt vor. Jemand mit einer fürchterlichen Erkältung. Sie hatte doch vor Kurzem jemanden mit einer fürchterlichen Erkältung getroffen. Aber wen?

»Ich bin nicht sicher …«

»Ich bin *schwanger*, Ellen!«

»Luisa!« Ellen rief sich Luisas wütendes, blasses Gesicht ins Gedächtnis zurück, als sie bei ihr gewesen war und ihr Geld zurückverlangt hatte. Jetzt, im Nachhinein, schien es auf der Hand zu liegen. Natürlich war sie schwanger. Sie hatte vollkommen erledigt ausgesehen, und Ellen kannte diesen völlig erschöpften Ausdruck von ihrem eigenen Spiegelbild. Luisa war nur so aufgebracht gewesen, weil sie dachte, *nicht* schwanger zu sein.

»Meine Ärztin hatte versucht, mich zu erreichen. Eigentlich hätten wir unseren nächsten IVF-Zyklus beginnen sollen, aber meine Ärztin rief an und sagte: ›Der nächste Zyklus fällt aus‹, und ich sagte: ›Aber wieso denn, wo ist das Problem?‹, und da sagte sie: ›Das Problem ist, dass Sie schwanger sind.‹ Ich bin auf natürlichem

Wege schwanger geworden! Nach so vielen Jahren! Und das habe ich nur Ihnen zu verdanken!«

»Na, ich denke, Ihr Mann hat auch etwas damit zu tun«, bemerkte Ellen schmunzelnd.

»Ich kann nicht glauben, dass ich mein Geld zurückgefordert habe! Ich bin entsetzt über mein Benehmen. Ich weiß nicht, was ich sagen soll. Ich war halb wahnsinnig vor Neid und … ich weiß auch nicht, einfach nur wahnsinnig!« Gedämpft fügte sie hinzu: »Ich weiß nicht, ob Sie das wissen, aber die *Daily News* will einen Artikel über Sie bringen.«

»Ja, ich weiß.«

»Es tut mir unendlich leid, aber als ich von Ihnen wegging, ist mir Ian Roman über den Weg gelaufen, vielleicht hat er mich ein bisschen eingeschüchtert, oder ich wollte mich wichtig machen, weil ich einen Promi vor mir hatte, na ja, wahrscheinlich suche ich bloß nach Ausreden für mein unentschuldbares Verhalten. Jedenfalls hat er eine Reporterin für ein Interview zu mir geschickt, und jetzt wird mir ganz schlecht, wenn ich daran denke, was ich alles zu ihr gesagt habe. Ich habe ihr bestimmt dreißig Nachrichten hinterlassen und ihr erklärt, dass ich alles zurücknehme. Falls es zu spät ist und der Artikel erscheint, müssen Sie mich verklagen. Das ist mein Ernst. Das ist die einzige Lösung. Verklagen Sie mich auf Schadensersatz, auf *jeden Penny*, den ich besitze. Ich besitze zwar nicht so schrecklich viele, aber Sie müssen mich verklagen. Ich habe es verdient.« Ein kurzes Schweigen trat ein, dann sagte sie mit gedämpfter Stimme zu jemand anderem: »Aber es ist doch wahr! Ich habe es wirklich verdient!«

Anscheinend war Luisas Ehemann nicht so versessen darauf, verklagt zu werden.

»Ich glaube, ich habe die Veröffentlichung vorläufig verhindern können«, sagte Ellen.

»O Gott sei Dank! Wenn diese Reporterin noch einmal bei mir anruft, werde ich ihr sagen, wie sich die Sache wirklich verhält. Ich werde ihr sagen, dass Sie ein Wunder vollbracht haben.«

»Nein, tun Sie das bitte nicht«, bat Ellen. »Das möchte ich wirklich nicht.«

»Schön, dann werde ich ihr eben einfach die Wahrheit sagen. Dieses Baby ist ein Wunder. Entschuldigen Sie, Ellen, aber ich muss jetzt Schluss machen, meine Eltern sind gerade gekommen, aber danke für alles und nochmals meine aufrichtige Entschuldigung. Aber *Dad*«, fügte sie mit vor Entzückung schriller Stimme hinzu, »ich darf doch keinen *Champagner* trinken!«

»Aber der Grandpa schon«, antwortete eine Männerstimme.

»Meinen Glückwunsch«, sagte Ellen. »Ich gratuliere Ihnen allen ganz herzlich.« Doch da hatte Luisa schon aufgelegt.

Ellen atmete tief ein. Und wieder aus. Das Bild vom Grandpa in spe mit der Champagnerflasche rührte sie fast zu Tränen. O Gott, es war noch so früh. Was, wenn Luisa das Baby verlor? Würde sie ihr dann auch die Schuld daran geben, so wie sie ihre Schwangerschaft jetzt Ellen als Verdienst anrechnete? Aber wenigstens schien ihr berufliches Ansehen vorerst gerettet.

Sie war langsam zum Haus hinaufgegangen. Als sie das Esszimmer betrat, stand Patrick, der vorausgegangen war, hinter seiner Mutter und verfolgte das Monopolyspiel. Sein Vater schob gerade seine Spielmarke am Rand des Spielbretts entlang und schüttelte dabei bekümmert den Kopf.

»Los, bezahlen, bezahlen!«, rief Jack. »Die Miete wird verdreifacht!«

»Ich glaube, du hast ihm alles abgeknöpft, mein Schatz«, sagte Maureen hoffnungsvoll. »Er ist pleite. Das war's, oder?«

»Alles in Ordnung?« Patrick sah Ellen an.

Sie nickte. »Gute Nachrichten. Ich erzähl's dir später.«

»Rück die Knete raus!« Jack hielt seinem Großvater seine Hand hin.

»Es ist schon spät, kommt langsam zum Ende, okay?«, sagte Patrick.

»Du hast doch gesagt, ich muss morgen nicht in die Schule«, protestierte Jack.

»Ja, damit du dich ausruhen kannst und nicht, damit du dir die Nacht um die Ohren schlägst.«

»Ich hab den ganzen Tag geschlafen«, murrte Jack. Seine Augen waren hell und klar, und er schien vor Gesundheit zu strotzen.

»Er ist putzmunter«, bemerkte Maureen. »Aber ihr zwei seht ganz schön mitgenommen aus. Warum lasst ihr den Jungen heute Nacht nicht bei uns?«

»Ach, ich weiß nicht.« Patrick fuhr sich durch die Haare. »Nach letzter Nacht wär's mir lieber ...«

»Wir könnten morgen früh bei McDonald's frühstücken«, sagte Maureen beiläufig.

»Au ja!«, rief Jack. »Und knusprige Kartoffelpuffer essen!«

»Mum!«, sagte Patrick müde.

Aber Ellen konnte ihm ansehen, dass er nicht die Energie zum Streiten hatte. Ihre Mutter würde in Maureen eine Respekt einflößende Gegnerin im Kampf um die Herrschaft als wichtigste Großmutter haben.

Eine Stunde später hatten Ellen und Patrick das Haus für sich allein, aber anstatt zu schlafen, futterten sie sich durch eine Tüte Marshmallows und spielten *Dragon Blade Chronicles* auf Jacks Playstation. Seit sie einen Stiefsohn hatte, hatte Ellen schon eine ganze Menge Ninja-Kämpfe durchgestanden.

»Du wirst immer besser ...«, meinte Patrick, nachdem er sie zum fünften Mal besiegt hatte, »... für ein Linsen essendes Hippiemädchen wenigstens.«

»Man wird richtig süchtig nach diesen Spielen«, erwiderte Ellen. »Und Linsen sind übrigens nicht meine Lieblingsvegetabilien.«

»Deine Vegeta... was?«

»Halt die Klappe, und iss deine Marshmallows.«

Ein paar Sekunden lang kauten sie schweigend, schließlich räusperte sich Patrick und sagte behutsam: »Schön, das reicht jetzt. Den wichtigsten Punkt auf der Tagesordnung haben wir immer noch nicht angepackt.«

»Vergiss es einfach«, erwiderte Ellen. »Doch, im Ernst. Spielen wir lieber noch eine Runde.«

Sie griff nach der Spielkonsole, aber Patrick nahm sie ihr aus der Hand und legte sie auf den Couchtisch zurück.

»War das das erste Mal, dass ich in Trance so etwas gesagt habe?«

»Ja.«

»Ich verstehe das nicht. Du hast einmal zu mir gesagt, kein Hypnotiseur könne einen dazu bringen, etwas zu tun oder zu sagen, was man nicht wolle, und es war ganz bestimmt nicht meine Absicht, dir *das* zu sagen.«

Vielleicht war es dein Unterbewusstsein, das mir das mitteilen wollte, dachte Ellen.

»Na ja, hier wird die Sache ein bisschen kompliziert, weil ich nicht nur deine Therapeutin, sondern deine Partnerin bin«, sagte sie in berufsmäßigem Ton. »Ich gehe normalerweise nicht mit meinen Patienten ins Bett!« Sie stieß ein grässliches, gekünsteltes Lachen aus, aber Patrick lächelte nicht. »Ich denke, du hast halb geschlafen und dich halb in Trance befunden. Wie auch immer, das spielt doch keine Rolle …«

»Und ob das eine Rolle spielt! Es muss doch schlimm für dich gewesen sein, als du das gehört hast. Vor allem musst du eine völlig verzerrte Vorstellung davon haben, was ich empfinde, und ich habe mir seitdem das Hirn zermartert auf der Suche nach den richtigen Worten.«

»Das ist schon in Ordnung«, murmelte Ellen. Hätte sie ihre berufliche Integrität nicht so gravierend verletzt, hätte dieses furchtbare Gespräch niemals stattfinden müssen.

»Hast du jemals Zweifel an unserer Beziehung gehabt?«, fragte Patrick. »Mich jemals mit einem deiner früheren Freunde verglichen? Etwas gedacht, von dem du nicht wolltest, dass ich es weiß?«

»Möglich, keine Ahnung«, druckste sie. Sie hatte von Anfang an eine ganze Menge gedacht oder empfunden, von dem sie nicht wollte, dass er es wusste.

»Zum Beispiel damals, als wir zu Colleens Eltern gefahren

waren und ich mich hinterher wie ein richtiges Schwein benommen habe … Hast du da nicht vielleicht gedacht: O Gott, worauf hab ich mich da bloß eingelassen?«

»Ich … ich weiß nicht mehr so genau.« Sie erinnerte sich sehr gut daran, wie sie auf der Rückfahrt an nichts anderes als an das Wochenende mit Jon in den Bergen gedacht hatte.

»Du hast *natürlich* Augenblicke gehabt, in denen du deine Zweifel hattest. Wahrscheinlich hättest du mich am liebsten erwürgt, weil ich deinen Flur mit meinen Kartons vollgestellt habe, aber der Punkt ist doch der, dass man nicht alles ausspricht, was einem gerade durch den Kopf geht.«

»Ja.« Sie konnte Patricks Blick nicht lange standhalten. »Ich meine, nein.«

Ein Gefühl der Niedergeschlagenheit erfasste sie. Sie hatte den ganzen Tag darauf gewartet, dass er abstritt, das über Colleen gesagt zu haben, dass er es irgendwie wegerklärte. Sie hätte es ihm nicht abgenommen, sie war darauf gefasst gewesen, sich von jetzt an etwas vorzumachen. Aber jetzt blieb ihr nichts anderes übrig, als gute Miene zum bösen Spiel zu machen: Patrick würde sie immer ansehen und sich wünschen, sie wäre seine erste Frau.

»Ich verstehe schon«, sagte sie tapfer.

»Nein, du verstehst nicht.«

»Oh. Na schön.«

»Ihr Frauen glaubt, in der Liebe sei alles entweder nur schwarz oder nur weiß. Aber das stimmt nicht. Frauen sind so intelligent, außer wenn sie richtig dumm sind.«

Sie boxte ihn kräftig auf den Arm.

»Au! Warte, ich habe das nicht richtig ausgedrückt.« Er kaute auf der Innenseite seines Mundes herum und machte dabei ein so frustriertes Gesicht, dass es fast gequält wirkte.

»Ist schon in Ordnung.« Sie rieb seinen Arm dort, wo sie ihn gehauen hatte. »Ich verstehe schon.«

»Rede ich in letzter Zeit zu oft von Colleen?«, fragte er unvermittelt.

Ellen lächelte achselzuckend.

»Tut mir leid.« Er ergriff ihre Hand. »Seit wir uns verlobt haben und du mir gesagt hast, dass du schwanger bist, muss ich andauernd an sie denken. Weil ich so unglaublich glücklich bin, weißt du. Trotz der Sache mit Saskia. Ich bin nicht mehr so glücklich gewesen, seit Colleen mit Jack schwanger war. Und deshalb denke ich immer wieder an sie, an Dinge aus meiner Zeit mit ihr.« Er fuhr mit dem Daumen abwesend über ihre Knöchel. »Colleen hat gesagt, ich würde mich wieder verlieben und weitere Kinder haben. Niemals, habe ich erwidert. Ich würde nie wieder glücklich sein, habe ich gesagt. Aber jetzt bin ich es. Manchmal denke ich sogar, das hier mit uns ist besser, als es mit Colleen je war. Es ist tiefer, erwachsener. Es ist einfach … besser. Und dann danke ich dem lieben Gott und dem Internet, dass ich dich kennengelernt habe! Und dann habe ich sofort ein schlechtes Gewissen, weil es irgendwie so ist, als wäre ich froh, dass sie gestorben ist.«

»Ja.« Sie war sich nicht sicher, ob sie ihm glauben sollte oder ob er das nur sagte, damit sie sich besser fühlte.

»Ich weiß nicht, ob du mir das glaubst, aber es ist die Wahrheit. Hast du noch nie Gedanken gehabt, die sich völlig widersprechen? Kann man nicht heute das und morgen genau das Gegenteil fühlen?«

»Wahrscheinlich schon. Ja, ich denke schon.«

Diese Rolle gefiel ihr nicht sonderlich, sie empfand sie als eine Spur demütigend. *Sie* sollte diejenige sein, die die klugen Fragen stellte, die die emotional Zurückgebliebenen behutsam zu neuen Einsichten führte.

»Und das Dumme ist, dass ich jedes Mal, wenn mir solche Gedanken kommen, das Gefühl habe, ich müsste es Colleen gegenüber wiedergutmachen, indem ich mich an die schönen gemeinsamen Zeiten erinnere. Als Buße sozusagen. Das heißt, je besser es mit uns beiden ist, desto häufiger denke ich an sie. Ergibt das einen Sinn? Ich weiß es selbst nicht. Vielleicht ist das irgendwie was Katholisches.«

»Ich finde schon, dass das einen Sinn ergibt.«

»Na ja, jedenfalls verbringe ich meine Zeit nicht damit, dich und Colleen miteinander zu vergleichen, so als ob ihr in einer Art ständigem Wettbewerb stündet – wer ist die bessere Ninja-Kämpferin oder so. Ehrlich gesagt sind meine Gedanken meistens ziemlich banaler Natur: Mmm, jetzt ein Lammkotelett … oder wie schaffe ich es, Jack bei *Tomb Raiders* auf Level 4 zu schlagen. Solche Dinge eben.«

Ellen pickte sich zwei Marshmallows aus der Tüte und quetschte sie zwischen ihren Fingerspitzen zusammen.

»Als Colleen starb, redeten die Leute plötzlich über sie wie über eine Heilige. Sie setzten eine todtraurige Miene auf, so als ob unsere Ehe etwas Einmaliges, Wunderbares gewesen wäre, so als ob wir uns nie gestritten hätten. Und mit der Zeit habe ich das selbst geglaubt. Ich war jünger. Alles war einfacher. Ich denke, das ist der Grund, warum ich das letzte Nacht gesagt habe. Klar, dass ich nie wieder eine andere Frau lieben werde, wie ich Colleen geliebt habe, weil ich nie wieder achtzehn sein und mich zum ersten Mal verlieben werde, aber das heißt nicht, dass ich dich nicht lieben würde. Umgekehrt gilt das Gleiche. Ich habe Colleen nie geliebt, wie ich dich liebe.« Ellen musste urplötzlich gähnen, und Patrick lachte. »Eigentlich sollte ich doch derjenige sein, der gähnt, während du über deine Gefühle redest. Aber langer Rede kurzer Sinn: Ich liebe dich von ganzem Herzen. Nicht halbherzig, nicht als zweite Wahl. Ich liebe *dich*! Ich will den Rest meines Lebens mit dir verbringen, damit ich es dir beweisen kann – mehr kann ich nicht tun, als das zu sagen. Hast du das kapiert, meine verrückte kleine Hypnotherapeutin?«

Er legte seine Hand an ihren Hinterkopf und küsste sie mit einer Leidenschaft, als ob sie sich am Bahnhof voneinander verabschiedeten, weil er in den Krieg zog.

Ein Gefühl tiefen Friedens durchflutete Ellen. Das lag weniger an dem, was er gesagt hatte, als vielmehr an den beiden steilen Falten zwischen seinen Augen, die höchste Konzentration verrieten, so als wäre es ihm über alle Maßen wichtig, dass sie ihn verstand. Vielleicht lag es aber auch nur daran, dass sie fürchterlich müde war und Luisa ein Kind erwartete und die Veröffentlichung des Zeitungsartikels gestoppt worden war.

»Ja, ich glaub, ich hab's kapiert«, stieß sie atemlos hervor, als sie sich voneinander lösten, um Luft zu holen.

»Gott sei Dank. Ich habe nämlich noch nie im Leben so viel über Gefühle geredet wie in den letzten zwei Stunden.« Er nahm ein Marshmallow aus der Tüte und gab es Ellen. »Hier. Das ist das letzte. Siehst du, das ist Liebe. Und jetzt ab ins Bett!«

26

Enrique Peñalosa, der frühere Bürgermeister der kolumbianischen Hauptstadt Bogotá, war der Meinung, dass wir Städte der Freude schaffen sollten. Sein Ziel war es, die städtische Infrastruktur einem einzigen Zweck zu unterwerfen: dem Glück. Können wir als Städteplaner das Glück planen? Planen wir das Glück?
AUS EINEM VORTRAG AUF EINEM SEMINAR, AN DEM SASKIA BROWN NACH DEM TOD IHRER MUTTER TEILNAHM – »*Das Glück planen*« NOTIERTE SIE SICH

Es war ein warmer Samstagnachmittag zwei Wochen nach dem Unfall – oder dem Zwischenfall oder wie immer man es nennen will. Ich war in ein anderes Zimmer verlegt worden, das direkt an einem Innenhof lag, auf den sie mich manchmal hinausschoben, damit ich an die frische Luft kam. Ich konnte Jasmin riechen und die Idee von Sommer.

Mein Knöchel sei erfolgreich operiert worden, sagten die Ärzte, und mein Beckenbruch heile wie erwartet. Keine Morphiumschmerzpumpe mehr, bloß noch ganz normale Schmerzmittel, die in kleinen Plastikbechern ausgeteilt wurden.

Kate, Lance' Frau, saß neben mir. Wir strickten. Sie hatte mir schon zweimal Unterricht gegeben und weder Geld für die neuen Stricknadeln, die sie eigens für mich gekauft hatte, genommen noch für die Wolle. Mein erstes Projekt war ein kleiner scharlachroter Hut mit einer großen weißen Troddel obendrauf. Er war für mich. Ich hatte auch daran gedacht, etwas für Jack oder für Maureen, Patricks Mutter, zu stricken, weil sie mir einmal eine

Baskenmütze gestrickt hatte. Ein kleines Geschenk als Entschuldigung. Ein Abschiedsgeschenk. Das wäre eine nette Geste. Aber als mir der Gedanke kam, sah ich im Geist plötzlich eine wuchtige Eichentür vor mir, ein Portal wie in einer mittelalterlichen Burg. Und die Tür fiel vor meiner Nase ins Schloss.

Kate sagte, ich sei die »geborene Strickerin«. Ich verstand nicht, warum sie so nett zu mir war. Sie kam mir nicht wie eine »Wohltäterin« vor, wie meine Mutter gewisse Damen aus unserer Kirche nannte – jene fromm lächelnden, die Töpfe mit Essen und Tüten voller getragener Kleidung vorbeibrachten, aber immer zu beschäftigt damit waren, anderen Bedürftigen Gutes zu tun, als dass sie Mums Einladung auf eine Tasse Tee angenommen hätten. Ich habe diesen Frauen immer die Schuld daran gegeben, dass ich nicht an Gott glaube.

Ich mochte Kate. Sie war ein ganz klein wenig schrullig. Nicht exzentrisch, aber ein bisschen neben der Spur. Sie sprach immer einen Herzschlag zu spät oder zu früh, und sie ließ ständig irgendetwas fallen. Sie war freundlich, aber nicht auf diese demonstrative Art, die besagen wollte: Schaut her, was für ausgezeichnete soziale Fähigkeiten ich habe! Ich fühlte mich seltsam wohl in ihrer Gesellschaft.

Sie erzählte mir, sie habe Lance nach unserer ersten Begegnung auf der Weihnachtsfeier letztes Jahr immer wieder gebeten, mich doch einmal zum Abendessen einzuladen, aber Lance sei zu schüchtern. Die beiden sind aus Melbourne und wohnten damals erst seit einem Jahr in Sydney.

»Wir sind auf der Jagd nach neuen Freunden. Jetzt, wo du ans Bett gefesselt bist, kannst du mir nicht entkommen. Du wirst von mir gestalkt.«

Ich lachte ein bisschen zu laut über diesen Scherz.

Kate räusperte sich, und dann schwiegen wir beide. Ich lauschte dem gedämpften Klappern unserer Stricknadeln und den verhaltenen geschäftigen Geräuschen des Krankenhauses, die seit zwei Wochen den Hintergrund meines Lebens bildeten.

»Apropos neue Freunde – Tammy und ich haben am Wochenende einen Yogakurs besucht. Ich habe sie bei dir zu Hause abgeholt.«

»Ja, ich weiß, sie hat es mir erzählt.«

Tammy kam alle paar Tage vorbei, brachte Bücher und DVDs, irgendeinen Imbiss von unterwegs und den neuesten Tratsch über unsere alte Clique, zu der sie wieder Kontakt aufgenommen hatte. Ich freute mich über ihre Besuche, aber hinterher war ich jedes Mal total erschöpft. Kates Besuche waren irgendwie erholsamer. Vielleicht lag es am Stricken.

»Ist das komisch?«, fragte Kate. »Dass ich bei dir zu Hause gewesen bin, ohne dass du da warst?«

Ja, irgendwie schon, aber es war mir egal.

»Nein, natürlich nicht«, antwortete ich.

»Ich hatte ein bisschen Angst, du könntest denken, ich würde dir deine Freundin stehlen wollen«, gestand Kate in ihrer ulkigen, fast kindlichen Art.

Da wurde mir plötzlich klar, dass es ihre Aufrichtigkeit war, die so befremdend wirkte. Sie schien ihre Äußerungen nicht zu filtern. In diesem Punkt ähnelte sie ein wenig der Hypnotiseurin.

»Tammy und ich hatten jahrelang keinen Kontakt«, sagte ich. »Du kannst sie gerne haben.«

Kate lächelte. »Wenn du wieder ganz gesund bist, könnten wir doch alle drei zum Yoga gehen. Hinterher sind wir auf einen Kaffee in dieses Café gegangen, in dem es den besten Schokokuchen gibt, den ich in meinem ganzen Leben gegessen habe. Mir sind die Tränen gekommen, so köstlich war er.«

Ich erwiderte nichts darauf. An mein Leben nach der Entlassung aus dem Krankenhaus wollte ich gar nicht denken. »Sie zählen doch sicher schon die Tage«, sagte neulich eine Krankenschwester zu mir, und ich antwortete, ja, stimmt. Ich zählte die Tage, aber nicht so, wie sie das meinte. Mir wurde übel bei dem Gedanken daran, nach Hause, in mein richtiges Leben zurückzukehren.

»Ihr hättet einen Kräutertee nach dem Yoga trinken sollen«, sagte ich schließlich.

Kate nickte. »Ich weiß. Wahrscheinlich hat das Koffein den Energiefluss ruiniert.«

Wir schwiegen aufs Neue. Ich liebte die rhythmischen Bewegungen der Stricknadeln, das befriedigende Gefühl, wenn sich Masche an Masche reihte, Reihe an Reihe.

»Du bist ja richtig süchtig danach geworden.« Kate deutete mit dem Kinn auf mein Strickzeug.

»Das hat irgendwie eine hypnotische Wirkung«, erwiderte ich.

Und ich sah das Gesicht der Hypnotiseurin vor mir, damals, als ich sie das erste Mal aufgesucht und mich als Deborah ausgegeben und wir nebeneinander am Fenster gestanden und aufs Meer geschaut hatten. Eine Ewigkeit schien das her zu sein.

Am Tag nach meiner Knöcheloperation war die Polizei bei mir gewesen. Zwei Beamte, ein Mann und eine Frau. Sie kamen mir sehr jung vor, doch das änderte nichts daran, dass ich Angst hatte und mich gedemütigt fühlte und brennende Scham verspürte. Was würde meine Mutter denken? Sie hatte immer solchen Respekt vor der Polizei gehabt. Sie lasen mir meine Rechte vor, und es hörte sich ein bisschen anders an als in den amerikanischen Krimiserien, nüchterner, nicht so spektakulär, aber deshalb umso angsteinflößender.

»Erzählen Sie, wie sind Sie hier gelandet?«, fragte der Beamte und deutete auf mein Krankenbett. Dann zog er einen Notizblock hervor.

Ich erzählte, was passiert war, und die beiden hörten mit ausdrucksloser Miene zu. Wahrscheinlich haben sie schon Schlimmeres gehört.

Ob mir klar sei, dass Stalking eine Straftat sei, fragten sie dann und erklärten mir, sie stellten mir hiermit eine nach dem Gewaltschutzgesetz ausgestellte einstweilige Verfügung zu, die sofort wirksam sei und die es mir untersage, mich Patrick, seinem Wohnhaus oder seinem Arbeitsplatz auf weniger als hundert Meter zu nähern und ihn »tätlich anzugreifen, ihn in irgendeiner Form zu belästigen, zu bedrohen, zu terrorisieren, zu verfolgen oder zu stalken«. Ich hätte die Möglichkeit, vor Gericht Einspruch gegen die einstweilige Verfügung einzulegen. Sie sagten das in einem Ton, der mir klarmachte, dass ich keinen Erfolg damit hätte. Verstöße gegen die Auflagen würden mit einer Geldstrafe von fünftausend Dollar oder zwei Jahren Haft geahndet, fügten sie hinzu.

Tätlich angreifen. Belästigen. Bedrohen. Terrorisieren. Verfolgen. Stalken.

Diese Wörter haben sich meinem Gedächtnis unauslöschlich eingebrannt. Diese Wörter bezogen sich auf mich: ein braves Mädchen; eine Aufsicht führende Schülerin; eine Pazifistin; eine Frau, die weinte, als sie ihren ersten und einzigen Strafzettel wegen Geschwindigkeitsübertretung bekam.

Aber das war noch nicht alles.

Es lag eine Anzeige wegen Einbruchs gegen mich vor. Die Polizistin überreichte mir eine gerichtliche Vorladung, aber meine Hand zitterte so sehr, dass ich das Papier fallen ließ. Die Polizistin bekam es zu fassen, bevor es auf dem Fußboden landete. Sie legte es sachte auf meinen Nachttisch, und eine Sekunde lang wich der amtliche Glanz aus ihren Augen, und ich sah eine Spur Mitleid in ihrem Blick.

Dann gingen sie wieder, die Waffen im Halfter. Mein Herz klopfte noch drei Stunden später wie verrückt.

»Durchs Stricken habe ich Lance kennengelernt«, sagte Kate. »Er saß in der Straßenbahn neben mir und fragte: ›Was stricken Sie denn da?‹«

»Tolle Anmache.«

»Ja, nicht wahr?« Kate nickte. »So originell. Was ist mit dir? Du bist Single, oder?«

»Ich hatte in den letzten drei Jahren keine Beziehung, aber ich habe mich nicht wirklich als Single gefühlt«, antwortete ich.

»Wie meinst du das?« Kate blickte kurz auf, während ihre Stricknadeln weiterklapperten.

Ich würde es ihr nicht erzählen. Ich kannte die Frau ja kaum. Ich hatte das Recht zu schweigen. Aber plötzlich sprudelten die Worte nur so aus mir heraus.

Er ist früh dran, dachte Ellen, als sie zur Tür ging.

Ihr Vater wollte sie abholen. Sie würden – lustigerweise – eine Veranstaltung in Parramatta besuchen, das Olivenfest. Das war Davids Idee gewesen.

»Könnte interessant sein«, hatte er gemeint, als er Ellen angerufen und den Vorschlag gemacht hatte. »Das Fest findet in Elizabeth Farm statt. Ich weiß nicht, ob du schon mal dort gewesen bist. Das ist die älteste noch existierende europäische Siedlung Australiens.« Anscheinend las er das aus irgendeiner Broschüre vor. Er räusperte sich. »Klingt, als könnte es ganz lustig werden. Mal was anderes.«

Ellen wünschte, sie würde ihre Verabredungen mit ihrem Vater nicht andauernd mit Internetdating vergleichen (das war so schrecklich unpassend), aber er erinnerte sie unweigerlich an einen gewissen Typ Mann, einen, der übermäßig erpicht darauf war, sie zu beeindrucken, und sich viel zu viel Mühe gab, sich Vorschläge für gemeinsame Unternehmungen auszudenken, die »interessant, mal was anderes« waren.

Der Gedanke, dass ihr Vater im Internet nach Veranstaltungstipps suchte, um seiner fünfunddreißigjährigen Tochter eine Freude zu machen, so wie er sie vermutlich in einen Vergnügungspark mitgenommen und ihr ein Stofftier gekauft hätte, wenn sie sich dreißig Jahre früher begegnet wären, dieser Gedanke brach ihr fast das Herz. »Wir brauchen nicht unbedingt etwas zu unternehmen, wir können einfach nur reden«, hätte sie am liebsten zu ihm gesagt, aber sie war sich nicht sicher, worüber sie hätten reden können. Zum Teufel mit ihrer Mutter!

Ein liebevolles, töchterliches Lächeln auf den Lippen, öffnete sie die Tür und sah sich einer Frau mit dunkler Sonnenbrille und tief ins Gesicht gezogener Baseballmütze gegenüber.

»Lassen Sie mich rein, schnell!«

»Wie bitte?«, fragte Ellen ganz perplex.

Die Frau schob ihre Sonnenbrille so weit herunter, dass blaue Augen zum Vorschein kamen, die Ellen irgendwie bekannt vorkamen. »Entschuldigen Sie den dramatischen Auftritt. Ich bin's, Rosie. Die Fotografen sind schon den ganzen Tag hinter mir her.«

Ellen öffnete die Tür weiter und ließ Rosie herein. Sie hatte weder von Ian Roman noch von der Reporterin noch einmal etwas gehört, und sie hatte es aufgegeben, Nachrichten für Rosie zu hinterlassen.

»Wieso sind die Fotografen hinter Ihnen her?«

»Haben Sie die Zeitung noch nicht gelesen?« Rosie nahm ihre Mütze und ihre Sonnenbrille ab. Sie war braun gebrannt und sah hübsch aus, glücklicher, als Ellen sie je gesehen hatte.

»Nein, warum?« Ihr Herz schlug schneller.

Obwohl Mary-Kate versichert hatte, der Artikel sei vom Tisch, hatte Ellen jedes Mal beim Durchblättern der Zeitung ein mulmiges Gefühl. Wie mochte es wohl sein, unter irgendeiner abscheulichen Schlagzeile mit dem eigenen Gesicht und dem eigenen Namen konfrontiert zu werden? Auf einmal konnte sie sich sehr gut in Leute hineinversetzen, die negativ in die Schlagzeilen geraten waren. Komisch, sie hatte immer geglaubt, sie besitze einen schier unerschöpflichen Vorrat an Einfühlungsvermögen. Jetzt stellte sich heraus, dass sie etwas am eigenen Leib erfahren musste, um es wirklich nachvollziehen zu können.

Rosie zog ein in der Mitte gefaltetes Boulevardblatt aus ihrer Handtasche. Sie hielt es hoch und tippte mit einem Finger auf die Titelseite. Das Schwarz-Weiß-Foto zeigte Ian Roman und eine hochgewachsene, langbeinige Frau beim Verlassen einer Hotelhalle. Auch ohne die Überschrift – *ROMAN AUF ABWEGEN!* – war klar, was damit angedeutet werden sollte.

Ellen überflog den ersten Absatz. *Der prominente Medienzar Ian Roman hat erst vor Kurzem geheiratet, aber die Flitterwochen scheinen definitiv vorbei zu sein.*

»Ian hat eine Affäre mit irgendeinem Supermodel«, sagte Rosie.

»Und jetzt brauchen sie ein Foto von mir, wie ich mich vor lauter Kummer so richtig gehen lasse.«

»Das tut mir wirklich leid«, sagte Ellen bedauernd.

»Ach was, kein Problem«, erwiderte Rosie mit einer wegwerfenden Handbewegung. »Er will doch nur das Gesicht wahren. Er dachte, ich würde mich von ihm trennen, deshalb wollte er mir zuvorkommen. Wahrscheinlich hat er den Fotografen einen Tipp gegeben. Aber weswegen ich komme – Ian hat mir erzählt, dass er bei Ihnen war.«

»Ja, ich hatte das Vergnügen«, bemerkte Ellen im kühlen, knappen Ton ihrer Mutter. Manchmal konnte er direkt nützlich sein. Sie bat Rosie ins Wohnzimmer. »Tee? Kaffee? Oder lieber etwas Kaltes?«

»Nein, nein, ich bleibe nicht lange. Entschuldigen Sie, dass ich Sie einfach so überfalle.« Rosie setzte sich Ellen gegenüber in den Ledersessel ihres Großvaters. Die Spitzen ihrer Ballerinas berührten gerade den Fußboden, so kurz waren ihre Beine. Sie beugte sich vor, die Hände gefaltet, als flehte sie Ellen um Vergebung an. »Ich wollte persönlich mit Ihnen reden und mich für die Unannehmlichkeiten, die ich Ihnen bereitet habe, entschuldigen. Ich war verreist, wissen Sie, und ich hatte mein Handy nicht dabei. Ich habe Ihre Nachrichten erst heute Morgen bekommen und bin dann sofort hergefahren.«

Ellen verzog unwillkürlich das Gesicht, als sie sich an jenen grauenvollen Tag erinnerte. »Ich nehme an, ich habe mich reichlich hysterisch angehört …«

Rosie ließ sie nicht ausreden. »Sie hatten auch allen Grund dazu! Ich kann mir lebhaft vorstellen, was er Ihnen alles an den Kopf geworfen hat. Manchmal führt er sich auf wie Rambo oder Tony Soprano.«

»Nun ja, er war schon irgendwie … Angst einflößend. Er hat mir gedroht, meinen Laden dichtzumachen.«

»So ein Arschloch.« Rosie nestelte einen Streifen Kaugummi aus ihrer Handtasche, packte ihn aus, schob ihn sich in den Mund

und kaute eifrig darauf herum. Sie zeigte auf ihren Mund. »Nikotinkaugummi. Ich hab's endlich geschafft, von den Glimmstängeln loszukommen.«

»Na ja, ich war Ihnen keine große Hilfe dabei, wie Ihr Mann ganz richtig festgestellt hat.«

»Soll das ein Witz sein? Ich würde Sie sofort jedem weiterempfehlen!«

Den Blick in die Ferne gerichtet, als suchte sie nach einem guten Grund, weshalb sie Ellen weiterempfehlen würde, kaute Rosie energisch auf ihrem Kaugummi.

»Ian hat also zufällig mit angehört, wie Sie mit Ihrer Schwester über mich gesprochen haben«, sagte Ellen, um die Unterhaltung wieder in Gang zu bringen.

»Ich hatte ja keine Ahnung.« Rosie lehnte sich zurück. Jetzt reichte sie mit den Füßen nicht mehr bis auf den Fußboden. »Ich hätte gedacht, meine banalen Gespräche zu belauschen sei unter seiner Würde. Und er hat das natürlich völlig falsch verstanden. Ich habe meiner Schwester erzählt, dass ich Sie *gebeten* hätte, mich zu hypnotisieren, damit ich mich in ihn verliebe, worauf sie gesagt hat, ich sei ja nicht ganz dicht.« Sie zuckte die Achseln. »Jedenfalls hat sie mich so lange beschwatzt, bis ich eingewilligt habe, mit ihr und ihrer Familie nach Queensland in die Ferien zu fahren. Es war traumhaft! Nur ein ganz normaler Strandurlaub. Sandburgen bauen mit meinen kleinen Nichten. Garnelensandwiches mampfen. Ian hätte es gehasst. Da wurde mir so richtig klar, wie verschieden wir doch sind. Ich bin einfach nur … mittelmäßig.«

»Niemand ist mittelmäßig«, erwiderte Ellen mechanisch.

»Doch, ich schon«, beharrte Rosie. »Ich bin das Mittelmaß in Person. Ich frage mich, warum er sich überhaupt mit einem Hobbit wie mir abgegeben hat. Ich bin doch gar nicht sein Typ. Dieses Supermodel in der Zeitung, *die* ist sein Typ. Sie wird sich hervorragend machen auf seiner Jacht.«

»Ich weiß nicht, Rosie. Ich glaube, er hat Sie wirklich geliebt. Deshalb war er auch so wütend.«

»Nein.« Rosie schüttelte den Kopf. »Das war nur sein gekränkter Stolz. Egal, es ist aus und vorbei. Wir haben beide einen großen Fehler gemacht. Ich habe ihn nie wirklich geliebt. Sie wissen es. Sie haben mir geholfen, das zu erkennen.«

»Ich glaube«, sagte Ellen langsam, »dass Sie es nur nie zugelassen haben, ihn zu lieben oder ihn zu mögen oder ihn richtig kennenzulernen, weil Sie viel zu beschäftigt damit waren, sich zu fragen, warum er sich ausgerechnet für Sie entschieden hat. Ich glaube, Sie haben sich von seinem Image blenden lassen. Von seinem Geld. Seiner Macht. Seiner Selbstinszenierung als einflussreicher Medienmogul. Ein ganz normaler Strandurlaub wäre vielleicht genau das, was er sich wünschen würde.«

Rosie blinzelte verdutzt. Und kaute weiter.

»Er hat sich für Sie entschieden«, fuhr Ellen fort. »Ein Mann in seiner Position hätte jede Frau als Trophäe haben können. Aber er hat sich kein Supermodel ausgesucht, sondern Sie.«

Er hat sich für eine Frau mit einem durchschnittlichen Äußeren wie Sie entschieden, weil er das Außergewöhnliche in Ihnen sah, und das bedeutet, dass er möglicherweise mehr Tiefgang hat, als wir denken. Das war es, was sie Rosie klarzumachen versuchte.

Sie dachte an Patricks Worte: »Ihr Frauen glaubt, in der Liebe sei alles entweder nur schwarz oder nur weiß.«

Rosies Miene verdüsterte sich. In ihren Augen flackerte es. Sie blickte auf ihre Hände, ließ ihre Beine baumeln. Dann sah Ellen, wie ihre Miene sich verschloss. In diesem Moment hatte sie ihre Entscheidung getroffen: nein. Ihr fehlte die Selbstachtung oder der Mut oder was auch immer – jedenfalls hatte sie ihre Ehe mit Ian Roman endgültig abgeschrieben.

»Egal«, murmelte sie. »Jetzt hat er mich sowieso schon betrogen. Ich bin fertig mit ihm. Machen Sie sich keine Gedanken deswegen. Ich tu's auch nicht. Wie gesagt, ich wollte mich nur bei Ihnen entschuldigen und Ihnen sagen, dass Sie nichts von ihm zu befürchten haben. Ich habe ihm gedroht, den Medien eine Enthüllungsstory über meine Ehe mit Ian Roman zu liefern, falls ich jemals etwas Negatives über Sie in der Zeitung lesen sollte, und ich würde sie mit ein paar richtig pikanten Details über seine sexuellen Vorlieben ausschmücken, was ihm garantiert das Genick brechen würde. Er wird Sie in Ruhe lassen, verlassen Sie sich darauf.«

»Vielen Dank, Rosie.«

»Nicht, dass er irgendwelche abartigen sexuellen Vorlieben hätte, nebenbei bemerkt.« Rosie stand auf und griff nach ihrer Handtasche. »Der Sex war sogar ganz gut.«

Es war absurd, aber Ellen fand es traurig, dass diese Ehe in die Brüche gegangen war. Rosie liebte Ian Roman nicht, und der grässliche Ian Roman hielt sich in diesem Augenblick vermutlich auf seiner Jacht auf und schlürfte Champagner mit seinem Supermodel. Und dennoch – Rosie und Ian hätten vielleicht zusammen glücklich werden können, stünde ihr Stolz ihnen nicht im Weg.

Rosie streckte Ellen ihre Hand hin. Sie lächelte. Sie hatte wirklich ein wunderhübsches Lächeln. »Zurück zu meinem mittelmäßigen Leben.«

Ellen brachte sie zur Tür. Als Rosie den Weg durch den Garten hinunterging, traf gerade David ein. Er hielt ihr das Gartentor auf, dann ging er zum Haus.

»Eine Patientin?«, fragte er, als Ellen ihn hereinbat.

»Ja«, antwortete sie zerstreut. Sie schaute Rosie nach, die mit raschen Schritten davoneilte. »Rückblickend hätte ich einen ganz anderen Ansatzpunkt für ihre Behandlung gewählt.«

»Rückblickend«, wiederholte ihr Vater. »Die rückblickende Erkenntnis kommt immer einen Bruchteil zu spät.«

»Puh!« Kate legte ihr Strickzeug in den Schoß und schaute sich ruhelos im Zimmer um, als erhoffte sie sich von irgendwoher eine Eingebung. Sie wich meinem Blick aus. »Heilige Scheiße!«

Sie hatte mir wortlos zugehört, lediglich hin und wieder genickt oder ihre Brauen hochgezogen. Ich fragte mich, was ihr durch den Kopf gehen mochte. Ich hatte ihr alles erzählt, was sich in den vergangenen drei Jahren zugetragen und was ich getan hatte.

Ich versuchte nicht, mich irgendwie herauszuwinden. Hätte ich eine schwere Kindheit gehabt, hätte ich es darauf zurückführen können, aber ich konnte nichts und niemanden dafür verantwortlich machen außer mich selbst. Ich trüge die alleinige, umfassende Schuld an allem, sagte ich.

»Siehst du, du hast gar nicht gewusst, dass du eine Verrückte besuchst«, sagte ich zum Schluss.

Es hatte unglaublich gutgetan, sich alles von der Seele zu reden. Ich konnte nicht mehr aufhören. Es war, als ob ich mit den Fingernägeln einen ekligen Schorf von einer hässlichen Wunde gekratzt hätte, aber jetzt, da ich damit fertig war und dünnhäutig und bloßgestellt dasaß, empfand ich Bedauern und ein furchtbares Gefühl von Verlust. Ich hatte Kate wirklich gerngehabt. Wir hätten Freundinnen werden können. Und jetzt hatte ich alles verdorben.

»Ach, na ja«, sagte sie. »Ich hab selbst schon ein paar verrückte Sachen gemacht.«

»Wirklich?«

Sie hielt den Kopf schief und dachte nach. »Nein, eigentlich nicht. Nicht verglichen mit dem, was du getan hast. Ich wollte nur, dass du dich besser fühlst.«

»Danke.«

Sie nahm ihr Strickzeug wieder auf.

»Du bist bestimmt Skorpion, oder?«, sagte sie, ohne aufzuschauen.

»Ja, stimmt, aber eigentlich …«

»Eigentlich glaubst du nicht an Astrologie. Das tun Skorpione nie. Ihr seid sehr leidenschaftlich, ihr Skorpione. Grüblerisch und geheimnisvoll. Ich habe mir immer gewünscht, Skorpion zu sein. Oder Löwe. Ich bin Waage. Wir tun uns schwer mit Entscheidungen.« Sie schwieg einen Augenblick. »Im Grunde glaube ich auch nicht daran.«

Sie wickelte Wolle von ihrem Handgelenk. »Du musst ihn wirklich geliebt haben. Und den kleinen Jungen.«

»Ja«, erwiderte ich. »Aber wenn ich sie wirklich geliebt hätte,

hätte ich sie freigegeben oder wie immer diese dumme Redensart heißt. Liebe ist keine Entschuldigung.«

Vor meinem geistigen Auge tauchte seit jener Nacht immer wieder Patricks Gesicht auf, als er mich am Fußende des Bettes hatte stehen sehen. Da hatte nicht irgendjemand gestanden, was an sich schon schockierend genug gewesen wäre, sondern ich. Ich war sein Albtraum. Ich hatte mich zu seinem Albtraum gemacht.

»Weißt du, was du meiner Meinung nach tun solltest?«, sagte Kate.

»Mich einer Therapie unterziehen«, antwortete ich mit matter Stimme. Sie und die Hypnotiseurin hatten natürlich recht. Ich brauchte professionelle Hilfe.

»Ja, das wäre wahrscheinlich nicht schlecht.« Kate nickte. »Aber was ich sagen wollte … Du solltest damit aufhören.«

»Damit aufhören.«

»Ja, damit aufhören. Das ist mein überaus kluger Rat.«

»Einfach so? Damit aufhören und basta?«

Kate begann zu kichern. »Das würde ich sagen, wenn ich deine Therapeutin wäre. Saskia, *hören Sie einfach damit auf.* Wie wär's stattdessen mit Stricken?«

Ich griff wieder zu meinen Stricknadeln. Kate lächelte. »Sehr gut. Du bist geheilt. Das macht dann zweihundert Dollar, bitte.«

Anscheinend hatte das Universum die Zeit für gekommen gehalten, mir eine neue Freundin zu schicken. Ob meine Mutter ihre Hand im Spiel gehabt hatte? Ich stellte mir vor, wie sie im Jenseits mit meinem Vater in einem sternengeschmückten Ballsaal tanzte. Sie hatten vielleicht gerade über mich geredet und den Kopf geschüttelt über mein schockierendes Benehmen. Nachdem Jack und ich die Treppe hinuntergefallen waren, hatte meine Mutter vielleicht gesagt: »Hab ich nicht gleich gesagt, dass sie nicht darüber hinwegkommen wird? Was sie braucht, ist eine neue Freundin!« Und dann hatte sie eine Eingebung: »Ich weiß! Sie braucht jemanden, der stricken kann! Ich wollte immer, dass sie stricken lernt.« Und dann war sie davongeeilt, um die entsprechenden Formulare auszufüllen.

»Stricken statt stalken«, murmelte Kate. »Sprich mir nach: Stricken statt stalken!«

Das Olivenfest erwies sich als unerwartet reizvoll.

Wieso eigentlich unerwartet? Ellen wusste es nicht. Selbstverständlich war es reizvoll. Sie hatte solche Veranstaltungen immer schon gern besucht: Schulfeiern, Handwerksausstellungen, Bauernmärkte. Sie liebte die kleinen Stände und die freundlichen, ernsten Leute, die ihre Bioerzeugnisse aus eigener Herstellung auf weißen Tischtüchern anboten: Honig, Marmelade, Chutney, Wein oder, wie in diesem Fall, Oliven und Olivenöl. Sie liebte den Klang der Windspiele und die Düfte ätherischer Öle. Hier fühlte sie sich wohl, dies waren ihre Leute, das war ihr Ding. »Hippies mit Geld«, würde Julia sagen.

Ellen und ihr Vater schlenderten zwischen den Reihen weißer Zelte hindurch, deren Leinwände vom Wind sanft bewegt wurden, und atmeten die für Mittelmeerländer so typischen Gerüche nach Knoblauch, frisch gebackenem Brot und Blauregen ein. Die Spätfrühlingssonne liebkoste ihre Schultern, und ein tiefes, träges Gefühl von Zufriedenheit erfüllte Ellen.

Das lag teilweise daran, dass sie allmählich begriffen hatte, dass dies kein Date war und somit (aller Voraussicht nach) nicht die Gefahr bestand, ihr Vater würde plötzlich versuchen, sie zu küssen. Außerdem war ihre Übelkeit wie weggeblasen, und die Erleichterung darüber war vergleichbar mit jener, die man empfindet, wenn man einen lästigen Besucher endlich zur Tür bringen kann.

Der Hauptgrund aber war vielleicht der, dass ihr Vater Tränen in den Augen hatte, als er die Ultraschallaufnahmen von Ellens Baby betrachtete, und dann verlegen geworden war. In diesem Augenblick hatte er sich in einen authentischen Menschen verwandelt; er war nicht länger die Pointe eines Witzes über Ellens

Leben. Auf der Fahrt hierher (David hatte am Steuer gesessen, er war ein guter, lässiger Fahrer, genau wie Patrick) hatte sie gespürt, wie etwas tief in ihrem Inneren zu schmelzen begann. Warum sollte mich das nicht sentimental stimmen, dachte sie. Er ist mein Vater. Es ist nichts dagegen einzuwenden. Ich darf ihn gernhaben, wenn ich das möchte. Ich darf ihn mögen.

Sie blieben vor einem Verkaufsstand stehen, und sofort begann eine kleine, eifrige Frau ihnen einen leidenschaftlichen Vortrag über die Kriterien des Australischen Olivenverbandes hinsichtlich der Güteklasse von kalt gepresstem reinem Olivenöl zu halten. Sie holte so weit aus, dass man das Gefühl hatte, sie glaubte, David und Ellen wollten sich um die Aufnahme in die Güteklasse bewerben.

»Schön!«, sagte David, als die Frau endlich verstummte. »Nun, das ist wirklich … Was meinst du, Ellen, wollen wir mal probieren?«

Ellen tunkte ein Stück Brot in ein kleines Rechteck aus goldenem Olivenöl.

»Mmm, fantastisch!«

Sie verdrehte in übertriebenem Entzücken die Augen. Es schmeckte tatsächlich fantastisch, aber sie wusste aus Erfahrung, dass es die Atmosphäre dieser Veranstaltungen war, die den Produkten einen scheinbar unvergleichlichen Geschmack verlieh. Zu Hause würde alles mehr oder weniger genauso schmecken wie die Massenware aus dem Supermarkt. Es waren die frische Luft und die Kraft der Suggestion, die so empfinden ließ. Eine sanfte Form der Hypnose.

»Komm, ich kauf dir eine Flasche.« Schon zog David eine Fünfzigdollarnote aus seiner Brieftasche.

»Sie haben aber einen netten Dad«, sagte die Frau.

David hüstelte in seine Faust, und Ellen lächelte ihn mitfühlend an.

Die Frau machte ein verwirrtes Gesicht. »O Entschuldigung, ich dachte, Sie seien Vater und Tochter.«

»Sind wir auch«, erwiderte Ellen.

»Hab ich mir doch gleich gedacht«, entgegnete die Frau in leicht vorwurfsvollem Ton, so als hätten die beiden versucht, sie hinters Licht zu führen. Sie reichte David das Wechselgeld und eine weiße Papiertüte mit dem Olivenöl. »Sie haben nämlich das gleiche Kinn.«

Ellen und David fassten sich gleichzeitig ans Kinn und lächelten und ließen ihre Hände wieder sinken.

Zum Essen gingen sie in ein großes Zelt, setzten sich an einen weißen Plastiktisch und bestellten Spaghetti. Die Unterhaltung war ein bisschen mühsam, so als ob sie zwei Fremde wären, die an einer Bushaltestelle ins Gespräch gekommen waren, aber dann verspätete sich der Bus, und jetzt fühlten sie sich verpflichtet, die Unterhaltung fortzusetzen.

»Das mit Mum und dir tut mir leid«, sagte Ellen nach einer langen Diskussion über den australischen Frühling verglichen mit jenem in England. »Dass ihr euch getrennt habt, meine ich.«

David nickte. »Ja, mir auch. Es war wahrscheinlich meine Schuld. Es war einfach noch zu früh für eine neue Beziehung. Ich war noch ziemlich angeschlagen.«

»Angeschlagen?«, wiederholte Ellen verdutzt.

»Na ja, meine Frau hat mich nach dreißig Ehejahren verlassen. Das hat mich wirklich umgehauen. Es war nicht einmal ein anderer Mann im Spiel. Sie sagte, sie habe ganz vergessen, wie es ist, sie selbst zu sein. Dann sei du selbst, habe ich zu ihr gesagt. Ich werde dich bestimmt nicht daran hindern. Aber anscheinend habe ich das doch getan.« Er drehte seine Spaghetti mit der Gabel auf und starrte sie dann betrübt an.

»Das tut mir leid«, murmelte Ellen. Sie hatte Mühe, ihren Blickwinkel zu korrigieren. »Ich dachte, du hättest deine Frau verlassen, oder es sei eine Trennung in gegenseitigem Einvernehmen gewesen.«

»So war es ganz sicher nicht.«

»Das hat Mum mir nicht gesagt«, begann Ellen.

»Ich habe meinen Trennungsschmerz heruntergespielt, könnte man sagen.«

»Du hättest während deiner Ehe immerzu an *sie* gedacht, hat sie mir erzählt.« Sie hoffte, er würde den vorwurfsvollen Unterton in ihrer Stimme nicht bemerken.

Ihr Vater warf ihr einen reumütigen Blick zu. »Das hat sie dir erzählt?« Er schob seinen Teller von sich, lehnte sich zurück und legte seine Arme auf die Armlehnen. »Das war nicht gelogen. Ich habe im Lauf der Jahre tatsächlich immer wieder an deine Mutter gedacht oder sogar von ihr geträumt, aber das heißt nicht, dass ich Jane nicht geliebt habe.«

Auch Ellen schob ihren Teller weg.

»Und trotzdem hast du sie betrogen, als du mit ihr verlobt warst«, sagte sie in lebhaftem, aber scherzendem Ton. Es war nicht ihre Absicht, ihn zu verurteilen. Sie zeigte auf sich selbst, das Resultat seiner Untreue. »Mehr als einmal, habe ich gehört.«

»Ja. Ich war jung und dumm, und deine Mutter war eine tolle Frau. Diese *Augen*!« Er zuckte mit den Schultern, eine jungenhaft charmante Geste. »Ein Glück, oder?«

Ellen wusste nicht, ob sie entzückt sein sollte oder nicht.

Nicht ganz die große Liebesgeschichte, nicht ganz der schlüpfrige Seitensprung, nicht ganz die mutige Tat einer Feministin – das waren die nebulösen, schillernden Fakten ihrer Zeugung.

»Wie auch immer«, fuhr David fort. »Deine Mutter und ich sind Freunde geblieben, und unter uns gesagt, habe ich die Hoffnung noch nicht aufgegeben.«

»Im Ernst?«

Ellen fragte sich, ob sie ihm sagen sollte, dass er ihrer Meinung nach nicht die geringste Chance hatte. Aber andererseits, was wusste sie schon? Eines hatte sie im Lauf der letzten Monate gelernt: Alles, was sie für wahr gehalten hatte, konnte sich innerhalb von Sekunden verändern. Nichts war von Dauer, nur der Wandel. Die Buddhisten wussten, wovon sie sprachen.

Eine Zeit lang schwiegen sie beide und schauten den Vorbereitungen für irgendeine Darbietung zu, die offenbar auf einer Bühne mitten in dem großen Zelt stattfinden sollte.

»Patrick scheint ein feiner Kerl zu sein«, sagte David schließlich. »Er hat einen Sohn, nicht wahr? Aus einer früheren Ehe?«

Ellen nickte. »Jack, ja. Er ist heute auf einer Party. Seine Mutter starb, als er noch klein war.«

»Test!«, rief jemand in ein Mikrofon. »Test! Eins, zwei, drei!«

»Das macht unsere Beziehung natürlich ein bisschen kompliziert«, hörte Ellen sich sagen.

Das kam davon, wenn man sich an einer Bushaltestelle zu lange mit einem Fremden unterhielt. Das Gespräch nahm urplötzlich eine unangemessen intime Wendung.

»Warum?«, fragte David, was Ellen aus dem Konzept brachte.

War das nicht offensichtlich? Die meisten Frauen, die sie kannte, hätten gesagt: »O ja, *natürlich,* das kann ich mir *lebhaft* vorstellen, die Freundin meiner Schwester hatte auch mal was mit einem Witwer, und das war eine absolute Katastrophe …« oder jedenfalls etwas in der Art.

»Na ja, ich meine, seine erste Frau ist gestorben und das …«

Ein schrilles Kreischen aus der Lautsprecheranlage unterbrach sie. Alle im Zelt zuckten mit schmerzverzerrten Gesichtern zusammen und hielten sich die Ohren zu. Als das Quietschen endlich verstummte, rief jemand ins Mikrofon: »Entschuldigung!«

David sagte: »Ich glaube nicht, dass du dir irgendwelche Sorgen machen musst.«

»Wie kommst du darauf?«

Er wandte sich ihr zu. »Ellen …« (Sie erinnerte sich nicht, dass er sie bisher beim Vornamen genannt hatte, während sie in einem fort »David dies« und »David jenes« sagte; sie redete Leute, die sie nicht besonders gut kannte, viel zu oft mit dem Vornamen an.) »Ellen, der Mann hat dir heute Morgen die *Vorhänge aufgehängt.*«

»Ja, ich weiß, aber …«

»Das ist eine verdammte Schinderei, wie mein Vater gesagt hätte.«

»Wirklich?«

»Und er brannte förmlich darauf, mir die Ultraschallfotos zu zeigen. Das hört sich für mich nicht nach einer komplizierten Beziehung an.«

Gitarrenklänge erfüllten das Zelt. Drei Flamencotänzerinnen schritten auf die Bühne, ihre prachtvollen Kleider raffend und mit knappen Gesten hin und her schwingend, die Köpfe ruckartig bewegend, die bildschönen jungen Gesichter majestätisch und ernst.

»Olé!«, rief David aus.

Er hob beide Hände über den Kopf und tat so, als klapperte er mit Kastagnetten. Es war eine durch und durch blöde, typisch väterliche spaßige Einlage, die jeden Teenager, der einen Hauch von Selbstachtung besaß, vor Scham am liebsten im Boden hätte versinken lassen.

»Olé!«, wiederholte Ellen gut gelaunt.

Sie lehnte sich bequem zurück und schaute der Darbietung zu, und während sie zuschaute, spürte sie, wie sich der letzte, leise Zweifel an Patricks Liebe (ein Zweifel, dessen sie sich gar nicht bewusst gewesen war) verflüchtigte.

So also war es, einen Vater zu haben.

»Klopf, klopf!«

Das war Tammys Stimme draußen vor meinem Krankenzimmer.

»Bitte kein Wort zu ihr«, raunte ich Kate hastig zu.

Ich fürchtete weniger, Tammy könnte über mich urteilen – und das würde sie sicherlich tun –, als vielmehr ihre Neugier, ihr übermäßiges Interesse, ihre Faszination. Sie würde Mund und Augen aufreißen, nach Luft schnappen und kreischen und mir ein Loch in den Bauch fragen. Sie würde stundenlang meine Beweggründe und Patricks Reaktionen erforschen wollen.

»Natürlich nicht.« Kate legte ihr Strickzeug in ihren Schoß. »Ich werde es nicht einmal Lance erzählen.«

Sie würde es ihm erzählen. Sie würde es ihm gleich heute Abend beim Nachhausekommen erzählen. Ein derartiges Geheimnis konnte man unmöglich vor seinem Partner geheim halten.

Aber obwohl Lance garantiert eine Weile denken würde, was ich doch für ein verrücktes Miststück sei, und er froh sein würde, dass er nie mit mir ausgegangen war, und er Mitleid mit Patrick haben würde, hatte ich das Gefühl, dass er irgendwann, wenn Kate zufällig wieder davon anfing, lediglich bemerken würde: »Ach ja, richtig, was war da doch gleich gewesen?« Er war nicht der Typ, der persönliche Informationen speicherte. Eine angeborene Integrität oder auch Anstand oder Abneigung gegen Tratsch würde ihn davon abhalten, meine Geschichte im Büro herumzuerzählen. Diesen Eindruck hatte ich jedenfalls. Außerdem glaubte ich sowieso nicht, dass ich an meinen alten Arbeitsplatz zurückkehren würde. Die Dinge würden sich ändern.

»He, ihr Schlampen, was geht?«, knurrte Tammy.

Kate und ich sahen uns an und verdrehten die Augen. Tammy und Lance übten sich offenbar immer noch im Slang von Baltimorer Drogendealern.

Mit ihrer normalen Stimme fuhr sie fort: »Guck sich einer die zwei Grannys mit ihrem Strickzeug an!«

Sie warf einen Stapel Post auf mein Bett. »Ich soll dich übrigens von Janet und Peter grüßen.«

»Janet und Peter?«, wiederholte ich verständnislos.

»Deine *Nachbarn*.«

Ach so, die Labrador-Familie von nebenan. Ich versuchte, mich an ihre Gesichter zu erinnern. Vergeblich. Wahrscheinlich hatte ich sie nie richtig angesehen.

»Ich war gestern bei ihnen zum Abendessen eingeladen«, fuhr Tammy fort.

Zu beobachten, wie jemand anders in meinem Haus wohnte und mein Leben lebte und mir zeigte, wie einfach und normal das sein konnte, war richtig spannend. Tammy hatte bestimmt keine Sekunde gezögert, die Einladung zum Abendessen anzunehmen. »Gern! Soll ich was mitbringen?«, hatte sie vermutlich gefragt.

»Nette Leute. Und lustig. Wir haben mit den Kindern Monopoly gespielt.«

»Ich hasse Monopoly«, bemerkte Kate und nahm ihr Strickzeug wieder auf.

»Jedenfalls wollen wir eine Willkommensparty für dich geben«, fügte Tammy hinzu.

»Eine Party? Partys sind nicht mein Ding.«

Tammy schaute mich verblüfft an. »Wie bitte? Ich habe Janet und Peter von deiner Halloweenparty vor ein paar Jahren erzählt. Weißt du noch? Das war eine der tollsten Partys, auf denen ich je gewesen bin.«

Ich erinnerte mich an die Party. Patrick und ich waren erst seit Kurzem zusammen gewesen, ich wohnte noch in meiner eigenen Wohnung. Ich hatte sie mit Kürbislaternen und künstlichen Spinnweben dekoriert und sogar Trockeneis in Kübel gefüllt, um eine neblige, unheimliche Atmosphäre zu schaffen. Alle Gäste kamen kostümiert. Patrick hatte sich als Dracula verkleidet und beugte sich immer wieder über mich, damit er mir seine Vampirzähne in den Hals schlagen konnte. Ich war Morticia aus der *Addams Family*, ich trug eine schwarze Langhaarperücke und ein mit Stacheln besetztes enges Halsband. Ich erinnere mich gut an die Fotos, die an jenem Abend entstanden: Eine glücklichere Morticia hatte die Welt noch nicht gesehen.

Aber die Frau, die jene Party gegeben hat, existiert nicht mehr, dachte ich.

»Du hattest einen Kürbiskuchen gebacken«, fügte Tammy hinzu. »Er war einfach himmlisch!«

»Ich hab noch nie Kürbiskuchen gegessen«, sagte Kate.

»Ich werde dir einen backen«, sagte ich und listete im Stillen die Zutaten auf: Frischkäse, Zimt, Ingwer. Ich stellte erstaunt fest, wie sehr ich plötzlich darauf brannte, diesen Kürbiskuchen zu backen, für Kate und Lance und Tammy und vielleicht sogar für meine Nachbarn. Ich wollte sehen, wie es den Leuten schmeckte, wie sie zulangten und um eine zweite Portion baten. Wann war ich das letzte Mal Gastgeberin gewesen, wann hatte ich das letzte Mal für jemanden gekocht?

Mir fielen die Hafermehlkekse ein, die ich in Ellens Küche gebacken hatte. Ich fröstelte bei der Erinnerung daran. Ich griff nach der Post, um mich abzulenken.

»Janets Bruder hat anscheinend ein Auge auf dich geworfen. Wir werden dich auf der Party mit ihm verkuppeln«, sagte Tammy grinsend.

»Janets Bruder?« Ich zog die Stirn in Falten. Was redete sie denn da für einen Blödsinn? »Ich kenne ihren Bruder überhaupt nicht.« Ich sah meine Post durch. Rechnungen. Reklame. Noch mehr Rechnungen.

»Er hat dich einmal gesehen, als du gerade aus dem Haus gegangen bist. Er meint, er habe dich auch schon mal in Avalon Beach beim Bodyboarden getroffen. Kann das sein?«

Einer der Umschläge war handschriftlich an mich adressiert. Die gestochene Handschrift kam mir irgendwie bekannt vor.

»Ich war ein paarmal mit meinem Bodyboard dort«, murmelte ich zerstreut, während ich den Umschlag hin und her drehte.

Ich erinnerte mich an den Typ mit dem wuscheligen Haar, dessen Schatten an jenem Morgen auf mich gefallen war, als ich mich nach meinem Auftritt bei Patricks Eltern am Abend zuvor an den Strand geflüchtet hatte und in meinem roten Kleid im Sand eingeschlafen war.

Dann fiel mir der Mann mit der Weinflasche im Arm ein, der zum Eingang des Nachbarhauses gegangen war, als ich zu meiner angeblichen Geburtstagsparty am Hafen aufgebrochen war. Ich wusste noch, dass er mich angesehen hatte, als ob er mich kennen würde.

Ich ließ die beiden Bilder miteinander verschmelzen. Ja, gut möglich, dass es derselbe Mann gewesen war. Ein eigenartiges Gefühl überkam mich, so als müsste ich zurückgehen und mein ganzes Leben daraufhin überprüfen, was mir alles entgangen war.

»Er hat doch eine Freundin«, sagte ich. Ich erinnerte mich, wie er seinen Arm um seine Begleiterin gelegt und wie verloren ich mich bei dem Anblick gefühlt hatte.

»Seine letzte Beziehung ist in die Brüche gegangen«, sagte Tammy. »Er ist wieder zu haben. Aber du musst dich beeilen, sonst kommt dir eine andere zuvor.«

»Was macht er beruflich?«, fragte Kate. »Oder ist die Frage zu oberflächlich? Was für Träume hat er, was für Hoffnungen?«

»Ihr werdet es nicht glauben.« Tammy legte eine dramatische Pause ein. »Er ist von Beruf … Schreiner!«

»Nein!« Kate ließ ihr Strickzeug sinken.

»Doch!«

»Beruhig dich, mein pochend Herz!«

Ich musste lachen. Ich hatte diese Art von Gelächter ganz vergessen, dieses dumme, teenagerhafte Herumalbern. Ich hatte geglaubt, ich sei zu alt dafür, aber im Grunde ist man nie zu alt dafür. Ich hätte es wissen müssen. Meine Mutter traf sich noch mit über siebzig einmal im Monat mit den Damen ihres alten Tennisklubs zum Lunch. Ich war zu Besuch, als sie an der Reihe war, die anderen zu sich einzuladen, und ich weiß noch, wie ich zur Haustür hereinkam und schallendes, fröhliches Gelächter aus dem Wohnzimmer drang. Sie hörten sich an wie übermütige junge Mädchen.

Das Beste an Verabredungen war nicht die Verabredung an sich, sondern das Tratschen darüber im Freundinnenkreis, das Erörtern von Vor- und Nachteilen potenzieller neuer Freunde. Auch das hatte ich vergessen.

»Kann ich auch zu dieser Party kommen?«, fragte Kate. »Damit ich den Schreiner kennenlernen kann?«

»Na klar«, antwortete Tammy. »Vielleicht fällt uns was ein, damit er uns auf der Party einen Beweis seines schreinerischen Könnens liefert.«

»Du meinst, so was wie ein Bücherregal?«

»Ideal wäre etwas, bei dem Saskia die Schwache und Hilflose spielen kann.«

»So viel zum Thema Frauenemanzipation«, bemerkte ich trocken.

Kate schnippte mit den Fingern. »Ich hab's! Eine Rampe! Für ihren Rollstuhl!«

»Die Ärzte sagen, wenn ich entlassen werde, brauche ich keinen Rollstuhl mehr«, wandte ich ein. In der folgenden Woche sollte ich zum ersten Mal versuchen, an Krücken zu gehen.

»Wirklich?«, sagte Kate enttäuscht. »Schade.«

Ich legte den Umschlag mit der handschriftlichen Adresse darauf zu dem Stapel Post und dachte erst wieder später am Abend daran, nachdem Kate und Tammy gegangen waren. Ich drehte ihn um und sah den Absender: *Mrs. Maureen Scott.*

Patricks Mutter. Natürlich. Sie war wie meine eigene Mutter eine Kartenschreiberin. Sie hatte in meiner Zeit mit Patrick die eine oder andere Karte geschickt. *»Lieber Patrick, liebe Saskia, lieber Jack, vielen Dank für den schönen Abend letzten Samstag. Saskias thailändischer Rindfleischsalat war köstlich! Wir schwärmen heute noch davon.«*

Warum schrieb sie mir jetzt? Um mir zu sagen: Das reicht jetzt? Du bist schuld daran, dass sich mein Enkel den Arm gebrochen hat, du bösartiges Miststück?

Ich riss den Umschlag auf. Das blasslila Briefpapier mit den Lavendelzweiglein am Rand kam mir bekannt vor. Wahrscheinlich benutzte sie seit Jahren das gleiche Briefpapier.

Liebe Saskia,

Jack wollte dir diese Karte schicken (er hat sie selbst von seinem Taschengeld gekauft), und ich habe ihm versprochen, dass ich deine Adresse herausfinden und dir die Karte schicken würde. Patrick weiß nichts davon, deshalb wäre ich dir sehr dankbar, wenn du (in Anbetracht der Umstände) nicht antworten würdest. Du warst Jack eine wunderbare Mutter, Saskia, das hätte ich dir schon viel früher sagen sollen, und als seine Großmutter hätte ich dafür sorgen müssen, dass die Verbindung zwischen euch beiden nicht abreißt. Es tut mir sehr leid. Ich werde das zeitlebens bedauern. Jack ist ein reizender Junge geworden, und das ist dein Verdienst.

Ich hoffe und bete, dass du einen Weg finden wirst, mit der Vergangenheit abzuschließen, ein neues Leben anzufangen und glücklich zu sein. Deine Mutter hätte sich das bestimmt gewünscht.

Alles Liebe
Maureen

Auf der beigefügten Karte war eine im Bett sitzende Giraffe mit einem Thermometer im Maul abgebildet. Jack hatte geschrieben:

Liebe Saskia,

werde bald wieder gesund. Mir geht es gut. Mein Gips kommt nächste Woche runter.

Dad erlaubt nicht, dass ich dich besuchen komme. Tut mir leid.

Alles Liebe von Jack.

PS: Ich erinnere mich an unsere Städte aus Knetmasse. Die waren wirklich super.

PPS: Hier ist eine neue Glücksmurmel für dich, weil ich die andere doch verloren habe.

Ich schaute in den Umschlag. Ich nahm die Murmel heraus, hielt sie gegen das Licht und betrachtete das ausgeklügelte Muster ineinanderfließender Farbkleckser. Mir verschwamm alles vor den Augen.

Ich weinte lange. Kein herzzerreißendes Schluchzen, nichts als stille, reinigende Tränen, wie ein leichter, anhaltender Regen an einem Sonntagnachmittag.

Als meine Tränen endlich versiegten, putzte ich mir die Nase und machte das Licht aus. Ich schlief so tief und fest wie seit Jahren nicht mehr. Ich glaube, ich habe überhaupt nichts geträumt. Als ob ich mich wie ein Tier in den Winterschlaf begeben hätte. Als ich aufwachte, war mir, als tauchte ich aus einer tiefen, dunklen Höhle an die frische Frühlingsluft empor.

Ich rieb mir die Augen mit den Handballen und roch halb garen Speck und schlechten Kaffee. Sally, die herrlich griesgrämige Schwesternhelferin, die mir meistens das Frühstück brachte, stand am Fußende meines Bettes. Sie knallte das Tablett gewohnt ruppig auf den Tisch und zog die Brauen hoch.

»Gut geschlafen?«, fragte sie.

»Ganz wunderbar«, antwortete ich.

27

Erst wenn Sie Ihr Kind zum ersten Mal in den Armen halten, werden Sie imstande sein, die Tiefe Ihrer Liebe und das Ausmaß Ihrer Sorge um das Wohlergehen Ihres Babys zu erfassen.
AUS *Baby Love* VON ROBIN BARKER,
EINEM HANDBUCH ÜBER SÄUGLINGSPFLEGE

»Ja, das ist meine Nase, und ja, das ist sehr komisch. Könntest du dich jetzt bitte konzentrieren?«

Das Baby ließ Ellens Nase los und legte seine Hand stattdessen auf ihren Mund. Ellen tat so, als wollte sie das Händchen essen. »Hamm, hamm!«

Die kleine Grace strahlte, drehte den Kopf und begann, gierig an Ellens Brust zu nuckeln, einen Finger ausgestreckt, wie um zu sagen: Merk dir, wo wir gerade waren. Es geht gleich weiter!

Ellen schloss eine Sekunde die Augen, als sie die prickelnde Wärme verspürte, die das Ausschießen der Milch begleitete. Noch sechs Monate zuvor war ihr diese Empfindung völlig fremd gewesen, jetzt war sie ihr so vertraut wie Niesen. Und dennoch fühlte es sich jedes Mal aufs Neue ein kleines bisschen phänomenal an.

Grace trank ein paar Minuten und wedelte dabei mit ihrem Händchen, als dirigierte sie ein Orchester. Ihr Köpfchen kippte ein wenig nach hinten, die Lider flatterten, als berührte die imaginäre Musik ihre Seele.

»Wo ist mein kleines Mädchen?«

Als sie die Stimme ihres Dads hörte, hielt Grace mit dem Trinken inne und drehte den Kopf so schnell in seine Richtung, dass aus Ellens Brust winzig kleine Milchtröpfchen wegspritzten.

»Hallo, mein kleines Gracie-Mädchen, hallo, hallo, *hallo*!« Patrick ging neben Ellen in die Hocke. Das Baby gluckste und krähte und wand sich in hellem Entzücken. Patrick streckte seine Arme nach ihm aus, den Blick fragend auf Ellen gerichtet.

»Schon gut. Sie hat sowieso keinen richtigen Hunger gehabt.«

Patrick nahm ihr die Kleine ab und vergrub sein Gesicht an ihrem Hals.

»Hmmm, ich rieche Blut, es riecht nach einem schnuckeligen Baby!«

Ellen schaute ihm zu, während sie ihren BH zuhakte und ihre Bluse zuknöpfte.

»Großer Gott, ich habe noch nie einen Vater gesehen, der so vernarrt in sein Kind war«, hatte Anne am Abend zuvor bemerkt, nachdem sie beobachtet hatte, wie Patrick mit Grace spielte. Es hatte sich eine Spur missbilligend, ja sogar verärgert angehört. Bedauerte sie, dass Ellen keinen Daddy gehabt hatte, der vernarrt in sie gewesen war? War sie neidisch, weil sie selbst eine ledige Mutter gewesen war? Oder hielt sie Patricks Benehmen für unmännlich oder unschicklich? Ellen wusste es nicht.

»Oh, entschuldige.« Patrick gab Ellen einen Kuss. »Hallo, du.« Dann stand er mit der kleinen Grace auf dem Arm auf.

»Nett, dass du mich auch noch wahrnimmst.«

Ellen selbst hielt es keineswegs für unmännlich, wenn ein Vater sich so hingebungsvoll mit seinem Kind beschäftigte. Sie konnte sich nicht sattsehen daran. Als sie im Krankenhaus wieder in ihr Zimmer gerollt worden war und gesehen hatte, wie das Neugeborene auf seiner nackten Brust wie ein schlafender kleiner Koala lag (die Krankenschwestern hatten ihm zu engem Hautkontakt mit dem Kind geraten, solange Ellen im Aufwachraum war, Känguruhn nannte man das), hatte sie ein intensives Gefühl durchflutet, ein Gefühl ähnlich dem sexuellen Verlangens, doch das war es nicht. Es war eine völlig neue Empfindung, so wie später das Stillen. Sie fragte sich, ob das etwas mit Biologie, mit dem Erhalt der Spezies zu tun hatte: Der Partner akzeptierte seinen Nachwuchs und stellte eine emotionale Bindung zu ihm her, was in der Frau ein zutiefst befriedigendes Gefühl auslöste, weil sie wusste, dass er in der Nähe bleiben und sie vor Löwen oder Tigern oder was auch immer beschützen würde. Oder identifizierte sie sich mit Grace, und Patrick erfüllte ihren unterdrückten Wunsch nach väterlicher Liebe?

Wie auch immer, Ellen empfand tiefe Dankbarkeit. Heute kam es ihr so albern vor, dass sie die Frage, ob Patrick noch etwas für Colleen empfand oder nicht, so überbewertet hatte. Voller Herablassung dachte sie an die Ellen von damals: Was für ein Drama für nichts und wieder nichts! Es war doch genug Liebe für alle da.

Es war sogar genug Liebe da, dass sie Harriets Anruf letzten Montagmorgen ganz locker genommen hatte. Jons Frau erwarte Zwillinge, hatte seine jüngere Schwester ihr berichtet. (Na ja, fast genug Liebe jedenfalls. Sich vorzustellen, wie Jon auf den Schlafmangel reagieren würde, half ihr enorm. Er hatte großen Wert darauf gelegt, immer ausgeschlafen zu sein. Ellen hoffte, seine Zwillinge würden gesund und munter sein, vor allem um drei Uhr morgens.)

Nach Harriets Anruf war ihr plötzlich bewusst geworden, wie selten sie jetzt noch an ihre Exfreunde dachte. Gracies Ankunft hatte sie mit einem kräftigen Tritt aus ihrem Kopf befördert. Früher war sie so glücklich über ihre Beziehung zu Patrick gewesen, weil sie im Vergleich zu ihren früheren Beziehungen so gut abschnitt. Es war wie eine Art Wettbewerb der Partnerschaften – die jetzige gegen alle früheren. *Jawohl, und wieder haben wir den ersten Platz erreicht! Schaut nur, wie fantastisch unser Sexleben ist! Schaut nur, wie glücklich wir sind!*

Bloß, dass niemand zuschaute (jedenfalls nicht mehr) und dass es niemanden interessierte.

Heute war ihre Liebe zu Patrick ein wesentlicher Bestandteil ihres Lebens, und sie hatte das Gefühl, als wäre es nie anders gewesen. Manchmal fragte sie sich, ob dieser Zustand unbeschwerter Glückseligkeit auf das Oxytocin, das sogenannte Liebes- oder Bindungshormon, zurückzuführen war, das beim Stillen ausgeschüttet wurde und das Vertrauen fördernd und Angst reduzierend wirkte.

Na ja. Sie würde ihr Kind stillen, solange Grace es wollte. (»Versprich mir, dass du nicht eine von diesen verrückten Hippiemüttern wirst, die ihre Kinder noch stillen, wenn sie in die Schule kommen«, hatte Anne gemeint. »Wieso, was ist denn falsch daran?«, hatte Ellen unschuldig erwidert.)

Grace Lily Scott, die nach ihren Urgroßmüttern mütterlicherseits genannt worden war, war durch einen geplanten Kaiserschnitt auf die Welt gekommen. Eine natürliche Geburt kam nicht infrage, weil die Plazenta den Muttermund bedeckte und der Geburtskanal versperrt war. Für Ellen war eine Welt zusammengebrochen. Sie hatte sich immer vorgestellt, dass sie ihr Kind ohne den Einsatz von Schmerzmitteln und nur unter Anwendung von Hypnosetechniken, wie sie sie so vielen werdenden Müttern erfolgreich beigebracht hatte, zur Welt brachte. Ihr war nie der Gedanke gekommen, dass sie nicht einmal die Chance auf eine natürliche Geburt bekommen würde.

»Klar, dass dir das nicht in den Kram passt«, hatte Julia damals gesagt. (Sie war vor Kurzem mit Stinky zusammengezogen und schwebte im siebten Himmel, was zum Teil auch daran lag, dass ihr Exmann von seiner Frau wegen eines anderen verlassen worden war – Karma der reinsten und beglückendsten Art.) »Ein Kaiserschnitt passt nicht zu deinem Markenimage. Du hättest lieber eine Hausgeburt mit Gesängen und Kerzen und Weihrauch gehabt.«

»Das ist gar nicht wahr«, hatte Ellen pikiert erwidert, obwohl Julia den Nagel auf den Kopf getroffen hatte.

»Ich habe immer gewusst, dass du zu vornehm zum Pressen sein würdest«, hatte Madeline gemeint, dann aber zugegeben, dass sie nur neidisch war, weil sie mit dem kleinen Harry sechzehn Stunden in den Wehen gelegen hatte, was nicht unbedingt zu ihren schönsten Erinnerungen gehörte. Madeline hatte ihr noch etwas anderes gebeichtet: Sie habe Ellen nur deshalb nie auf ihre Arbeit als Hypnotherapeutin angesprochen, weil sie dachte, Ellen hielte sie für »nicht tiefsinnig oder spirituell« genug, um das Wesen der Hypnose zu erfassen. Ellen war aus allen Wolken gefallen.

»In den Wehen liegen ist nicht das Einzige, was dich zu einer Mutter macht, Liebes«, hatte Patricks Mutter gesagt.

»Wärst du doch nur hundert Jahre früher auf die Welt gekommen, dann hättest du tagelang ganz natürlich Wehen haben können und wärst anschließend ganz natürlich verblutet«, hatte Ellens Mutter gestänkert.

Letztendlich hatte es keine Rolle gespielt. Ellen hatte mithilfe von Selbsthypnose dazu beigetragen, ihren Blutdruck während des Eingriffs stabil zu halten, und es waren keine Komplikationen aufgetreten. »Ihre Frau ist die ruhigste, gelassenste Patientin, die ich je hatte«, meinte der Narkosearzt zu Patrick, worauf der erwiderte: »Sie sollten Sie mal als Ninja-Kämpferin erleben.«

Ellen hatte sich in ihre eigene kleine friedliche Zone zurückgezogen und dort verweilt, bis der Geburtshelfer ihr Baby hochhielt. In diesem Moment schnappte sie nach Luft, als hätte man sie gerade vom Boden eines Schwimmbeckens nach oben gezogen, und alle waren beunruhigt, aber wegen der Sauerstoffmaske konnte sie sich nicht richtig verständlich machen, sonst hätte sie ihnen gesagt, es gehe ihr gut, es … O mein Gott, seht euch das an, ein richtiges *Baby*!

Während ihr Bewusstsein Bücher über Säuglingspflege gelesen und ein Kinderzimmer eingerichtet hatte, hatte ihr Unterbewusstsein offensichtlich gedacht, sie werde einen Fisch oder vielleicht einen Teddybären oder irgendetwas anderes zur Welt bringen.

»Und was machen wir zwei, während Mummy die Leute hypnotisiert?«, sagte Patrick jetzt zu Grace. »Willst du mit mir und deinem großen Bruder runter an den Strand? Oder willst du lieber faulenzen und plaudern?«

Grace setzte zu einer langen Rede in Babysprache an, die großen

Augen unverwandt auf Patrick gerichtet. Sie hatte Annes blauviolette Augen geerbt. Ellen war sehr stolz auf Gracies Augen, sie kleidete sie in Farben, die ihre Augenfarbe noch unterstrichen. Wenn sie mit dem Baby unterwegs war, machte ihr immer irgendjemand ein Kompliment wegen Grace' wunderschöner Augen, und Ellen tat jedes Mal ganz überrascht und geschmeichelt, als wäre das bisher noch niemandem aufgefallen. »Die hat sie von ihrer Granny«, antwortete sie bescheiden.

»Richtig.« Patrick nickte immer wieder respektvoll, während Grace in einem fort brabbelte. »Ja. Verstehe. Alles klar. Du bist dir nicht sicher. Hm, du weißt also nicht genau, was du willst? Tja, das ist typisch für euch Frauen.«

»He!«, rief Ellen.

»Du kommst offenbar ganz nach deiner Mutter. Du analysierst zu viel, weißt du. Du denkst: Was will Daddy damit sagen, dass er mich mit an den Strand nehmen will? Was hat das zu bedeuten? Will er unbewusst vielleicht etwas ganz anderes damit sagen? Unterdrückt er seine wahren Bedürfnisse?«

»Das muss ich mir nicht anhören.« Ellen stand auf und streckte sich genüsslich.

Seit Kurzem ging sie wieder ihrem Beruf nach, auf Teilzeitbasis. Ihre Mutter und ihre Patentanten nahmen Grace jeden Mittwochmorgen. Sie zogen sie wie eine kleine Prinzessin an und gingen mit ihr in irgendein Restaurant, wo sie ihr sicherlich Räucherlachs und Schokolade und weiß der Himmel was noch alles zu essen gaben. Patricks Mutter passte donnerstags nachmittags auf Jack und das Baby auf. Maureen badete Grace und fütterte sie mit Kürbisbrei und schmückte ihr süß duftendes flaumiges Haar mit einer rosaroten Schleife. Anfangs hatte sich Jack nicht sonderlich für seine kleine Schwester interessiert, aber jetzt, da sie anfing, auf ihn zu reagieren, hatte er es sich zur Lebensaufgabe gemacht, sie mit immer ausgefalleneren Versionen von »Kuckuck – daaa!« zum Lachen zu bringen. Gracie hatte ein ganz besonderes spitzbübisches Giggeln, das ausschließlich für Jack reserviert war.

Patrick kümmerte sich samstags um die Kleine. An diesem Tag empfing Ellen die meisten Patienten.

Im Moment betrug die Wartezeit für einen Termin bei ihr drei Monate, aber sie wollte nicht mehr arbeiten. Ein Baby zu bekommen war, als würde man gleichzeitig eine anstrengende neue Stelle annehmen und eine leidenschaftliche Liebesaffäre anfangen und in ein fremdes Land mit einer fremden Sprache und Kultur ziehen. Das Kind füllte ihre Gedanken, ihr Herz und ihre Sinne. Sie wünschte, sie könnte es einatmen, es verschlingen.

Ellens Liebe zu Grace glich einer Gratwanderung zwischen unbändiger Freude und nackter Angst. »Babys sind ziemlich robust«, sagte Maureen jedes Mal, wenn Ellen sich wegen irgendetwas sorgte, und Ellen würde am liebsten antworten: »Soll das ein Witz sein? Babys können *im Schlaf sterben*!«

Einmal, als Anne zu Besuch war, kam Ellen aus dem Kinderzimmer, wo sie nach Grace gesehen hatte, und sagte: »Ich liebe sie so sehr, es ist …«

»… kaum auszuhalten«, ergänzte ihre Mutter. »Ich weiß. Das wird auch nicht besser werden. Aber man lernt, damit zu leben.«

Ellen sah ihrer Mutter in die Augen, die sie jetzt stets an die Augen ihrer Tochter erinnerten. Sie hatte immer gewusst, dass Annes grimmige, zornige Art, sie anzusehen, verbergen sollte, wie sehr sie sie liebte, so als ob Liebe eine Schwäche wäre. Das war einer der liebenswerteren Fehler ihrer Mutter. Könnte sie doch mehr so sein wie ich – offen für die Liebe!, dachte Ellen. Jetzt wurde ihr klar, dass ihre Mutter sich weniger gegen die Liebe sträubte, als dass sie sie aushielt. Jetzt wusste sie aus eigener Erfahrung, wie sehr man lieben konnte, so sehr, dass es wehtat. Sie konnte den Schmerz spüren, in der Mitte ihrer Brust.

Zum Glück holten die banalen Pflichten der Mutterschaft sie jedes Mal auf den Boden der Tatsachen zurück, wenn ihre Gefühle sie zu überwältigen und geradezu überirdisch zu werden drohten. Man konnte nicht sentimental werden, wenn man mit einer prallvollen Windel konfrontiert wurde oder sich mit der Frage herumschlug, warum Avocado und Hüttenkäse plötzlich verweigert wurden, oder in einem fort rätselte: Ist sie jetzt müde oder hungrig, oder zahnt sie? Was hat dieses monotone »wäääh, wäääh, wäääh« bloß zu bedeuten, und wie können wir es abstellen?

»Ich werde mit ihr und Jack an den Strand gehen«, sagte Patrick. »Jack hockt mir viel zu oft vor dem Computer.«

»In Ordnung.« Ellen nickte. »Gracies Hut liegt auf der Schubladenkommode, und die Sonnencreme ist …«

»Wir haben alles unter Kontrolle«, fiel Patrick ihr ins Wort.

»Gut. Es ist ein bisschen windig, daher …«

»Ellen! Ein bisschen mehr Respekt vor dem Vater, okay?«

»Okay. Bloß … Ja, okay, alles klar.«

»Oh, das bringt sie schier um«, sagte Patrick zu dem Baby. »Sie hat noch so viel zu sagen. So viele Anweisungen zu geben.«

Ellen verdrehte die Augen. »Ich zieh mich dann mal um.« Sie trug Jeans und ein nicht mehr ganz so sauberes T-Shirt. »Viel Spaß, ihr zwei.«

Patrick hob Grace' Händchen und winkte. »Tschüs, Mummy!«

Ellen betrachtete die beiden Augenpaare, die auf sie gerichtet waren. »Ihre Augen haben die gleiche Form wie deine. Die Farbe ist von Mum, aber die Form von dir.«

»Zum Glück hat sie die kahle Stelle nicht geerbt.« Er beugte seinen Kopf. »Siehst du?«

Ellen ging hinaus auf den Flur, hielt dann inne und lief noch einmal zurück. »Falls du ihr blaues Strickjäckchen suchst, es ist in der Tasche neben der Haustür, das wollte ich nur noch gesagt haben!«, sprudelte sie hervor.

Als sie die Treppe hinaufging, hörte sie Patrick brummeln: »Sie kann nichts dafür, Gracie. Sie kann einfach nicht anders.«

Zwanzig Minuten später hatte sie sich umgezogen und stand in ihrem Arbeitszimmer am Fenster, die Hand auf dem Vorhang, den Patrick aufgehängt hatte. Sie konnte ihn über den Strand gehen sehen, das Baby auf seiner Hüfte, einen kleinen Sonnenschirm unter den Arm geklemmt, den Riemen der Strandtasche über der

Schulter. Jack ging vor ihm her, rückwärts, wahrscheinlich versuchte er, Grace zum Lachen zu bringen. Ellen blinzelte, um besser sehen zu können. Patrick hatte dem Baby das blaue Strickjäckchen angezogen.

Sie beobachtete, wie sie nahe am Wasser stehen blieben. Patrick reichte Jack das Baby und kniete sich dann hin, um ein Loch für den Strandschirm zu graben. Er verankerte ihn stets so sorgfältig im Sand, dass er wahrscheinlich nicht einmal bei einem Wirbelsturm davonfliegen würde.

»Nun mach schon«, murmelte sie vor sich hin. »Sie ist in der prallen Sonne.«

Patrick hörte auf zu graben und schaute zum Haus hinauf, als hätte er sie gehört. Er schwenkte beide Arme über dem Kopf wie vom Gipfel eines Berges. Ellen lachte und winkte zurück.

Sogar die Art, wie er sich bewegte, hatte sich verändert: Er war viel lockerer geworden. Ein Jahr war seit dem letzten Kontakt mit Saskia vergangen, und mit jedem Monat war Patrick entspannter, glücklicher, zuversichtlicher geworden, weniger reizbar und nur noch selten zornig. Wenn er im Haus werkelte, sang er Countrysongs mit amerikanischem Akzent, Lieder über untreue Frauen und Herzen so kalt wie Stein. Ellen kam es manchmal so vor, als hätte sie den wahren Patrick gar nicht gekannt, als hätte sie sich in einen kranken Mann verliebt, der erst jetzt gesund geworden war. Sie betrachtete das als zusätzlichen Bonus, als unverhofftes Geschenk, das sie zu ihrer Bestellung erhalten hatte.

Es machte sie aber auch wütend. Sie nahm es im Nachhinein nicht nur Saskia, sondern auch sich selbst übel, weil sie nicht erkannt hatte, wie sehr ihn die Situation belastet, wie sehr sie ihn möglicherweise für alle Zeit geprägt hatte.

Einmal, als Gracie erst wenige Wochen alt gewesen war, hatten sie sich eine Dokumentation über eine Frau angesehen, die jahrelang von ihrem Exmann gestalkt worden war.

»Genauso habe ich mich auch gefühlt«, sagte Patrick an einer Stelle.

Wie furchtbar das für sie war! Für das Verhalten ihres Exmannes gab es keine Entschuldigung. Seine Beweggründe interessierten Ellen nicht. Er war schlicht und einfach ein schlechter Mensch, ein Krimineller, der die volle Härte des Gesetzes zu spüren bekommen sollte. Während Ellen, die schlafende Grace an ihre Schulter geschmiegt, die weinende Frau im Fernsehen beobachtete und mit ihr litt, wurde ihr schlagartig bewusst, dass sie für Patrick nicht einmal einen Bruchteil des Verständnisses, der Anteilnahme gezeigt hatte, wie sie sie für diese wildfremde Frau empfand. Ihre Blindheit verschlug ihr regelrecht den Atem.

»Es tut mir so leid, was du da durchmachen musstest«, sagte sie leise.

»Na ja, für eine Frau ist das, glaube ich, noch viel schlimmer«, erwiderte er achselzuckend.

Beim Autofahren blickte er immer noch öfter in den Rückspiegel, als ein durchschnittlicher Fahrer das tat, und wenn sie ein Restaurant betraten, ließ er seine Blicke immer noch durch den Raum schweifen, als wäre er in einem früheren Leben ein Geheimagent gewesen, aber dieses Stirnrunzeln, diesen permanenten vorsichtigen, wachsamen Ausdruck hatte er verloren. Er litt nicht mehr an Schlaflosigkeit, und er war vitaler. Er sah jünger aus. »Ich komme mir vor, als hätte ich eine furchtbare Krankheit überstanden«, sagte er einmal. »Jedes Mal, wenn ich mein Telefon auf Nachrichten überprüfe und meine E-Mails durchsehe und Saskias Namen nicht dabei entdecke, ist das, als hätte ich einen Preis gewonnen.«

Sie hatten noch keine Zeit zum Heiraten gefunden, aber redeten müßig und ungezwungen darüber. Patrick schwärmte immer noch von einer Trauung in Übersee, was Ellen als Zeichen dafür wertete, dass er noch nicht vollständig genesen war – er fürchtete offenbar immer noch, Saskia könnte unverhofft auftauchen.

Ellen fragte sich, ob Saskia ihrem Rat gefolgt war und Sydney verlassen hatte. Sie fragte sich auch, ob sie immer noch Schmerzen im Bein hatte und ob sie endlich jemand anderen kennengelernt hatte. Sie hätte das alles zu gern gewusst, aber sie war abergläubisch: Sie hatte Angst, Saskia könnte wie ein Geist aus der Vergangenheit wieder in ihrer aller Leben erscheinen, wenn sie ihren Namen auch nur googelte.

Sie schaute zu, wie Patrick Jack das Baby abnahm, nachdem er den Strandschirm aufgestellt hatte. Er schwang Grace hoch in die Luft, und Ellen wusste, wie sie vor Vergnügen krähen und in Patricks Haare fassen würde. Grace' Lachen war köstlich, das essbarste Geräusch, das Ellen je gehört hatte.

Jack rannte am Wasser entlang über den Sand, machte dann einen Handstand und spazierte ein paar Sekunden auf den Händen weiter, die Beine gerade nach oben ausgestreckt.

»Pass auf«, murmelte Ellen.

An diesem Morgen hatte er ihr von dem bevorstehenden Sportfest erzählt. »Ich hab allen gesagt, dass du den Wettlauf der Mütter gewinnen wirst, weil du die anderen Mütter hypnotisieren wirst! Peng, peng, peng! Und eine nach der anderen fällt um!«

Die anderen Mütter … Ein elektrisierendes Gefühl der Freude hatte sie bei diesen Worten erfasst, die der Junge unbewusst, ganz beiläufig ausgesprochen hatte. Im Geist hatte sie Colleen um Verzeihung gebeten.

Wie würde das sein, wenn sie wüsste, sie hätte nicht mehr lange zu leben und jemand anders würde Grace großziehen? Früher, bevor sie Mutter geworden war, hatte sie ein heimliches, wehmütiges Vergnügen dabei empfunden, sich ihre eigene Beerdigung auszumalen. Aber jetzt war der Gedanke, irgendjemand könnte Entscheidungen über Grace' Leben treffen, schlicht unerträglich.

Es tut mir unendlich leid, dass es so gekommen ist, Colleen, aber ich verspreche, ich werde mein Bestes tun. Und ich liebe Jack. Ich liebe ihn wirklich von ganzem Herzen.

Aber nicht so sehr, dass es wehtat, nicht so, wie sie Gracie liebte.

Doch das war in Ordnung, wie sie fand, deswegen musste sie nachts nicht wach liegen und sich sorgen. Es gab die unterschiedlichsten Arten zu lieben. Sie dachte an die Beziehung, die sie zu ihrem Vater aufbaute, die wachsende Zuneigung, den gegenseitigen Respekt. Es war eine andere Beziehung als die, die er zu seinen Söhnen hatte, aber das bedeutete nicht, dass sie nicht trotzdem etwas Besonderes war.

Andererseits war Jack ein Kind, kein Erwachsener. Wer wusste schon, ob das nicht zu einem Trauma führen würde, wenn er spürte, dass Ellen ihn nicht mit der gleichen schmerzlichen Intensität liebte wie ihre Tochter. Vielleicht sollte sie doch die eine oder andere Nacht damit zubringen, darüber nachzugrübeln, ob sie eine böse Stiefmutter war oder nicht.

Ellen seufzte. Könnte sie doch das Wettrennen der Mütter gewinnen! Dummerweise war sie eine miserable Läuferin. Vielleicht sollte sie eine Verletzung vortäuschen.

Sie sah, wie Jack um den Strandschirm herum rannte, vermutlich kickte er Sand auf seinen Vater und in die Augen des Babys. Hmmm. Besonders traumatisiert sah der Junge nicht aus.

Es klingelte an der Haustür.

Ellen erwartete einen neuen Patienten, der ihre Adresse aus dem Internet hatte. Am Telefon war er kurz angebunden gewesen und hatte skeptisch geklungen – und verzweifelt. Er wolle sich das Rauchen abgewöhnen, hatte er gesagt, aber Ellen hatte den leisen Verdacht, dass das nicht das eigentliche Problem war. Sie war seine letzte Rettung, das spürte sie instinktiv.

Sie warf einen letzten Blick nach draußen zu ihrer Familie, drehte sich dann um und ging nach unten. Ihr würde schon etwas einfallen, das sie für den Mann tun konnte.

28

Sagen Sie meiner Tochter bitte, wie sehr ich sie liebe!
Die letzten geflüsterten Worte von Saskias Mutter, die an eine Krankenschwester gerichtet waren, die neben dem Bett kauerte und ein Kabel am Infusionsständer zu entwirren versuchte. »Wie bitte?«, fragte sie gereizt, aber es war zu spät.

Ich habe nicht alles getan, was die Hypnotiseurin mir geraten hat, aber ich habe über ein Jahr lang einmal die Woche eine Psychotherapeutin aufgesucht.

Mir blieb gar nichts anderes übrig.

Nach meiner Entlassung aus dem Krankenhaus im Frühsommer letzten Jahres ging ich zu der Gerichtsverhandlung. Ich trug die solidesten, normalsten Sachen, die ich im Kleiderschrank gefunden hatte, und während ich darauf wartete, dass ich aufgerufen wurde, dachte ich an meine allererste Begegnung mit Patrick in Noosa zurück. Ich hatte an einer Stadtsanierungskonferenz teilgenommen, und die Veranstaltung hatte bereits begonnen, als er hereinkam und sich nach einem freien Platz umsah. Ich dachte: Bitte setz dich neben mich, und in diesem Moment trafen sich unsere Blicke, und er lächelte.

So hatte alles angefangen, und so endete es.

Die Angelegenheit ging in bemerkenswert kurzer Zeit über die Bühne. Ich legte keinen Einspruch gegen die einstweilige Verfügung ein, und ich bekannte mich schuldig, was die Anklage wegen

Einbruchs betraf. Ich wurde zu einem Jahr auf Bewährung verurteilt, mit der Auflage, mich einer Therapie zu unterziehen.

Meine Therapeutin sagte nie viel, sie ließ mich einfach erzählen, aber wenn sie etwas sagte, kam ich mir wie ein Schmetterling vor, der mit einer Nadel aufgespießt und auf ein Stück Pappe geheftet wird. Anfangs ging es immer um Patrick.

»Wie hat sich Patrick Ihrer Meinung nach gefühlt, als Sie ihn ständig anriefen?«

»Was ist Patrick Ihrer Meinung nach durch den Kopf gegangen, als Sie plötzlich aufkreuzten?«

»Glauben Sie, Patrick hatte Angst in jener Nacht?«

Was für eine Ironie, dass ich drei Jahre lang nichts anderes getan hatte, als an Patrick zu denken, und in Wahrheit nicht ein einziges Mal an ihn gedacht hatte.

»Ich war nie gewalttätig«, wandte ich immer wieder ein.

»Gewalt äußert sich nicht nur physisch«, hielt sie dagegen. »Sie haben ihm die Kontrolle über sein Leben genommen.«

»Kontrolle! Es ging mir nie um *Kontrolle*! Ich liebte ihn. Ich wollte nur, dass wir wieder zusammen sind.«

»Denken Sie noch einmal darüber nach, Saskia.«

Sie ließ mir nichts durchgehen. Es war, als stellte sie mich vor einen Spiegel, und sooft ich versuchte, mich abzuwenden, damit ich mein Spiegelbild nicht ansehen musste, fasste sie mich bei den Schultern und drehte mich wieder in Richtung Spiegel. Und wenn ich meine Hände hob und mir die Augen zuhielt, nahm sie sie sanft herunter.

Und irgendwann blieb ich endlich ganz still stehen und schaute in den Spiegel.

Es war kein schöner Anblick.

Sie zählte mir in sachlichem, kühlem Ton auf, welche möglichen Folgen mein Verhalten für Patrick haben konnte: Angstzustände, Depressionen, posttraumatischer Stress.

»Ich glaube wirklich nicht … «, begann ich und verstummte wieder.

»Es gibt Untersuchungen, die das eindeutig belegen.«

»Was Sie nicht sagen«, murmelte ich.

»Sie haben das gewusst«, sagte sie. »Ich glaube, dass ein Teil von Ihnen ganz genau gewusst hat, was Sie ihm antun.«

»Ich könnte ihm ja eine Karte schicken und mich entschuldigen«, erwiderte ich schließlich.

Es war ein so dummer, schlechter Witz, dass sie es nicht für nötig hielt, darauf zu reagieren. Sie sah mich nur an, sie trieb mir die Nadel direkt ins Herz, und ich flatterte und zappelte noch eine Weile, aber meine Bewegungen wurden immer schwächer, bis ich zu guter Letzt erstarrte.

Das mit der Karte war wirklich nur ein Scherz gewesen. Seit meiner Entlassung aus dem Krankenhaus hatte ich nicht mehr versucht, Kontakt zu Patrick aufzunehmen oder ihn zu sehen. Ich ging auch nicht mehr zu Jacks Fußballspielen. Es reizte mich gar nicht mehr. Nicht wirklich. Es war, als wäre mir von etwas, das ich früher schrecklich gern gegessen hatte, furchtbar schlecht geworden. Ich wusste zwar noch, wie gut es geschmeckt hatte, aber sooft ich auch nur daran dachte oder reflexartig danach griff, erinnerte ich mich sofort wieder an die grässliche Übelkeit und ließ die Finger davon. Mein Widerwille war stärker als meine Lust darauf.

Wir redeten viel über Trauer, Trauer um den Verlust meiner Mutter und Patricks und Jacks, Trauer um die Kinder, die ich nie haben würde. Wir redeten darüber, wie ich meine Trauer als Waffe gegen Patrick benutzte, wie ich meinen Schmerz und meine rasende Wut nach außen gekehrt hatte, von mir weg, als hätte man mir ein Flammenschwert in die Hand gedrückt und ich wäre damit auf Patrick losgegangen, mit einer verzweifelten, blindwütigen und letztlich aussichtslosen Anstrengung, weil ich verhindern wollte, selbst verbrannt zu werden.

Ich verbrauchte einen ganzen Haufen Papiertaschentücher.

Wir redeten darüber, dass Patricks Entscheidung, sich von mir zu trennen, gar nichts mit mir zu tun hatte, sie hatte nur mit ihm und seiner Trauer um Colleen zu tun. »Wäre Ellen diejenige gewesen, die ihn auf der Konferenz damals kennengelernt hätte, würde er sich vermutlich auf die gleiche Weise von ihr getrennt haben«, sagte meine Therapeutin.

»Nein, bestimmt nicht«, widersprach ich. »Sie sind Seelenverwandte. Bei den beiden war es die wahre Liebe.«

»Es war Timing«, erwiderte sie.

Wir redeten über Freundschaft und wie ich durch meine eigene Schuld durch das Netz sozialer Bindungen gefallen war. Wir redeten über Hobbys – außer dem, seinen Exfreund zu verfolgen und zu terrorisieren. Wir redeten über künftige Beziehungen und wie man mit Zurückweisung fertig wurde.

Ich verbrauchte nicht mehr ganz so viele Papiertücher.

Dann, eines Tages, plauderten wir über einen Film, den ich mir am Wochenende angesehen hatte, und über ein neues Fischrezept, das ich ausprobiert hatte, und darüber, dass wir beide eigentlich mehr Fisch essen wollten. Und am Ende der Sitzung sagte meine Therapeutin, sie denke nicht, dass ich einen Termin für die folgende Woche brauche, und so vereinbarte ich auch keinen mehr. Ich ging stattdessen zur Pediküre.

Ellen hatte mir geraten, aus Sydney wegzuziehen, aber das habe ich nicht getan. Ich würde meine Freunde viel zu sehr vermissen. Tammy hat sich noch keine eigene Wohnung gesucht, sie wohnt bei mir. Janet und Peter, unsere Nachbarn, sind Freunde geworden. Wir unternehmen viel zusammen, und ihre Kinder gehen bei uns aus und ein. Letztes Wochenende haben Tammy und ich uns um sie gekümmert, damit Janet und Peter einmal wegfahren konnten.

Ich war ein paar Monate tatsächlich mit Janets Bruder, dem Surfer, zusammen. Er war amüsant, und eine Zeit lang war es eine gute Ablenkung, aber seine Beziehung war gerade in die Brüche gegangen, so wie meine auf gewisse Weise ja auch, und das machte uns beide verletzlich und irgendwie merkwürdig im Umgang miteinander. Die Geschichte klang ganz langsam, freundschaftlich aus.

Wir sind immer noch gute Freunde, was eine ganz neue Erfahrung für mich ist. Er ist der erste Exfreund, mit dem ich befreundet geblieben bin. Ich verstehe nicht ganz, wie das funktioniert, aber bislang klappt es ganz gut, auch wenn es manchmal peinliche Momente gibt. Wir unterhalten uns zwanglos, vermeiden aber direkten Blickkontakt.

Kate meint, Janets Bruder und ich seien füreinander bestimmt, eines Tages würden wir garantiert ein Paar werden, das erkenne sie an der Art, wie er mich ansieht (mir war das nicht aufgefallen, aber anscheinend sieht er mich immer dann so an, wenn ich abgelenkt bin). Ich weiß nicht so recht. Kate ist schwanger und daher übermäßig sentimental. Gestern Abend rief sie mich an, um mir zu sagen, dass sie und Lance bei der Ultraschalluntersuchung gewesen seien, es werde ein Junge, und sie wollten mich zu seiner Taufpatin machen. *Mich.* »Ich weiß, wir kennen uns noch nicht so lange, also sag mir bitte, wenn du das als Zumutung empfindest.« Ich schwieg so lange, dass sie fragte: »Saskia? Bist du noch da?«

Mein Patensohn wird nächstes Jahr auf die Welt kommen.

Apropos Babys – ich habe heute die Hypnotiseurin mit ihrem Kind gesehen. Es war reiner Zufall. Ich habe nicht ein einziges Mal gegen die einstweilige Verfügung verstoßen, und ich achte sorgfältig darauf, Orte zu meiden, an denen ich Patrick, Ellen und Jack begegnen könnte.

Es war früh am Abend. Ich wollte mich mit Tammy und Kate auf einen Drink in der Opera Bar treffen, bevor wir uns ein Stück ansehen würden. Kate hatte übers Internet günstige Karten bekommen. Es war ein wunderschöner Abend, und auf dem Circular Quay drängten sich Spaziergänger, die zwischen den Fähren und der Oper flanierten.

Ellen kam geradewegs auf mich zu. Sie schob einen Kindersportwagen, einen dieser großen bunten Dinger. Ich erhaschte nur einen flüchtigen Blick auf das Baby. Patricks Baby. Es war ein Mädchen. Die Kleine hatte ein lila Kleid an und weiße Söckchen.

Ich blieb wie angewurzelt stehen, und hinter mir sagte jemand: »He, passen Sie doch auf!«

Ellens Miene hellte sich auf. Es war, als sähe sie mich an. Ich erwiderte ihr Lächeln, weil ich immer gedacht hatte, unter anderen Umständen hätten wir Freundinnen sein können, und ich wollte ihr unbedingt erzählen, dass die unerklärlichen Schmerzen in meinem Bein wie weggeblasen waren, seit ich mir das Becken und den Knöchel gebrochen hatte.

Und dann merkte ich, dass sie nicht mich anlächelte, sondern jemanden hinter mir. Sie hob die Hand und winkte. Ich drehte mich nicht um. Ich wollte nicht sehen, ob sie Patrick oder Jack oder jemand anderem zuwinkte. Ich ging einfach weiter und tauchte in der Menge unter.

ENDE

Wie groß muss ein Herz sein, um wahrhaft verzeihen zu können?

Jessica Thompson
EIN TAG IM MÄRZ
Roman
Aus dem Englischen
von Dietmar Schmidt
432 Seiten
ISBN 978-3-404-16925-2

Adam ist jedes Mal nervös, wenn er die schöne Unbekannte an Tisch zehn bedienen muss. Die junge Frau kommt täglich in sein Café, bestellt einen koffeinfreien Latte mit einem Stück Zucker, sitzt stundenlang dort und sieht mit unfassbarer Traurigkeit zu, wie die Welt an ihr vorbeizieht. Was Adam nicht weiß: Bryony hat einen schlimmen Verlust erlitten, denn sie hat Max, den Menschen, den sie am meisten liebte, durch einen tragischen Unfall verloren. Ein einziger Augenblick an einem milden Frühlingsabend im März hat ihr Leben für immer verändert. Um ins Leben zurückzufinden, braucht sie die Kraft, verzeihen zu können – und die Liebe eines Menschen ...

Bastei Lübbe

Werde Teil der Bastei Lübbe Welt
You Tube
www.luebbe.de/ Meinewelt
Lesen, rezensieren, Bücher gewinnen
Lerne Autoren, Verlagsmitarbeiter und andere Leser kennen
BASTEI LÜBBE
www.luebbe.de